# Leagas
# Enigma

## Reich der Tiefen

Rebecca Cornway

# Leagas

# Enigma

Reich der Tiefen


Roman

Bibliografische Information der Deutschen Nationalbibliothek: Die Deutsche Nationalbibliothek verzeichnet diese Publikation in der Deutschen National-bibliografie; detaillierte bibliografische Daten sind im Internet über http://dnb.dnb.de abrufbar.

Die automatisierte Analyse des Werkes, um daraus Informationen insbesondere über Muster, Trends und Korrelationen gemäß §44b UrhG („Text und Data Mining") zu gewinnen, ist untersagt.



Verlag: BoD · Books on Demand GmbH, In de Tarpen 42, 22848 Norderstedt
bod@bod.de

Druck: Libri Plureos GmbH, Friedensallee 273, 22763 Hamburg

ISBN: 978-3-7693-5759-2

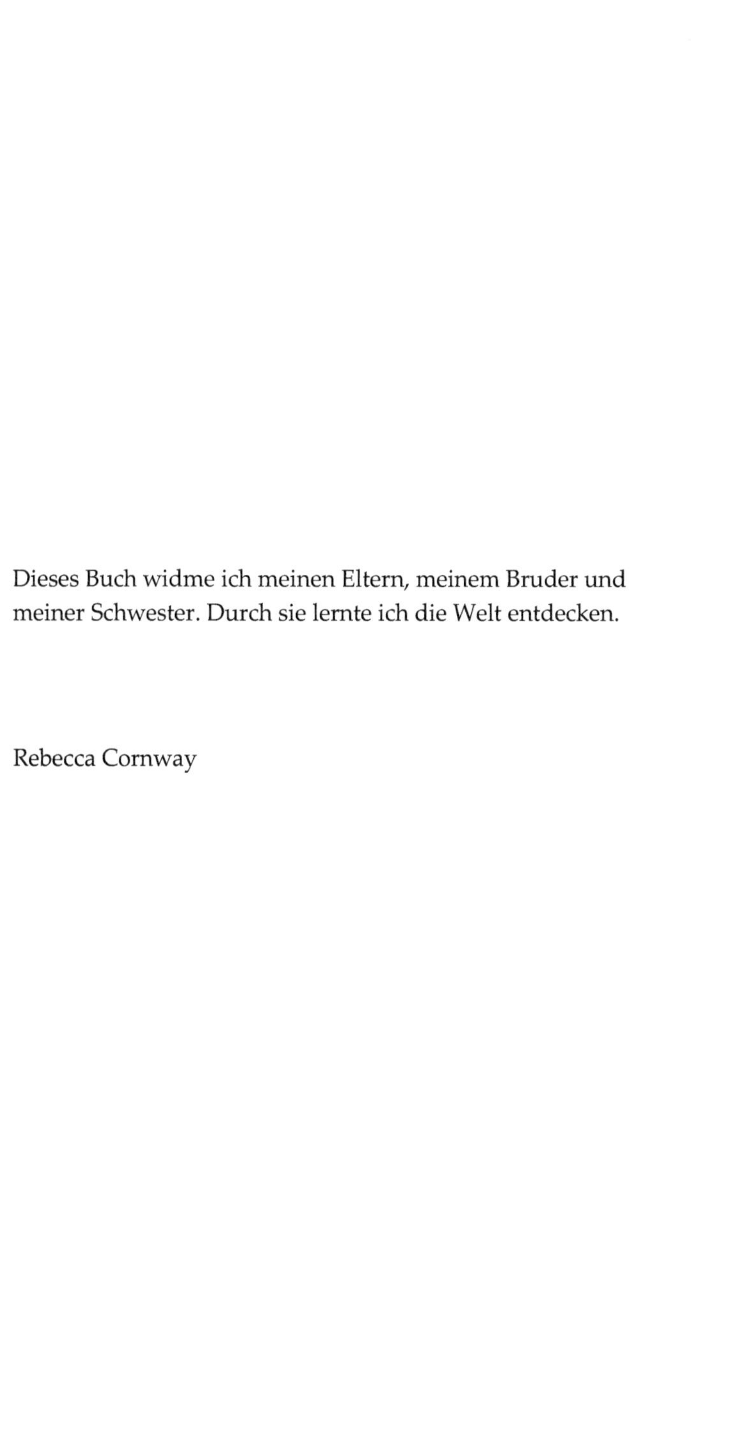

Dieses Buch widme ich meinen Eltern, meinem Bruder und meiner Schwester. Durch sie lernte ich die Welt entdecken.

Rebecca Cornway

# Prolog

Man kann wohl mitnichten behaupten, dass das, was man sieht, auch stets zu erkennen vermag. Bewusstsein lässt sich täuschen, nämlich in den Fällen, in denen das Gesehene nur ein bloßer Gedanke war, der dann bald die noch nicht bewiesene Wahrheit fälschlicherweise als ein Theorem festsetzt. Darin die Begierde infiltriert, sich über allem zu erheben, was Leben lebenswert macht. Fehlgeleitete Egozentrik verbunden mit aggressivem Machtmissbrauch erzeugt eine Schlagkraft, die der vernunftgebotene Verstand schwer nachvollziehen kann. Brutal, rücksichtslos, berechnend.

Die Zugbahn der Geschichte wird ständig beeinflusst. Schicksal wird schicksalhaft. Aufgabe für jeden, sich tunlichst aufzumachen und die eigene Existenz stetig neu bedenken. Als aktiver Protagonist am rechten Platz sein, um die Gegenwart selbst in die Hand zu nehmen. Illusion? Vielleicht. Für Pessimisten trügerische Hoffnung auf die Zukunft hinaus. Für Optimisten jedoch Fantasie für eine gelingende Utopie, in welcher Wahrhaftigkeit keine Selbsttäuschung ist.

Das gesamte Dasein ist wie ein Myzel von festen, gleichwohl auch fadenscheinigen Verbindungen durchdrungen. Gedanken werden als elektrische Impulse weitergeleitet. Elektrische Signale werden zu Informationen. Mittel der Kommunikation. Die Muster der Impulse sind sichtbar, die Spannung messbar. Zuneigung und Liebe, aber auch Leid und Schmerz. Neuronen übermitteln solche Impulse. Das denkende Individuum behält sein Alleinstellungsmerkmal dadurch, dass es vorausschauend diesen Stimulus aufnimmt und gegen geistige sowie körperliche Willkür protestiert. Dies mit Empathie und Zeitgeist, auf ein wundervolles Morgen hinaus. Schier unüberwindbare Hindernisse werden zu Motivationen für Großartiges. Träume werden wahr. Damit wird Illusion jedweder Gestalt zu einem einzigartigen Manifest.

„Endlich das Abitur geschafft!", ruft Marlon beschwingt und erleichtert zugleich, als er mit seinem Schulfreund Keon wohl das letzte Mal die langen Flure seines Münchner Gymnasiums entlang läuft, ehe beide diese ihnen vertrauten Räume verlassen werden. Ihr Schulleiter Herr Frankenau hatte soeben gemeinsam mit der neuen Oberstufenleiterin Frau Mühlenbeck jedem einzelnen Abiturienten persönlich die Ergebnisse der schriftlichen Abiturprüfungen und zudem die finalen Abiturnoten bekannt gegeben. „Ja, Frau Mühlenbeck hat wirklich Überblick behalten!", resümiert Keon, der die vielen strukturierten Erläuterungen der erst vor weniger als einem Jahr zu dieser Funktion ernannten Lehrerin, welche er gern als Chief seiner Theatergruppe bezeichnete, anerkennend würdigt. „Ich könnte mir schon kaum sämtliche Namen der Schüler merken! Zudem dann noch die einzelnen von ihnen gewählten Kurse und Prüfungsleistungen.", setzt Marlon, ein groß gewachsener und breitschultriger neunzehnjähriger Teenager, hinzu. Ihm erscheint es wahrlich surreal, alle diese Daten fast ohne Notizen abrufbereit zu haben. „Ob Frau Mühlenbeck im Vorfeld jede einzelne Schülerakte gelesen hat und wie ein Theaterstück zu einem Ganzen formt?", schließt sein Freund Keon an, der das soeben erlebte Procedere weiter Revue passieren lässt. „Ich hätte bestimmt jedes Mal aufs Neue in irgendwelche Tabellen schauen und nachrechnen müssen, wie nun im Endeffekt der Durchschnitt bei jedem Einzelnen ausgefallen ist oder sich ergeben wird, wenngleich noch eine zusätzliche Prüfung ins Spiel kommt. … Schließlich geht es um Bestehen oder Nichtbestehen. Mehr um einen Abschluss sofort oder erst nach blöden uncoolen Nachprüfungen. … Aber da ist sie ja in ihrem Element! To be or not to be, that is the question! Shakespeare hat den Protagonisten Hamlet genau deshalb tiefgründig nachdenken lassen, weil dieser vor entschlossenem Handeln Scheu hatte. Geht es bei Prüfungsentscheidungen und darauf gründend in Zukunftsvisionen nicht ebenfalls auch um Sehnsucht, Zerrissenheit der Person, sogar um Tragik?", referiert Keon in einem Monolog weiter, wobei er sich zügigen Schrittes auf dem gefliesten Boden voran bewegt. Er war gern in Frau Mühlenbecks Theatergruppe und wird genau solche Vorstellungen vermissen, in denen die Interpretation persönlichen Glücks von vielerlei Entscheidungen abhängig geschildert wurde. Urteil und Entschluss lassen manchmal nur eine Option offen. Ist der Entscheidungsträger zudem in seiner Beschlussfassung eingeschränkt, sogar durch äußere Einflüsse eingeengt, kann der letzten Chance ein Debakel folgen. Glück und Leid, ganz nah beieinander, sind ein ethisches Grundproblem! Der Glücksbegriff ist seit tausenden von Jahren ein Dauerbrenner. Dessen Gegenteil, das Unglück, ist tabuisiert, einfach Tabula rasa. Dabei wissen Menschen oft erst, was sie glücklich macht, wenn sie selbst Unglück erfahren haben. Glück entsteht auf einem Haufen von Scherben. Das haben Keon und sein Freund Marlon erfahren müssen, als sie beide sich, gemeinsam mit ihren Eltern und dem Schulleiter Frankenau, vor etwas mehr als fünf Jahren in einer anderen Welt wiederfanden - dem Reich der Tiefen mit den Gebieten Bekulan, Liknon und der Provinz der Ryanen. Schmerz und jedwede Missstände sind demnach ein Stachel der aktiven Fortuna. Der Mensch ist aufgefordert, gegen dieses stachelige Unglück anzutreten. Denn was wäre ein Leben ohne Anstrengung, ohne Kampf? Es wäre vielleicht ein Zustand völliger Befriedigung, ein immerwährendes Hochgefühl. Da fehlt jedoch der Kontrast! Emotionales Wohlbefinden ergibt sich aus der Tatsache, dass neben Unglück erst Glück erwachsen kann. Zeit relativiert zudem das Glücklichsein. Das Gestern und Morgen bringt die aktuelle Definition von Glück hervor. Keon lässt seine Gedanken vorbeigeleiteten. Er hat im Moment keine Lust, diese tiefsinnigen Überlegungen mit Marlon zu teilen. Das wäre zudem wirklich der falsche Zeitpunkt. Zunächst ist er nämlich höchst erfreut über seine Schulleistung. Aus diesem Grund schiebt er die trüben Abschiedsgedanken zügig beiseite… Das Abitur in der Tasche und dann mit so einem Ergebnis! Er ist einfach nur selig. „Du Streber musstest natürlich eine Eins Komma eins hinlegen!", blökt Marlon seinen Freund von der Seite her an, ohne ihn direkt anzusehen. Sonst hätte er bemerkt, dass Keon zuvor nicht nur Freude empfand. Er weiß, dass dieser Teenager neben ihm seine Direktheit als Belobigung auffasst, weil er seine Manier nur zu gut kennt. Schleimige Passagen einer

Hymne an die Perfektion schulischer Attribute sind ihm selbst fremd. Mehr, sie würden Keon bezüglich seines Gemützustandes nachdenklich machen. „Hätte ich in der Matheprüfung die dritte Aufgabe, also die mit der fiesen Exponentialfunktion, nicht so kompliziert gelöst, hätte ich am Ende sicher mehr als diese Eins Komma zwei bekommen.", beurteilt nun Marlon seine eigene Abiturnote. „Ja, die hatte es wirklich in sich.", bestärkt Keon die Annahme seines Freundes, dass dieser wohl bei beschriebener Aufgabe einen unnötigen Fehler gemacht haben müsse. „Während der komplizierten Nebenbedingungen um das Lösen des Extremalproblems dachte ich zwischenzeitlich auch mehrmals daran, dass ich mich ganz und gar verrechnet hätte. Die Ergebnisse waren allesamt irrational! Dazu noch parallel die vielen verschiedenen Einheiten. Scheinbar habe ich Glück gehabt und dann doch alle Rechnungen richtig… !", beschreibt Keon seinen Eindruck vom Abitur und findet doch wieder diesen Begriff des Glücks passend, den er gerade noch philosophisch analysierte. „Frankenau war jedenfalls ein toller Lehrer… Irgendwie werde ich ihn vermissen.", sinniert Keon weiter. „Ja, ich auch.", antwortet Marlon. Gleichermaßen gibt er zu bedenken: „Aber muss jede Mathematikaufgabe mit einem Problem verbunden sein? Anstiegsproblem, Tangentenproblem, Schnittwinkelproblem …ich weiß nicht was noch alles für Probleme!" Keon, der in seiner Größe, der von Marlon ebenbürtig ist, jedoch nicht ganz so breite Schultern besitzt, fügt grinsend hinzu: „Ich finde es effizient, Probleme auf den Tisch gelegt zu bekommen, deren Lösung absehbar ist!" Erst jetzt blickt Marlon zu seinem Freund und zieht, so wie er dies seit ihrer gemeinsamen Freundschaft stets tut, wenn er Einwände nicht gar zu schroff rhetorisch formulieren möchte, eine Augenbraue hoch, um mimisch mehr als einen Hauch von Unverständnis deutlich zu machen. Keon versteht sogleich die Reaktion und freut sich, einen neuen, wenn auch an den Haaren herbeigezogenen, wenngleich sogar fiktiven Diskussionspunkt gefunden zu haben, um den es sich lohnt, einen Disput anzuzetteln. Dieser wird wohl wieder dazu führen, dass sich beide Teenager in ihren Argumenten hochschaukeln und dabei ein Für und Wider durchspielen. Sie schätzen gegenseitige kontroverse Debatten, die gern zu Wortgefechten wachsen können. Keon ist sich jedoch jetzt schon sicher, dass das Ende wieder mal zu unrationalen Blödeleien führen wird, die, wie er glaubt, gerade deshalb ihre Existenzberechtigung haben. Zumindest sind sich seine Eltern Micael und Selma von Roderstätt und die Marlons, Darius und Leonore von Galemberg, einig, dass Diskussionen die grundlegende Basis einer funktionierenden Gesellschaft sind, genau dann, wenn sie sachgerecht geführt und mit Respekt beendet werden. Keons Vater Micael ist seit mehreren Jahren Germanistikprofessor an einer Münchner Universität und von daher in der Erziehung seines Sohnes darum bedacht, Meinungsverschiedenheiten sprachlich exakt zu formulieren. Er stellt dabei deutlich heraus, dass kontroverse Debatten einen Fundus an Argumenten bereithalten müssen. Dieser Fundus erwächst seiner Meinung nach nur auf grundlegendem Wissen, Kenntnis von Zusammenhängen und dem Verständnis anderer Ideale, auch wenn diese dem Betrachter zunächst fremd anmuten lassen. Der Journalist Darius ist derselben Ansicht und erklärt, dass eben auch in seinem Beruf ausreichende Recherchen ein ausschlaggebender Aspekt für gelingende Argumente und Berichte sind. Wohingegen Falschmeldungen, einhergehend mit unzureichenden Hintergrundinformationen, üble Auswirkungen haben können. Keon und Marlon können sich noch nicht entscheiden, ob sie in die Spuren ihrer Eltern treten möchten. Sie könnten sich ebenso auch vorstellen, so, wie Marlons Onkel Nicolas, ein Ingenieurstudium zu beginnen oder sogar eine medizinische Laufbahn anzusteuern. Ihr lieb gewonnener Freund, in seiner tierischen wie auch menschlichen Gestalt, lebt ganz und gar die Überzeugung, psychisch mental sowie auch medizinisch therapeutisch Leben zu schützen, zu heilen und damit die Existenz auf der Erde ein Stück lebenswerter zu machen. In diesem Moment der abschweifenden Gedanken in Richtung Mak, dem Hauskater der Familie Roderstätt, kommt es Marlon plötzlich in den Sinn, dass er den Gestaltwandler McKomeron schon länger nicht zu Gesicht bekommen hat. Zudem wird er noch mehr stutzig, als ihm jetzt brühwarm die Erkenntnis in den Kopf steigt, dass er auch seinen Onkel Nicolas von Galemberg seit geraumer Zeit nicht in realer Person gesehen hat. Der Wahlfranzose hat sich rar gemacht. Es gab nur einige wenige Momente, in denen beide oder auch gemeinsam mit seinen Eltern Leonore und Darius, ihren internen internetbasierten Instant-Messaging-Dienst bemühten, um im Nachtrag unwesentliche, eher belanglose Dinge auszutauschen. Nicolas und seine Frau Liane Sabioni hatten darauf gedrungen, ausschließlich den von ihnen beiden vor Kurzem entwickelten IT-Dienst zu verwenden. Öffentliche Kanäle wären ihrer Meinung nach nicht abhörsicher und könnten leicht gehackt werden. Deshalb bemühten sich Nicolas und Liane eindringlich, für die Illusionisten der oberirdischen Welt einen neuen Messenger-Dienst einzurichten. Dieser bietet wie herkömmliche Anbieter Bildtelefonie, IP-Telefonie, Videokonferenzen, Instant-Messaging sowie ebenso auch Screen-Sharing und Dateiübertragung an. Beiden herausragenden IT-Spezialisten war es gelungen, die Software mit der neuen, von ihnen entwickelten Programmiersprache PASS bedienen zu lassen. Diese baut zwar auf bekannte Programmiersprachen wie Delphi, Objective-C, Java, Python, Ruby sowie Object Pascal auf, verbirgt jedoch modulare Komponenten, die letztendlich eine vollendete Sicherheit ermöglichen. Eine KI-gesteuerte Verschlüsselungssequenz gestattet es dem Benutzer, abhörsicher und mit einer Wahrscheinlichkeit von sogar mehr als einhundert Prozent, ungewollten Datentransfer auszuschließen und potenzielle Hacker auf der Stelle zu entlarven. Marlon schreckt in seinen Gedanken versunken nun förmlich auf, als sein Chronometer zu blinken beginnt. Er vermutet, dass ihm seine Mutter eine Nachricht sendet. Sie wollten zur Feier des Tages gemeinsam mit der Familie Roderstätt auf das gelungene Abitur anstoßen und nachfolgend in einem guten Restaurant essen gehen. Er blickt auf seinen Transmitter, dann rasch zu Keon, der nun ebenfalls irritiert den Zeitmesser betrachtet. Beide hatten ihre Uhren von dem Uhrmachermeister namens Tempofagus in einer Welt unter der hiesigen im Reich der Tiefen erstanden. Die Zeit seitdem ist rasend schnell vergangen. Als wären die etwas mehr als fünf Jahre in Zeitraffer an ihnen vorbeigeschnellt. Die Zeit und die Erlebnisse dort unten - sie kommen ihnen fast wie gestern vor. Real und lebendig! Augenblicklich baut sich das Bild dieses alten Zwerges auf, dann die Migiagasse, wo Mak sie beide hingeführt hatte. Noch immer ist Marlon von dem unvorstellbar hohen Verkaufsraum überwältigt, welcher Chronometer in allen Varianten scheinbar bis über die hiesige Erdoberfläche hinaus bis zum blauen Himmel barg. Letztendlich hatte der Alte aus den unzähligen Stücken genau zwei Exemplare herausgesucht, die wohl zu den jungen Lords, wie er betonte, passen würden. „Was ist los?", stellt Keon die Frage in den Raum, wohl wissend, dass Marlon die Frage womöglich genauso wenig beantworten kann, wie er selbst. Beide Teenager schauen sich verdutzt an, dann beobachten sie noch einmal parallel das Blinken ihrer Uhren. „Mein Chronometer hat noch nie ein dermaßen Spektakel veranstaltet.", erklärt Marlon. „Meine Uhr ist zwar genervt, wenn ich erst nach zehn Minuten permanentem Weckerklingeln die Stopp-Taste betätige. Dann schickt sie mir gern auch mal zusätzlich optische Warnsignale. Aber dieses Aufblitzen ist mir neu!", resümiert Keon, dem wie Marlon schaudernd bewusst wird, dass dies nichts Gutes bedeuten kann. Als sich beide umblicken, weil sie Geräusche einer sich schnellen Schrittes auf sie zusteuernden Person vernehmen, erkennen sie ihren Schulleiter Herr Frankenau. Dieser hat einen ernsten Blick aufgesetzt und wird in seinem Vorwärtsdrängen auch nicht langsamer, als er schon nahe bei den Jungen angekommen ist. Er hat seinen Sommermantel um den Arm geschwungen, vermutlich, weil er seinen verdienten Feierabend in Aussicht wusste. Wie immer trägt er einen auffälligen Anzug, der in diesem Fall mit seinen schwarz-roten Längsstreifen mehr das Auge straft, als dass man modische Raffinesse vermuten könnte. Seine Krawatte flattert um seinen Hals und bildet als wehende Fahne, zur leichten Belustigung der Teenager eine Einheit mit den schwarz-weiß gemusterten Fliesen des Flures. Graf Mirosh zu Frankenau, welcher als Oberinspektor der Illusionisten der oberirdischen Materie damals ebenfalls gemeinsam mit vielen anderen gegen den mächtigen Anführer der Ryanen Regus Mal im Reich der Tiefen kämpfte, lässt nicht nur in seinem Gesicht Besorgnis erkennen. Seine gesamte Körpersprache weist darauf hin, dass etwas Fürchterliches passiert sein muss. Keon und Marlon kennen den Lehrer sonst nur tiefenentspannt und souverän in jedweder Situation, sei sie noch so prekär. Zu ihrem Entsetzen ist seine gegenwärtige Miene weder entspannt, noch strahlt sie Ruhe und Sicherheit aus. Nervosität macht sich bei den Teenagern breit. Wo eben noch Glücksgefühle herrschten, stiehlt sich augenblicklich ein undefinierbares Missbehagen auf ihr Gemüt. Ahnung von Angst und Furcht, Kontrollverlust und … Keon und Marlon hatten damals in die wahnsinnigen Augen von Regus Mal geblickt. Und diese zeigten keine Reue… nur Hass. Der Befehlskommandant der Ryanen, eines der drei Völker in der verborgenen Welt unter der Erde, hat also nicht vor, sich geschlagen zu geben. Das steht nicht auf seinem Plan. Aber damit musste man wohl oder übel rechnen. Der Zauberer war am Ende tot, aber dann doch noch lebendig. Ein Ende bedeutet eben nicht Endgültigkeit. Sehen heißt nicht vollendete Erkenntnis. Noch unzählige Male träumte Keon davon, wie er das schizophren Böse mit seinem Gift in Gestalt eines Komodowaran niederstreckte. Der vertrackte Typ erschien später in einer Dimension der Verschwommenheit von Vergangenheit und Zukunft auf einem knöchernen fleischlosen Rappen, ehe sein Bild vor den Augen der damals Vierzehnjährigen verschwand. Eine Heerschar riesiger sechsbeiniger Kakerlaken stürmte auf sie zu, auf denen karpfengleiche Schuppentiere ritten, welche wie irre psychotisch aufgeheizt, skrupellos das Ungeziefer antrieben. Potenzial des Bösen, ein Spektakel von Wirrnis und Chaos. Anarchie und Konfusion, was letztendlich alles Sein in die Zerstörung hätte treiben können. Nichts anderes wollten Regus Mal und seine Lakaien erreichen: Verwirrung und Aufruhr, was durch ein Sammelsurium von Gesetzlosigkeit und Korruption herbeigeführt werden sollte. Die Kakerlaken drängten sich dabei in einem atemberaubenden Tempo an einer imaginären Grenze an den Jungen vorbei. Auf ihren Chitinpanzern klammernd die übergroßen Karpfen. Blitzschnell nahmen die Gespanne eine andere Richtung auf, indem sie mit Vollgas wendeten, um danach wie zufällig nochmals ihre Zugbahn zu ändern. Scheinbar ohne Konzept, nur verstörend für die Jungen, prägend. Marlon und Keon denken gleichzeitig an diese grässlichen Ereignisse zurück. Sie blicken sich gegenseitig in die Augen. Es schaudert ihnen. Die Mäuler der Cyprinidae waren wie eine Fanfare zu einem Rohr geformt und tröteten das Ende der Welt ein. Zumindest, meinte Marlon im Nachtrag scherzhaft, dass „die Viecher wohl ihrem Mopp hinter ihnen mitteilen wollten, dass das Plexiglas-Hindernis ein fieser Gegner wäre." Marlons Onkel Nicolas, beruflich unter anderem als Ingenieur in Frankreich tätig und seine jetzige Frau Liane Sabioni, damals berufliche Partnerin, zudem Doktorandin für Informatik und Physik, konnten ihre Hologramme nicht mehr aufrechterhalten. Die rätselhafte Wand störte die Verbindung zur Regelzentrale im Homerius-Kastell, der Leitstelle, welche zudem als Zufluchtsort, Wohn- und Ausbildungsstätte der Zwerge Bekulans und darüber hinaus auch anderer Völker diente. Wie in einer beschleunigten Langzeitaufnahme erleben die Teenager noch einmal die Geschehnisse im Reich der Tiefen. Hier erfuhren sie ihre erste Liebe, der letztendlich die räumliche Nähe fehlte, um zarten Gefühlen Beständigkeit verleihen zu können. Mehr noch: Mit dem verzweifelten Eingeständnis, dass der Weg jedes Einzelnen allzu oft von personellen wie auch gesellschaftlichen Rahmenbedingungen vorgegeben ist, trennten sich ihre Wege. Sie beide zurück in der Welt oberhalb, eingezwängt in schulische Laufbahnen sowie Seija und Johanna, die ganz und gar mit ihrer Welt im Reich der Tiefen verwoben sind. Trotzdem, Erinnerungen genügen, um wenigstens Zuneigung aufrecht erhalten zu können. Keon kommt augenblicklich die Erinnerung an einen Zauberer namens Silas Derys in den Sinn. Dieser, umhüllt mit einer purpurnen Aura, die nur er, nicht sein Freund Marlon sehen konnte. Er erinnert sich an Runes Encasa im Tal des Seelenfriedens, als er diesen Blackmann das erste Mal begegnete. Autonom abgeklärt saß er in der Runde und schien dem Aufruhr um Regus Mal und der bevorstehenden Zeitenwende gelassen entgegenzublicken. Mit dem Besitz aller Artefakte hätte der Anführer der Ryanen den Beginn einer neuen Zeitrechnung eingeläutet. Dies nicht nur im Reich der Tiefen, sondern dann sukzessive auch oberhalb der Erde. Er beschwörte einen epochalen Umbruch herauf. McKomeron und Silas beschrieben seine Bestrebungen, wenn sie tatsächlich einträten, als unumkehrbaren Paradigmenwechsel. Dieser würde den Zerberus der Geschichte, dies in körperlicher Gestalt Cedrics, vernichten. Zeit neu interpretiert, weil sie fremdgesteuert neu aufgerollt und den folgenden Generationen andersartig wiedergegeben wird. Nichts wäre mehr so, wie es war, weil das Grundverständnis des Raum-Zeit-Gefüges ekelhaft neu interpretiert wäre. Silas Derys, Lean Migatos, der einstige Schulfreund Silas, und Keon in seiner Verwandlung als Komodowaran hatten die Trimendiperigos getäuscht. Dies aus ehrwürdiger Motivation heraus. Sie führten die Tiere in ihre Heimat zurück. Dabei ebneten die Illusionisten, Keons und Marlons Eltern, sowie ihr Schulleiter Frankenau den gefahrenvollen Weg. Mit ihrer GEMMA-App, namentlich den Okolyth-Linsen, den Argus Bek, konnten sie verfolgen, ob die Geschehnisse in Falios zu ihrer Zufriedenheit passierten. Für die Übersendung der Gefangenen konstruierten sie ein imaginäres Plasma-Gefüge, in dem die Reisenden zügig ohne Zwischenfälle an ihr Ziel gelangen konnten. Eine Art Tunnelnetz, in der Raum-Zeit verändert ist. Die Höhlen von Falius wurden Refugium für die urzeitlichen Trimendiperigos. Zufluchtsort und Heimat dieser dreiköpfigen Tiere, die rein gar nicht von ihrem Zuhause entrissen werden wollten. Sie lebten viele tausend Jahre ohne Zwischenfälle, bis eben dieser charakterlos gierige Magier auftauchte und sie als lebende Kampfmaschinen benutzte. Regus Mal chiffrierte ihnen eine dunkle Thymos ein. Eine Art Geheimschrift im Hirnareal der Dreiköpfigen, die gegen alles Leben aufwiegelt. Jeder einzelne Gedanke hat normalerweise ein unverwechselbares Muster in der Aktivität der grauen Zellen. Freie Gedanken ergeben sich aber nur, wenn das Individuum dazu physisch und psychisch in der Lage ist. Regus veränderte dieses Muster dadurch, indem er die Kontakte, also die Synapsen im Hirn mit schwarzer Magie überschrieb. Mit der Einflussnahme veränderte sich die Gemütslage der Tiere, die ihre Merkmale wiederum übertrugen. McKomeron studierte bereits seit längerem dieses Phänomen. Er verwendete den Begriff Übertragung aus der Psychoanalyse, welcher sich nach und nach auch in der Tiefenpsychologie etabliert hat. Silas hatte die Aufgabe, die übertragenen Gefühle von Hass und Zerstörung zu kappen, indem er die verdrängten ursprünglichen Affekte unbewusst reaktivierte. Gemeinsam mit Lean Migatos nutzten sie ihre quantenmechanische Kinese, ihre Gedanken befinden sich dabei im monochromatischen Gleichklang, und fokussierten sich dadurch kohärent. Wellen kinetischer Energie bündelten sich zu Laserstrahlen. Mit ihrer Hilfe öffneten der Magier und der Magister für Nahkampf neue Zugänge zu den Höhlen. Diese erhielten ferner einen mit hoher ingenieurtechnischer Intelligenz konzipierten und dann konstruierten Schließmechanismus, der nur durch Denjenigen geöffnet werden kann, der der Verantwortung gewachsen ist. Hier bewiesen die Zwerge in

Allianz mit den Menschen wahrhaftigen Ehrgeiz, welcher verknüpft mit akribischer Funktionalität, das Böse ein für alle Mal eingrenzen sollte.

„Tut mir leid Jungs!", erklärt sich Frankenau, weil er so stürmisch auf diese zuschreitet und die frisch gebackenen Abiturienten in ihrer freudigen Stimmung arg unterbricht. „Ich bedauere zutiefst, dass eure Feier hinausgeschoben werden muss. Wir werden woanders erwartet!", gibt der Schulleiter an und blickt nun ebenfalls auf seinen Chronometer, der den Eingang gleich mehrerer Nachrichten anzeigt. Graf Mirosh zu Frankenau richtet seine Krawatte und sieht seine Schüler bedauernd an, als hätten sie gerade eine vermeintlich schlechte Note erhalten, welche jedoch durch intensiveres Beschäftigen mit den Lerninhalten doch wohl besser ausgefallen wäre. „Wir können unseren Besuch nicht länger aufschieben. Zu meiner und der aller Illusionisten Bestürzung wurde Hümjekon entführt. Dabei wurde Cedric stark verwundet. Das Homerius-Kastell ist vermutlich durch Spione infiltriert. Eine Gruppe von Ryanen hat die Sicherheitseinrichtungen durchdrungen." „Konnten einzelne Personen erkannt werden?", will Marlon genauer wissen und schaut nun Frankenau in seiner Manier mit einer hochgezogenen Augenbraue intensiv an. „Näheres kann ich leider auch noch nicht sagen…", entgegnet dieser, wohl wissend, dass es schwierig werden wird, alle Übeltäter ausfindig zu machen. „Zumindest wurde Herma Awiks identifiziert. Man konnte in Cedrics Wunde das Gift einer schwarzen Mamba nachweisen. Da weiter keine Schlange gesichtet wurde, geht man davon aus, dass sich Miss Awiks auf irgendeine Art aus den Höhlen von Falios befreien konnte. Mit Sicherheit ist dann auch Regus Mal nicht weit. Auch wenn er selbst nicht bei dem Anschlag dabei war, dazu mag er zu eitel sein, so wird er die Fäden aller Wahrscheinlichkeit nach im Hintergrund fest im Griff haben." Marlon und Keon nicken gleichzeitig. Keon bemerkt gleichwohl, dass sich hinter der Attitüde des Schulleiters weitere nicht ausgesprochene Informationen verbergen. Seine psychokinetischen Fähigkeiten sind zwar oberhalb der Erde eingeschränkt, lassen jedoch keinen Zweifel übrig, dass Frankenau mehrere Details ausgelassen haben muss. Keon möchte ihn nicht bedrängen. Er und sein Schulfreund werden sicher noch früh genug erfahren, was Regus Mal nun schon wieder auszuhecken gedenkt, was ihn vorantreibt, um seine Gier nach Macht, seine unbegrenzte Sucht nach allem, was ihn in die Quere kommt, zu befriedigen. Was muss ein Wesen, welches mit Sicherheit genug, mehr noch im Überfluss hat, zusätzlich noch besitzen? Ist es gekränkte Eitelkeit, weil er in die Höhlen von Falios gedrängt wurde? Ist es damit ausschließlich Rache? Sicherlich nicht. „Dieser Typ hat", nach Marlons Ansicht, „ein ursächliches Egoproblem. Ihm reicht es nicht, dass er Macht über sein eigenes Volk hat. Ihm würde es auch nicht genügen, wenn er alle Völker unterworfen hätte. Dieser schizophrene Charakter ist in sich selbst gespalten." Keon nimmt Marlons Gedanken mental auf. Beide Teenager sind in der Lage, hier oberhalb des Reiches der Tiefen zwar außerordentlich gedämpft, sogenannte Mover gedanklich weiterzugeben beziehungsweise auch aufzunehmen. Sie können sogar Sequenzen von Überlegungen blockieren, auch beeinflussen. Dies sichert beiden in möglichen Auseinandersetzungen Erfolg und zuvorderst eine gemeinsame Handlungsstrategie, weil sie prämental durchgespielt werden kann, ohne dass der Betrachter etwas davon bemerkt. Natürlich würden der Psychologe McKomeron und auch Silas Derys leicht dahinterkommen. Obschon andere Illusionisten beim Dechiffrieren der Informationen einige Schwierigkeiten hätten. Codierte Gedankenübertragung, bei der der Buchstabe A im einfachsten Fall der Zahl Eins entspricht, dann folgend der Buchstabe B der Zwei. Auch könnte unregelmäßig auch A der Zahl fünfundvierzig und B vielleicht der siebzehn zugeordnet werden. Nein. Auch dieses Muster wäre zu schlicht. Die beiden Freunde nutzen ein Gedankenspiel, bei dem sie zusätzlich Anekdoten ihrer Kindheit in das Codierungsmuster einbauen, die nur sie beide erlebt haben. Marlon spricht aus, was beide Teenager empfinden: „Wir müssen Regus Mal ein für alle Mal von der Theaterbühne verbannen! Dieser ungehobelte Typ hat bizarr anmutende Wahnvorstellungen, die wir mit unserem, ich denke doch gesunden Menschenverstand bisher leider nicht nachkommen konnten. Der urteilt in anderen Strukturen, handelt aggressiv, weil er anders ist oder sein will. Das macht ihn mehr als gefährlich! Er ist unzurechnungsfähig und dementsprechend leider in seinen Handlungen unberechenbar.

Deshalb müssen wir einmal mehr mit Bedacht und Kalkül an die Sache herangehen." Marlons Schulleiter schaut seinen Zögling bewundernd an, dann biegen sich seine Mundwinkel zu einem breiten Grinsen: „Ich wünschte, so wäre jeder Schülervortrag. Enthusiastisch und klar formuliert. Bravo!" Marlon blickt auf diese Worte hin etwas verlegen drein. Er freut sich jedoch ungemein, solch ein Lob von diesem charakterstarken als auch ultimativ belesenen und gebildeten Rektor erhalten zu haben. „Dann mal los!", fordert dieser die Jungen nun eindringlicher auf. „Wir haben noch eine längere Anreise vor uns." Damit schiebt er die beiden Teenager rechtsseitig in ein Treppenhaus. Hier sind Marlon und Keon während ihrer gesamten Schulzeit sicher viele hundert Male hinauf und hinab gestiegen, um auf den verschiedenen Stockwerken ihre Unterrichtsräume aufzusuchen. Oder eben zügig in die verdienten Ferien zu laufen. Sie sind nur wenige Stufen nach unten gegangen, als Frankenau beide Jungen gleichzeitig am Ärmel packt: „Halt!", gibt er abrupt an. Die beiden vermuten, er hätte irgendetwas vergessen. Als sie sich umdrehen, beobachten sie jedoch, wie ihr hochgewachsener Schuldirektor vor einer in eine Wandnische eingelassene Statue stehen bleibt, an der die zwei eigentlich stets unbedarft vorbeigerannt sind. Erst in dieser Situation betrachten sie die Figur das erste Mal genauer. Es ist eher eine Statuette als eine Statue, wie die Abiturienten aus ihrem Kunstkurs her noch wissen. Die kleine Figur ist aus Mamor gefertigt und stellt in abstrahierter Form ein anthropomorphes Wesen dar. Keon weiß, dass solche Statuetten seit der Steinzeit belegt sind, sowie auch bei Kulturen der Antike. Dort waren sie sowas wie Idolskulpturen, die der Verehrung von Gottheiten dienten. Ist diese Statuette also vor fünfundzwanzigtausend Jahren geschaffen worden? Oder erst doch nur vor fünfundzwanzig Jahren? Keon findet auch bei genauerer Betrachtung keinen Zugang, wenngleich er sich ausgiebig im Leistungskurs Kunst mit solchen Figuren beschäftigt hatte. Seine Kunstlehrerin war dahingehend ein Vorbild für ihn. Frau Voss-Dornemann hatte zudem selbst Talent zur Bildhauerei bewiesen und stellte nicht selten eigene Modelle vor, die sie in ihrem Atelier schuf. Deshalb hatte er sogar einmal in Erwägung gezogen, Restaurator zu werden. Jetzt erst kommt ihn in den Sinn, dass gerade diese Figur niemals von seiner Kunstlehrerin erwähnt wurde. Es hätte auf der Hand gelegen, gerade dieses bearbeitete Stück Stein zu interpretieren. Keon betrachtet das Kunstwerk genauer. Eine Frauengestalt. Schön, attraktiv, wenngleich zierlich. Umhüllt mit einem wallenden Gewand. Es obliegt dem Betrachter frei zu entscheiden, ob sie darunter weitere Kleidung trägt. Ihre schlanken Füße sind entblößt und stehen in dornigem Gestrüpp. Der linke Arm umschließt ein dickes Buch. Der Beobachter wird in die Vorstellung geführt, dass diese Letter wohl schwer wiegen. Pralle Adern am linken Arm, die bis hinunter zur leicht verkrampften Hand führen, weisen darauf hin. Die rechte Hand ist so geformt, als erwarte die edle Frau eines womöglich hochrangigen Standes einen leichten Kuss auf den Rücken dieser Hand. „Der Handkuss als vollendeter Kuss, gegeben aus Respekt, Unterwürfigkeit oder auch Liebe?", überlegt Keon. Marlon, der die Gedanken seines Freundes aufnimmt, zieht seine rechte Augenbraue nach oben. Zur Überraschung der beiden Teenager bewegt sich nun tatsächlich die steinerne Hand so nach vorn, als erwarte sie eine förmliche Begrüßung. Graf Mirosh zu Frankenau indes greift die feingliedrige Hand und führt in Manier eines formvollendeten Gentlemans die gereichte Rechte auf Brusthöhe und deutet mit einer leichten Verbeugung einen Handkuss an. Nein, Keon beobachtet, dass seine Lippen den Handrücken… berühren! Ist ein tatsächlicher Kuss nicht ein Zeichen für Liebe? Normalerweise wird nach seinen Kenntnissen ein Handkuss nur angedeutet, vielleicht noch hingehaucht. Aber dies war ein echter Kuss! Frankenau schloss die Augen und er zeigte innige Zuneigung, mehr noch … Liebe. Keon selbst hat dieses Gefühl, diese Art von Hingabe und Herzenswärme, vor fünf Jahren das erste Mal empfunden. Zudem weiß er, wie es sich anfühlt, sich der wahren Liebe nie hingeben zu dürfen. Dies, weil Hindernisse im Weg stehen, die niemals weggeräumt werden könnten. Schmerz, Leere. Die Venus lächelt sanftmütig. Daraufhin ruckelt das Gemäuer hinter ihr, als würde sich Mauerwerk lösen. Evident öffnet sich eine Tür nach innen, wodurch sich die Statuette sogleich im Inneren eines Durchgangs befindet. Frankenau vollführt einen großen Schritt von der Treppenstufe in die Öffnung. Zuvor hatte er noch ein Kauderwelsch von Worten von sich gegeben, in dessen Reaktion die Schöne nochmals milde ihre Mundwinkel leicht nach oben zieht. Marlon verstand nur das Wort „logos". Schnell geht er seine Grundkenntnisse der griechischen Sprache durch und übersetzt „logos" mit „Wort" und „Rede". „Meint er damit vielleicht geistiges Vermögen und was dieses hervorbringt, wie die Vernunft?" Marlon rekonstruiert rasch weitere Übersetzungen und denkt an die Mathematik. „Kann ebenso auch eine Definition oder eine Rechnung, auch ein Lehrsatz sein." Keon stimmt dem Gedanken bei, wobei er eher an das „Lexem -log" und dabei „an die Logik, einer philosophisch-mathematischen Disziplin" denkt. Des Weiteren findet er „die Endung -logie im Wort Kosmologie oder zum Beispiel auch in Analogie". Frankenau indes deutet mit einer Handgeste an, dass sie ihm in das Dunkel folgen sollen. Das tun sie dann auch. Denn sie sind viel zu neugierig, um diese Einladung auszuschlagen. Als Marlon und Keon den Weg durch die Maueröffnung genommen haben, schlägt hinter ihnen die steinerne Tür mit einem recht lauten Knall zu. Schnell aktivieren die drei die Spots ihrer Chronometer und finden sich in einem an den Wänden mit zahlreich verzierten Mosaiken langen Gang wieder. Frankenau läuft ungehalten drauf los. Der Durchgang ist relativ breit gearbeitet, dass Marlon, Keon und ihr Direx sogar nebeneinander gehen könnten. Frankenau jedoch rennt so schnell, dass die Teenager Mühe haben, hinterher zu kommen. Bald sind sie auf gleicher Höhe. Keon brennt die Frage, was es mit der Statuette und dem Einlassprozedere auf sich hatte. „Wer ist diese Frau?", beginnt er deshalb seine Nachforschung. Und weil er zudem den genauen Wortlaut übersetzt haben möchte, hakt er weiter nach: „Was haben sie der schönen Venus gesagt, damit sie uns einlässt?" Irritiert ob dieser Bezeichnung blickt Frankenau zu Keon, dann zu Marlon. Er ist sichtlich überfordert, eher gehemmt, den Jungen exakt Auskunft zu erteilen. Der Schulleiter nimmt im Tempo noch mehr an Fahrt auf, als würde das zügige Laufen all seine Hemmungen mitnehmen. Dann beginnt er seine Ausführungen, ohne seinen Blick nach vorn zu verlieren. Jedoch hören die Jungen keine Erläuterung zu der steinernen Dame. „Ihr seid mit Sokrates, Heraklit und insbesondere Platons Namen und Geschichte vertraut? Der griechische Philosoph Platon verfasste unter anderem ein Werk namens Timaios. Hier wird ein fiktives Gespräch zwischen Platons Lehrer Sokrates, einem vornehmen

Athener namens Kritias und zwei Gästen aus dem griechisch besiedelten Süditalien, der Philosoph Timaios von Lokroi und der Politiker Hermokrates von Syrakus beschrieben. Kritias berichtet darin von einem Abwehrkrieg, den Athen vor etwa zehn Jahrtausenden gegen das mythische Inselreich Atlantis führte und gewann. Anschließend hält darin Timaios einen langen Vortrag über die Erschaffung der Welt." „Ja, und?", kommt es parallel von Keon und Marlon. „Was hat das mit der Venus zu tun? …" Frankenau reagiert nicht darauf. Die Jungen müssen wohl warten, bis ihr Rektor von selbst zu einer diesbezüglichen Erklärung bereit ist… „Zu etwa gleicher Zeit forcierten sich auch im Reich der Tiefen philosophische Deutungsversuche, die die Entstehung der Welt unterhalb der Erde zu erklären versuchten. Der Gelehrte Kaios Kyporas, geboren etwa vierhundert vor dem großen Almanach im Reich der Tiefen, ist dabei vornehmlich zu benennen. Er schrieb viele Werke und beschäftigte sich mit dem Sein und Werden der Bewohner hier unter der Erde. Der Philosoph Kyporas war meiner Ansicht nach mit Platons Werk vertraut, vielleicht sogar mit Platon selbst bekannt. Zumindest sind beider Überlegungen ähnlich in ihren Ansätzen. Nach Kaios Kyporas wird der Kosmos nur von zwei Faktoren geprägt, dem Verstand und dem Erfordernis. Also, wenn man anders ausdrücken will, Geisteskraft und Unausweichlichkeit." Keon unterbricht seinen Schulleiter noch einmal: „Das ist mit dem Wort logos gemeint?" „Genau erkannt!", gibt Frankenau zufrieden zurück. „Hat der Fremdsprachenunterricht doch ein wenig gefruchtet." Der Schulleiter kichert in sich hinein, was die Jungen ein wenig befremdlich finden. Dieser setzt fort: „Die Erschaffung des Alls wird nach Kyporas Ansicht auf einen vernunftbegabten Schöpfer zurückgeführt. Also denkfähig, geistreich, zudem scharfsinnig und umsichtig, weil er das Bestmögliche erreichen wollte. Dazu musste dieser sich zunächst mit der Notwendigkeit vorgegebener Sachzwänge arrangieren, um dann aus Chaos Ordnung zu schaffen. Yahratat, so nannte dieser Philosoph unter dem grünen Horizont den Patron, schuf allen vorausgehend unsterbliche individuelle Seelen. Daran anschließend entstanden erst die unterschiedlichen Lebensformen, wie ihr sie kennt. Durch Seelenwanderung sollten die Seelen immer wieder in neue Körper treten. Ziel waren Harmonie, Frieden und Schönheit der Welt, was ja in den vollendeten Seelen manifestiert war. Einzelne Seelen verselbständigten sich jedoch und bargen bald, ich sage mal schwierige unlautere Wesenszüge. Diese Modifikationen suchten sich nun ihre Körper zielgerichtet aus, bei denen sie meinten, mit ihren Charakteren auch in der physischen Struktur eigens vermeintlich zu harmonieren. Regus Mal ist ein existierendes Sinnbild dessen. Die urzeitliche Schöpfung des Yahratat ist entsprechend Kyporas Auffassung nach kein abgeschlossenes Ereignis, sondern ein bestehender Prozess, der noch in der Gegenwart anhält! Weil Leben stete Entwicklung und Veränderung bedeutet. Grundprinzip der Erschaffung allen Lebens sind dementsprechend das Sein und das Werden, die durch Mischung immer wieder Neues hervorbringen. Bei dem Mischvorgang werden manchmal sogar gegensätzliche Charaktere zusammengefügt. Dies, wenn nötig, mit Gewalt. Das Verhältnis der Mischung vollzog Yahratat nach einem ausgeklügelten System…", erörtert der Schulleiter und setzt unvermittelt weiter an: „Jedenfalls gelangt man schlussendlich zu dem Zahlenverhältnis zweihundertsechsundfünfzig zu zweihundertdreiundvierzig. Dies beschreibt in der Musiktheorie zweifelsohne den pythagoräischen Halbton Limma… Pythagoras sollte euch ein Begriff sein. Der Kosmos mit all seinen Planeten und Sternen entstand, als Yahratat zwei kreisförmige Bewegungen formte. Er schuf einen äußeren und einen inneren Ring. Beide Ringe treffen sich in der Mitte des Weltenkörpers. Dabei stellt die innere Bahn die Zugrichtung der Gestirne dar, welche unterhalb der Erde am Himmel sichtbar sind. Die Umlaufbahnen der Planeten, die sich im Universum um die Erde drehen, setzt er der äußeren Kreislinie gleich." Frankenau macht eine kleine Pause. Als die beiden Teenager keine Anmerkung haben, setzt er seine Erläuterungen fort: „Mit der Planeten- und Sternkonstellation wurde zugleich die messbare Zeit geschaffen. Sie ist durch die regelmäßigen Bewegungen der Gestirne definiert, also festgelegt. Das ist für die Menschen oberhalb der Erde aber auch für die Bewohner im Reich der Tiefen von besonderer Prägnanz, da alles Tun gemäß dem zeitlichen Erleben erfolgt. Denken ist meiner Ansicht nach nur in zeitlichen Begriffen nachvollziehbar." „Was geschah weiter?", will nun Keon wissen, weil sein Schulleiter nochmals eine Gedankenpause einlegt. „Ihr wisst, dass das Dreieck die einfachste Flächenfigur ist. Aus Dreiecken sind alle anderen Vielecke und damit auch sämtliche Vielflächner aufgebaut. Yahratat baute mit Hilfe der Dreiecke dreidimensionale Figuren, die euch bekannten regelmäßigen Polyeder. Diese Vielflächner schuf er so klein, also auf atomarer, eben auch molekularer Basis, dass sie für das bloße menschliche Auge unsichtbar sind und somit nach seinem Ansatz nach als Module für die Schaffung der Elemente dienlich sein würden. Ganz den Primzahlen, welche die kleinsten Bausteine aller zusammengesetzten Zahlen sind. Den Tetraeder, den Oktaeder und den Ikosaeder baute er aus gleichseitigen Dreiecken, den Hexaeder aus Quadraten, welche ja wiederum aus kongruenten rechtwinkligen Dreiecken bestehen. Aus den tetraedrischen Bauteilen schuf er das Feuer, die Luft aus oktaedrischen, Wasser aus ikosaedrischen und die Erde aus hexaedrischen Komponenten… Zu dieser Aufzählung von Körpern gehört, wie ihr wisst, auch noch der Dodekaeder. Diesen verwendete Yahratat bei der Konstruktion des Weltenraumes an sich. Er nutzte also die fünf platonischen Körper wie ihr ebenso aus meinem Mathematikunterricht erfahren habt. Dies als einen weiteren Beweis dafür, dass sich beide Philosophen in ihrem Ideengut wohl ausgetauscht haben müssen… Polyeder mit einem Höchstmaß an Symmetrie. Die Konstruktion der Welt hat, egal welche Theorie man erdgeschichtlich zugrunde legt, ob die oberhalb oder jene unterhalb der Erde, letztendlich mit Schönheit und Ästhetik zu tun. Zudem mit Gestaltungswillen und mathematischen Notwendigkeiten. Ob man rein wissenschaftlich nun vom Urknall her die Entstehung der Welt erklärt oder einem eher philosophischen Ansatz nachgeht, welchen man im Reich der Tiefen annimmt. Und nun kommt die Krux, die Problematik, der Pferdefuß, wenn ihr so wollt." Marlon und Keon schauen ihren Schulleiter gespannt an, obwohl sie immer noch im Laufschritt versuchen, neben ihm herzulaufen. „Wieder ein mathematisches Problem", denkt Keon und muss augenblicklich in sich hinein lächeln. Mirosh zu Frankenau macht jetzt eine noch längere Redepause als bisher. Er möchte ganz und gar den Spannungsbogen soweit wie möglich dehnen. „Der Philosoph Kaios Kyporas kommt zu der Frage, ob es wohl noch eine Vielzahl möglicher anderer Welten gibt. Er schließt zwar eine Unendlichkeit aus, erwägt jedoch die Möglichkeit, dass es weitere Räume neben den bereits existierenden Gebieten Bekulan, Liknon, das der Ryanen und zu guter Letzt der Menschen geben könnte. Eben wegen der Fünfzahl der platonischen Körper… Ob dies nur eine wahnwitzige Theorie ist, mag man glauben oder bezweifeln. Zumindest ist Rune der Ansicht, dass es eine andere Dimension unter der Erde geben müsse, in die Regus Mal zurück gefunden hat… Vielleicht ist dieser Raum winzig klein, hat kaum nennenswerte Ausmaße, ist eventuell sogar vor aller Augen nicht sichtbar und trotz allem in seiner Intensität und Ausstrahlung mit unfassbarer Energie ausgestattet. Der weise Alte ist, wie auch Nicolas von Galemberg, Marlon, dein Onkel wie auch seine hochgeschätzte Angetraute Liane Sabioni, der Ansicht, dass das Thema Raum und Zeit, ein Konstrukt ist, mit welchem wir uns unbedingt beschäftigen sollten. Unser verehrter Herr Albert Einstein bezog sich in seiner neunzehnhundertfünf veröffentlichten Relativitätstheorie ebenso auf dieses Thema. Er entwickelte völlig neue Vorstellungen über Raum und Zeit, die mit althergebrachten Vorstellungen nicht vereinbar sind. Sie lassen sich folgendermaßen zusammenfassen: Es gibt weder absoluten Raum, noch eine absolute Zeit!"

Nach einer Phase des Schweigens, in der Frankenau, Keon und Marlon ihren eigenen Gedanken nachgehen, denn die Darlegungen ihres Schulleiters müssen die zwei Teenager erst noch verarbeiten, kommen sie nach einigen Gehminuten an einer hölzernen Tür an. Frankenau holt derweil einen Schlüsselbund aus einer seiner Manteltaschen hervor, welchen man auch gern in seiner Fülle als Wurfgeschoss umfunktionieren könnte. Im gebündelten Sammelsurium an Transpondern, Schlüsseln für Fachräume, Fenster und diversen Schließfächern findet sich auch der Generalschlüssel der Klassenräume. Keon und Marlon betrachten das Bündel unterschiedlichster Schließen und beobachten, wie ihr Direx eine kleine Chipkarte selektiert, die sich fast unbemerkt unter den vielen Schlüsseln versteckt hatte. Gleich schiebt er den

Identifikator in einen winzigen Schlitz, da, wo sich normalerweise das Türschloss befunden hätte. Die Jungen zucken zusammen, als eine blecherne Stimme in ihre Ohren drängt. „Identifikation erfolgreich… Bitte Augenscan zulassen." Frankenau hält kurz in seinen Bewegungen inne und blickt dabei in eine Kamera, die zum Erstaunen der Jungen irgendwie aus dem Holz der Tür gefahren kommt. Sekundenschnell wird die Iris beider Augen fotografiert und auf spezifische Merkmale untersucht. Einen Augenblick später sind die Attribute mit den gespeicherten Datensätzen der Personen verglichen, welche ausschließlich Zutritt zu dem Raum dahinter haben. „Identifizierung und Authentifizierung abgeschlossen. Die Iris verifiziert Oberinspektor der Illusionisten der oberirdischen Materie Mirosh Graf zu Frankenau." Im selben Moment öffnet sich die Tür, welche zur weiteren Verblüffung der Schüler nur äußerlich mit Holz verkleidet ist. Die Stahltür misst in ihrer Ausführung etwa einen Fuß Breite. Rahmen und Flügel sind ebenso aus blankgeputztem Stahl gefertigt. „Hier bewegen sich eintausendvierhundertsechzig Kilogramm", erklärt Frankenau. „Schutz, Widerstandsfähigkeit und Haltbarkeit in einem Guss!" Als Keon und Marlon nichts hinzufügen, gibt er weitere Daten an, als hätte er dieses Sicherheitskonstrukt selbst entworfen: „Der Eye-Scanner ist eine Weiterentwicklung herkömmlicher Produkte, die der Markt zurzeit zu bieten hat. Sicher könnt ihr euch vorstellen, wer sich mit dem Development befasst hat… Marlon, dein Onkel Nicolas war so gut und hat dieses Tor entworfen und den Eye-Scanner auf den Höchststand technischer Möglichkeiten gebracht. Er nennt das Gerät Tetra-Thesaurus. Er meint, dass das Wort -Thesaurus- nicht nur als Wörterbuch bezeichnet werden sollte, mit dessen Hilfe man den Wortschatz einer Sprache darzustellen vermag. Mehr noch erkennt man im wesentlichen Sinne Äquivalenzrelationen, auch Assoziationsrelationen, um strukturierte Informationen auslesen zu können. Dieser Prototyp eines 3D-Scanners ist kabellos und KI-gesteuert. Das Modell ist mit anderen weiteren Sicherheitsanlagen über der Erde und im Reich der Tiefen verbunden, zudem mit Regelzentren, die, wenn nötig, Problemlösestrategien sekundenschnell anzuwenden wissen." Die Jungen finden sich gerade in einem Monolog wissenschaftlicher Erläuterungen wieder, dessen sie zwar ureigenst nie abgeneigt sind, jedoch im Moment zu viel Informationen bergen. Den unaufhörlichen Wissensinput schieben sie darauf, dass ihr Schulleiter tatsächlich wegen der Entführung Hümjekons gänzlich aus seiner gelassenen Art katapultiert wurde. Deshalb unterbrechen sie ihn auch nicht, als sie noch weitere Anmerkungen zu dem von Nicolas entwickelten Iris-Scanner über sich ergehen lassen müssen: „Die Iriserkennung ist eine Methode der Biometrie. Spezielle Kameras erzeugen dabei Bilder von der Regenbogenhaut des Auges. Mittels algorithmischer Verfahren werden die Merkmale der jeweiligen Iris identifiziert und anschließend in einen Merkmalsvektor, das ist ein Satz numerischer Werte, umgerechnet. Da fällt der Begriff des -Vektors-, unsere bekannte analytische Geometrie des Raumes. Ein Vektor als Pfeilklasse, deren Pfeile sämtlich gleiche Länge und gleiche Richtung besitzen… Nur so am Rande. Jedenfalls wird das Template, also der Merkmalsvektor, in diesem Fall das neuronale Netz für die Wiedererkennung wiederum durch einen Klassifizierungsalgorithmus gelassen, wodurch anschließend ein Abgleich mit gespeicherten Daten passiert.“ Als der Redeschwall des Schulleiters aufhört, kann Keon psychokinetisch erkennen, dass der Herzschlag Frankenaus wieder in einen Normalzustand kommt. Dann jedoch nimmt dieser wieder an Fahrt auf. Herzrasen, der Arzt McKomeron beschrieb ihm diesen Zustand als Tachykardie. Das Gemüt seines Lehrers zeugt sogar von Euphorie, von Hochstimmung eines Glücksgefühls. Keon spürt regelrecht das starke Pulsieren in Frankenaus Brust, er kann es sogar hören. Er vermutet einhundertsechzig Schläge pro Minute. Als er und sein Freund wie zuvor ihr Schulleiter durch die mächtige Tresortür geleitet werden, stehen sie auf einer Art Parkplatz. Auf diesem erblicken sie zur Begeisterung der Jungen drei aufgebockte Motorräder. Diese glänzen in ihrem metallischen Lack und erzeugen bei den Teenagern eine ebenso große Vorfreude, wie Keon diese bei seinem Mathematiklehrer erkannt hatte. „Ihr beide habt doch den Motorrad-Führerschein?“, erkundigt sich Frankenau schief grinsend, obwohl er ganz genau weiß, dass die beiden noch zwischen den Abiturprüfungen mit einer zusätzlichen praktischen Fahrprüfung sogar die Zulassung für eine höhere Klasse erklommen hatten. Deshalb haben sie sicherlich ausreichend Übung im

Umgang mit Motorrädern. „Eure Eltern meinten, dass eure beiden Cross-Maschinen zunächst etwas smarter ausfallen sollten. Ich habe mir die etwas größere zugeteilt." Frankenau grinst in sich hinein. „Für euch stehen hier zwei nagelneue motorisierte Zweiräder. Solche Maschinen gibt es in derlei Ausführung nicht oberhalb der Erde. Beide Räder wurden für die Ansprüche im Reich der Tiefen modifiziert. Die euren sind fast genau so schnell wie meins. Mein Vehikel muss entsprechend meiner Größe und Gewicht etwas anders gearbeitet sein. Hab mich deshalb für eine stärkeres Bike entschieden." Marlon und Keon können nur staunen. Allein von diesen Cross-Maschinen sind sie jetzt schon überwältigt, als dass sie erahnen, was noch für Überraschungen auf sie zukommen werden. Marlon geht auf eines der beiden rot-anthrazit lackierten Räder zu und begutachtet ihren zukünftigen fahrbaren Untersatz zunächst aus einem respektvollen Abstand. Keon kommt ihm nach und bewundert ebenso seine Cross-Maschine. Mirosh erörtert weiter: „Die Fahrzeuge müssen ja nicht unbedingt der Straßenverkehrszulassungsordnung genügen. Wir werden hier unter der Erde sicher keine geteerten Straßen vorfinden. Deshalb sind diese geländetauglichen Scrambling-Fahrzeuge mit grobstolligen Reifen ausgestattet und zudem mit einer überaus markant progressiven Federkennlinie. Diese Crossis haben weder Blinker, Hupe, Ständer und natürlich auch keinen Kennzeichenhalter. Ich habe aber darauf gedrungen, Beleuchtung anzubringen." Die beiden Jungen sind noch immer sprachlos. Frankenau freut sich, dass ihm diese Überraschung gelungen ist. Ein freudiger Augenblick als Motivation für das, was an unguten Dingen folgend im Raum schwebt. Er verweist auf drei Rucksäcke, auf die er bedeutungsvoll zeigt: „Ein richtiger Motocross-Fahrer braucht natürlich auch eine vernünftige und zweckdienliche Ausstattung… Helm, Stiefel und Anzug findet ihr darin enthalten. Müssten passen, wie Selma und Leonore meinen." Marlon und Keon packen gleichzeitig die Schutzausrüstung aus und sind sogleich etwas irritiert, weil sie im Rucksack eher bunte Motocross-Anzüge vermutet hatten. Stattdessen holen sie einen militärisch anmutenden Camouflage-Anzug in schwarz-anthrazit hervor. Verwundert schauen sie zu Frankenau, der seine Schultern zu einer Entschuldigung hebt: „Das soll ja keine

Spazierfahrt werden oder weiß Gott keine Motocross-Weltmeisterschaft. Wir sind hier in Mission zur Abwendung überquellender Kriegsattitüde seitens euch bekannter Ryanen unterwegs, dass ein bloßer Jersey-Strampler nicht reichen wird!" Die Teenager verstehen und betrachten ihre Military-Anzüge. Ihr Schulleiter definiert indes die Eigenschaften der Ausrüstung gerade so, als wäre er in eine Dauerwerbesendung für derartige Bekleidung geladen: „Bei dem Set geht es nicht nur um Stil - es ist ein Anzug für den jungen, modernen Kämpfer. Ihr findet strategisch platzierte funktionelle Arm- und Beintaschen. Schmutz- sogar feuerresistent, zudem feuchtigkeitsabweisend. Nahtlos konstruiert, um Reibung zu vermeiden und Mobilität zu erhöhen. Anpassungsfähiger Warrior. Ausgestattet mit Knie-, Nacken-, Rücken- und Brustprotektoren… Nicolas hat den taktischen Camo außerdem mit allerlei Spielchen ausgestattet. Natürlich auch eure Cross-Räder." Zügig schälen sich die Drei bis auf ihre Unterhosen und T-Shirt aus ihrem „Normaloutfit", wie es Marlon beschreibt, und schlüpfen in die für sie angefertigte Ausrüstung. Ihre bisherigen Sachen verstauen sie in einen seitlich abgeschotteten Container rechtsseitig der Stahltür und sichten dann die Inhalte, die sich zusätzlich in den Rücksäcken befinden. Darin entnehmen sie noch Handschuhe, Sonnenbrille, eine Art Laserpointer mit eingearbeiteter Klinge, eine Trinkflasche und einige Essenvorräte. „Haben unsere Eltern doch wieder Angst, dass ihre Jungen verhungern!", freut sich Marlon und wickelt bereits einen Müsli-Riegel auf, den er in zwei Happen in seinen Mund stopft. Genüsslich kauend beobachtet er, wie der großgewachsene Schuldirektor gekonnt seinen carbon-matten Helm aufsetzt, seinen Rucksack richtet, die Handschuhe überstreift, seine Sonnenbrille aufsetzt und sich mit energischem Schwung auf seine matt-schwarze Maschine katapultiert. Die Federn des Motorcycle leiten den Schwung ab. Der Helm selbst hat einen effizienten Sichtschutz. Das Visier dient als Monitor, Sprachbefehle werden darüber weitergeleitet und Nachrichten sogar dreidimensional wiedergegeben. Zumal sind verschiedene Apps aufgebracht, die den Fahrer Zugang zu Kartenmaterial und natürlich auch die Konversation mit den Eltern der Jungen, Nicolas und McKomeron sowie anderen Mitstreitern ermöglichen. Als alle drei Fahrer ihre Cross-Maschinen vom Ständer des Parkplatzes gewuchtet haben, bedienen sie die Zündung. Diese startet augenblicklich bei allen drei Fahrzeughaltern. Mehrere Kontrolllampen blinken auf und eröffnen ein ausgeklügeltes Management zur Optimierung der Motorleistung. Natürlich sind diese Extremvarianten von Motocross-Maschinen mit ultimativen Kraftstoffreglern, ZIP-Leitungen für programmierbare Erfassungssysteme interner wie externer Datenboxen und sicher dem neuesten Zündungssystem ausgestattet. Die Maschinen heulen brüllend auf und fordern eine Cross-Tour ihresgleichen.

Mit durchdrehenden Rädern verlassen sie ihre Pole-Position. Frankenau als Leader vornweg, führt sogleich Marlon und Keon über einen welligen Pfad zwischen zunächst vereinzelten Bäumen und Sträuchern hinweg. Einige Male sind sie gezwungen, in rasanten Manövern Hindernisse zu umgehen oder auch zu überspringen. Der sandige Boden unter ihnen lässt sie dann kreisförmig ausscheren. Fontänen aus Sandwolken bilden sich links und rechts ihrer Spur. Dann einfach wieder Gas geben. Bald brausen sie durch ein Dickicht von Pflanzen. Blätter und Blüten klatschen an das Visier ihrer Helme. Die Jungen vermuten, dass diese bald Risse bekommen könnten. Ein dicker Ast streift Marlon, der zum Glück hier im Reich der Tiefen angekommen, wieder seine außerordentliche Vitalität entwickelt. Die bemerkenswerte energetisch anmutende Kraft und Schnelligkeit, sowie auch seine ferrokinetischen Fähigkeiten hatten sich im Tal des Seelenfriedens während der Begegnung mit dem weisen Zwerg Rune offenbart. Ihm macht es deshalb wenig aus, als ein plötzlich auftretendes Hindernis seine Zugbahn stört. Blitzschnell ändert Marlon die Fahrtrichtung, weicht dem mittig durchgebrochenen Baum aus, dessen scharfkantige Bruchstelle einen ungeübten Fahrer hätte aufspießen können. Bald überqueren sie einen tiefen Graben, vielleicht ein Wadi, der zu Regenzeiten einen reißenden Strom führt, um dann auf einer Buckelpiste trotz bester Federung ihrer Cross-

Räder durchgeschüttelt zu werden. Abrupt endet ihre Fahrt, als Frankenau plötzlich eine Kehrtwendung vollführt und seine Maschine nur wenige Fuß vor einem steilen Abhang zum Stehen bringt. Erde und Rasenbatzen werden aufgewühlt und finden sogleich ihren Weg entsprechend der Erdanziehung nach unten. Schon stemmt er beide Beine auf den Boden, als auch Keon und Marlon ebenso die Zündung ihrer Crossis abstellen. Als beide Teenager rechtsseitig nach unten blicken, stellen sie zu ihrem Entsetzen fest, dass sie sich nicht mehr als fünf Fuß hätten weiter vorwärtsbewegen dürfen, bevor sie in einen mächtigen Abgrund gestürzt wären. Keon schaudert es bei der Vorstellung. Marlon bleibt entspannter, obwohl er sicher, genau wie sein Freund, keine größeren Einwände für eine rechtzeitige Vorwarnung dieses wahrlich gefährlichen Hindernisses gehabt hätte. Ihr Schulleiter sah dies vermutlich anders. Er tut gar so, als wäre er bloß sanft vor einer Ampelkreuzung bei Rot angekommen, um dort gemächlich der nächsten Grünphase entgegenzuschauen. Vielleicht möchte dieser dann sogar noch nachbarschaftlich weitere Motorradfahrer grüßen, welche soeben an der Haltelinie der vermeintlichen Kreuzung bremsen. Zumindest lächeln Frankenaus Augenpaare die beiden Jungen derart an. Indem er nun noch seinen Helm abstreift und mit einem Tuch, welches er aus einer seiner vielfältigen Beintaschen herauszieht, die Schweißtropfen von seiner Stirn wischt, wirkt er eher jungenhaft. Schwer zu schätzen, wie alt der Mann ist, der sich formal als Rektor eines Münchner Gymnasiums ausgibt. So jedenfalls, wie er eben noch seine Cross-Maschine getrimmt hatte, möchte man meinen, er wäre ein olympiareifer Jungspund, der eine seiner Trainingsrunden in der Kalahari-Wüste oder sonst wo absolviert. Als Marlon und Keon ebenfalls ihre Helme abnehmen, weht ihnen eine frische Brise entgegen. Erst jetzt hören sie die Brandung, welche an den steilen Hängen zerbricht und mit tobender Strömung zurück rauscht, um ein weiteres Mal gegen die Klippen anzukämpfen. Ein Naturschauspiel, bei dem das Meer letztendlich gewinnen wird. Es nimmt jedes Mal aufs Neue Material vom Festland mit, um dieses unwiederbringlich fortzutragen. Gleich einer Bestie, welche sich, nachdem sie das zarte Fleisch ihrer gehetzten Beute vertilgt hat, nun noch das Mark der Knochen auslutscht. Unerbittliche

Naturgewalten, die zudem gleichzeitig Schönes hervorbringen. Als Keon an der Kante der Felsenklippe steht und nach unten schaut, kann er nicht umhin, Parallelen, nein sogar das adäquate Bild der Kreidefelsen von Dover zu erblicken. Genau wie ihr Pendant an der britischen Küstenlinie am Ärmelkanal oberhalb der Erde strahlt ihnen eine hellweiße mehr als einhundert Meter hohe Kliffküste entgegen. Diese White Cliffs hier haben nur eine andere Farbnuance, weil der Himmel nicht wie auf der Erdoberfläche blau gefärbt ist, sondern grün leuchtet. Das satte dunkle Grün der Oberfläche des Plateaus, auf der sie ihre Räder abgestellt haben und das Smaragdgrün des fast wolkenlosen Himmels färben das Meer oliv. Hunderte Nuancen von Grün verzaubern regelrecht die ihnen vorliegende Landschaft. „Countless Shades of Green", beschreibt Frankenau das Bild, welches die Jungen bestaunen. Und genau so würden sie den Titel jenes Kunstwerkes nennen, welches sich ihnen in Gänze offenbart. Eine Farbbrillanz als Lichtwirkung, welche durch Spiegelung der blassgelben Sonne und der Brechung ihres Lichts durch die Millionen Wassertropfen entsteht, die die Gischt an den Klippen in regelmäßigen Intervallen wie eine Fontäne empor presst. Die Brillanz der Farben trägt zusätzlich zu einer differenzierten Wahrnehmung des Raumes bei, wobei die peitschenden, fasst weiß aufschäumenden Wellen den Gesamteindruck verwirbeln, so dass eine vollständige Farbpalette aller Mischungen von Grüntönen entsteht. „Ihr steht auf purem weißem Kalziumkarbonat. Wie auch die Kreidefelsen bei Dover in Südengland oder der Insel Rügen in Norddeutschland sind für deren Entstehung Korallen und andere Meerestiere verantwortlich, die als Sediment auf den Meeresgrund sanken und sich dort mehr und mehr anhäuften. Als sich das Meer zurückzog, blieb diese Masse von Siliciumdioxid geflecktem Kalkstein übrig." Die Teenager blicken zu ihrem Schulleiter, dann betrachten sie weiterhin das vor ihnen ausgebreitete offene Meer. Im Hintergrund sprudeln die Informationen ihres Lehrers weiter, gerade so, als würden sie eine Führung in einem Landschaftsschutzgebiet unternehmen. „Der Kalk hier ist jedoch nicht so weich wie auf der Erdoberfläche, so dass die Erosion nur allmählich vonstatten geht… Also brauchen wir nicht unbedingt damit zu rechnen, dass eventuell ein Brocken abgängig ist und wir damit in die Tiefe stürzen. Trotzdem bitte Obacht geben!" Ein einzelner Vogel entfernt sich aus einer Schar von Möwen und segelt mit starr ausgebreiteten Schwingen auf die kleine Gruppe zu. Keon und Marlon beobachten, wie sich dabei der Körper des Vogels mal auf die eine Seite und dann wieder auf die andere Seite neigt. Kurze, rasche Flügelschläge, dann gleitet der Ausreißer durch den Aufwind in die Höhe. Die Möwe vollführt genau über den Köpfen der drei Menschen eine Drehung, ehe sie nochmals auf das Meer hinaus wendet. Die Flügelspannweite schätzt Marlon auf etwa einen Meter fünfzig bis zwei Meter, also sechs Fuß. Die Länge des Vogels halb so groß. „Was will die Möwe?", fragt Marlon, wobei er seinen Kopf in den Nacken legt, um dann der Zugrichtung des Tieres nachzublicken. „Diese Möwe ist genauer gesagt ein Eissturmvogel", berichtigt Frankenau seinen Schüler. Fügt dann aber gleich hinzu, dass dieser tatsächlich auch als Möwensturmvogel bezeichnet werden kann und Marlon das fast weiße Gefieder richtig eingeordnet hat. Die Möwe lässt sich nochmals durch den Aufwind in die Höhe treiben, um nun ein zweites Mal das Areal der Besucher zu inspizieren. Kopf, Hals und Unterseite des Vogels sind schneeweiß. Das Gefieder auf der Oberseite der Flügel ist graublau, eher blau. Kurze, gelblich-grüne Beine liegen am Körper an und nutzen die Aerodynamik. „Diese Möwen hier erscheinen mir aber relativ groß zu sein.", schlussfolgert Keon, der dieses Exemplar, welches gerade in einiger Entfernung über seinen Kopf hinwegfegt, mit den ihm bekannten Möwen von gemeinsamen Ostseeurlauben mit seinen Eltern vergleicht. „Nun.", erörtert Frankenau. „Der Evolution nach haben sich unter der Erdoberfläche teilweise auch Spezies, ähnlich unserer entwickelt. Scheinbar findet diese Vogelart hier im Reich der Tiefen ausreichend Nahrung. Fressfeinde halten vielleicht ebenso die Population konstant, so dass sie hier gleichfalls ein optimales Zuhause finden. Ein weiteres Mal nimmt der Vogel Anlauf und reckt nun seinen Hals, als würde er mit seinem Schnabel nach etwas greifen wollte. Marlon ist völlig irritiert, als das Federtier genau auf ihn zusteuert. Er meint schon, den kräftigen Schnabel an seinem Hals zu spüren, der sogleich seine Halsschlagader aufreißen wird. Zur völligen Verblüffung des Teenagers setzt jetzt nicht das gefiederte Untier neben ihnen auf, sondern McKomeron, oder, wenn man so will, der Hauskater der Familie von Roderstätt. Der Oberkommandant der Streitkräfte aller unterirdischen Völker, zudem akkreditierter Arzt und Psychologe, lächelt verschmitzt, weil er Marlon recht überzeugend, zumindest kurzzeitig, einen kleinen Schrecken verpassen konnte. Der Gestaltwandler baut sich nun vollständig vor Marlon auf und dieser könnte sich fast ohrfeigen, weil er nicht sofort auf die strahlend grünen Augen geachtet hatte. Ihm hätte auffallen müssen, dass die Möwe keine dunklen Augen, sondern das funkelnde Flaschengrün, wie er dies nur von Lord McKomeron kennt, aufwies. Dieser scannt augenblicklich den Teenager und kommt zu dem Schluss, dass die Schockstarre wohl nicht ganz so in die Tiefe geht. „Wenn du uns nur noch ein weiteres Mal umkreist hättest, würdest du mit Sicherheit meine Rechte zu spüren bekommen haben. Das war total penetrant! … Und wenn ich recht überlege … auffällig!", konstatiert Marlon, zumal er sich mehr über sich selbst ärgert, als über das Schauspiel des Regenten. Außerdem hatte er gerade noch eine, wenn auch nur kleine Abi-Feier in Aussicht und eben nicht eine rasante Fahrt über Stock und Stein. Zumindest hätte man sie dieses Mal vorwarnen und die Entwicklungen im Reich der Tiefen längerfristiger im Voraus kommunizieren können. Er ist auch deshalb leicht brüskiert, weil er sich mit Sicherheit auf dieses Unterfangen vorbereitet hätte. Nun sind er und sein Freund schon wieder ins kalte Wasser gestoßen worden, ohne jedwede Ankündigung. McKomeron zieht seine Mundwinkel nach oben und nickt verstehend. „Du hast recht.", gibt der Arzt zu verstehen, weil er den Gesichtsausdruck des Jungen nur zu gut interpretieren vermag. „Aber eure Eltern wollten euch eure kleine Abitur-Vorabfeier am heutigen Abend eigentlich nicht vorenthalten." Der Psychologe überlegt, wie er das aufgebrachte Gemüt seines Gegenübers ebnen kann. „Der Plan war, euch in den nächsten Tagen von der angespannten Situation zu berichten. Pläne jedoch sind eben nur so weit durchführbar, bis diese durch widrige Umstände gekreuzt werden. Ein Plan kann zunächst ein Reglement, eine Regelsammlung sein. In ihm sind Maßstäbe und Normen, zudem Methoden zur Erreichung eines Ziels festgelegt. Veränderte Situationen fordern, wie auch bei Gesetzen jeglicher Art, diese immer wieder neu zu denken und bezüglich dem Ist-Zustand anzugleichen. Fragen wie: Bringt das Statut die Maxime? Ist eine Abweichung von Standards vonnöten? Habe ich Gewissheit, dass die Arbeitsweise förderlich ist? … Falls nicht, ist es ratsam, vom Kurs abzuweichen!" Marlon presst seine Lippen aufeinander und will nun weitere Details wissen, warum er, eben auch wegen der verhinderten Aussicht auf ein genüssliches Essen in einem hippen Restaurant, auf Müsli-Riegel umsteigen muss: „Was ist passiert? Sind Regus Mal und seine fiesen Mitläufer nicht eindeutig aus dem Verkehr gezogen worden? Oder haben die Trimendiperigos nicht genug aufgepasst?" „Es ist mehr geschehen.", gibt sein Schulfreund indes fast monoton an. Keon hatte durch seine psychokinetischen Fähigkeiten den Vogel schon gleich als Kater Mak entlarvt. Zudem besitzt er, genau wie McKomeron als Gestaltwandler, ein Gespür dafür, ob die Gestalt in persona agiert oder andere weitere Wesenszüge verbirgt. Diese Befähigung hatte er erst mit Hilfe McKomerons bis zur Brillanz ausformen können. Deshalb war Keon auch nicht überrascht, als die Möwe sie zunächst dreimal umkreiste, um dann, einem Schachzug gleich, den finalen Überraschungsmoment auszuführen. Auch Mirosh zu Frankenau machte keine weiteren Anstalten. Seine vermeintliche Bestürzung hielt sich völlig in Grenzen, wenn auch das vollführte Prozedere des mehrmaligen Überfliegens für seinen Geschmack reichlich übertrieben war. Natürlich ist er bereits in die neuen, veränderten Pläne eingeweiht. Und da fällt es beiden auch synchron ein: „Nicht umsonst wurden die Namen bei der Verkündigung der Abiturnoten kurzfristig vertauscht!"… „Schließlich kommt im Alphabet das V, eben wegen dem von Galemberg und von Roderstätt noch vor dem W wie Wolf und Wolmers, auch noch das X, Y und Z wie Ziegler, Ziglatth und sogar Zwolnevsky.", disponiert Marlon weiter. Frankenau bemerkt, dass er von seinen Schützlingen regelrecht strafend fixiert wird. Deshalb geht er einen Schritt zurück, um der geladenen Spannung zwischen ihnen Raum für Entfaltung und Auslauf zu geben. Plötzlich geht alles ganz schnell. Der Schulleiter verliert den Halt, weil er zu seinem Unglück auf einen wackeligen Stein nahe am Kliffhang getreten ist. Auf diesem kippelt er nach hinten. Der Fuß vollführt eine rückwärtige weite Drehung, dass Frankenau mit seiner Brust jäh auf die Böschung stürzt.

Sekundenschnell rutscht sein anderes Bein nach. Krachend klatscht seine Stirn auf den Boden. Seine Arme, nun parallel ausgestreckt, suchen verzweifelt in der Grasnarbe halt. Dort rutschen seine Hände weg, weil die Wurzeln den fast ein Meter neunzig Mann nicht tragen können. Ein entsetzter Aufschrei des Lehrers, weil er im Fallen das Resultat seines Missgeschicks registriert und unverzüglich dem Sog des freien Falls ausgesetzt ist. Marlon greift, als würde er dieses Desaster in Zeitlupe verfolgen, mit seiner Rechten die linke ausgestreckte Hand seines Schulleiters. Im Tun umfasst er augenblicklich die recht große Hand dermaßen, dass sich seine Fingerknöchel weiß färben. Der Gepeinigte baumelt zunächst nur an einer Halterung, die umgehend, ausgelöst durch den Angstschweiß des Taumelnden, einen schmierigen Film bildet. Postwendend reagiert Marlon und greift mit seiner Linken die rechte Hand des Gestürzten. Jetzt, fest verbunden, denn Marlon würde es nicht zulassen, dass die Verbindung reißt, zieht er Frankenau ohne größere Mühe auf das Plateau zurück. Mit dem Gesicht nach unten wird diesem bewusst, dass er gerade einem Malheur entgangen ist. Frankenau hält die Augen geschlossen. Er benötigt einen Moment, um die erlebte Fast-Katastrophe zu verarbeiten. Erleichtert stöhnt er auf, wohl wissend, dass er mit Sicherheit einige Blessuren davongetragen hat. Sein Kopf dröhnt, seine Brust hämmert. Dies nicht nur, weil sein Herzschlag mächtig in Wallung geraten ist. Augenblicklich bückt sich McKomeron zu dem Verletzten herunter. Marlon indes zieht den Unglücklichen noch etwas weiter von der Abbruchkante weg. Sogleich ertastet der Arzt den Rücken des Liegenden, um Verletzungen der Wirbelsäule und Nieren auszuschließen. Dann dreht dieser Frankenau gekonnt mit einem behutsamen Schwung um und besieht sich zunächst die kräftige Platzwunde an dessen Stirn, befühlt die Nase auf Verdacht eines eventuellen Bruchs und lässt schließlich seinen Blick auf der Brust des Patienten ruhen. „Dein Anzug konnte schlimmere Verletzungen verhindern.", gibt McKomeron Entwarnung. „Sei froh, dass du nicht mit Hemd und Krawatte unterwegs bist. Mit einem deiner Knoten, mit denen du sonst so gern deine Umgebung entzückst, wärst du entweder irgendwo hängen geblieben oder hättest dich gleich selbst erdrosselt." Jetzt nimmt er eine Hand des Liegenden und zieht diesen in

Sitzposition. „Die Wunde in deinem Gesicht sollte ich aber trotzdem behandeln.… Macht sich nicht gut, wenn dein Helm von innen mit Blut beschmiert ist oder sich diese ganz und gar noch entzündet.“ Der Arzt holt sogleich eine sterile Kompresse aus den Tiefen seiner Manteltaschen. Aus einer anderen Tasche danach weitere Utensilien, die sämtlich einer raschen und effizienten Wundversorgung dienlich sein können. Zum Entsetzen Frankenaus kramt McKomeron nun noch eine Nadel und irgendeinen Faden hervor. „Pferdehaar eignet sich in diesem Fall ebenso.“, erklärt dieser unbekümmert leicht grinsend und macht sich souverän daran, die Wunde zunächst mit einem Wunddesinfektionsmittel zu behandeln. „Ich habe zum anderen auch keinen anderen Faden bei der Hand.“, setzt der Arzt ganz nebenbei fort und gibt einen Sprühstoß sterilen Wassers auf die Verletzung. Ein kleines Rinnsal verwässerten Blutes läuft die Schläfe hinunter. Die Flüssigkeit nimmt der Arzt von der Verletzung her mit einer Tamponade auf. Er tupft den Rand der Blessur sauber und saugt dann weiter das überschüssige Sekret mit demselben Tupfer weg. „Eine Platzwunde, bei der die Wundränder einen Abstand von mehr als fünf Millimeter haben, bedarf unbedingt einer sachdienlichen Behandlung durch einen Arzt. Ich muss deine Wunde also nähen, sonst heilt der Riss nicht gut und du behältst letzten Endes eine unschöne Narbe zurück.“ Frankenau nickt, obwohl ihm das bevorstehende Procedere nicht ganz geheuer ist. Er ärgert sich wegen seines unnötigen Missgeschicks. Dies auch noch vor den Jungen! Mak indes drückt ungeniert seinen Patienten wieder in Liegeposition. Zügig wischt er das immer noch hervortretende Blut von der Wunde weg und hat dann bereits den ersten Stich gemacht. Wenige Augenblicke später hat Frankenau drei winzige Knoten auf der Stirn, die die aufgerissene Haut wieder zusammenhalten. „Ich lege dir noch eine Wundkompresse darauf, dann sollte die Erstversorgung abgeschlossen sein.“, erklärt McKomeron und fixiert die Kompresse mit mehreren Pflasterstreifen. „Sollte dir schwindelig werden, musst du unbedingt Bescheid geben!“, warnt ihn Mak zum Abschluss seiner Behandlung. „Kann sein, dass du dir bei dem mächtigen Aufprall eine Commotio cerebri zugezogen hast.“ Als der Schulleiter den Arzt irritiert anschaut, gibt dieser zur Erklärung an: „Du könntest dir also zusätzlich noch eine Gehirnerschütterung zugezogen haben... Also beobachte bitte in der nächsten Zeit dein Reaktionsvermögen. Wenn dir übel wird oder du ein verschwommenes Blickfeld hast, kein Cross-Rad benutzen!" Der Arzt untersucht dann abschließend noch die Augen Frankenaus, indem er die Lider auf Rötung oder auch Schwellung betrachtet und die Pupillenreaktion prüft. „Setz dich mal gerade auf, ob das geht! Ist dir schwindelig?" Kurzum blendet er den Lehrer mit einer winzigen Stablampe und erkennt erleichtert, dass sich die Pupille durch den Lichteinfall reflexartig zusammenzieht und er auch sonst normal reagiert. Gleichzeitig beobachtet der erfahrene Arzt seinen Patienten, ob dieser nicht doch noch nach rechts oder links taumelt. „Alles soweit in Ordnung!", schlussfolgert dann dieser und packt seine Utensilien zügig wieder ein. Frankenau fasst erst noch sehr behutsam auf die lädierte Stelle an seiner Stirn und muss sich nun doch noch einmal vergewissern: „Hast du wirklich Rosshaar in meine Stirn genäht?" McKomeron lächelt und nickt! Dem Schulleiter bleibt der Mund offen stehen. „Also, den gesamten Hausstand mitsamt aller Operationsinstrumente habe ich wahrlich nicht immer dabei!", entschuldigt sich McKomeron mehr amüsiert, als dass er den strafenden Blicken größere Bedeutung beimisst. Dann reicht er seinem Patienten eine Wundsalbe und erklärt, dass es angebracht wäre, diese, nachdem die Fäden wieder aus der Wunde wären, aufzutragen. Marlon und Keon indes haben die ärztliche Behandlung mit interessierten Blicken verfolgt. Sie hatten es jedoch nicht gewagt, während der Nadelstiche jedweden Kommentar beizutragen. Sicher hätten sie noch mehr erzürnte Blicke erfahren, als sie sowieso bereits von ihrem Direx geerntet hatten. Trotzdem erkannten sie gleichzeitig aber auch Stirnfalten der Bewunderung, insbesondere für Marlon. Diese Form von Mimik zeigte ihr Lehrer während ihrer Schulzeit immer nur dann, wenn er selbst überaus interessante Lehrmeinungen vertreten durfte oder einer seiner Schüler den Klassenkameraden überwältigend treffende Antworten und Diskussionsbeiträge vorzustellen vermochte. Gerade die Befähigung, außergewöhnliche Lösungen eigenständig zu entwickeln und diese souverän, zudem sachgerecht darzubieten, ist seiner Ansicht nach die Urbefähigung dessen, was er als Lehrer seinen Sprösslingen vermitteln will. Den beiden

Teenagern ist es mehr als unangenehm, ihren Lehrer in eine so prekäre Situation verfrachtet zu haben. „Nun", schließt Keon diese Zwischenvorstellung für sich ab, „zum Glück ist alles gut gegangen." Er will sich nicht vorstellen, was sonst passiert wäre. Irgendwie hatte er im Fallen seines Lehrers eine kurzzeitige Wesensänderung gespürt. Auch er hätte Frankenau retten können, das wird ihm jetzt erst so richtig bewusst. Nur eben nicht auf die Art und Weise, wie Marlon dies mit Schnelligkeit und Kraft tat. „Er, wie McKomeron Gestaltwandler, hätte sich in einen Vogel verwandeln können, auf dem er den Verunglückten wieder sanft auf die Füße verfrachtet hätte!… Oder in einen Fisch, der ihn aus dem Wasser gerettet hätte." Keon fokussiert sich auf seine Befähigung, die Gestalt eines anderen Wesens anzunehmen. Er denkt an die Situationen wie er als Ryane, zudem auch Komodowaran half, Regus Mal und seine Lakaien in ihre Grenzen zu weisen. „Es muss ihm gelingen, zügiger zu agieren! Eine Sekunde verloren, kann immense Folgen nach sich ziehen." Er nimmt sich vor, dies an gegebener Stelle zu üben. McKomeron betrachtet ihn mit messerscharfen Blicken. Er weiß genau, wie sich Keons Gedankenkarussell im Augenblick dreht. Grad und Geschwindigkeit der Drehbewegung ändern sich unaufhörlich. Ein tiefgründiger Scan hat zügig die Psyche des jungen Lords durchleuchtet. „Achte darauf, was ich dir beigebracht habe!", beruhigt ihn daraufhin der Psychologe. „Zieh dich aus solchen Situation heraus und betrachte diese dann aus einer gewissen Entfernung. Wäge ab, nimm Maß aus der Sicht des Betrachters, nicht des Akteurs. Taxiere das Problem, tariere das Für und Wider aus und erst dann kannst du dich Selbstzweifeln hingeben!… Du hast alles richtig gemacht!" Dann weiter: „Marlon hat als Erster reagiert. Ich habe gespürt, dass du ihm eine zusätzliche Hilfestellung angeboten hättest, wenn er die Lage nicht eigenständig in den Griff bekommen hätte. Ich habe dir Meditation als wertneutrale Selbstbeobachtung beigebracht, aber doch nicht auf Kosten des eigenen Ichs! Meditation bedeutet Achtsamkeit zunächst für sich selbst und erst dann für das Gegenüber. Bleib also entspannt. Beachte vornehmlich die Gegenwärtigkeit und nicht das, was du hättest tun können!" Keon nickt und ist froh, dass es seinem Lehrer gut geht und Mak sein Handeln wertschätzend interpretiert. Marlon indes hat Frankenau auf die Beine gezogen. Dieser ist schon wieder ganz der Alte, weil er unvermittelt beginnt, Erklärungen und Bemerkungen auszuführen. „Lord McKomeron und ich hatten abgemacht, uns hier zu treffen. Es schien ihm angemessen zu sein, in Form eines Vogels aufzutreten... Nun er meinte, dass das bunte Riesenfedertier namens Odo für euch damals sehr beeindruckend war. Somit schlussfolgerte dieser geniale Mensch, dass er euch diesmal ebenso, in Gestalt eines Vogels begrüßen muss... Hat seiner Meinung nach einen psychologischen Aspekt. Sein logischer Verstand ist der Ansicht, dass ähnliche Strukturen adäquates Handeln erzeugen... Und wir wollen doch auch dieses Mal mit übergroßem Optimismus den Machenschaften Regus Mals ein Ende setzen." „Hoffentlich final! Wir müssen dieser Gestalt endgültig zeigen, was eine Harke ist.", fordert McKomeron, der nun das Wort ergreift. „Das Zwergenoberhaupt Hümjekon wurde heute morgen von Schergen des Anführers der Ryanen entführt. Cedric mit seinen zwanzig Jahren sollte alsbald Hümjekons Amt übernehmen. Er ist nun reif dafür und in den letzten Jahren mit seinen Aufgaben, die ihm Hümjekon sukzessive übertrug, gewachsen. Leider konnte er nichts gegen die Überzahl der schwer bewaffneten Männer ausrichten. Die vier Spießgesellen hatten sich unbemerkt in das Homerius-Kastell eingeschlichen. Wie, ist noch nicht vollständig aufgeklärt. Das müssen wir noch intensiv überprüfen. Es war dann relativ einfach, Hümjekon im Schlaf zu überwältigen. Der Zwergengebieter konnte noch Cedric benachrichtigen. Dieser tappte dann jedoch in eine Falle, in dessen Resultat er zwar zwei Verfolger ausschalten konnte, die beiden anderen derweil mit dem bewusstlos geschlagenen Zwerg flohen." „Und nun?", will Marlon wissen. „Welche Überlegungen habt ihr schon angestellt? Was wird dabei unsere Aufgabe sein?" McKomeron schaut die Jungen intensiv an. „Regus Mal ist uns mit seinen Bütteln aus den Höhlen von Falios entwischt. Zahlreiche Trimendiperigos lagen tot oder schwer verwundet vor und sogar in der Kravität. Silas Derys und Lean Migatos hatten damals die Grotten mittels ihrer gemeinsam erzeugten quantenmechanischen Kinese unumstößlich verschlossen. Zumindest waren sie sich diesbezüglich sicher... Die Höhlung füllten sie mit einem speziellen Gas. Die Wände überzogen sie zuvor mit einem dicken, irregulären Gewebe, welches für das Gas undurchlässig ist. Dieses Gasgemisch Metamyloxin sollte die magischen Qualitäten des Regus behindern, eher lahmlegen. Zusätzlich senkten sie dann noch die Temperatur in den Höhlen ab. Silas und Migatos hatten jedoch leider nicht damit gerechnet, dass das von ihnen eingebrachte Gas mit den ausgeatmeten, ebenfalls auch anderweitig ausgedünsteten Bestandteilen, Trimethylamin bildet. Der Siedepunkt dieses Stoffs ist circa drei Grad. Da der Dampf schwerer als Luft ist, konnte sich das so entstandene Gasgemisch entlang des Bodens bewegen und entwich aus Lücken im Gestein oder lokalen Zwischenräumen. Es bedurfte anschließend nur noch einer Fernzündung, die durch die immense Solarstrahlung außerhalb der Höhlen unausweichlich ist. Im Ergebnis der gewaltigen Detonation wurden die Tore aufgesprengt. Eine Vielzahl der Trimendiperogos wurden mit in den Tod gerissen. Diejenigen, die nicht durch die Explosionskraft getötet wurden, erstickten. Trimethylamin ist toxisch. Als eure Eltern und ich zu dem misslichen Schauplatz kamen, roch es durchdringend fischartig, ammoniakal. Wir wurden durch die CAM-App sowie auch der GEMMA-App, welche sogar auf neu installierte Okolyth-Linsen basieren, getäuscht. Nicolas konnte an der Software Störungen ausfindig machen, die nur auf Regus Mal und seiner Helfershelfer zurückgeführt werden können." Marlon zieht eine seiner Augenbrauen hoch. „Da hat der Mistkerl von Regus Mal wirklich Schwein gehabt! Wie kann es sein, dass solche fiesen Gestalten im Leben auch noch Glück haben?", erzürnt sich der Teenager. „Mehr Glück als Verstand!", gibt Keon zum Besten. „Wir werden diesem bösen Buben jetzt aber sowas von den Hintern aufreißen! Noch einmal wird er nicht davonkommen." Nun ist es an Frankenau, pädagogische Maßregeln zu formulieren: „Wir reißen diesem gesetzesuntreuen Wesen nichts auf! Ihm muss bewusstwerden, dass er verloren hat! Es reicht nicht, ihm die Grenzen zu zeigen, sondern wir müssen sie ihm auch verdeutlichen." McKomeron übernimmt wieder das Wort: „Wir treffen uns im Homerius-Kastell. Eure Eltern und ich werden dort auf euch warten." Und zu Frankenau gerichtet: „Mirosh, kannst du fahren?" Der Schulleiter setzt eine pikierte Miene auf. „Als ob dieser kleine Kratzer meinen Tatendrang mindern könnte!" Schon macht er sich daran, seine Motorrad-Jacke abzuklopfen.

Die Hose ist zwar auch noch staubig, das kümmert ihn nicht. Gewandt setzt er seinen Helm auf, stülpt die Handschuhe über, greift an den Lenker und schwingt sich auf den Sitz des Zweirades. Die Federung lässt ihren Aufsetzer leicht nach oben und unten pendeln und dämpft wie ein gut gepolsterter Sessel den Schwung ab. Die Teenager machen es ihm gleich. Beide lassen ihre Maschinen zum Start lautstark aufheulen, indem sie das Gas voll aufdrehen. Jedoch erreichen sie nicht den Ton, den der Start Frankenaus Cross-Rad vollführt, als er seinen PS starken Untersatz mit durchgedrehten Reifen von den Klippen zieht. Der markante Abgang lässt eine Staubwolke zurück. McKomeron kräuselt ob dieser unnötigen Vorführung die Stirn und erinnert die jungen Lords noch einmal daran, aufmerksam zu sein und insbesondere auch den Fahrstil gemäß dem Untergrund und den Gegebenheiten anzupassen. „Das hier ist keine Show, sondern eine ernste Angelegenheit! Der Graf schlägt, wenn es um sein Motorrad geht, mal gern über die Strenge.", betont der Arzt. „Nicolas hat euch auf dem Schirm. Ich werde nachkommen… Nun mal los!" Dann tippt er zum Abschluss noch an die Stelle, wo er seinen Chronometer am Arm trägt. „Die Zeitmesser navigieren euch, falls ihr durch eventuelle, hoffentlich nicht eintretende missliche Geschehnisse, getrennt werdet. Zumal eure Visiere ebenso die Route aufzeigen." Gleich darauf geht McKomeron zwei Schritte zurück und deutet damit an, dass Marlon und Keon losfahren sollen. Frankenau hat derweil in einiger Entfernung Halt gemacht, um auf seine Begleiter zu warten. Er weiß, dass er nicht nur die Jungen zum Homerius-Kastell bringen soll, sondern gleichfalls die Sorge um ihr Wohlbefinden trägt. Deshalb fährt er jetzt mit seinem motorisierten Zweirad sanfter an, so dass vom staubigen Untergrund weniger Nebel in die Höhe getragen wird. Die Jungen folgen ihm. Sie entfernen sich nicht weit vom Kliff, um einige Fuß entfernt, parallel zur Abbruchkante entlang zu fahren. Viele Meilen lassen sie so hinter sich. Rechts in Fahrtrichtung das Meer mit seinen aufpeitschenden Wellen, links eine weite Grasebene. Dann biegen sie in Richtung eines Wiesengrunds ab, um das Meer rechtsseitig liegen zu lassen. Sie kommen bald an tausenden Mandelbäumen vorbei, die hier in voller Blüte stehen und durchfahren einige Täler und Wasserläufe. Ortschaften umfahren sie allerdings weitläufig, um keine unnötige Aufmerksamkeit auf sich zu lenken. Hier und da brausen sie an einer Herde von Fedorius, einer extravagant bunten Federtierart vorbei, dann an Sneaks, die damals ihr Freund Liam rettete, eher eigentlich von unguten Wesenszügen befreite. Keon und auch Marlon sinnieren kurzzeitig in ihrer Art des Gedankenaustauschs, wo wohl dieser witzige und tollpatschige Zwerg verblieben sein mochte. Ob er noch mit Aleksandra zusammen ist? Das Mädchen nannte Liam liebevoll „seine Holde". Ein ungleiches Paar. Sie an die ein Meter neunzig groß und er als Halbzwerg gefühlt halb so groß, wenn auch er sicher eineinhalb Meter misst. Doch unterschieden sie sich nicht nur äußerlich, sondern auch in ihren Charakteren. Feuer und Wasser, grundverschieden, widersprüchlich, intransigent. Trotzdem konnten sie nicht voneinander lassen, weil gerade „diese Verschiedenartigkeit, gar Gegensätzlichkeit, die Spannung in ihrer Beziehung ausmachte". So beschrieb Liam das Gezeter, ihre immerwährenden kleinen Auseinandersetzungen, an denen sich Liam wie auch Aleksandra gegenseitig hochschaukelten, stritten und wenige Augenblicke wieder in trauter Einheit zusammenfanden. Explosiv, hartnäckig und fulminant liebenswürdig zugleich. Pech und Schwefel, im Wortgefecht nahe der Existenz eines Höllenfeuers, in der Pech und Schwefel brennen. Zusammen bilden die beiden Substanzen ein extrem entzündliches Gemisch. Das Pech bildet mit seiner klebrigen Konsistenz den Zusammenhalt, Sulphur brennt allein an der Luft mit blauer Flamme und erzeugt dabei einen stechend riechenden Mief, der das Endprodukt einer Auseinandersetzung versinnbildlichen kann. Sicher waren sie, nachdem Liam gemeinsam mit der Mollusca Constanze, Marlon und Connor, dem genetisch kongruenten Abbild des Ryanen Silas Derys, den Keon und Marlon insgeheim nicht nur wegen seines Erscheinungsbildes „Blackman" oder auch „Lucifer" nannten, des Öfteren bei Aleksandras Onkel Rico gewesen. Er als Leptosome ebenso wie seine Nichte in die Höhe geschossen, kümmert sich um die Tiere des Waldes. Wildhüter, Tierpfleger und Tierarzt zugleich. Die exponierte, mit zahlreichen Attitüden ausgestattete Krake Constanze macht ihrem Namen alle Ehre. Der Name, der im Mittelalter im Hochadel üblich war, und aus dem Französischen übersetzt so viel wie die Standhafte und fest Entschlossene bedeutet, strömt in eigenwilliger Manier französische Expertise und La Noblesse, eben französische Vornehmheit aus. Nicht umhin ein ursächlicher Grund dafür, dass sie mit dem Wahlfranzosen Nicolas von Galemberg bekannt ist. Beide verkörpern die in ihrer Mentalität fest verankerte Eleganz in der Wortwahl, Würde im Auftreten und Bedacht auf geschmackvolles Äußeres. Das mit umfänglichem Selbstverständnis, reine Eitelkeit nach außen zu tragen. Zudem obliegen sie dem Ethos, Anstand in jeder Lebenslage zu wahren. Und dies ist wahrlich ihr vorzüglichster Wesenszug.

Die Eltern der Teenager Leonore und Darius von Galemberg, sowie Selma und Micael von Roderstätt haben sich derweil bereits am Morgen in das Reich der Tiefen aufgemacht. Darius als Journalist sowie auch Micael, Germanist und Professor an einer Münchner Universität, haben die Möglichkeit, ihre beruflichen Zeitfenster eigenständig abzustecken. Ebenso können das Leonore und Selma tun, welche in einem biologischen Institut tätig sind beziehungsweise sich interdisziplinär mit der Biotechnologie beschäftigen. Hier arbeiten beide, zwar bei verschiedenen Forschungsanstalten, dennoch gleichermaßen mit der Maßgabe, die Nutzung von Enzymen und Zellen auf technische Anwendungsgebiete auszuloten. Beide sind der Ansicht, dass Biotech die Wissenschaft von morgen sein wird. Gentherapie, Entwicklung von Nanofabrikationsverfahren zur Verabreichung von Medikamenten bis hin zu bio-basierten Kunststoffen, die auf der Basis nachwachsender Rohstoffe erzeugt werden können, sind Forschungsgebiete, die einen nachhaltigen Lebensstandard ermöglichen werden. Die Vier konnten durch die Konstruktion illusionärer Wegstrukturen, die sie als Caudillo der Illusionisten mit perfekter Bravour auszuführen vermögen, zügig zum Homerius-Kastell gelangen. Gleichermaßen erachten sie die Art und Weise, wie Marlon und Keon zum Kastell gelangen, als vortreffliche Chance, sich mit den geographischen Gegebenheiten im Reich der Tiefen vertraut zu machen. Es würde ihren Jungen dienlich sein, auf ihren Bikes einerseits die Landschaft zu erkunden und zum anderen auch guttun, den Übertritt in die andere Welt zaghaft gelingen zu lassen. Eindrücke müssen sich festigen, Ideen sollen reifen. Nicolas von Galemberg öffnet dafür, gesteuert durch KI-modulierte Sequenzen, unsichtbare Tore, durch die die Jungen problemlos gelangen können.

Silas Derys bittet um Einlass in das gemeinsame Kongress-Zimmer, welches beidseitig die Räume der Ehepaare Roderstätt und Galemberg miteinander verbindet. Ein Augenscan, dann noch der Abgleich des Fingerabdrucks. Erst dann öffnet sich die Schiebetür. Mit dem Eintreten stellt eine computergestützte Stimme den Zimmergast mit seinem Namen und Titel vor. „Was Neues von Cedric?", will Micael sogleich wissen, als sich der ganz in schwarz gekleidete Ryane durch die Türzarge bewegt. Der Heiler und Zauberer, ebenso Meister der Pyro-, Kyro- sowie Aerokinese legt ein betrübtes Gesicht auf. „Es geht ihm den Umständen entsprechend. Für mich ist es immer noch ein Wunder, dass er den Angriff überhaupt überlebt hat." Micael nickt. Silas gibt augenblicklich weitere Informationen über den Gesundheitszustand des Zerberus weiter: „Ihm spielte das Schicksal zu, dass er selbst Magie anwenden kann und sich dabei recht geschickt in diesem Ressort bewegt... Ihm gelang es, die Zeit sekundenschnell zurückzudrehen, um die Angriffe analysieren zu können. Leider hat er der Überzahl nicht vollständig entgegenhalten können. Zwei Gegner konnte er ausschalten. Die anderen haben ihn von hinten her niederträchtig zu Boden geschlagen. Vermutlich mit einer Eisenstange oder einer mit Stahl überzogenen Batua." Selma und Leonore schaudert es bei diesen Schilderungen. Sie kennen den mit Stacheldraht und einer messerscharfen Klinge versehenen Schlagstock Connors, dem Sohn Silas, und stellen sich vor, diesen oder sogar eine noch schrecklichere Ausführung dieser Waffe auf Kopf und Körper zu spüren. Beide würden sicher kaum einen einzelnen Schlag dieses Kampfwerkzeuges aushalten können. Kaum vorstellbar, dass Cedric mehreren dieser Mordinstrumente ausgesetzt war. Zumal er als Zwerg zwar wendiger ist, es ihm aber an Größe und somit auch an Schwungmasse fehlt. Silas fährt fort: „McKomeron und ich haben ihn soweit verarztet. Gut, dass der Arzt eine Passion für Giftpflanzen hat und daraus unglaublich effiziente Heilwässerchen und Salben herstellt. Wir haben Cedric Einiges davon eingeflößt und seinen geschundenen Körper mit diesen Wundsalben behandelt. Meine Heilkunst schien zunächst allein nicht auszureichen. Beides in Kombination spricht jedoch an… Ich denke, er wird mit einem blauen Auge davonkommen." Darius hebt, wie dies auch sein Sohn Marlon übernommen hat, eine seiner Augenbrauen hoch. „Dies wird hoffentlich doch kein Anlass sein, die ekstatischen Auswüchse mit der Herstellung von Giftpräparaten weiter voranzutreiben?" Leonore weist den Kommentar ihres Mannes vehement zurück: „Ich weiß… Du bist immer noch nicht vollends davon überzeugt, dass Pflanzen mitsamt ihrer toxischen Vertretern der Medizin, mehr der pharmazeutischen Entwicklung von Medikamenten, dienlich sein können. Hätten wir Mak und all diejenigen Forscher nicht, die sich vornehmlich mit naturbelassenen Heilverfahren beschäftigen, wären wir sicher nicht auf dem Stand der pharmakologischen Wissenschaft, wie wir sie heute kennen." „Eben.", betont auch Selma, die sich auf die Seite Leonores und damit Maks stellt. „Was glaubst du, mit was für einer Salbe ich vor nicht allzu langer Zeit dein entzündetes Kniegelenk eingerieben habe?", stellt Leonore zur Disposition in den Raum. Es bedarf keiner weiteren Interpretation, weil alle Umstehenden wissen, dass diese entzündungshemmende Salbe mit Sicherheit aus Maks Labor stammte. Darius weiß natürlich, dass die Forschungen McKomerons Hand und Fuß haben. Er verehrt seinen Freund dafür und freut sich insgeheim anerkennend, dass sich seine Frau für ihn ereifert. Bisweilen fordert er den Hauskater der Familie Roderstätt jedoch gern heraus, und das nicht nur wegen seiner sprechenden Pflanzen. Dem Journalist ist es dadurch schon viele Male gelungen, aus Maks Fachsimpeleien gute Artikel zu fabrizieren. Darin erörtert er dann das Für und Wider dessen Methoden, indem er die maßgeblich angezettelte Diskussion einfach niederschreibt. Unmissverständlich und eindeutig. „Journalistisches Equipment und Gespür.", nennt er das. „Authentisch und für den Leser in seiner Widersprüchlichkeit bereits vollends debattiert." Eine kurze Pause tritt zwischen die Illusionisten und Silas. Dann… „Was konntest du über den Verbleib Hümjekons erfahren?", erkundigt sich Micael. „Haben wir schon Anhaltspunkte, wohin er gebracht wurde?" Silas legt eine unergründliche Miene auf. „Der Bastard Regus Mal spielt mit uns! Weder ich, noch der Großmeister der Ryanen, Lorcan, haben bisher größere Anhaltspunkte finden können, wo sich Regus Mal und seine Schergen aufhalten. Er hat sich tief verkrochen und lässt seine Lakaien agieren… Gern würde ich ihn an den Hals packen und die schmutzige Wahrheit über den Verbleib des Zwergengebieters herauspressen. Aber das ist nicht meine Art. Obgleich wir uns meiner Meinung nach von der blumigen Vorstellung trennen sollten, dass wir Hümjekon lebend zurückerhalten werden. Regus Mal hegt einen tiefen Groll gegen uns, der durch sein Exil in den Höhlen von Falios bis ins Unendliche gewachsen ist. Wir müssen diesen stinkenden Hund unbedingt ausfindig machen, ehe er jeden Einzelnen von uns aufsucht… Und das auf seine Art und Weise, ohne Gewähr auf Nachsicht!" „Wir konnten diesen Einfallspinsel mit der Gefangennahme in den Höhlen von Falios aus der Bahn werfen. Damit hatte er nicht gerechnet… Wir werden das jetzt auch hinbekommen!", übernimmt Darius das Wort. „Versetzen wir uns in die Lage des Feindes! Was treibt dieses entmenschlichte Wesen an? Was hat dieses Abbild eines Wahnsinnigen vor?" Micael schaut in die Runde und antwortet: „Fehlgeleitete Rachegelüste oder unerfüllte Traumvorstellungen eines Egozentrikers?…" „Mit Muss!", erklärt Darius. „Für ihn ist Geld und Macht ein nebensächliches Beiwerk, was für seine Pläne natürlich zunächst förderlich und sachdienlich ist. Dieser gestörte Geist dreht förmlich auf, wenn er Wesen jedweder Art quälen und erniedrigen kann. Mehr Land gewährleistet zudem eine Fülle weiterer Möglichkeiten. Dies stärkt sein Ego und fördert weitere irre Hirngespinste an den Tag. Befriedigung kostet er nur kurzzeitig aus. Dann verlangt er nach mehr… Der Typ ist süchtig und das auf seine ganz spezielle Weise." „Wir brauchen deshalb einen guten Plan, den der Regus nicht erahnen wird. Zudem sind Knalleffekte als Ablenkungsmanöver einzubauen.", bringt Darius weiter in das Gespräch ein. „Damit meine ich unsere Jungen und ihre Freunde. Dies natürlich in Obhut unsererseits, McKomerons, Nicolas und dir, Silas." Silas nickt. Dieser schließt seine Erkenntnisse, welche er gemeinsam mit Lean Migatos, dem Lehrer für Nahkampf, im eigentlichen Sinne jedoch dem Professor für Kinese und zudem mit McKomeron deduzieren konnte,

an. Seine sonore Stimme füllt den gesamten Raum aus, der tiefe Bass
bestärkt die Dominanz des Gesagten. Noch immer sind nicht nur die
Illusionisten von der schwarzen Iris, zudem der überaus tiefdunklen
Regenbogenhaut seiner Augen und zugleich von den purpurfarbenen
Pupillen beeindruckt. Ein wahrlich, wenn auch gänzlich anderer op-
portuner Ryane. Stolz und souverän in seinem Auftreten. Mit seinem
sonoren Kopfschall ist er in der Lage, akustisch Hallen zu füllen, mit
seiner körperlichen Präsenz diesen zusätzlich zu überlagern. Nur er beherrscht vier Arten der Kinese. Allein durch seine Gedanken ist er dazu
fähig, Feuer zu entzünden und Wasser gefrieren lassen. Er ist in der
Lage, Einfluss auf die Luft zu nehmen. Luft ist der Äther des Lebens.
In seinem Ermessen liegt deshalb Freiheit und Enge. Atemluft als ät-
zender Spiritus, als vernichtende Druckwelle. Oder als Odem, der Lebendigkeit bedeutet. Dies gestattet die Weite des Bewegungsraums jedes Einzelnen festzusetzen. Die vierte Art der Kinese ist nur bei ihm
und McKomeron in Perfektion ausgebildet: Retro-Psychokinese. Beide,
der Ryane wie auch der Gestaltwandler können vereinzelt Hirnareale
beeinflussen, die in der Vergangenheit geprägt wurden. „Ich habe bereits mit Herrn Nicolas von Galemberg gesprochen und einige Details
abgesprochen.", beginnt Silas zu erklären. „Er und seine Gemahlin Liane Sabioni werden uns KI-gesteuert behilflich sein, das Datenleck im
Enzephalon des Regus Mal auszufüllen… So jedenfalls die Bemerkung
ihres werten Herrn Bruders.", erklärt Silas seine Ausdrucksweise und
schaut Darius amüsiert an. Die Illusionisten verstehen noch nicht ganz.
„Das solltest du uns genauer beschreiben.", bittet Leonore den Ryanen.
Dieser setzt sich nun auf einen der Stühle, welche um einen langen
schweren Eichentisch gestellt sind. Ruhig und besonnen beginnt er mit
fester Stimme Einzelheiten zu berichten, die er gemeinsam mit dem
Schulleiter Frankenau, Rune, Migatos und Nicolas herausgefunden hat,
um sie nun strukturiert logisch darzulegen. „Vielleicht sagt euch der
Name eines Gelehrten Kaios Kyporas etwas. Wenn nicht, darf ich kurz
erläutern: Geboren im Reich der Tiefen um etwa vierhundert vor der
Zeitrechnung. Bedeutender Philosoph und Mathematiker. Die Meinungen aller Quellen über diesen wahrlich beeindruckenden Geist aus dem
Gebiet der Ryanen gehen gleichwohl weit auseinander. Er formulierte

neuartige, jedoch auch exponierte Aussagen, die bald im gesamten Reich der Tiefen verbreitet waren. Seine Gedanken und Lehrmeinungen wurden darüber hinaus entscheidend für die Gründung einer einflussreichen philosophischen Bewegung, deren Anhängerschaft hier im Reich der Tiefen nach und nach zahlenmäßig stetig wuchs. Auf der Grundlage seiner Leitsätze entwickelten sich sukzessive fundamentale Ideen in den Bereichen der Mathematik, Philosophie aber auch Astronomie. Um einen besonders radikalen Anführer im Herrschaftsgebiet der Ryanen bildete sich allerdings eine Gruppe, die nach und nach den Ursprung aller Interessen umzukehren versuchte und für ihre Interessen entsprechend auslegte. Da keine Schriften des Kaios Kyporas überliefert sind, war es ein Leichtes, eigenständiges Ideengut schriftlich zu fixieren und dies nun als das Urwissen der Bewohner zu deklarieren. Eine Rekonstruktion der Wahrheit ist dann sehr schwierig, weil über Generationen hinweg einfach nicht weiter nachgefragt wird oder auch nicht nachgefragt werden darf. Regus Leaga, einstiger Herrscher über das Gebiet der Ryanen, formulierte im Namen Kyporas letztendlich ein Dekret, nach deren Statuten schlussendlich in den Wissens- und Forschungseinrichtungen der Ryanen gelehrt wurde. Dies in vielen Fällen konträr zu den Aussagen des Kyporas. Wieder einmal wurde Geschichte neu geschrieben und für persönliche Machtansprüche missbraucht. Die Gesellschaft passt sich dann einfach nur an, weil sie unfähig ist, gegenzusteuern." Silas macht eine kurze Pause. Selma hatte ein Glas Wasser vor ihn auf den Tisch geschoben, welches er in einem Zug leert. „Die Lehre, nein ich berichtige mich, das nach seiner Meinung nach unwiderrufliche Dekret des Regus Leaga gründet auf zwei Aussagen. Erstens: Halte deinen Geist lebendig, denn der intellektuelle Schlaf ist der Gefährte des Todes. Und zweitens: Beachte die Tetraktys, die Vierheit einer Gruppe." Silas Derys lässt die beiden Sätze im Raum stehen, damit sie umfänglich aufgenommen werden können. Er schaut jeden der Illusionisten an, ehe er weiterspricht: „Die erste Aussage ist noch einleuchtend… Jedweder würde bestreiten, dass Müßiggang im Denken und Tun wesentlich Neues hervorbringen könnte. Die zweite Aussage haben die Gefolgsleute gleichwohl gar sehr wörtlich interpretiert… Eigentlich geht es zuvorderst um die Zahlen eins, zwei, drei und vier. Zum anderen geht es ebenso um die Summe der Zahlen. Sie ergibt zehn. Grundzahl des Dezimalsystems und damit aller anderen Zahlen. In einem gewaltigen Monument, welches heute nur noch in seinen Ruinen existiert, hat Leaga nicht nur sich, sondern auch ein Zahlenrätsel eingemeißelt. In den Grundmauern des einst gewaltigen Bauwerks sind tief im Verborgenen schier unlösbare Algorithmen eingraviert. Genial, denn keiner hatte Zutritt und wer sich Einlass verschaffen wollte, hat dies ähnlich der Konstruktionen in den gewaltigen Pyramidenbauten der oberen Erde zu spüren bekommen." Silas macht nochmals eine Pause. Eindrücklich fordert er sodann: „Wir sind dementsprechend gezwungen, mit unserem geistigen Auge hinter diese Fassaden zu schauen, um dem Rätsel auf die Spur zu kommen. Zum einen rein abstrakt mathematisch, dann aber auch neu sehen!" Micael freut sich. Auch Darius ist nicht sonderlich beeindruckt. Beide lieben genau solche Herausforderungen. „Du gleichst dem Geist, den du ergreifst... Kommt nicht von mir, sondern von Goethes Faust.", fügt Micael ein, der als Germanistikprofessor vielerlei Aussprüche berühmter Literaten im Schlaf rezitieren kann. „Regus Mal meint pfiffiger zu sein, als wir es ihm zutrauen.", setzt er dann fort. „Er hat also das Gewicht der Zahlen entdeckt und verbindet dieses Geistesstreben wieder mal mit sich selbst. Gleichfalls rechtfertigt er seinen Machtanspruch." „Ich will ja jetzt nicht unkultiviert daherkommen", entschuldigt sich Leonore, die die Erklärungen intensiv verfolgt hat, „aber ich verstehe für mich in diesem Zusammenhang noch nicht ganz den Sinn der Summenzahl zehn. Hat sie irgendeine Bewandtnis? Oder denke ich da zu weit?" Jetzt ist es an dem Hobbyastronom Micael, der neben seiner Professur auch ein Faible für astronomische Gegebenheiten hat. Er nennt es eher Leidenschaft und Neugier, weil doch in der Unendlichkeit des Universums all die unergründliche Wissbegierde des menschlichen Egos zur Schau gestellt wird. Ein stetes Ringen um Aufmerksamkeit, die in ihrer Grenzenlosigkeit zur Ewigkeit wird. „Die vollkommene Zahl Zehn!…", freut er sich auf seinen Monolog. „Ausgeburt von Allwissenheit und Grund für das Gerangel um die Weltenordnung. Und wo beginnen die zehn Ziffern?… Natürlich mit der Null und enden mit der Neun. Ist die Neun erreicht, wiederholt sich alles nur noch. Jede Zahl aus den zehn Ziffern, endlich und doch wieder unbeschränkt, wie eine endlose Zeit. Ein Nirwana?… Das Jenseits, die Ewigkeit, das Elysium. Oder Überwelt? Die Macht über allem? Ich würde es als Peace, auch Happiness definieren. Ein Awaking, das Erwachen der Vernunft über das Übel der Welt und dessen Verursacher… Aber das sieht Regus Mal wahrscheinlich ganz anders." Micael überlegt kurz. Dann setzt er fort: „Ebenso interessant. Da komme ich im Moment gerade erst drauf: Die Zahl Zehn besteht aus der Eins und der Null. Nullen und Einsen, die Basis von Bits und Bytes. Beinhaltet die mit Kreativität eingespeiste maschinelle Intelligenz die Erkenntnis, dass Frieden Fortschritt bedeutet? Regus Mal denkt sicherlich anders. Krieg ist das, was seiner Ansicht nach vorwärtstreibt. Welchen Weg wählt nun also die künstliche Intelligenz? Lebendige Intelligenz ist ebenfalls einerseits warmherzig, manchmal aber auch kalt berechnend. So wie Regus Mal. Weil Wahrheit subjektiv verstanden werden muss… Ich hoffe, dass derjenige, welcher mit Gewalt die Zukunft entscheidet, am Ende verliert. Mag er sich in einem dunklen maßgeschneiderten Loch wiederfinden." „Leider hat der Ryanenführer aber aus der besagten Grube herausgefunden.", gibt Selma zu bedenken, die nebenbei allen noch einmal ihre Gläser mit Wasser befüllt. „Ja! Das ist mit Sicherheit eine Genugtuung.", bekräftigt Leonore. „Demnach waren also die vier Artefakte nur das Vorspiel zu dem, was Regus Mal jetzt zu tun beabsichtigt. Es geht um das Geheimnis der Tetraktys. Letztendlich um ein Zahlenrätsel! Ein Denkspiel, welches wir unbedingt vor ihm lösen sollten!", fasst Selma zusammen. Silas neigt ganz leicht seinen Kopf nach unten. Dann blickt er allen intensiv forschend in die Augen. Schon diese Regung zeigt den Illusionisten, dass sich die Lage, seiner Meinung nach, relativ verzwickt ausmacht. Er hofft, dass die Illusionisten dem Geist des Magiers überlegen sein werden.

Es bedarf noch einiger Nivel, bis die Illusionisten und Silas die Theorie des altertümlichen Philosophen Kyporas vollends ausdiskutiert haben. Ihnen ist völlig klar, dass der Egomane Regus Mal diese Lehren als Grundverständnis seiner eigenen Herrschaft annimmt. Er, die Verkörperung der Seelenwanderung seiner Urahnen. Er, der aus einem verquerem Zahlenverständnis heraus, sich als rechtmäßiger

Erbe allen Seins definiert. Welch Narr! Jedoch auch: Welch Gefahr! In der Tat wurden gegensätzliche Charakterzüge zusammengefügt. Den sichtbaren Beweis bietet die Natur des Ryanenführers. Und das Zahlenverhältnis zweihundertsechsundfünfzig zu zweihundertdreiundvierzig, welches in der Musiktheorie den Halbton Limma beschreibt, gibt offensichtlich die Musik an, nach der gespielt wird. Silas spricht nun weiter: „Die Existenzvorstellung Regus Mals beruht also darauf, dass der Dodekaeder als platonischer Körper die unentdeckte Sphäre versinnbildlicht. Aus dieser Zone heraus wird er agieren. Hier wird sich die Zukunft entscheiden. Wer gewinnt, erhält die Machtbefugnis über allem hinaus. Lord McKomeron, Graf zu Frankenau, Herr von Galemberg und Frau Sabioni sind sich einig, dass ein neues Paradigma, ein neues Denkmuster daherkommen muss, um Regus Mal Paroli bieten zu können. Neue Arten der Kontemplation, der Reflexion und der Erkenntnis. Nicht in festgefahrenen Strukturen. Logik als nicht unumschränkt, nicht absolut und deshalb auch nicht diktatorial und autoritär zu verstehen. Neue Wege gehen, an die dieser Ryane niemals zu denken in der Lage ist." Silas hatte niemals zuvor so viel am Stück gesprochen. Das allein verdeutlicht die Sprengkraft der Entwicklungen…

Tief zwischen den Grundmauern eines wohl einst gewaltigen Prachtbaus, errichtet etwa einhundert Jahre vor dem Beginn des chronologischen Almanachs, hat Regus Mal gemeinsam mit seinen Schergen sein neues Quartier bezogen. Hierhin führte es ihn, als er aus den Höhlen von Falios entkommen konnte. Mit dabei die schlangenhafte Gestalt Herma Awiks, Geliebte des Regus. Mehr eine Hassliebe, weil beide Kreaturen Gift verstreuen, da, wo sie ihre Gegenspieler sehen und wiederum schmierige Leidenschaft entwickeln, wenn beiden einvernehmliches Handeln zweckdienlich erscheint. Die Bartstoppeln der Ryanendame haben sich zu einer eigentümlichen Gesichtsflokati entwickelt. Die intersexuelle Heeresführerin der Ryanen ist seit ihrer transformativen Spaltung noch aggressiver geworden. Die Abschottung in den Höhlen von Falios hat nicht nur in ihrem äußerlichen Erscheinungsbild Spuren hinterlassen. Der helle Imaginärteil konnte sich damals auf dem Schlachtfeld körperlich manifestieren. Zuvor hatte er sich von seiner grausamen Seite abgespalten. Beide Formen existierten, ohne dass ihr Herr die Trennung bemerkte. Regus Mal sandte Miss Awiks in ihrer boshaften Gestalt zum Homerius-Kastell, um bei Cedrics Geburtstagsfeier Erkundungen einzuholen. Allerdings kam diese Ausführung nicht zurück. Zu ihrer Blamage wurde sie in einem Gurkenfass gefangen gehalten. Der andere gute Teil konnte den Regus überlisten und ihm weismachen, dass im Kastell alles zu seiner Zufriedenheit passiert. Die Doppelzüngigkeit erahnte er nicht. Der verbleibende Teil erwies sich jedoch nicht stark genug. Miss Awiks Charakter war im Ganzen zu grausam, als dass dieser Oberhand gewinnen konnte. Als sich dieser Imaginärteil langsam verflüchtigte und der Doppelcharakter aufzufliegen drohte, war es Keons Aufgabe, diesen in sich aufzunehmen. Es gelang ihm, wenn auch im Nachtrag doch erschaudernd surreal. Die gute Seite ihrer Person hatte sich geopfert und dabei das vierte Artefakt hervorgebracht, das Medaillon, welches zur Hälfte Keon trug und im Ergebnis in seiner Ganzheit entstand. Die ehemals gepflegten langen braunen Haare der Schlangendame hängen nun zerzaust in verklebten Strähnen formlos am Schädel herunter. Genauer haben sich flaumbesetzte aalartige Auswüchse um ihr Gesicht gebildet, die dort eher ein eigenständiges Leben hegen. An die zwanzig Schlangenhälse um eine grässliche Visage, die jede einzeln für sich Laute durch Vibration erzeugen. Rasseln aus gekielten, überlappenden Hornringen an den Körpern bilden ein Geklapper, was die Person zusätzlich gruselig und unheimlich bedrohlich erscheinen lässt. In regelmäßigen Abständen streifen die Schlangen beim Züngeln die Duftstoffe von ihrem Gaumen ab und machen sich so ein Geruchsbild ihrer Umgebung. Weil jede der Zungen gespalten ist, können sie zudem unterscheiden, ob der Duft von links oder rechts kommt, weil jede Zungenspitze unabhängig arbeitet. Die Dame selbst hat ebenso eine gespaltene Zunge, mit der sie ebenfalls züngelt, um ihre Umgebung zu riechen. Fortan nimmt Herma

Awiks mittels ihrer beiden Zungenspitzen Geruchsmoleküle auf, die am Gaumendach stetig analysiert werden. Sie beschnuppert ihren Feind, mehr die Angst ihres Gegenspielers. Die schwarze Mamba doppelzüngig, Sinnbild ihres ehemals doppelten Charakters. Dieser lechzt nun nach Genugtuung, nach Vergeltung. Der Gegenschlag wird schnell, giftig und tödlich sein. Sie ist nervös und wenn sie sich in die Enge getrieben fühlt, und das spürte sie in den Höhlen von Falios, wird sie sehr, sehr böse! Die folgende Aufführung wird ein Racheakt, tausendfache Revanche, denn sie spürt kein Mitleid, nichts Schönes. In ihr ist es dunkel, kalt und entsetzlich gewalttätig. Regus Mal hat ihre Rachegelüste zusätzlich aufgeheizt. Der gewaltige Ryanenkörper strotzt nur so vor Energie. Vielleicht war es falsch, ihn am Leben zu lassen. In den Höhlen von Falios hatte er Nahrung, außer Freiheit fehlte es ihm an nichts. Die Illusionisten, der Zwergengebieter Hümjekon, die Fürstin der Liknonianer Lamera und auch Silas Derys waren der Ansicht, dass Tod nicht das Ende sein sollte. Das war eine Fehleinschätzung. Der mächtige Oberkörper des Ryanen beugt sich süffisant über seine Bettnymphe. Er ergötzt sich an ihrem abscheulichen Abbild. Es stimuliert sein schauriges Ego, da das Gift dieser schwarzen Mamba ihn nichts anhaben kann. Immer ein bisschen mehr im Laufe der Liaison mit dieser Ryanendame. Eine zweckdienliche Liebschaft, eine Allianz, ein Bund. Aber weniger eine Partnerschaft. Das Ergebnis der Affäre ist Immunität. Jeder leidenschaftliche Biss hat sukzessive einige Milligramm des neurotoxischen Giftes in den Körper des Regus injiziert. Der Kuss des Todes, hier des Lebens. Die dunkel gefärbte Innenseite des Mauls eine Metapher für das, was die Zukunft nach einem Biss mit sich bringt - ewige Finsternis für die Gegner des Ryanenführers. Mit in der Liga Adman Reserver. Ehemals Verwalter und zuständig für die Finanzen der Gebietsverwaltung der Ryanen. Die Meisterin der Sinne Lamera hatte ihn mittels liknonianischer Schlinge außer Gefecht gesetzt. Mit Jackett und Krawatte sitzt er einigermaßen ramponiert vor einem überdimensionierten Tisch aus Stein und beobachtet fast hysterisch das Gebaren des Regus. Die leuchtend roten Knopfaugen Miss Awiks fixieren ihn unaufhörlich und würden ihm gern jetzt schon den Todesstoß geben. Nur zwei kleine rote Einstiche an seinem Hals, mehr nicht. Ihm gegenüber betrachtet ein hünenhafter Liknonianer das Schauspiel. Mit seinen zwei Meter zehn und seinem weißen langen Hemd, was über einer schlottrigen Hose hängt, ragt er über der Szenerie heraus. Ein Überläufer, welcher bei diesem Vorkommnis sein rechtes Auge und ein Ohr verlor. Das verbliebene Auge ist insektenartig ausgebildet. Die grell violette Pupille vermag den Betrachter mit einem überaus weiten Blickwinkel gar zu durchbohren. Wie eine halbkugelförmige Kamera mit einem Sichtfeld von mindestens einhundertsechzig Grad beobachtet er seine Umgebung. Eigentlich sind es fast fünftausend Augen, da dieses Exemplar, eine Laune der Natur, dem Facettenauge eines Insektes gleicht. Das hat zur Folge, dass Faulty Objekte gerastert, wie ein Pixelbild, wahrnimmt. Alle Bilder zusammen erzeugen eine Großaufnahme seiner Umgebung, sodass der Verlust des anderen, ehemals normal ausgebildeten Auges, um ein Vielfaches ausgeglichen wird. Zumal ist er mit dem Facettenauge in der Lage, Geschwindigkeiten genau einzuschätzen, was ihm bei handgreiflichen Auseinandersetzungen bereits viele Male Vorteil bot. Die vielen kleinen Linsen bilden ultraviolette Muster ab. Das Insektenauge des Liknonianers hat veränderte Absorptionsmaxima der Farbrezeptoren Blau, Grün und Gelb. Die maximale Empfindlichkeit beginnt im UV-Licht-Bereich und reicht bis zur Farbe Grün. Er sieht damit zwar kein Rot, rote Farben erscheinen schwarz. Dafür aber UV-Licht! Und dies ist sein großer Vorteil. Wie Regus Mal und Herma Awiks ist er anthropomorph, oder eben nicht? Tier gewordener Mensch oder Mensch gewordenes Tier? Zudem ist er ein Sinneswesen, was ihn dazu befähigt, Gedanken lesen zu können und diese sogar zu manipulieren. Auf welcher Stufe sich dieses Merkmal bei ihm ausgeprägt hat, mag nur er selbst zu wissen. Er registriert zunächst das Geschehen und konstatiert seine eigene Diagnose. Kommentare nur dann, wenn er dazu aufgefordert wird. Anweisungen werden, zumindest im Sichtfeld Regus Mals, klar ausgeführt. Gleichwohl kann er seine tausend Augen nicht länger davor verschließen, dass eine Entscheidung vonnöten ist. In diese Burg, welche heute nur noch in ihren Ruinen existiert, hat der einstige Ryanenführer Leaga nicht nur sich, sondern auch sein Zahlenrätsel eingemeißelt. Innerhalb dieser, wohl auch auf diesen Grundmauern wird sich entscheiden, auf welche

Art und Weise sich das Rad weiterdrehen wird. Tief im Verborgenen sind Geheimnisse eingraviert, von denen Regus Mal nicht zu träumen vermag. Faulty ist dem Mysterium vielleicht schon näher. Oder glaubt er nur dies zu sein? In der Dunkelheit der Gewölbemauern begreift er zwar noch nicht das Versteckspiel insgesamt, allerdings spürt er bereits ein wahrhaft meisterhaft gestricktes Rätsel vor seinen unzähligen Augen aus seiner Verschleierung zutage treten. Der Narr Regus Mal schaut derweil nur, erkennt aber nicht. Übersteigerter Narzissmus. Bleibt es Treue zu diesem grässlichen Hundmenschen und damit Wahrung der eigenen Schande, wenn er den derzeit eingeschlagenen Weg aus Sicht eines Liknonianers beurteilt? Oder entscheidet er sich für Loyalität zu seinem Volk? Eine Beziehung, die einst auf Gegenseitigkeit, Ehrlichkeit und Zuverlässigkeit beruhte. Zumal haben sich Begriffe wie Aufrichtigkeit und Verbundenheit während seiner Erziehung mit Nachdruck in sein Werden eingebrannt. Er weiß, dass lapidarer Jubel ohne Pathos nur Augenwischerei ist. Ehrlich gelebtes Pathos für das, was man tut, als auch zu einer Entscheidung, die man getroffen hat. Zugleich jedoch immer eingebettet in eine gewisse Theatralik, weil Pathetik im Endeffekt Gefühle mitträgt. Gerade aber können Gefühlseindrücke wiederum Empfindungen auslösen, bei der die innere Stimme eine Seelenregung hervorruft. Diese fordert im ungünstigsten Fall Zweifel und kann das Fass zum Überschwang bringen. Er, der das Sentiment aller Lebensformen spüren kann, ist im immerwährenden und deshalb zermürbenden Zwiespalt mit seiner persönlichen Entscheidung. Unzählige Emotionen, die der Instinkt hervorruft.

McKomeron hat durch Rico seiner Nichte Aleksandra und auch Liam Bescheid geben lassen, dass Marlon und Keon im Reich der Tiefen unterwegs sind. Falls keine Zwischenfälle eintreten, sollten die beiden mit ihrem Schulleiter Frankenau zum zwölften Nivel im Homerius-Kastell eintreffen. Zum Nivel vierzehn wird die Sonne unter den Horizont treten. Dann waren es genau vierzehn Nivel hell, die Zeit des

Diamos geht über in die Schattenzeit, das Obscuro. Die beiden Menschenjungen werden sich seiner Meinung nach freuen, den Halbzwerg und das groß gewachsene Mädchen wiederzusehen. Beide haben sich, wie Marlon und Keon, zu jungen Erwachsenen entwickelt. Liam ist zwar nicht größer geworden, jedoch hat er breitere Schultern bekommen und mit Sicherheit einen noch kräftigeren Bauchumfang. Jetzt trägt er einen flaumigen Kinnbart, den er gern zu einem kleinen Zopf flechtet. Seine Mutter ist Zwergin, sein Vater Mensch, so dass er sich recht gut mit den Eigenheiten beider Hemisphären auskennt. Liam hat sich in den fünf Jahren eine Baude aufgebaut, ein gemütliches Restaurant, in dem er ausschließlich vegetarische und vegane Gerichte anbietet. Zu seiner eigenen Überraschung konnte er sich im Homerius-Kastell mit seiner Wirtsstube in rasantem Tempo etablieren. Dies einerseits aufgrund seiner wirklich vorzüglichen Kochkünste und zum anderen wegen seiner ungestümen Art, frei das auszusprechen, was manch anderer nicht einmal zu denken wagt. Ihm jedoch wird eine gewisse Freiheit der Rhetorik zuerkannt. Die Location ist einfach hipp und deshalb dermaßen angesagt, dass es für bestimmte Gemüter ein gesellschaftliches Desaster wäre, dort nicht mehr einkehren zu dürfen. Dabei ist Liam als Hausherr sehr rigide. Sogar Hausverbote scheut er sich nicht zu erteilen. Raufereien werden grundsätzlich nicht geduldet. „Fiese Machenschaften", wie er es beschreibt, wie wenn zum Beispiel ungute Pläne geschmiedet werden oder über Personen missbilligend hergezogen wird, werden aus seinen „heiligen Hallen" verbannt. Nur, wenn die Mollusca Constanze bei ihm zu Gast ist, macht er eine abstruse Ausnahme. Dieser illustren Dame bietet er sogar Krebstiere, also Krabben und Hummer an. Diese zwar serviert in reichlich Marinade mit viel Gemüse. Zudem Muscheln und Schnecken. Dafür hat Liam eine separate Kochnische eingerichtet, damit er die Speisen der Gäste nicht mit denen der Krake vermischt. Für seine Freundin Sandra ist diese Sonderregelung mehr als fragwürdig und nicht nachvollziehbar. Zum Disput mit Aleksandra kommt es dann, wenn Constanze zudem ihren neuen Freund Zarco mitbringt. Nicht nur, weil sie zuvorderst, dass Verspeisen von Tieren verabscheut. Zudem ist ihr dieser blaugeringelte Vertreter einer speziellen Krakenart nicht ganz geheuer. Sandra ist dann

immer leicht grantig, eher mit den Worten Constanzes „not amused",
weil dies ihrer Meinung nach einfach zu weit geht. Liam interpretiert
das Verhalten Sandras dann als Eifersucht. Ein unkontrolliertes Gezeter
entsteht, wenn Aleksandra den Zwerg daraufhin als „unzurechnungsfähig" erklärt, weil er der Meinung wäre, dass das Mädchen gerade auf
diese Krakendame neidisch wäre. Natürlich ist sich Liam bewusst, dass
das nicht stimmt, aber er weiß sich insbesondere bei seiner „Mademoi-
selle" manchmal nicht zu helfen. Er trifft, auch nach mehreren gemeinsamen Jahren, jedes Fettnäpfchen, wobei er langsam glaubt, dass diese
Fettgefäße immer größere Ausmaße annehmen. „Liebe und Leidenschaft", erklärt dann der Psychologe Mak, „halten oftmals fester zusammen, als autarkes Ausleben der eigenen Persönlichkeit". Das hochgewachsene Mädchen kann in der Begründung ihrer Missstimmung
dann immer wieder nur vehement darauf hinweisen, dabei stützt sie
sich auf die Erörterung des Arztes McKomeron sowohl auch ihres On-
kels Rico, dass diese Hapalochlaena, also dieser Blauring-Oktopus,
nicht nur ein wenig markant gefährlich sei. Gerade in einer Speisegast-
stätte. Der Biss dieser blaugeringelten Art ist einerseits schmerzhaft,
zusätzlich eben auch noch sehr giftig. Aleksandra hätte nichts dagegen,
wenn Liam mit der Mollusca spazieren gehen würde. Aber stimmt das
wirklich? Vielleicht ist sie tatsächlich etwas neidisch auf diese skurril
anmutende Mollusca, die groteskerweise ihre Botox-gespritzten Lippen in regelmäßigen Intervallen neu mit Lippenstift nachformt. Ihre
unechten Wimpern auf den zwei relativ kleinen Augen vervollständigen das bizarre Bild der Krake. Ganz im Inneren weiß Aleksandra jedoch, dass Liam nur sie, „sein Mädchen" allein liebt und das ganze Gerangel um die Kraken nur geschuldet der gern an den Haaren
herbeigezogenen Dispute ist. „Liebe ist dann obsolet, hat also keinen
Bestand mehr", so Aleksandras Onkel Rico, „wenn das Gegenüber verstummt. Partnerschaft benötigt Reibung, um lebendig zu bleiben."

Seija, Wächterin des Homerius-Kastells und damals, als die jungen Lords im Reich der Tiefen angekommen waren, Freundin Keons, wacht am Krankenbett Cedrics. Er schläft. Sie schiebt ihm die Bettdecke noch etwas weiter über seine Brust. Der Hüter des Geschehens konnte vor fünf Jahren mit Hilfe der Menschenjungen den Schlüssel für das ewige Portal formen und damit die Geschichte zurechtrücken. Die vier Artefakte bildeten die Basis dafür. Marlon und Keon bezeichnen die Geschehnisse in der Höhle immer noch als „fantastische Science-Fiction". Dank Nicolas Hilfe konnte Marlon mittels der ihm eigenen ferrokinetischen Fähigkeiten den Schlüssel zum Portal formen. Die Schließe übergab er Cedric, denn nur dieser Zwerg war dafür auserkoren, die Geschichte in ihre vorgesehene Bahn zu lenken. Wäre die Aktion schief gegangen, hätten sich Raum und Zeit gekrümmt mit der Schlussfolgerung, dass das Akdemos, das Nirgendwo sich ausbreitet. Damit verbunden die Änderung des Diamos-Obscuro-Zyklus, sowie der Sternenkonstellation im Reich der Tiefen. Der Abonon-Stern, der Richtungsmesser der Zeit, wäre aus seiner Umlaufbahn gerissen worden. Letzten Endes hätte sich ein Paralleluniversum aufgemacht, in dem Regus Mal Unsterblichkeit erlangt hätte. Raum und Zeit wären verschmolzen in endlose Unendlichkeit, was sich wohl kein Lebewesen mit klarem Verstand wünscht. Das würde nämlich im Denkschluss eines „ingeniösen Hirns, ausgestattet mit schöpferischem Potenzial", wie Nicolas dieses Lehnwort aus dem französischen her beschreibt, „die Verneinung jedweder Veränderung, aller Entwicklung und Fortschritt, letztendlich des Lebens an sich deduzieren." Mit den vier Artefakten begann die Vierzahl eine sich ausweitende Bedeutung anzunehmen. Das Tetragon, auch Synonym für die vier Lebensformen: Mensch, Liknonianer, Zwerg und Ryane. Zudem für die tetragonische Ära, die weder mit Regus Mal noch mit dem Urtyp des Ryanenführers Regus Leaga entstand. Denn diese war bereits vor deren Existenz Bindeglied von Wissenschaft und Philosophie einerseits und deren Einordnung in das gesellschaftliche Refugium andererseits. Auf dem Rücken Cedrics leuchtete der Doppeladler grell grün auf. Erst damit war der Zwerg in der Lage, das Portal zu schließen. Rune wusste, wie das Portal aussehen würde und dass sich die Pforte im Zentrum eines Tetragons befindet.

Dieses Portal wurde in der tetragonischen Ära des Reiches der Tiefen geschaffen, eine Epoche, ganz vor der Zeitrechnung. Schon damals bekämpften sich die Völker des Planeten Erde oberhalb wie auch unterhalb existierend. Die Erbauer schufen ihr Werk in der Vorstellung, dass dieses Viereck den Hall des Seins in Vergangenheit, Gegenwart, Zukunft und schlussendlich in der Unermesslichkeit aller Assoziationen in sich vereint. Eine Allianz der Grenzenlosigkeit von Gut und Böse, von Vergebung und Schuld, von Liebe und Hass, von Zeit und Raum. Wie von einer unbekannten Kraft gesteuert, legten sich Keons und Marlons Gedanken in Gleichklang auf die von Hümjekon und Rune. Das Gesicht der Zwergin Ganan, der Mutter Cedrics, erstarrte. Ihre Augäpfel drängten aus ihren Augenhöhlen. Sofort entströmten aus ihren Pupillen feine gebündelt gelblich-grüne Strahlen. Die Strahlenbündel trafen in das Zentrum des Tetragons, wo diese das Bild eines Planeten nachzeichneten. Im Rund war eine Art Sanduhr eingeprägt, welche zugleich aber auch ein Schlüsselloch darstellte. In sonst völliger Starre bewegte nun Ganan ihre Lippen. Dann sprach sie aus schier endloser Zeit kommend mit einer basstiefen Stimme. Nein, es war eher ein Brabbeln von Lauten, eine unentwegte Abfolge von Gesangsequenzen. Als das Singsang der Alten tonloser wurde, war dies das Zeichen für Cedric, den Schlüssel, den er mit zwei Händen halten musste, in die vorgesehene Öffnung einzuführen. Das Fenster der Ewigkeit oder des Nirgendwo - das Akdemos? Der Hüter der Geschichte drehte den Schlüssel soweit um, dass sich die Sanduhr postwendend mitbewegte. Rückführung in die allgegenwärtige Zeit? Oder war dies nur ein Teilkonstrukt, die Zwischenlösung eines größeren Rätsels, welches der Ryane Leaga mit der Macht der Zahlen entdeckte? Er stellt die Tetraktys in das Zentrum seiner Überlegungen. Das Geheimnis, mehr ein Mysterium der Vierheit. Das Tetragon, eine viereckige Fläche, mehr ein riesiges mysteriöses Universum, welches ein einzigartiges Rätsel verbirgt, in der Realitäten infrage gestellt werden. In die Lösung des Denkspiels schieben sich unvermeidlich die Begriffe Logik und mathematisches Verständnis, welche fachübergreifend weiter sinniert ebenso auch das Thema Musik in sich bergen. Tonkunst, die die Gegenwart mit Vergangenheit und Zukunft verbindet, weil sie die Welt mit Klang umhüllt.

Dabei muss das Zahlenverhältnis, und da sind sich Rune und Silas einig, welches den Limma-Ton widerspiegelt, wenigstens ein Grundton sein.

Cedric liegt einigermaßen ramponiert und benommen im Bett der Krankenstation des Homerius-Kastells. Den Ärzten, in Regie McKomerons, konnten die tiefen Verletzungen und unzähligen Rippenbrüche derart behandeln, dass diese in Bälde recht gut verheilen werden. Mit Sicherheit wäre der Ausgang des Überfalls ein anderer gewesen, wenn dieser Zwerg nicht eine so gute Konstitution und Kampferfahrung gehabt hätte. So konnte er zahlreiche gefährliche Hiebe der Gegner abwehren und sie mit erprobter Taktik zurückdrängen. Zudem der glückliche Umstand, dass er sich in den Räumen des Kastells gut auskennt und die übergriffigen Ryanen in eine Falle locken konnte. Seija als Wächterin hatte den Überfall erst gemeldet bekommen, als die Auseinandersetzung schon voll im Gange war. Den Ryanen war es gelungen, die Systeme, die der Kontrolle der Außenanlagen sowie der inneren Einrichtungen dienen, zu umgehen. Dazu hatten sie im Vorfeld unbemerkt spitzfindige Agenten eingeschleust, die die Sicherheitseinrichtungen und manche konzeptionelle Reglementarien unterwandern und auskundschaften konnten. Doktor Nicolas von Galemberg und seine computeraffine rechte Hand Liane Sabioni, welche das Echauffieren unlösbarer Algorithmen zum einen als Motivation fast allen ihren Tuns erachtet und andererseits darin das Spektrum aller kognitiven Kompetenzen glaubt vereint zu wissen, konnten nach einer Vielzahl von Softwaretests Fehlerzustände der Parsec-Systeme, die auch der Überwachung aller Anlagen rund um das Kastell dienen, ausfindig machen. Natürlich wurden im Vorfeld regelmäßige Kontrollen sämtlicher digitaler Werkzeuge durchgeführt. Dadurch kann entsprechend der Empfehlungen des Ingenieurs und IT-Spezialisten Nicolas „stets das globale Sicherheitssystem verbessert und die Wahrscheinlichkeit, dass unentdeckte Fehlerzustände auftreten, minimiert werden. Trotzdem kann damit jeweils nicht bewiesen werden, dass das System vollends fehlerfrei ist." Da der gesamte IT-Bereich in seinen Ausmaßen stetig wächst, konnten Nicolas und seine Kollegen regelmäßige Tests nur noch stichprobenartig durchführen. Die sicherheitskritischen Systeme sind in ihrer Dimension so komplex gewachsen, dass es ihm seiner Meinung nach gelingen muss, hier dringend KI-Lösungen für Testaktivitäten zu entwickeln. „Es ist substanziell, mehr noch selbstredend erforderlich, die Testverfahren während des Software-Lebenszyklus so früh wie möglich, bestmöglich mit dem Start zu beginnen." Dazu innoviert er seit einiger Zeit mit Hilfe seiner Techniker ein Konzept. „Die Anzahl der Testfälle sollte zudem proportional an die zu erwartenden Fehlversuche der Module angepasst sein. Das heißt, dass die Testverfahren flexibel konzipiert und erarbeitet werden müssen. Zumal man beachten sollte, dass ein Fehler selten allein entsteht.", erklärte er kürzlich erst bei einem IT-Fachmeeting. Zum Glück waren die Eindringlinge in der Lage, nur wenige Anlagen zu umgehen, dass letzten Endes zwei der Ryanen vor einer vermeintlich ihnen zu öffnenden Tür das jähe Ende ihres Ausflugs erkennen mussten. Seija informierte im Schnellzugriff das Wachpersonal, welche die von Cedric derb zugerichteten Kreaturen festnahmen. Leider konnten die beiden anderen Provokateure Hümjekon in ihre Gewalt bringen. Seija musste auf ihrem Monitor mitansehen, wie der Zwergengebieter barsch mit einer Batua gestoßen wurde. Blut floss von verschiedenen Platzwunden vom Kopf her am Hals herunter und färbte sein weißes Gewand hellrot. Ungeachtet der heftigen Stöße ging Hümjekon erhobenen Hauptes. Eingepfercht zwischen den beiden Entführern und festgehalten durch ihren schmerzhaften Griff, den sie mit aller Gewalt in die Arme des Zwerges pressten, machte ein Entreißen unmöglich. „Da hast du bei allem Übel wirklich Fortuna an deiner Seite gehabt", beurteilt Seija den Gesundheitszustand des Verletzten. Dieser hat immer noch seine Augen geschlossen. Gleichzeitig forscht sie in der Aura des jungen Zwerges, ob sich hier womöglich unliebsame Schäden auf der Seele niedergelegt haben. Es wäre höchst unerfreulich, gar prekär, wenn der Zerberus der Geschichte seelische Störungen davongetragen hätte. Sie als Sinneswesen ist dazu in der Lage, im Endeffekt durch ihre Natur aufgefordert, Gedanken zu lesen. Sanft berührt sie mit ihren Fingerspitzen die Wunden des Kranken. Kaum sichtbare Lichtblitze prickeln auf der Haut Cedrics und wehen die Schmerzen ganz leicht in die Ferne. McKomeron und Silas hatten bei dem Verwundeten, obzwar auf ihre Modalität der

Feststellung einer Diagnose, ebenfalls psychosomatische Untersuchungen angestellt. „Der Modus Operandi verhält sich jedoch ein wenig anders.", wie der Arzt McKomeron der Liknonianerin Seija seine Handlungsweise interpretierte. „Der seinige Check-up betont, auch wenn er den Sinneswesen keinesfalls zu nahe treten möchte, ein ganzheitliches Diagnoseverfahren. Darin sind psychische Reaktionsweisen im Konnex zur körperlichen Befindlichkeit in ihrer Verflechtung mit soziologischen Eigenarten einbezogen. Nicht umsonst ist der Psychosomatik-Begriff aus den altgriechischen Wörtern Atem, Seele zudem aber auch Körper, Leib zusammengesetzt." Seija kann sich noch gut an den Lehrvortrag des Regenten erinnern, den sie vor einiger Zeit mitverfolgen durfte. Dieser Mann mit seinen tiefgrünen Augen ist noch mehr als vielleicht die Fürstin Lamera als Meisterin der Sinne in der Lage, Gedanken zu lesen und sogar das schlussfolgernde Handeln zu beeinflussen. Seine medizinischen Qualitäten als promovierter und später habilitierter Philosophika Doktorate sind nicht nur oberhalb der Erdoberfläche gefragt. Durch seine Lehrbefähigung auf Universitätsebene ist er ein viel gefragter Arzt, der die Hörsäle fesselnd brechend voll zu füllen vermag. Seine eigenständigen Forschungen zum Thema Heilmittel auf toxischer Basis sind in renommierten Kreisen wohlbekannt und geachtet. Der Akademiker ist eine Konifere in Anatomie, Biochemie und Pharmazie. Seija wurde bewusst, dass sich diese Lernfelder weit über den Fähigkeiten der Liknonianer erstrecken. Trotzdem ist sie immer wieder angetan davon, dass McKomeron nicht überheblich daherkommt, sondern sein Gegenüber mit Respekt und Wohlwollen betrachtet. Das spürt sie und zudem Lamera, die diesen Arzt wie keinen anderen als „außergewöhnlich" beschreibt. Der hippokratische Eid, welcher auf den Begründer der wissenschaftlichen Medizin durch Hippokrates von Kos um vierhundert vor der Zeitrechnung zurückführt, ist zu einem markanten Wesenszug des Lords ohne -von- geworden. Cedric lächelt, als er die Wächterin Seija so dasitzen sieht. Er hat die Augen, nur ganz sacht, geöffnet. Sie scheint mit ihren Gedanken abgedriftet zu sein. Dabei fixiert sie einen imaginären Punkt an der Wand und sitzt fast regungslos auf einem doch recht harten Stuhl. „Wie lange die Liknonianerin wohl schon hier sitzt und darauf wartet, dass er aufwacht?", überlegt Cedric, der jetzt seine Augen etwas weiter aufschlägt. Erst ein wenig, dann mehr, damit er den Raum inspizieren kann, in den man ihn gebracht hatte. Das Weiß der Wände blendet ihn. Kein Fenster, sondern nur penetrant grelles Licht, welches ihn die Sicht raubt, weil alles überstrahlt wird. Seija spürt, sie braucht gar nicht zu sehen, dass er aus seiner Bewusstlosigkeit erwacht. Schnell dreht sie die Lampe zur Seite, dass der Schirm die offensive Beleuchtung hindert. Dann streicht sie über seine Stirn und berührt dort die Haut, wo der Verband nicht das Antlitz umwickelt. Cedric fällt es schwer zu lächeln, weshalb nur seine Mundwinkel zucken. Seija versteht und umfasst des Gepeinigten linke Hand, die jetzt kalt in ihrer Rechten liegt. Kurz schaudert es ihr, weil sich die Kälte der doch recht kräftigen Hand so außergewöhnlich schnell auf ihren Körper überträgt. Sie fröstelt, weil sie wie Cedric ebenso noch einmal die Tritte, Schläge und den Gewaltexzess der Angreifer spüren kann. Der Anschlag war zu lange, zu heftig, als dass er letztendlich etwas ausrichten konnte. „Schlaf noch etwas.", beruhigt ihn das Seelenwesen. Dieses leuchtet dabei selbst noch stärker als der Lichtschein der künstlichen Beleuchtung und überträgt wohlig warme Gedanken in die Seele des jungen Mannes.

Liam ist ganz aus dem Häuschen, als er erfährt, dass seine menschlichen Freunde Marlon und Keon wieder im Reich der Tiefen sind. Er freut sich auf das Wiedersehen und das soll nicht erst auf irgendeinem Schlachtfeld geschehen. Gemeinsam mit Sandra, seiner „Liebsten", plant er für die beiden jungen Lords eine Begrüßungsfeier. Diese soll in seiner Baude stattfinden. „Man zeigt, was man hat!", erklärte er Sandra, die ihn daraufhin als „Prahlhans" bezeichnet hatte. Nichtsdestotrotz soll alles vom Feinsten werden. Er will sich keineswegs blamieren. Das Restaurant selbst ist gemütlich eingerichtet. Rote Backsteinwände harmonieren mit viel Holz, gemütlichen mit Stoff bespannten Stühlen, Barhockern und Sitzbänken, zudem großen Plakatbildern an den Wänden.

Darauf Schattenbilder von tanzenden Menschen, aber auch Zwergen, Ryanen, Liknonianern und mancherlei Tierarten, denen Marlon und Keon wohl noch nicht begegnet sind. Liam hat in den letzten fünf Jahren seinen lukullischen Faible zum Beruf gemacht. Nicht nur, weil er eine Vorliebe für die Zubereitung von Speisen jedweder vegetarischen oder veganen Art hat, sondern mehr, weil er selbst eine Schwäche für gutes Essen besitzt. Seine Körpergestalt zeigt dies jedem Betrachter. Liam meint dazu, dass es wohl als Gastronom „markant nicht zuträglich wäre, wenn er eine rappeldürre Figur" hätte. Jeder Gast würde schlussfolgern, dass sein Essen nicht mundet. Schon hat er einen Menüplan aufgestellt. Es soll an Nichts fehlen. Zumal er den Gourmand Nicolas von Galemberg mit seiner angeheirateten „sexy intelligenten Dame" ebenso eingeladen hat, wie auch die Eltern der jungen Lords von Galemberg und von Roderstätt und den Blackman Silas Derys mit dessen Sohn Connor. Zugegen soll ebenso Lean Migatos sein, auch wenn er diesen Lehrer für Nahkampf, wie dieser seinen Unterrichtsinhalt beschreibt, nicht ganz so mag. Aber das muss ja keiner der Gäste, besonders dieser selbst, nicht direkt auf die Nase gebunden bekommen. Weiterhin sind natürlich Seija und ihre liknonianische Freundin Johanna dabei, die elfengleich das Amüsement abrunden werden. Cedric hat er mit Drink-food bedacht. Für diese Trinkmahlzeit hat er sich bereits ein spezielles Rezept ausgedacht und sich mächtig ins Zeug gelegt, damit darin besonders viele Mineralien und Vitamine enthalten sind. Der Wächter der Geschichte soll doch hoffentlich zeitnah wieder auf die Beine kommen. „Ach ja, Rico wird auch kommen.", berichtete er Aleksandra, die sich sehr auf ihren Onkel freut, wo er doch als Ranger immer jede Menge zu tun hat und eigentlich kaum von seinen Tieren im Wald zu trennen ist. Mit diesem Leptosomen hat Liam in den vergangenen Jahren viel Zeit verbracht. Der „Riese" ist ihm ein treuer Freund und sowas wie ein Vater-Ersatz geworden. Liam glaubt, durch Rico „gesetzter" geworden zu sein. Aleksandra hingegen bestreitet dies und appelliert immer noch an seine doch irgendwann herannahende Vernunft. Rico kennt seine Nichte. „Sie meint es nicht böse." Und Liam vermutet gar, dass er selbst sogar die kleinen Sticheleien braucht, um vorwärtszukommen. Nur durch die beiden ist er doch erst zu dem

Mann geworden, der er jetzt ist! Die Fürstin Lamera und Großmeister Lorcan haben bereits auf eine ausgesandte Einladung geantwortet. Sie entschuldigen sich wegen ihres Fernbleibens. Beide haben Bedenken wegen der Entführung des Zwergengebieters Hümjekon und wollen doch eher an der Lösung des Problems weiterarbeiten. Liam stellt sich vielerlei Salate und Party-Fingerfood vor. Als Vorspeise sinniert er Rote-Beete-Carpaccio, dann Tikka-Masala auf cremiger Polenta. Dazu verwendet er Knoblauchzehen, Ingwer, reichlich rote Chilischoten, Olivenöl, Paprikapulver, Kreuzkümmel, Koriander und Garam Masala. Dieses Currygericht hat er von seinem Vater übernommen, der viele Jahre in Indien gearbeitet und gelebt hat, ehe er seine Zwergenfrau kennenlernte. Das Hühnchenfleisch dieses in indischen Restaurants auf der ganzen Welt angebotenen Gerichtes ersetzt er durch Tofu, zudem durch Hülsenfrüchte und Weizenproteinen. Weil er ebenfalls die Mollusca Constanze und ihren blaugeringelten Bekannten eingeladen hat, will er ausnahmsweise Garnelen und Shrimps in den Plan mit einkalkulieren. Beilagen sind Reis und Naan-Brot. Als Nachspeise himmlisch leckeres Himbeereis. Gesunde Power-Drinks wie „Mango-Lassi mit oder ohne Kokos, mit oder ohne Joghurt, mit oder ohne Kardamom und so weiter… sowie Erdbeer-Lassi, Blaubeer-Lassi und so weiter mit Zitronensaft, Honig, Vanille, Joghurt, Milch und alles das wieder mit oder ohne." Dies war die etwaige Erläuterung, wie sie Aleksandra erhielt, als sie sich bei ihrem Freund wegen der Getränke erkundigte. Das Mädchen, welches mittlerweile nun auch schon fast zwanzig Jahre alt ist, verdrehte nur ihre Augen und verkniff sich ihren Kommentar. Gern hätte sie gefragt, ob die Teller mit oder ohne Ecke, Pubs mit oder ohne Geruch oder Toilettensitz mit oder ohne Deckel dabei sein sollen. Dann hätte sie jedoch mit hoher Wahrscheinlichkeit wieder die Episode ausführlichst zum hundertsten Mal erzählt bekommen, wie Liam im Lokus des Homerius-Kastells an der Seite von Constanze die Trimendiperigos auf eine Rutschparty geschickt hatte. Diese Komplexität an Erzählreichtum wollte sie sich nicht schon wieder aufdrängen lassen. Ihr reicht bereits völlig, wenn sie allein nur einen Blick in die Küche wirft. Liam ist in seinem Element und kontrolliert die Geschehnisse gleich an fünf großen Kochtöpfen, in denen er unter anderem eine Vielzahl unterschiedlichster würziger Tomatensaucen zusammenbraut. Zuvor hat Liam den Hähnchenersatz zum Teil in einer Joghurtmarinade eingelegt und dann in einem Tandur-Ofen gegrillt. Der beißende Qualm vermischt mit den Ausdünstungen der Gewürze brennt in ihren Augen. Bald köchelt das Grillgut in einer Sauce aus Tomaten, Sahne und den zahlreichen Gewürzen, deren Mischungsverhältnis nur der Meisterkoch persönlich kennt.

Die jungen Lords kommen gemeinsam mit Frankenau auf ihren Cross-Rädern zügig voran. Es war einfach herrlich, durch die wild anmutende Gegend zu brausen. Ein Stück fast unberührte Natur. Dann wieder entlang unendlicher Felder, auf denen die Zwerge eine Vielzahl unterschiedlichster Kulturen anbauen. Manchmal blühten ganze Felder zartrosa, blau, gelb und rot. Dann wieder entlang von Plantagen, wo Obst, wie Orangen, Äpfel dann wieder Tee, Oliven und Feigen, wie in einem Schlaraffenland strotzend vor Last das Geäst der Bäume und Sträucher zum Ächzen brachte. Einmal rasteten sie an einer dieser großzügig angelegten Pflanzungen. Dieser Obstgarten hatte sich auf Aprikosen, Birnen und Quitten spezialisiert. Die Motorradfahrer hielten auf einem kleinen Platz. An diesem Nachmittag waren sie die einzigen Kunden gewesen, die die kleine Vermarktung auf dem Hof in Anspruch nahmen. Sämtliche Angestellte und Helfer waren noch alle in den Gärten bei der Ernte. Die ältliche Bäuerin war erfreut über ihre Kundschaft, weil dies eine für sie willkommene Ablenkung aus ihrem wohl recht arbeitsintensiven und dennoch monotonen Alltag war. Sie bot dem Besuch frisch gepressten Saft und eine Quitten-Tarte an. Als die herzliche Zwergin die drei Männer verabschiedete, hatten sie nicht nur mehrere Pfund verschiedener Obstsorten eingepackt bekommen, sondern ebenfalls eine Blechdose, in der die Frau noch einige Stücke des leckeren Kuchens als Proviant mitgab. Sie würden diesen Gaumenschmaus als kleine Überraschung für Liam bereithalten. Zum Gruß winkte sie mit einem Lappen hinter den Menschen hinterher. Sicherlich hatte sie ihrem Mann und ihren erwachsenen Kindern am Abend viel zu berichten.

Es dämmert bereits, als sie ihre Cross-Räder vor dem Homerius-Kastell abstellen. Die Fahrt hatte doch etwas mehr Zeit beansprucht, als gedacht. Zumal wollte Frankenau auch nicht zu schnell unterwegs sein, weil er die Gefahren kennt, die der Untergrund im Gelände bereithält. Ein Sturz seitens der ihm anvertrauten Jungen wäre fatal gewesen. Flugsand steckt in allen Falten, im Anzug wie auch darunter. Sogar im Mund knirscht es, wenn man den Kiefer hin und her bewegt. „Wir brauchen sicher erst einmal eine Dusche.", empfiehlt ihr Direx, als die jungen Lords ihre Cross-Maschinen auf die dafür vorgesehenen Motorradständer aufbocken. Dazu heben sie die Zweiräder leicht an. „Dann gönnen wir unseren Dirt-Bikes mal eine kleine Ruhephase.", interpretiert Marlon sein Tun und bugsiert sein Vehikel gekonnt in die dafür vorgesehene Vorrichtung. Als Motocross-Enthusiast weiß er genau wie Keon, dass auch die Reifen gern eine Entlastung benötigen. Für sein Motorrad zu Hause hat er sich dafür extra einen recht stabilen Motorrad-Ständer gekauft, um seinen „Hirsch" gerade über die Wintermonate aufhängen zu können. Ihm obliegt ebenso die Pflege und kleinere Reparaturen, die er sich für die Wochenenden aufhebt. Als sie ihre Räder ordnungsgemäß gesichert haben, blicken die Jungen über die vielen anderen Bikes, die hier ihrer Meinung nach „neuerdings parken". Es mögen wohl fast an die dreißig motorisierte Feuerstühle sein, überschlägt Keon zügig. Samt alles Geländemotorräder, weil sie ohne Ausnahme mit grobstolligen Reifenprofilen und einer längeren Federgabel ausgestattet sind. Die Matschhüpfer leuchten in verschiedenen Farbnuancen, weil gerade noch die untergehende Sonne das Licht reflektiert. „Seit wann ist man denn hier im Reich der Tiefen mit diesen Motocross-Bikes unterwegs?", erkundigt sich Marlon. Der Lehrer freut sich, ob dieser Frage. „Ich habe mir gestattet, das Problem der Motorisierung in den Raum zu stellen." Frankenau lächelt. „Die Dinger hier werden sämtlich mit Vitalid, nun eigentlich mit dem Kraftstoffgemisch betankt, wozu diese Energiesteine die Basis darstellen. Dieses ist dem Leistungsindex des normalen Super-Benzin oben auf der Erde ähnlich. Die

Auspuffgase haben einen Akkumulationsgrad von Null Komma Null zwei acht Prozent. Also fast keine schädlichen Emissionen. Wir verwenden hier unter der Erde FORNICE Rennbenzin MVT2R plus. Heißt, dass hier zweiundneunzig von tausend Anteile organische Verbindungen zugesetzt werden. Diese machen dann die Verunreinigung der Abgase aus." Keon rümpft die Nase. Dies eigentlich nur, weil sich der zarte Staub in ihr festgesetzt hat und ein kräftiges Niesen unausweichlich wird. Sein Schulleiter interpretiert die Regung anders und rechtfertigt sich, weil doch die Abgasnormen auf der Erde doch wirklich viel höher angesetzt sind als hier unten. „Eure Motorräder zu Hause sind entsprechend der Euro 5-Norm zugelassen. Ich würde mal behaupten, dass jedes einzelne der hier abgestellten Kräder diese Abgasnormen um das Hundertfache unterbietet." Die Schüler merken, dass das Thema Motorrad bei Frankenau so zart wie ein Baby angefasst werden muss. Dennoch freuen sie sich zugleich, weil hier ein Enthusiast steht, der sein Hobby lebt und in ihm aufgeht. Auch die Teenager sind in ihre „Höllenmaschinen", so wie Leonore und Selma die motorischen Untersetzer betiteln, vernarrt. Wenn der Höllenfürst Regus Mal nun wirklich in Gänze erledigt ist, würden sie ihren Direx gern mit auf einer Motorrad-Tour dabeihaben. „Ihr wisst, wo es langgeht?", gibt Frankenau mehr als Aufforderung an, als dies eine Frage sein soll. „Es wird Zeit, die Zimmer zu beziehen. Euch sind dieselben Räume zugewiesen, wie sie ihr damals hattet." Er zwinkert süffisant, weil er weiß, dass sich damit auch die Wächterin Seija nicht weit von ihnen aufhalten wird. Im Homerius-Kastell gibt es eine Art „Service", wie Marlon und Keon die Annehmlichkeiten bezeichnen, bei der eine „multitask-fähige und allwissende Hausdame den Gästen jedweden Wunsch erfüllt." Nun, damit meinen sie keine frivolen Unternehmungen, sondern ein „Rundum-Sorglos-Paket". Vor fünf Jahren, als sie beide das erste Mal in dieser fantastischen Festung im Gebiet Bekulans eintrafen, waren sie froh, eine fast gleichaltrige Wächterin ihres Zimmers, bald auch Freundin gefunden zu haben. Die damals Dreizehnjährige half den Jungen, sich schnell in den vielen Gängen und den sich immer wieder an die unterschiedlichsten Besucher anzupassenden Räumlichkeiten und sogar veränderlichen Etagenkonstellationen zurechtzufinden. Mit dem

Programm -Null acht sieben- kam Seija aus dem Monitor heraus. -Null sieben acht- ließ sie verschwinden. Tiefblaue Augen schauten die damals vierzehnjährigen Jungen neugierig an. Ihre schwarz-glänzenden Haare warf sie dabei keck zur Seite und offenbarte in ihren Hotpans zugleich ihre langen gebräunten Beine. Keon entwickelte tiefere Gefühle zu der Liknonianerin. Auch in deren Augen brauste ein Meer von Empfindungen auf, Seelenregungen. Die Wächterin war es, die eine Aura um die Teenager erkannte, welche sie nie zuvor gesehen hatte. Um Keon eine blaue Aura, welche sich von einem azurblau bis zu weiß färben konnte. Der Charakter einer aufschäumenden Brandung genau dann, wenn er als Gestaltwandler sein äußeres Bild ändert. Marlons hellrote Aura, die ebenfalls weiß, dann aber bald grell um ihn leuchtete. Er, der Metall zum Glühen bringen kann und mit dem Feuer spielt. Beide waren in der Kombination 9-5-45 untergebracht: neunte Etage, fünftes Zwischengeschoss, Zimmer fünfundvierzig. Dort finden sie sich jetzt überraschend zügig ein. Zuvor wieder auf den zahlreichen Ebenen und Zwischenetagen das ihnen noch allzu bekannte Gewusel von Ryanen, Liknonianern, Zwergen und Menschen. Einzeln an ihnen vorbeigehend, dann auch Gruppen, die bei einem Plausch zusammenstehen. Es macht ihnen keinerlei Probleme, durch die schier endlosen Gänge zu laufen, dann abrupt einen Richtungswechsel vorzunehmen, um danach auf einer schiefen Ebene haushoch quer über dem Vestibül ihren weiteren Weg zu nehmen. Dazwischen benutzen sie mehrmals den Fahrstuhl, den sie mit einem Touch-Scan zum Öffnen der seitlich aufgehenden Tür befehligen. Da sie weiter kein Gepäck bei sich haben, werfen sie sich gleich selbst auf das mittig im Raum befindliche Chaiselongue. Gemütlich federt dieses ein. Auch, wenn sie bereits beim Erklimmen der Etagen an die Wächterin gedacht haben, vermeiden sie es, sich direkt bei dieser bemerkbar zu machen. Schließlich wollen sie erst noch duschen. Fünf Jahre sind eine beträchtliche Zeit, in der sie sich zu jungen Männern entwickelt haben. Es ziemt sich auch nicht, weil sie wissen, dass sich wohl ebenso das Mädchen zu einem jetzt achtzehnjährigen Fräulein entwickelt haben muss. Fast eine Frau! Oder ganz? Da sollte man mit gewisser Manier auftreten. Marlon ist es, der zuerst das Bad benutzen möchte. Es dauert nicht lange, bis er aus dem halbhoch gefliesten Raum heraustritt und sich in voller Montur neben seinen Freund fläzt. Dieser schreckt förmlich hoch, als sich dieser in einer hellbraunen Hose, ausgestattet mit allerlei Taschen und frischem, weißen Hemd platziert. Der dunkelbraune Ledergürtel passt exakt zu der Ausstattung, die Keon bereits als Vierzehnjähriger hier in Bekulan an ihm kannte. Seine gewellten dunkelbraunen Haare, denen er eigentlich in den kommenden Tagen mit einem Haarschnitt zu Leibe rücken wollte, liegen sorgfältig gekämmt und umschmeicheln ein markantes Gesicht mit Bartstoppeln. Der Zweitage-Bart lässt ihn verwegen und sogar noch leicht älter aussehen. Lederstiefel runden das Ensemble ab. Auch hier hatten bereits ihre Eltern vorgesorgt und frische Sachen in ihre Räumlichkeiten bringen lassen. Keon entnimmt, nachdem er sich den „Kniest von seinem Body" gespült hat, der Wäschetruhe eine dunkelbraune Hose und ein cremeweißes Hemd. Unter diesen findet er weiche Lederstiefel, die wie angegossen passen. Als er sich im Spiegel beschaut, sieht er einen, wie er meint, gutaussehenden jungen Mann. Dabei rückt er sich seinen Gürtel zurecht, drückt seine Schultern nach hinten, greift sich noch einmal durch die blonden nicht ganz kurzen Haare und öffnet selbstgefällig die Badezimmertür. „Nicht übel!", urteilt Marlon, der nur nebenbei registriert, wie sein Freund aus dem Waschraum tritt. Indes nämlich Keon mit seiner Körperpflege beschäftigt war, hatte Marlon eine an ihn und seinen Schulkameraden adressierte Depesche vom Fußboden aufgehoben, die durch den Türschlitz geschoben wurde. Der Überbringer war jedoch so schnell wieder fort, dass der junge Lord trotz seiner schnellen Reflexe nur noch dessen Schatten auf dem Flur draußen erahnen konnte. Mit dem Umschlag rekelt er sich jetzt so auf das Polster, dass er längs liegend, die Füße über die eine Armlehne streckt und seinen Rücken gegen die andere Lehne presst. So sitzt er einigermaßen aufrecht. Dann öffnet er unter den beobachtenden Blicken Keons das Kuvert. Er entnimmt ein doppelt gefaltetes gräuliches Blatt Papier, wo er in einer recht mimeligen Schriftgröße eine Kurznotiz findet: *Warte auf euch in der Baude „SuPerb" im Homerius-Kastell. Sechzehnter Nivel. Freue mich. Liam.* „Was für eine miese Sauklaue der Zwerg nur hat!", beschreibt Marlon das Gekritzel. Er grinst dabei und seine Augen beginnen regelrecht zu leuchten, weil er über die Notiz, trotz ihrer Kürze, von Herzen froh gestimmt ist. „Da hat doch der Zwerg schon wieder mitbekommen, dass wir im Kastell angekommen sind.", resümiert Keon und freut sich ebenfalls, von seinem ehemaligen Freund begrüßt zu werden. „Was wohl Liam in den letzten Jahren so getrieben hat?", beginnt Marlon zu sinnieren. „Ob er sich, wie Aleksandras Onkel, zum Ranger hat ausbilden lassen? Ich glaube, er wäre ein guter Tierpfleger geworden." Keon indes vermutet, dass der dralle Kerl mit Sicherheit etwas mit dem Thema Essen und seiner Zubereitung machen wird. „Liam hatte damals schon ein Faible für gute und besonders reichliche Mahlzeiten. Seine Teller sahen zunächst zwar recht aufgeräumt aus. Aber der Nachschlag macht es eben." Beide Jungen beginnen zu lachen. Sie denken gemeinsam an die vielen Begegnungen mit dem gutmütigen, manchmal auch tollpatschigen Zwerg. Obgleich dieser wegen seiner Leibesfülle träge daherkommen müsste, war dieser zackig und wendig in seinen Bewegungen. Liam war in der Lage, unzählige Kochtöpfe parallel zu beaufsichtigen, probierte da und da, und kam auch nicht aus der Fassung, wenn einer seiner Gäste Sonderwünsche offerierte. Er war stets ein vorzüglicher Genussoptimierer und nannte sich selbst „Küchen-MacGyver", weil er aus den unmöglichsten Zutaten in der Tat die außergewöhnlichsten Gerichte kreieren konnte. „Da das Auge bekanntermaßen mitisst", erklärte er. Und besonders Aleksandra wollte sich nicht vorstellen, wie er dann mit diesem Wortspiel zusätzlich aussehen würde. In der Tat waren nämlich die kulinarischen Raffinessen wirklich geschmackvoll auf dem Teller drapiert. Dafür hatte er Gespür und künstlerische Begabung. Als die Teenager auf ihre Uhren schauen, finden sie, dass es sogar schon Zeit dafür ist, der Einladung zu folgen. Mit den Chronographen ist es jetzt möglich, innerhalb des Kastells zu „scouten". Damit ist es relativ unkompliziert, den Weg zu Liams Restaurant zu finden.

Die Eltern von Galemberg und von Roderstätt erwarten unterdessen Graf Mirosh zu Frankenau. Die Illusionisten Leonore und Darius haben wie üblich das Zimmer 7-456, Selma und Micael Zimmer 7-457 bezogen. Zudem haben sie sich mit Nicolas verabredet. Der in Frankreich seine Heimat gefundene Bruder von Darius hat sein Quartier ebenfalls in der siebten Ebene bezogen. Gemeinsam mit Liane Sabioni sind beide ebenso rasch im Reich der Tiefen eingetroffen. „Verschiedene Dinge kann man zwar auch von oberhalb der Erde erledigen, jedoch ist in diesem Fall die Nähe zum Handlungsgeschehen von großem Vorteil", meinte Nicolas. McKomeron ist seit einiger Zeit sogar mehr im Gebiet Bekulan, als dass er sich als Hauskater der Familie von Roderstätt verdingt. Hier unter der Erde kann er noch intensiver seinen Studien zu den Themengebieten der natürlichen Toxikologie innerhalb verschiedener Ökosysteme im Anwendungskontext pharmazeutischer Rentabilität nachgehen. Zudem ist es ihm möglich, die Ergründung medizinisch-psychologischer Verhaltensweisen bei posttraumatischen Belastungsszenarien voranzutreiben. Seine persönlichen Räume im Kastell hat er in den letzten Jahren in der Anzahl stetig vergrößert. Die Mannigfaltigkeit in Quantität und Diversität der Pflanzen, die er im Bestand immer weiter sukzessive ausbaut, ist so stark angewachsen, dass es unausweichlich schien, benachbarte Räume als Laboratorien umzufunktionieren. Ihm kam zugute, dass der alte Zwergengebieter Xanton die Mauern der Festung außergewöhnlich dachte und konstruierte, weil diese sich den Notwendigkeiten und Wünschen ihrer Bewohner anpassen können. So kann der Arzt und Forscher seine Pflanzen und sogar Gehölze ihren Standortanforderungen entsprechend unterbringen und in unmittelbarer Nachbarschaft zu diesen, systematische Studien in seinen Laboratorien durchführen. Es entstand ein botanischer Garten mit Gewächshäusern, was man von außen betrachtet, niemals in dieser Festung zu beherbergen vermuten würde. KI-gesteuert funktioniert die Beschattung, Lichteinfallswinkel, Bewässerung oder Beregnung sowie die exakt abgestimmte Zufuhr von Mineralien. Hier untersucht McKomeron mit zahlreichen anderen Wissenschaftlern fremdländische wie auch einheimische Pflanzenarten. Angegliedert sind sogleich die Sektionen der Universität im Kastell, welche der

Botanik zugetan sind. „Science and pleasure" hieß der Leitspruch eines botanischen Gartens bei London am Beginn der Entstehungsgeschichte dieser floralen sowie auch in geringem Umfang auch animalischen Garten- und Forschungsanlagen. Damit verbunden der Zweiklang von Wissenschaft und Erholung, zudem der Rekonvaleszenz, welches die Philosophie auch dieses botanischen Gartens innerhalb des Homerius-Kastells prägen soll. Alle Gäste sind eingeladen, in diese gärtnerischen Anlagen einzutreten und ihre Sinne auf die Natur zu richten. Nichts anderes kann der Zwerg Rune im Tal des Seelenfriedens anbieten - das jedoch auf dimensional weitergestrickten Ebenen! Das Tal verkörpert die Schnittmenge des Zusammentreffens aller existierenden Welten. In dieser Intersektion ist die Präambel des Sinns von Leben an sich enthalten. Denn alle intellektuellen Lebensformen zugleich bedürfen in Anbetracht des unumstößlichen Zugangs zu freiem Geist und sozialer Gleichberechtigung ihrer Obhut. In jener Durchschnittsmenge sind jedwede Interjektionen, also die gleichartigen Empfindungen der Individuen, zusammengefasst. Jeder denkende Geist drückt sich zwar in anderen Sprachen aus, feste Wortverbindungen darin sind unveränderlich. Aber immer geht es doch eigentlich um Bewertungs- und Willenshaltungen, die in der Essenz die Unausweichlichkeit des Bestrebens um ein gerechtes und intensives Leben ausmachen. Silas Derys hatte sich bereits seit geraumer Zeit verabschiedet. All dass, was er den Illusionisten berichtet hatte und sie gemeinsam aus Tatbeständen nicht nur vermuten, sondern für praxisrelevant annehmen müssen, wollen sie ebenso, wenn auch recht zügig gehalten, mit den beiden Lords besprechen. Derys kennt Regus Mal nur zu gut. Er agierte viele Jahre, bevor er sich von den Fesseln dieses Mannes löste, als Agent. Eher bezeichnet er sich in seiner damaligen Aktivität als Mittelsmann, der stets versuchte, das intrigante und unkalkulierbare Denken des Regus verstehen zu lernen und zugleich Konflikte herunterzufahren. Er war es, der Regus Mal immer wieder augenscheinlich optionale Handlungsoffensiven aufzeigte, die das verzerrte Gemüt des umnachteten Typen besänftigen sollten. Bald war die Machtgier dermaßen strikt und autoritär geworden, dass selbst Silas Derys einen anderen Weg einschlagen musste. Ihm blieb nichts anderes weiter übrig, als aus der

Defensive zu treten, um diesem brutal herrischen Burschen, der sich als Imperator der Welt sieht, die Grenzen direkter aufzuzeigen. Sonst würden sich dessen selbstsüchtige Eskapaden im Machtrausch bald ins Unermessliche steigern. „Größenwahn hat in der Geschichte, oberhalb wie unterhalb der Erde, zu Diktaturen geführt, die in ihrer Brutalität und Schonungslosigkeit niemals ein freies Leben befürworten." Dieses äußerst dominante, rigides Auftreten ihm gegenüber als ebenbürtiger Magier, konnte er nicht mehr ertragen. „Nicht, weil er über jedweden Zweifel erhaben ist, dass er der bessere von beiden wäre. Aber diese fürchterliche Art eines Möchtegern-Führers ist ihm letztendlich zuwider… Hohle Töpfe klingen am lautesten!", beurteilte Silas das Gehabe dieses wahnsinnigen Dilettanten. Nicolas beißt sich auf die Unterlippe. Er steht, nonchalant seine Hände in den Hosentaschen vergraben am Türrahmen, ein Bein über das andere geschlagen da und hört den neuesten Berichten zu, die der Blackman deduziert hatte. Auch er und Liane, die es sich auf der Couch gemütlich gemacht hat und ebenso galant eines ihrer schlanken Beine über das andere legt, waren bereits seit Längerem der Ansicht, dass es eine weitere Dimension geben müsse. Verschiedenste Hypothesenberechnungen ihrer Analysten bewiesen dies jeweils mit einer Wahrscheinlichkeit von nahezu Eins. „Auch wenn euch eure coloration du visage nicht verrät", formuliert Nicolas seine Beobachtung, nachdem alles Gesagte im Raum noch zu schweben scheint, „es ist eine ernste Angelegenheit." Der Lord stößt sich leicht von der Türzarge ab und nimmt sich jetzt eines der Kristallgläser vom Tisch, in das er einen Schluck von dem Wein gießt, der in einer bereits von Darius vor zwei Niveln geöffneten Flasche bereitsteht. Darius weiß, dass sein Bruder ein Feinschmecker in jeglicher Richtung ist. Deshalb war er darauf bedacht, dass sich das Bukett der roten Flüssigkeit zu Nicolas Zufriedenheit durch Lufteinfluss bereits ein wenig entfalten konnte. Zudem kühlte er den Beaujolais auf genau dreizehn Grad Celsius ab, weil, wie er von dem Franzosen belehrt bekommen hatte, „leichte, elegante Rotweine mit wenig Körper nun ein anderes Temperaturoptimum fordern wie Rotweine mit mehr Körper. Die Weine mit deutlichem Tanningerüst würden sich etwas wärmer bei circa sechzehn oder siebzehn Grad Celsius wohler fühlen." Darius sparte sich einen

Kommentar bezüglich der Gefühlsattitüde eines alkoholischen Getränks. Ihm ist es schleierhaft, wie man dem vergorenen Saft von Weinbeeren Emotionen auch nur irgendwelcher Art zusprechen könnte. McKomeron hingegen teilt zwar nicht umfänglich die Position des „Lord von Galemberg der Jüngere", weil er von beiden Brüdern drei Jahre später das Licht der Welt erblickte. Gleichwohl baut er selbst seit geraumer Zeit Wein an, sozusagen zu Studienzwecken. Er ist ebenfalls der Ansicht, dass guter Wein viel Zuwendung benötigt. Anfang April waren er und seine Studenten eine ganze Weile damit beschäftigt, die nach seinem Postulat gut gewässerten Trauben in Pflanzlöcher einzusetzen, welche penibel eins Komma drei Fuß tief und breit sein mussten. Er achtete akribisch auf diese Forderung, weil sonst seine Forschungen und Untersuchungsreihen bereits am Beginn verfälscht wären. Die Veredlungsstelle, also die Verdickung am Stamm, musste genau Null Komma ein Fuß über dem Boden liegen. „Die Haupttriebe wachsen einen halben Fuß pro Woche. Die schlaff hängenden, gekrümmten Triebspitzen zeigen an, dass es den Weinreben hier im Kastell gut geht und sie kräftig am Wachsen sind. Das direkte Licht wirkt Wunder.", beurteilt der Arzt, Psychologe und Experte für allerlei andere wissenschaftliche Themen sein neuestes Experiment zum Thema Rebbau. „Was willst du mit dem Anbau deiner Reben bezwecken?", will Leonore wissen. „Wein ist zunächst Genuss- und Rauschmittel. Das Getränk trumpft jedoch noch mit weiteren Aspekten. Ich möchte einerseits untersuchen, wie Fruchtbarkeit, Schädlingsbefall und Resistenz auf bestimmte Einflussfaktoren reagieren, da durch die veränderten Umweltbedingungen auf der Erde, der Anbau immer schwieriger wird. Manchmal ähnelt dies einem klimatischen Lottospiel. Des Weiteren kommt es bekanntlich bei der Lagerung zu verschiedensten biochemischen Reifeprozessen, die dazu führen, dass einige Weine jahrzehntelang reifen und haltbar sind. Das nehme ich zum Anlass, mich mit Altersforschung, und dies nicht nur bei Weinen, zu beschäftigen. Ist man eventuell irgendwann in der Lage, bestimmte Enzyme zu isolieren, die der steten Verjüngung von Zellen dienlich sind, wäre es ein Leichtes, hundert oder zweihundert Jahre alt zu werden." Selma schaut den Arzt irritiert an: „Aber wollen wir wirklich, dass Menschen, wie auch alle die, welche unterhalb der Erde wohnen, ein unbegrenztes Lebensalter erreichen?" Leonore fügt hinzu: „Der Lebensraum jedes Einzelnen würde sich einschränken. Schlussfolgernd stünden Ernährung, Zugang zu Bildung, sogar gesellschaftlicher Friede auf dem Spiel." Mak schüttelt leicht den Kopf. „Ihr habt dabei nur negative Fakten genannt. Es geht mir vornehmlich gar nicht um Unendlichkeit. Ich glaube, dafür wäre ein Ryane namens Regus Mal zu begeistern… Ich denke mehr an Zellerneuerung, welche durch Unfälle oder schlimme Krankheiten an Haut oder inneren Organen vonnöten ist." Die beiden Frauen sind erleichtert, dass nicht auch noch Mak dem wahnwitzigen Okkult zum Thema -Untot- verfallen ist. Nichts anderes möchte Regus Mal für sich erreichen. Seelenwanderung seiner Urahnen, womit er sich als Erbe allen Seins identifizieren wird. Geistiges Hirngespinst, aber auch gefährliche Zukunftsaussichten für alle anderen zugleich. Als eine kleine Pause eintritt, setzt der Wahlfranzose fort: „Wein gehört zu den ältesten Kulturgütern der Menschheit, als auch der Bewohner unter dem grünen Horizont." Er will die intellektuelle Stimmung, mehr noch die schwermütige Gemütslage, die sich durch die Informationen rund um die Entführung Hümjekons aufgebaut und sich wie ein schmieriger Fettfilm auf die Atmosphäre im Raum gelegt hat, durch ein anderes Thema erhellen. Selma, Leonore, Micael und Darius würden gleich ihre Jungen, die frisch gebackenen Abiturienten wiedersehen. Eine wenigstens minimale Feier zum bestandenen Schulabschluss müsse sicherlich trotz der widrigen Umstände möglich sein. Die Illusionisten sind ebenfalls, wie ihre Jungen, zur Begrüßungsfeier geladen, die Liam und Aleksandra initiiert haben. Connor, Silas Sohn, hat sich gleichermaßen ins Zeug gelegt. Er hat sich nämlich für den morgigen Tag ein Trainingsprogramm für Marlon erdacht. Dafür hat er mehrere Räume im Kastell herrichten lassen, die der unterschiedlichsten Ausbildung gerecht werden sollen. „Es geht um Reaktionsvermögen, Ausdauer, Kraft und vor allem Technik.", erklärte der zu einem wahrlich bemerkenswerten Muskelpaket herangewachsene Ryane. Als die jungen Lords vor fünf Jahren in Bekulan auf den damals fünfzehnjährigen Connor trafen, waren diese in ihrer Statur fast noch jungenhaft. Durch McKomeron weiß der Ryane, dass sich diese damals Vierzehnjährigen zu jungen

Männern entwickelt haben. Mit ihren Körpergrößen von einen Meter dreiundachtzig sind sie zwar nicht so hoch gewachsen wie Connor selbst, der wohl mindestens an die zwei Meter zehn misst. Silas hat seine eigene Größe auf sieben Fuß bemessen. Connor ist dementsprechend nur einen Hauch kleiner. Gleichwohl sind die Menschenjungen in ihrem Erscheinungsbild nicht minder kräftig und athletisch. Dafür sorgten regelmäßige nachmittägliche Fitness-Einheiten im Sportstudio, wo sie neben Kraftsport auch Lauftrainings absolvierten. Zudem konnten sie je nach Form oder auch psychologischem Antrieb Schwimmen gehen. Dennoch reizten beide ihre körperliche Aktivität nicht bis zur Belastungsgrenze aus. Mak gab ihnen den Ratschlag, jeden Tag aus Neue auf Warnsignale des Körpers zu achten. Ein Übermaß an allem hätte immer zur Folge, dass „…der gewünschte Effekt nach hinten los geht. Es gibt Menschen," so der Arzt, „deren Physiognomie nicht annähernd denen von Boxern oder Gewichthebern ist. Gleichwohl besitzen sie mehr Kraft und Ausdauer…" Demzufolge kommt es darauf an, mit einer gewissen Vorausschau zu agieren. „Ein gewaltiger Habitus ist nicht ausschlaggebend dafür, körperliche Auseinandersetzungen für sich entscheiden zu können. … Konstitution gerade innerhalb des geistigen Equipments ist elementar!" Connor, das genetische Abbild seines Vaters, ist ein wahrlich meisterhaftes Vorbild dafür. Er könnte sich darauf ausruhen, was die Besonderheit seiner hereditären, also erblichen Linie, bereits ohne Hinzutun zutage bringen würde. Connor selbst erachtet es jedoch als unverzichtbar, seiner doch ohnegleichen autarken Persönlichkeit, eine gewisse Charakteristik beizufügen. Dazu wurde er in seiner Erziehung einerseits durch das gengleiche männliche Familienoberhaupt, mehr aber stetig durch seine Mutter ermutigt. Sie ist noch immer die treibende Kraft, wenn auch im Hintergrund. „Koryphäres Verhalten ist missbilligend, mehr sogar ein Armutszeugnis, wenn außergewöhnliche Fähigkeiten dennoch keine Weiterentwicklung erfahren." Auch McKomeron ist der Überzeugung, dass jedes Individuum gerade so gut ist, wie es sich im Kontext soziologischer Strukturen vermarkten kann. „Es nützt nichts, unzählige Begabungen mit in die Wiege bekommen zu haben, wenn man sich keiner davon bedient. Anlagen verkümmern wie Muskeln, die nicht trainiert werden. Synapsen finden keine Kontakte zu weiteren Hirnzellen, wenn sie nicht jeden Tag aufs Neue gefordert werden.“

Gespannt auf Liam und seine Freundin Aleksandra, gleichwohl auch interessiert, was Connor, Johanna und Seija in den letzten Jahren erlebt haben, machen sich die jungen Lords in der guten Hoffnung auf, ihre Freunde wiederzusehen. Es war zu ihrem Erstaunen nicht Seija, die den beiden Menschenjungen die neusten Informationen zum Kastell und einen Überblick über die letzten Geschehnisse in Bekulan vermittelte. Die Ziffernkombination „Null-acht-sieben“ funktionierte nicht. Marlon und Keon ahnten, dass deshalb womöglich auch nicht mehr ihre bekannte Wächterin Erläuterungen und Antworten weitergibt. Stattdessen war eine Stimme zu hören, die eher jungenhaft klang. Keon probierte nach dem Zufallsprinzip die Ziffernfolge „Null-acht-neun“ aus. Diese passte prompt. Die notwendigen Mitteilungen waren trotzdem effizient zusammengefasst und beinhalteten eine ausgewogene Bandbreite aller für sie notwendigen Details. Sie erfuhren von Aaron, dass dieser nun der neue Wächter des Zimmers sei. Weil dieser wusste, dass die jungen Lords vor Jahren eine besondere Beziehung zu Seija aufgebaut hatten, verriet er ihnen, dass er der jüngere Bruder der Wächterin sei. Seine herzliche und eloquente Art machte diesen jungen Liknonianer sogleich sympathisch. Unkompliziert, wortreich und schlagfertig. Das gefiel den beiden Teenagern. Der elfjährige Bruder berichtete, dass Seija und auch Johanna mit dem Einschreiben in verschiedene Vorkurse für ihr Studium beschäftigt seien. Im Reich der Tiefen wäre es üblich, vier Semester sozusagen „vorzustudieren“. „Man kann in diesem studia liberalia eine Vielzahl von Vorlesungen unterschiedlichster Fachrichtungen besuchen und zudem gleichzeitig Wissenslücken schließen. Das Hauptaugenmerk liegt dann aber im Erlernen verschiedener Sprachen, darin insbesondere Grammatik und Rhetorik. Dazu Kurse in Dialektik, Arithmetik, Geometrie, Musik und Astronomie.“ Aaron erläuterte, dass dieser „Kanon der Wissenschaften das

Grundstudium ausmacht, worauf im Anschluss alle anderen verschiedenen Studiengänge aufbauen." Marlon und Keon waren höchst interessiert, weil sie selbst diese Inhalte als Basis aller anderen Fachrichtungen erachten. Des Weiteren erfuhren sie, dass Liam selbst Inhaber der Baude sei, in der sie heute Abend eingeladen sind. „Das passt wie der Deckel auf einen Eimer!", lachte Marlon amüsiert auf. „Wer sonst als Liam kommt auf die Idee, seine Location -SuPerb- zu nennen?" Keon schüttelte nur seinen Kopf und war sich gewiss, dass der Zwerg noch mehr Überraschungen parat halten würde. Als die beiden jungen Männer auf der dritten Etage ankommen, um von dort zum zweiten Zwischengeschoss zu gelangen, führt sie ihr Weg wegen eines unentschlossenen, dann falschen Abbiegens zu einem riesig langen Gang, dessen Ende nicht auszumachen ist. Grelles Licht an der Decke blendet auch wegen der Spiegelglas-Fliesen auf dem Fußboden. Schier endlos angeordnete Fenster zu beiden Seiten. Ihre Milchglasoptik verhindert, dass man direkt in das Dahinter hineinsehen kann. Trotzdem kann man geschäftiges Treiben erahnen, weil Schatten hin und herlaufen. Ruckartige, dann wieder gleitende Bewegungen lassen zudem vermuten, dass hier auch Roboter-Arme im Spiel sind. Nach jeweils drei Panorama-Fenstern ist eine zweiflügelige Tür, eher ein Tor eingelassen. Fortwährend wird eine Tür geöffnet, indem mit einem leisen Zischen die Türhälften seitlich auseinandergehen. Männer und Frauen in weißen Kitteln kommen unentwegt heraus und verschwinden dann entweder in einer Tür gegenüber oder laufen den Mittelgang entlang auf ein unbestimmtes Ziel zu. Dann erst merken die Jungen, dass sich hinter ihnen die Wand schließt. Der ehemals etwa sieben Fuß breite Gang wird zusehends quadratischer und eröffnet bald eine riesige Halle, von wo aus unzählige Flure sternförmig ausgesandt werden. Jetzt erkennen die Teenager, dass die Weißkittel, welche in ihrer Annahme sich zuvor nur auf dem Gang entfernten, doch einen bestimmten Zielort haben. Hier und da öffnen sich wieder Türen, wo diese mit absoluter Intention verschwinden. Verblüfft betrachten Marlon und Keon das Schauspiel und wähnen sich in einer Forschungseinrichtung für … Ja, für was? *Institut für Organisch-Biomolekulare Chemie und Biologische Intelligenz* steht über der Information und Schaltzentrale zugleich, die genau in der gedachten Kreuzungslinie aller Flure ihren Standort innehat. Hierher nähern sich die Abiturienten und blicken auf eine digitale Schautafel. Scheinbar beherbergen ganze Straßenzüge verschiedene Institute, wie Chemie mesoskopischer Systeme, Evolution-Genetik-Ökologie, Molekulare Zell- und Entwicklungsbiologie, Molekulare Pflanzensystematik und -physiologie, Molekulare Bioprozess- und Analysenmesstechnik, Metallorganische Chemie, Neurophysiologie und mathematische Algorithmen, Psychophysiologie der Botanik … Marlon und Keon sind überwältigt, zugleich aber auch von den unzähligen Begriffsbezeichnungen überfordert. Sie registrieren zwar das Angebot schier übermächtigen Wissens. Ihre perplexen Gesichter lassen jedoch mehr Ratlosigkeit als Durchblick erkennen. Eine junge Zwergin schaut aus dem Rondell heraus. Sie hatte sich wohl eine längere Zeit lang gebückt, weil ihr Gesicht völlig unverhofft vor den Jungen auftaucht. Die Dame scheint etwa so alt wie die Menschen vor ihr zu sein. Interessiert betrachtet sie die Ankömmlinge. Marlon und Keon blicken erstaunt zurück. Die Zwergin wirkt irgendwie gerade etwas derangiert. Ihre Haare sind dermaßen zerzaust, als würde sie bereits für eine ganze Weile kopfüber agieren. Verlegen bürstet das Mädchen mit ihren kurzen Fingern durch die explodierte Frisur, was im Ergebnis jedoch keine sichtbare Besserung bringt. Das darauf folgende Lächeln erscheint freundlich und intelligent. Die Teenager stehen derweil leicht verdutzt da. „Sorry!", formt sich das gewinnende Grinsen zu einer Begrüßung. Nach einem kurzen, wenngleich angenehmen Geplapper in englischer Sprache, entscheidet das Gegenüber, sich auf Deutsch verständlich zu machen. „Yes! … Ich meine Ja!", gibt Marlon als Antwort zurück. Die vielen Worte und die anscheinend vom Sturm getragene Zwergin bringen ihn aus der Fassung. Diese redet weiter: „Die Lords von Galemberg und von Roderstätt!" Dies ohne jedweden Akzent. Dabei schaut sie selbst nur bis zu den Schultern über die Oberkante des Informationstresen. „Entschuldigung, aber wir haben hier gerade einige Dinge zu regeln… Kleines Problem mit dem Datentransfer." Sie lächelt weiter und versucht damit die Unannehmlichkeit ihres Auftritts wegzutun. Irritiert wegen der tiefgrau-blauen Augen, die sie psychokinetisch erforschen und scheinbar bewerten wollen, schaut sie nach unten.

Sogleich tippt sie mit unglaublicher Schnelligkeit auf ein Touchscreen-Monitor von circa siebenundzwanzig Zoll, wie Keon zügig überschlägt. Dann wischt sie eine Seite weg und eröffnet dasselbe Spiel auf einer weiteren Ansicht. „Also nochmal sorry. Ich muss nur mal schnell einige Input's eingeben.", erklärt sich das Mädchen. Die Jungen können nur staunen. Mit immenser Souveränität pulsieren sanft zehn Finger fast gleichzeitig auf das Glas. Die Lords beobachten, wie augenblicklich zwanzig, dreißig Programmier-Zeilen gefüllt werden, die teilweise in gewissen Fragmenten rot, grün auch schwarz leuchten. Irgendetwas beginnt sich zu tun, weil jetzt plötzlich ein lautes „Yeaaa!", aus den Tiefen hinter der Verkleidung schallt. Dann ein lautes Krachen. Ein dumpfer Aufschlag. Der Zuschauer möchte glauben, dass die gesamte Informationsbasis zu Bruch geht und in tausend Stücke zerberstet. Stattdessen rekelt sich eine ebenfalls konfus erscheinende Gestalt nach oben, die sogleich ihre riesige schmale Hand auf die vermeintliche Beule am Kopf drückt. Das längliche Gesicht bückt sich noch einmal, um dann mit einer Brille auf der Nase aufzutauchen. Die Lords glauben, der bizarre Typ hätte sich gläserne Aschenbecher vor die Augen geschoben. Noch immer drückt der Lulatsch fest auf die Stelle, die eben noch in Konkurrenz zu dem Panzerglas des Tisches war. Anscheinend ist sein Kopf doch nicht so widerstandsfähig, weil er seine Nase rümpft und sein übriges Gesicht in schmerzverzerrter Starre verharrt. Keon kann den Schmerz regelrecht mitfühlen. „Geht's?", erkundigt er sich und zieht dabei eine Schnute, die Bedauern ausdrückt. Der extrem dünne Junge menschlicher Natur steht etwas buckelig da und ist immer noch außer Stande, sprachlich zu reagieren. Er nickt und presst dabei seine Lippen verkrampft aufeinander. Keon erinnert sich an Triggerpunkte gewisser Körperstellen, die ihm McKomeron gezeigt hatte. Einerseits schmerzstillend, zum anderen entspannend. „Ich darf mal?", fragt er, wobei er sich über den zweiten Monitor lehnt, welcher oberhalb des widrigen Glashindernisses in Waage zu schweben scheint. Ohne eine Antwort des Gepeinigten abzuwarten, drückt er seine Daumen an die Schläfe des Jungen, verharrt dort mit kreisenden Bewegungen und drückt noch einmal sachte darauf. Dann sucht er im oberen Brustbereich einzelne Körperpunkte, in die er leicht seine Zeigefinger rührt. Es dauert nicht lange, bis sich der vermeintliche Student zu entspannen beginnt. Dieser schiebt die Brille nach oben, die wegen ihrer dicken Gläser die Augen dermaßen vergrößert, dass man glauben könnte, der schlaksige Typ wäre immer noch erstaunt, den Kürzeren gezogen zu haben. „Nimm endlich mal deine dämliche Brille ab!", kommandiert das Mädchen den Jungen burschikos. „Ich weiß nicht, warum du das Ding immer wieder aufsetzt! Besser sehen kannst du damit ja wohl auch nicht, sonst hättest du die Mattscheibe vor dir erkennen müssen." Der Schmalfinger, denn Marlon hatte zuvor noch nie einen Jungen mit solch schmalen und zugleich langen Fingern gesehen, zieht immer noch ein Schmerz verzerrtes Gesicht. Marlons Ansicht nach ist wohl das Brillenproblem ein leidiges Thema, mit dem sich die beiden bereits schon zuvor auseinandergesetzt haben. Der Jüngling überhört die bissige Bemerkung und betrachtet Marlon und Keon. Seine Augen beginnen sich aufzuhellen und als er dann das monströse Brillengestell beiseitelegt, schauen die Lords in ein weiteres intelligent dreinblickendes Augenpaar. Der Langfinger reicht seine rechte Hand über den Tisch. Keon greift als erster zu. Ein fester Händedruck, in dem Tatkraft und Leidenschaft stecken. Keon schmunzelt in sich hinein. Noch ein Computer-Fan… Nein, kein Fan im Sinne von Fanatismus. Keon hat ein Auge dafür, Charakteristika von Personen zu erkennen. Hier im Reich der Tiefen mehr, als oberhalb der Erde. Dieser Typ wird Algorithmen so wie andere vielleicht Pizza, sogar Sport oder Urlaub lieben. Das letztere wird er bestimmt sogar überflüssig halten, weil er in Programmierschleifen seine Art von Wegänderung und Entspannung findet. Er geht darin auf. Mit Sicherheit wird er die Entwicklung steuerbarer Systeme für Informationsübertragung und -gewinnung mehr als Herausforderung seines persönlichen Egos als ein Angebot eines bloß bezahlten Jobs ansehen. „Hi!", begrüßt der Lange die beiden Lords. Dann schaut er zu Keon und zieht seinen Mund zu einem breiten Lächeln, das erst bei seinen Ohren zu enden scheint. Eine Vielzahl von Falten bilden sich um die Mundwinkel bis über die Wangen. „Mein Name ist File, File Greindur." Dann deutet er mit einer Kopfbewegung nach unten zu der jungen Zwergin. „Und dies ist die charmante Katura… Sie weiß, wie man Leute eben mal nicht bedauert." Jetzt erst dreht sich der strubbelige Kopf nach oben und schaut den fast doppelt so großen Jungen fest an. „Ich müsste den ganzen lieben langen Tag nichts anderes machen, wenn ich mich ausschließlich um deine komischen Angewohnheiten kümmern sollte." Offenbar weiß der schlaksige Freund, was das Mädchen damit andeuten will. Weil er das Thema sicher nicht vor den Fremden näher ausbreiten möchte, setzt er fort: „Was sucht ihr hier im Forschungslabor des ehrenwerten Lord McKomeron?" Marlon und Keon blicken sich um. „Wir wussten nichts von der Existenz eines derartigen Labor-Bereiches.", beginnt Marlon seine Erklärung. „Wir waren auf dem Weg zum SuPerb." File lacht kurz auf. „Zu Liam?" Die beiden Lords nicken, leicht überrascht, dass der Große ihren Freund wie einen ihm alten Bekannten betitelt. „Das SuPerb ist echt grandios. Dorthin verschlägt es nicht nur viele Studenten, sondern auch die Prominenz." Marlon zieht daraufhin wieder eine seiner Augenbrauen hoch. Katura interpretiert die Gesichtsregung richtig: „Er übertreibt. Aber das Restaurant ist zurzeit wirklich das gefragteste Lokal. Liam hat aus der Bruchbude eine hippe Baude mit anspruchsvoller Küche und angesagter Optik gemacht… Wir, also meine Kommilitonen und Freunde gehen regelmäßig dorthin." File ergänzt: „Am Wochenende ist das SuPerb mehr als krachend voll. Dann spielt dort immer irgendeine Band. … Ist wirklich nice." Marlon und Keon freuen sich über die ausgesprochen positive Bewertung, die ohne Zurückhaltung frei heraussprudelt. Ehrlich gemeintes Lob. Das wird Liam freuen, auch wenn sie die vielen löblichen Worte weniger weit fassen werden. Nicht, dass der Knabe noch überhebliche Attitüde entwickelt. Marlon schaut sich um. File folgt der Blickrichtung und sieht sich aufgefordert, Einiges über diese Räumlichkeiten preis zu geben. „Forschung und Entwicklung sind Grundzüge einer zukunftsfähigen Gesellschaft. Es bleibt nicht aus, dass soziale Interaktion und zudem Wissenschaft sich stetig verändern. Alles ist miteinander verknüpft. Akteure auf der Erde, sowie auch hier unten drängen notwendigerweise nach neuen Technologien. Der unruhige Geist, der Neues hervorbringt - Gutes wie auch Bedenkliches." Jetzt ist es an Katura, die Stirn in Falten zu legen. „Ihr habt File genau dort erwischt, wo er euch, wenn ihr nicht aufpasst, unendliche Ausführungen zum Dasein aller Geschöpfe der Erde mitteilen wird. Herr Greindur studiert an der Uni nicht nur Informatik, sondern im Zweitfach Soziologie." Die Zwergin grinst amüsiert, weil sie mit Sicherheit Files nachfolgendem Monolog ein abruptes Ende beschert hat. Dieser nickt ob diesem Einwand. „Also … Ihr befindet euch in den heiligen Hallen der Universität. Einige Forschungsschwerpunkte habt ihr bestimmt der Informationstafel entnehmen können. Hier sind zudem botanische Gärten ausgewiesen, die dort hinten im nächsten Flügel beginnen… Wenn ihr Lust auf exotische Pflanzen und anderes Gesträuch habt, seid ihr in diesen territorialen Gefilden gut aufgehoben. McKomeron züchtet, kultiviert, experimentiert. Verschiedene Räume sind jedoch verschlossen. Auch wir zwei dürfen dort nicht hinein. Der Arzt deklariert diese Zonen als -trial and error-, also Versuch und Irrtum. Er untersucht zurzeit nicht nur den Einfluss von Umweltfaktoren und Nährstoffen auf das Wachstum von Weinreben. Sein zweites Steckenpferd sind seine allgegenwärtigen Giftpflanzen. Zurzeit gewinnt er Gift aus Algen." File hat den Ball der Konversation zur Zwergin geworfen. Offenbar ist diese jetzt in ihrem Element. „Jedweder meint beim Erblicken von Wasserblüten, sie wären die Grazie des Meeres. Manch ein Seemann wurde nicht nur von Meerjungfrauen in den Tod entführt… Wasserblüten sind Kennzeichen einer Massenvermehrung von Algen, wodurch ein Massensterben von Tieren folgt. Logbücher der Schifffahrt aus dem neunzehnten Jahrhundert brachten Wasserblüten in Verbindung mit Lebensmittelvergiftungen der Matrosen. Es gibt von den unzähligen Algenarten etwa fünfzig, die Giftstoffe produzieren. Am Ende der Nahrungskette erreichen die Algentoxine Menschen, Zwerge, Liknonianer und Ryanen. Der Verzehr von derart geschädigten Fischen oder Schalentieren kann beim Endverbraucher zum Tod führen. McKomeron experimentiert jedoch im Hinblick auf den positiven Effekt solcher Gifte. Medikamentenforschung als passiver oder sogar aktiver Schutz, indem sich das Cigua-Gift antitoxisch auf die Gewebestruktur des Darms und der Muskeln legt. Das gleicht in etwa dem Begriff der Antibiose, also der medikamentösen Behandlung, bei der Bakterien oder Pilze im Körper des Patienten gehemmt oder zerstört werden sollen. Antibiotika, versteht ihr?" Als Marlon und Keon nichts hinzufügen, ergänzt Katura: „… Also so in etwa. Nur zum allgemeinen Verständnis. … Ist nicht ganz einfach." Die jungen Lords senken zustimmend den Kopf. Sie wollen weiter. Es wäre ungut, wenn sie sich bei der Einladung verspäten würden. Sie kennen Liam nur zu gut. Sein Gemüt könnte schnell kippen, wenn sein hergerichtetes Mal nicht rechtzeitig auf dem Tisch landet. Keon und Marlon verabschieden sich von den beiden Studenten, die sogleich wieder mit atemberaubender Schnelligkeit das Display bearbeiten. Digitale Schaltzentrale als Herzstück des gewaltigen botanisch-experimentellen Körpers, den sich Mak aufgebaut hat. Als die beiden an vielen weiteren Laborräumen vorbeigehen, um den Ausgang der weitläufigen Einrichtung zu finden, sehen sie eine ihnen bekannte Gestalt. Eigentlich war es nur ein Arm der ominösen Figur, die ihnen wohl bekannt ist. Um sich zu vergewissern, gehen sie wieder ein paar Schritte zurück und lugen in die jetzt nur eine Hand breit geöffnete Tür durch. Fast hätte Marlon losgeprustet, als er eine Krake umringt von mehreren Labortischen entdeckt. Diese balanciert gerade mit ihren acht Armen Reagenzgläser, schwenkt eines hin und her, um die grell-rote Flüssigkeit darin zu schütteln und bedient nebenbei ein Mikroskop, in dass sie konzentriert hineinschaut, um dann Informationen ihrer Analyse in einen Laptop zu hauen. „Constanze!", flüstert Marlon und bockst Keon leicht am Arm. Dieser versteht die Regung und beobachtet dann ebenso das geschäftige Treiben der Krakendame. „Wie kommt die Mollusca hierher?", wispert Keon. „Keine Ahnung!", haucht Marlon als Antwort zurück. „Als französische Freundin von Nicolas, hat sie bestimmt einen guten Fürsprecher gehabt." Beide kichern in sich hinein. „Das bedarf einer Erklärung!", raunt Keon. „Mein Kater in Allianz mit deinem Onkel und einer extrovertierten Krake." Die Jungen müssen sich zusammenreißen, um nicht amüsiert loszulachen. Es gibt Dinge zwischen Himmel und Erde, welchen Himmel auch immer…blau oder grün, an die man niemals zu glauben gedacht hätte. Und doch sind gerade diese Gegebenheiten Realität. Denn die Wahrscheinlichkeit, dass es etwas gibt, was man nicht vermutet, ist sogar stochastisch wahrscheinlicher als das, was es tatsächlich gibt. Weil eben der denkende Geist beschränkt, Realität oft nur eine Illusion oder ein festgesetzter Gedanke ist.

„Da steht Seija!“, flüstert Marlon reichlich angespannt zu seinem Freund hinüber. Nach vielen Fluren und endlosen Abbiegungen haben die beiden Lords nach einer ganzen Weile endlich das Lokal gefunden. Sie sind gespannt, ob sie den Lobeshymnen zustimmen können, die nicht nur File und Katura geäußert haben. Auf dem Weg hatten sie sich noch einige Male nach dem SuPerb erkundigt und. Nicht nur, weil die Lokalität wirklich nicht ganz leicht auszumachen war, sondern eher, um ein breites Meinungsbild über Liams Restaurant zu erhalten. Und in der Tat, sie erfuhren wahrlich nur positive Resonanz. Marlon und Keon freuen sich für den Zwerg. Nun kommt auch Johanna aus der Baude. Sie schaut sich zunächst nach allen Seiten um, so, als würde sie nach wen Ausschau halten. Bald entdeckt sie die beiden Teenager. Kurz stockt sie in ihren Bewegungen. Dann beäugt die Liknonianerin die jungen Männer. Freudig, vielleicht auch ein wenig unbeholfen, winkt sie ihnen zu. War das ein Abchecken? Musste sie erst spüren, was diese Menschen fühlen? Marlon und Keon werden auf der Stelle noch aufgeregter. Sie können dies wahrlich auch nicht leugnen, denn beiden schnellt augenblicklich das Blut in den Kopf. Kaum zu glauben, dass immer noch so viel Emotionalität im Spiel ist. Marlon streicht fahrig durch seine Haare. Keons Herz rast bis zum Anschlag. Johanna geht aber zunächst zu Seija. Ob sie die Jungen ignorieren wollen? Sind die Mädchen ihnen vielleicht sogar böse, weil sie sich nicht mehr gemeldet haben? Unzählige Fragen schießen Marlon und Keon durch den Kopf. Ja, sie geben es zu. Sie hätten den Kontakt aufrechthalten können. Aber wollten die beiden Liknonianerinnen das damals auch? Ja, man hätte einfach fragen können. Aber hätten sie ein Nein akzeptiert? Wäre das eine Option gewesen? Kann sein, dass sie einfach zu jung waren. Zudem hatte sie der Alltag bald fest im Griff, dass es schwierig gewesen wäre, beide Welten unter einen Hut zu bringen. Die jungen Frauen drehen sich nun parallel in Richtung der Ankömmlinge. Mit Sicherheit, vermuten die jungen Lords, haben sie zuvorderst ihre Gedanken ausgetauscht. Wozu über irgendwelche Personen quatschen, wenn man ein Sinneswesen ist? Keon und Marlon haben diese Art von Kommunikation jedoch auch in ihrem Repertoire. Nicht ganz so ausgefeilt, aber dennoch effektiv, wie sie meinen. Damit versuchen sie jedenfalls, sich gegenseitig zu beruhigen. Obendrein setzen sie entspannte Mienen auf. Die Sinneswesen erkennen natürlich die aufgesetzte Show. Trotzdem lassen sie dies nicht spüren. Sie sind eher über das Durcheinander der Gefühle gerührt, welches ihr Auftreten bei den jungen Männern hervorruft. Entzückt und amüsiert zugleich betrachten Johanna und Seija die steifen Bewegungen der Menschen. Marlon und Keon verharren so mit verunsichertem Lächeln an ihrem Platz. Jetzt beobachten sie, wie sich die zwei jungen Damen elfengleich auf sie zu bewegen. Eine halbe Armlänge entfernt bleiben diese stehen. Für einen Augenblick sehen sie sich einfach nur an und mustern gegenseitig ihr verändertes Äußeres. Würde man in diesem Moment energetische Spannung messen, wäre das Voltmeter am Anschlag - Hochspannung. Die Energie entlädt sich, als sich Seija zu Keon reckt und zaghaft ihre Arme um den Jüngling schlingt. Keon nimmt all seinen Mut zusammen und drückt sie daraufhin an sich. Nur ganz wenig. Nicht mehr als den Hauch eines Kusses legt er auf ihre zarte Wange. Marlon fasst sich nun ebenso ein Herz und streckt Johanna seine Hand zur Begrüßung entgegen. Diese greift sanft danach und zieht den Jungen liebevoll an sich. Marlon riecht ihr Haar, spürt die weiche Haut auf ihrer Stirn. Ein explosiver Energiestrom durchfährt seinen Körper. Pure Glückseligkeit legt sich auf sein Gemüt. „Schön, dass ihr da seid!", wispert Johanna sodann in sein Ohr. Der Junge nickt verlegen. Mehr sogar, er ist überwältigt von diesem Wiedersehen. Eine Ladung von Empfindungen strömt Marlon durch seinen Körper. Johanna blickt kurz zu Boden, auch der Lord vermag seine emotionale Erregtheit kaum unter Kontrolle zu bekommen. Keon sendet ihm Entspannung und fasst diesen kurzum, wie nebenbei, an die Schulter, wo er therapeutisch die wogende Gefühlslage seines Freundes glättet. „Kompliment!", beginnt die ehemalige Wächterin. Für eine Weile blicken sie sich noch in die Augen. Dann ist es an Seija, die nun auch Marlon schwungvoll umarmt. Keon legt seine Arme auf Johannas Schultern, dann drückt er sie fest an sich. „Ihr seht … anders aus.“, kommentiert Seija, weil ihr nichts Intelligenteres einfällt. Das hätten auch die Worte der Jungen sein können. Aber die Wächterin ist ebenso einigermaßen perplex. Wo sie sonst nicht um Bemerkungen und Kommentare verlegen war, tritt Befangenheit und Scheu. Sie will wie jeder hier nichts Falsches sagen und die ehemalige Freundschaft nicht mit vielleicht unangebrachten Worten sogar infrage stellen. Aber offenbar geht es allen vier Freunden gleichermaßen so. Deshalb blicken sie sich noch einmal einen Moment gegenseitig in die Augen, suchen Anhaltspunkte, wo sie vielleicht ansetzen können. Da aufhören, wo sie vor fünf Jahren aufgehört haben? Theoretisch machbar, aber in der Praxis doch wohl unerreichbar ... Die Mädchen sind zu reizvollen Liknonianerinnen herangewachsen. Für Marlon und Keon kommt deshalb keineswegs in Betracht, dass sie die jungen Damen wie ehemals, wenn auch nur knabenhaft, ungeniert küssen würden. Das hier ist etwas anderes. Kindliche Liebeleien sind nur noch Erinnerung. Und ehrliche Freundschaft? Ist diese für immer verfügbar oder weht sie mit der Zeit ebenso dahin? Sie muss einfach noch Bestand haben, weil ihre Beziehung auf Vertrauen, gegenseitigem Respekt und eben auch Zuneigung basierte! Unterstützung in guten wie auch schlechten Zeiten, das war es, was sie verband. Und gerade diese Zugehörigkeit war mehr als bloße Pflicht gewesen. Sie war eine Tugend, weil sie Achtung, ja und auch Liebe unter Individuen knüpfte und deshalb eine ethisch wertvolle Prägung in sich verbarg. Connor ist es, der die Schwere der Luft, die die wirren Gefühle des Quartetts hervorruft, mit einer unkomplizierten Geste der Begrüßung fortnimmt. „Hi!“, setzt er an und quetscht sich als Fünfter in den Reigen. Der damals fünfzehnjährige Ryane war bereits damals überaus athletisch gebaut. Seine sehnigen Oberarme scheinen seitdem noch einmal um ein Vielfaches an Umfang dazu gewonnen haben. Die Brustmuskeln drängen förmlich unter dem T-Shirt hervor und bilden eine Landschaft, mit der in einer vermeintlichen Auseinandersetzung wahrlich nicht zu spaßen wäre. Beide Arme sind bis zu den Händen tätowiert. Grazile Linien, Muster die ohne Zweifel einen Hintergrund haben. Gewiss hat auch die schwarz-blaue Tätowierung an seiner rechten Stirn, die bis zu seiner Schläfe führt in Ryanenkreisen eine bestimmte Bedeutung. Marlon und Keon sind sich einig, dass diese Körperbemalung den jungen Ryanen noch verwegener aussehen lässt. Jedes einzelne Tattoo fügt sich in das benachbarte Bild ein, keine Stelle wurde frei gelassen. Sämtliche Motive sind glasklar gestochen. An den Armen könnten diese Hautbilder Körperschmuck darstellen. Das Motiv an der Stirnflanke unterliegt vermutlich jedoch eher einer speziellen Symbolik. Connor hat von den Menschenjungen die ihrige Begrüßungsfloskel übernommen und streckt ihnen nacheinander seine Faust entgegen. Vor fünf Jahren erklärten ihm die Teenager, dass die Ghettofaust oberhalb der Erde so eine Art lockere informelle Geste der Begrüßung sei. Offenbar hat ihm diese Form gefallen. Vielleicht erinnerte diese ihn auch an seine Freunde, so dass er das Zeichen intuitiv übernahm. Marlon und Keon erwidern die Willkommensheißung, indem sie ihre eigene Faust gegendrücken. Kurzes Abchecken. Dann eine herzliche Umarmung, die sich überschwänglicher ausmacht, als die Zurückhaltung zuvor mit den Mädchen. „Als ich von meinem Vater hörte, dass ihr in Kürze zu uns kommt, war ich echt baff... Ich hatte schon mehrmals nachgefragt, warum ihr uns nicht besucht... Aber mein Herr Silas Derys erklärte dann stets, dass ihr recht viel zu tun habt. Schule und Abi und so!", setzt Connor an, jedoch mit einem Augenzwinkern. „Wie man hört, habt ihr ein neues Hobby?" „Welches meinst du?", erkundigt sich Marlon, der wirklich im Moment nicht weiß, worauf der vor ihm stehende Hüne hinauswill. „Hat Gummibereifung und bietet damit Komfort und Performance auf Schotter und im Gelände?" Connor lächelt, wodurch seine schneeweißen und zudem außerordentlich exakt gewachsenen Zähne zum Vorschein kommen. „Dieser Typ", denkt Keon, „könnte nicht nur mit seiner Körperstatur modeln." Seine tiefschwarzen Pupillen sind, nur wenn man ganz nah vor dem Ryanen steht, noch etwas dunkler zu beschreiben, als das Schwarz der Iris. Ein hauchdünner hellblauer Ring um die Pupille trennt diese von der Regenbogenhaut. Da, wo das menschliche Auge ihre weiße Lederhaut hat, besitzt das Auge eines Ryanen Farben. Connors Sklera ist petrolblau, eine Mischung aus blau und grün. Faszinierend und furchteinflößend zugleich. Jetzt jedoch hat Connor fast einen Dackelblick aufgesetzt. Sein gesamter Gesichtsausdruck strahlt Wärme, Zärtlichkeit und sogar Treuherzigkeit aus. Auch wenn Keon noch nicht allzu viel von Liebe und Partnerschaft versteht, wie er von sich selbst behauptet, ist er sich gewiss, dass diese dunkle und muskulöse Erscheinung einen ganz weichen Kern hat. Connors zukünftige Partnerin wird es gut bei ihm haben. Er wird sie mit ziemlicher Sicherheit auf Händen tragen. Keon zieht seine Mundwinkel höher. Er freut sich, neben Marlon einen weiteren treuen Gefährten gefunden zu haben. Dann schaut er in Seijas Gesicht, die wohl seine Gedankengänge liest. Ihre Mundwinkel zucken nur ganz leicht. Ihre Augen indes vermitteln, was Keon ebenfalls seiner Empfindung nach spürt. Unendliche Zuneigung im Wellengang eines Meeres, immer wieder aufgerüttelt und gemischt. Und doch nie zerstörbar, weil beide Seelen durch ein unergründliches Band zusammengehalten werden. „Wir sind erwachsen!", dringt in des jungen Mannes Gedanken. „Wir können mit unseren Gefühlen umgehen! Und wenn es nur eine platonische Beziehung bleibt, ohne Romantik. Ehrliche Freundschaft, auf gegenseitiger Wertschätzung, Respekt und Verständnis basierend, sind zu kostbar, um wegen unreifer Gefühle alles wegzuschmeißen." Jetzt ist es an Keon, der erst zu Seija, dann auch zu Johanna schaut. Beide senden ihm Vertrauen. Auch Marlon spürt einen Windzug von Emotionen. Nur Connor redet unvermittelt weiter, als würde er von diesem Gefühlschaos nichts mitbekommen. Aber jeder der Beistehenden weiß, dass gerade Silas genetischer Zwilling unausweichlich der Erste wäre, der solche Regungen aufzunehmen weiß. Keon schreckt zurück, weil ihm im selben Augenblick klar wird, dass nun auch der Blackman selbst von dieser Situation erfährt. Sei denn, Connor schickt nicht alle Gedanken weiter, was er inständig hofft. „Lasst uns rein gehen!", fordert Connor seine Freunde auf. Dann speziell zu Marlon und Keon gerichtet: „Ihr werdet staunen, was sich der Zwerg für ein Domizil aufgebaut hat!" In der Drehung erkennt Marlon noch Lean Migatos. An dessen Seite Mak, Nicolas und Liane Sabioni, die unbemerkt ebenso in einem Grüppchen vor der Eingangstür zur Baude gewartet haben. Marlons Onkel winkt freudig herüber, Liane sendet wie immer ein apartes Lächeln. Die computeraffine Französin stakelt in unbeschreiblich hohen Stiefeletten über das Parkett. Mit Sicherheit hat sie wieder versteckt in ihren Absätzen ein Messer dabei. Wenn nicht, wären bereits diese schwindelerregenden Hacken eine Verteidigungswaffe genug. Nicolas von Galemberg überzeugt ebenso in Haute Couture. Nicht nur er als Person ist wahrlich ein Unikum, sondern insbesondere auch sein edelglänzender Anzug ein Unikat gehobener französischer Schneiderei. Designer Fashion vom Feinsten, gleichermaßen geschmackvoll wie alltagstauglich. Unterschwellige Background-Musik begrüßt die Gäste, als sie durch eine goldglänzende Tür in das Restaurant gelangen. Ein gemütlicher New Stile erwartet die Besucher. Stühle, Sitzbänke, Barhocker und mehrere Couches in trendiger Optik. Die Tische aus warmen Holz. Je nach Belieben der Besucher in hoher Ausführung oder auch nur als Abstelltische für niedrigere Sitzgelegenheiten. Das gesamte Inventar mitsamt der geschmackvoll ausgesuchten Bildern an den Wänden vermittelt einen hippen, zugleich behaglichen Zeitgeist. Die jungen Leute finden einen Bistro-Tisch nahe der Theke. Sogleich nehmen sie auf den mit hellem Stoff bezogenen Lehnstühlen Platz, wo sie ihre Füße auf den Querstreben der hohen Gastro-Stühle bequem aufstellen können. In einer lauschigen Ecke haben bereits die Illusionisten Platz genommen. Selma und Leonore winken herüber. Ihre strahlenden Gesichter vermitteln Freude über ihre Jungen und Stolz zugleich. Micael von Roderstätt und Darius von Galemberg grienen gleichermaßen und sind nicht minder erfreut, ihre Söhne wohlbehalten wiederzusehen. Natürlich konnte es Frankenau nicht lassen, die Cross-Tour im Reich der Tiefen wortgewandt zu beschreiben. Der Verband an seiner Stirn vermag nur eine Anekdote sein, über die er mit Sicherheit ausführlich zu berichten weiß. Zumindest lassen seine Mimik und Gestik darauf schließen, zumal er jetzt einige Male zu Marlon und Keon hinüberschaut. Die elterlichen Blicke folgen dabei wie in einem Tross den Ausführungen des Schuleiters. Nicolas klopft zur Begrüßung auf den Tisch der Illusionisten und übt mit jedem der Gäste Smalltalk. Dann nimmt er mit einer majestätischen Attitüde am Nachbartisch Platz, wo bereits Liane, McKomeron und Lean Migatos ihre Sitzmöbel zurechtgerückt haben. Zu guter Letzt schreitet Silas Derys in das Restaurant. Ob es seine vollkommen schwarze Kleidung ist oder die Luft, die augenblicklich um ihn herum dunkel geschwängert ist, kann man nicht mit Gewissheit auseinanderdividieren. Er vollführt einen charakterstarken

Auftritt, der ohne jeden Zweifel pures Selbstvertrauen in persono darstellt. Keon erkennt die purpurfarbene Aura des Magiers und erinnert sich sogleich an die Begebenheiten im Tal des Seelenfriedens. „Was wohl Rune macht?" Er nimmt sich vor, diesen weisen Zwerg noch vor allen anderen zukünftigen womöglich kämpferischen Auseinandersetzungen aufzusuchen. Es kann nicht schaden, seine Sinne im Tal zu bündeln und sich auf die kommenden Gefahren gemeinsam mit Runes Esprit emotional einzustellen. Keon ist sich gewiss, dass die hier versammelten Personen die Speerspitze des Kampfes gegen Regus Mal darstellen. Er sinniert darüber, dass Hümjekon und Cedric fehlen. Beiden geht es derzeit so oder so nicht gut. Sogleich beschleicht ihn der Verdacht, dass der Fürstin Lamera vielleicht auch etwas zugestoßen sein könnte. „Sie ist in Sicherheit!", beantwortet Johanna die innere Frage des jungen Lords. Sie hatte die beiden Teenager beobachtet, verglichen, dann wieder neugierig im Visier behalten. Keon nickt und schaut zu Seija. „Die Fürstin hat sich entschuldigen lassen.", erklärt sie dann. „Sie hat noch etwas zu tun. Wegen Cedric und Hümjekon. Zudem hat sie eigene Verpflichtungen als Oberhaupt der Liknonianer. Es regiert sich eben nicht ganz allein." Aleksandra kommt aus der Küche. Das hochgewachsene Mädchen von damals hat nach Augenmaß noch einmal an Länge dazu gewonnen. Ihre Frisur ähnelt der von vor fünf Jahren, ihr Blick beschaut immer noch verwegen das Gegenüber. Dunkle Augen betrachten neugierig reihum den Saal. Suchende Blicke schweifen über die Gäste und machen am Tisch der Teenager halt. Die Kopfneigung der schmalen Figur verharrt, als sie zwei Personen erkennt. Sofort füllen sich ihre Augen mit Tränen. Abrupt dreht sie auf dem Absatz um und verschwindet hinter der Tür, wo sie eben noch herausgekommen war. Einen Moment später hat sie einen Zwerg fest an die Hand gepackt und zieht diesen in ihrem Drang, die Menschen augenblicklich begrüßen zu müssen, hinter sich her. Einigermaßen überrumpelt stolpert Liam hinter Sandra her und muss aufpassen, dass er nicht vor jetzt ebenso aufkommenden Eifer mehrere Hocker umstößt, weil er nun auf der Überholspur ist. Aleksandra bleibt vor dem Tisch stehen, wo sie Marlon und Keon entdeckt hat. Liam indes rauscht an ihr vorbei und kommt zwischen den beiden Bistro-Stühlen zum

Halt, wo die jungen Lords Platz genommen haben. Liams Haupt ist auf Kantenhöhe der Stuhllehnen. Er ist jedoch Mann genug, dass er sich von der ungleichen Größe nicht aus seiner Fasson bringen lässt. Sein Gemüt ist diesbezüglich „gechillt", wie er beschreibt. „Sonst könnte er sich ja fortwährend darüber aufregen, wenn ihm eine Person begegnen würde, die größer ist als er. … Weil das ja stets fast immer so ist!" Marlon und Keon haben sowieso kein Problem mit der Größe, doch wohl eher mit dem Umfang des illustren Zwerges. Offenbar hat er, was seine Freundin an Größenzuwachs in der Höhe erfahren hat, in der Breite gemacht. Trotzdem ist Liam immer noch genau so wendig und flink. Er wischt seine Finger an der Schürze ab, die ihm recht eng geschnürt um die Taille hängt. Der kugelige Bauch wird dadurch noch mehr unvorteilhaft herausgeformt, was dem Besitzer in keinster Weise zu stören scheint. Damit presst er sich gegen die Außenseite der Sitzpolster und reicht den beiden überschwänglich die Hand. Marlon und Keon bemerken die schweißnasse Stirn, die zuvor durch die Küchenarbeit, jetzt zusätzlich durch die Aufregung mehr in Tropfenform an beiden Seiten des Gesichts entlang rinnt. „Schön, dass ihr da seid!", heißt Liam die beiden Menschen willkommen. „Hab gedacht, dass ihr euch über eine kleine Begrüßungsfeier freuen werdet… Und was liegt näher, diese in meinem bescheidenen Lokal stattfinden zu lassen. Gefällt es euch?" Marlon und Keon nicken und bekräftigen ihre Zustimmung mit einem synchronen „Supi!" Marlon setzt sogleich hinzu: „Echt krass!" Dann schaut Liam zu Aleksandra. Liebevolle Blicke, die zugleich Anerkennung vermitteln. „Das wäre nicht alles so geworden, wenn Sandra nicht geholfen hätte." Dieses Lob sieht sie als Aufforderung, nun auch zu den Jungs herüberzukommen. Sie beugt sich zu den beiden und drückt beide kurz, aber fest. Liam indes reicht ihr einen zerknitterten Stofffetzen, den er aus seiner Hosentasche geholt hat. Pikiert schaut Sandra zu dem Tuch, mit dem sie sich ihre Willkommenstränen wegtupfen soll. Da Liam wohl schon weiß, dass Aleksandra das Angebot ausschlägt, wischt er sich damit gleich die eigene Stirn und den Nacken trocken. Unvermittelt landet der feuchte Lappen, nun noch mehr zerknautscht, zurück in der Hosentasche. „Ihr müsst mir alles erzählen!", fordert Liam die jungen Lords auf. „Ich muss jedes einzelne

Detail wissen! ... Seid zwei fesche Buben geworden!", gibt er hinzu und zwinkert mit einem Auge. „Deine Aktivitäten sind ja augenscheinlich.", bemerkt Keon. „Das ist wohl wahr.", freut sich der Zwerg, der die umherreisenden Blicke der Jungen im Restaurant und ihr breites Lächeln dazu als positive Resonanz interpretiert. Marlon hatte es fast vergessen. Aus seinem Rucksack kramt er eine schön verzierte Blechdose hervor und reicht sie Liam. „Für den Chefkoch von einer lieben Bäuerin empfohlen und bereits mit dem Prädikat -ausgezeichnet- von mir, Keon und Frankenau getestet." Liam hebt den Deckel leicht an und schnüffelt wie ein Hamster zunächst am Inhalt des Mitbringsels. „Riecht nach saftiger Quitte.", beschreibt er seine Geruchsprobe. Dann nimmt er den Deckel ganz ab und bestaunt den Kuchen. „Quitten-Tarte! ... Die Hochform eines Genusses, wenn dieser Kuchen mit sorgfältiger Manier zusammengerührt und gebacken wurde. Der hier sieht echt lecker aus! ... Danke!", freut sich der Gastgeber über das Geschenk und drückt sogleich den Aufsatz wieder auf das Behältnis. „Zumal diese Blechdose an sich schon ein Schmuckstück ist!" Erfreut, dass die kleine Überraschung Liam noch mehr zum Strahlen bringt, leert Marlon nun seinen Rucksack in Gänze und holt einen großen Leinenbeutel heraus. Gleich kullern Orangen, Quitten, recht große Pflaumen und anderes Obst über den Tisch. Marlon sammelt blitzschnell alles ein und verschließt die Kordel. Mit einem Grinsen und Augenzwinkern schiebt er das Obst an die Tischkante Richtung Liam: „Vielleicht backst du uns ja demnächst auch einen schmackhaften Kuchen?" Liam versteht. „Wenn das eine Challenge sein soll, dann bin ich bei dem Wettbewerb dabei! ...Nicht, dass das eine Herausforderung für mich wäre!", prahlt Liam entzückt. Er indes ist allein dadurch geschmeichelt, weil die jungen Lords die ehrliche Annahme hegen, dass er genauso gut backen oder auch kochen kann, wie die alteingesessene Bäuerin. Das freut ihn. „Dann lasst euch überraschen, was ich euch heute Abend kredenze." Liam schaut noch einmal in die Gesichter seiner Freunde am Tisch. Zugleich packt er die Gastgeschenke unter die Arme und grient allen, voller Vorfreude auf die folgende Menüauswahl herzlich zu. „Dann bringe ich euch schon mal die Getränke!", schließt Aleksandra an. Es dauert nicht lange, bis Sandra überaus geschmackvoll verzierte Cocktail-

Gläser über die Theke an die Tische transportiert. Bunter könnte die Auswahl nicht sein und genau so vielfältig haben die Gäste auch ihre Getränkewahl getroffen. Gesunde Power-Drinks wie Lassi in Geschmacksrichtungen Mango, Erdbeere, Blaubeere oder Zitrone. Des Weiteren für die älteren Herrschaften, wie Aleksandra meint, erlesene Weine oder auch nur Wasser. In der Küche muss der Kessel gebrannt haben. Die Besucher haben sich nur kurz mit ihren Getränken beschäftigt, dann bringt der Chefkoch persönlich verschiedene Vorspeisen und Antipasti in den Gastraum. Rote-Beete-Carpaccio, Party-Fingerfood, gefüllte Oliven und Paprika. Kleine Blätterteig-Taschen mit herzhaften Füllungen. Dann andere kleine Küchlein, die Mini-Pizzen gleichen. Alles bis ins Detail dekorativ angerichtet und bis zur Vollendung im Geschmack mit Gewürzen abgerundet. Dazu verschiedene Käsesorten mit Obst. Alle Gerichte betont Liam, seien ohne Fleisch und Fisch. Nach einem genussvollen Schlemmen bringen Liam und Aleksandra das leere Geschirr gemeinsam in die Küche. Ein lebhaftes Stimmengewirr liegt in der Luft. Gutes Essen hat wahrlich Einfluss auf Sinne und Gemütslage.

Die Gespräche enden abrupt, als ein achtarmiges Tier den Raum betritt. Constanze. Natürlich war sie auf einen exklusiven Auftritt bedacht. Dies ist ihr gelungen, weil alle Augen nun auf die achtarmige Mollusca konzentriert sind. Die Krakendame lächelt mondän und formt ihren Mund zu einem breiten Halbmond. Gleich darauf bewegen sich die Lippen zu einem spitzen Gekräusel. Wäre der Mund nicht so dominant rot gefärbt, hätte man wohl nicht so sehr darauf geachtet. Die knallrote Färbung jedoch überspitzt zusätzlich den Anblick. „Sehen und gesehen werden. Dies, wenn möglich. Unsichtbar, wenn nötig.", so die Devise der Mollusca. Lautes Geschepper begleitet das Eintreten eines weiteren Gastes. Die Tür springt fast aus den Angeln, als diese mit Schwung gegen die Wand gedonnert wird. Der Neuankömmling bleibt mit seiner gesamten Statur zunächst in der Türzarge stehen und füllt diese fast vollständig aus. Große Glubschaugen betrachten die hier Anwesenden mit einer verbissenen Miene. Ob dessen Gesichtsmaske auf die anderen wegen seines allgemeinen Erscheinungsbildes nur so wirkt oder mit Hintergedanken bewusst aufgelegt ist, bleibt zunächst unbeantwortet. „Komm doch herein!", bittet Constanze den letzten Neuzugang mit leicht erhöhter Stimme auf. „Oder sollen im Windzug deiner Erscheinung die übrigen Gäste aus dem Lokal geweht werden?" Eine blaugeringelte zweite Krake, absurd einen Hut auf dem Kopf gelegt, steht jetzt im Raum und fordert allein durch die Körperfülle ihre ganze Aufmerksamkeit. Scheinbar kennen fast alle diesen Tintenfisch, welcher sich recht geschickt in den Raum bewegt und dann vor dem Tisch der Jungen halt macht. Geschmeidig fasst er mit einer seiner Tentakeln an die Hutkrempe und befördert diese galant in einem hohen Bogen vom Kopf. Diesen neigt er in Richtung der Teenager. „Darf ich mich vorstellen? … Mein Name ist Zarco Bassit. Liiert mit der außerordentlich adretten Constaaaaanze". Marlon muss sich zusammenreißen, dass er nicht die Augen verdreht. „Noch so ein blasierter Zeitgeist.", denkt er. Er wird aber gleich eines Besseren belehrt, weil Keon die Frage der Extravaganz und die Definition von Normalität zurückgibt. „Was ist normal? Etwas Gewöhnliches, Vertrautes - durchschnittlich und üblich?" Marlon versteht, wo Keon hinauswill. Natürlich ist alles hier, sämtliche Personen im Raum, sogar das Reich der Tiefen und letztendlich alles auf der Erde außergewöhnlich. Rundheraus individuell verschieden. Aber deswegen doch nicht gleich anormal. Abnormal ungewöhnlich wäre doch Normalität und Gleichheit. Vier der anderen Arme hat Zarco derweil an seinen gestreiften Körper gelegt. Der sechste Arm bewegt sich auf Marlon zur Begrüßung zu. Ein weicher Saugnapf legt sich in die rechte Handinnenfläche des Jungen. Der siebte Arm greift Constanze und zieht diese als Art Umarmung an ihn heran. Der achte Arm umfasst einen gewaltigen Blumenstrauß, den die Krake mehr im Hintergrund hält. Amüsiert beobachtet Marlon, wie sich Constanze an ihre männliche Begleitung lehnt. „Welch ein Schauspiel. Auf der Erde würde man ihn ohne Umwege in eine geschlossene Abteilung einweisen, würde er hiervon berichten." Trotzdem ist er von diesem Pärchen angetan. Beide gehen respektvoll miteinander um und stellen wohl mehr als nur gespielte Sympathie zur Schau. Marlon hatte sich auf der Erde schlau gemacht und erfahren, dass jeder Krakenarm von einem eigenen Nervenzentrum angesteuert wird. Der Octopus hat somit neun Gehirne und neben der acht Tentakeln auch drei Herzen.

Mit Sicherheit schlagen alle drei gerade sämtlich für seine grazile Dame, die er jetzt mit der Fingerspitze am Nacken krabbelt. Aleksandra und Liam erscheinen wieder. Anscheinend kennen sie das effektvolle Auftreten des Paares nur zu gut, bei dem man als Restaurantbesitzer Angst um Türen und Inventar haben müsste. Sie beide stört das nicht. Typisch Liam. Er schert sich nicht um solche Dinge, weil er selbst weiß, wie es ist, nicht immer überzeugend geschickt aufzutreten. Aleksandra hat sich wohl eher an das Gepolter gewöhnt. Auch eine Art, mit sowieso unvermeidbarem Wahnsinn klarzukommen. Deswegen gibt es wahrscheinlich kein Geschöpf, welches etwas gegen das SuPerb und ihre Besitzer zu bemängeln hätte. Zuvorkommend und nachsichtig, zudem eine Expertise gaumenfreundlicher Köstlichkeiten. Zarco holt nun den gewaltigen Blütenstrauß hervor und streckt diesen vor Aleksandra aus. „Der Gastgeberin ein kleines Dankeschön!", raunt die geringelte Krake. Sandra wird tatsächlich etwas rot im Gesicht, rosaroter zarter Pfirsichflaum. Überwältigt von der Fülle des Grüns schaut sie zu dem ästhetisch gewickelten Gebinde, dann zu der Krake, die doch tatsächlich zu ihr herüber zwinkert. Ein wenig eingeschüchtert ob diesem Bukette, narkotisiert von dem übervollen Geruch, der aus dem Strauß entströmt oder doch eher von der Augenzuckung, dreht sich die Hochgewachsene um. Leicht verlegen, deshalb schnelleren Schrittes als zuvor, geht sie damit in die Küche. Liam stellt nun noch einmal den Charmeur vor. Die Jungen erfahren, dass Constanze und Zarco bereits seit fast drei Jahren zusammen sind und auch nach dieser Zeit ein jung gebliebenes Liebespaar sind. Er weiß, dass er und Aleksandra für diese Form der Partnerschaft noch arbeiten müssten. Letztendlich ist er sich jedoch bewusst, dass zumindest er dies nicht auf diese Art und Weise bewerkstelligen könnte und auch nicht wollte. Er ist ein Mann der Tat und hofft, dass er mit dem, was sie sich beide mit dieser Baude aufgebaut haben, genauso bei Sandra punkten kann. Liam verabschiedet sich bald höflich. Das Hauptgericht steht an: Tikka-Masala auf cremiger Polenta. Vegan für fast alle Gäste. Die beiden Kraken haben indes eine Alternative mit wenig Garnelen und Shrimps dazu. Gut, das „wenig" könnte man durchaus anders interpretieren, da Constanze und ihr Freund Zarco ein anderes Maß in Betracht ziehen dürften. Der Koch wirbelt konzentriert in seiner Küche und Aleksandra bringt geschickt und immer mit einem netten Spruch versehen die Gerichte auf die Tische. Der Raum füllt sich mit den unterschiedlichsten Düften von Gewürzen. Sämtliche Geschmacksnerven werden bedient, sobald das Curry auf der Zunge liegt und von dort genüsslich über den Gaumen den Rachen hinunter transportiert wird. Beilagen sind Reis und Naan-Brot. Als Nachspeise vorzüglich cremiges Himbeereis. Als alle Gäste mehr als gesättigt sind, setzen sich Liam und Aleksandra zunächst an den Tisch der jungen Leute. Als gute Gastgeber versäumen sie es jedoch auch nicht, an den anderen Tischen gute Konversation zu betreiben. Schließlich sollen sich alle Personen im Raum wohl fühlen und ihren Besuch individuell betrachtet erleben. Selma und Leonore sind es dann, die Aleksandra mehrere Münzen in die Hand reichen. Es wäre ihrer Meinung zu viel des Guten, diese Einladung so auszunutzen, dass die beiden jungen Geschäftsleute auf sämtlichen Unkosten sitzen bleiben würden. Das ziemt sich ihrer Ansicht nach nicht. Gerade, weil Liam und Aleksandra sicher mit der Herrichtung dieses Lokals nicht wenig Geld vorhalten mussten. Den Jungunternehmern freut die Zuvorkommenheit. Zudem das reichliche Trinkgeld. „Eine Hand wäscht die andere!", meint Liam dann zu Sandra, als sie in der Küche stehen. „Solche Gäste sind immer wieder gern gesehen und erhalten deshalb auch immer wieder gern besondere Betreuung."

Zum achtzehnten Nivel verabschieden sich die Illusionisten und Magier. Zarco sieht das als Anlass, seinen Sitzhocker nun an den Tisch der jungen Leute zu schieben. Gleichzeitig nimmt er den von Constanze. Mit einem weiteren Arm geleitet er die Krakendame an den Teenager-Tisch, wo er der Dame charmant ihre Sitzmöglichkeit zurechtrückt und diese selbst in eine angenehme Position delegiert. Liam serviert für Zarco nun auch ein Mandelbier. Dieses hat er mit scharfem Paprika und einem Hauch Vanille verfeinert. Nach dem dritten Krug des Gebräus wird der Krakenherr Bassit dermaßen redselig, dass nach einem weiteren Nivel alle Anwesenden die gesamte Lebensgeschichte dieses blaugeringelten Tintenfisches vorwärts und rückwärts im Detail wiedergeben könnten. Irgendwie tuen diese Erzählungen auch gut, weil sie Ausflüchte zu der aktuell prekären Lage bieten. Keiner hatte Lust, die gesellige Runde durch unangenehme Inhalte aufzulösen. Morgen ist auch noch ein Tag. Eine wohlige Müdigkeit legt sich auf die Gemüter. Zum zwanzigsten Nivel ist man sich letztendlich einig, den Heimweg anzutreten. Ein wenig Schlaf wäre wohl nicht uneigennützig. Die Freunde wissen, dass sie sich aufeinander verlassen können. Das wurde in den vielen Gesprächen klar. Selbst Zarco Bassit hat seine volle Unterstützung angeboten. Er würde, so versprach er, sein letztes Gift geben, um Regus Mal eins auszuwischen. Ungute Gedanken konnten sie jedoch nicht ganz ausschließen. Kurz dachten sie an Cedric, der zu ihrer Erleichterung, wie Seija berichtete, wieder genesen würde. Auch sprachen sie über den Zwergengebieter Hümjekon und kamen nicht umhin, weitreichende Spekulationen über sein derzeitiges Schicksal breitgefächert auszudiskutieren. Wer mag aber exakt sagen können, was gegenwärtig tatsächlich ist, selbst noch sein wird? Interpretation allen Seins verändern sowieso die Wahrheit an sich, in vielen Fällen sogar die Vergangenheit und zwangsläufig Zukunftsaussichten.

Marlon steht früh auf. Er hat sich mit Connor verabredet. Beide wollen gemeinsam trainieren und verschiedene Taktiken durchspielen. Dem Menschen ist bewusst, dass Connor sicherlich allein schon, ohne seiner Batua, eine Vielzahl von Gegnern gleichzeitig auszuschalten vermag. Der Stahlschläger mit Stacheldraht umwickelt und seiner skalpellscharfen Klinge tut sein Übriges zur Abwehr. Der junge Ryane ist der Ansicht, dass es nichts nützt, mit irgendwelchen Attrappen zu üben. In der wahren Situation wäre man keinem bemoosten morschen Knüppel ausgesetzt, sondern mit Sicherheit einem noch mordsgefährlicheren Instrument als seine Batua. Marlon soll bestmöglich vorbereitet sein. Er soll sich gewappnet fühlen. Sein Schwert indes ist nicht minder beachtlich. Die Waffe ist handlicher, leichter und damit zumindest für ihn wendiger. Der Doppeladler an der Klinge erinnert ihn an Cedric und fordert bei jedem Schlagabtausch die Motivation für … Nein, keine

Rache. Mehr Genugtuung, wenn diesem Regus Mal ein für alle Mal das Handwerk gelegt werden könnte.

Keon hat sich derweil mit Mak verabredet. McKomeron drängte darauf, den Statuswechsel vollendet zu üben. Anschließend empfahl er Meditation.

Am Nachmittag machen sich die jungen Herrschaften in das Tal des Seelenfriedens auf. Noch immer ist es für die Jungen nicht ganz einsichtig, dass ihre Eltern von dieser Art Raumkapsel keine Ahnung haben. Oder ist das nur ein offenes Geheimnis? Dies wollen sie klären. Zudem hoffen sie auch, dort die steinernen Wächter Halvar und Janus anzutreffen. Der größere der beiden Löwen Halvar war es, durch den sie im Kampf mit den grauenhaften Kakerlaken Beistand erfuhren. Halvar, der Felshüter und Janus, der Torwächter. Wie doch ihre Namen Programm ihres Charakters und ihrer Aufgaben sind, die sie im Homerius-Kastell innehaben. Mit dem Codewort -Tepuratmos- in ihre Transmitter eingegeben, gelangen sie in das Tal. Rune, die geheime Weisheit, erwartet sie bereits. Er steht vor der Encasa, seinem Zuhause. Der alte Zwerg lebt verborgen. Eine Welt, im Schnittpunkt der Konfiguration aller anderen Dimensionen. Existent, aber eben nicht für aller Augen ersichtlich. Marlon und Keon haben bisher dieses Geheimnis vor ihren Eltern geschützt gehalten. Der alte Zwerg drang darauf. Für die Jungen war das nicht ganz einfach zu verstehen. Warum durften Nicolas und ihre Freunde davon wissen, aber ihre eigenen Eltern nicht? Rune steht vor dem Eingang seiner runden Hütte. Seine lockigen grauen Haare reichen ihm bis zu den Schultern. Die weiße Tunika um ihn herum weht rückwärtig nach hinten. Eine leichte Brise kitzelt die jungen Männer warm auf der Haut. Indes beobachten neugierig stahlgraue messerscharfe Augen die Besucher. Gleich legt sich ein zufriedenes Lächeln auf Runes zerfurchtes Gesicht. Denn er hat sein Gegenüber von Grund auf geprüft und diesen sogleich eintaxiert. Freudig umarmt er die Jungen. Diese fühlen sich sofort wohl und aufgenommen. Als ständen die fünf Jahre gar nicht zwischen ihnen. Es braucht nicht vieler Worte. Rune ist wahrlich kein Freund davon. „Tee?", fragt der Zwerg und lächelt jetzt mehr verschmitzt. Marlon und Keon erinnern sich augenblicklich an das Aufnahmeritual mit der abstrusen Feuerprobe. Oder sollte es eher ein Test sein? Ganz gleich. Sie glauben zumindest, dass sie die Prüfung damals recht gut bestanden haben. Die Eindrücke fühlen sich immer noch krass und irgendwie erschreckend an. Obgleich den jungen Männern bewusst ist, dass diese Anekdote wohl nicht die nachdrücklichste Geschichte war, auch nicht sein wird. Mit Sicherheit wird es wohl Steigerungsformen in aller Hinsicht geben, an die sie zum derzeitigen Stand nicht im Geringsten zu denken in der Lage sind. Wahrscheinlich würde jedem die Vorstellungskraft dazu fehlen. Zumal die Parameter nicht vollständig bekannt sind und das zu lösende Gleichungssystem dadurch unlösbar wird. Einfach ein Zuviel von Wenn und Aber. Die jungen Lords hoffen, dass der bisherige Kenntnisstand durch diesen Besuch zumindest ein wenig erhellt wird. „Ihr habt Fragen?", beginnt Rune. Dabei fasst er die beiden Jungen zaghaft an die Schulter und führt diese in das Innere seiner Behausung, wo tatsächlich schon Tassen und Gebäck hergerichtet sind. Der Zwerg gießt sogleich den Tee ein und bietet den Teenagern Kekse an. Zugleich zeigt er einladend auf die Sitzmöbel. Marlon und Keon wissen, dass die damaligen Effekte nur ein einziges Mal ausgelöst werden können. Deshalb packen sie jeweils gleich zwei der Teile auf ihre Teller. Der alte Zwerg schmunzelt. Er freut sich, dass die Jungen Appetit in zweierlei Hinsicht mitgebracht haben. Etwas für den Genuss, zum anderen Neugier. Nur das bringt seiner Meinung nach Dinge vorwärts. Gleich legt er eine mitfühlende Miene auf. Langsam und mit Bedacht formuliert er seine Worte. „Es berührt euch, dass eure Eltern bisher nichts von dieser Zwischenwelt erfahren haben, mehr… durften." Marlon und Keon nicken gleichzeitig. Währenddessen stecken sie sich genüsslich bereits den zweiten Keks in den Mund. Irgendwie hat das Training trotz ausgiebigem Frühstück hungrig gemacht. „Ihr habt von Regus Leaga gehört, wie ich denke?" Die Jungen bewegen nochmals zustimmend ihre Köpfe. „Man vermutet, dass es eine weitere, noch unentdeckte Sphäre gibt. Ihr resümiert natürlich gleich, dass damit nur das Tal des Seelenfriedens gemeint sein kann. Mit den formulierten zwei Dekreten geht es, wie ihr ebenso wisst, um ein Rätsel. Nun…" Rune macht eine bedächtige Pause. „Regus Mal hat Kenntnis von diesem Ort hier erlangen können. Ob dies schon vor dem Exil geschah oder nicht, ist unerheblich.

Zumindest weiß er, dass eine weitere Dimension existiert. Und ich vermute, dass er nun sein Augenmerk auf ein neues Ziel hin richten wird. Ich denke, dass alles, was zuvor geschah, im Endeffekt sogar zu seinen Gunsten passierte. Er hat Chaos gestiftet und ist heute seinem Ziel näher, als wir zu glauben wagen. Sein Interesse gilt der Aufdeckung und zugleich Vernichtung dieses Ortes der Ruhe. Damit einhergehend sein Bestreben, die Balance zwischen dem, was auf der Erde passiert und dem Leben hier in den Tiefen zu zerstören. Dieser Wettbewerb, oder doch mehr Kampf, bereitet mir schon seit vielen Jahren Kopfzerbrechen.“ Der alte Zwerg legt noch eine Pause ein. Dabei schlürft er einen winzigen Schluck seines Tees. Indem er das Getränk hinunterschluckt, bewegt sich sein Kehlkopf. Rune scheint magerer geworden zu sein. Er kräuselt seine Stirn und blickt starr ganz weit in eine unbekannte Zeit. „Eines Tages musste es so kommen. Es war nur eine Frage der Frist, die uns gelassen wird… Ich studiere schon viele Jahrzehnte alte Aufzeichnungen darüber. Eines Tages, so darin geschrieben, kommt das Böse hervor. Und das Gute ist aufgefordert, sich zu behaupten. Die Zeit bis dahin ist wohl gezählt. Schon damals, als ihr euch hier im Reich der Tiefen aufgehalten habt, führte ich mit Silas, Nicolas, Mak sowie Lean Migatos zahlreiche Debatten darüber. Das Tal des Seelenfriedens wurde mit ureigenen Gesetzen geformt. Der Zutritt wird ausschließlich von diesen geleitet. Alles, was hier passiert ist dem untergeordnet. Noch nicht einmal ich kann mich darüber hinwegsetzen. Doch nun scheint es, dass eure Eltern progressiv in das Geschehen involviert werden. Ihr Einsatz wird zukunftsweisend sein, denn jetzt setzt das Tal auf ihren Mut und ihren avantgardistischen Einfallsreichtum. Regus Mal wird tonangebend sein. Das wissen wir. Aber die Angelegenheit kann nur zum Erfolg führen, nein, der von Regus Mal aufs Neue angezettelte Krieg kann nur gewonnen werden, wenn den Statuten nach den Mitspielern nicht bewusst ist, dass sie sich selbst in dem Denkspiel befinden. Sie werden damit Mittel zum Zweck! Leaga will offenbar allen Teilnehmern seines tausend Jahre alten Rätsels einen unglaublich gemeinen und abstoßenden Sinn für abstruse Rätselhaftigkeiten beweisen. Er frönt sich in seinen Theorien, weil er meint, dass seine Rateaufgabe deshalb für immer ein ultimativ unlösbares Mysterium bleibt …

Sage niemandem etwas davon, denn sonst bist du unmittelbar gemeinsam mit allen Wissenden aus dem Spiel. Wir befinden uns deshalb in einer prekären Situation, weil Wissen entgegen seinem ersten Dekret Versagen und damit Verlieren bedeutet. Das kann nur die verquere Kopfgeburt eines Wahnsinnigen sein! Leider hat sich Regus Mal in dieser Blutlinie nicht ein kleines Stückchen weiterbewegt. Er spielt mit uns seit dem ersten Tag. Und wir haben leider erst zu spät an all die Ursachen gedacht." „Aber an die Konsequenzen!", erwidert Keon. „Genau.", freut sich Rune. „In meinen alten Büchern fand ich damals zu unser aller Hoffnung Hinweise dazu. Man muss sie nur zu deuten wissen." Rune zwinkert den Jungen jetzt zu. Er weiß, dass sie seine Erklärungen verstehen werden. „… Deshalb forderte ich also von allen von euch Stillschweigen, was bereits die erste Aufgabe zum Lösen des Rätsels ist… Scheinbar war die Zeit, in der der damalige Regus lebte, ebenso voll mit Intrigen, unlauteren Verleumdungen und der Unfähigkeit, Geheimnisse diskret zu behandeln. Stillschweigen kann oft mehr bewirken, als Worte. Weil jedes Wort ausgesprochen sogleich subjektiv ist und zudem bewertend sein kann. Unlösbare Konflikte und Kriege waren die Folge. Diese Schwäche aller Individuen, zudem Inkompetenz und Mangelhaftigkeit nutzte er aus, um den Spielgegner von vornherein auszuschalten. Dieser sollte von Anfang an keine Chance haben. Und der Regus suhlt sich, er labt sich daran. Ohnmacht aller anderen, weil Leben eben auch Unvollkommenheit beinhaltet." Rune blickt lange in die Gesichter der jungen Lords. „Ich wusste von Anfang an, dass ich mich auf euch verlassen kann!", freut er sich. Tausend kleine Falten bilden sich um seine Augen- und Mundwinkel. „In diesem Spiel sind eure Eltern gefragt. Und diesmal werdet ihr ihnen zur Seite stehen müssen! Umgekehrtes Spiel. Aber wenn dies den Spielsieg in seiner Wahrscheinlichkeit erhöhen kann. Dann sind wir gewappnet!"

Es klopft. Der Einlasssuchende wartet auf keine Rückmeldung. Eine buschige orange Mähne drängt sich ohne Umschweife durch die Tür. Ohne Frage sind diese Besucher des Öfteren im Tal des Seelenfriedens. Erst Halvar, dann kommt auch Janus in das Zimmer. Ihre im Kastell dargebotene steinerne Gestalt wandelt sich hier zu Lebendigkeit. Die beiden Löwen strotzen vor Kraft. Souverän füllen sie den Raum und vermitteln dem Betrachter überlegene Handlungsoffensive. Blitzschnelle Reaktion würden folgen, denn ihre Instinkte sind ohne Gleichen mehr geschärft als Marlons Schwertklinge. Die Könige der Tiere haben die Gegend, eigentlich jede Quadratmeile ins Visier genommen. Seit einiger Zeit ist Rune eine Insuffizienz im Tal aufgefallen. Man könnte dies auch als Schwachstelle bezeichnen. In immer kürzeren Abständen ändert sich die Stimmung. Die einst beruhigende und anmutende Atmosphäre des Tals bekommt Risse. Rune setzt unvermittelt in seinen Erklärungen fort. Das Eintreten der Löwen, welche jetzt ebenso den Ausführungen des alten Zwerges lauschen und dabei einen ernsten Gesichtsausdruck aufsetzen, bestärkt nur noch das Gesagte: „Zur Vegetation im Tal gehören nicht nur fantastisch blühende Gräser und markante Holzgewächse. Verschiedene Regionen sind sumpfig, moorig. Ich stellte gemeinsam mit Silas fest, dass hier markante Veränderungen vonstatten gehen. Zuerst war dies vielleicht nur ein Gefühl, eine Vorahnung. Die Beobachtungen indes machten wir zuvorderst sogar unabhängig voneinander. Über einer sich permanent ausdehnenden Moorlandschaft sahen wir gehäuft sich über dem Boden hin und her bewegende Flammen. Natürlich sind gerade McKomeron und Nicolas naturwissenschaftlich aufgeklärte Charaktere, die die Ursache zunächst in der Selbstentzündung von Sumpfgras nahelegten. Das waren zu Beginn auch unsere Überlegungen. Es beunruhigte uns um so mehr, dass bald Schatten altertümlicher Mauerreste sichtbar wurden. Dunkle Nebelschwaden, die sich wie ein schwerer Schleier auf die Gegend legen, assoziieren eine schaurige, beängstigende Stimmung. Blühpflanzen verdorren dort, wo sich der Dunst sammelt. Sträucher und Bäume im Umkreis der Mauern sind eigentümlich verkohlt. Auch Lean Migatos kann sich keinen anderen Reim darauf machen, als dass hier Totengeister an die Oberfläche gelangen. Aus dunklen Tiefen reckt sich eine mächtige Festung in die Höhe, die nun, durch welche Kräfte auch immer initiiert, über der Moorfläche aufsteigt. Wir vermuten, dass es sich nicht nur um eine Burg handelt, sondern sogar eine große verborgene Stadt... Vermutlich die Gegendimension zum Tal des Seelenfriedens.“ Marlon und Keon bleibt der Mund offen stehen. Hier im Tal des Friedens, ein Ort der Ausgeglichenheit und Ruhe, drängt sich das Böse hinein? Bisher war dieser Fleck eine konstante Größe im Dasein aller Gewalten und offenbarte dem Besucher als Rückzugsort andauernde Harmonie, Stille und Balance. Die Veränderungen in der Zwischenwelt zeigen, dass die derzeitige Situation wahrlich gefährlich ist. Kaum zu glauben, dass die beiden Teenager mittendrin in diesem Geschehen sind! Rune führt weitere Gedanken aus: „Der Volksglaube, leider auch die Inhalte einzelner Lektüren, legt die Vermutung nahe, dass die Irrlichter als Unheil verkündende Vorboten zu deuten sind. Sie versinnbildlichen eine erstarkende bösartige Natur, die sich dort breit macht. Die Irrlichter sind die Seelen Verstorbener, die zu Lebzeiten entweder nur Leid erfuhren oder die dunkle Mächte heraufbeschworen haben. Das ist noch unklar. Vielleicht wurden sie erniedrigt, gequält und getötet. Gar so, wie es ihrem Lehnsherrn gerade gefiel. Deshalb finden sie auch im Tod keine Ruhe, weil sie immerfort noch nach Gerechtigkeit schreien. Zu Lebzeiten entrissener Friede ruft nach Genugtuung. Dies schürt Gewalt, zumindest gewaltiges Aufbegehren." Die jungen Lords können nicht recht glauben, dass Untote im Moor wandeln. Aber was ist schon normal auf dieser Erde? Gerade hier im Reich der Tiefen. Gibt es eine wissenschaftsfundierte Definition dafür? Aberglaube, Fantasy, Horror oder Science-Fiction? Zumindest ein phantastisches, wenn auch abstoßendes Genre. Zukunftsrealität oder Zukunftserwartung. Der Geist von Individuen trennt im Ausmaß von Schizophrenie beides nicht klar voneinander ab, weil Zukunft nah oder auch als fern deklariert werden kann. Regus Mal und seine Urahnen, namentlich Regus Leaga, sind im Hier und waren auch in der Geschichte furchteinflößende Dämonen. Die Teenager sind überzeugt, dass die beiden nun sogar gemeinsame Sache machen könnten. Sie beschwören Irrlichter herauf oder verwandeln sich sogar in solche. Das bleibt zu überprüfen. Das Opfer wird von dem Irrlicht dann immer tiefer in das Moor gelockt... Verderben? „Was können wir tun?", fragt Marlon, der sich, auch wegen der unglaublichen Erzählung, nun bereits den fünften Biskuit in den Mund schiebt. „Wir haben keinen Überblick, was sich hinter den Schatten dieses Gemäuers versteckt.", setzt nun Halvar an. „Janus und ich kommen nur bis zu einer gewissen Grenze heran. Dann entzieht sich das Bauwerk seiner Sichtbarkeit. Von Weitem sind die riesigen

Steinquader gut erkennbar. Je näher man diesem kommt, werden die Mauern, zumindest derzeitig, blasser." Marlon zieht eine seiner Augenbrauen hoch. „Das ist wirklich komisch... Also eine Art Fata Morgana?" „Ähnlich solch einer Luftspiegelung, aber nicht identisch.", beginnt Janus. „Nicht nur wir spüren dort existierende Materie. Silas und Rune nehmen ebenso Realitäten war, die nicht einzig und allein durch Totalreflexionen an Luftmassengrenzen entsteht. Dies ist keine visuelle Wahrnehmungstäuschung! Ich würde es aber als Spiegelung der Welt von gestern bezeichnen, in der das Heute verzerrt hineingerissen wird." Die jungen Lords sind sich noch nicht ganz im Klaren, welche Rolle sie bei dem Unterfangen spielen sollen. „Regus Mal hat sich also in einer alten Festung verschanzt.", fügt Keon an. Der Junge möchte das Ausmaß der Situation in Gänze erfassen. „... Dorthin hat er höchstwahrscheinlich den Zwergengebieter Hümjekon entführt. Dieser fungiert ursächlich als Energizer, um unsere Streitkräfte in diese sumpfige Gegend zu lenken. Regus Mal setzt damit den Kriegsschauplatz fest. Sein Spiel, seine Regeln. Er will Heimvorteil und bedient sich zudem fieser schauriger Mittel. Zum Beispiel die Erweckung von Toten, was einem Spiel mit dem Tod gleichkommt." Rune nickt und formt seinen Mund trotz der brenzligen Situation zu einem Lächeln. Er ist darin bestärkt, dass die beiden jungen Männer in der Tat in der Lage sein werden, den zukunftsträchtigen Übergriff Regus Mals abzufedern. „Wie fangen wir an?", will nun Keon wissen. Der weise Alte blickt die Jungen mehrere Momente lang an. „Eure Eltern müssten zunächst in diese Zwischenwelt treten.", erklärt Rune dann. „So, wie ihr mit Neugier dieses Tal gefunden habt, muss auch dies geschehen. Hilfe von außen ist jedoch jederzeit möglich. Ihr erinnert euch noch an Odo, das riesige bunte Federtier. McKomeron half ein wenig nach. Das ist gestattet, solange der Zutritt freiwillig und aus eigenem Antrieb erfolgt." „Die Motivation ist bereits entzündet.", ergänzt Halvar. „Hümjekon entführt und Cedric verwundet. Bloß die Zielrichtung ist noch nicht festgelegt." „Und jetzt kommt ihr ins Spiel!", setzt Rune hinzu. „Ihr werdet, entschuldigt den Ausdruck, die Lockvögel spielen müssen. Regus Mal hat es diesmal allein auf die Illusionisten abgesehen. Er meint, dass die menschliche Spezies nicht in der Lage sei, ihn ohne Zutun von

Sinneswesen und Zwergen zu finden. Er will ein Exempel statuieren und damit die Völker zunächst auf der Erde, dann alle ihre Verbündeten verhöhnen, um sie dann langsam zu vernichten. Er glaubt, dass die Bewohner der Gebiete unter der Erde letztendlich dazu tendieren werden, eher die Menschen sterben zu lassen, als sich selbst in Gefahr zu begeben… Aber da kalkuliert er wohl nur nach seinem Charakter…!"

Bis zur Abenddämmerung arbeiten Rune, Halvar, Janus und die jungen Lords an einem Plan. Hinzu kamen später Silas, Nicolas, Liane und Mak. Das gesamte Procedere muss Hand und Fuß haben, weil die Illusionisten nicht ganz leicht zu täuschen sind. Nach der gefühlt zehnten Tasse Tee und mehreren Tellern Gebäck steht ein Entwurf fest. Dieser kann aller Meinungen nach gleichwohl nur eine konzeptionelle Skizzierung der Vorgehensweise sein. Jede absurde Aktion des Ryanenführers, und da waren sich alle Mitstreiter einig, dass diese wohl eintreten werden, würde sowieso den Plan ändern. „Unsere Überlegungen sind letzten Endes nur ein Exposé.", beendet McKomeron die Sitzung. „Neue Bedingungen erfordern stets differierende Reaktionen… Aber dazu sind wir gewiss alle sämtlich in der Lage!"


Mehrere Wochen verstreichen. Cedrics Genesung gelingt zu aller Bewunderung recht zügig. Während seiner Resilienzzeit gewann er wieder Kraft und Mut, ohne dauerhafte Beeinträchtigung vorwärts schauen zu können. Nun betreut er das Amt des Zwergengebieters und hat als zwanzigjähriger junger Mann die große Aufgabe, sich um das Zwergenvolk zu kümmern, es anzuleiten, schlussendlich zu regieren. Dies bedarf einer uneingeschränkten Konfliktanalyse, Kenntnis von Gesetzen und Strukturen zudem der Überzeugung, den inneren Kern jedweder Situation ausmachen zu können. Dabei sich nicht von Äußerlichkeiten abzulenken, sondern sämtliche irrelevanten Inhalte wie eine Zwiebelschale abzuschälen, um dem Geheimnis des Seins auf die Spur zu kommen. Bekulan braucht einen starken Anführer ohne Lebenskrise und emotionale Unruhe. Seine Mutter Ganan, wie auch Aleksandra, Johanna und Seija halfen ihm, schnellstmöglich auf die Beine zu kommen. Indes kochte ihm Liam seine Lieblingsspeisen. Keon und Marlon nahmen ihm in der Krankenstation mit allerlei Blödeleien die Langeweile. Die jungen Lords übten sich nebenher in der Ausführung ihrer Kinetik, als auch in Kampfstrategien und Verteidigung. Connor gelang es bald, seine Freunde durch auszehrende Leibesübungen körperlich bis zum Höchstmaß zu trainieren. Die jungen Leute waren sich einig, dass sie alle mithelfen müssen, Hümjekon zu befreien und dem Spielchen des Regus alsbald ein Ende zu setzen.

„Alles klar?", fragt Connor ein letztes Mal seine Freunde Keon und Marlon, während diese auf ihren Cross-Bikes sitzend noch ein weiteres Mal im Stand aufdrehen. Dies passiert ohne größeren Lärmpegel, da sich der Antrieb der Cross-Bikes mittels der Vitalid-Steine Bekulans ähnlich einem Elektroantrieb bewerkstelligen lässt. Man vernimmt nur ein leises Surren, welches in einigen Fuß Abstand kaum noch hörbar ist und dann im Grau der Nacht verhallt. Die beiden Lords nicken. Zum achtzehnten Nivel konnten sie sich von ihren Eltern unbedarft losreißen. Gemeinsam mit Nicolas, Liane und Graf zu Frankenau hatten sie sich in deren Unterkunftsräumen getroffen. Plaudereien, jedoch nicht ganz ungezwungen. Am Ende gewannen sie den Eindruck, dass die Illusionisten nicht mehr in Gänze im Dunkeln tappen. Noch ein gemütliches Beisammensein, wie Leonore und Selma die gemeinsamen Abende bezeichnen, und ihre Väter Micael und Darius würden ihnen auf die Schliche kommen. Gezielte Manipulation durch ein Sammelsurium an Fragen und gleichzeitig eine vermeintliche Vertuschung eines Für und Wider der Weitergabe von Informationen. „Der erste Schachzug muss von den Illusionisten selbst kommen!", erklärte Frankenau. Er ist zwar selbst Illusionist, jedoch ursächlich nicht in diesem Konstrukt verwoben. „Es geht um die Tetraktys, der Vierheit der Gruppe!", beschrieb Rune dieses Arrangement. Das zweite Dekret des Regus Leaga. „Und wen könnte diese Zahl in ihrer Interpretation vornehmlich meinen, als diese vier Menschen? Weil sie sich stärker als alle anderen mit den Bewohnern des Reiches der Tiefen eingelassen haben! Sie haben Verbündete bei den Liknonianern, hier zuvorderst die Fürstin

Lamera. Dazu die Ryanen mit Silas und Großmeister Lorcan. Zudem die Zwerge Hümjekon, zuvor Xanton, dann Cedric. Hinzu ihr Engagement im Homerius-Kastell, eine außergewöhnliche Manufaktur von Intelligenz und Fortschritt. Ebenfalls zugehörig ihre Bekannten und Freunde Lean Migatos und Silas. Ehemals Regus Mals Untergebene. Diese wurden ihm genommen. Zu guter Letzt die Schmach, gelähmt durch die herangezogene Brut namens Marlon und Keon in den Höhlen von Falius eingemauert zu werden, um schlussendlich in einer irregulären Welt vom hohen Ross gestoßen zu werden. Alles Ingredienzien eines sich entwickelnden Gebräues, in dem nur Rache und Bosheit die Grundbasis bilden. Dies in einem Ausmaß, an dessen Ende nur Sieg oder Tod steht. Schwäche kann dabei nicht akzeptiert werden. Das geringfügigste Manko wird bestraft. Ihre Bikes haben Marlon und Keon auf Vordermann gebracht. Frankenau war dabei gern behilflich. Johanna und Seija bestaunten die Zweiräder und waren gute Schülerinnen, weil sie zügig und souverän bald ebenfalls auf solchen Motorrädern auch gefährliche Strecken sicher fahren konnten. Connor hatte neben Frankenau in den letzten Jahren sowieso mit dafür gesorgt, dass auch im Reich der Tiefen, solche Beförderungsmittel sukzessive eingeführt werden. „Auch unter der Erde sollte man ein wenig mit der Zeit gehen.", war seine Devise, als er Silas und seine Mutter mit dieser Idee konfrontierte. Beide waren zwar nicht sogleich Feuer und Flamme, konnten sich dem aber nicht verwehren, weil bereits einige von diesen Rädern in den Gebieten unter der Erde unterwegs waren. Ein Ingenieurteam hatte sich dann ans Werk gemacht, Cross-Räder zu entwickeln, welche denen in Antrieb und Design auf der Oberfläche nicht nachstehen und zudem noch abgasneutral funktionieren. Nicolas ließ es sich nicht nehmen, speziell ausgerüstete Helme zu konstruieren, die mit Gps-Trackern ausgerüstet sind. Mehr noch sind die Visiere eine Art Monitor, die auf Sprachanweisung beziehungsweise mittels sensorischer Reizempfindlichkeit unzählige Apps öffnen und damit der Kommunikation, Information und Logistik dienlich sind. Vortrefflich für ein undurchsichtiges Wegenetz, weil es dies so eigentlich gar nicht gibt. Connor hat sich nicht in einen Motorradanzug gezwängt. Stiefel reichen. Dazu ein wahrlich monströser Helm, der dann zum gesamten

Körperbau des Ryanen in seiner Proportion doch nicht so sehr übertrieben erscheint. Sein Visier ist weniger getönt, als das der jungen Lords. Jetzt streift auch er dieses nach unten und fordert schon beim Start von seinem Motorbike alles an Energieschub. Die drei Fahrer verschwinden sogleich rasch im Dunkel der Nacht. Das reguläre Licht schalten sie dabei nicht ein. Indes haben sie mit Katuras und Files Hilfe, die sie seit ihrem ersten Treffen an der Information des Forschungs-Labors der Universität öfter besuchten, eine Möglichkeit gefunden, im Dunkeln sehen zu können. Infrarot-LEDs. Diese emittieren Strahlung mit einer Wellenlänge von neunhundert Nanometern. Dieses Infrarotlicht ist mit einem normalen Auge nicht mehr zu sehen und wird eigentlich als roter Punkt wahrgenommen. Das ungleiche Paar hatte vortreffliche Ideen, dann mittels Nanokristallen das für den Menschen unsichtbare Infrarotlicht in sichtbares Licht umzuwandeln. Dazu entwickelten sie eine Folie, die Marlon und Keon auf ihre Visiere heften konnten. Zusätzlich steckte der schlaksige Greindur beiden ein Dutzend Ampullen zu, in denen eine Lösung mit solch nanokleinen Partikeln zum Einträpfeln in die Augen enthalten ist. „Habe ich bei Mäusen positiv getestet! Macht Nachtsichtgeräte überflüssig.", erklärte der junge Student. Keon und Marlon waren sich zunächst noch uneinig, ob sie dem Glauben schenken konnten. Zumal sie ja ihre Augen nicht leichtsinnig durch irgendwelche Tinkturen mit winzig kleinen Splittern schädigen wollten. File war jedoch so überzeugend in seinen Ausführungen, dass die jungen Lords bereits mehrmals je ein Tropfen erst in ein Auge, dann in beide gaben. Das Ergebnis war verblüffend! Ohne Licht trotzdem sogar noch Farben erkennen! Katura erklärte die Funktionsweise anhand der Augen eines Frosches. „Frösche haben die einzigartige Fähigkeit, im Dunkeln sehen zu können. Und das auch noch in Farbe!", erklärte die Zwergin. „Das Prinzip beruht auf besonderen Sehzellen in ihrer Netzhaut. Die Nanopartikel in den kleinen Phiolen gaukeln die Struktur dieser besonderen Form vor."

Die drei jungen Männer haben die Moore von Blackstone als Ziel. Hier haben Silas und Rune die größte Insuffizienz im Tal des Seelenfriedens ausfindig gemacht. Marlon und Keon hatten zunächst die Beförderung mittels ihrer Transmitter in Betracht gezogen. Rune indes

hatte sie gewarnt, weil Regus Mal sie in der Phase des räumlichen Über-
gangs in vielleicht noch andere Hemisphären transportieren könnte.
Sie wären dann dort gefangen, ohne aus dieser Parallelwelt eventuell
jemals wieder hinauszugelangen. Zudem befand Silas, dass die aus den
Mooren und Sümpfen austretenden Gase die Materialisierung hemmen
könnte. Die Fahrt gelingt ohne Zwischenfälle. Mehrere Male müssen
die Bike-Fahrer Hindernissen ausweichen. Fast wären sie in eine Herde
Sneaks gefahren. Diese kleinen Bestien hatten dann auch nichts anderes
zu tun, als ihr Gift auf sie zu speien. Im geringsten Fall würden die
Speichelflecken auf der ungeschützten Haut Verätzungen hervorrufen.
Lähmungserscheinungen wären eine weitere Folge, die nicht zu ver-
achten sind. Also ein gutes Repertoire an fiesen Abwehrmechanismen.
„Nicht so dramatisch!", beurteilte Connor die Attacken dieser Tiere via
Chat. Einst waren sie ja, wie er erinnerte, durch Regus Mals Zutun
durch das Carrier, welches er in die Gewässer Bekulans eingeleitet
hatte, in ihrer Charakteristik noch mehr hitzig. „Jetzt sind sie doch wohl
fast zutraulich!". Die drei Biker müssen lachen. Die Ablenkung tut gut,
sie entspannt. Alsbald treffen sie auf mehrere Fedorius-Familien. Marlon muss bei deren Anblick schmunzeln, weil man diesen fürchterlich
miefenden Federtieren eigentlich dieses äußerlich bunte und grazile Erscheinungsbild nicht zutrauen würde. „Der Schein kann eben auch trü-
gen!", gibt Keon zurück. Die Drei sind via MIND-App verbunden.
Diese App ermöglicht es, nicht nur in sprachlicher Form zu kommunizieren, sondern auch gedanklich Sinnzusammenhänge und Meinungen
auch in größeren Entfernungen auszutauschen. Ihre Chronometer haben dafür kleine Sensoren. Die LOG-App macht es indes möglich, die
gesamte Infrastruktur im Reich der Tiefen umfassend wiederzugeben.
Mit deren Hilfe gelangen sie bald zu dem gewaltigen Torbogen, den
Rune beschrieben hatte. Ohne der GEMMA-App, die mittels Okolyth-
Linsen die Umgebung erspäht, hätten sie wohl noch mehr Zeit benötigt,
um ihr Ziel zu erreichen. Silas hatte erklärt, dass es nun darauf an-
kommt, unbemerkt durch dieses Portal zu gelangen. Er ist als Magier
in der Lage, ohne Weiteres hindurchzugelangen. „Dahinter beginnt sogleich das Moor ... Damit wäret ihr dann am Ziel und zudem auf einem
neuen Weg in das Tal des Seelenfriedens gelangt. Sozusagen von hinten

her. Passt unbedingt auf die Irrlichter auf!", wies der Blackman die Jungen an. Dies ohne jedwede Gefühlsregung, die mit Sicherheit bei ihren Eltern aufgetreten wäre. Die Cross-Bikes stellen sie nun sicher hinter einem Gebüsch ab. Die Helme müssen sie leider ebenfalls zurücklassen. Marlon befestigt sein Schwert am Gürtel. Connor seine Batua. Wie in ihrem Schlachtplan zuvor besprochen, fokussieren sich Marlon und Keon sogleich auf ihre Aura. Seija war es damals, die als Erste diese Besonderheit bei den Jungen ausgemacht hatte. Die beiden Lords sind in der Lage, nicht nur ihre Gedanken blockieren zu können. Mehr sind sie befähigt, ebenfalls ihre Existenz, darin ihre Gefühle, ihre innere Charakteristik, in Farben auszudrücken. Keons Aura wechselt dabei von blau über azurblau zu weiß. Marlons Farben ändern sich von einem kräftigen Rot zu grell-weiß. Diesen Weißton benötigen sie, um von dem Tor Einlass zu erhalten. „Das erzeugte Weiß würde sich nämlich, zumindest nach den Überlegungen Runes, nicht von dem, was sich dahinter millionenfach verbergen soll, unterscheiden... Glühwürmchen!" Von McKomeron in seiner Überlegung initiiert und Rico, dem Ranger in der Durchführung angewiesen. Täuschung pur! Die Konzentration der Gedanken gelingt vorzüglich. Marlons und Keons Aura strahlen. Connor grinst breit. Eigentlich stehen die Jungen nur vor einem steinernen Torbogen. Als dicke Luft breitet sich die Tür dazwischen aus. Es hat den Anschein, dass Pressluft seitwärts gedrückt wird. Zumindest eine starke Windströmung, die auf den Ausgleich von verschiedenen Hemisphären gründet. „Macht schon!", gibt Connor fast befehlsmäßig an. „Der Bluff wird nicht ein zweites Mal gelingen!" Keon presst seine Lippen aufeinander. Ein heißer Schauer überkommt ihn. Was, wenn dahinter ein Abgrund lauert? Bei Frankenaus Absturz am Kliff waren McKomeron und Marlon zur Stelle gewesen. Jetzt wäre kein Kater, kein Gestaltwandler da. Augenblicklich kommt ihn in den Sinn, dass er sich selbst retten müsste! Und er wäre dazu fähig! Hoffentlich! Bereit, wenn auch im Ungewissen in dem, was auf ihn zukommt, schreitet Keon zügig durch den Orkan, der wie ein Brett die eine Realität von der anderen trennt. Marlon zieht wie üblich seine rechte Augenbraue hoch. Sein Freund ist nun im Tal. Oder eben, was sich dort auf der anderen Seite befindet. „Wir sehen uns! Alles wie abgemacht!", sagt nun auch Marlon zu Connor und verpasst ihm einen leichten Klaps am Arm. „Nicht, dass du mit meinem Bike davonrauschst!", fügt er noch scherzhaft hinzu. Dann ist er ebenfalls durch den Torbogen in einen anderen Raum entwichen und damit kurzzeitig aus dem Blickfeld des Ryanen gerückt. Connor hat die purpurfarbene Aura seines Vaters übernommen. Diese dämpft er in ein sattes Schwarz. Dann schreitet auch er durch die Pforte. Das Tor hinter ihnen verflüchtigt sich sofort und hinterlässt eine leicht kühle Brise. Tatsächlich sichten die Jungen sogleich eine Millionenschar von Leuchtkäfern. Connor weiß die Käfer namentlich zu benennen - Lampyridae. Keon schlussfolgert spaßhaft, dass er wohl auch selbst auf diesen Namen gekommen wäre. Die recht angespannte Stimmung lockert sich etwas. Der junge Ryane ist, wie auch sein Vater Silas Derys von Geburt an in der Lage, sich im Dunkeln uneingeschränkt orientieren zu können. Wie kein anderer erkennt er messerscharf, unabhängig ob bei Tag oder Nacht, sämtliches Farbspektrum. Die Lords hätten trotz ihrer Nanokristalle Schwierigkeiten gehabt, die Leuchtkäfer von den Irrlichtern zu unterscheiden. In seiner Gesamtansicht erstrahlt das Moor im Dunstschleier hochsteigender Nebelschwaden wie ein riesiges Lichtermeer. Die Lampyridae synchronisieren nun ihre Blinksignale, als würden sie ihren Besuchern zu erkennen geben wollen, dass sie den richtigen Ort gefunden haben. Scheinbar ist die Biolumineszenz dieser fliegenden Käfer besonders hoch. Connor erklärt dies damit, dass bei diesen Exemplaren das Katalysator-Enzym Luciferase besonders kräftig mit dem Nukleotid Triphosphat und dem Luftsauerstoff reagiert. „Ursächlich hat die Luft im Reich der Tiefen eben eine leicht veränderte Zusammensetzung als auf der Erde." Wieder kann Keon nicht umhin zu urteilen, dass seiner Ansicht nach nichts anderes als „dieses Lucifer-Gedöns die unglaublichen Leuchteffekte hervorbringen könnte." Connor lächelt etwas unbeholfen. Mit dem Namen Lucifer kann er zwar etwas anfangen, versteht aber nicht ganz den Sinnzusammenhang in dieser Situation. Marlon und Keon haben ihn nämlich in diese weitere Bezeichnung für seinen Vater nicht eingeweiht. Sie finden, das solle auch so bleiben. Denn der Teufelscharakter wäre doch eindeutig nicht ihm, sondern Regus Mal zuzuordnen. Connor würde dies vermutlich sogar als Beleidigung ansehen. Und aus dieser Misere würden sie vermutlich nicht ohne Weiteres glimpflich herauskommen. Deshalb ersparen sie sich einen weiteren Kommentar und lenken die Blicke des Ryanen auf das vor ihnen sich weit ausgedehnte Moorgebiet. Die Jungen interpretieren das Blinkkonzert der Glühkäfer als Warnhinweis. Dazwischen erkennen sie weiß-bläuliche Lichter. Sie schweben unweit über dem Boden. Diese Irrlichter vollführen, wenn auch recht langsame, Zickzack-Bewegungen. Eine weiß-blaue Lichtquelle leuchtet auf, dann aber erlischt diese, um einer anderen die Gelegenheit zu bieten, Helligkeit zu senden. Mystisch unwirklich und zudem grauslich schauderhaft. Heuchlerisch und tödlich zugleich. Das Moor lockt, um seine Besucher zu verspeisen. Jetzt synchronisieren sich die Lampyridae und bilden einen Wegweiser. Auf Ricos Anweisung sollten die Leuchtkäfer das Moor ausspähen und den Weg zu der verborgenen Festung offenlegen. Dies wird nur ein schmaler Pfad sein, auf dem sie sicheren Fußes zur Festung gelangen können. Ein einziger verkehrter Schritt, ein kurzes Taumeln würde den Tod zur Folge haben. Die Käfer senden erneut Lichtsignale und kommunizieren scheinbar mit den Jungen. Daneben versuchen nun die Irrlichter, die Eindringlinge zu täuschen. Sie halten auch einen Weg bereit. Dies ist jedoch der Irrweg! „Das ist ja wohl ein echt übles Spiel!", entrüstet sich Marlon, der aus den vielen Leuchtpunkten noch kein eindeutiges Muster erkennen kann. „Psssst! … Still!", reagieren seine Freunde gleichzeitig. „Ich würde gleich noch lauter quatschen!", flüstert Connor hinzu. „Konzentriert euch auf die Käfer, also auf das etwas hellere Licht. Nicht auf das bläuliche! … Das ist zwar krass, aber eben tödlich!" Keon und Marlon sind wahrlich aufgeregt, als sie den ersten Schritt auf den glitschigen Boden nehmen. Gleich schlittert Keon auf einem Stein ruckartig verquer zur Seite, dass er Marlon hinterrücks an die Schulter packen muss, um Halt zu finden. Sein Herz pocht schlagartig bis zum Hals. „Ruhig!", sendet er seinem inneren Ich zu. Indes hat ihn Marlon ebenso blitzartig gegriffen. „Ja", denkt Keon, „…sein alter Freund würde es nicht zulassen, wenn ihm etwas zustoßen würde. Dieser Kraftprotz würde ihn aus der Schlinge ziehen!" Der Gestaltwandler beruhigt sich augenblicklich mehr und muss für einen Moment, trotz der problematischen Lage, in der er sich verfrachtet sieht, schmunzeln.

„Wenn das Ding hier vorbei ist, geb ich einen aus!", verliert er einen weiteren Gedanken ob der prekären Situation. Marlon sendet sofort die Botschaft: „Ich nehme dich beim Wort!". Dabei drückt er seinen Freund ohne Anstrengung in die Senkrechte zurück. Connor indes hatte nur für einen kurzen Moment seine Sinne auf das Geschehen hinter ihn gerichtet. Er entschied sich, nicht einzugreifen. Ein Helfer würde genügen. Zumal er aufpassen muss, selbst einen Fehltritt zu vermeiden. Er soll die beiden Lords unversehrt über das Moor geleiten. Seine Sinne sind sensibler, als die von Keon und Marlon. Sein Hörvermögen, wie auch seine optischen Reflexe sind geschulter, als die eines Menschen. Der Motorenlärm und alle anderen akustischen Reize sind oberhalb der Erde viel intensiver als im Reich der Tiefen. Hier unterhalb des grünen Horizontes hat man schon viel früher erkannt, dass Lautstärke keinen Mehrwert für gesellschaftlichen Fortschritt bringt, sondern ebenfalls vom medizinischen Aspekt her nur Nachteile produziert. Connor fokussiert sich einerseits auf die blauen Lichter, die entsprechend seiner Farblehre sogar mehr türkis strahlen. Das dunkle, fast schwarz-grün des Himmels additiv in Mischung mit dem Blauton der Irrlichter ergibt seiner Meinung nach türkis. In diesem Cyan-Ton steckt Kälteempfindung, was Gefahr suggeriert. Er hat von seinem Vater den Auftrag bekommen, die jungen Lords sicher zu der Burgruine zu bringen. Deshalb konzentriert er sich vollends auf die Leuchtpunkte, die die Käfer hervorbringen. Er fokussiert seine Orientierung ebenfalls auf die Flügelschläge, die diese vollführen. Einer Soldatenkompanie gleich bilden die Leuchtkäfer die Randbegrenzung des wahren Pfades zur verborgenen Stadt. Ganz weit weg sieht er schon die dunklen Schatten der Mauern, deren Zinnen seit den letzten Tagen immer mehr nach oben streben. Dunkelschwarz beängstigend. Im Moor ahnt Connor die Seelen von Toten, die nun säuselnd an die Oberfläche treiben. Sie singen ihr Lied vom Verderben ohne zu sterben. *Sanft sinkt hernieder die tote Gestalt. Gemordet, ermordet. Der Schnitter empfängt den leblosen Körper, kalt. Sehnsucht nach Ruhe. Dies nur ein Schein. Jedweder Besucher wird der neu Erblasste sein. Dazu verflucht, zu tanzen und singen. Um jedwedes Leben zum Heimgang zu bringen.* Connor muss sich zusammenreißen. Das Lied wird seiner Meinung nach immer lauter. In seinen Ohren klirren die

Rasseln des Todesengels. Dieser schwingt eine Peitsche hinter ihm her. Der junge Ryane schaut nach rechts und sieht zu seinem Erschauern nicht nur weiße und türkisfarbene Lichtpunkte. Der Cyan-Ton hat sich mit einem kräftigen Rot gemischt. Magenta! Nur zwei grelle Punkte davon. Augen, die die kleine Truppe beobachten. Böse und verächtlich leuchtend. Regus Mal! Er ist der Todbringer, der die Lebenden und Hingeschiedenen nicht in Ruhe lässt. Er verhöhnt sie, schlachtet sie, dass sie tausendfach den Tod spüren müssen. Weil ihm ein einziger Schmerz nicht reicht. Er braucht unendliches Leid. Er labt sich daran. Melancholie einer Schwäche, die Machtgier hervortreibt. Die Krux des Lebens, dessen Ende so oder so der Tod ist. Connor kneift sich am Arm und schüttelt seinen Kopf hin und her. Er will die verdorbenen Gedanken aus seinen Kopf rütteln. Keon spürt, was mit dem jungen Ryanen passiert. Pfeilschnell schlüpft er an Marlon vorbei. Dieser hätte bald losgewettert. Als er jedoch im Gedankentransfer erfährt, was mit Connor passiert, reagiert er nochmals blitzschnell. Er packt den Ryanen mit ganzer Kraft und zieht diesen im Bruchteil einer Sekunde so zu sich, dass dieser auf dieselbe Augenhöhe kommt, wie die beiden Menschenjungen. Keon hat durch McKomeron vieles über Hypnose gelehrt bekommen. Dazu gehörte unter anderem auch Stressmanagment, wie der Arzt die Unterweisungen bezeichnete. Keon zwingt den jungen Ryanen dazu, ihn und nur ihn! anzusehen. „Schau mich an!", fordert Keon den Ryanen auf. „Konzentriere dich auf meine Augen! Sieh nicht auf das Moor!" Gleichzeitig greift der Gestaltwandler an Connors Schulter und sucht Triggerpunkte zur Entspannung. „Fokussiere dein Bewusstsein nach innen! Du bist völlig ruhig! … Wirf nun den dunklen Schatten heraus und lass einen Hauch Wohlempfinden herein …Du fühlst ihn als frischen Windzug. Er wartet und bittet um Einlass. Empfang ihn mit einem Lächeln!" Marlons Kopf ist wie auch Keons während der Suggestion so nah vor Connors Gesichtsfeld, dass er sieht, wie der Hundmensch doch tatsächlich zu grinsen beginnt! Irgendwie neben der Spur, aber die Mundwinkel bilden tatsächlich einen Halbmond. Er kann es kaum fassen und blickt deshalb zu Keon, der zufrieden zurück lächelt. „Wahnsinn?", durchfährt es Marlon. „Nein, mein Gutster. Seelenfrieden mit sich selbst.", antwortet Keon, der nun gemeinsam mit dem hünenhaften Ryanen um die Wette grient. Gleich darauf löst der Gestaltwandler den Druck auf die Triggerpunkte im Nackenbereich des Ryanen. Dieser reckt sich sogleich in seine volle Staturlänge und blickt die beiden Menschenjungen verdattert an. „Alles gut?", fragt dieser, als hätte er die kleine Behandlung überhaupt nicht mitbekommen. „Bestens!", erwidern die beiden Lords und haben zu tun, ein lautes Prusten zu unterdrücken. Marlon ist im Resümee mal wieder erstaunt, dass das Unterbewusstsein in jedweder Situation, sogar während dieser Moorwanderung, für positive Veränderungen empfänglich ist. Connor hat zeitgleich ein positives Denkmuster entwickelt, indem er die angespannte Situation umkehrt und daraus eigene Energie schöpft. Das klappt einfach wunderbar… „Der Krachlatte werden wir es schon zeigen!", sagt er sodann mehr zu sich selbst, als zu seinen Freunden. Diese verstehen die leisen Worte trotzdem gut und nicken die Bemerkung in Zustimmung ab. Ob sie dieses Ding irgendwann einmal als Ausgangsepisode einer fröhlichen Runde ausweiten werden, wollen sich die Jungen noch überlegen. Ein Lacher auf Kosten eines anderen sei wohl manchmal auch genehmigt...

Der Singsang der Moorleichen dauert an. Regus Mal dirigiert als Chorleiter den Takt der Massen. Connor versucht nun, dieses „wirre Gequatsche" zu blockieren, wie er den Kanon der Untoten später bezeichnete. Über der gesamten Fläche um sie herum steigt Rauch auf. Die Moorbestandteile brennen aufgrund der Bodenfeuchte und mangelndem Sauerstoff im Boden nicht lichterloh, sondern schwelen. Die Nebelschwaden lassen dabei die Gegend immer wieder neu aussehen. Sie versperren den Weg, dann lösen sie sich wieder auf, um an anderer Stelle dicht zusammengedrängt eine schwebende Fantasiefigur zu bilden. Fratzen, die sie auslachen und verhöhnen. Figuren mit mehreren Köpfen, die sich dann zu einem gewaltigen Körper vereinen. Tiergestalten mit Krallen und Hörnern. Mit festen Schritten und ungestümen Gemüt kann Connor letztendlich die jungen Lords sicher durch die moorige Landschaft führen. Mit jedem Schritt wurde die Festung vor ihnen größer. Dies dadurch, weil sie sich den Mauern zu Fuß trotz der Widrigkeiten weiter nähern konnten und diese auch stetig aus dem Morast emporstreben. Bald spüren sie festen Halt unter ihren Füßen.

Kein Ausrutschen mehr auf dem glitschigen Untergrund. Kein Herunterziehen durch einen absonderlichen Sog, ausgelöst durch Dutzende von Armen, die händeringend nach ihrem neuen Opfer feilschten. Connor ist erleichtert, dass es ihm gelungen ist, seine Freunde wohlbehalten durch den Sumpf zu führen. „Das war's fürs Erste.", erklärt der Ryane im Flüsterton. Dabei stampft er leicht auf der Stelle, um wenigstens im Groben den Schlamm von den Stiefeln zu bekommen. Marlon und Keon streifen sich ebenfalls die morastige Erde vom Schaft. Sie wissen, dass sie nun allein auf sich gestellt sein werden. Erst später, so der Plan, werden Connor mit Seija, Johanna und auch, falls Aleksandra und Liam dabei sein wollen, dazukommen. Es würde auffallen, wenn alle jungen Leute zugleich das Homerius-Kastell verlassen würden und einfach, ohne sich abzumelden, verschwunden wären. So klopft Connor erst sich, dann beide im Ryanen-Gruß mit seiner Faust auf die Brust. Damit verbunden der Wunsch auf Erfolg und die Überzeugung, dass diese zwei Menschen für die bevorstehende Mission gewappnet sein werden. Das Training mit ihnen muss sich nun auszahlen. Es muss einfach funktionieren! Connor blickt noch einmal in die entschlossenen Gesichter der Jungen, dann zügig über die Landschaft um sie herum. Die Irrlichter haben sich nicht zurückgezogen. Die bläulichen Leuchterscheinungen sind mit den drei Jungen gewandert und warten, so sieht es jedenfalls aus, dass einer von ihnen den Rückweg antritt. Mit Sicherheit werden sie das nächste Mal aufgrund der Erfolglosigkeit ihrer Manipulationen aggressiver reagieren. Ganz weit hinten hören die jungen Männer Zischlaute. Emportreibende Blasen blubbern und zerplatzen in weiteren Tönen. Dies als Vorwarnung für Connor, der jetzt noch umsichtiger sein muss. Keon wusste von Silas, dass die Irrlichter eigentlich nur durch die im Boden aufsteigenden Gase entstehen, welche sich dann mit der Luft darüber entzünden. „Bei dem Gas," referierte dieser, „handelt es sich um ein Gemisch aus Phosphor und Schwefel." Keon ist klar, dass dieser Luzifer keine anderen Zutaten zulassen würde. Er schmunzelt in sich hinein. Dies auch, um sich abzulenken und damit ein entspanntes Gesicht auflegen zu können.

Im Homerius-Kastell hat sich eine Atmosphäre der Unruhe breit gemacht. Dies zuvorderst bei den Eltern von Roderstätt und von Galemberg. Selma und Leonore sind verzweifelt, weil ihre Jungen nicht zum vereinbarten Termin für ein gemeinsames Frühstück im SuPerb eingetroffen sind. Liam und Aleksandra sind noch nicht in Gänze in die Pläne eingeweiht, so dass die Aufregung Liams überzeugend ehrlich authentisch wirkt. Der Zwerg ist voller Unruhe. Deswegen häufen sich Missgeschicke, weil er nur damit beschäftigt ist, sich auszumalen, wo wohl seine Freunde stecken könnten. Der Schinken, den er für die Spiegeleier mit Speck, so wie es Micael und Darius gern mögen, zunächst leicht anbraten will, verkohlt völlig. Der Küche entströmt eine neblige Wolke aus fürchterlich beißendem Gestank von Angebranntem. So eine Misere ist Liam noch nie in seiner ganzen Laufbahn als Koch vorgekommen. Da er weiter keinen adäquaten veganen Fleischersatz im Kühlraum findet, ist er zudem noch erzürnt über sich selbst. Zum derzeitigen Moment ist er schier über die ganze Welt verärgert. Flatterige Unkonzentriertheit und Ärger können einfach keine Gourmet-Speisen erzeugen. Die Brötchen und anderen Backwaren hatte er zu seinem Glück schon zeitiger gebacken, dass diese aus der Stresssituation wenigstens gelungen hervorgehen. Die Spiegeleier selbst werden jedoch viel zu krustig an den Rändern, das Gelbei ist total hart. Deshalb begnügen sich die Illusionisten an diesem Morgen mit Fruchtaufstrichen und verschiedenen Kräuterquarks, die Aleksandra am Vortag selbst zubereitet hatte. Außerdem bekommen Leonore und Selma sowieso keinen Happen herunter. Micael und Darius sehen das ein wenig anders. Sie sind der Ansicht, dass man gerade jetzt gut frühstücken sollte. Ihr Ziel wird es nämlich sein, die Jungen auf Biegen und Brechen wiederzufinden. Da brauchen sie Energie und keinen leeren knurrenden Magen. Liam indes demoliert noch einige Tassen, die er eigentlich nur aus der Spülmaschine nehmen wollte und löst fast noch einen Brand aus, weil er der leeren Pfanne auf dem Herd stetig weiter Hitze gönnt. Aleksandra bemerkt zu aller Glück die Vernachlässigung der Kochutensilien und verhindert eine Apokalypse im SuPerb. „Liam!", fordert sie vehement von dem tatterigen Zwerg, „Nimm dich jetzt endlich mal zusammen!" Das Mädchen an Liams Seite schreit nicht, sie ist ganz ruhig. Sie kann sich vorstellen, dass laute Worte gerade jetzt nicht zur Deeskalation beitragen würden. Eher würde nur ein falsch ausgesprochenes Wort zum Zusammenbruch ihres Partners führen. Die Illusionisten schmieden, fast ungeachtet dessen, am Frühstückstisch einen Plan. Zunächst kontaktieren sie über ihre Chronometer Nicolas, Mak und Silas. Diese antworten zugleich. Sie haben sich schon ausgemalt, dass es die Vier nicht aushalten würden, augenblicklich nach ihren Kindern zu fahnden. Nicolas bietet sich an, via Underdog Ausschau zu halten und mit den anderen zu korrespondieren. „Das Spiel beginnt!", sendet Nicolas zu McKomeron und dem Ryanen. Ein Daumenhoch erfolgt von beiden als Antwort. Zügigen Schrittes verlassen die Gäste bald das Lokal. Liam steht wie ein Häufchen Elend in der einigermaßen demolierten Küche. Eierschalen zwischen dem verkohlten Veggie-Schinken. Hässliche Fettspritzer bis an die Decke, bei denen Aleksandra wirklich noch grübelt, wie ihr Freund das hinbekommen hat. Sauberes Geschirr wurde am falschen Platz abgestellt. Dann aber sogar zu benutzten Tellern und Tassen unkontrolliert aufeinandergestapelt, dass nun alles insgesamt noch einmal aufgewaschen werden muss. Auf dem Boden Scherben, in die Liam selbst auch noch hineingefasst hat. Deshalb sind zu allem Überfluss nun auch noch in der ganzen Küche Blutspuren verteilt. Nur eine Intensivreinigung und nachfolgendes Desinfizieren der Kacheln und Küchenzeilen wird wohl helfen, dass diese Kochstelle wieder einem Mindestmaß an Hygiene entspricht. Während die Lords von Roderstätt und Galemberg die Tür hinter sich schließen, beruhigen Leonore und Selma den Zwerg darin, dass sie alles daransetzen werden, ihre Jungen wiederzufinden. „Wir finden die beiden!", dämpfen die beiden Liams aufgebrachtes Gemüt. „Es bringt nichts, den Kopf zu verlieren!", fügt Leonore an. „Wir sagen Bescheid, wenn wir wissen, was mit Keon und Marlon passiert ist." Aleksandra gesellt sich hinzu und redet ebenfalls besänftigend auf ihren Freund ein: „Die beiden sind alt genug! Sie sind, meine ich mal, erwachsen!" Liam nickt die Aussage ab. „Connor und viele andere haben aus ihnen gute Kämpfer gemacht. Sie wissen, was zu tun ist!", ergänzt das Mädchen weiter und greift mit ihrem langen Arm um die Schulter des Zwerges, der nun noch kleiner als sonst wirkt. „Außerdem", beginnt Aleksandra, während sie sich das Chaos in der Küche vorstellt, „… würden die beiden mit Sicherheit nicht so einen demolierten Zustand herstellen, wie du ihn gerade fabriziert hast." Liam schaut verlegen zu Boden. Er kann einfach nicht aus seiner Haut. Solche Stresssituationen machen ihn einfach fertig. Selma drückt ihm ein spendables Trinkgeld in die Hand. „Ich glaube, dass kannst du gebrauchen!", erklärt sie sanft. Der Zwerg bewegt viele Male seinen Kopf nach oben und unten, als würden diese Bewegungen sein hitziges Gemüt weiter abkühlen. Liam muss sich nun erst einmal setzen. Aleksandra bringt ihm einen Tee und gesellt sich dazu. Das geht, weil derzeit kein weiterer Gast in der Baude ist. „Ach Sandra!", schluchzt Liam und schnäuzt sich kräftig in seine Schürze. „…Wenn ich dich nicht hätte!" Er greift nach ihrer Hand und umfasst mit beiden Händen ihre Rechte. Dann gibt er darauf einen leichten, zarten Kuss und schaut seine Angehimmelte tief in die Augen. Eine Träne kullert seine Wangen herunter. Aleksandra wischt diese mit dem linken Daumen weg. Dann sagt sie, fest in der Stimme: „Wenn du mich nicht hättest, würdest du die schmierige Schürze an dir nie wechseln, die Küche sähe wie ein Sauhaufen aus und allerlei Zutaten für deine Gerichte würden auch stets fehlen!" Liam nickt. Jetzt steht er auf und umarmt seine Liebe. Er drückt sie ganz fest, weil er weiß, was er an ihr hat. Er will sich nicht vorstellen, wie er reagieren würde, wenn seiner Sandra etwas zustoßen würde. Er würde schon kollabieren, wenn er nicht wüsste, wo sie sich aufhält. An Verletzungen jedweder Art kann er erst gar nicht denken. Beide nehmen sich vor, die Küche gemeinsam aufzuräumen. Zuvor verarztet das Mädchen die Schnittwunde an Liams Ringfinger. „Nicht, dass ich irgendwann einmal einem hässlich verunstalteten Finger den Ehering aufschieben muss!", lächelt sie ihn verliebt an. Aus Liams Auge fließt noch eine Träne. Dies aber aufgrund der eben vernommenen Aussage. „Hat er da richtig gehört? Würde dieses sanftmütige, liebe, schöne, liebreizende … Wesen mich heiraten wollen?", durchströmen ihm diese Gedanken und senden an seinen niedergeschlagenen Geist Euphorie und Begeisterung. „Das Leben meint es gut mit mir!", denkt er weiter und küsst die Pfirsichhaut auf des

Mädchens Wange. „Seine Sandra ist bereit, sich mit einem Kerl wie ihn auf Lebenszeit zu binden!", kursieren seine Überlegungen weiter. „Ob Rico da ein Wörtchen zugeredet hat? … Nein! Ich Idiot weiß selbst, dass sie mich mag! … Und ich liebe sie tausendfach dafür! …" Liam bindet sich die Schürze ab. Er ist genug verarztet. „Wenn die Küche wieder im Reinen ist, wird er Connor, Seija und Johanna die Neuigkeiten berichten. Alle gemeinsam werden sie eine Lösung finden!"

Regus Mal hat sich mit seinen Schergen tief verkrochen. Svante, der zweite Befehlshaber der Ryanen, hat sich dabei als vertrauenswürdiger Spürhund erwiesen. Ihm haben Silas sowie seine Freunde und Mitstreiter Glauben geschenkt. Der gepeinigte Überläufer, dem es reut? Wohl nicht, sonst würde er nicht hier sein. „Ekelhaft einfältig diese Brut von Möchtegern-Befehligten der Gebiete unter der Erde! … Dazu noch all das Gesindel unter dem blauen Horizont. Sie betrachten sich als Gutmenschen, Gutzwerge und sogar Gutryanen! Es gibt nichts Gutes auf der Welt! Lachhaft… Ha, ha, hahahah…!", schallt ein irres Lachen durch die Mauern der einst blühenden Festungsanlage des Regus Leaga. „Diese Brut hat keinen Mumm! Sie zerreden nur alles und können sich dabei nicht entscheiden, wer der Beste unter ihnen ist!", wallen die Gedanken Regus Mals lautstark zutage und füllen mit grauslichem Ton den Saal. Die kalten und dunklen Mauern der einstigen Burganlage der Herrschers Leaga reflektieren die hässlichen Worte und hallen mehrfach nach. „Die Weltenordnung wird sich alsbald umkehren. Weil nicht nur ich der rechtmäßige Erbe der Hoheitsgebiete der Ryanen, sondern auch die der Liknonianer, Zwerge und diesen Menschen bin. Diese Schlappen haben mich und damit meine Vorfahren entehrt. Dafür werden sie büßen und einen tausendfachen Tod sterben. Ich werde den Tod unseres Herrschers Regus Leaga sühnen! … Er wird mir zu Hilfe kommen. Zum wahren Zeitpunkt wird er aus den Mauern treten. Er ist zu einer Bestie gewachsen. Tausende Jahre hat er darauf gewartet. Er konnte sich ruhen. Zu Stein geworden und Kraft geschöpft. Wir sind die wahren Herrscher!" Speichel bildet Blasen über dem verächtlich gezogenen Mund des Hundmenschen. „Diese Einfaltspinsel meinen wohl, ich würde mich verstecken! Ha, ha, ha, ha, haaaa!" Der mächtige Torso des Ryanenführers gerät in Wallung, als dieser nochmals abnorm in ein lautstarkes Lachen verfällt. Regus Mal schmiedet seinen ultimativen Racheplan. Nun wird er kein Mitleid mehr haben! Er will in seinem Wahn alle und alles bis auf den Grund ausmerzen. Die Schmach in den Höhlen von Falios will er sich nicht noch einmal gefallen lassen. Sie war das Zündel für das, was geschehen wird. Die Verantwortlichen dafür werden büßen.

Die Halle, in der sich Regus Mal und seine Schergen zurückgezogen haben, liegt genau über der Krypta dieser Burganlage. Die Krypta selbst ist nur auf einigen wenigen schmalen Gängen durch die Tiefen der Festungsmauern erreichbar. Der Weg dorthin selbst ist ein Labyrinth. Der Zugang zu den unterirdischen Grabkammern ist durch ein gewaltiges eisernes Tor verschlossen. Damit die Leichname dieser Gruft geschützt sind und ihre Totenruhe gewahrt bleibt, wurden die Katakomben geschickt angelegt. Ein ausgeklügelter Mechanismus lässt die Leiber der Verstorbenen vom Saal oben drüber hineinfahren, schließt sich aber sofort wieder. Der Sarg wird dann anschließend über Zugkräfte in die vorgesehene Position im Gewölbe manövriert. Hier positioniert soll der Sarkophag bis zur Unendlichkeit die Gebeine der einstigen Anführer der Ryanen aufbewahren. Nur durch das Lösen eines Rätsels ist es möglich, die Krypta zu öffnen. Damit würde man jedoch die Toten zum Leben erwecken, zumindest das, was die vergängliche Zeit in Verwesung noch übriggelassen hat. Das Thema hatte sich erübrigt, als die Festung mitsamt der umliegenden Bebauung im Moor versank. Nun, da diese wieder auftaucht, ist eine neue Gefahr entstanden. Mit ihnen drängen zudem ehemalige Bewohner, vermutlich auch Gefolgsleute zutage, die in einer gewalttätigen Stadt davor lebten. Sie sind es, die in den Sümpfen herum als Untote lauern. Warten, bis sie erneut zum Krieg gerufen werden. Nun noch gefährlicher! Weil ihnen der Tod nichts mehr anhaben kann. Knochenleiber, kahlköpfig, gehässig, sogar kopflos. Die Urahnen Runes verfügten im Anschluss nach dem großen Krieg das Tal des Seelenfriedens als Ort der Liebe und des

Friedens zu belassen. Nie mehr Krieg, nie mehr dieses unendliche Leid. Weil das alles nur Wut und Verzweiflung hervorbringt. Ein übersinnliches Raumkonzept, in dem die Bewusstseins-Sphären aller Völker der Erde Geborgenheit und friedvolle Übereinkunft finden. Eigentlich eine geistige Vorstellung von Harmonie aller Lebenden des Planeten Erde. Ein mutiger Ort, eine Illusion? Darin die Grundeinstellung, dass Leben Akzeptanz von Andersartigkeit enthält und mit allen Mitteln zu verteidigen ist. Erst, wenn man an dieses Konzept, an die Existenz eines solchen glaubt, wie es der Urinstinkt eines Säuglings seinen Eltern gegenüber anmaßt, kann ein solches Gebilde entstehen. Darin zuvorderst Rune und seine Vorfahren. Der ultimative Geist, der alles verbindet. Das Esprit, der die Erkenntnis in sich trägt. Dieses Gepräge als eine Art Zwischenwelt zu verstehen. Existent in der Psyche eines jeden Individuums. Geschützt, jedoch nicht verriegelt. Deshalb Gefahren ausgesetzt, weil dunkler Geist ebenso in dieses Tal gelangen kann, sich jetzt eingeschleust hat! Das schier Böse verseucht das Gute, setzt neue Maßstäbe und legt Gesetze fest, die die gesunde Moral des Lebens verkommen lassen. Der Bastard spielt mit dem Zwergengebieter Hümjekon und allen, die ihn retten wollen. Aussichtslos für diesen Zwerg. Tödlich für alle, die ihm zur Hilfe eilen wollen. Durch Svante weiß Regus Mal, dass McKomeron, Silas, Lean Migatos und alle ihre Gefährten von der Tetraktys wissen und zudem vom Aufenthaltsort des Zwergengebieters. Er ist der Wurm an der Angel. „Der alte Tölpel Migatos zusammen mit Silas Dagerath haben sie auf die Fährte gebracht! Retro-Psychokinese, wie diese Witzfiguren es bezeichnen… Kenntnisse von dem erlangen, was war. Ich brauche die Erkenntnis nicht, weil ich sie schon besitze!", witzelt der Hundmensch im schizophrenen Auswurf seiner üblen Gedanken. Und diese gebären diesen fürchterlich dunklen Ort, mit all seiner Aggressivität und seinem Zynismus. „Migatos selbst ist schwach. Den schwarzen Zauberer Silas Dagerath jedoch müssen wir im Auge behalten! Er wird uns gefährlich werden können." Regus Mal, die Ausgeburt des Bösen, sitzt am Scheitelpunkt. Hier begegnen sich Vergangenheit, Gegenwart und Zukunft. In dieser Zwischenwelt wird sich das Maß ändern, mit dem man Leben für lebenswert misst. Mit ihm die Schlange Miss Awiks, als Ryanin die Armeespitze bildend.

Giftig, gallig. Dazu der Hundmensch Adman Reverser, Verwalter der Liegenschaften und Finanzen. Äußerlich lackiert durch Jackett und Krawatte. In dieser perfiden Gefolgschaft auch Samuel Faulty. Der sechs Komma acht Fuß messende Liknonianer verdeckt ebenfalls mittels seiner weißen Kleidung den undurchdringlich inneren Kern seines Charakters. Ein Auge und ein Ohr fehlen. Das andere insektenartige Auge ist stattdessen geschärft. Der Überläufer aus den Reihen der Sinneswesen kann Gedanken lesen und manipulieren. Nun noch Svante. Zu einem intriganten Agenten geworden, indem er die Geschehnisse in Bekulan ausspioniert und doch in die Reihen derjenigen, die für Bekulan kämpfen, vorbehaltlos aufgenommen wurde. Sein Gesicht ist durch seinen einstigen, ebenfalls jetzigen Anführer fürchterlich entstellt. Und trotz dieser unansehnlichen und schmerzenden Narben ist er vom Tun seines Herrn überzeugt. Im Grunde besitzt er den am meisten zu verachtenden Charakter. Eine Seite nutzt er sträflich aus, indem er ihre Gutmütigkeit in den Dreck wirft, um diese der anderen Seite zu präsentieren. Glücklicherweise hat er keine Kenntnis von Rune. Der Abtrünnige würde sicher auch diese Information auf einem Silbertablett zu Regus Mal tragen. Dass gerade die jungen Leute von dessen Existenz wissen und nicht deren Eltern ist zudem ein vortrefflicher Schachzug. Natürlich hätten die Illusionisten ebenso die Weitergabe dieses Background's vermieden. Die Mission selbst wäre aber gerade für sie schwieriger, vielleicht sogar unmöglich.

An den steinernen Wänden der Halle hängen riesige Bilder. Kupferstiche in Relieform. Sie zeigen in verstörenden Szenen die sieben Todsünden: Geiz, Trägheit, Unmäßigkeit, Neid, Zorn, Stolz und Wollust. Darin Menschen, Zwerge, Liknonianer und selbst Ryanen. Grauslich deformiert. In hässlichen Posen, halb nackt dargestellt. Dazwischen Tiere, nur zu erahnen, welcher Gattung sie angehören. Köpfe von Ratten auf Federtieren. Körper wie von Löwen, die mit grässlich geöffneten Fischmäulern die Zuschauer erschauern lassen. Dazwischen Unrat, Stümpfe von Gliedmaßen, schreiende Kinder und verstümmelte Alte. Deren pergamentartig glänzende Lederhaut kann man beim Betrachten fast spüren. In derselben Art der Gestaltung ein weiteres Werk in der Serie. Der Künstler hat das Schlussblatt noch größer dimensioniert gearbeitet. Dieses zeigt Regus Mal in einer Pose, die die Zukunft wahrlich in ein Dunkel zwängt. Der Hundmensch im Zentrum, wie er als Chef von Dämonen agiert. Der große Präsident der Hölle. Er steht über einem Heer von Untoten sowie grässlichen Dämonen. Er selbst verwandelt Menschen, Zwerge und Liknonianer nach Gutdünken in andere Formen. Dabei reißt er aus den Leibern Gliedmaßen heraus, um sie an anderen Rümpfen wieder einzusetzen. Auf ihren Knien vor ihm gebeugt die Könige der Hölle: Leviathan, Belial, Satan und Luzifer. Sogar über diese Höllengestalten hat er sich erhoben. Leviathan ist in Begriff, durch eine riesige Wasserwoge verschlungen zu werden. Belial scheint in einer Erdhöhle zu ersticken. Satan brennt in einem Feuerhaufen. Und Luzifer wird trotz markanter Gegenwehr in der Luft davongetragen. Entsprechend der Vierelementenlehre Wasser, Erde, Feuer und Luft. Regus Mal legt sich mit den Prinzipien des Festen, Flüssigen, Gasförmigen und glühend Verzehrenden an. Diese vier Elemente als die Essenzen und Wurzelkräfte der Welt. Er allein will das Sein, welches in bestimmten Mischungsverhältnissen aus Wasser, Erde, Luft und Feuer besteht zunichte machen. Vier Grundelemente, die die Tetraktys, die Vierheit auch dieser Gruppe verbirgt. Dies, indem er gleichermaßen einen Richtungswechsel vornimmt, wie er dies bereits schon Jahre zuvor versucht hatte. Sternenkonstellationen wollte er ändern. Nun die Richtungen Norden, Osten, Süden und Westen neu mischen. Selbst über den Tod setzt er sich hinweg, weil er sogar die Todsünden auslacht: Leviathan der Neid, Belial die Wollust, Satan der Zorn und schlussendlich auch Luzifer, der den Hochmut verkörpert. Das, was entstehen soll, wird gewaltig sein. Sogar außerhalb aller Vorstellung, aller Bilder, die jedwede Völker der Erde nur erahnen. Keine Träume von Abermillionen können solche abwegigen Gedanken hervorbringen. Die Zeit läuft... für?

In einem Käfig, circa zehn mal zehn Fuß im Quadrat, auch etwa so hoch, liegt eingepfercht der Zwergengebieter Hümjekon. Er ist gezwungen, sich diese kehlig hervorgebrachten Rachegelüste anzuhören. Und er kann nichts dagegen tun. Ungefiltert tönen die verqueren Stimmen in seinen Kopf. Er bekommt eine Gänsehaut, wenn er das Ausmaß bedenkt, was diese Bande ausheckt. Er als Oberhaupt des

Zwergenvolkes wird in dieser Runde schändlich erniedrigt und vorgeführt. Hasserfüllte Fratzen glotzen ihn förmlich an und ergötzen sich daran, bald den zweiten Anführer der Zwerge ins Jenseits befördert zu sehen. Zuvor soll er aber noch haarklein mitbekommen, wie seine Anhänger und Freunde Stück für Stück niedergemetzelt werden. Regus Mal braucht Zuschauer. Ohne Applaus und Lob würde er alsbald, wie einem Kleinkind gleich, kein Gefallen mehr an seinem Tun haben. Nur die öffentliche Darstellung seiner Person gibt den Anreiz für diese Machenschaften in diesem Spiel. Und ein bloßes Spiel ist es ja seiner Meinung nach lediglich. Gut, er kann nicht verlieren. Aber das hat er auch nicht vor. Deshalb steht es in facto nicht zur Disposition. Er muss gewinnen. Und das unter allen Umständen, koste es, was es wolle. Dazu kommt Langeweile gepaart mit Überdruss allen Daseins.

Svante zieht die Maske über sein übel zugerichtetes Gesicht. Die Wunden verheilen schlecht. Dies, weil sein jetziger Herr es so will! Schon allein diese vom Regus jedes Mal aufs Neue aktivierte Schmach zeigt auf, was er zu bringen gedenkt: Tod und Verwesung. Schlimmer als Lepra, Eiterpusteln, offenes Fleisch. Eine Grimasse der Einfalt und Unterwürfigkeit als Karikatur des Lebens. McKomeron hatte viele Male positive Ergebnisse mit seiner Behandlung aufweisen können. Aber immer, wenn dieser Ryane einige Tage nicht zugegen war, kam er mit einem noch entstellteren Gesicht zurück. Der Arzt machte sich vielerlei Gedanken über die zahlreich von ihm ausprobierten medizinischen Anwendungen. Er testete verschiedenste Therapieformen aus, die zunächst auch stets anschlugen. In den Tagen danach verbesserte sich zunehmend das Hautbild des Ryanen und er schien geheilt. Dann aber kam er wieder im äußerlichen wie auch psychischen Erscheinungsbild total derangiert zum Homerius-Kastell zurück. Mak zweifelte bald selbst an seinen Fähigkeiten. Der Psychoanalytiker musste andere Strategien anwenden. Er versuchte, ganz tief in die Gedanken Svantes hineinzusehen. Und er las wie in einem offenen Buch die Beweggründe für die Sisyphus-Behandlungen! Der Ryane war jedes Mal niedergeschlagen und in seiner Psyche instabil, dass er gar nicht daran dachte, dass ihn McKomeron scannen könnte. Der Psychokinetiker erkannte, dass der Ryane durch den Zauberer Mal in einem Höchstmaß an Perfidität gequält und bestraft wurde. Dies um so mehr, wenn er mit zu wenig Informationen zurückkehrte. Seine Schikane hatte es immer wieder aufs Neue auf das gerade versorgte und in Heilung begriffene Gesicht Svantes abgesehen. Regus Mals persönlicher Ausdruck von Verachtung, weil er mehr als alle anderen solche Zweifler auf das tiefste verabscheut. Die alten Wunden vernarben zusehends, dass das Antlitz des Gepeinigten derweil nach und nach zu einer aufgequollenen Monstervisage deformiert ist. Und die Maske davor, die ihn vor seinem eigenen Anblick schützen soll, muss er zu seinem ganzen Übel vor Regus Mal und den anderen Schurken abnehmen. Elendige Scham und Bloßstellung eines Kollaborateurs. Warnung für alle anderen. Svante ist ganz und gar nicht der angesehene Agent, sondern wird hämisch ausgelacht und wie ein abtrünniger Ketzer behandelt.

Hümjekon liegt in einem abgewetzten nachtdunklen Laken gehüllt auf dem nass-kalten Boden des Käfigs. Er gleicht einem großen Nagetier-Käfig, Gitterstreben an den Seiten und an der vermeintlichen Decke. Der Alte zittert am ganzen Körper, wenn auch der Doppeladler auf seinem rechten Schulterblatt heimliche Wärme ausstrahlt. Hümjekon wurde mehrmals hart in den Leib und am Kopf getreten. Bis er bewusstlos wurde und sich alles um ihn herum in ein erlösendes Schwarz hüllte. Nun erwacht er. Dies ist jedoch nur ein Dahindämmern. Nur gedämpft bekommt er mit, was im Raum vor sich geht. Die heftigen Kopfschmerzen zermürben ihn und lassen ihn keine klaren Gedanken mehr fassen. Nur das linke Auge lässt sich einigermaßen, wenn auch mit Mühe öffnen. Das rechte scheint verklebt zu sein, weil er das Lid nicht bewegen kann. Der Zwergengebieter liegt zusammengekrümmt auf der Seite. Wie ein Bündel Dreck einfach hingeworfen und liegen gelassen. Er schmeckt Blut ganz tief im Rachen. Seine Zunge ist angeschwollen. Nein, man hat ihm einen dicken Knebel in den Mund gesteckt. Panik? Kaum. Hümjekon ist trotz allem gelassen. Es ist soweit. Er muss nicht kämpfen! Es geht nicht um ihn, nicht um seinen derzeitigen Zustand. Es geht um mehr! Der alte Zwerg schließt das unversehrte Auge. Er begibt sich in einen Trance-Zustand. Nur ein wenig Aufschub. Nur ein bisschen Zeit, damit er seine letzten verbleibenden Kräfte sammeln kann.

Darius von Galemberg streift durch seine Haare, welche hier im Reich der Tiefen unverzüglich wieder eine bis zu den Schultern reichende Länge haben. Sein weißes, grobgewebtes Hemd sitzt perfekt an seinem Oberkörper. Eine braune lederne Hose mündet ohne Kontrast in gleichfarbige Stiefel. Keons Vater, Micael von Roderstätt, hat ebenfalls Haarfarbe und Haarlänge geändert. Vor geraumer Zeit auf der Erde waren diese noch kurz geschnitten und braun. Jetzt ähneln sie denen von Marlons Vater. Mit gleichen Stiefeln ausgestattet, hellbrauner Leinenhose und dunkelbraunem Hemd sieht dieser ebenso hochgewachsen und athletisch aus. Die Mütter haben die langen dunklen Haare wie ihre Ehegatten. Die Frauen tragen braune, enge Hosen, Shirts und Kurzstiefel. An der Wade ist mit einem Lederriemen ein Messer befestigt. „Imagewechsel zieht die Änderung von Äußerlichkeiten nach sich, oder bedingt dies sogar. Weil man wie ein Theaterkünstler in seiner Rolle aufgehen muss. Dies funktioniert am besten, wenn man nicht nur seinen Geist auf die veränderte Situation fokussiert, sondern dementsprechend auch das äußerliche Erscheinungsbild anpasst. Die Wandlung muss perfekt sein!", erklärten sie ihren Kindern, fest in der Rolle der Illusionisten verwoben. Auch sie haben sich dazu entschieden, mit Motocross-Maschinen zu fahren. Ziel sind zwei hochaufragende Hügelketten, genau dort, wo sich im Dreiländereck Liknon, Bekulan und die Gebiete der Ryanen treffen. Unbewohnt, fern der Zivilisation. Deshalb in ihrer natürlichen Ausprägung so, wie vor tausenden Jahren durch Erdkräfte geformt, einzigartig. Zwei gewaltige Berggipfel stehen hier als kolossale Gegner gegenüber: Der Gipfel des Evil Dark und als Gegenspieler der imposante Bergkegel des Survey Bright. Dazwischen ein Tal, in dem ein reißender Fluss alles mitnimmt, was ihm im Weg liegt. Ganz weit am Horizont wird die Fließgeschwindigkeit langsamer, das Relief flacher. Dort wird der Fluss breiter und bildet riesige Mäander. Innerhalb der Flussschleifen breiten sich ausgedehnte Sumpfgebiete aus. Bis hierher konnten die Illusionisten den Spuren folgen, die ihre Jungen auf dem Erdboden hinterlassen hatten. Weil zudem auch die Schutthalden am Fuß der Berge sämtliches Spurenlesen nutzlos machen, müssen sie improvisieren. Wohin mögen Keon und Marlon gefahren sein? Und wem ist die dritte Reifenspur zuzuordnen? Darius und Micael hatten sich vor ihrer Abreise am späten Nachmittag den ganzen Tag den Kopf zermartert, wohin es die Jungen wohl hingeführt hatte. Was war ihr Ziel? Verschiedenste Theorien wurden verworfen. Andere wiederum führten in derartige Sackgassen, dass sie bald gezwungen waren, ihre Gedankenreisen vom Ausgangspunkt her immer wieder neu zu beginnen. Sie begaben sich in imaginierte Parallelwelten und suchten dort an Orten, wo sie die Teenager vermuteten. Allerdings konnte kein einziges Gedankenkonstrukt den Aufenthaltsort der Jungen hervorbringen. Schlussendlich kamen sie zu dem Ergebnis, auch, weil Selma und Leonore derartige Überlegungen mehr und mehr in Betracht zogen, dass es eine reale Welt sein müsse, in die sich die Jungen begeben haben. Insofern müsste das Ziel der jungen Lords irgendwo im Reich der Tiefen zu finden sein. Diese existierende Wirklichkeit bildet ihrer Ansicht nach vermutlich dann einen Raum, der das Hier und Jetzt irreal widerspiegelt. „Bleiben wir zunächst auf dem Boden der Tatsachen!“, erklärte Leonore. „Die Jungen versuchen in eigener Regie Hümjekon zu finden!“ „Wir wären naiv, wenn wir glauben würden, dass sich Marlon und Keon daran orientieren würden, ob wir uns Sorgen machen oder nicht.“, ergänzte Selma. „Wir haben selbst Schuld, dass sie schon wieder im Alleingang das Übel an der Wurzel packen wollen. Vielleicht waren wir zu bestimmend in der Erziehung? Wir wachen und überwachen, bei allem, was die Kinder tun.“ Alle stimmten dem Gesagten zu. Da hatte Selma wohl recht. Nur hatte bisher keiner von ihnen dies so deutlich ausgesprochen. Aber geht es nicht allen Eltern so? Ist Erziehung nicht immer ein Spagat zwischen Fürsorge und gutgemeinter Rat? Sie müssen zugeben, dass es ihnen schwerfällt, loszulassen. Nur noch die Beraterfunktion einnehmen, die Anweisungen zurückstellen. Zudem lag eine hintergründliche Annahme in der Luft, nur so ein Gefühl: Was, wenn alles so arrangiert ist? Von wem oder was auch immer. Sie waren sich einig, dass gerade hier im Reich der Tiefen die Dinge des Seins und Nichtseins mehr als irgendwo sonst von einer prägnanten Kraft her gesteuert werden. Dies, so hoffen sie zumindest, als ein tiefer Instinkt, dass das Gute siegen wird. Gesteuert durch eine Synergie allen Lebens. Damit gemeint, dass nur gesellschaftliches Miteinander Kriege vermeiden kann. Aus diesen Betrachtungen heraus kamen sie zu dem Resümee, dass genau dort, wo sich die drei Länder im Reich der Tiefen begegnen, das fehlende Puzzleteil zu finden sei. Ein Raum-Zeit-Kontinuum, in das sie schon mehrmals unablässig versucht haben, einzudringen. Leider war es ihnen bisher unmöglich gewesen. Irgendetwas störte. Nur was?

Pünktlich zum vierzehnten Nivel tritt der Diamos in den Obscuro über. Der helle Tag wird durch Dunkelheit abgelöst. Lange Schatten bilden sich, die in verzerrter Gestalt mit dem Tageslicht kämpfen, bis sie als Sieger hervorgehen. Das Grau-grün des Horizontes legt sich immer mehr auf die Landschaft, bis alle Farbe entwichen ist. Im Zwielicht der vom Windhauch bewegten Wollgrasbüschel und Glockenheide zwischen Waldkiefer und Moorbirke tummeln sich Millionen von Insekten. Libellen, Mücken und überaus zahlreiche Leuchtkäfer. Ihre Facettenaugen sind besonders groß. Dazwischen der Zickzackflug von anderen Leuchtpunkten, die mehr bläulich schimmern. Sie halten sich insbesondere um die Schwarzerlen auf, die an einigen Stellen des Moors dominieren. Der Moorwald schwankt durch den doch jetzt stetig aufkommenden Wind mystisch hin und her. Wie ein insektenfressendes Meer von Pflanzen erwarten die Seggen den Besucher in gebogener Form einer Sense. Zuvor hat die Rauschbeere diesen geblendet und in die unausweichliche Falle gelockt. Heide und Rasenbinse scheiden dazu ihr verdauendes Sekret aus. Die Borsten auf den Blättern dienen als Sinnesorgane der Aufnahme von Berührungsreizen. Ein Schattenriss, nur eine Kontur.

Auf einer Lichtung, gleich einem natürlich entstandenen Aussichtspunkt, haben die Illusionisten Halt gemacht. Zügig schwingen sie sich von den Bikes und gehen zunächst einige Fuß den Berg hinauf, um einen Überblick über die Gegend zu bekommen. Darius nimmt sein Nachtsichtgerät heraus. Auch sie haben sich vorbereitet, weil sie erahnten, dass sie erst mit dem Einbruch des Obscuro an ihrem Ziel eintreffen würden. Ohne diese könnten sie sich erst wieder in zehn Nivel orientieren. Dann wäre aber die Gefahr, entdeckt zu werden, sichtlich größer. „Wen haben wir denn da?", flüstert Lord von Galemberg. Er schiebt gleich die Antwort nach: „Samuel Faulty. Der riesige Typ schleicht im Moor umher..." Alle Aufmerksamkeit der Vier richtet sich augenblicklich auf den Liknonianer. Auch Micael erkennt die Silhouette des Insektenmanns. Ihm liegt es auf der Zunge, laut einen Kommentar hinüberzurufen oder wenigstens mit der Fliegenklatsche hinter ihm herzujagen. Es zehrt nicht nur an den Nerven der Mütter, dass ihre Kinder nicht aufzufinden sind. Zumal ihre Vermutung mehr und mehr darin bestärkt wird, dass sie tatsächlich in dieser unwirklichen Gegend zugange sind. Sukzessive drängt sich in ihr Hirn, dass es wohl keinen exzellenteren Ort als diesen hier geben könnte, um Hümjekon zu verstecken. Ein Schlamassel im wahrsten Sinne des Wortes. Die Lords beobachten, wie der Liknonianer über dem Morast schwebt. Dabei richtet er seinen Kopf so nach vorn, dass sein Insektenauge die Blickrichtung angibt. „Wenn ich nicht wüsste, dass dies ein Liknonianer ist, könnte man das da vorn auch als riesige Libelle bezeichnen!", beschreibt Darius den Umriss der Gestalt. „Ekelig und gruselig, wenn ich mir vorstelle, dass eine Riesen-Odonata genau vor mir zum Stehen kommen würde.", stellt sich Leonore leise vor. Es schaudert ihr bei diesem ausgesprochenen Gedanken. Darius bemerkt das Unwohlsein seiner Frau und greift deshalb nach ihrer Hand. „Wir schaffen das!", gibt er zurück. „Wenn die Viecher mit ihrem konfusen Flug meinen, uns damit irgendwie imponieren zu können, dann haben sie sich aber arg getäuscht. Wer sonst, wenn nicht wir Vier, sind die Meister der Illusion!" Darius zwinkert Leonore liebevoll zu. Als wären die Erwachsenen jetzt in die Teenagerrolle zurück verfrachtet, nicken sie zustimmend und strecken, wie sie es früher immer getan haben, ihre Fäuste gegeneinander. Ein Gruß des Zusammenhaltes und die Bestärkung, dass sie gegenseitig aufeinander aufpassen werden. Wie vor vielen Jahren, als ihre Söhne das erste Mal im Reich der Tiefen mit dabei waren, schmieden sie den Plan, Regus Mal und seine Lakaien zu täuschen. Sie werden ein Ignis Fatuus erzeugen. Damit projizieren sie ihre eigenen Irrlichter über dem Moor. Törichte Feuer als Begrüßung für einen einfältigen Ryanen. Sie haben Vitalid-Steine eingepackt. Diese hatten sie zuvor noch schnell zu grobkörnigem Sand mahlen und in kleine Leinensäckchen verstauen lassen. Noch ein Blick über das Lichtermeer der Millionen von Leuchtpunkten, in dem eine schaurige Gestalt als Wachposten abgestellt ist. Dann steigen sie wieder hinab. In einer kleinen Höhle am Fuß des Survey Bright verstecken sie ihre Cross-Bikes. Sie konnten es sich nicht nehmen, adäquate Maschinen wie sie Frankenau besitzt, zu wählen. Das Reifenprofil passte sich gut dem Gelände an, die Federung war vorzüglich ausgewogen. Die Lackierung wählten sie nachtblau-matt. Damit wollten sie der Gefahr entgehen, dass Licht durch den Glanzlack gar zu sehr gestreut wird. Derweil gönnen sie sich noch zwei Nivel Pause, in denen sie ihre mitgebrachten Sandwiches essen und diese kräftig mit Wasser herunterspülen. Wer weiß, wann sie sich in der nächsten Zeit noch einmal kräftigen können. Dann ein kurzer Schlaf, bei denen die Männer abwechselnd Wache halten. Trotz wirrer Träume sammeln sie Kraft und Energie. Noch einmal kraxeln die Vier den Berg auf demselben schmalen Pfad hinauf. Jetzt allerdings bis an seine Spitze. Der Weg endet des Öfteren abrupt, um absonderlich drei Fuß entfernt danach weiterzuführen. Vermutlich sind dies die Pfade von Tieren, die hier auf ihren Wanderungen über den Berg hinauf müssen. Oben angekommen, entdecken sie eine schmale hölzerne Brücke, die anscheinend eine Verbindung zu dem anderen Bergmassiv herstellt. Mit ihren Nachtsichtgeräten, mit denen sie auch weite Entfernungen beobachten können, sehen sie, wie das Ende der hölzernen Überführung tatsächlich am Zwillingsberg auf der gegenüberliegenden Seite endet. Man könnte sich Gedanken darüber machen, wer wohl diese riesige Hängebrücke gebaut hat, die die Bergspitzen des Survey Bright mit der des Evil Dark verbindet. Darüber würden die Lords später grübeln. Jetzt aber nehmen sie diesen einzigen! Weg. Nichts anderes bleibt ihnen übrig. Eine andere Option steht derzeit nicht zur Verfügung. Micael geht als Erster. Vorsichtig setzt er seinen rechten Fuß auf das erste Holzbrett. Zuvor hatte er noch zaghafter die beiden Halteseile gegriffen, die beidseitig das Geländer bilden. Sofort kommt die klapprige Brücke ins Schaukeln. Ob das wirklich eine so gute Idee war? Trotzdem. An ein Zurück ist nicht zu denken. Leonore und Selma folgen. Mehr tastend als sehend setzen sie mit zittrigen Knien ein Fuß vor den anderen. Die Bretter sind total schmierig glitschig. Die hohe Luftfeuchtigkeit macht alles klamm. Ehe Darius hinter Leonore und Selma die kleine Gruppe abschließt und nun auch versucht, einen Fuß auf die vermaledeiten Holzlatten zu setzten, brechen zu seinem Entsetzen die ersten beiden schon durch. Selma vor ihm schreckt zusammen. „Die sind einfach total morsch!", ruft dieser nach vorn und hängt förmlich in den Seilen, welche den Handlauf der Brückenkonstruktion bilden. Nun tastet Darius forschend, ob nicht auch die weiteren Querstreben dermaßen verwittert sind. Mit seiner Stiefelspitze tippt er jetzt zunächst auf jede Querstrebe, ehe er diese für sich freigibt. Marius ist deshalb nun auch gewarnt. Er hat seinen Freund schon wegrutschen sehen. Es wäre verhängnisvoll, in den Abgrund zu stürzen. Denn das Flusstal liegt jetzt mindestens dreihundert, wenn nicht sogar vierhundert oder fünfhundert Fuß unter ihnen. Wegen der Dunkelheit ist die Entfernung schlecht abzuschätzen, zumal ihre Nachtsichtgeräte das Maß sowieso verzerren. Zudem haben sie nicht ganz so leichte Rucksäcke dabei, in denen sie weiteren Proviant und zerkleinertes Vitalid-Gestein transportieren. Diese Energiesteine stellen hier im Reich der Tiefen die Hauptenergiequelle dar. Ihre Aufarbeitung wird zur Wärmeerzeugung und zu jedweder Fabrikation elektrischer Energie verwendet. Werden die kompakten Brocken zu Gesteinsgrus zermahlen oder nur aufgebrochen, entsendet das Material Strahlungsenergie. Die Steine sind demzufolge Strahlungsenergiesammler. Diese natürliche Art von Kollektoren enthalten eine gräuliche Schutzschicht, die etwa so dick wie ein Fingernagel ist. Die Isolationsschicht wirkt dem Eindringen von Feuchtigkeit und anderen äußerlichen Einflüssen entgegen. Im Vitalid-Gestein ist die Wärme eingefangen, die die Sonne über dem grünen Horizont über Millionen von Jahren gespendet hat. Spezielle ausgeklügelte Verfahren, die in etwa einem Dutzend Anlagen in Bekulan ihre Anwendung finden, wandeln dann die in den Steinen gespeicherte Sonnenenergie in Elektrizität oder Wärme um. Dies geschieht adäquat dem Prinzip der Solarzellen auf der Erde, welche sich dem sogenannten photovoltaischen Effekt zunutze machen. Elektromotoren können nun die elektrische Energie in kinetische Energie umwandeln. Schwungräder werden zum Drehen gebracht, Schleifscheiben rotieren oder Fahrzeuge werden angetrieben.

Der Erbauer der riesigen Burganlage muss sehr umsichtig gewesen sein. Die hochaufragenden Mauern zeigen immer noch, wie das gesamte Antlitz der Türme auf den fernen Betrachter gewirkt haben muss. „Die Silhouette", erklärte Nicolas, der den Umriss dieser Wallanlage mit Worten zu fassen versuchte, „gleicht einem fürchterlich dreinschauenden Vogel." Die Konturen des Mauerwerks wie auch der Schattenriss am Boden sieht tatsächlich einem riesigen Federtier mit Schnabel ähnlich, bizarr und zugleich einschüchternd. Jedoch einzigartig. An drei Seiten der Burg fallen die Mauern so steil ab, dass es für jeden etwaigen Eindringling unmöglich wäre, dort hinauf zu steigen. An der Frontseite der Festung erstreckt sich eine riesengroße Wallanlage, die rechtsseitig wie links im schieren Bodenlosen endet. Nur durch einen schmalen Zugang ist es dem Besucher der Burg möglich, in das Innere zu gelangen. Die gesamte Festungsanlage scheint auf einer gigantischen Felsformation gebaut worden sein, deren Spitze im Laufe der Zeit entweder durch Erosion oder sogar durch tausende von Arbeitern abgetragen wurde. Kaum sichtbar, wo das Mauerwerk anfängt und sich das Felsgestein in die Höhe reckt. Wind und Wetter haben eine einzige glatte Fläche geformt, die eine Unterscheidung fast unmöglich macht. Die Burg suggeriert dem Besucher uneinnehmbar zu sein. Der Grundriss der Anlage ist, wie Nicolas in einer Konferenz mit Silas, Rune und McKomeron weiter ausführte, ein überdimensionales Quadrat auf dessen Haupt ein aus Stein gehauenes Untier Platz genommen hat. Es muss eine ingenieurtechnische Meisterleistung gewesen sein, die einzelnen Steinquader hier her transportiert und zudem exakt an die richtige Stelle der mächtigen Ringmauer gesetzt zu haben. An allen vier Ecken der Burg müssen einst prächtige Türme gestanden haben, von denen die beiden hinteren wohl die Ausgucke bildeten. Aus den beiden vorderen blicken Rinnnasen hervor, in denen Wachsoldaten wohl unbotmäßige Eindringlinge mit glutflüssigem Teer oder anderweitigem Gemisch überrascht haben. Die Zugbrücke ist an gigantischen Ketten heruntergelassen. Einst diente sie zum Schutz der Burg. Das Burgtor sieht verschlossen aus. Die imposanten Fallgitter, mit denen der Zugang zusätzlich gesichert war, sind indes hochgezogen. Man könnte vermuten, dass Marlon und Keon erwartet werden. Keon spürt, dass sie durch die Schießscharten in den Türmen beobachtet werden. Spanische Reiter sind dort befestigt, wo sich Mauerwerk gelöst und Lücken in die äußere Ringmauer gerissen haben. „Wozu diese Stacheldraht-Barriere?“, fragt Keon leise. „Mit Sicherheit nicht nur dafür, dass Leute ungefragt hereinkommen… Ich vermute eher, dass es Keinem gelingen soll, aus diesem Gemäuer herauszukommen! Die monströsen Mauern und dieses Stacheldrahtgedöhns sollen ein Ausbrechen unmöglich machen… Ich denke, dass der Verbleib von Hümjekon damit eindeutig hier zu definieren ist.“, erklärt Marlon. Keon nickt zustimmend. Er ist derselben Meinung. Weitere Beweise wären unnötig. Jetzt geht es darum, unentdeckt zu bleiben. Im Schatten uralter Mandelbäume, die behände dem dunklen Bild dieser Gegend wenigstens tagsüber mit frohen Farben strotzen und ihre gewundenen Hälse zum Himmel hinauf recken, huschen die beiden jungen Lords über die Zugbrücke und stehen dann vor dem zweiflügeligen Holztor. Marlon ruckelt vorsichtig an einem rostigen Knauf. Das Tor lässt sich zumindest so nicht öffnen. Wohingegen das dumpfe Gerappel einen Aufseher in unmittelbarer Entfernung des Tors aufmerken lassen könnte. Nichts dergleichen passiert. Die beiden Lords beschauen sich im schwachen Lichtschein ihrer Chronometer die gesamte Torfront. Sie können jedoch kein Schlüsselloch erkennen, durch dies man vielleicht ohne größeren Aufwand eine Schließe einführen könnte. Marlon legt sich kurzerhand auf den Boden und spät durch einen Spalt unter dem Holz hindurch. Dann inspiziert er die Ritze entlang der beiden Torflügel nach oben hin. „Das Tor ist durch einen starken Querbalken, der in einiger Höhe eingelegt ist, von innen gesichert.“, flüstert er seine Erkenntnis weiter. „Damit gibt es also, wie wir dies zuerst annahmen, keinen direkten

Zugang." Oder doch? „Es muss einen total simplen Weg geben!", ereifert sich Keon, der sich in die rätselhafte Gestalt des Regus hineinzudenken versucht. „Der Typ hat hier augenmerklich sein erstes Rätsel eingebaut. Es sollte einfach zu lösen sein, sonst würde sich der Typ ja den Fortgang seines eigenen Spiels verderben… Ich glaube nicht, dass er das will.", vermutet Keon, der sich jetzt daran macht, die gesamte Front mit den Fingern abzutasten. Zunächst befühlt er den unteren Bereich des Tors. Dann gleitet er an den Seiten entlang und auf Zehenspitzen soweit er mit seinen Fingerspitzen reicht, auch an den Querstreben ganz oben. Das gesamte Tor ist längs und quer mit Metallstreifen überzogen, die das Holz zusammenhalten und ihm dadurch eine zusätzliche Stabilität verleihen. Die Metallbänder ziehen sich rundum das Tor, dann zusätzlich in einem Abstand von einem Fuß Breite ähnlich einem Karo-Muster senkrecht wie waagerecht. Wo sich die Eisenverschläge treffen, sind diese durch dicke Niete zusammengeschweißt. Es dauert eine Weile, bis Keon zwei Eisenstreifen betastet, die, wie er seinem Instinkt nach vermutet hatte, nur einen fingerbreiten Abstand zueinander haben. Dieser Fuge folgt er, bis er rechtsseitig ein Scharnier fühlt. Kaltes Eisen und Schmiere. Das kennt er von seinem Motorrad zu Hause oder auch von seinem Fahrrad zu Jungspund-Zeiten, als ihm die Kette wieder einmal herausgesprungen war. Kurz muss er an seinen Vater Micael denken, der ihm dann jedes Mal einen pädagogischen Rat, wie er dies nannte, zukommen ließ: „Deine Velokette ist einfach stark verschmutzt oder nach der Winterpause rostig geworden. Deshalb bewegen sich die Kettenglieder nicht mehr flüssig, die Glieder greifen nicht mehr richtig in das Kettenrad." Damit war sofort das Thema Aufräumen seines Zimmers und Putzen seines fahrbaren Untersetzers eingeläutet. Keon setzte jedoch entgegen, weil dies Marlons Onkel Nicolas eher vermutete, dass sich die Kette seines Drahtesels in ihrem Alterungsprozess durch den steten Gebrauch ausgedehnt haben könnte. Dies glaubte Keon dann auch mehr, weil er damals sogar im Winter bei Schnee und Kälte sein Stahlross, wie er sein Fahrrad liebevoll nannte, benutzte, um in die Schule oder zum Sport zu fahren. „Dein Hirsch ist mit Sicherheit schon mehr als dreitausend Kilometer gelaufen.", erklärte Nicolas. „Da zeigen die Ketten nun mal

Verschleiß." Anschließend konnte es dieser Ingenieur nicht lassen, über dieses Thema ausgiebig weiter zu referieren, als wolle er den Stand der Forschung bei Zweirädern darlegen: „Das Ritzel, also das hintere Zahnrad eines Fahrrad-Antriebs, passt sich sogar der ausgedehnten Kette an, mit der Folge, dass sich dieser Fahrrad-Zahnkranz oder sogar dann das gesamte Ritzelpaket nach einer gewissen Zeit verformen kann." Keon lächelt in sich hinein. Ihm kommt in den Sinn, dass es irgendwie an der Zeit ist, sich bei den drei Männern Micael, Nicolas und Darius zu bedanken. Nicht nur wegen der verwandtschaftlichen Beziehungen, sondern weil sie vielmehr zunehmend Ratgeber und freundschaftliche Partner geworden sind. Er nimmt sich vor, dies an gegebener Stelle nachzuholen. Keon riecht nun am Finger, wo er eben den schmierigen Film des Scharniers ertasten konnte. Sofort hat er den typischen Geruch in der Nase, den er nur zu gut kennt. Er weiß, dass Metall geruchlos ist, aber die Paste, die hier mit dem Eisen eine chemische Verbindung eingeht, riecht ranzig sauer. Gleich fingert er am Holz weiter und ertastet ein zweites Scharnier. „Das muss eine Tür sein!", resultiert er. „Wo ist dann das Schlüsselloch dazu?", überlegt Marlon und flüstert: „Ich könnte das Metall verbiegen." „Ich glaube nicht, dass das so einfach gehen wird.", kommentiert Keon. Indessen nestelt er weiter an dem Metall. Nun spürt er seitlich des zweiten Scharniers einen Sporn, der ein winziger Klickschalter sein könnte. Gleich drückt ihn Keon nach unten. Die Jungen pressen sich daraufhin regelrecht gegen das Holz. Doch noch immer spüren sie den Widerstand des Tores. Gleich stellt Keon den kaum merklichen zweiten Schalthebel um, der am oberen Türgelenk angebracht ist. Innen schnappt augenblicklich ein Riegel zurück. Die Pforte lässt sich aufschieben. „Das gefällt mir nicht!… Das sieht nach einer Rattenfalle aus!", raunt er Marlon leise zu. „Und wir marschieren munter in die Falle hinein." „Damit wirst du recht haben.", beurteilt Marlon die Situation. „Aber hast du eine andere Idee?… Ich derzeit nicht. Wir müssen einfach ständig auf der Hut sein! Mehr bleibt uns derzeit nicht übrig, um Hümjekon zu befreien." Die Freunde ducken sich eilig links an die Wand, als sie zügig durch die Tür gehuscht sind. Sie schauen sich um und erblicken im Düsteren eine etwa fünfunddreißig, vielleicht auch vierzig Fuß breite Straße, die die äußere

Ringmauer von der inneren Befestigung trennt. Dicke gehauene Pflastersteine, die heute noch die Grundfeste der alten Alleen Deutschlands bilden, wurden hier verlegt. Eine Kutsche hätte die beiden auf Anhieb erfasst und in rasendem Tempo mitgeschleift, wenn sie sich nicht sofort geistesgegenwärtig dicht an die Steinwand gepresst hätten. Gleich hören sie weitere Gäule schnaufend auf sie zukommen. Ein weiteres Zweiergespann nähert sich in immensen Tempo. Ein Peitschenhieb, dann ein zweiter. Die Gerte des Antreibers, der hoch auf dem Kutscherwagen des Zweispanners hin und her geschwungen wird, ist an die acht bis neun Fuß lang. Die Reiterhilfe als verlängerter Arm hätte Keon gleich getroffen, wenn ihn Marlon nicht blitzschnell aus der Gefahrenzone gerissen hätte. So prallt sie mit heftiger Wucht ganz nahe an seinem Ohr auf die Mauersteine neben ihm auf. Noch einmal prescht die dunkle Gestalt seine Schlagwaffe nahe der Zugtiere auf das Pflaster, dass die Jungen, die sich viel zu nahe bei dem Gespann befinden, den Windzug, dann das Sirren spüren, was der Lederriemen in der Luft und dann am Boden erzeugt. „Ist das der spanische Reiter in Person?", haucht Marlon in Keons Ohr. Dieser kann die Witzelei zu diesem Zeitpunkt nicht gut ertragen und reagiert nur mit eng zusammengezogenen Stirnfalten. „Wusstest du, dass das Ende einer Peitsche auf Überschallgeschwindigkeit beschleunigt, was den Peitschenknall hervorruft?", quasselt Marlon weiter, auch, weil er Keons vor Schreck erblasstes Gesicht wie einen hell aufscheinenden Mond schnell wieder auf gesunde Farbe bringen möchte. „Der Knall entsteht dadurch, weil sich eine kleine Schlaufe mit zunehmender Geschwindigkeit auf das Ende der Gerte zubewegt und sich dort öffnet. Hier überschreitet die Schlaufe Schallgeschwindigkeit, fast sogar doppelte Schallgeschwindigkeit! Am Ende hat das Ding eine Endbeschleunigung in einer etwaigen Größenordnung der fünftausendfachen Erdbeschleunigung! Wahnsinn!" Noch einmal blickt Keon seinen Freund eher verdutzt an. Diesem jedoch freut es, dass sein Gegenüber nicht mehr ganz so fahl im Lichtschein einiger Fackeln, die gegenüber an der Innenmauer in regelmäßigen Abständen angebracht sind, aussieht. Am Ende des gepflasterten Höllenweges erblicken die beiden eine seitlich abgehende Gasse. Marlon bockst seinen Freund leicht in die Seite und macht sich schon

daran, eilends die fünfunddreißig Fuß der abstrusen Rennpiste hinter
sich zu lassen. Indem Keon reagiert und ebenso das Straßenpflaster
überqueren will, nähert sich mit rasendem Tempo erneut ein Renn-
quartett. Marlon stockt der Atem, als auf ihn vier Pferde gleichzeitig
zukommen. Nein, eigentlich auf Keon! Ein Vierspänner wäre vielleicht
nicht ungewöhnlich in dieser Situation gewesen. Die beiden ersteren
skurrilen Fuhrwerke waren solche. Zwei Pferde an der Deichsel nebeneinander, ein zweites Pferdepaar vor diesen Stangenpferden, die Vor-
derpferde. In der Anordnung des dritten Gespanns sind die rapide sich
nähernden vier Pferde jedoch als Quadriga nebeneinander gespannt!
Sie füllen fast die gesamte Straßenbreite aus. Dahinter ein zweirädriger
Streitwagen. „Vier … Gespann!", haucht Marlon in sich hinein, dem ein
eiskalter Schauer den Rücken hinunterläuft. Der Neunzehnjährige beobachtet noch die reichlich verzierten breiten Halsriemen und die
Bauchgurte der Zuchtpferde. Denn solche müssen es seiner Ansicht
nach sein. Dann sieht er zu seinem Entsetzen seinen Freund unter den
tobenden Vollblütern verschwinden. Schockstarre! Sein Herz schlägt
ihm unvermittelt bis zum Hals hinauf. Alles um ihn herum scheint in
Zeitlupe zu passieren. Sein Blick voller Entsetzen, Fassungslosigkeit,
die jedwede Regung unmöglich macht. In diesem Zeitraffer glaubt er,
eines der Rappen hämisch grinsen zu sehen. Insgesamt zwölf grauen-
haft gelbe Schneidezähne oben und unten, dazu vier goldene Hengstzähne, die zwischen den Schneide- und Backenzähnen aufblitzen.
Dann wiehern die anderen drei Gäule, als würden sie mittels dieser
ruckartigen Töne zurufen: „Deinen Freund haben wir zertrampelt! Jetzt
bist du an der Reihe!" Dieser Distanzruf ist nicht genug. Der Hengst
mit den goldenen Zähnen reißt zu allem Entsetzen sein Maul weit auf,
dass ekelerregend riesige Wolfszähne im Backenbereich sichtbar werden. Gleich einem Krokodil, was den jungen Lord im Angriff zermal-
men will. Im nächsten Moment hat ein Windhauch die grässliche Szenerie jäh mit fortgetragen. Unwirkliche Stille. Ohnmacht. Nur der
pochende Herzschlag des Jungen… Eine penetrante Mücke umschwirrt
Marlon und setzt sich in ihrer Aufdringlichkeit auf seine linke Handfläche. Vor Kummer und Wut zugleich will er auf das Insekt einschlagen. Der Gestaltwandler in Keon ist wachsam genug, dass er sich in

rasanter Schnelle in den für Marlon bekannten jungen Mann zurückverwandelt. „Na, na, na! …Du hättest doch wohl nicht wirklich zugeschlagen?", konstatiert der Biokinetiker, der sich grinsend neben seinem Schulkameraden aufbaut. Diesem ist bei der gefährlichen Aktion zum Glück nichts passiert. Marlon reagiert nicht auf die sowieso überflüssige Bemerkung. Er ist einfach perplex. Er braucht einen Moment, um seiner Lähmung zu entkommen. Erst jetzt bemerkt Marlon selbst, dass sein Mund dem Schreck geschuldet, noch offen steht. Ablenkend stellt er deshalb eine Gegenfrage: „Hast du die Goldzähne des Hengstes gesehen?" Keon grinst. „Ne, aber dem Wallach habe ich einen Stich verpasst... Vielleicht hat er deswegen seine Zähne gezeigt.", berichtet Keon amüsiert. Er kann sich allerdings vorstellen, dass ihn dieses Tier vermutlich gern zu Brei getreten hätte. Aus diesem Grund ist er froh, dass ihm diese geniale Verwandlung auf Anhieb eingefallen ist. So wurde er als Gestaltwandler mit dem nachfolgenden Windzug, den die rasenden Recken verursacht hatten, einfach mitgetragen. „Nun aber mal los!", fordert Keon seinen Mitstreiter auf. „Ich lebe noch und das sollte auch so bleiben!" Damit schiebt er Marlon vor sich her und drängt ihn, die gefährliche Piste zu verlassen. Die beiden biegen in die Gasse ab, wo sie glauben, hier bald Regus Mals Versteck zu finden. Es wird Zeit, dem Bastard die Leviten zu lesen. Überdies wird hier irgendwo Hümjekon gefangen gehalten, wobei der Ryane sicher nicht zimperlich im Umgang mit dem ältlichen Zwergenoberhaupt sein wird. Alte, winzige Fachwerkhäuser beidseitig der engen Straße machen einen überaus heruntergekommenen Eindruck. Hier haben sich vor vielen Jahren vielleicht sogar mehr oder weniger ansehnliche Wohnstätten und kleine Handwerksgebäude befunden. Fast alle Fensterscheiben sind herausgeschlagen. Ziegeln liegen verstreut auf dem Boden der Gasse und bilden mit dem Mauerschutt, der aus den Häuserfronten bröckelt, hügelige Hindernisse. Offenstehende Hauseingänge, wo die Türen nur noch schlaff in ihren Angeln hängen oder ganz und gar herausgerissen sind, geben den Blick auf das Innere der einstiegen Behausungen frei. Auch dort nur unsäglicher Müll und durcheinander liegendes Gerümpel. Beißender Gestank wird aus den Ruinen getragen, wo sich Ratten und Mäuse, zudem anderes Getier ihre Nester gebaut haben. Ratten als

Kulturfolger, weil sie gerne das fressen, was die Vormieter liegen gelassen haben. Sicher finden diese Nager auch noch in den Nebenhäusern genug eingelagertes Getreide, zumindest hinterlassene Speisevorräte. Kleine, dunkle pelzige Schatten huschen zwischen Holzkisten und aufgerissenen Säcken umher. Die Kreaturen sind mindestens einen Fuß lang. Ihre nackten langen Schwänze tänzeln wie Seile hinter den dunklen Umrissen her. Die geschickten Kletterkünstler sind zügig an den verwitterten und brüchigen Mauerwänden emporgeklettert und balancieren wie Artisten über moosbewachsene querliegende und sicher morsche Balken. Der gesamte Pfad wirkt trostlos wie eine aufgegebene Niederlassung irgendeiner Spezies. Denn Marlon und Keon können nicht beurteilen, ob hier ehemals Ryanen, Liknonianer oder Zwerge gehaust haben. Ausschließen können sie ebenso auch nicht eine andere, ihnen unbekannte Lebensform. Der eingeschlagene Weg erweist sich im Resümee als modrig miefende Sackgasse. Mehr als Schutt und Geröll verbunden mit dem Ammoniakgeruch des braun-schwarzen Rattenkots, der wie Reiskörner flächig verteilt auf Boden, Tonnen und Steinen eine ekelerregende Patina bildet, sind nicht auszumachen. Keon mag sich nicht vorzustellen, dass fast zweihundert Millionen Ratten allein den Untergrund Deutschlands bevölkern. „Einfach nur Horror!“ Er denkt an seine Biologielehrerin Frau Lieblich, die ihren Schülern gern auch solche Anekdoten weitergab. „Lieblich ist das hier allerdings überhaupt nicht!“, resümiert er angeekelt. „Das ist mehr als widerwärtig!“ Die jungen Lords entscheiden sich letztendlich umzukehren. Die Sackgasse endet in einem undurchsichtigen Schwarz und sie wollen nichts riskieren. Sie entscheiden, zurück zur Eingangspforte zu laufen. Gelegentlich senden sie nochmals vereinzelte Lichtkegel in die verwaisten Häuser, welche die Spots ihrer Chronometer entsenden. Isolation und Einsamkeit bringt Gelegenheit hervor. Nur für was? Ist dieser öde Ort wirklich dermaßen ausgestorben, wie er angibt? Sein oder Schein. Realität oder Illusion? „Irgendetwas müssen wir übersehen haben!“, schlussfolgert Marlon. „Ein winziges Detail ist uns abhandengekommen. Laufen wir zurück an den Anfang! Oftmals fällt einem erst dort wieder ein, welches Mosaikteil fehlt.“ Den jungen Lords gelingt es, anschließend, ohne weitere größere Hindernisse zum Eingangstor zurückzufinden. Allerdings registrieren sie das gesamte Szenario erst durch den einhergehenden Perspektivwechsel und die damit verbundene gedankliche Rückschau. Graue Nebelschwaden hängen gespenstisch wie eine Käseglocke über diesem unheimlichen Ort. Eine Burg, die in ihren Ausmaßen das übertrifft, was nicht nur die Jungen sich vorzustellen vermochten. Die gesamte Wallanlage gleicht eigentlich einer riesigen Millionenstadt, wenn man allein schon die vielen Ratten zählen würde, die im Schatten mickriger Laternen in der Einöde der verwaisten Gasse hausen. Und von solch absonderlichen Stichstraßen vermuten die Jungen gleichwohl mehr in ihrer Anzahl. Darüber hinaus wird ihnen bewusst, dass sie beim Auftreten ein ekeliges Knacken, wie wenn man versehentlich auf ein Schneckenhaus tritt, permanent vernommen haben. Mit diesen stetig nachrückenden Sinneseindrücken entwirren sich die infernalischen Gerüche zunehmend zu einem Nebeneinander scheußlicher Einzelausdünstungen. „Das waren Kakerlaken!", schallt es in Keons Ohr. „Ich muss gleich kotzen!" Keon macht ein angewidertes Gesicht. Er war sich trotz seiner psychokinetischen Fähigkeiten nicht sicher, welche anderen Lebensformen sich dort wohl noch aufhalten würden. Außerdem wollte er den Teufel nicht gleich an die Wand malen. Es war schon oberflächlich „abominabel" genug, denkt er in der Formulierung Nicolas und lächelt kurz in sich hinein. „Meinst du, dass die abnormen Karpfen auch in der Nähe waren?", bedenkt Marlon weiterhin leise flüsternd. Keon schüttelt den Kopf. „Fischig hat es nicht gerochen. Das war mehr Rattenkot vermischt mit krass muffig öligem Gestank. Kakerlaken haben eigentlich keinen ausgeprägten Geruch, geben aber diese Stinkereien dann ab, wenn sie in großer Zahl vorhanden sind oder gestört werden... Scheinbar haben wir sie in ihrem Schönheitsschlaf gestört." Marlon kann nur eine seiner Augenbrauen nach oben ziehen. Die Bewohner der Fachwerkhäuser bleiben ihm so oder so scheußlich in Erinnerung, zumindest die derzeitigen. Da könnte er sich eher einen einzelnen Gegner größerer Statur vorstellen, als diese gar Tausenden von Plagegeistern. Die jungen Lords stehen nun wieder am Ausgangspunkt ihrer Expedition. Wo jetzt hin? In welche Richtung sollen sie nun gehen? Nach was suchen sie überhaupt? Gibt es irgendeinen Anhaltspunkt, der sie zu Hümjekon führen könnte? … Als sich die Teenager einmal mehr, nun noch akribischer, im Torbereich umsehen, erblicken sie rechter Hand im Dunkel liegend einen schmalen Treppenaufgang. Diesen hatten sie zuvor ganz und gar übersehen. Marlon macht eine Kopfbewegung und zeigt damit an, dass wohl nun dieser Weg auszukundschaften sei. Hümjekon muss einfach hier gefangen gehalten werden! Eine andere Option gibt es nicht! Und es wäre ein Trugschluss zu glauben, dass Regus Mal sie nicht in diese Höhle des Löwen lenken will. Er hat die unermessliche Vorstellung, allesamt auf einmal kalt stellen zu wollen. Ein Schlag und sämtliche Widersacher wären aus dem Weg geräumt. Zuvorderst labt er sich an für ihn abscheulichen Psycho-Spielchen oder anderen abstoßend anmutenden Rätseln, die seiner obskuren Meinung nach sowieso nur er zu lösen in der Lage ist. Rune, dieser weise alte Zwerg, sprach von Todsünden. Neid, Völlerei, Habgier, Wollust, Hochmut, Trägheit und Zorn. Die sogenannten sieben Todsünden. Sieben Verhaltensweisen jedweder Vertreter der Völker unterhalb wie auch oberhalb der Erdoberfläche. Sie begleiten die Individuen im Alltag und sind gleichermaßen als Vergehen moralisch gebrandmarkt. „Doch welches ist wohl die schlimmste der Moral?", sinniert Keon, indem er gleichzeitig hinter seinem Freund gehend die ausgetretenen Steinstufen erklimmt. Indes wird es mit jeder Stufe kühler. Oben angekommen weht ihnen augenblicklich von der linken Seite her, also merkwürdigerweise aus dem Inneren der Festungsanlage, ein kräftiger Wind entgegen. Unvermittelt bläht sich der Wind zu einem Sturm auf. Beide Jungen neigen ruckartig ihre Häupter und ducken sich unter die Steinmauer, die sie von der unermesslichen Tiefe trennt, die sie bereits auf der Torbrücke bestaunten. Die spitzen verrosteten Enden der spanischen Reiter, die teilweise gebrochen sind, reißen an ihren Ärmeln und Hosenbeinen. Der Draht bohrt sich schmerzlich in Hals und Handrücken. Regen prasselt unversehens auf sie herab, als würden permanent Wasserfässer über ihnen ausgeschüttet. In der Ferne ein grausiges Lachen, ein verrücktes Wiehern. Der Widerhall an den Gemäuern, dumpf und bösartig. Um voranzukommen, zudem sich aus der absoluten Gefahrenzone zu bringen, legen sich die Jungen flach auf den Bauch und versuchen, nun im Military-Style auf dem glitschigen Boden entlang zu robben. Beidseitig weiter geleitet durch die etwa eineinhalb Fuß hohe Backsteinmauer, die an einigen Stellen mehr bruchstückhaft als intakt ist. Zum völligen Entsetzen der beiden reißt der zum Orkan angewachsene Windzug ihre Körper jetzt mit voller Wucht an beide Wandseiten hin und her. Mal nach links, mal nach rechts. Nirgendwo ist Halt zu finden. Der immense Druck zerrt die Jungen bald kopfüber geneigt Richtung Rennstrecke der Gäule, dann werden sie auf die gegenüberliegende Seite der vermeintlich unheilvollen Flugroute des tiefen Burggrabens manövriert. Auf dem Pflaster des Pferde-Parcours angekommen, würde mit aller Wahrscheinlichkeit nach kein Gespann ausweichen, sollte man den waghalsigen Sturz überleben. Die tiefe Schlucht vor der Burganlage ist ebenfalls todbringend. Gefühlt ein halbes Dutzend Hände zurren an ihren Leibern, greifen sie, bedrängen sie. Können sich die Jungen kurzzeitig an einem Steinvorsprung festhalten, fingert indes kalter Äther solange, bis sie wieder zum Loslassen gezwungen werden. Die Jungen pressen sich mit aller Kraft vehement gegen die unsichtbare Energie. Die Luft nimmt ihnen den Atem. Sie treten, sie trampeln gegen die Luftströmungen. Sie wehren sich in Todesangst gegen die irren Wortfetzen, die der Windstrom mit sich trägt. Dieser erzeugt durch die unzähligen Mauerritze zusätzlich einen schrillen Pfeifton, der bei längerem Hören gewiss zum Wahnsinn führt. Marlon und Keon kommt es wie eine Ewigkeit vor, als sie sich endlich in Sicherheit wiegen können. Zunächst! Unter allergrößter Aufbietung ihrer Kräfte, haben sich beide Freunde im letzten Moment aus dem Risikobereich gebracht. Glücklicherweise gelingt es ihnen damit zugleich, sich aus dem geistesgestörten Gedankenkreis zu befreien, der sie selbst bald dem Schwachsinn nahegebracht hätte. Regus Mal sandte ihnen in der Tat eine außerordentlich perfide Art der Begrüßung. Gruselige Worte, entsetzliche Gefühle, Todesangst. Dies nachdrücklich ein Vorgeschmack auf das, was sie in diesen Mauern mit Sicherheit noch zu erwarten haben. Todesurteile nach seinem Gutdünken, nach seiner persönlichen Befindlichkeit. Willkür, Beliebigkeit. Alles eigenwillig gefährlich. Den Ermessensspielraum legt Regus Mal selbst fest. Heute so, morgen anders.

Vor einem niedrigen Holzverschlag angekommen, setzen sich die Teenager. Entkräftet. Durchnässt. Mit zittrigen Händen fasst Keon seinen Freund am Arm. Er bemerkt, dass dieser genau wie er selbst, ob der eben erlebten Schikane am ganzen Körper schlottert. Nur kurz ausruhen, Kräfte sammeln. Regus Mals Spiel hat vermutlich gerade erst begonnen. Keon sendet Marlon positive Gedanken: „Alles gut Alter? Den Fiesling machen wir jetzt so richtig fertig!" Sein Freund schaut ihn an und nickt. „Diesem alten Bock zeigen wir, was eine Harke ist! Dem blasen wir sowas von den Marsch! … Und das wird nicht so ein mickriger Windzug sein, den er eben veranstaltet hat!" „Das wird ein Monster-Tornado!", ergänzt Keon und grinst Marlon zu. Beide sind sichtlich erleichtert, nicht über die Steinmauer katapultiert worden zu sein. Die niedrige Holztür lässt sie zu ihrer Überraschung recht einfach ein. Sie ist nur mit einem einfachen Schieber verriegelt. Geduckt betreten sie das Innere. Tropfnass und ermattet setzen sich die Lords nun hinter die Tür, die sie sogleich sachte schließen. Dies ist augenscheinlich zwar überhaupt nicht mehr von Belang. Trotzdem wollen sie nach wie vor so wenig Aufmerksamkeit wie es nur geht auf sich ziehen. Die Teenager betrachten sich gegenseitig. Ein schummriges Licht, erzeugt durch die Abblendfunktion ihrer Chronometer, lässt im Antlitz des Gegenübers einigermaßen Sorge und Konfusion erkennen. Der Kampf gegen die heraufbeschworene Naturgewalt zehrte. „Das war sicherlich erst eine Kostprobe davon, was uns bevorsteht.", resümiert Marlon, der mit dem Handrücken einen Regentropfen von seiner Nasenspitze wischt. „Trotzdem lassen wir uns nicht von solch fiesen Attacken einschüchtern!", gibt er weiter im Flüsterton an und reckt um so mehr seine Nase nach oben. „Was dieser Hundmensch kann, können wir schon lange!… Du fragtest mich, wenn auch gedanklich, welches meiner Meinung nach die schlimmste der Todsünden sei… Bei diesem wohl unzurechnungsfähigen Ryanenführer habe ich zunächst an Habgier gedacht. Hochmut ist einer seiner weiteren Makel, was ihm hoffentlich bald zum Verhängnis wird. Langsam aber komme ich zu dem Schluss, dass sich in diese schizophrene Gestalt der Hass regelrecht hineingefressen hat… Dieser Hass frisst sich wie Rost durch Eisen ebenso wie heißes Öl durch die Haut. Hoffentlich zündeln seine hasserfüllten Machenschaften bald entlang der Zündschnur, die er sich selbst durch seine dämlichen Machenschaften legt. Am Ende wünsche ich ihm die wahrhaft extremste Explosion, die diesen Mistkerl hoffentlich in tausend Stücke reißt!" Keon nickt. Er stimmt dem zu. Zwar nicht ganz so krass formuliert. Er weiß jedoch, wie es sein Schulfreund meint. Er spürt hier extrem nah, weil sich Regus Mal mit Sicherheit nicht weit von ihnen aufhält, die schlimmste Negativemotion, welche er jemals gespürt hat. Unermessliche Verachtung für alles Leben, gepaart mit Ablehnung jedweder positiver Gefühle. McKomeron war es, der ihn damals, als sie beide das erste Mal im Reich der Tiefen waren, in die Lehre der Psychologie und Meditation einführte. Durch ihn weiß er, dass tiefsitzender Hass die destruktivste Form aller negativ besetzten Emotionen ist, wozu zum Beispiel auch Ärger, Wut, Trauer, Angst, Verachtung auch Ekel gehören, die seiner Ansicht nach das Wechselspiel des Lebens beschreiben. Dazu kann man auch Liebeskummer zählen, weil der Psychologe diesen damals auch bei ihm diagnostizierte. Er beschrieb das Verhalten exemplarisch: „Ist man wütend, kann Wut uns Courage verleihen. Wut kann zudem motivieren, erfahrenes Unrecht wieder auszugleichen. Im Umkehrschluss fordert man sogar Gerechtigkeit. Hass jedoch schüttet nicht nur Adrenalin aus. Hass blendet die Umgebung aus und tötet alles Positive." Er benutzte zur weiteren Erklärung seiner Definition von Hass die Abkürzung DHRB, und sprach dies wie das Adjektiv -derbaus. „Dislike-Abneigung, Hostility-Feindseligkeit, Ressentiment-Groll, Bitterness-Bitterkeit." Nun sitzen die beiden Jungen hier im Nirgendwo, was keineswegs das selige Walhalla darstellt, kein Nirwana, sondern die bittere hasserfüllte Realität. Der Olymp ist zwar nicht zu besteigen, aber ein Oberschuft zu besiegen. Keon und Marlon spüren parallel, wie Wut in ihnen aufkocht. Sie beschwören sich, dass diese Emotion zum guten Ende führen wird. Vorsichtig schleichen sie sich durch einen überdachten Gang, der am hinteren Ende durch eine Myriade von Stufen weit ins Innere der Burg führt. Mehrmals verzweigt sich der Weg. Dann halten sie kurz inne, um die Richtung festzulegen. Keon orientiert sich dabei an seine psychokinetischen Fähigkeiten. Marlon eher an dem leichten Luftzug, der aus der Richtung kommt, in die sie versuchen, zu gehen. Manchmal stützt sich Keon am Gemäuer ab, dann spürt er die feuchtkalten und glitschigen Wände. Marlon geht voran. Er meint, dass er durch seine Reaktionsschnelligkeit frühzeitiger Gefahren abwenden könne als Keon. Dieser lässt ihn bei dieser Überzeugung, weil sie auf dem ersten Blick wohl wahr ist. Dennoch könnte er sich blitzartig in jedwede Gestalt verwandeln. Nun, als riesiger Komodowaran würde er zwar in diesen engen Gängen stecken bleiben, aber als... Keon wird abgelenkt. Nach und nach verstärkt sich die Luftströmung, der kühl auf ihre Gesichter trifft. Hoffnung keimt auf, dass bald der zehrende Treppenabstieg ein Ende haben wird. Als sie die vorerst letzte Stufe hinabgestiegen sind, knickt Keon kurz ein, weil seine Beine immer noch den Treppenschritt ausführen wollen. Der Gang indes wird sogleich breiter. Genau wie bereits zuvor im vorherigen unsäglichen Treppengang sind auch hier in unregelmäßigen Abständen Fackeln an Wänden angebracht, die genau dann erst auflodern, wenn sich die Lords auf etwa drei Fuß genähert haben. Keine Elektrizität, kein Bewegungsmelder an den Decken. Stattdessen hässlich entstellte Fratzen aus Stein, die verdächtig ihre Hälse lang machen, als die beiden schon lange an ihnen vorbeigegangen sind. Zuvor glotzen sie die Jungen bösartig, mehr brutal an, was wohl dem elektronischen Sensor eines Bewegungsmelders nahekommt. Die Jungen vermuten Ultraschall-Sensorik oder Infrarotstrahlung. Die feindselig dreinblickenden Köpfe haben Ähnlichkeit mit einer Fledermaus. Ihre weit aufgerissenen Mäuler formen ein Oval. Mit Sicherheit brüllen sie los, wenn sie Besucher dieser Gänge ausfindig machen. Schreie im Dunkeln. Nicht vernehmbar, tonlos. Ultraschallwellen sind für das menschliche Ohr zu hoch. Fledermäuse aber nehmen diese hochfrequenten Töne wahr und können ihre Informationen so an ihre Kollegen weitergeben. Hier dient der lautlose Lärm allein der Ortung ihrer Beute, indem die ausgesendeten Schallwellen auf die Jungen treffen und als Echo zurückgeworfen werden.

Nach einigen Schritten voran öffnet sich linker Hand die Steinmauer. Dies passiert nicht ganz zu ihrer Verwunderung. Sie sind für alles gewappnet. Oder doch nicht ganz? Fingerdicke Gitterstäbe ersetzen die steinerne Begrenzung, welche jetzt die Decke mit dem Boden fest verbinden. Dahinter verschmilzt im blassen Schummerlicht eine grauschwarze Gestalt mit dem Halbdunkel des Raumes. Die Person liegt auf einer Pritsche. Arme und Beine weit von sich gestreckt. Ein zweiter Blick auf das arme Geschöpf bringt den Jungen die Einsicht, dass diesem Skelett schon lange nicht mehr zu helfen ist. Pergamentartige Haut dehnt sich straff über die Wangenknochen. Der Mund weit geöffnet, um die schwarz verwesten Überreste der Zunge sichtbar zu machen. Die Augenhöhlungen assoziieren in einem Aufschrei die Gewissheit des herannahenden Todes. Die dort liegende Gestalt hatte sich entweder im Todeskampf oder vermutlich schon zuvor seine Haare büschelweise herausgerissen. Fetzen lederartiger Haut und Haarreste liegen zwischen den Gittern und vor dem Feldbett. Dazwischen dunkles verkrustetes Blut. Marlon und Keon spüren Mitleid, können sich jedoch nicht länger mit dieser Befindlichkeit beschäftigen. Die Teenager tippeln an weiteren Gefängniszellen vorbei. Bis eben hatte es eher modrig nach feuchtkaltem Keller gerochen. Im Vorwärtsschreiten nehmen die beiden nun deutlich einen süßlich-beißenden Geruch war, der ihnen sofort bis weit in die Nase steigt. Marlon und Keon schaudert es ob diesem bestialischen Gestank. „Der hier", Marlon zeigt auf eine Leiche im nachfolgenden Kellerverließ, „muss wohl erst vor ein paar Tagen gestorben sein." Keon nickt und holt sich zügig dabei ein Tuch aus seiner Manteltasche. Der Verwesungsgeruch ist kaum auszuhalten. Wenn auch die Leiche äußerlich noch recht gut erhalten ist, mögen die Zersetzungsprozesse im Inneren des Toten schon voll im Gange sein. „Das hier ist mal ein ganz fürchterliches -bad Feeling-", resultiert Marlon, der sich den Körper, trotz des kaum auszuhaltenden üblen Geruchs, genauer ansieht. Er legt den Kopf schief und betrachtet intensiv das Gesicht des Toten. Zumindest das, was von diesem noch übrig ist. Über das gesamte Face ist quer von den Mundwinkeln aus bis zu beiden Ohren und nochmals senkrecht vom Kinn über die Nase bis hinauf zur Stirn eine tiefe Furche eingeritzt. „Ob man den Kopf vierteln wollte?", flüstert Marlon, entsetzt vom fürchterlich widerlichen Anblick des Geschundenen. Surreal lächelt die Fratze aufgrund ihrer tiefen Einschnitte den Betrachter sardonisch an. Keon muss sich schütteln, um dieses den gesunden Geist vernichtende Bild von sich zu werfen. Der gesamte Körper des Gepeinigten zeigt enorme Spuren von Misshandlungen.

„Diesen Ryanen hat Regus Mal wohl nicht mehr gut leiden können.", resümiert Marlon lakonisch. „Das ist total krank, was man diesem Kerl angetan hat.", beschreibt Keon seine Empfindungen. „Keiner, auch nicht ein noch so mieser Charakter wie der hier es war, hat solch einen Tod verdient... Der Bemitleidenswerte ist Adman Reverser. Auch wenn man dies schwerlich mit Bestimmtheit sagen kann." Keon erkennt die Krawatte, die an einer der Gitterstäbe baumelt. Ein mieser Scherz, diese als Trophäe hier anzubinden. Der Ryane gehörte zum Kreis der Vier um Regus Mal. Nun ausgeschlossen und wie Abfall weggeschmissen. „McKomeron hat mir vor einiger Zeit ein Bild von ihm gezeigt.", erklärt sich Keon zügig, weil Marlon wieder einmal eine seiner Augenbrauen hochzieht. Er wundert sich, weshalb sein Freund den Toten ohne Weiteres identifizieren kann. „Dann sind nun noch wie viel krasse Typen dabei, die die dreckigen Füße des Hundmenschen lecken?" flüstert Marlon, obwohl er die Antwort dazu natürlich selbst weiß. „Herma A-wiks und Samuel Faulty.", antwortet Keon. „Sei mal leise!", fordert Keon übergangslos seinen Freund fast barsch auf. „Ich habe da plötz-lich ein so komisches Gefühl…!" Die Jungen hören in die Stille hinein. Irgendetwas stimmt nicht. Sie sind nicht allein. Die Toten sowieso au-ßen vor gelassen. Keon spürt Atemluft, die nicht von ihnen beiden her-rührt. Denn sie haben schlagartig die Luft angehalten. Unheimlich. Ein Schaudern, was nicht durch die Kälte hervorgerufen wird. Horror. Keon will sich noch umblicken. Im selben Moment spürt er blitzartig einen derben Schlag auf seinem Hinterkopf. Unsäglicher Schmerz, der das Bewusstsein in die Knie zwingt. Der Junge wird von dem mächti-gen Hieb augenblicklich ohnmächtig und fällt wie ein Stein zu Boden. Durch den Aufprall platzt die Haut auf der Stirn auf. Blut entströmt aus beiden Wunden und bildet schnell eine dunkelrote Lache. Unbe-schreiblich, was jetzt Marlon spürt. Unfassbare Wut. Tobsucht, Raserei! Zum Himmel schreiend! Marlon dreht sich pfeilschnell in Richtung des Angreifers und verpasst diesem auf der Stelle mehrere harte kraftvolle Fausthiebe ins Gesicht. Seine Offensive ausnutzend donnert er dem Übergriffigen nochmals in einer Blitzattacke heftige Tritte in die Einge-weide. „Nimm das, weil du meinen Freund niederträchtig von hinten angegriffen hast!" Der Übergriffige hingegen macht sich nicht viel aus diesen Schlägen. Stattdessen prescht er in der nun folgenden Gegenattacke seinen Knüppel mit voller Wucht auf den linken Oberarm des Ferrokinetikers. Marlon muss sich zusammenreißen, um nicht aufzuschreien. Augenblicklich beginnt der Arm bis zur Schulter hin fürchterlich zu brennen. Ein zweiter derber Hieb trifft ihn in seine rechte Seite. Der Junge taumelt kurz. Wutentbrannt stemmt er sich gegen den Ryanen, dessen verzerrt vernarbtes Gesicht er nun im Schein einer Fackel erkennt. Svante! Überrumpelt, mehr wahnsinnig enttäuscht, tritt Marlon dem zweiten Offizier des Ryanen-Heeres energiegeladen vor seine Kniescheibe. Es knackst. Der Hundmensch bückt sich vor Schmerz. Darauf setzt Marlon einen formidablen Tritt in die Halsbeuge nach. Der Ryane geht zu Boden, reißt jedoch gleichzeitig den Menschenjungen mit hinunter. Der Neunzehnjährige verliert das Gleichgewicht. Er wird mit nach unten geschleudert und kracht unglücklich mit seinem Kopf gegen die Steinwand. Marlon ist, also würde sein Schädel explodieren. Sofort beginnt die lädierte Stelle an zu hämmern. Instantan folgt ein permanentes Brennen und Bohren, was sich wellenartig über den gesamten Kopf ausbreitet. Unfassbare Schmerzen nehmen ihm die Orientierung. Der Kopf dröhnt, als wolle er platzen. Ihm wird übel. Den nun folgenden gigantischen Fausthieb sieht er nur noch schemenhaft im Nebel auf sich zukommen. Dessen intensive Wucht kann er, zwar völlig benommen, ausweichen, weil er instinktiv seinen Kopf zur Seite dreht. Ein Rums, ein Knacken. Dann ein entsetzlicher Aufschrei des Ryanen. Seine rechte Hand zerplatzt förmlich am Mauerwerk. Gleich darauf ist der Alptraum vorbei. Der unfaire Kampf ist entschieden. Dies war er allerdings schon vorher. Elendige Heimtücke! Perfide hinterlistige Bösartigkeit! Der Teenager wird von wohliger Schwärze empfangen. Agonie zieht dahin. Der bisher schlimmste und intensivste Schmerz, den Marlon je ertragen musste. Erst flatterhaft, bald in unendlichen nur noch langsam wehenden Schwaden. Gleich erblasst sogar das Schwarz und gleitet in einen Zustand des Nichts. „Begrüßt ihn der Tod?"

Mit einiger Mühe, mehr tastend als sehend, erreichen Marlons und Keons Eltern den Scheitelpunkt der Brücke. Diese bildet durch die Belastung eine nach oben geöffnete Parabel, deren Tiefpunkt nun noch mehr nach unten verschoben ist. Durch den größeren Abfall links von ihnen und dementsprechend symmetrisch dazu der größeren Steigung rechtsseitig, lösen sich sukzessive vereinzelt Querbalken aus ihrer Befestigung. Der Erdanziehung folgend stürzen die Holzlatten in die Tiefe und platschen in den sprudelnden Flusslauf direkt unter ihnen. Dort geraten sie in Strudel, werden gedreht, versinken wieder, um vielleicht irgendwann aus der Rotation entlassen zu werden. Nun verstauen die Vier die Nachtsichtgeräte in ihre Rucksäcke. Das ist nicht ganz einfach, weil nur die kleinste unachtsame Regung die gesamte Brückenkonstruktion zum Schwingen bringt. Alles scheint in Bewegung zu sein, alles wackelt unaufhörlich. Nach ihrem Plan entnehmen sie ihren Rucksäcken nun je ein kleines Bündel, in dem das zerkleinerte Vitalid-Gestein aufbewahrt ist. Es war wichtig, die Steine auf die doppelte Personenanzahl hin zu verteilen. Falls ein Beutel verloren gehen sollte, hätten sie noch Reserven. Das Gesteinsgranulat schütten sie jetzt über dem reißenden Fluss aus, genau dort, wo der Fuß des Survey Bright auf den des Evil Dark trifft. Durch die Kraft der Strömung entsteht eine Luftbewegung, mittels der das Vitalid-Mehl nach unten geleitet und dann in Fließrichtung fortgetragen wird. So entsteht eine Lichtillumination, die der über dem Moor ähnelt. Sie ist sogar von diesen Leuchtpunkten kaum unterscheidbar. Genau wie Keon damals durch seinen Vater Micael in das Reich der Tiefen befördert wurde, soll dies nun adäquat geschehen. Im Nu haben die Lords je einen imaginierten Kokon um sich geschaffen. Dies vorstellbar als eine Art unsichtbare Blase. In dieser werden sie ihren Weg weiter gehen und das Umfeld dabei beobachten. Micael denkt währenddessen kurz an die Geschehnisse zurück, als er damals im Park mit solch ähnlicher Aktion seinen Sohn völlig verblüfft hatte. Er schmunzelt. „Also…", sagt er leise zu sich, „dann mal los! Sohn, ich komme!" Der Vitalid-Staub hat derweil eine schwebende Straße erzeugt. Energetisch angezogen von einem dunklen Schatten. Dort endend. Schwarze Umrisse von zerfallenen Mauern. Umringt von einer Ombrage, die Argwohn, Skepsis und Bedenken versinnbildlicht. Ein Bild des Erschauerns, wenngleich auch das wahre Geschehen innerhalb der Mauern noch nicht bekannt ist. Die Lords schweben über das Moor. Ziel ist unbekanntes Terrain, was mit Sicherheit ihren Horizont erweitern wird… Oder sie und ihre Jungen umbringen wird? Hier lebt ein Ort, eine Zeit, mit denen die Illusionisten noch nie konfrontiert waren. Dieses Kontinuum existierte im Verborgenen und bricht derzeit an die Oberfläche. Tausendmal mit dem Begriff Akdemos, dem Nirgendwo, wo Raum und Zeit verschmelzen, formuliert und doch nicht an dessen Anwesenheit geglaubt. Es ist an der Zeit, sich selbst zu erkennen. Die Möglichkeit ergreifen, seine ureigensten Fähigkeiten zur Schau zu stellen, zu müssen! Die Illusionisten glauben, unbemerkt auf der Leuchtspur vorwärts zu gelangen. Der Insektenmann im Moor? Dieser steht nur da, regungslos und von ihren Aktionen abgewendet. Die Lords erkennen nicht, wie die vielen kleinen Kameras des Insektenauges Bilder von ihnen erzeugen. Jeder Einzelne von ihnen ist hundertfach festgehalten. Die Aufnahmen gelangen blitzschnell in das Gehirn des Liknonianers. Diese Schaltzentrale registriert Eindringlinge. Er müsste dies melden. Regus Mal verlangt das. Eine Zuwiderhandlung wäre tödlich. Faulty indes hat kein Verlangen nach einem unheilvollen Ende. Er weiß um die Absichten des Regus Leaga, die dieser mit dem Dekret der Tetraktys zusammengefasst hat. Leider gibt es immer Individuen, die Formulierungen zu ihrem persönlichen Manifest erheben. Verschroben und sinnfrei quergedacht. Dies verabscheut er zutiefst. Deshalb sendet das Sinneswesen eine Nachricht an die Menschen: „Mut und Verstand!" Mit diesen unbewussten Gedanken im Gepäck überquerenden die Illusionisten die Gefahrenzone. Der Zuspruch indes manifestiert sich in ihnen, woher dieser auch kommen mag.

Die Lords landen in irgendeinem grau-dunklen Hinterhof. Einzelne gelbe Lichter aus dem Inneren alter zerfallener Häuser beleuchten schwach die großen abgewetzten Pflastersteine am Boden des hufeisenförmig angelegten Hofes. Verfaulter Mief dringt sogar durch die imaginierten Schutzhüllen der Menschen. Dazu Fahnen von Fäkaliengeruch und Verwesung. Die Illusionisten stehen in einem Matsch aus

Abfällen und irgendwelchem anderen Unrat, an deren ursächliche Herkunft derzeitig keiner von ihnen Gedanken verschwenden möchte. Ryanen in Soldatenausrüstung marschieren schnurstracks an ihnen vorbei. Leonore hält vor Schreck den Atem an, obwohl sie weiß, dass ihre Deckung nicht auffliegen sollte. Einer der Wachmänner bleibt zu ihrem Entsetzen stehen und schaut sich nun mehrfach um. Als würde er die Menschen riechen, schnuppert er nach der Fährte, die er soeben aufgenommen hat. Ryanen haben als Hundmenschen hervorragende Riechorgane und können deshalb wesentlich besser ihre Umgebung wahrnehmen. Einige Spezies sind in der Lage, einzelne Krankheiten zu riechen oder sogar aus Tausend Fässern den einen faulen Apfel auszumachen. Diesen sucht jetzt augenscheinlich der stehengebliebene Wachmann. Er hat förmlich angeschlagen. Leonore weiß, dass Hunde auf der Erde bis zu zehn Kilometer weit riechen können und das quasi stereo. Heißt, sie können mehrere Fährten und Geruchsreize gleichzeitig verfolgen. „Meine Güte!", schreckt sie plötzlich auf, als sie seinen gewaltigen Kopf ganz nah vor der Hülle ihres Kokons sieht. Der Hund bellt auf der Stelle drauf los. Direkt in ihre Richtung. Ein grässlicher Ton, extrem laut und gewaltbereit. Fauliger Atem lähmt sie. Augenblicklich verfällt Leonore in eine Schockstarre. „Hoffentlich riecht diese Bestie nicht ihren Stress!", kommt Darius in den Kopf geschossen, als er im Zwielicht der Funzel, die der Wachmann nun durch seine Fackel erzeugt, den Blick seiner Frau erkennt. Darius muss diesen aufdringlichen Typen ablenken! Was soll er bloß tun? Der Hundmensch hebt nun sogar seine Oberlippe und fletscht dabei die Zähne. Er droht dem ihm noch unbekannten Gegenüber. Darius Herzschlag beginnt sich schlagartig zu verdoppeln. Er hat keine Idee! „Schiiiiit…! Ich Idiot!" Zu seiner Erleichterung wendet sich der Wachmann unverhofft in einem Wink ruckartig zur Seite und stiert in eine andere Richtung. Instantan leckt dieser sich über die Nase. Scheinbar versucht er, sein anderes Gegenüber zu beschwichtigen. Nun sieht Darius auch den Schwanz des Hundes. Dieser wedelt nun hin und her. „Der ist selbst verunsichert! Nein, der hat sogar wirklich Schiss in der Hose!", freut sich Darius einerseits. Zum anderen ist er ebenso erschrocken, weil er die sichtlich größere Gefahr nicht ausmachen kann. „Eine gefährlichere Gestalt? … Der Chef der Bande?", kommt es dem Lord in den Sinn. Tatsächlich schreitet prompt ein gewaltiger Hüne durch eine Tür, welche sich nur einige Fuß von den Lords entfernt öffnet. Ein prächtiger Ryane füllt fast gänzlich die Öffnung. Dazwischen quetschen schummrige Lichtstrahlen heraus, so dass mehr oder weniger nur die Silhouette der einen riesigen Person sichtbar wird. Diese Ansicht genügt jedoch, um ein Schauern zu initiieren. Entwaffnende Angst. Der Schatten zudem bewaffnet mit einer gewaltigen Batua. Unter dem ledernen Beinkleid schauen hundeähnliche Füße hervor. Im Vorwärtsschritt kann Darius haarlose Hautpartien an der Unterseite der hinteren Pfote erkennen. Vier Zehenballen, ein Fußballen und ein Fußwurzelballen. Diese hinteren Extremitäten sind dabei dem aufrechten Gehen angepasst. Der Ryane ist kein Zehenläufer, obwohl er dies wohl bei einem schnellen Spurt auszurichten vermag. Der Fußwurzelballen ist zu einer Ferse geformt. Die Hände dagegen sind in ihrer Art den von Menschen gleich. Obwohl mehr behaart, innen aber glatt. Arme, Kopf, Hals und Oberkörper sind vollständig mit Fell bewachsen. Nur das Gesicht ist haarlos und gleicht in seinen Zügen eher einem Menschen. Der mächtige Brustkorb schiebt sich aus der Behausung und packt blitzschnell den Ryanen, der eben noch Leonore beschnüffelt und lautstark angeblafft hatte. Die Rute des Wachmanns wedelt noch schneller, als würde diese durch ihre Rotation den Angsthasen aus der Gefahrensituation heben können. Die ehemals bedrohlich zu Schlitzen geformten Augen sind im Nu schreckgeweitet. Gleich ertönt ein markerschütternder Ausruf, welcher sogleich die anderen Wachmänner, die sich bereits in einiger Entfernung zusammengefunden hatten, zum Aufmerken zwingt: „Stiiiiilllll!" Der Schnüffler legt sich augenblicklich flach vor den vermeintlichen Anführer. Er leckt weiter über seine Nase, wobei dieser zusätzlich ein leises untergebenes Wimmern von sich gibt. Der hünenhafte Protagonist geht noch zwei Schritte auf ihn zu. Jetzt erkennen die Illusionisten die ausgesprochen gigantische Rute des Wortführers. Mit einem fulminanten Tritt befördert dieser den kleinlauten Wächter aus der Gefahrenzone der Lords. Ein mit Sicherheit immens schmerzhafter Aufschlag des Gepeinigten an der gegenüberliegenden Hauswand passiert da, wo die anderen Wachleute akkurat Aufstellung genommen haben. Dazu ein weiterer bombastischer Schlagton, der durch die enorm schnelle Bewegung der Rute gegen die Türzarge entsteht. Postwendend stehen die Männer noch mehr stramm. Keiner von ihnen wagt es, dem Liegenden Hilfe anzubieten. Keine Zuckung. Womöglich sind diese Kreaturen nicht in der Lage, Worte zu artikulieren. Vielleicht Vertreter einer einstigen prähistorischen Entwicklungsstufe hier unter der Erde. Der sichtlich Verletzte wimmert wahrlich wie ein jaulender Hund. Aus dem Augenwinkel heraus nimmt Micael ein Augenzwinkern des Majors wahr. „Hat dieser Hundmensch echt gezwinkert?", schießt es dem Lord durch den Kopf. Er verwirft den Gedanken. Als der Riese dann aber den Kopf so zur Seite wirft, als wolle er die Vier in das Haus winken, kann Micael nicht anders, als seine Vermutung bestärkt zu wissen. „Entweder hilft dieser Rädelsführer aus freien Stücken oder er ist …? Großmeister Lorcan!", schreit ihn die zur Erkenntnis gewordene Mutmaßung fulminant an. Eine unglaubliche Behauptung, aber würde dieser Ryane sonst Mitleid mit ihnen als Menschen haben? Wohl kaum. „Da können nur McKomeron und Silas mit im Spiel sein. Wohl auch noch andere!", schlussfolgert der Lord freudig und hofft, dass diese von diesem Ort nicht gar so weit entfernt sind. „Das scheußliche Trauma, in dem sie sich befinden, ist arg ungewiss. Mak und unsere vertrauten Verbündeten werden es sicherlich nicht lassen können, tatkräftig in Aktion zu treten. Und wie…?", überlegt Micael. Darauf hat er im Moment jedoch noch keine detaillierte Antwort. Trotzdem weiß er unbestritten, dass sie sich gegenseitig aufeinander in jedweder Situation verlassen können. Ein ausgereifter Plan ist ohnehin unmöglich, weil viel zu viele verschiedene Komponenten mitwirken, die jederzeit die Spielregeln ändern würden. Micael hofft, dass die in diesem grässlichen Unterfangen zu treffenden Entscheidungen in überwiegender Mehrheit die richtigen sein werden. Er sendet Marlon und Keon den motivierenden Energizer weiter, den sie hoffentlich empfangen.

Connor gelingt es ohne größere Mühe wohlbehalten den Rückweg zum Homerius-Kastell zu finden. Seine Cross-Maschine rattert noch kurz nach, als er den Motor abstellt. Johanna und Seija erwarten ihn vor dem Tor. Sie sind gespannt zu erfahren, wie die Lords letztendlich über das Moor gelangt sind. Die Ereignisse dort konnten sie nämlich nicht über ihre überaus intensiven Sinneswahrnehmungen verfolgen. „Ist alles gut gegangen? Hat alles funktioniert?", löchern die Liknonianerinnen den Ryanen. Sie könnten natürlich die Antworten jetzt, wo der athletische junge Mann genau vor ihnen steht, ebenso durch Gedankentransfer auskundschaften. Aber sie wollen die Geschehnisse aus seinem eigenen Mund erfahren. Ausgesprochene Worte sind authentischer als nur die Gefühlseindrücke, die sie erkennen können. „Alles in Ordnung!", gibt Connor an. Der Ryane steigt geschmeidig von seinem Bike und schiebt es in einen der zahlreichen Cross-Ständer, die vor dem Kastell reihlang platziert sind. „Beizeiten muss er das gute Stück gründlich reinigen!", denkt er währenddessen und beschaut sich sein Kraftrad. „Die Maschine lief wahrlich wie ein Uhrwerk.", freut er sich zudem und klopft, als wäre dies ein Rennpferd, in Anerkennung auf den Ledersitz. Spritzer von Matsch verteilen sich bis zum Sitz hinauf. Die Räder sind mehr oder minder völlig verkrustet. Er selbst sieht nicht weniger eindrucksvoll aus. Kleine Erdklumpen von den Stiefeln bis zum Helm erzählen, in welchen Gefilden er sich bewegt hat. Sein eigenes Aussehen indes ist ihm nicht gar so wichtig. Connor sieht sich noch einmal in Gänze die Rennmaschine an und entscheidet sich gedanklich, gleich, nachdem er die neuesten Entwicklungen geschildert hat, den Dreck abzuwaschen. „Liam und Aleksandra warten auch schon gespannt…", berichtet Seija, die die Gedanken des Fahrers nachvollziehen kann. Sie hatte den ganzen Tag ihre Mühe, vor allem Liam zu beruhigen. Die Wächterin musste die Geschichte mit dem abrupten Abgang der jungen Lords mehrmals plausibel erklären, bis auch der Zwerg einsah, dass diese sich nicht erst noch groß verabschieden konnten. Aleksandra verwies zugleich auf die Unzulänglichkeit ihres Freundes, Informationen für sich behalten zu können. Auch wäre ihrer Meinung nach seine Reaktion im Beisein von Marlons und Keons Eltern sicher nicht dermaßen authentisch gelungen. Das hochgewachsene

Mädchen drückt jetzt die kleine fleischige Hand des Gastronomen. Sie und Liam hatten Connor und die Liknonianerinnen in das SuPerb geladen. Jetzt eilt der Zwerg schnell noch einmal zur Eingangstür und dreht das Schild davor um: „Aus wichtigen Gründen geschlossen!" Eigentlich war die Baude in der ganzen Zeit, in der Liam mit Aleksandra das Lokal führen, bisher nur einige wenige Nivel geschlossen gewesen. „Es gibt nur extrem wichtige Ausnahmen, die eine Schließung begründen würden", so Liams Ansicht. „Tod oder ein verheerender Brand! Und… Freunde, denen man helfen muss!" Seija, Johanna und Connor, selbst Aleksandra sind über diesen Ausspruch selig amüsiert. „Den Zwerg, wenn man ihn erst richtig kennengelernt hat, kann man einfach nur gernhaben!", freut sich seine Sandra. Sie weiß, was sie an Liam hat. Uneingeschränkte Loyalität und Hilfe, auch in Situationen, in denen überhaupt keine Hilfeleistung gefordert ist. „Er ist manchmal überführsorglich, fast penetrant.", beschreibt sie seinen Charakter und gibt ihrem Schatz einen kleinen Kuss auf die Stirn. Die Gastgeber hatten gerade Sandwiches vorbereitet, die sie am Abend anbieten wollten. Diese holen sie ohne Weiteres aus der Küche und präsentieren die große Platte auf dem Tisch, wo die Freunde herum Platz genommen haben. „Dass Rico aber so überhaupt nichts ausposaunt hat?", rätselt Liam laut. Er greift ebenso wie Connor nun schon das dritte Mal bei den belegten Schnitten zu. Der Ryane mag es gut vertragen können. Liam hingegen wird die stete Kalorienzufuhr wegen seiner Aufregung nicht einmal realisieren. Sandra lässt ihn gewähren. Sie weiß, dass er sowieso nicht hören würde, weil ein Kommentar dahingehend an ihm vorbeirauschen würde. Connor berichtet eindrucksvoll und mittels ausgiebiger Gestik von den Irrlichtern sowie dann von den Leuchteffekten, die die vielen Glühwürmer erzeugt haben. Aleksandra war daraufhin total stolz auf ihren Onkel Rico. Der Ranger hatte nämlich diese geniale Idee gehabt, die dann durch McKomeron, Nicolas und Silas in ihrer Anwendung hin ausgedehnt wurde. „Da sieht man mal, wie wichtig jedes Glied einer Kette von coolen und auch noch klugen Köpfen ist!", fasst Liam das Netzwerk zusammen, was sich um den Kampf gegen Regus Mal erneut formiert hat. „Ich bin dabei!", ruft er impulsiv aus. Im selben Moment stellt er sich stramm vor seinen Hocker, wo er sich eben noch sukzessive ein „Gürkelchen" nach dem anderen, wie er die von ihm mit einer raffinierten Marinade eingelegten winzigen Gurken bezeichnet, einverleibt hatte. Perplex schauen ihn die jungen Leute an. „Was hast du vor?", will Connor wissen. „Na…", antwortet der Stehende, dem erst jetzt bewusstwird, dass keiner bisher überhaupt nur den Ansatz eines nachfolgenden Schlachtplans in die Runde eingebracht hatte. Liam bemerkt seinen Fehlstart. Er blickt trotzdem ungeniert aktionslustig in die Gesichter seiner Freunde. „Irgendwer von euch wird doch wohl schon eine Idee haben?" Er grinst und fixiert jeden Einzelnen mit seinen zu schmalen Sehschlitzen geformten Augen. Bei Connor bleibt sein Blick stehen, der nun ebenfalls grient. Der Moment wird zur Ewigkeit für den Zwerg. Deshalb legt er nach: „Ja, sag schon!… Ich weiß, dass du etwas ausheckst!" Connor freut sich, weil Liam vor Spannung fast überquillt. Er lässt ihn noch für einen Augenblick zappeln. Liam stiert deswegen mit der Miene eines Lehrers, der mit Nachdruck auf die richtige Antwort seiner Frage wartet, den Ryanen fordernd an. Seine Augäpfel drängen als Bestärkung der Bekundung unglaublicher Neugier aus ihren Augenhöhlen. „Und…? Hat der gute Connor wohl was zu sagen?", bedrängt ihn Liam weiter. Dieser kann es kaum noch aushalten. Die Spannung überreizt fast sein gutes Gemüt.

Es klopft… Ein zweites Klopfen. Weder Liam noch Aleksandra machen die geringsten Anstalten, auf die jetzt zum dritten Mal auf die Tür pochenden Fingerknöchel so zu reagieren, wie man es eigentlich nach solch einer Bekundung der Gewähr eines Einlasses tun würde. Stattdessen dreht sich der Zwerg nur kurz Richtung Tür und ruft: „Wer lesen kann, ist klar im Vorteil!" Daraufhin kontern zwei Stimmen synchron vor der hölzernen Barriere: „Wer hören kann, noch mehr!" Liams Gesichtszüge entgleiten ihm. Mit erstaunter Miene schaut er in die Gesichter seiner Freunde, dann instinktiv zu Sandra. Diese schüttelt nur ruckartig den Kopf, um zu verdeutlichen, dass sie von diesem Besuch ebenso keine Ahnung hatte. Connors Mund indes bildet einen großen gebogenen Halbmond. Er kann sich kaum noch zurücknehmen, als er die verdutzte kleine Gestalt völlig baff so stehen sieht. Das Erscheinen der beiden neuen Besucher ist eine Punktlandung. Besser hätte der

Aufritt nicht gelingen können. Weil Liam die Stimmen natürlich sofort erkannt hat, eilt er zur Tür, entriegelt diese und schnappt das Schloss auf. Hier erblickt er, nun mehr völlig aus dem Häuschen, Graf Mirosh zu Frankenau und den jungen Zwergengebieter in spe, Cedric. Das immer noch jungenhaft wirkende Oberhaupt Bekulans verbeugt sich in der Manier eines wahren Führers. Dabei treten keine Attitüde von Überheblichkeit und Machtmissbrauch zutage. Er ist immer noch der gute Freund von nebenan, mit dem man Äpfel stibitzen könnte. Trotzdem scheint der Zwerg abgeklärter zu sein. Seine Stirn in Falten gelegt, seine Verfassung durch den Überfall auf ihn und die grausame Verschleppung Hümjekons redlich angegriffen. Sein Oberkörper steckt in einer glänzenden Rüstung, die Arme sind bis zu den Schultern frei. Kräftige Muskeln, auf denen die Blutgefäße hervordrängen. Die Beine stecken in einer derben grün-braunen Camouflage-Hose aus Baumwolle. Sicher strapazierfähig. Es sieht so aus, als ob er gerade eine Übungsstunde im Kampfsport hinter sich hat, bei der er wieder Gruppen von Aspiranten in ihrer Ausbildung unterwies. Cedric hielt es nicht lange im Krankentrakt des Homerius-Kastells aus. Er musste sich beschäftigen. Sonst würde er aufgrund des Gedankenkarussells, welches sich wieder und wieder um die Entführung seines Meisters unaufhörlich drehte, irre werden. Üble Gedanken, dabei noch ans Bett gefesselt, dienen seiner Meinung nach vielleicht der körperlichen Wiederherstellung, wohl aber nicht der psychischen Gesundung. Deshalb nahm er gleich nach seiner einigermaßen hergestellten Rekonvaleszenz wenigstens einige seiner Betätigungen wieder auf. Dazu gehört es, neben der vielen Aufgaben, die er als Zwergenoberhaupt innehat, die Rekruten körperlich zu stählen. In dieser Funktion arbeitet er eng mit McKomeron und dem Großmeister der Ryanen Lorcan zusammen. Der Schulrektor Keons und Marlons indes erscheint wie nicht anders erwartet, in einer schwarzen Bügelfaltenhose. Oben ein hellblaues Leinen-Jackett, geschmückt mit einer magenta-farbigen Cordkrawatte auf dunkelblauem Hemd. Der rotblaue Farbton des Halsbinders nötigt dem Betrachter eine Zeit der Gewöhnung auf. Jedoch, und das rechnen auch die beiden Sinneswesen Johanna und Seija ihm hoch an, zeigt er sich trotz mancher Kommentare wegen seiner ausgefallenen

Farbkombinationen in Sachen Mode, unbeeindruckt. Er bleibt seinem Typ treu. Und alle, die mit seiner Persönlichkeit vertraut sind, wissen, dass solch ein Charakter diese Klamotten tragen darf. Sein exakt gescheiteltes, gegeltes Haar bestärkt den Eindruck des Menschen, den die jungen Leute, die sämtlich auf die neuen Besucher des SuPerb blicken, von diesem Lehrer der Mathematik haben. Immer um korrekte Regeln bemüht, fest in seinen Anschauungen, wenn nötig, undurchdringlich wie eine Mauer, denn als Richter bei Auseinandersetzungen fest verankert. In allen Lagen souverän, dabei nicht überheblich, objektiv und gerecht. Sein Ethos strahlt über seine Schule hinaus: die Moral, verzeihen zu können und das Gute anzustreben, sich selbst jedoch niemals im Kern zu verlieren, da man sich entscheiden muss, zu wem man gehören will. Denn ein Hin und Her, wie eine schlecht gezogene Linie zeugt von Wankelmut, mehr noch von Unentschlossenheit, Sprunghaftigkeit gar Unzuverlässigkeit, die eine starke Persönlichkeit schwächt. Niemals das Menschsein, nein das Leben an sich, den Wert von Leben in Frage stellend. Liam betrachtet mit Neugier die beiden Neuankömmlinge, die die kleine Runde wiederum interessiert anschauen. Eifrig bittet er sie, einzutreten. Der Zwerg sieht noch einmal nach links und rechts. Keine weiteren Gäste im Anmarsch. „Gut.", denkt er sich. „Nicht, dass er noch Kundschaft vergraulen muss." Dem Schriftzug würde man nachgeben, ihm in Person jedoch nicht. Zumal es ihm leidtuen würde, sein Publikum nach Hause schicken zu müssen, ehe diese wenigstens ein Getränk gastwirtschaftlich zuerkannt bekommen haben. Liam verschließt die Tür hinter sich und folgt den beiden Männern. „Die haben etwas geplant!", denkt er sich und kombiniert, dass Connor mit all dem hier etwas zu tun haben muss. Der Ryane nickt den Eintretenden zur Bestätigung seiner Vermutung sogar kurz zu und schiebt unversehens noch zwei Stühle an den Tisch. „Schnittchen?", erkundigt sich der Zwerg und schiebt das nur halb geleerte Tablett mit den vielen abwechslungsreich belegten Sandwiches in deren Richtung. „Danke. Vielleicht später.", gibt Frankenau auch im Namen Cedrics zurück. Dann blickt er, einem erprobten Schullehrer gleich, in die Gesichter der jungen Leute. Bei Aleksandra und Liam macht er Halt und legt eine bedeutungsvolle Pause ein. Die ahnten bereits, jetzt sind sie sich sicher, dass sie in dieser Runde die Einzigen sind, die noch nicht in die nachfolgenden Planungen eingeweiht wurden. Aleksandra nimmt es nicht krumm, zumal sie sich und ihren Freund nur zu gut kennt. Sie hätten sich sicherlich Tage zuvor den Kopf zermartert und gegenseitig hochgeschaukelt. So wurden sie und ihr Freund ohne Umschweife ins kalte Wasser gestoßen, was gerade sie aber höchst erfrischend findet. Nicht ein riesiges Tamtams vornweg, um dann am Ende schlaff in den Seilen zu hängen! Besser ohne großes Aufsehen losziehen und effektiv zupacken. So war es auch, als sie ihr kleines Lokal zurecht gemacht hatten. Kein langes Gerede, sondern Machen! „Ich möchte meine Wertschätzung für euch Ausdruck verleihen und euch fragen, ob ihr bei der Befreiung Hümjekons mit dabei sein würdet.", setzt der Graf gekünstelt formell an. „Ich kann mir vorstellen, dass zunächst vielleicht Einige nicht ganz freudig darüber sein werden, wenn ihr das SuPerb für eine Zeit lang schließen würdet…" Liam winkt noch vor der Beendigung des Satzes ab und legt im selben Moment eine beleidigte Miene auf. Er stemmt seine kleinen Fäuste in die Gegend, wo normalerweise die Taille eine Einbuchtung bilden würde. „Also, sagen sie mal, Herr Graf!", echauffiert sich der Zwerg aufbrausend. Dieser fährt wie eine Rennmaschine sofort auf Hundert hoch. Dies aus voller Überzeugung. Blut schießt ihm in den Kopf. „Es wäre wohl das Allerfieseste, wenn Sandra und ich hier allein die Stellung halten sollten und alle anderen würden in das Gefecht ziehen! Wo kommen wir denn dahin, wenn man sich nicht auf gute Freunde verlassen könnte!" Liam blickt ungeniert impulsiv, zudem einigermaßen zornig zu Frankenau und Cedric, danach in die recht erschrockenen Gesichter der Mädchen sowie des Ryanen. Der Ton, mit dem Liam augenblicklich seinen Missmut dargelegt, hat seine Freunde für einen Moment aufzucken lassen. Der aufgebrachte Gastgeber ist noch nicht am Ende, bemerkt wohl die Reaktionen der anderen. Deswegen erklärt er gedämpfter: „Es wäre eine Schande, wenn man mich nicht gefragt hätte! Das wäre sowas von … gemein!" Liam beginnt zu stottern. Die Tonlage bleibt trotzdem recht überschäumend: „Da habe ich wahrlich ein Wörtchen mitzureden!" Frankenau wartet geduldig, bis Liam in seinem aufbrausenden Temperament seinen Vortrag abgeschlossen hat, in welchem er sein Worst-

Case-Szenario anschaulich mit allen seinen Empfindungen zu formulieren sucht. Gefühlsexplosion pur. Als Pädagoge und zugleich feldgeprüfter Psychologe weiß er, dass es wichtig ist, das Gegenüber aussprechen zu lassen. Das um so mehr, wenn es sich an Problemen oder anderweitigen Dingen total aufzureiben gedenkt. Eine Unterbrechung würde zu Nichts führen. Sie wäre sogar destruktiv. Meinungen sagen zu dürfen und Gegenargumente respektieren müssen, das ist seine persönliche Devise. Auch wenn diese dermaßen temperamentvoll dargeboten werden, wie gerade eben. Zumal der Schulleiter auch kein Gegenargument formulieren will, auch nicht könnte. Weil alles das, was Liam inbrünstig aus seiner Seele her herausgeschrien hat, vollständig auch seine Meinung wiedergibt. Connor derweil hat sich während des stimmgewaltigen Monologs vornübergebeugt und sich mit interessiertem Gesichtsausdruck den vielen Leckereien auf dem Servierbrett gewidmet. Er nimmt gleich noch zwei der Happen, die die beiden Gourmet-Köche gezaubert haben. Frischkäse-Röllchen aus Blätterteig, obenauf gespießt ein Kunstwerk aus Tomate und allerlei Kräutern. Jetzt fasst auch Frankenau zu. Noch immer lässt er das Gesagte im Raum stehen, damit die glühenden Worte abkühlen können. Cedric nimmt nun ebenfalls ein Stück vom dargereichten Imbiss. „Du solltest wissen Liam, dass keiner je daran gedacht hat, euch außen vor zu lassen!“, setzt nun der Oberinspektor der Illusionisten der oberirdischen Materie ein. „Dies haben wir niemals in Erwägung gezogen!“ Liam nickt. Ihm ist klar, dass sein inbrünstiges Gezeter eher ein sprachlicher Auswurf wirrer Gedankengänge, als eine korrekte Art war, sich zu äußern. Eigentlich lässt er an diesen wahrlich repräsentativen Männern nur seinen Unmut über sich selbst aus. Dies, weil ihm zu seiner eigenen Schande überhaupt selbst kein Plan einfallen wollte. Wieder einmal ist er über das Ziel hinausgeschossen. Er ärgert sich über sich selbst und richtet seinen erröteten Kopf gen Boden. Johanna schickt ihm sogleich positive Gefühle, die er dankend annimmt. Eine leichte Mundzuckung lässt dies vermuten. Frankenau beobachtet den Zwerg. Er sieht es ihm nach und ist eigentlich sogar mehr erfreut, weil er Liam und dieses hochgewachsene Mädchen richtig eingeschätzt hatte! Als wäre bisher noch gar kein Wort gefallen, beginnt der Graf noch einmal. Zuvor kann er es mit einem Augenzwinkern zu Sandra nicht lassen, doch noch einen Spieß genüsslich in den Mund zu schieben. „Lecker!", beschreibt er die Köstlichkeiten. Connor ist der, der sein Lob verstärkt, indem er mit vollem Mund mehrmals den Kopf nach oben und unten bewegt. „Kommende Nacht ziehen wir los!" Frankenau blickt nun ernster in die Runde. Er weiß, die Spannung zum Höhepunkt zu steigern. „Wir werden den Lords folgen. Cedric hat zudem Magnus und Tito rekrutiert." Er blickt derweil demonstrativ in die Augen des Zwerges. „Die beiden wären ebenso untröstlich gewesen, wenn man sie nicht um Eingliederung in diesen Trupp gebeten hätte." Liam errötet wieder. Peinlich berührt nickt er und lächelt dem Rektor verlegen zu. Dieser lächelt freundlich versöhnlich den emotionalen Ausbruch noch weiter weg als bereits schon zuvor geschehen. Cedric übernimmt das Wort: „Constanze und Herrn Bassit haben wir auch in unsere Überlegungen eingeweiht. Sie werden nachkommen." Liam kann nicht umhin, sich auf einen gemeinsamen Kampf mit der Mollusca zu freuen. Er kann es kaum abwarten. Die Erinnerung an die Geschehnisse damals im Lokus lassen ihn immer noch freudig emotional werden. Sie verdeutlichen, dass er imstande ist, seinen Beitrag gegen Unrecht und Ungeziefer, so wie er die Schergen um Regus Mal beschreibt, zu leisten befähigt ist. „Was ist mit Rico?", will Liam wissen. „Ist er auch mit dabei? Oder kann er wegen der Tiere nicht?" „Aleksandras Onkel macht sich mit McKomeron, Silas, Lean Migatos und Großmeister Lorcan auf.", beschreibt Cedric ihre Taktik und fügt fast belanglos hinzu: „Wenn sie nicht schon da sind." „Was heißt, wenn sie nicht schon da sind?… Und wo ist das Da?", will Liam wissen. „Die Fünf sollten meines Wissens bereits schon in der Festung eingetroffen sein, in der sich Regus Mal mit seinen Kumpanen aufhält." „Eine Festung? Wooo?", forscht der Zwerg behände weiter. Er ist gespannt wie ein Flitzebogen. Nun ist es jedoch erst an Connor, weiter ausführlich zu berichten, wie er Keon und Marlon über die Moore von Blackstone geführt hat. Der Graf sowie Cedric sind ausgesprochen interessiert daran. Sie erhoffen dadurch zuvorderst eine exakte Lagebeschreibung der altertümlichen kolossalen Burganlage Regus Leagas zu bekommen. Jedes auch so winzige Detail kann von Interesse sein. Deshalb hören auch die Freunde ebenfalls aufmerksam zu. Connor erzählt von den riesigen Burgmauern und zuvor von der Silhouette der Festung, die wie eine Fata Morgana aus weiter Entfernung betrachtet über dem Moor zu schweben schien. Je nach Blickwinkel sah man sie in der Ferne mysteriös vergrößert und zudem vertikal verzerrt, superior mirage. Zusätzlich zogen riesige schwarze Schatten über den Himmel hinauf, die bald über ihnen schwebten und grauenhaftes Schaudern erzeugten. Dem Zwerg wird es beim Hören der Erzählung frostig kalt. Er zieht seine Schultern hoch und reibt seine Hände ineinander, als wäre er augenblicklich selbst dieser Eiseskälte ausgesetzt. Im Anschluss erklärt Frankenau, was Keons und Marlons Eltern an Überlegungen angestellt hatten, um dann eine davon in Erwägung zu ziehen, um in diese Zwischenwelt zu gelangen. Zumal sie zügig ihre Jungen auffinden wollten. Liam resümiert aus dem Gesagten, dass wohlweislich mehrere Wege zu der Wallanlage führen. Diese einst versunken in den Mooren von Blackstone. Jetzt wie eine Fata Morgana als Spiegelung von Existierendem aus dem Morast sich emporhebend? Der Lehrer für Mathematik als auch Physik kann es nicht lassen, die Reflexion als physikalisches Phänomen genauer zu erklären. Dabei wäre diese keinesfalls mit einer optischen Täuschung zu verwechseln. Liam versteht nur Bahnhof. Frankenau versucht die erwähnte Spiegelung mit über Teerstraßen aufgeheizter Luft zu vergleichen. „Die warme Luft steigt auf und trifft gegen kühlere Luftschichten. Es entsteht eine Front, in der sich stark unterschiedlich erwärmte Luft gegenübersteht. Passiert dann an der Grenze zwischen Warm- und Kaltluft eine Totalreflexion, wird im Ergebnis alles gespiegelt und verzerrt. Das Bild kann dann entweder nach oben oder unten gespiegelt sein." Frankenau schluckt. Er stellt sich gerade diese sich stetig herauswachsende Oase als einen gruseligen Ort des Bösen vor. Die riesige Burganlage war und ist für die, die sich im Moor aufhalten, aus welcher Motivation her auch immer, eine rettende oder tödliche Oase. Scheinbar kommt es auf den Besucher selbst an. Ist er erwünscht, wird der Zugang ein Einfaches sein. Wenn nicht, muss er versuchen, dass er mit List und Verstand dieses schlammige Hindernis zu überwinden imstande ist.

Endlich macht sich Frankenau daran, die Strategie zu erläutern, in der alle hier Anwesenden einbezogen werden sollen. Liam hatte schon gedacht, dass er heute gar nicht mehr erfahren würde, was als Nächstes kommen würde. Der Zwerg vermeidet es jedoch, sich über die langatmigen Erklärungen aller Anwesenden auszulassen. Seinen Senf hat er heute schon verteilt. Ihm ist auch zu seinem eigenen Verdruss noch nicht einmal in Ansätzen klar, was die ganzen Erläuterungen sollen. Er tappt im Dunkeln, obwohl Frankenau vermutlich den gesamten Schlachtplan bereits zwischen den Zeilen glasklar definiert hat. Zumindest, und da ist er sich sicher, muss es seiner Meinung nach wahrlich eine Aktion werden, der dem Regus mitsamt seiner Schergen ein Schleudertrauma verpasst. Dann verfrachtet dorthin, wo der Pfeffer oder am besten gar nichts wächst. Also in die Wüste! Der Schulleiter beginnt, wenn auch sehr weit ausholend: „In einer bretonischen Sage wird eine Fee namens Morgaine beschrieben. Sie war eine Zauberin und zugleich Stiefschwester des euch vielleicht in historischen Überlieferungen beschriebenen König Artus. Morgaine herrschte in den Tiefen des Meeres vor der Küste Siziliens in einem Palast aus tausenden von Kristallen. Manchmal, wenn ihr danach war, kam sie aus dem Palast, um über den Meereswellen in hundertfachen Spiegelgestalten ihre Magie auszutesten." Frankenau schaut Sandra, dann Liam an. Dieser hat in Erwartung eines traumhaft edlen Plans, der im Resultat Hümjekon befreien wird und Keon und Marlon ebenfalls wohlbehalten zurückbringt, seinen Ellenbogen auf den Tisch gelegt und das Kinn auf die überkreuzten Arme gebettet. Das Mädchen indes sitzt aufrecht und überragt den Zwerg dadurch um das Doppelte. „Was für ein illustres Bild.", denkt Frankenau kurz abgelenkt. Er fühlt sich in eine Unterrichtsstunde an seiner Schule versetzt, in der er über das spannende Leben und Wirken von Mathematikern und anderen begeisterungswürdigen Lehrmeistern referiert. Gleich fährt er fort: „Dabei war ihr zuvorderst daran gelegen, allen Menschen ihre Macht zu zeigen. Die Macht der Illusion. Die Fee verwirrte nach Belieben die Sinne der Menschen und brachte sie nicht selten zum Wahnsinn." Frankenau fügt eine Pause ein. Liam überlegt, was es mit dieser Geschichte wohl auf sich haben soll… Blitzartig kommt ihm eine Idee: „Die Feen sind Johanna und Seija! Stimmt's?" Der Graf presst seine Lippen zusammen und formt diese zu einem Lächeln. „So in der Art.", antwortet er. Nun schaut der Rektor zu den beiden Liknonianerinnen. „Für Sinnestäuschungen wäret ihr zumindest beide vorzüglich prädestiniert!" Die jungen Frauen nicken die Beschreibung ihrer Fähigkeiten befürwortend ab. Frankenau setzt seine Erläuterungen ohne weiteren Kommentar zu Liams Vermutung fort: „Diese Fee Morgaine ist mit dem einstigen König Artur in Verbindung zu setzen. Viele Sagen behandeln sein Leben, dies vor dem Hintergrund realer Ereignisse oberhalb der Erde. Zeitlich etwa in das fünfte bis sechste Jahrhundert einzuordnen. Mittelalterliches Denken, was aber explizit in das Szenario und dessen Lösung um Regus Mal passt! … In einer der Berichte wird wieder einmal das Land Britannien bedroht. Die Verteidigung erfolgt durch romanisierte Bewohner, also einer Gruppe von Gefolgsleuten, die durch die Römer beeinflusst wurden. Deren ernannte Anführer sind König Ambrosius Aurelianus und ein geheimnisvoller Druide Merlin, dessen Vater ein Geisterwesen ist. Zeichen am Himmel offenbaren Merlin, dass Ambrosius bald sterben wird. Zudem wird dessen Nachfolger Uther Pendragon ein Sohn mit großer Macht prophezeit. Tatsächlich findet König Ambrosius bald den Tod. Ein Mann namens Uther ist der rechtmäßige Nachfolger. Während der Krönungsfeierlichkeiten kann er seine Blicke nicht von einer verheirateten Dame namens Igraine lassen. Er ist von dieser Frau regelrecht gefangen. Ihrem Gemahl Herzog Gorlois von Cornwall gefällt das ganz und gar nicht. Er verlässt augenblicklich mit all seinen Leuten den Königshof. Dieses Verhalten missbilligt der König zutiefst. Er ist der Meinung, dass ihm alles gehört. Sogar die Ehefrauen anderer Männer. Wütend folgt Uther seiner Liebe und fällt mit einem großen Heer in Cornwall ein. Gorlois bringt indes seine Ehefrau in dessen Burg und lässt sie dort bewachen. Er selbst zieht gegen Uther in den Krieg. Der noch junge König bittet Merlin um seinen Rat. Er will unter allen Umständen diese Frau besitzen… Und jetzt kommt der Clou… Merlin verwandelt den König in das äußere Ebenbild des Herzogs von Cornwall. So gelingt es ihm nun, unangefochten in die Burg zu gelangen. Igraine bemerkt den Schwindel nicht. Beide zeugen noch in derselben Nacht einen Jungen. Der echte Herzog fällt im Kampf. Nach der Geburt bringt Merlin den Knaben zu dem ehrenwerten Ritter Ector. Der Druide vertraut ihm und gibt den kleinen

Artur in dessen Obhut. König Uther stirbt bald ebenfalls in einem der ständig wütenden Kriege. Merlin schmiedet indes ein Schwert, dessen Klinge er mittels seiner Zauberkräfte in einen gewaltigen Stein hineintreibt - Excalibur… Davon habt ihr gewiss schon gehört! Darauf steht in goldenen Buchstaben, dass derjenige, welcher das Schwert aus dem Felsen zu ziehen vermag, der wahrlich rechtmäßige König Britanniens sei… Ihr könnt euch vorstellen, dass edle Ritter aus den entferntesten Gebieten kamen, um ihr Glück zu versuchen. Artur ist indes zu einem Jüngling herangewachsen und dient dem Ritter Sir Ector als Knappe. Weil dessen Sohn sein Schwert vermisst, wird Artur aufgetragen, es zu suchen. Der Knappe kann es jedoch nicht finden. Stattdessen sieht er in einem Stein eingelassen ein anderes Schwert. Ohne Mühe zieht er das geschmiedete Eisen heraus und bringt es seinem Stiefbruder. Dieses sprichwörtliche Wunder verbreitet sich wie ein Lauffeuer. Artur gilt nun als der stärkste Mann des Reiches. Merlin legt die Abstammung Arturs offen, worauf er bald zum neuen König Britanniens gekrönt wird. Er heiratet die Königstochter Ginevra, die als Hochzeitsgeschenk ihres Vaters einen riesigen runden Tisch mitbringt. Artur lässt für sich und seine Frau die Burg Camelot bauen. Der runde Tisch wird zum Herzstück der neuen Burg. Edle Ritter werden an den Hof geladen, glanzvolle Turniere werden veranstaltet. Artur lädt die besten Männer des Landes ein, die sich bald -Ritter der Tafelrunde- nennen. König Artur befindet sich auf dem Höhepunkt seiner Karriere. Er genießt ein hohes Ansehen in der Bevölkerung, weil er sich für Gerechtigkeit und gegen Willkür einsetzt. Der runde Tisch macht ohne Abstufung alle Individuen, die an diesem Rund Platz nehmen, gleich." Liam ist ganz in der Story versunken. Er stellt sich vor, wie er selbst das Schwert aus dem Stein zeiht. Unbemerkt fasst er an sein Messer, welches er, seitdem er dieses im Schrank der Ausbildungsräume zuerkannt bekam, immer bei sich trägt… Endlich kommt Frankenau zum Punkt. Er erklärt, wie die Illusionisten Micael, Darius, Leonore und Selma gedachten, zu der versunkenen Festung zu gelangen. Bereits bei diesem Vorhaben können Sandra und Liam nur staunen. „Hoffentlich klappt das alles!", betet der Zwerg gedanklich. Er könnte es nicht ertragen, die netten und ihm gegenüber stets aufmerksamen Eltern beerdigen oder verschollen wissen zu müssen. Noch desaströser findet er aber, dass Keon und Marlon in diesem morastigen Loch allein auf sich gestellt sind. Frankenau fand zudem nicht allzu viele Worte, die zu seiner Beruhigung hätten beitragen können. „Nicolas und Liane Sabioni haben natürlich ein Auge auf die beiden. Mithilfe des Underdogs, welches durch Runes und Nicolas Drängen weit im Tal des Seelenfriedens ausgeweitet wurde, ist es möglich, zumindest fragmentarisch den Verbleib der Jungen festzustellen. Die neueste Generation des von dem Ingenieur konstruierten Aztud-Diminur, seinem Alleskönner, wie er es beschreibt, erlaubt es, dreidimensionale Hologramme bis ins kleinste Detail exakt zu erzeugen.“, beschreibt Frankenau. Liam muss sich damit zufriedengeben. Aus diesem Grund ist er in seiner Motivation gestärkt, selbst Hand anzulegen, koste es, was es wolle. „Das SuPerb kann warten!“, entscheidet er aus tiefer Überzeugung. „Keon und Marlon müssen wir augenblicklich folgen! Dieser miese Typ lockt sie in so eine Festung, die wegen seiner ätzenden Fiesheit aus dem Moor hervortritt. Dieses Ding schreit vor Ekel zum Himmel!“, echauffiert er sich lautstark. „Zu Recht!“, ist des Rektors gedankliche Meinung. Diese behält er aus pädagogischer Sicht jedoch für sich.


Es ist völlig dunkel um ihn herum, als Marlon aus seiner Bewusstlosigkeit erwacht. Nur langsam öffnet er seine Augen. Zunächst vorsichtig erst einen Spalt breit. Zuvor drängten rasende Kopfschmerzen durch sein Hirn, die es ihm schwer machten, klare Gedanken zu entwickeln. Seine Eingeweide fühlen sich an, als hätte man sie in seinem Bauchraum falsch sortiert, jedoch zuvorderst noch einzeln mit heftigen Schlägen bearbeitet. Der junge Lord fühlt eisige Kälte an seinem Rücken bis zum Nacken aufsteigen. Diese durchdringt wie ätzende Säure seinen gemarterten Körper und lähmt ihn zusätzlich. Es fröstelt ihn. Er bewegt seine Finger und presst diese rechts und links zu einer Faust. Gleich merkt er, dass er auf beiden Seiten mit seinen Unterarmen an ein Hindernis gerät. Holz? Er pocht mit den Fingerknöcheln dagegen. Ja, der Ton hört sich so an. Marlon öffnet die Augen gänzlich, vorsichtig. Absolute Schwärze. Sein Herz beginnt schneller zu schlagen. Gleich nimmt ihm die Erkenntnis die Luft zum Atmen. Abstrus, weil er in Bälde sowieso keine Luft mehr haben wird. Seine Arme sind durch seinen Körper und das Holz daneben eingeklemmt. „Nach oben! Raus!", drängt in sein Hirn. „Panik?" Schweißtropfen bilden sich auf seiner Stirn. Diese laufen kalt zum Ohr, dann nach hinten, wo sie sich im Kopfhaar verteilen. Ganz tief in seinen Ohren vernimmt er ein Rauschen. Wie, wenn Wellen über ihn schlagen und das Meer ihn in seine Zwänge fordert. „Ist das das Ende? Wo bleibt Gerechtigkeit? Gibt es überhaupt so etwas?" Marlons Gedanken sind festgefahren. „Alles umsonst!… Aussichtslos!… Mein Schwert?" Er versinkt in eine Sphäre unendlichen Nebels. Keon indes ist bereits einige Zeit länger aus seiner Ohnmacht erwacht. Der Schädel schmerzt. Sein psychokinetisches Ich hat unvermittelt eine Selbstdiagnose angestellt. Etliche unschöne Platzwunden am Kopf. Svante hat alle Arbeit geleistet, um seinen Körper gleich einem Kotelett zu bearbeiten. Der Kinetiker atmet mehrfach langsam tief ein und noch länger mit Bedacht aus. Dies soweit, wie seine geprellten Rippen es erlauben. Er konzentriert sich im Moment auf eine seiner Yoga-Übungen, die er durch McKomeron erlernen durfte. „Prana - yama", gibt er die Silben bis ins Unendliche gezogen außerordentlich bedächtig, eher gedrosselt, von sich. Die Verzögerung passiert geschuldet dadurch, weil seine Lippen wohl angeschwollen sind. Er hat von diesem Ryanen einen derben Hieb ins Gesicht bekommen. Schnell fühlt er mit seiner Zunge, ob noch alle seine Zähne heil sind. Er schmeckt Blut. Die Zähne sollten nach seiner Analyse jedoch nicht in Mitleidenschaft gezogen worden sein. Sein Rücken schmerzt dermaßen, dass er sich zusammenreißen muss, um nicht noch einmal das Bewusstsein zu verlieren. „Pranayama, ich kontrolliere bewusst meine Atmung. Ich lenke willentlich das Geschehen und mich selbst in diesem Sein. Ich kontrolliere meine Physis, damit ich sie regulieren kann. Ruhig … besonnen … entspannt." Keon macht dazu Handbewegungen in der Luft, nur ganz kleine. Diese wären wahrlich nur als winzige Drehung seiner Handgelenke zu erkennen. Mehr ist in seiner Lage auch nicht möglich. Denn er musste realisieren, dass er in einer hölzernen Kiste eingeschlossen ist. Lebendig in einen Sarg verfrachtet. An welchen Ort, darüber kann er nur Vermutungen anstellen. Ihm kommen die Stimmen derjenigen in den Kopf, die ihn in diese vertrackte Lage manövriert haben. Svante, dieser elende Verräter! Dazu eine Frauenstimme. Sie lispelte. Eigentlich hörte es sich so an, als würde das Weib Luft durch ihren Kehlkopf zwingen, ähnlich wie wenn man nur beim Ausatmen spricht. So etwas haben er und seine Schulfreunde eine Zeitlang während seiner Schulzeit aus Jux auch ausprobiert. Sie machten das so lange, bis ihnen die Luft ausging. Die Tonlage, die Keon jedoch in Erinnerung hat, als auch in Realität immer noch zu hören sich einbildet, ist fast ein heiseres Brüllen. Irgendwie fauchte die Frau ähnlich einer Schlange. „Natürlich!", kommt Keon die Erkenntnis: „Wer sonst, als die Schlange Miss Awiks!" In Keon drängen sich die Gedanken, als er dieser Ryanin das halbe Amulett abverlangt hatte. Leider musste sich dafür die gute Seite in ihr opfern. Der schaurige und boshafte Charakter überlebte. Zumindest bis dato in den Höhlen von Falios. Dieses widerwärtige Frauenzimmer hatte sich sogar an ihn heranmachen wollen, als er sich als Gestaltwandler in einen wohl feschen Ryanen verwandelt hatte. Der junge Lord schüttelt sich kurz, um die Erinnerungen daran schnell aus seinen Kopf zu treiben. Er versucht, das Ungute an dieser tatsächlich aussichtslosen Lage beiseitezuschieben, um sich auf eine Lösung zu konzentrieren. Meditativ fokussiert er sich auf seinen Freund Marlon, dann auf die Umgebung da, wo man sie gefangen hält. Unendliche Stille, darin eine gewaltige Macht aus Tagen, von denen, so wie er wahrnimmt, sogar die Geschichtsbücher nur spekulieren können. Er spürt sie als Fragmente aus Urtagen einer Zivilisation heraus, in denen man begann, die Zeit zu messen. Die Mächte sind leblos, aber trotzdem zu allem bereit, weil sie nicht tot sind! Wie kann das sein? Tod bedeutet Verwesung und letztendlich die Auflösung des organischen Ichs in Mineralien wie Ammoniak, Nitrate, Sulfate, Kohlendioxid und natürlich Wasser. Die organische Substanz wird dabei vollständig oxidiert. Er fühlt sich jedoch in einer Umgebung von Gestalten, die er so noch nie ausmachen konnte. Nur eine einzige Kontraktion seiner Wachsamkeitsübung, wie sie ihm McKomeron beschrieb, lässt die Vermutung in ihm gedeihen, dass ein Mensch dabei sein muss. Dieser lebt! Zum Glück! Mit all seinen psychokinetischen Sinnen richtet er seine Empfindungen dorthin, wo er glaubt, humanoides Leben entdeckt zu haben. Er dringt sogleich in Marlons Sentiment ein. Dieser erschrickt dermaßen, dass er mit seinen Füßen nach oben hin reflexartig austritt. Dort donnert er gegen die aufliegende Holzplatte, welche sogleich einen für Keon hörbaren Laut erzeugt. Dieser freut sich und sendet weitere Signale zu seinem Freund. Denn als diesen hat er ihn bereits erkannt. „Alles gut, Alter!", schickt er sodann aus und empfängt prompt eine Antwort: „Alles supi! Ist zwar eine knappe Kiste, sonst aber okay." Keon empfindet große Erleichterung. Ein Stein fällt ihm vom Herzen. Er spürt zwar, dass Marlon nicht unbeschadet einfach nur so daliegt. Aber seinen Humor hat er, allein schon aufgrund der Kisten-Metapher, trotzdem nicht verloren. „Kannst du dich bewegen?", erkundigt sich Keon weiter. „Ich bin in einer Sardinenbüchse eingequetscht! Wie sollte man sich darin bewegen können?", kommt es amüsiert zurück. Keon lacht jetzt sogar ein wenig auf. Dann überlegt er, wie sie sich beide aus dieser Notlage befreien könnten. „Kann denn der Herr Ferrokinetiker gepaart mit seiner außerordentlichen Muskelmasse versuchen, aus der Beklemmung zu kommen?" Nun ist es an Marlon, erheitert aufzulachen. Das ist gleichwohl nur ein Stöhnen, führt aber dazu, dass Schwung in seinen Kreislauf kommt. Gleich stemmt er sich mit den Ellenbogen von innen her gegen das Holz. Erst reißt die Druckkraft einen Spalt auf, dann bricht beidseitig je eine Holzplanke weg. Zumindest ein Stück davon. Dieselbe Prozedur mit den Fäusten. Wieder entstehen Löcher an den Seitenwänden der Holzverpackung. Keon merkt, wie sich Marlon anstrengen muss. Er fühlt regelrecht mit, an welchen Punkten dieser ansetzt, um die Widerstandskraft der Kiste zu überlisten. Als Marlon jetzt sogar beidseitig seine Arme aus dem Sarg schieben kann, ertastet er, dass rundherum Eisenbänder der Kiste wohl eine gewisse Stabilität bringen sollen. Ihm stellt sich der Zustand zunächst als ein weiteres Hindernis dar. Er braucht allerdings nicht lange nachzudenken. Sogleich umgreift er das mittig angepasste Eisen. Es dauert nur wenige Augenblicke, bis das Metall zu glühen beginnt. Nun kann es Marlon so verformen, dass es bald an einer ziemlich dünn gedehnten Stelle bricht. Die erfolgreiche Aktion motiviert den

Teenager, weiter seine Kräfte zu sammeln. Binnen kurzer Zeit kann er die Strebe, die in Kopfhöhe angebracht ist, knacken. Die untere dritte Strebe bricht er nahezu gleichzeitig mit seinen Füßen und Knien auf. Beim letzteren kracht es dermaßen laut, weil durch die starke Pression die Metallverstrebung mitsamt dem Holzdeckel in die Luft wirbelt, um dann gegen eine Steinwand zu schlagen. Mit einem Rums kracht die Verkleidung auf den Boden, wo das Metall scheppernd nachhallt. Marlon sowie auch Keon hoffen, dass keiner der Schergen oder sogar Regus Mal selbst, den doch recht lauten Krach mitbekommen haben. Deswegen lauschen beide Jungen zunächst, ob sie sich nähernde Personen wahrnehmen. Es bleibt ruhig. Gut. Keon hat immer noch das unangenehme Gefühl, dass trotzdem irgendwelche Gestalten in ihrer Nähe sind. Glaubt er jetzt tatsächlich schon an Geister? Hoffentlich nicht! Diesen Glauben will er gern anderen überlassen. Der Ferrokinetiker indes ist durch den Schwung zügig selbst hochgeschnellt und befindet sich nun in Sitzposition. Zu seiner Überraschung haben ihm die Tölpel seinen Chronometer gelassen, dass er das Spot-Lightning initiieren kann. Damit blendet er den Raum aus, der in seiner völligen Dunkelheit alles verschluckt, was sich darin befindet. Mehrere Gewölbebögen lassen nur erahnen, wie weit sich der Raum dahinter noch ausdehnt. Dorthin verläuft jeweils eine Art Schienenkonstrukt. Marlon bemüht sich noch etwas schwerfällig aus seiner unangenehmen Behausung. Wackelig bewegt er sich von einem Bein auf das andere. Er muss erforschen, was es wohl mit dieser, wenn auch relativ filigranen Gleisanlage auf sich hat. Schnell hat er ausgemacht, dass die Schienen von der Decke auf einer schiefen Ebene her zu Boden führen und dort zunächst durch einen Prellbock zum Stehen gezwungen werden. Hierhin wurden auch ihre Holzwagen befördert. Marlon besieht sich weiter den Verlauf der Gleise. Am Pufferwehr sieht er einen Stellmechanismus angebracht. Plötzlich bekommt er eine Hitzewallung. Die Erkenntnis überrollt ihn förmlich. Keon bemerkt die Gefühlsexplosion. „Was ist?", will dieser wissen. „Das Ding hier wird dir gleich eine kleine Reise bescheren!" Der junge Lord kann nicht folgen. Ohnedies rattert eine Maschinerie von Getrieberädern los. Diese fassen wie geschmiert ohne Weiteres ineinander und bewegen eine quaderförmige Kiste schräg zur

Seite. Dort fasst ein Kran-Gestell die Holzhülle und setzt sie auf ein anderes Gleis. Wie gebannt starrt Marlon auf die Bewegungen der Metallarme, die den Sarg nun wieder loslassen. Es ruckelt sachte, weil mittlerweile kleine zwischen den Schienen quer zur Fahrbahn liegende Zylinder sich zu drehen beginnen. Ein Schubarm gibt dem Sarg den Antrieb, die Rollen befördern leichtfüßig den Waggon vorwärts. Erst das Rattern der Kiste lässt Marlon aus seiner Schockstarre entkommen. Geistesgegenwärtig springt er auf den fahrenden Zug auf. Er legt sich bäuchlings darauf und krallt sich, so gut es geht, am Deckel fest. Dort entdeckt er zu seiner Erleichterung zwei Griffe. An diesen Bügeln findet er gut Halt. Das Gefährt indes nimmt jetzt an Fahrt auf. Marlon wird einmal ruckartig nach links geworfen. Dann wieder nach rechts, wodurch er fast von dem rasenden Bock gefallen wäre. Bei jeder Biegung wird er mit der Fliehkraft nach außen getrieben. Wäre dies eine Geisterbahn auf der Theresienwiese in München, hätte er womöglich sogar Spaß dabei gehabt. Die ihm bereits bekannten Gruselgesichter der Fledermäuse rufen ihm nach. Sie schreien und brüllen solch hohe Töne heraus, dass sie Marlon fast taub machen. Währenddessen er sich mit einer Hand an der Halterung festhält, versucht er unterdessen mit der anderen Hand den Deckel zu öffnen. Ein Fausthieb hindurch, etwa auf Brusthöhe seines Freundes, lässt Keon vor Entsetzen derartig reagieren, dass dieser seine Unterarme überkreuzt. Noch ein massiver Schlag, dann kann der junge Lord ein, zwei Holzstücke aus dem Brett reißen. Abermals wird er, jetzt jedoch, nach hinten katapultiert. Er sieht sich augenblicklich fast gänzlich auf den Gleisen schleifen. Beide Beine berühren den Boden. Die Stahlkappen seiner Stiefel rumpeln mit wiederkehrender Wucht gegen die Walzen. Dies erzeugt ein homogenes Schlaggeräusch, was sogar die Fledermäuse aufschrecken lässt. Die irren Viecher werden dadurch aus ihrer Verankerung aufgescheucht und flattern wie wild erst gegeneinander. Dann formatieren sie sich und fliegen im Angriff auf den immer noch fahrenden Zug drauf zu. Marlon muss sich ducken, sonst hätten ihn die langen Krallen einer der Kreaturen skalpiert. „Iiiich lege einzig und allein fest, wer wem die Kopfschwarte vom Schädel reißt!", grölt der Lord mehr in Keons Richtung, als zu den Angreifern. Durch diesen herausgeschrienen Kommentar aufgeheizt, kann er wieder energiegeladen aufrücken. Er hämmert weiter mit immenser Gewalt auf den Sarg ein. Das Holz bricht unter dieser kraftvollen Einwirkung fast wie dicke Pappe. Die Holzelemente wirft Marlon in die Richtung, wo er die Fledermäuse vermutet. Wenigstens einige davon werden hoffentlich ihr Ziel nicht verfehlen. Marlon kann nicht sagen, wie weit er und sein Freund in diesem von außen aufgedrängtem Fun fuhren. Er vermutet sogar, dass sich die Fahrt nur dadurch so lang anfühlt, weil der Zug immerzu die Richtung wechselt. Mit Sicherheit haben sie mehrere Runden gedreht. Wegen der stockfinsteren Umgebung ist er jedoch nicht in der Lage, dies exakt zu reflektieren. Zumindest hat das Ding nun, wenn auch relativ sprunghaft, Halt gemacht. Die angriffslustigen Tiere beruhigen sich und beobachten nun das Geschehen von einer gewissen Distanz aus. Marlon ist perplex. Er hatte sich darauf eingestellt, dass er sich zunächst mit den steinernen Gesellen beschäftigen müsse. Zumindest ist ihm an dieser Stelle das Glück hold. So zunächst seine vorläufige Einschätzung. Wenigstens kann er ohne anderweitiger Konflikte seitens dieser Vögel die mittlere Metallverstrebung von Keons Holztransport ferrokinetisch lösen. Diesem war ja während der gesamten Reise nicht viel mehr möglich, als inständig zu hoffen, dass die Höllenfahrt bald ein Ende nimmt. Allerdings prägte er sich ein, welchen Weg sie letztendlich genommen haben. Dies, um keine Holzsplitter, die durch Marlon's ekstatisches Gerammel auf ihn prasselten, mit geschlossenen Augen. Eigentlich fuhren sie nur zweimal in Form einer Acht. Die zweite Zahl so gedacht, dass die erste um neunzig Grad versetzt und der Schnittpunkt ihrer Schlingen unter dem Symmetriezentrum der zweiten liegt. Fixpunkte, die das Zentrum eines vierblättrigen Kleeblatts bilden? Ummauert im Grundriss eines Quadrats? Keon schafft es derweil, sich aus dem Sarg zu schälen. Es fühlt sich noch etwas wackelig an, als er auf seinen Füßen steht und seinen Rücken durchdrückt. Dabei bemerkt er nicht, dass hier, am vermeintlichen Ziel ihres Parcours, ebenso wieder mechanische Greifarme in Bewegung kommen. Marlon zieht ihn augenblicklich aus der Gefahrenzone. Der Sarg, respektive Seifenkiste auf Schienen, wird wie in einem Sackbahnhof auf ein Abstellgleis verfrachtet. Von hier aus geht der Transport vermutlich weiter. Und genau das passiert in der

Tat. Die beiden Jungen erteilen ihren Chronometern die Sprachanweisung, das Spot-Light einzuschalten. Im Nu sehen sie sich in einem hohen kreisrunden Raum stehen. Reihum bis hinauf zur Decke sind Nischen eingelassen. Über jeder können sie im Halbdunkel der Beleuchtung römische Zahlzeichen erkennen. Dazu Schriftzeichen, die wohl auf Namen hinweisen sollen. Als Marlon und Keon mit gemeinsamer, nun doppelter Lichtintensität in eine der Aushöhlungen halten, erkennen sie einen goldglänzenden Sarkophag. Auf diesem die Totenmaske des darin Verstorbenen. Marlon sieht zu seinem Freund und zieht erstaunt über das, was er gerade zu sehen bekommt, eine seiner Augenbrauen hoch. Ihm ist sofort klar, wer dort gebettet sein muss. Mit offenem Mund verfolgt er den Lichtkegel seines Chronometers weiter, als er diesen umfänglich sukzessive nach links bewegt, bis er eine volle Drehung um sich selbst gemacht hat. „Siehst du auch, was ich sehe?", fragt er seinen Schulkameraden, dessen Rücken genau an seinem liegt. So können sie zeitgleich an die einhundertachtzig Grad des Terrains betrachten und wissen sich zugleich von hinten her geschützt. Augen vorn und hinten zu haben, bot schon in vielen Fällen ein Vorteil in ihrer Handlungsoffensive. Die Jungen trauen ihren Augen nicht. Etwa zwei Dutzend Totenladen sind in den Wänden dort eingelassen, wo zuvor eine kleine Gruft in den Stein gehauen wurde. Alle Sarkophage aus Stein gehauen, jedoch unterschiedlich verziert. Mal aufwändige Reliefs, andere weisen nur kaum bearbeitete Seitenränder auf. Ob auf allen Steinkisten eine Maske des darin Liegenden aufgesetzt ist, kann man nur vermuten. Die Lords können das von ihrer Position her nicht eindeutig ausmachen. Zumindest ist der untere der größte. Außerdem nach ihrer Einschätzung am aufwendigsten behauen. Insgesamt bietet sich ihnen ein Refugium der Toten und darüber der Zufluchtsort Regus Mals. Wer sonst soll hier in ihrer ewigen Ruhe gebettet liegen, als sämtliche Anführer der Ryanen? Zauberer in persono, aber hoffentlich alles schlechte Lehrmeister. Das nämlich, was Regus Mal an Zauberkräften anzuwenden weiß, ist nur noch ein Sekret der Fertigkeiten, die wohl Regus Leaga anzuwenden in der Lage war. Marlon und Keon hoffen trotzdem inständig, dass keiner der hier in den Stein eingelassenen Subjekte je wieder ans Tageslicht kommt. Die beiden Teenager haben, auch gefestigt durch ihre steten Übungen während ihrer gemeinsamen Schulzeit, die Fähigkeit, sogenannte Mover gedanklich weiterzugeben. Sie können Sequenzen der Überlegungen des anderen erfassen. Keon, dank seiner Psychokinetik, mehr als Marlon. Zugleich verstehen sie es, Gedankengänge zu blockieren oder auch zu beeinflussen. Dadurch waren sie schon oft gemeinschaftlich als Team befähigt, Handlungsstrategien prämental durchzuspielen. Dieses Konzept wenden sie auch jetzt an. Zu ihrem blanken Entsetzen kommen sie zu keinem Resultat. Völlige Leere in ihren Denkstrukturen. Im unbestreitbaren Bewusstsein, dass genau dieser Ort die Ursache dafür sein muss. Hören sie ein Kratzen?… Ein Rascheln, irgendwo … im Sarkophag des Regus Leaga? Brummelnde Stimmen, gleich unverständlichen Worten einer einst gesprochenen Sprache. Psalmen im Sprechgesang einer ihnen abstrusen spirituellen Atmosphäre einer romanischen Kirche? Einkehr und Besinnung jedoch fehl am Platz! Wahnwitziges Erschaudern. Ein Totengesang oder eine Totenmesse, die lebendige Spiritualität vermittelt. Ein Desaster und Dilemma. Gebete, um wen zu loben? Die toten Kreaturen berufen sich auf das Wort … welchen Wesens? Officium divinum, göttlicher Dienst für wen?

Frankenau hat mit Johanna und Seija intensiv den Plan besprochen, auf welche Art und Weise sie ebenfalls über das Moor zum Ort des Geschehens gelangen werden. Die Fürstin des Volkes der Liknonianer, das Vorbild der beiden jungen Frauen, wird von der anderen Seite des Tals her Hilfe leisten. Das, was sie vorhaben, könnte auch schief gehen. Deswegen wäre es von außerordentlicher Dringlichkeit, so etwas wie Außenposten in petto zu haben. Lamera wird alle Hebel in Gang setzen, um den Plan zum Gelingen zu verhelfen. Zumal es Rune nicht obliegt, direkt in die Konflikte einzugreifen. Er ist als die Grundfeste im Tal des Seelenfriedens nicht berechtigt, deswegen auch nicht imstande, den Ausgang zu beeinflussen. Natürlich darf er Partei ergreifen und Ratschläge erteilen. Auch kann er nach vollzogenem Ausgang dahingehend tätig werden, dass er den Zustand des Ortes so erhält, damit die Ursächlichkeit für alle nachfolgende Zeit erhalten bleibt. Die Entscheidung und der Vollzug jedweder Handlungen liegen allein aber in den Händen der Völker der Erde. Sie sind es, die Kriege anzetteln. Sie müssen es sein, die diese mit einem guten Ende begraben. Rune, der Geist, der alles trägt und zusammenhält kann nur stabilisieren. Er, die paramagnetische Stütze des Seins, allen Daseins. Eine sinnbildliche Schnittmenge der ewigen Diskontinuität aller Lebensformen und deren unterschiedlichen Lebensprinzipien. Befindlich dort, wo Realität mitsamt ihrer Folgen unaufhörlich die Existenz von Leben bewahren oder zerstören kann. Ethisch moralisch einfühlsam und erinnernd.

Der Motorrad-Freek Frankenau kann es nicht lassen, den Ausgang der Expedition mit Cross-Maschinen zu bewerkstelligen. Dazu hat er an einigen Rennkisten Seitenwagen montieren lassen. „Zwar nicht TÜV-konform, aber…!", gibt er enthusiastisch vor Vorfreude an, während sich der kleine Trupp, der sich am Morgen noch im SuPerb beratschlagt hatte, vor den Toren des Homerius-Kastells versammelt. „Es gilt, keine Zeit zu verlieren.", erklärt der Rektor weiter und verstaut noch einige Reiseutensilien in den Bauchraum des seitlichen Hängers. „Wenn Professor Freek mal so nett wäre, mir in sein komfortables Vehikel einzuhelfen?", kommt es gleich von Liam. Dieser hat wegen seiner kurzen Beine verständlicherweise arg Mühe, in den Seitenwagen Frankenaus einzusteigen. Fast wäre er rücklings auf den Schotter gefallen, wenn ihn Sandra nicht geistesgegenwärtig aufgefangen hätte. Diese verdreht nur die Augen, kann sich dabei aber einem Grinsen nicht verwehren. „Wenigstens noch ein Bussi?", fordert er das Mädchen auf, als er auf dem Ledersitz endlich akkurat Platz gefunden hat. Dabei rutscht er mit dem Hinterteil viele Male über das glatte Leder. Er ist wahrlich entzückt, allein nur von der Vorstellung des bevorstehenden „kleinen Ausritts". Aleksandra beugt sich vornüber und gibt dem Zwerg einen zarten Kuss auf die Wange. Dieser freut sich wie ein Kind, welches zum Schulgebäude schreitend aus den mütterlichen Armen entlassen wird. Liam gurtet sich nun noch fest. Mehrmals kontrolliert er, ob der Gurt auch in der Verankerung eingerastet ist. Frankenau erklärte, dass die Strecke mit zahlreichen Hindernissen gespickt sein wird, weshalb zügige Manöver vonnöten sein werden. Der Zwerg hat wahrlich keine Lust, bereits vor Beginn der richtigen Mission schon wieder rausgeworfen zu werden. Nochmals prüft er die Spannkraft des Seilzugs an seiner Sitzlehne. Dann drückt er ungeschickt den Helm auf seinen Kopf. Frankenau bastelte noch zügig an dem Kopfschutz, den Liam damals in dem gewissen Schrank zur ersten Unterrichtsstunde zum Thema Nahkampf bei Lean Migatos fand. Liam forderte nämlich vehement, diesen Halbschalenhelm aufsetzen zu wollen, weil er der Überzeugung ist, in einem Integralhelm ersticken zu müssen. Zum anderen war er der Meinung, dass das Schicksal ihm zu dieser Ausführung gewissermaßen zwingt. Der Schulleiter fand schlussendlich tief in der Reservatenkammer, wie er den Raum bezeichnet, in dem er all seine Ausrüstungsgegenstände aufbewahrt, ganz weit verborgen eine creme-weiße Rennkappe. Davon trennte er das braune Leder ab, welche er an den altertümlichen Helm nietete. Dies als Schutz für die Ohren und den hinteren Kopfbereich. Zusätzliche Lederriemen am Kinn dienen dem Verschluss. Die dazugehörige Brille aus den vermutlich neunzehnhundertsiebziger Jahren befestigte der Schulleiter ebenso an die Schüssel. Nun zieht Liam die Schutzbrille von seinem personifizierten Sturzhelm herunter und legt diese auf die Augenpartie. Die Gummiränder verschließen die Augen zu einem abgedichteten Kleinod. Der Zwerg sieht aus, als würde er mit einer überdimensionierten Brille einen Tauchgang unternehmen wollen. Symbolisch klatscht er in die Hände, um zu verdeutlichen, dass er selbst nun für die Abfahrt bereit ist. Frankenau hebt seinen Körper elastisch auf den Sitz seines Zweirades. Er stülpt den Integralhelm über, der noch am Lenker hängend geparkt war. Genau wie die Helme von Keon und Marlon ist dieser ebenso mit allem technischen Equipment ausgestattet, was die Forschung im Reich der Tiefen anzubieten hat. Unter seinem mit einer Vielzahl von Details ausgestatteten Motorradanzug kann er es nicht lassen, wenigstens ein zitronengelbes Hemd zu tragen. „Das Leben ist eben bunt. Manchmal sogar so grell, dass man geblendet ist.", befindet er. Liam erachtet das Ganze als Schnickschnack. Er verlässt sich lieber auf sein Körpergefühl. Sandra hatte natürlich wieder eine spitze Bemerkung dazu. Der Zwerg trägt sie mit Fassung. Seija und Johanna starten indes ebenso ihre Rennmaschinen. Es wäre ja wirklich nicht gerecht gewesen, wenn sie sich mit anderen Transportmitteln hätten begnügen müssen. Cedric ist das mit diesen fahrbaren Untersetzern nicht ganz geheuer. Zudem macht ihn die Verletzung noch ein wenig zu schaffen, dass er entschlossen hat, die Fahrt auf dem Rücksitz von Connor anzutreten. Außerdem ist dessen Krad eine Nummer größer als die der anderen, dass er wirklich genügend Platz haben wird. Die Gefährte der Liknonianerinnen haben wie Frankenau Seitenwagen. So wird wie Liam auch den kühnen Kämpfern Magnus und Tito die besondere Ehre zuteil, zum folgenden Erlebnis chauffiert zu werden. „Ehre, dem Ehre gebührt!", kommentierte Liam die Sitzverteilung. Mehr war dem auch nicht zuzufügen. Zumindest hatte keiner der Anwesenden Lust für einen sicher in der Luft liegenden Kommentar. Sandra stieg als letzte auf. Sie hat vor diesen Höllenmaschinen ehrlich gesagt mehr als nur Respekt. Deswegen entschied Frankenau als derjenige mit der längsten Fahrerfahrung, das Mädchen auf seiner Rückbank zu platzieren. Zumal es höchstwahrscheinlich günstig sein wird, wie er betonte, dass Sandra Liam an ihrer Seite weiß. Beide bilden eine symbiotische Einheit. Die Gegenwart des einen, schließt ohne Umschweife die des anderen mit ein.

Erst im Schritttempo, dann brausen sie zügiger von dannen. Hinter sich lassen sie ihr trautes Heim, ihre Festung zurück, um an einem anderen Ort dem Teufel persönlich zu begegnen.


Die Illusionisten schieben sich an den Urzeit-Ryanen vorbei. Zumindest befanden Leonore und Selma, dass diese Art von Ausführung in prähistorischen Zeiten die Gebiete unter der Erde bevölkert haben müssen. Eine Antwort dafür mag wohl nicht eindeutig zu formulieren sein. Dies ist in dieser Situation mitnichten zweifelsfrei nebensächlich. Der vermeintliche Großmeister hatte die Tür hinter sich nur zugeschoben, ehe er sich aufmachte, die kleine Kompanie aus mehr Hund als Mensch aus dem Innenhof zu kommandieren. Die Ansagen waren kurz und präzise. Womöglich hätten sämtliche gut ausgebildete Hunde jedweder Rasse eindeutig verstanden, welche Zielrichtung ihnen damit zugewiesen ist. Der Major dreht seinen Kopf noch einmal um, dann nickt er gleich einem Gruß in Richtung der einigermaßen verblüfften Illusionisten. Micael folgt der unausgesprochenen Weisung, in das Haus zu treten. Zwei abgewetzte Sandsteinstufen höher dreht er vorsichtig am Knauf. Die Tür ist tatsächlich nicht verschlossen. Vorsichtig schiebt er das sichtlich gealterte Holz erst einen Spalt breit auf, dann weiter. Er lugt in den Raum. Aus den Augenwinkeln betrachtet, erkennt er McKomeron hinter einem Tisch sitzend. Micael traut seinen Augen nicht und bleibt für kurze Zeit wie angewurzelt stehen. Eigentlich sind sie diejenigen, die die Illusion herbeiführen sollten. Nun befinden sie sich womöglich selbst in einer optischen Vision. Selbsttäuschung? Der Illusionist zögert. „Kommen sie nur!", beginnt eine höfliche Stimme. „Keine Scheu! Sie werden bereits erwartet." Alarmglocken schrillen und machen sich in Selma breit. Sie hat ebenfalls die ausgesprochene Bitte, zu ihrem Ehemann gerichtet, vernommen und betrachtet diese zunächst mit dem gleichen Argwohn. „Wer wird wohl an diesem unwirklichen und verdreckten Ort hier auf sie warten? … Keon… Marlon? … Nein, das ist keine von ihren Stimmen!", überlegt sie erregt. Indes tritt schon Micael in das schummrig beleuchtete Zimmer hinein. Er ist mutiger. Selma, Leonore und Darius folgen ihm neugierig, wenn auch zögernd. „Schließen sie bitte die Tür richtig ab. Ich glaube, weiteren Besuch haben wir erst einmal nicht zu erwarten." Darius dreht hinter sich den Schlüssel im Schlüsselloch zweimal herum. Er hat irgendwie das Gefühl, dass ihm hier keine Gefahr zu drohen scheint. Dieses Empfinden kann er zwar nicht konkretisieren, aber er verlässt sich auf seinen Instinkt. Schlimmer als es die Gesellschaft mit diesen Hundmenschen vor der Tür war, kann es kaum kommen. Das Gaslicht, welches auf dem Tisch steht, wird nun höher gedreht. Dieselbe Stimme, die sie schon zuvor zum Eintreten gebeten hatte, dringt erneut in das Zimmer. „Ich habe Tee aufgesetzt. Der wird ihnen munden. Außerdem habe ich mich noch nicht vorgestellt… Mein Name ist Rune…". Mit einer einladenden Bewegung weist die Gestalt auf das Innere des Raumes und deutet den Gästen, näher hereinzutreten. Und, um ihnen ihre Frage zu beantworten… Sie befinden sich in einer Art Spiegelung des Inneren meines bescheidenen Hauses. Es hat sie sozusagen in meine Encasa geführt." Die vier Neuankömmlinge stehen verblüfft da. Sie sind einigermaßen überrascht. Eigentlich könnten sie gar nicht entdeckt werden. Sie befinden sich immer noch in ihren Blasen, die sie von der Umgebung her abschirmen sollten. Ist die Tarnung aufgegangen? „Natürlich!", kommt es Leonore in den Sinn. „Wer sonst als Mak hätte sie so leicht orten können!" McKomeron indes hat die Illusionisten bereits in seiner Manier gescannt. „Die Überraschung ist also gelungen. Gut!", freut er sich. Der Psychokinetiker kann die Verblüffung intensiv spüren. Derweil lassen die Illusionisten ihre Verhüllung zunehmend blasser werden, bis sie in realer Gestalt und dann in klaren Konturen sichtbar werden. Der Psychologe muss ob der entgeistert dreinschauenden Erwachsenen weiter grinsen. Verwunderung und Erstaunen. Diese sind gleichwohl nicht nur wegen der Anwesenheit Maks dermaßen geplättet, sondern mehr fassungslos von dem skurrilen Bild, was sich ihnen bietet. Zumal haben sie aufgrund der äußeren Gegebenheiten ja nicht mit solch einem Arrangement gerechnet! Am runden, mittig im Raum platzierten Holztisch sitzen bei einer unkonventionellen Teerunde der Ryane Silas Derys, Professor Lean Migatos, der Ranger Rico und neben McKomeron ein alter Zwerg. Dieser studiert die Gäste mit stahlgrauen Augen. Lockig graue Haare, die bis zu den Schultern reichen, können nicht von den vielen Falten im Gesicht des Alten ablenken. Die tiefen Furchen sind durch das vehemente Lächeln noch zahlreicher. Gleichermaßen erzeugt dieser erste Eindruck die Zusage, dass die Neuen willkommen sind. Nichts davon erscheint hinterhältig oder linkisch. Nur Vertrauen und, ja auch Neugier. „Nehmen sie doch erst einmal Platz!", bittet der freundlich dreinschauende Zwerg. Die Illusionisten folgen der Einladung, wenn auch immer noch ein wenig verstört. Sie können absolut keine Sinnestäuschung ausmachen. Micael und Darius fokussieren im Hinsetzen den Kater, ihren Kater Mak, dem sein Grinsen eingefroren zu sein scheint. Dieser nimmt das Wort auf: „Da habt ihr es endlich geschafft!" Micael zieht seine Stirn kraus. Die anderen drei Illusionisten können ebenso nicht folgen. Indem McKomeron aus der überdimensionierten, mit Blumenmustern verzierten Kanne die Teetassen füllt, erklärt er sich. Selma kann nicht umhin, währenddessen darüber zu staunen, dass auf dem Tisch bereits schon die exakte Anzahl an Tassen hingestellt ist. Wie auch die anderen betrachtet sie nacheinander die hier Wartenden. Denn so ist es ja wohl - man wusste, dass sie kommen… Und das auf den Punkt genau. „Es obliegt nicht meiner Wenigkeit und schon gar nicht der hier Anwesenden, dass ihr erst heute von diesem Ort erfahren sollt. Es liegt an der Notwendigkeit allen Tuns, an der Offenbarung des Seins." Die Illusionisten können nicht ganz folgen. McKomeron versucht aufzuzeigen, warum sie hier in diesen Raum gelangt sind. Sichtlich zu kompliziert. Nicht verständlich. Ihm ist es spürbar unangenehm, dass er so viele Jahre nicht von Rune, seiner kleinen Hütte und von diesem Tal des Seelenfriedens berichten konnte. Nein, er durfte es ja nicht! Ihm war es verwehrt! Nur denjenigen, welche Einlass erhalten sollen, wird dies auch zuteil! Es geht dabei nicht um persönliche Beziehungen, auch nicht um Freundschaft. Jene Vorgangsweise muss Freundschaft aushalten können! Weil das vorliegende gewaltige Konstrukt zu kompliziert, zumal sowieso ohne Voreingenommenheit respektvoll anzunehmen ist. Geschaffen aus einem Geflecht, die die eine Sache zu Materie wachsen lässt. Ein Körper, Produkt aus einer Thematik, die Leben an sich ausmacht. Das Werk eines Geistzustandes, der bei allen Völkern so etwas wie wahre Freundschaft, Liebe, Güte, Barmherzigkeit und Vergebung bedeutet. Bei einer Vielzahl von Individuen aber auch Hass auf diese Formulierungen initiieren kann. Es fordert von dem, der die Kenntnis vom Tal hat, äußerste Anstrengung. Sage es nicht weiter! Welch Floskel, die oft mit unerhörter Begeisterung ungeniert weitergetragen wird. Dies immer nur im Nebensatz, weil das Hauptsächliche, das zu Schützende, dann doch unwiderruflich entblößt wird. So steht es ungeschützt vor aller Augen. Wird beschimpft, diffamiert und sogar vernichtet. Alle, die von diesem Seelenort wissen, haben diese Forderung ohne Ausnahme auferlegt bekommen. Es ist die einzige Bedingung, welche an die Offenbarung gebunden ist. Wer sich nicht daran hält, dem wird der Zutritt zum Tal für ewig verwehrt. Alle Erinnerung wird gelöscht. Privileg und Anspruch, so nah beieinander. Mak gibt das Wort zurück an Rune. Dieser alte weise Mann wird die besseren

Worte finden, wie er meint. „Darf ich euch Rune vorstellen. Er ist ein guter, alter Freund und Gefährte von mir und beherbergt das in sich, was ich als Esprit, als Geist, der alles verbindet, bezeichne." Der Zwerg schwenkt seine Tunika nach hinten und drückt seinen krummen Rücken an die Stuhllehne. Ihm ist offen ausgesprochenes Lob stets unangenehm. Taten wiegen mehr als Worte, so eines seiner Lebensprinzipien. Dem Alten umgibt tatsächlich eine Aura, welcher man ausschließlich mit Ehrfurcht zu begegnen bedacht ist. Er winkt das Gesagte beiläufig ab: „Glauben sie ihm nicht gleich alles. Mit Sicherheit gibt es noch höhere Mächte. Ich bin ein alter Mann und versuche mein Bestes… Dieser Mensch neben mir übertreibt gern." Der alte Zwerg legt indes seine faltige Hand auf McKomerons Arm und zwinkert diesem von der Seite her zu. „Ich verstehe mich ausschließlich als ein Diener des Ganzen, was man leicht übersehen könnte, wenn man sich gar zu wichtig nimmt. Ich denke, sie wissen, warum sie hier sind, beziehungsweise weshalb das Schicksal sie hierher geführt hat?" Rune räuspert sich. Er nimmt einen kleinen Schluck von seinem Tee. „… Sie werden meinen, dass sich das Procedere nicht ganz galant anfühlt. Vielleicht möchten sie auch laut protestieren. Verzeihen sie, wenn wir sie überrumpelt haben. Hören sie sich bitte aber zunächst meine Seite der Erklärung an." Der Zwerg macht eine bedeutungsvolle Pause, indem er seinen Stuhl zurechtrückt und seine Hände auf den Tisch gelegt ineinander verschließt. Dann wendet er seine gesamte Aufmerksamkeit dem Gegenüber zu und erklärt mit ruhiger Stimme: „Leonore, Selma, Darius, Micael… Sie haben Zutritt zum Tal des Seelenfriedens erhalten. Sie sind in eine ihnen bisher unbekannte Sphäre gelangt. Verstehen sie diese als eine sinnbildliche Schnittmenge der ewigen Diskontinuität aller Lebensformen und deren unterschiedlichen Lebensprinzipien. Befindlich dort, wo Realität mitsamt ihrer Folgen unaufhörlich die Existenz von Leben bewahren oder zerstören kann. Ein ethisches Prinzip des Geistes, moralisch einfühlsam und erinnernd." Rune beobachtet die Frauen und Männer. Seine Blicke ruhen selig mal auf einem, mal auf einem anderen Gesicht. „Sie selbst sind Illusionisten. Verstehen sie diesen Ort als zeitdehnendes Konstrukt, als Mittel zum Zweck. Alles Sein, sogar alle Gefühle sind tiefer liegend als jede Lebensform jemals zu denken imstande wäre. Ja, das Tal ist Fantasie, Traum und Utopie zugleich… Dann wieder Realität, weil man sie fühlen und schmecken kann." Der Blick des Zwerges richtet sich kurz auf die Teekanne. „Sie wissen sich das als Illusionisten gewiss vorzustellen… Strebt der Mensch, zudem alle anderen Völker der Erde, nicht stets nach einem Ziel? Visionen, die aus Wünschen entstehen? In manchen Fällen führen sie zum Wahnsinn. In manchen Fällen werden sie Realität?" Die Illusionisten blicken sich um. Leonore und auch Selma waren tatsächlich kurz bei der Mutmaßung, dass sie womöglich wirklich träumen würden. Dieser Raum, dieser runde Tisch. Inszeniert in einem Nebel von Tatsachen und wirrer Gedanken. Fürchterliche Eingebungen gepaart mit elterlichem Anspruch, ihre Kinder zu beschützen und ihnen zu Hilfe zu eilen. Uneingeschränkte Sehnsucht, die Folgen nicht absehbar. Und nun kommen sie zu der Einsicht, dass Schicksal auch Fügung ist. Wege zu gehen, die man zuvor noch nie gegangen ist. Das Ziel zwar vor Augen, jedoch noch verschwommen. Dann die plötzliche Erleuchtung: Eine der Grundfeste ist Mut! Eine abartige Libelle über dem Moor hatte es ihnen zugerufen. Rune, der Geist, der alles trägt und zusammenhält kann dabei nur stabilisieren. Er, die paramagnetische Stütze des Seins, allen Daseins in einem Tal, wo das Leben über seinen Anspruch heraus wahrlich gelebt werden kann… In Frieden.

Rico schlürft an seiner Tasse. Alle Blicke ruhen nun zu seiner Verwirrung auf ihn. Irritiert schaut sich der Ranger um, weil sein kleines Konzert, geschuldet dadurch, dass der Tee wahrlich nicht abzukühlen vermag, die Aufmerksamkeit auf ihn gelenkt hat. Sichtlich verlegen richtet er sich auf seinem Stuhl auf und überragt so den Zwerg um das Doppelte. Den Illusionisten ist dieser Leptosome bekannt. Dies zwar mehr vom Hörensagen, als dass sie mit ihm bisher viele Worte ausgetauscht haben. Damals, als die Artefakte letztendlich zusammengefügt waren, wurde er ihnen von Aleksandra vorgestellt. Es war nicht zu übersehen, dass die beiden in verwandtschaftlicher Verbindung stehen. Liam, den Aleksandra zunächst als einen ihrer zahlreichen Freunde vorstellte, berichtete im selben Zug von seiner Gefangennahme mittels einer der Fallen, die Rico aufgehängt hatte. Der Tierhüter hatte jedoch schon von Liam gebeichtet bekommen, dass dieser wohl mehr als Freundschaft in der Beziehung zu seiner Nichte sieht. Sichtlich weit ausladend berichtete der Zwerg von den Sneaks und den Geschehnissen um das Carrier im Trinkwasser, welches diese Tiere in ihren Wesenszügen verändert hatte. Liam wollte seiner Herzens-Freundin, welche sie für ihn schon lange war, imponieren. Sie sollte stolz auf ihn sein. Der schlanke hochgewachsene Mann grinste nur bei all den Erzählungen. Sicher waren einige Anekdoten dermaßen verzerrt dargestellt, dass dem Ranger die Worte für eine Richtigstellung fehlten. Die Illusionisten wussten von dem Temperament des Zwerges, den ihre Jungen bereits des Öfteren beschrieben hatten. Wahrlich ist Sehen und Beobachten mehr als Hören. Trotzdem hatten Keon und Marlon den Halbzwerg in der Tat genügend charakteristisch beschreiben können, dass ihre Eltern die Wahrheit leicht von der reichhaltigen Neuinterpretation trennen konnten. Sie halten es auch heute noch Sandras Onkel zugute, dass er der Hochstimmung des Zwerges keinen Einhalt bat. Dieser gönnte ihm die Show und den daran anschließenden Applaus. Hieraus entstand eine Freundschaft, eine tiefe Zuneigung insbesondere vonseiten Liams. Auch deshalb, weil Rico sowieso nicht ein Mann der vielen Worte ist. Er hört zu und kann auch lange weghören. Die Tiere geben ihm den dafür notwendigen Ausgleich. Deshalb ist es nun auch an Mak zu erörtern, wie Marlon und Keon unbescholten in die Festung gelangen konnten. Darius formuliert, was Micael, Leonore und Selma ebenfalls denken: „Eine Illusion über der Wirklichkeit. Das hätte auch uns einfallen können!… Glühwürmchen!" Der Arzt und Psychologe freut sich. Diese Freude wurzelt intensiv aus der Sicht eines langjährigen Freundes. Denn er hat schon zahlreiche Freundschaften auseinanderbrechen sehen müssen oder zumindest davon gehört, die nur aufgrund von nicht genügend ausgesprochenen Empfindungen passiert sind. Davon kann er zu seiner Erleichterung nichts spüren. Die Illusionisten vertrauen ihm. Dies beruht auf beiderseitiger Anerkennung ihrer treuen Verbindung und der Fähigkeiten, mit denen sie sich ausweisen können. Das Holo-Unterfangen, so wie es die Jungen in den Sprachgebrauch der Familien einführten, war nur eines der Zeugnisse, welches bewies, dass man sich auf das Wort und daran anschließende Taten verlassen kann. Gleichwohl drängt sich ihnen die

Empfindlichkeit der Ereignisse auf, die Nicolas den Jungen in der Sache mit dem Knuff Keno offengelegt hatte. Zwar kein Betrug, doch aber eine in der Tat haarige Angelegenheit. Nun sind sie es selbst, die wohl oder übel von verschiedenen Details keine Kenntnis, noch nicht einmal eine Ahnung hatten.… Nach einer kurzen Pause nimmt nun der Sitznachbar Ricos den Gesprächsfaden auf. Dieser ist den Illusionisten ebenfalls bekannt. Nicht ganz so hochgewachsen wie der Leptosome, aber fast genauso schlaksig wirkend. Der in die Jahre gekommene Hüne Professor Lean Migatos. Mit viel zu langen Armen gestikulierend formuliert er seine kleine Ansprache. Ein auf jeden Einzelnen blickendes freundliches Augenpaar unterstreicht seine Worte: „Schön, dass sie hierher gefunden haben." Kurze Stille, dann ein Lächeln Richtung Rune, Mak und insbesondere dann zu Silas Derys. „Ich wurde wie sie, zwar schon vor einiger Zeit, aber dennoch nicht weniger dramatisch hierher geführt." Der glatzköpfige Lehrer schaut zunächst die vier Neuankömmlinge forschend an, dann treffen seine Blicke auf den Ryanen. „Gut.", setzt der hagere Mann, dessen Haut womöglich noch nie Sonnenstrahlen gesehen hat, fast bedächtig fort. „Ich wäre heute vermutlich auf der gegnerischen Seite zu finden…Oder eher tot." Seine blassen makellosen Arme, auf denen auch hier kein einziges Haar zu wachsen interessiert ist, ragen aus einem beigefarbenen Hemd hervor, als er seine Hände ausbreitet, um dem ungewissen Ausgang seines Schicksals Ausdruck zu verleihen. Um seine Augen bilden sich jetzt kleine Falten. Noch immer beobachtet er in einer unendlichen Konzentration die Illusionisten, dann Silas, der wohl mit dieser Geste gebeten wird, das Wort aufzunehmen. Der Mann scheint indes aus seinen Gedanken von ganz weit hergekommen zu sein, um darin auch wieder gleich zu versinken. Sogleich erscheint eine Art Spot und beleuchtet das Dunkel am Tischplatz, an dem die Illusionisten mehr nur die Konturen Silas erkennen. Der Ryane trägt einen violetten Umhang mit einem breiten Kragen. Darunter eine schwarze Hose, die in ebenso nachtdunklen Stiefeln mündet. Die Beine sind lässig ausgestreckt. Ein schwarzes Hemd unterstreicht die „Farbvielfalt" der Kleidung, wie ihre Jungen dieses Outfit des Magiers gut zu beschreiben wissen. Der Kater Mak hatte bei solchen Interpretationen stets einen wissenschaftlichen Vortrag zur Farblehre parat: „Die Farbe des Umhangs ist eher purpurfarben. Purpur ist der Farbbereich aller Farbtöne der sogenannten Purpurgeraden zwischen den Farbreizen des langwelligsten sichtbaren spektralen Rot und des kurzwelligsten spektralen Violett. Eine Spektralfarbe Purpur gibt es zwar nicht, denn jenseits des blau schließt sich Violett und schlussendlich ultraviolett an. Und jetzt kommt das Besondere: Purpurtöne kann man nicht exakt zuordnen, da sie stets individuelle Varianten der Zuordnung haben. Das geschieht, weil sich hier Farbreize am Rande des Sichtbaren auswirken." Micael muss genau in diesem Moment an diese Ausführungen McKomerons denken, die er nur gern zu oft preisgab. Er zieht unweigerlich eine Augenbraue hoch und blickt diesen dann in naturalistischer Realität am Tisch sitzend an. Infolgedessen zieht der Psychologe seine Stirn in Falten und beobachtet ihn genauer. Der vermeintliche Lehrmeister ihm gegenüber scheint sich weiterhin redlich zu amüsieren, da er immer noch bis über beide Ohren grinst. Micael fixiert den Kater, der sich daraufhin gespielt den Gesprächen der anderen am Tisch zuwendet. Im Augenwinkel hat er trotzdem die Illusionisten im Visier. Der Blackman, noch so eine Personen-Bezeichnung der jungen Lords, begutachtet ebenso die neuen Besucher. Dies aus einem Dunkel heraus, dass Leonore und Selma zu frösteln beginnen. Schwarz wie die Nacht, aus welcher Magie und eine gewaltige Energie strömt. Eine unsichtbare Feste, die ohne das Spotlight mit der dunklen Nische im Raum dahinter verschmelzen würde. Der groß gewachsene Ryane von außergewöhnlicher Statur, drückt sich nun von der Lehne seines Stuhls. Er stemmt seine Ellenbogen auf den Tisch, dann faltet er in Zeitlupe seine Hände ineinander. Zwei große Ringe blitzen hervor, je rechts und links. Der eine trägt das Relief eines gehörnten Ryanen mit einer Flöte, der andere einen Schriftzug. Micael kennt den Sinn dessen: Ehre und Ehrfurcht. Welch sinnbildliche Beschreibung eines Mannes, der schon aus seiner Erscheinung heraus diesen Wesenszug widerspiegelt. McKomeron unterbricht das gegenseitige Abchecken. „Da wären wir wohl jetzt fast alle vollständig!", kommentiert Mak die Ansammlung der Männer und Frauen. „Es wird höchste Zeit, dass wir in das Geschehen eingreifen!" Darius blickt sich in der Runde um. Er erkennt genau wie die anderen, dass noch ein Stuhl unbesetzt ist. Er wäre fast schon geneigt, seine deswegen drängende Frage zu stellen, als zunächst ein Flackern, dann ein Hin- und Herwechseln einer 3D-Projektion geschieht. Ein Hologramm baut sich auf und lässt die körperliche Präsenz Liane Sabionis erkennen. Das dreidimensionale Abbild ist bald tiefenscharf. Es dauert nur den Bruchteil einer Sekunde, bis das Bild ein taktiles Feedback rekonstruiert. Darius Bruder Nicolas von Galemberg beschäftigt sich seit vielen Jahren mit dieser Technologie. Sicher wird er derjenige sein, der dieses messerscharfe Hologramm am Pult dahinter mit Liane selbst aufbaut. Beide haben zwei Typen dieser Projektionsformen, die zum einen Multiplexhologramme und zum anderen computergesteuerte Hologramme zusammengefügt. Mit dem Aztud-Diminur, den der Ingenieur in akribischer Forschungsarbeit von einem Prototyp zu einem wahrlichen Alleskönner entwickelt hat, ist es möglich, die Projektionen zu materialisieren. So entsteht ein vergegenständlichtes, bis fast zu einhundert Prozent identisches Abbild der Realität: Liane Sabioni, die Frau, bei der Nicolas von Galemberg Heimat und Liebe gefunden hat. Die dunkelhäutige Schönheit, wie sie ihr seit vier Jahren geehelichter Mann beschreibt, ist wohl seiner Meinung nach die taffste IT-Spezialistin des Universums. Sie ist etwa so alt wie die Illusionisten und Nicolas selbst und zu jeder Zeit konform mit den neuesten Entwicklungen und Hypes der Computerbranche. Ihre bis zu den Schultern reichenden dunklen Locken wackeln noch nach, als sie sich auf den leeren Stuhl gesetzt hat. Neugierige Augen blicken in die Runde und ein charmantes Lächeln deutet in ihrer Art eine Begrüßung an. Ob sie in anderen Visualisierungen als Sportlerin oder Yogalehrerin auftritt, bleibt offen. Wäre aber ebenso vorbehaltlos zu akzeptieren. Aber was vermittelt schon ein Bild unter dem Hintergrund von Hologrammen? Genau das, als wenn man eine Person nur nach Äußerlichkeiten charakterisieren würde, ohne die innere Struktur dahinter zu erkennen. Mak lächelt derweil apart zurück. Dann erkundigt er sich: „Nicolas ist auf seinem Posten?" „Ja. Alles läuft weitestgehend so ab, wie besprochen.", gibt Liane mehr in Rätseln an. Augenblicklich bilden sich im ganzen Raum verteilt Fragezeichen. Diese über den Köpfen der Illusionisten so deutlich, dass sie die Hologramme ihrer Gedanken sein könnten. „Keon und Marlon konnten wir eine ganze Weile lang im Blick behalten. Die MIND-App auf ihren Chronometern, die ja mit unseren Systemen vernetzt ist, konnten uns ihre Standorte, zwar mit Verzögerung, aber dennoch nachvollziehbar senden. Einige Male benutzten die Lords die GEMMA-App. Die Okolyth-Linsen haben ganze Arbeit geleistet. Die Festungsanlage hat wirklich arg dunkle Ecken. Mittels der LOG-App haben sie durch die engen Gänge der Festung gefunden. Die CAM-App wie auch die MOT-App, also ihr Movement, sind leider unterbrochen." Liane macht eine bedeutungsvolle Pause. Sie betrachtet die Eltern der Jungen. Sie ist sich unsicher, ob sie das, was sie noch zu berichten hat, vor ihnen aussprechen soll. Sie entscheidet, die Tatsachen ungeschminkt auf den Tisch zu legen. Es würde auch nichts bringen, die Illusionisten im Dunkeln tappen zu lassen. Es reicht schon, wenn die gesamte Burganlage mit einem Schleier unzähliger Grautöne überlagert ist. „… Keon und Marlon wurden immens körperlich angegriffen.", bricht es aus Liane hervor. Dann beschwichtigend: „Es geht ihnen aber einigermaßen gut… Vorerst…". Wieder wartet sie die nachfolgenden Reaktionen ab. Schreck und Hoffnung zugleich. „Nun, die Kommunikation ist, seit sie in der Krypta eingeschlossen sind, vollständig unterbrochen… Zuvor hatten wir nur einige unwesentliche Unterbrechungen in der Übertragung. Die Systeme funktionierten im Großen und Ganzen zur Zufriedenheit." Immer noch ist alle Aufmerksamkeit auf die computeraffine Französin gerichtet. Ihr französischer Akzent wird durch progressiv entwickelte KI-Graphikkarten additiv zu singulären Akustikfrequenzen außerordentlich natürlich wiedergegeben. Normalerweise war Liane diejenige, die jedwede unlösbaren Algorithmen mit Leichtigkeit zu lösen vermochte. Das genügte. Bisher… Neueste Entwicklungen forderten, den Aztud-Diminur bis ins Detail zu überarbeiten und zusätzlich eine ausgesprochen ausgeklügelte neue App auf die Transmitter zu installieren. Überdies hatten der Ingenieur Nicolas und Liane Unterstützung von den beiden bemerkenswert kreativen Studenten Katura und File Greindur. Der junge Student Greindur ist wie Liane in der Lage, in Meta-Strukturen zu denken sowie Kausalitäten intern in Unterordner zu füllen. Zu Viert entwickelten sie in den letzten Monaten ein natürlich-sprachiges KI-Chatbot, welches menschliche Gespräche jeder Sprache versteht, die Tonlagen scannt beziehungsweise analysiert und diese dann dem Bild anpasst. Also generative künstliche Intelligenz mit welcher erstaunliche Schärfe in Millisekunden hergestellt werden kann und damit in ihrer Netzstruktur die Realität eins zu eins abbildet. Die Informatikstudenten des Homerius-Kastells haben sich der AI, die artifizielle Intelligenz voll und ganz verschrieben. Intelligentes Verhalten automatisieren, maschinelles Lernen vorantreiben. Das ist ihr Grundansatz. Ihre von ihnen entwickelte AI-App MKH sammelt millisekündlich Giga-Daten aus der Umgebung. Diese Informationen werden derart wahrgenommen, dass sämtliche Sinneseindrücke erfasst werden, um darauf reagieren zu können. Die Daten werden dann als Wissen gespeichert, um vorausschauendes Handeln zu ermöglichen. Die AI agiert sogar so, dass nicht nur Sprache, sondern auch Emotionen verstanden, Probleme gelöst und letztendlich Ziele erreicht werden können. Also ein weiterentwickeltes Sprachmodell, jedoch nur in Grundzügen ähnlich dem allen voran oft zitierten und genutzten ChatGPT. Diesen sogenannten LLM-Modellen fehle es nach diesen IT-Spezialisten nämlich an Vertrauenswürdigkeit und Innovationskraft. Oberhalb der Erde einerseits Euphorie hervorrufend. Andererseits aber auch blanke Angst auslösend aufgrund der als vermeintlich unausweichlich proklamierten Entwicklung zu Artificial General Intelligence, der AGI hin. Nicolas, Liane, File und Katura vermischten Ideen von Mustererkennung maschineller Systeme, mit Vorstellungen erklärbarer AI und Grundansätzen ethischer AI. Das erstere, abgekürzt MAI versteht sich im Befähigen von Maschinen, eigenständig Hypothesen zu generieren und dabei ausschließlich auf vertrauenswürdige Daten zu setzen. Erklärbare AI, im Kürzel KAI soll dafür sorgen, dass KI-Systeme transparent bleiben, also Entscheidungsprozesse von KI-Systemen grundsätzlich verstehen können. Ethisch-Humane AI, im Logo HAI ist entscheidend dafür, dass KI-Systeme ethischen Standards entsprechen. Also potenzielle Risiken erkennen und negative Auswirkungen minimieren. Demnach künstliche Intelligenz zum Wohl der Gesellschaft. Diese neu programmierte KI-App MKH ist jedoch noch nie in dieser Zwischenwelt angewendet worden. An diesem Ort, an dem sich seit Jahrtausenden das zerebrale Bewusstsein aller Hemisphären bündelt. Was künstliche Intelligenz damit macht, ist nicht abzuschätzen. Nicolas, Liane, die Zwergin Katura und File haben deshalb zusätzlich eine Sperrklinke eingebaut. Ein sich stetig neu definierender Zugangscode. Durch eine weitere PILL-App werden Schlüsselwörter hervorgerufen, durch welche das komplexe Konstrukt der KI-App unterbrochen werden kann. Dieses KI-System hat letztendlich nicht mehr viel mit den Fähigkeiten und Gedankengängen zu tun, wie sie zum Beispiel Liane Sabioni in Problemlösestrategien anzuwenden in der Lage ist. Es weist eine völlig andersartige kognitive Architektur auf und ist deshalb überhaupt nicht mit evolutionären oder erlernten kognitiven Stadien des Denkens lebender Individuen vergleichbar.

Das Hologramm Liane Sabionis bekommt von McKomeron nun ebenfalls eine Tasse Tee eingeschenkt. Dankend nimmt sie an. Wie diese naturalistische Vision passiert, können sich derweil die Illusionisten nicht ganz vorstellen. Nun berichtet die Holo-Dame haarklein, wie die jungen Lords über das Moor gefunden haben. Rico freut sich, dass er mehrmals lobend erwähnt wird. Die Idee mit der Glühwürmchen-Spur war effizient und lockte dadurch nicht übermäßig viele Untote aus dem Morast hervor. Kopfzerbrechen macht ihr, dass die Jungen nun nicht mehr ausfindig zu machen sind. „Da wird wohl ein formidabler Gegner oder irgendetwas anderes die Datenströme immens blockieren." Zumindest haben sie und die drei anderen Computerspezialisten den letzten Standort zielsicher ausgemacht. Gleich macht Liane mit ihrem rechten Arm eine Handbewegung. Mit der flachen Hand kreisend baut sich augenblicklich ein durchscheinender rechteckiger Monitor auf. Dieser schwebt wie eine digitale Karte auf einer Plexiglasscheibe senkrecht im Raum. Darauf abgebildet eine von der KI erstellte Übersicht des Architekturplans dieser Festung. „Natürlich konnten sie die Burganlage des Regus Leaga zunächst nur oberflächlich scannen. Aus diesen Datensätzen, bisher bekannten Bauplänen ähnlicher Anlagen und zudem wahrscheinlichkeitsgenerativen Erwägungen ist nun diese Lagekarte entstanden.", erklärt Liane weiter. Dem Tierhüter Rico ist schleierhaft, wie sich eine Tafel vor seinen Augen dermaßen zügig aufbauen kann. Gleichwohl kommt ihm in den Sinn, dass er solch ein Etwas auch für die Lokalisation der Tiere, insbesondere der

Überwachung ihrer Weidegebiete und sogar eventueller Störzonen gebrauchen könnte. Verletzte Tiere würden schneller gefunden, um die er sich als Ranger dann zügiger kümmern könnte. Interessiert verfolgt er gemeinsam mit den anderen Frauen und Männern am Tisch den Ausführungen Lianes. Eine große Kanne Tee weiter haben sie einen Schlachtplan entworfen. Liane teilte zudem mit, dass sich der Schulleiter Frankenau mit Cedric, den beiden Liknonianerinnen Johanna und Seija, dem Halbzwerg Liam, Aleksandra, den Zwergen Magnus und Tito sowie auch Connor in einem Tross von Bikes in Richtung der Festung aufgemacht haben. „Der Graf führt die Entourage an. Ziel sind die Felsen von Eslon." McKomeron nickt. Frankenau, Silas, Rune und er hatten bereits schon an dieser, wohl abenteuerlichen Möglichkeit getüftelt. Regus Mal darf auf keinen Fall Verdacht schöpfen. Seine Spürnase ist sehr empfindlich, zumal die Ryanin Herma Awiks mit Sicherheit nicht von seiner Seite weicht. Dieses Biest wird ihn unermüdlich anfeuern, um ihren Liebsten auf „Höchstform" zu treiben. Würden sie alle nur denselben Weg nehmen, wäre es für den Regus wohl ein Leichtes, seinen Stachel auszufahren. Den einen oder anderen würde es treffen und derjenige wäre ohne große Anstrengung ausgeschaltet. Kleine Trupps sind eben weniger auffällig als eine große Eskorte. Silas Derys beschreibt den Weg des Rektors und seiner Begleitung ebenfalls als bizarr, aber wahrlich nach seinem Geschmack. Er weiß, dass er sich auf seinen Sohn Connor verlassen kann. Auch wenn die Unternehmungen, in die sich dieser hineinbegibt, nicht nur absonderlich, sondern auch gefährlich sein werden. Obgleich Connor jedoch keine Eventualitäten durchspielen muss, weil seine genetische Struktur all die Möglichkeiten in sich trägt. Trotzdem gibt es immer wieder neue Entwicklungen, die die Zeit situativ unausweichlich mit sich bringt. Hundertprozentige Sicherheit und Vorausschau gibt es wohl nie. Nicht im Kleinen, wie auch nicht im großen Ganzen. Beeinflussung funktioniert immer nur bis zu einem gewissen Grad. Zumindest hat Connor die Ausbildung, in solchen Situationen kampferprobt zu reagieren. Damit ist er geschult, aus einem Sammelsurium von Bedingtheiten, die hoffentlich richtigen Entscheidungen zu treffen. Die sonore Kopfstimme des Ryanen hat sich sukzessive in den schummrigen Raum gedrängt und füllt diesen vollständig aus. Bisher hatte sich der Magier Silas Derys mit noch keinem Wort an den Gesprächen beteiligt. Er macht mit der Beschreibung als Blackmann alle Ehre, denn er scheint nicht nur mit der dunklen Stimmung im Raum zu verschmelzen. Die purpurfarbenen „Lichtblicke" seiner Kleidung sind indes nur von Mak zu erkennen. Das raubkatzenähnliche Funkeln der Augen, welches jetzt immer intensiver wird, sieht indes nicht nur der Psychokinetiker. Mit dem tiefen Bass des Ryanen könnte man bei längerer Beschallung vermutlich den Lehm von den Holzverstrebungen der Mauern lösen. „Der Plan steht!", drängelt er nun bestimmend resolut zum Aufbruch. Geschmeidig und zugleich erhaben löst er sich von seinem Stuhl und baut sich derart undurchdringlich auf, dass die mystische Aura, die ihm umgibt, jedwedes Gegenargument im Keim ersticken lässt. Wie ein Raubtier hinter einem Gebüsch auf seine Beute fokussiert, beobachtet er alle Anwesenden. Diese Blicke bitten nicht, sie fordern höchste Aufmerksamkeit. Er wird sich gemeinsam mit McKomeron und dem Professor um Regus Mal und seine Schergen kümmern. Silas hofft, dass sie den Zwergengebieter Hümjekon aus den Fesseln dieser befreien können. Hauptaugenmerk liegt zunächst aber darin, dass die Teenager aus der Krypta finden. Hümjekon wird sich bis zu einem gewissen Grad mental abschotten können. Die vier Lords werden sich gemeinsam aufmachen, um Keon und Marlon irgendwie aus dieser Gruft befreit zu bekommen. Wenn nötig, werden Silas, Mak und Migatos zu Hilfe eilen. Zumal auch Frankenau in Bälde erwartet wird.

Derweil labt sich Regus Mal daran, wie einfach es doch war, die Jungen in seine Fänge zu bekommen. Nun hat er den Zwergengebieter Hümjekon und diese jungen Lords in seiner Gewalt. Sie dienen ihm als Köder, denn der größere Fisch ist noch zu fangen. Er weiß, dass nur mit ihm sein Ziel erreicht werden kann. Die Tetraktys! Er fordert die

Könige der Hölle heraus: Luzifer, Leviathan, Belial und Satan. Mit ihnen wird er die eine noch unentdeckte Sphäre aufreißen. Das Sein besteht in bestimmten Mischungsverhältnissen aus Luft, Wasser, Erde und Feuer. Luzifer sinnbildlich für die Luft, Leviathan für Wasser, Belial bedeutet Erde und Satan ist aus dem Feuer entflammt. Im jeweiligen Mix ein Cocktail aus Tod und Vernichtung oder Leben und Wachstum. Vier Grundelemente, die entscheidend für die Art und Weise des Fortbestandes des Weltenraumes sind. Das Feuer, Inbegriff für das Tetraeder. Es zündelt Neubeginn oder zerstört alles, was sich darin befindet. Der Hexaeder erdet das Sein. Zwei Tetraeder im Hexaeder bilden als dreidimensionale Schnittmenge den Oktaeder. Luft zum Atmen. Ohne Luft kein Feuer. Der Schatten des Ikosaeders lässt durch Wasser Leben entstehen. Feuer erlischt. Allesamt platonische Körper, die Regus Leaga als die seinen vollkommenen Formen vereinnahmt. Darin hat er eine perfide Intrige verwoben, welche durch Seelenwanderung von einem Regus zum anderen gelangte: Die vier Grundelemente als Prinzipien des Festen, Flüssigen, Gasförmigen und glühend Verzehrenden mischen, um den Weltenraum für seine eigenen Ansprüche neu zu konstruieren. Essenzen, Wurzelkräfte neu definieren. Der Dodekaeder verbirgt diese vier Elementgebilde. Mit diesem Konstrukt soll die Weltherrschaft herbeigeführt werden. Die Erde, so, wie sie derzeit besteht, ist die Umkugel dieses gewaltigen Zwölfflächners. Projiziert man die Kanten dieses Körpers aus dem Mittelpunkt auf die seinige Umkugel, so erhält man eine Parkettierung der Erdoberfläche durch zueinander deckungsgleiche regelmäßige sphärische Vielecke. Dasselbe anschließend mit den anderen Polyedern. Fünf reguläre Parkettierungen der Sphäre vereint, dies als die neue Landkarte der Welt. Nun scheint die Zeit gekommen zu sein. Regus Mal als Erbe. Er verachtet die wissenschaftlichen Ansichten über die Evolution. Für ihn ist der Begriff der Evolution auf ein ultimatives, perfektes Ziel hin ausgerichtet. Langfristig, aber jetzt am Endpunkt! Mehr eine spirituelle Fortentwicklung, die von unbelebten Elementarteilchen ausgeht, über die kleinsten Bausteine, auch hier die Polyeder. Aus diesen bilden sich Atome, Moleküle, Einzeller, Pflanzen, Tiere. Daran anschließend die verschiedenen Völker der Erde. Ganz am Ende der Leiter sieht er einen

Gott, ihn selbst! Denn nur er steht auf der Empore. Artenvielfalt lehnt Regus Mal ab, sie ist langfristig unwichtig. Kraft zur Perfektion durch seine Urahnen. Macht über alles und allem. Befriedigung eines kranken Egos, weil Verstand darin keinen Platz hat. Nur das... Weiter Nichts!

Miss Awiks lispelt ihm schöne Worte zu. Ein Dickicht böser Gedanken, die den schizophrenen Geist des Regus ergänzen. Dies bereits schon ein Duett des Unerhörten. Was aus den Gräbern der Gruft aufsteigen wird, bleibt indes ungewiss. Hümjekon liegt zusammengekrümmt auf dem Boden. Schon mehrere Male ist diese Schlange zu ihm in den Käfig gekommen. Gewalttätig und brutal. Nur zu gern hat sie hämisch gelacht, wenn sie den bereits geschwächten Körper des Zwergenoberhauptes traktierte. Mit ihrer gespaltenen Zunge riecht sie das Blut. Dabei schießt die Zunge mit immenser Geschwindigkeit durch eine Lücke in ihrem Mund und nimmt den Duft des Blutes auf. Wie sie diesen Geruch liebt! Gleich zwingt sie Luft durch ihren Kehlkopf und ergötzt sich verächtlich mit unverständlichen Vokalen an der Schmach des Zwerges. „Schluss da!“, brüllt Regus Mal die Ryanin an. „Lass ihn! Wir brauchen ihn noch!“ Herma Awiks ist wegen der harten Worte nicht sonderlich beeindruckt. Stattdessen verpasst sie Hümjekon noch einen weiteren kräftigen Tritt in die Magengegend. Dann bläht sie sich auf, faucht und setzt Scheinbisse in Richtung des Kopfes des Gepeinigten. Die blauschwarze Farbe in ihrem Mund wäre ein guter Kontrast zu der roten Farbe des Blutes, die ein Biss am Hals des Opfers mit sich bringen würde. Nun erst blickt sie zu ihrem Rädelsführer. Dabei windet sie ihren dreieckigen Kopf nach hinten und betrachtet den Anführer der Ryanen mit ihren dunkelbraunen Augen. Um die runden Pupillen befindet sich ein silberweißer Rand. Regus Mal ist fasziniert von der Gestalt, die sich nun schlängelnd auf ihn zubewegt. „Der sargförmige Kopf und diese großen, ausdrucksstarken Augen!“, denkt er. „Meine Schwarze Mamba, elegant und gefährlich zugleich.“ Er haucht ihr einen Kuss auf die Wange. Wer liebt die Gefahr mehr als er? Die Schlange könnte ihn augenblicklich töten. Das weiß er. Mit einem einzigen Biss kann sie einhundert Milligramm Gift in die Wunde injizieren. Regus Mal ist immun gegen kleine Injektionen. Nur zehn oder zwanzig Milligramm. Kein Problem, denn es ist seine Droge. Er gerät in Trance, er sieht alles um ihn herum mit anderen Augen. Ja, er ist süchtig nach ihr. Nach ihrem Gift, der Gefahr. Er verlangt nach einem Biss. „Küss mich!", schreit es aus seiner Kehle… Und sie beißt ihm mit Wollust in den Hals. Regus Mals Pupillen erweitern sich. Gut, dass dieser Saal nur rudimentär beleuchtet ist. Bereits die wenigen Fackeln beginnen ihn zu blenden. Sein Puls rast. Enthemmt wirft er mit brachialer Gewalt einen der Stühle an die Wand. Unbändige Aggressivität steigt in ihm auf. Ja, so wird er seine Macht erlangen! Sollen sie kommen! Er ist bereit. Nur noch dieses Rätsel lösen… Zu seiner Schmach kommt er selbst zu keiner Lösung. Ärger explodiert. In seiner Raserei stößt er mit brachialer Gewalt den riesigen Holztisch in der Mitte des Saals um. „Jaaaa!", fordert ihn Miss Awiks zum Höhepunkt. „So gefällst du mir! Mach weiter! Das ist guuuuut!" Während eines solchen Anfalls, eines wahnsinniges Hassgebarens war Adman Reserver zu seinem Leidwesen zugegen. Er wurde einfach zertreten und starb unbeachtet in einer Ecke des Raumes, wo ihn sein Herr geworfen hatte. Er war zur falschen Zeit am falschen Ort. Keiner trauert ihm nach. Er war sowieso überflüssig. Teilen? Wo kommen wir denn dahin? Mitleid? Für wen? Die Wirkung des Gifts lässt zügig nach. Auch ein Resultat davon, weil der gewaltige Körper immer resistenter gegen das Neurotoxin wird. „Mehr, mehr!", verlangt er. Miss Awiks reagiert mit einem süffisanten Lächeln. „Später, mein Herr und Gebieter. Später…", wispert sie ihm ganz nah an sein Ohr. Die gespaltene Zunge umfährt die Ohrmuschel und bringt den Ryanen zur Ekstase. Gleich darauf sackt der gestählte Körper erschöpft in sich zusammen. Müdigkeit ummantelt seinen Geist. Verklärt steht er da und schüttelt sich. Hümjekon erbricht das Wenige, was ihm noch im Magen geblieben ist. Einerseits wegen dem fürchterlichen Tritt, zum anderen, weil in ihm Übelkeit aufgrund der eben mitverfolgten Szene aufsteigt. Der Doppeladler auf seinem Rücken leuchtet für einen Moment auf und sendet ihm Wärme.

In einem Hinterhof der Festungsanlage kommt ein Pferdegespann zum Halten. Mak erhebt sich wie zuvor auch Silas und geht zu dem schmalen Fenster des Raumes. Durch sein helles Shirt ist er im Gegensatz zu dem schwarz gekleideten Magier relativ gut erkennbar. An dessen Gürtelschlaufe trägt er ein Kurzschwert. Sein Oberkörper sieht noch muskulöser aus, als es die Illusionisten in Erinnerung haben. Um die sonnengebräunten Unterarme trägt dieser ein Lederschutz, gleich einem Teil einer Rüstung. Der Psychokinetiker hat von weit her Hufgetrappel und ein Schnaufen von mindestens vier Pferden vernommen. McKomeron schiebt den Samtvorhang nur einen Spalt breit beiseite und ist einigermaßen erstaunt, was sich ihm auf den Pflastersteinen vor dem Haus darbietet. Er grient in sich hinein: „Der alte Rabauke kann es einfach nicht lassen." Vier Pferde als Quadriga nebeneinander gespannt preschen in den schmalen Hof, stoppen abrupt und warten dann seelenruhig auf ihre Fahrgäste. Monoton beginnen sie mit ihren Hufen auf dem Boden zu kratzen und zu stampfen. Dahinter ein Kutschwagen. Die geschlossene Karosserie ist rabenschwarz und setzt sich deshalb sogar noch vom grauen Dunstschleier der Umgebung ab. Die Droschke federt noch nach. Die beidseitig angebrachten Fenster haben getönte Scheiben, dass man das Innere des Wagens nicht erspähen kann. Das Gespann füllt den gesamten Hof aus. Reichlich verzierte breite Riemen und Gurte liegen straff an Hals und Bauch der Zuchtpferde. McKomeron beobachtet, wie einer der Rappen hämisch das Maul aufreißt. „Will er auch noch grinsen? Welch ein Amüsement muss der Franzose wieder mal an den Tag legen?" Insgesamt zwölf große gelbe Schneidezähne oben und unten, dazu vier goldene Hengstzähne, die zwischen den Schneide- und Backenzähnen aufblitzen, leuchten dem Psychokinetiker entgegen. Gleich wiehern die anderen drei Gäule, als würden sie wissen, dass sich unter ihnen ein Kuckucksei befindet. Die drei Rennpferde sind eigentlich nur noch verweste Leiber, bei denen das Skelett die letzte Form bringt. Auf dem Kutschbock ist kein Fahrer zu sehen. „Natürlich, weil ja dieses Großmaul lenkt und leitet!", schmunzelt Mak immer noch vor sich hin. Als er den Wagen weiter betrachtet, sichtet er ebenfalls auch keine Bremsen. Riesige Federpakete werden jedoch dafür sorgen, dass die Insassen einigermaßen gebettet ans Ziel gelangen. Silas hat das Eintreffen des einachsigen Gefährts ebenso beobachtet. Nur ganz leicht erkennt Mak, wie bei dem Ryanen die Mundwinkel zucken. „Das Spiel beginnt!", erklärt dieser sodann. Sein nachtschwarzer Umhang wedelt in der Drehung, die er vollführt, als er den Raum forschen Schrittes durch eine Hintertür verlässt. Migatos folgt ihm wortlos. Nur ein kaum merkliches Kopfnicken als Gruß. Das Hologramm hatte den anderen Gästen im Raum derweil Nicolas angekündigt. Die Form wurde jedoch verschwiegen. Als Darius von Galemberg nun auch hinter dem Vorhangschal in Deckung stehend einen Lachanfall verhindern muss, weiß der Kater, dass der Lord die Farce erkannt hat. Die anderen hält es jetzt ebenfalls nicht mehr auf den Stühlen. Ihre Gesichter drängeln sich vor die kleine Fensterscheibe. Durch winzige Ritze im Stoff erspähen sie das Draußen. Leonore erfasst gleichermaßen die Scharade. „Ich glaube, du solltest irgendwann einmal ein Wörtchen mit deinem Bruder reden!", erklärt sie dann belustigt. „Der Knuff hatte nämlich schon so eine prägnante Ähnlichkeit mit Nicolas. Aber das hier ist wohl aller höchster Güte!" Gemeinsam mit ihrem Mann lacht sie auf, wenn auch, ob der Situation geschuldet, nicht ganz befreit. „Wenn sich Nicolas nach allem hier wieder in München zu Besuch anmeldet, kann ich mir wohl einen Lachanfall nicht verkneifen." Selma stimmt dem zu: „Dann geht es euch wenigstens genauso wie uns. Oder findet ihr es nicht auch skurril, dass Mak Katze, Flugvogel, Ryane und ganz zum Schluss sogar ein Mensch ist?" „Da hast du zweifelsfrei recht.", gibt Leonore zurück. „Wenigstens wird es uns dann nicht langweilig, wenn unsere Jungen beim Studium sind. Weil wir ja immer ganz viel unterschiedlichen Besuch haben." „Genau.", resümiert Selma. Beide denken augenblicklich an ihre beiden Jungen, die vielleicht gerade in einer grauseligen Krypta um ihr Leben kämpfen müssen. „Dann mal los!", fordert McKomeron die Illusionisten auf. „Nicolas weiß, an welchem Standort sich Keon und Marlon zuletzt aufhielten. Er wird euch so nah wie möglich dorthin bringen.", führt Liane weiter aus. Ich werde mit ihm und den beiden Studenten an der IT-Plattform Position einnehmen. Wir greifen ein, falls es nötig und zuvorderst natürlich auch möglich ist!… In den Katakomben haben wir leider keinen Empfang. Als ciao!" Damit löst sich die 3D-Projektion auf. Zurück bleibt ihre leere Teetasse. McKomeron schiebt nun die vier Lords Richtung der niedrigen wackeligen Tür: „Gut. Jetzt aber mal los! Ihr wisst, wo sich die Krypta befindet. Viel Glück!… Alles weitere sind sowieso nur Spekulationen und ihr wisst, wie ich diesbezüglich dazu stehe…. Schaut euch den Schließmechanismus der Gruft an und überlegt vor Ort, was zu tun ist." Ein Scanblick als Psychologe. Dann: „Ich folge Silas und Migatos. Ich denke, sie können meine Unterstützung bei Regus Mal gebrauchen." Rune dreht das Licht der Gaslampe herunter. Nicht, dass die Nachbarn oder andere Gestalten in das Innere schauen. Der Ort in einer Zwischenwelt, wo noch Seelenfrieden unberührt zu finden ist.

Der Zwerg ist froh, dass die Illusionisten den Zutritt nun nach so einer langen Zeit auch erfahren durften. Sie waren dem seiner Meinung nach schon viel früher mündig. Aber dieser Ort lebt nach eigenen Gesetzen. Er handelt nicht, wie der Verstand es einem weismachen würde. Er hat andere Regeln. Diese zu durchdringen wäre gleich der Quadratur des Kreises. Ein klassisches Problem, was schier unmöglich ist.



Die kleine Eskorte von Cross-Bikes kommt zügig vorwärts. Liam ist fasziniert von den unterschiedlichen Szenerien, die sich ihm bieten. Mit rasanter Geschwindigkeit rauscht der Seitenwagen Frankenaus an Buschwerk und Gehölzen vorbei. Dann wieder unendliche Ebenen mit sattgrünen Wiesen, um hier auf freier Flur die untergehende Sonne bestaunen zu können. Was würde er dafür geben, mit seiner Sandra im Gras zu liegen? Eine weiche Picknickdecke unter dem Rücken und auf seinem Bauch, das warme Gesicht dieses faszinierenden Mädchens spüren. Er fühlt regelrecht die langen Haare, die sternenförmig ausgebreitet ihm an der Nase kitzeln. Er würde den Duft ihrer Haare tief einatmen. Dazu den Geruch der Wildblumen und Bäume. Ein Bukett von Geborgenheit und Freude. Ein gelebter Traum? Liam wird abrupt aus seiner Fantasie gerissen, als der Rektor seinen Motor abstellt. „Schon da?", fragt er etwas wehleidig, weil ihm doch gerade so wohlig zumute war. Er war eingenickt. Das monotone Surren der Motoren hatte ihn einduseln lassen. Ja, er ist von dem Ganzen hier erschöpft. Erst die Arbeit im SuPerb, dann die Sache mit Cedric und Hümjekon und nun auch noch Marlon und Keon. „Einfach aus dem Staub gemacht!", schimpft er in sich hinein. „Ohne nur einen Hauch von Andeutung." Liam weiß, dass er nicht hätte an sich halten können, wenn sich deren Eltern nach ihrem Aufenthaltsort erkundigt hätten. Er wäre aber trotzdem gern eingeweiht gewesen. „Immer diese Heimlichtuerei!", plappert er noch vor sich hin, als eine zarte, wenngleich lange schmale Hand sich ihm entgegenstreckt. Er greift nach dem Samt und schaut dann weit nach oben. Dabei überstreckt er den Kopf dermaßen weit nach hinten, dass es mehrmals laut knackt. Kein Wunder, seine Knochen sind vom Sitzen steif geworden, so dass er dann doch froh ist, aus dieser Nussschale zu entkommen. Unbeholfen wirft er erst das rechte Bein, dann das linke über die Wand des Seitenwagens und stemmt sich mit der noch freien Hand auf den Sitz. Aleksandra zieht nun kräftig an der anderen Hand. Mit einem Schwung floppt er wie ein Flummi heraus und steht dann relativ sicher auf seinen Füßen. „So ein Hechtsprung muss eben erst gelernt sein!", kommentiert er den Ausstieg und sieht sich in einer Runde verdutzter Gesichter wieder. Frankenau spart sich seine Bemerkung. Er könnte eine ganze Kolumne über die eben dargebotene ungelenke Übung referieren. Stattdessen erklärt er, nun aber in Kurzvariante, die weitere Vorgehensweise. Dabei lässt er allen die Möglichkeit, die Eindrücke, welche die imposante Landschaft ihnen bietet, aufzunehmen. Wer weiß, wann sie noch einmal Luft holen können? Vor ihnen erstreckt sich eine hellweiße mehr als einhundert Meter hohe Kliffküste. Die White Cliffs von Eslon. Sichelförmig gebogen leuchten sie durch Millionen von Quarzeinschlüssen im Gestein flaschengrün. Das satte dunkle Grün der Oberfläche des Plateaus, auf der sie ihre Cross-Maschinen abgestellt haben und das Smaragdgrün des fast wolkenlosen Himmels färben das Meer oliv. Hunderte

Nuancen von Grün verzaubern die ihnen vorliegende Landschaft. Eine Farbbrillanz als Lichtwirkung, welche durch Spiegelung der blassgelben untergehenden Sonne und der Brechung ihres Lichts durch die Millionen Wassertropfen entsteht, die die Gischt an den Klippen in regelmäßigen Intervallen wie eine Fontäne empor presst. Die Brillanz der Farben trägt zu einem differenten Sinneseindruck des Raumes bei, in welchem die peitschenden, fasst weiß aufschäumenden Wellen das Bild verwirbeln. Genau exakt gemacht für das, was Johanna, er und Seija vorhaben!

Die kurze Pause ist vorbei. Zügig steigen Frankenau, Liam und Sandra auf das erste Cross-Bike mit Seitenwagen. Johanna und Magnus fahren mit dem zweiten, Seija und Tito dem dritten. Schlusslicht bilden Connor und Cedric mit ihrem größeren Modell, aber ohne Seitenkonstruktion. Ziel ist eine etwa fünf Meilen entfernte Bucht. „Hier werden sie die Physik ein wenig austricksen." Das jedenfalls versprach mit einem Augenzwinkern der Lehrer Frankenau. Trotz, dass sie die Bucht vom Plateau her schon sehen konnten, dauert es noch einmal einen halben Nivel, bis sie dort ankommen. Der Trupp steigt noch einmal von ihren Maschinen ab. Hier unten in der Bucht peitschen die Wellen nicht mehr um die größtmögliche Schlagkraft. Es ist leiser. Sacht auflandiger Wind krabbelt in Liams Gesicht. Nur etwa einen Fuß hohe Wellen gleiten den fast planebenen Strand hinauf. Dort bilden sie flache Wasserzungen, die sich nach kurzem Zögern wieder zum Meer hinbewegen. Eine neue Welle nimmt Anlauf und überspült dabei das Wasser, was gerade in Begriff war, sich zurückzuziehen. Sachtes Meeresrauschen, welches niemals eintönig werden kann, weil das Wasser im Sand stets neue Formen zeichnet. Ganz hinter dem Horizont, so Magnus und Tito, sollen die Moore von Blackstone sein. Welch unglaublicher Kontrast zu dem Bild, was sich ihnen hier am Strand unter den Klippen von Eslon bietet. Frankenau erläutert nun zum hundertsten Mal, dass es wichtig ist, ihm unbedingt auf gerader Linie zu folgen. „Sie müssen die Lichtreflexionen so ausnutzen, dass sie auf den Bändern der Fata-Morgana bis über das Moor geleitet werden. Fehltritte werden nicht verziehen. Dies ist nicht als pädagogische Maßregel zu verstehen, sondern eine wissenschaftliche Notwendigkeit. Weil ein Sturz ins Meer oder auch in den Morast eben nun mal tödlich ist." Seija und Johanna beginnen sich nach der für sie überflüssigen Unterweisung zu konzentrieren. Sie lassen dem Rektor jedoch den Spaß. Scheinbar kann er wirklich nie so richtig aus seiner Haut. Er nennt seinen Beruf ja auch „Berufung". Beide schließen nun synchron die Augen und fokussieren sich auf die Horizontlinie, die das Meer vom Himmel trennt. Liam und Aleksandra beobachten die beiden. Connor, Cedric, Tito und Magnus schauen indes auf das weite Meer hinaus. Frankenau hat alle im Blick. Als Lehrer weiß er, jeden seiner Schüler zu beaufsichtigen. Nichts entgeht ihm. Frankenau holt nun ein Prisma aus seiner Tasche hervor. Der Physiklehrer referierte noch im Homerius-Kastell, dass es sich hierbei um ein einhundertachtzig Grad-Umlenkprisma handelt. Zweimalige Reflexion, wodurch ein nicht gespiegeltes Bild entsteht. Er hätte dafür auch mehrere Spiegel einsetzen können. Frankenau erörterte, dass sich jedoch ein solches Prisma besser transportieren ließe und zudem effektiver im Einsatz wäre. Dieses gläserne Etwas stellt er auf einen kleinen Steinhaufen, den er zügig am Grasrand des Strandes aufgebaut hat. Das Halbwürfelprisma soll nun zu einer doppelrechtwinkligen Umlenkung führen. Prägnante Strahlführung, relativ verlustarm. In seinen Ausführungen erklärte er die anvisierte Vorgehensweise mithilfe von Laserstrahlen in Spektrometern. Liam verstand nur Bahnhof. Um so mehr traut er seinen Augen nicht, weil im selben Moment ein Teil der Horizontlinie allmählich ausschert und sich genau auf ihn zubewegt. Schnell springt er einen Schritt zur Seite und verfolgt die Zugbahn des vermeintlichen Horizontes. Genau in dem von Frankenau aufgestellten dreiseitigen Prisma wird die Linie aufgenommen und gleich wieder zurückreflektiert. Ein- und Austritt der Linie erfolgen durch die Hypotenusenfläche. An den beiden kurzen Flächen, den Katheten im rechtwinkligen Grundflächendreieck des Prismas, wird je einmal reflektiert. Der Strahlverlauf wird wie bei einer Halbdrehung umgekehrt. Totalreflexion. Auch Magnus und Tito sind fasziniert. Sie stehen mit offenem Mund da und sind perplex von dem Schauspiel, was sich ihnen bietet. Das Meerwasser indes ist von der Sonne des Diamos erhitzt. Die letzten Lichtstrahlen dieses Taggestirns durchqueren obenauf liegende kalte Luftschichten und stoßen in flachem Winkel auf die erwärmten

204

Luftschichten direkt auf der Wasseroberfläche liegend. Gleich brechen sich die Lichtstrahlen an der Grenze der beiden verschieden temperierten Luftschichten, weil diese unterschiedliche Dichten und damit verschiedene optische Eigenschaften haben. Liam erschrickt. So etwas hat er zuvor noch nie gesehen. Er und seine Freunde beobachten eine zweite Totalreflexion! Dies, weil die Sonnenstrahlen an der gemeinsamen Grenzfläche nunmehr zurückgeworfen werden. An dieser Luftgrenzenschicht spiegeln sich jetzt sogar weit entfernte, hinter dem von den Liknonianerinnen gezeichneten Horizont befindliche Objekte. Wegen der Erdkrümmung wären diese eigentlich nicht zu sehen. Eine weit entfernte Möwe wird am Horizont sichtbar oder nur ihre Reflexion von irgendwoher? Anscheinend erfolgt noch eine zusätzliche Expansion und mehrfache Vervielfältigung, weil die Möwe durch die Spiegelung erstaunlicherweise nicht auf dem Kopf fliegt und zudem unrealistisch groß wirkt. „Krass!", formuliert Liam seine Gedanken. Augenblicklich sehen die jungen Leute eine Straße über dem Meer sich bilden. Eher nur ein breiter Weg. Erst nur unscharf, dann vollrealistisch. Dieser wird von der hinter dem Horizont befindlichen Küstenpassage am Kliff auf die fast glatten Wellen davor gespiegelt. Johanna und Seija sind hoch erfreut, dass dieses Projekt gelungen ist. Beide lächeln sich erst gegenseitig an, dann in die Runde derjenigen, die immer noch erstaunt dem Naturschauspiel folgen. „Du kannst den Mund wieder zu machen!", rät Aleksandra dem Zwerg, der immer noch mit seinem Halbschalenhelm reglos dasteht. Ein Bild, was nicht nur sie zum Schmunzeln bringen würde, wenn die Situation nicht gar so unpassend wäre. Deswegen verkneift sie sich einen weiteren Kommentar. Sandra könnte es sich wohl auch nicht verzeihen, wenn ihrem Liam etwas zustoßen würde und sie ihm zum Abschied einen blöden Spruch mitgegeben hätte. Auch weiß sie, dass gerade der Rektor es nicht gutheißen würde, den Halbzwerg hochzunehmen. Auf eine pädagogische Unterweisung hat sie einfach keine Lust. Deshalb klopft sie unternehmungslustig auf Liams Helm, damit er aus seiner Starre aufwacht. Dieser ist sofort wieder dabei. „Das ist sowas von cool! Cooler geht's nicht!", spricht er begeistert heraus, was die anderen denken. „Dann mal los!", fordert Connor die Mannschaft auf. „Cedric und ich bilden wieder das Schlusslicht! …

Wie wir dann in die Festung gelangen, müssen wir dann operativ entscheiden, wenn wir es erst einmal bis zum Tor geschafft haben." „Uns wird schon etwas einfallen!", entgegnet Cedric optimistisch. Dieser schwingt sich nun ebenfalls wie die anderen auf das Bike. „Es muss einfach einen Weg geben!" Offensichtlich ist es eine signifikante Vision, die der Oberinspektor der Illusionisten mit den beiden Liknonianerinnen heraufbeschworen hat. Ob Fantasievorstellung, Traum oder sogar eine Form der Selbsttäuschung kann selbst Cedric, der Hüter der Geschichte, nicht eindeutig ausmachen. Fakt ist, dass das Wunschdenken, über die Moore von Blackstone zu gelangen, Realität werden kann. Auch wenn er dieses Unterfangen noch gestern als wahnsinnig bezeichnet hätte. Wahnsinn ist jedoch bekannterweise naturgemäß ganz nah mit der Wirklichkeit verwoben. Realität verstehen heißt, in der Lage sein, die Situation, in der man sich befindet, zu begreifen. Aber heißt begreifen auch erkennen? Der junge Zwergengebieter bleibt da ganz auf dem Boden der Tatsachen. Deshalb stupst er Connor ganz leicht in den Rücken, dass dieser den Motor aufdreht, um auf dem ihnen bereiteten Weg zu Hümjekon zu gelangen. Er spürt, dass es dem alten Zwerg nicht gut geht. Angst macht sich tief in seinem Bewusstsein breit, weil sie womöglich zu spät kommen könnten. Nicht um ihn selbst. „Und Hümjekon wird nicht mehr sehen, dass ich, als das neue Zwergenoberhaupt, imstande bin, die Geschichte zum Positiven gestalten vermag." Seija bemerkt, auch wenn sie auf dem Motorrad vor ihm sitzend, sich zur Abfahrt bereit macht, die zwiespältigen Gedanken Cedrics. Sie sendet ihm Zuversicht, dass alles gut werden wird. Nein muss!

Erst vorsichtig, dann doch offensiver bewegt sich darauf die kleine Eskorte auf ihr Ziel zu. Sie fahren an zwei gewaltigen Bergkegeln vorbei, dem Evil Dark und dem Survey Bright. Wenn auch nur als Fata Morgana. Nichts anderes könnte die Widersprüchlichkeit von all dem offenlegen, was sie gerade leben und dann erleben werden. Einerseits das gewaltig Böse, was Dunkelheit in die Zukunft legt und zum anderen erhabene Güte, die Glanz in den Tag bringt.

Die Illusionisten steigen zügig in die Kutsche ein. Sie vermeiden es, während des Boarding nach links und rechts zu schauen. Stattdessen huschen sie gebückt in die Karosserie, als würde es in Strömen regnen. Da es stockdunkel ist, müssen sie aufpassen, auf den zwei Stufen nicht zu stolpern. Deshalb fühlen sie die Tritte, ehe sie sich darauf hochstemmen. Die Vier finden mehr tastend als sehend links und rechts je auf einer Sitzbank Platz. Spartanisch hart ohne Polsterung. Nicolas oder eben der Gaul mit Goldbeschlag und seine Partnerpferde stürmen sogleich aus dem Hinterhof, als wären sie von irgendetwas gebissen worden. Dies sollte sie als Tote wie auch als Hologramm eigentlich nicht stören, aber Selma und Leonore sind sich da nicht ganz so sicher. Eine rasante Fahrt erwartet sie. Es kommt ihnen so vor, als würden sie dabei nicht auf direktem Weg zur Krypta gebracht. Unzählige Kurven lassen die Passagiere mal seitwärts, dann nach vorn rutschen, um dann wieder im Pendant gegen die nicht vorhandene Lehne gepresst zu werden. Die rohen Holzplanken drücken sich dabei unschön in den Rücken und das Gesäß. McKomeron erklärte zwar, warum sie nicht geradewegs zu den Katakomben fahren sollten, aber solch eine unkoordinierte Wegführung hatten sie sich wahrlich nicht vorgestellt. Abrupt kommt die Droschke zum Stehen. Die Gondel schaukelt noch nach. Nicolas würde als Mensch rufen oder pfeifen. Die Illusionisten vernehmen stattdessen ein unmöglich schrilles Wiehern. Darius verdreht die Augen. „Der hat Nerven!", flüstert er. „Wenn er jetzt noch mit den Hufen scharrt, dann …" Nicolas Bruder hat seine Vermutung noch nicht ganz ausgesprochen, da beginnt tatsächlich eines der Hengste auf den Boden zu stampfen. Dann noch ein grässlich verzerrtes Wiehern. Das hört sich jedoch anders als zuvor an. „Kommt, ich denke, wir sollten uns beeilen!", rät Micael und reißt die Droschkentür auf. Die Insassen entsteigen konzentriert eilig dem Wagen. Schnell huschen sie in einen dunklen Mauervorsprung und entlassen dem Gespann sich selbst. Einen Augenblick später schießt die Quadriga los, vollführt eine Kehrtwende und prescht nochmals an den Illusionisten vorbei.

Ein bogenförmiger Eingang empfängt sie. In diesen verschwinden die Lords. Schaurige Schwärze schlägt ihnen entgegen, die alles verschluckt. Es riecht modrig, zudem nach Fäkalien und Verwesung. Angestrengt blicken die Vier in die Höhlung. Micael macht die Lightning-Funktion seines Chronometers an. Er geht als Erster. Weil der Gang so eng ist, dass die Erwachsenen bereits mit ihren Schultern links und rechts am schmierig kalten Gemäuer anstoßen, müssen sie hintereinander laufen. Darius bildet die Nachhut. Tastend stolpern sie durch die engen Mauern. Die Festung scheint mit unterirdischen Gängen durchzogen zu sein. Darius hat hinten weiter kein Licht angemacht. Sie hatten vereinbart, dass wohl eine Beleuchtung reichen würde. Schlusslicht aber ohne Licht. Die anderen sollten sich auf den Vordermann konzentrieren. Steine rieseln herunter, als Darius stolpert und sich verkrampft an der Seitenmauer festzuhalten versucht. Dabei reißt er unglücklicherweise einen wackeligen größeren Brocken aus der Wand, der dumpf zu Boden geht. Zu allem Überfluss war dieser wohl der letzte Stützstein einer bröckeligen Seitenwand. Denn augenblicklich rieseln weitere Steine nach, große, kleine. Eine ganze Lawine folgt. Der Steinschutt fließt dermaßen schnell aus der Wand, dass die vier Illusionisten reaktionsschnell nur noch nach vorn ausweichen können. Dabei kracht es unglaublich laut, dass sie fast glauben, ganze Teile der Burganlage würden drohen einzusacken. „Lauft!", ruft Micael, der sich blitzartig umsieht und die Katastrophe mit dem schwachen Lichtschein seiner Lampenfunktion beleuchtet. Dabei greift er wirsch nach Selmas Arm, die wiederum den Ärmel von Leonore zu fassen bekommt. Darius kann sich ebenfalls noch in letzter Sekunde aus der Gefahrenzone bringen. „Schiiiit!", ruft dieser und ärgert sich über sein Missgeschick. Hastig stürzen sie einfach nur nach vorn. Hinter einer Biegung machen sie entkräftet Halt. Ihre Herzen klopfen bis zum Anschlag. Hier sehen sie im Lichtschein der funzeligen Beleuchtung, dass dies sogar eine Weggabelung ist. Mächtige Staubwolken ziehen währenddessen an ihnen vorbei und nehmen den zweiten Weg, den man an dieser Stelle wählen kann. Mit einem Donnergetöse bricht zu ihrem Entsetzen noch mehr Gestein ab, dass der Gang hinter ihnen mit vollkommener Sicherheit versperrt wird. Eine weitere Staubwolke kommt auf sie zu, die sie nun völlig einhüllt und ihnen den Atem nimmt. Die Illusionisten stehen nur da und warten, bis der aufgewühlte Dreck an ihnen vorbeizieht. Dabei drehen sie ihre Gesichter zum Schutz zur Mauer hin. Langsam legt sich der Qualm. Die Vier blicken sich fassungslos an. Sie sind froh, dass keiner von ihnen unter den Steinen verschüttet oder verletzt wurde. „Es ist vermutlich unwahrscheinlich, dass wir auf diesem Weg wieder herauskommen.", resümiert Micael trocken und wischt sich mit dem Ärmel seines Hemdes den Schmutz aus dem Gesicht. „Ist irgendwem was passiert?", flüstert er in die dunkelgraue Wolke. „Alles gut!", antwortet seine Frau. „Alles bestens!", gibt das Ehepaar von Galemberg gleichlautend an. „Zumindest haben wir damit den richtigen Weg zugewiesen bekommen.", erklärt Micael weiter. „Dort, wo die Schmutzwolke hingezogen ist, wird ein Ausgang sein. Vielleicht wäre es gut, sich diese Richtung zu merken." „Na du bist ja gut!", kommt es von Leonore. „Hier ist es dermaßen stockdunkel, dass man überhaupt keine Orientierung hat. Zudem wird es mit Sicherheit noch unzählige von solchen Weggabelungen geben." Micael muss dem Einwand seiner Frau leider recht geben. „Gut, dann eben nicht merken. Was dann?" Für einen Moment bleiben sie stehen und lassen dabei grübelnd den letzten Rauch an ihnen vorbeiziehen. „Wir müssen uns auf unsere Intuition verlassen!", rät Darius. „Meine tendiert gerade gegen Null.", erwidert Leonore. Dabei blickt sie zufällig an die Wand, die sie mit ihrem Ärmel streift. Mit ihrem Ellenbogen spürt sie eine Einkerbung. Micael hat zufällig die Lichtfunktion seines Chronometers dorthin gerichtet. „Halte den Geist lebendig, denn der intellektuelle Schlaf ist der Gefährte des Todes.", murmelt sie vor sich hin. Selma ergänzt: „…Und beachte die Tetraktys!" Denn sie hatte den Blick Leonores und zudem den Lichtstrahl verfolgt. Sie betrachtet nun ebenfalls das Bild, welches im Zwielicht nur schattenhaft zu erkennen ist. Jetzt schaltet sie ihrerseits die Lightning-Funktion des Transmitters ein. Das Aufblendlicht lässt nun auch die Männer die in die Mauer eingeritzte Zeichnung erkennen. „Ein Quadrat!", formuliert Micael zunächst. „Die Tetraktys!", ergänzt Darius. In der Mitte des Vierecks sichten die Illusionisten Zahlen, die durch eine senkrechte Linie getrennt sind. „Zwei fünf sechs, zwei vier drei.", liest Selma leise vor. „Eventuell die Anzahl der Schritte?", überlegt Darius. Er schaut sich die Zahlen noch einmal an. Blitzartig kommt es ihm in den Sinn. „Die Ziffern muss man zusammenhängend lesen! Zweihundertsechsundfünfzig im Verhältnis zu zweihundertdreiundvierzig!", sprudelt es aus ihm heraus. „Der pythagoräische Halbton Limma!" Die Illusionisten starren noch konzentrierter auf das Relief. Weitere Details können sie jedoch nicht ausmachen. Diese Information soll genügen. Was verbirgt sie? Was soll diese bedeuten? „Wir sollen doch wohl nicht irgendwelche zweihundert Schritte laufen?", grübelt Selma laut. „Das wäre wohl zu einfach!", gibt Selma selbst an. „Da steckt eine Spitzfindigkeit dahinter! Wenn Regus Leaga so ein kluger Kopf gewesen sein muss, vielleicht sogar das mathematische Genie seiner Zeit im Reich der Tiefen, wird das sicherlich nicht die Lösung sein." Die Gedankenpause der anderen zeigt ihr, dass diese ebenfalls ihrer Meinung sind. „Spinnen wir mal ein bisschen. Betrachten wir die Zahlen genauer.", sinniert Micael in das Dunkel hinein. „Die Quersumme von zweihundertsechsundfünfzig ist dreizehn, die der zweihundertdreiundvierzig ist neun." „Gut.", bestätigt Darius die lauten Überlegungen. „Was haben uns diese Zahlen dann zu sagen, außer dass sie Primzahlen sind?" Micael nimmt den Gedankenfaden auf: „Primzahlen als kleinste Bausteine zusammengesetzter Zahlen… Bilden wir mal die Differenz von Dreizehn und Neun… Die Vier.", baut er weiter seine Überlegungen aus. „Die Summe der hier eingemeißelten sechs Ziffern ist zweiundzwanzig. Deren Quersumme ist auch wieder vier!" „Überall versteckt sich die Zahl Vier.", schlussfolgert Selma. „Die Differenz von zweihundertsechsundfünfzig und zweihundertdreiundvierzig ist wiederum dreizehn. Ihre Quersumme ist auch wieder vier!" Auch diese Überlegungen sind nicht von der Hand zu weisen. Die Lords tüfteln weiter. „Was sagt uns die Vier?", knobelt Micael. „Dem Rätsel, wenn es so etwas sein soll, fehlt zur Lösung ein Baustein! Lasst uns deshalb den Gang weiterlaufen. Vielleicht finden wir noch ein solches Relief. Wenn ja, vermute ich mal ganz spekulativ, werden es vier solcher Quadrate sein." Die Illusionisten stimmen dem Gesagten zu. Zumal sie außer dem Hinweis mit der Zahl vier noch völlig im Dunkeln tappen.

Zumindest sind sie sich einig, dass sie der richtigen Fährte folgen. Es kann nur so sein... Weil sie jetzt zudem auch die Wände absuchen müssen, verwenden alle ihre Chronometer. Ihre Anwesenheit ist sowieso verraten. Bei der nächsten Abzweigung suchen sie intensiv die Mauersteine ab und entdecken tatsächlich ein weiteres Quadrat. Dieses ist sogar etwas größer als das Erste. Sie wissen nun, welchen Weg sie gehen sollen. Sie biegen nach links ab, so wie es das Symbol ihnen deutet. Leider wird der Untergrund nicht besser. Wasser, welches beständig aus dem Mauerwerg kondensiert, sammelt sich hier in Pfützen. Hier fühlen sich ekelerregende Würmer und Larven wohl. Die Würmer heften sich bei jedem Schritt an die Stiefel der Illusionisten. Eine Schar Insekten stobt hervor und flattert aufgeregt hoch bis zu den Köpfen der Lords. Je zwei Männer und Frauen laufen indes stetig weiter und lassen sich nicht von diesen Mutationen in die Irre leiten. Wieder ein regelmäßiges Vierecksrelief. Größer als das vorherige. Das dritte in der Anzahl. Dort schleichen sie weiter, um, wenn die Annahme Micaels stimmen sollte, das letzte, das vierte Quadrat zu finden. Angestrengt beschauen sie die Mauern links und rechts von ihnen. Der Gang wird indes breiter und… Leonore bleibt abrupt stehen und deutet mit der Taschenlampe auf den dunklen Kellergang, der ihnen entgegengähnt. Unvermittelt endet das Labyrinth von Gängen in einer Sackgasse. Selma richtet das Licht nun ebenfalls auf den nackten Fels. Augenblicklich erkennen die Illusionisten den vierten Hinweis. Tatsächlich ist das eingearbeitete Quadrat noch größer als die drei Zeichen zuvor. Mächtige Scharniere deuten darauf hin, dass dies wohl eine riesige Steinplatte ist, die es zu öffnen gilt. Dahinter werden sich ihre Jungen befinden. Die Gruft, in denen sich die Grabkammern der Anführer der Ryanen befinden. Ob es ihren Kindern gut geht? Sie können die Frage nur gedanklich als Wunsch beantworten. Was wäre, wenn ihnen etwas zugestoßen ist? Wenn sie bereits tot sind? Dies wollen und können sich die Eltern nicht vorstellen. Das darf einfach nicht passieren! Die ganze Mission wäre umsonst. Ihr gesamtes Leben würde sich augenblicklich mit einem Schlag ändern. Zukunftsträume würden schwinden. Dunkelheit so, wie sie sich hier in den Gängen der Katakomben breitmacht, würde sich auf ihre Seele legen. Sie würde Leben nicht mehr lebenswert machen, weil Trauer allmählich die Glieder steif werden lassen würde. Ohnmacht. Die Illusionisten treten an die Wand dort, wo sich das Viereck vor ihnen abzeichnet. Nicht mehr der pythagoräische Halbton, sondern ein eingemeißeltes Zahlengitter. Fünf mal fünf Reihen ergeben fünfundzwanzig Zahlen. Mittig die Zahl fünfundzwanzig auf einer Windrose eingraviert. Norden, Osten, Süden, Westen. Als hätten die Erbauer dieser Anlage schon damals von Emojis gewusst, sind jeweils winzige Symbole an den Flanken des Vierecks gezeichnet. Im Osten Luft oder Sturm, im Süden Feuer, im Westen Wassertropfen und im Norden Erde. Das letztere vermuten die Illusionisten eher, als sie dies aus dem Bild her lesen könnten. Die vier Grundelemente. In dem rechten oberen Teilquadrat ist die Zahl Eins eingetragen. Dann entgegen dem Uhrzeigersinn in der Waagerechten, also mathematisch positiv, die Zahlen zwei, drei, vier und fünf. Senkrecht nun die Zahlen sechs bis neun, dann in der untersten Reihe die Zahlen von neun bis dreizehn. Von hier aus im Osten hochwärts die vierzehn, fünfzehn, sechzehn. Die letztere unter der Eins stehend. Spiralförmig dann weiter unter der Zwei die Siebzehn und unter der Drei die Achtzehn. Noch eine ganze Drehung, dass letztendlich die Vierundzwanzig unter der Siebzehn und die Fünfundzwanzig unter der Achtzehn steht. Die Illusionisten mögen zwar Rätsel, Sudoku und andere Kniffeleien. Doch an dieser Stelle haben sie nicht viele Nerven für solche Gedankenspiele. Aber eigentlich hatten sie sich ja schon so etwas Ähnliches gedacht… „Na sieh mal an! So ein Fuchs!", resümiert Darius. „Vermutlich ist der Regus doch nicht so schlau, wie er angibt. Verschlagen, aber dumpf im Gehirn!" Leonore kann nicht ganz folgen. Ihr Ehemann bemerkt das Unverständnis, welches sich trotz ungenügender Beleuchtung auf Leonores Gesicht gut erkennbar macht. Ihm kommt ein Gedanke in den Sinn: „Regus Mal ist vermutlich nicht imstande, das Rätsel selbst zu lösen! Deshalb schickt er uns hierher. Marlon und Keon wirft er als Köder aus." „So ein verschlagener Hund!", protestiert Selma. „Und wenn es uns gelingt, die Steinplatte zu öffnen, setzen wir zugleich auch den Untergang des Tales des Seelenfriedens in Bewegung!", resümiert Leonore. „Ein wirklich faszinierender Plan und für uns ein nicht ganz einfaches Unterfangen, in dass wir uns hier hineinbugsiert haben lassen.", erklärt Micael. „Primitive

Methoden, die bei anderen zum Ziel führen… Aber nicht mit uns!", ruft Selma heraus. „Der Hund fühlt sich als Genie. Gut, meinetwegen soll er das Genie des Bösen sein. Aber er ist meiner Ansicht nach nur ein Verbrecher." „Nun vielleicht der größte Verbrecher der Welt… Jedoch beschränkt, weil er nicht denkt!", beginnt der Germanistikprofessor. „Er lenkt uns wie Figuren in einem Schachspiel, weil er meint, er würde dieses Spiel verstehen. Er will damit Reaktionen kalkulierbar machen, weil er meint, dass nur der eine Zug der wahre ist, der zum Ziel führt. Da hat er sich geirrt!" Micael macht eine bedeutungsvolle Pause. „Es gibt Verhaltensweisen, die ihm fremd sind. Liebe, Solidarität, Aufopferung. Diese reizen ihn. Er spielt mit ihnen. Sie sind für ihn Anomalien, weil sie Schwäche bedeuten. Und jetzt setzt er Schachfiguren ins Spiel, die diese Charakterzüge zeigen…" Wieder Stille. Micael denkt nach. „Schachfiguren können sich jedoch auch emanzipieren!" „Wie meinst du das?", erkundigt sich Selma. „Wir werden das Spiel in unsere Hände legen. Er wird unsere Figur sein. Wir werden die Regeln neu festlegen und damit den Ausgang bestimmen." Noch immer schweben Fragezeichen in der modrigen Luft. „Wenn er mit mathematischen Rätseln kommt, dann hat er die Gleichung wohl ohne uns und den anderen gelöst! Reizen wir die Schlange. Er ist der Kopf und diese Miss Awiks der Rest. Schlagen wir ihnen ein Schnippchen!" Micael hat sich selbst auf Hochtouren hochgefahren. Solche energiegeladenen Reden schwingt er gern vor seinen Studenten. Ihm ist es bei jeder Vorlesung wichtig, das Thema authentisch vorzutragen. Ein Dozent ohne Elan ist wie eine Knalltüte ohne Effekte. Die Studenten müssen nicht nur durch Redefluss, sondern auch durch Tonstärke und Stimmmelodie mit dem Thema vertraut gemacht werden. Was nützt die Rezitation von Textstücken, wenn sie monoton, ohne Ausdruck dargeboten werden. Sie bleiben eine Phrase, die zugleich in Vergessenheit gerät. Darius vergleicht dies in seinem Beruf mit engagiertem Journalismus. Alle Vier betrachten nun das Zahlenrätsel. Ihre Kinder werden sie hochnehmen, wenn sie erfahren, dass sie sich mit Sudoku oder sonst was beschäftigen mussten. Die gemeinsamen Silvesterfeiern und anderen Familientreffen geben Zeugnis dafür, dass kreative Spielstrategien aus den Häusern von Galemberg und Roderstätt nicht wegzudenken sind. Als passionierte Knobelexperten beschauen sich die Illusionisten die regelmäßige vierseitige Fläche. „Es muss ein Muster geben!", erklärt überflüssigerweise Darius, denn darin sind sich alle sowieso schon einig. Nur welches? „Ich glaube nicht, dass hier noch Quersummen im Spiel sind.", überlegt Leonore. Derweil konzentrieren sich die Blicke intensivst auf das vor ihnen befindliche Zahlenschloss. „Fassen wir zusammen! Was haben wir?", beginnt Darius zu kombinieren. „Ein mechanisches Tresorschloss." Er lächelt, weil das Öffnen des Steintors durch Anwendung brachialer Gewalt ausgeschlossen sein wird. Sie stehen diesbezüglich nämlich, ohne größeres Waffenarsenal, nackt da. Nur die Messer, die sie zur körperlichen Abwehr bei sich tragen, sonst nichts. Würden sie diese an dieser Steinplatte ansetzten wollen, würde höchstwahrscheinlich die Tür selbst einen höhnischen Lachkrampf von sich geben. Vom derzeitigen Standpunkt aus ist wohl alles denkbar und damit auch ein stimmgewaltiges Steintor nicht auszuschließen. „Ein Rätsel ist zu lösen.", raunt Darius weiter. Würde man seinen Gesichtsausdruck genau beobachten können, würde man erhöhtes spitzfindiges Interesse darin lesen können. „Guck mal einer an!", setzt Micael hinzu. Unnötig, aber ihm fällt keine intelligentere Reaktion ein, weil er indes gedanklich ebenso eine Lösungsstrategie entwickelt. „Wir brauchen also eine gelingende Ziffernkombi." Selma geht jetzt näher an das Zahlengitter heran. „Da hat sich vermutlich schon einer mehr als einmal probiert. Sieht jedenfalls an einigen Stellen gut abgegriffen aus." „Nun rate mal wer…?", schmunzelt Darius. „Der dämliche Hund persönlich." Micael kichert ob der Bemerkung. Den Frauen gefällt diese Schadenfreude überhaupt nicht, denn bisher konnten sie ja das Rätsel selbst auch nicht lösen. Den Männern indes reizt es in ihrer Schadenfreude noch mehr, Licht in die Sache zu bringen. „Eine Denksportaufgabe.", meint Darius. Micael entgegnet: „Ein Quiz." „Jungs!", fordert Selma die beiden Männer auf. „Das ist wirklich kein Geduldsspiel, weil mir der Faden dazu gleich reißt!" Micael nimmt seine Frau in den Arm. „Ich weiß mein Schatz." „Ihr seid schlimmer als unsere Kinder!", gibt sie noch hinzu. Micael drückt seiner Frau einen Kuss auf die Wange. „Sorry. Wir werden das schon hinbekommen!" Noch einmal drückt er sie fest an sich. Selma erwidert den Druck. Sie weiß, dass sie sich gerade in solchen Situationen auf ihren Mann verlassen kann. „Wenn er dabei nicht immer so kindisch wäre.", schimpft sie in sich hinein. „Gehen wir von dem logischen Schluss aus, dass Regus Leaga vom Ursächlichen ausgeht. Er wähnt sich in dem Phänomen, dass derjenige, der diese Chiffre aufdecken will, mit höchstkomplizierten Methoden herangehen wird.", beginnt nun Micael laut zu schlussfolgern. „Leiten wir aus diesen Überlegungen heraus ab, dass er indes jedoch ein einfaches Schlüsselwort gewählt hat, was sich auch die nachfolgenden Generationen merken und, falls in Vergessenheit geraten, selbst wieder logisch herleiten können." „Gruft.", hören die drei Illusionisten Leonore sagen. „Genau!", freut sich Micael. Er formuliert seine Gedankenschlüsse ungehemmt weiter: „Setzen wir dieses Schlüsselwort in die obere Reihe ein. Dann entspricht dem Buchstaben G die Zahl fünf, R der Vier, U der Drei, F der Zwei und schlussendlich dem Buchstaben T der Zahl eins… Nun weiter. Das Alphabet hat sechsundzwanzig Buchstaben. Lassen wir das J weg, es ist dem I in seiner Schreibweise recht ähnlich, bleiben fünfundzwanzig Buchstaben… Fünf davon sind bereits mit Zahlen unterlegt." Selma, Leonore und Darius nicken. Sie verfolgen die ausgesprochenen Herleitungen, indem sie das Gesagte am ihnen vorliegenden Zahlengitter sinnbildlich mitverfolgen. „Gut…", schließt Micael an. „Nun werden die anderen zwanzig Buchstaben der Reihe nach von links nach rechts eingesetzt. Also steht unter dem G in der zweiten Reihe darunter das A. Es ist kein Bestandteil des Schlüsselwortes. War also noch nicht vergeben… Unter dem Buchstaben R steht das B, unter U das C und so weiter und so fort." Die Illusionisten führen die Ausführungen mit höchster Aufmerksamkeit weiter. In sich versunken legen sie nun auf jedes Teilquadrat einen Buchstaben. Damit ist schlussendlich jedem Buchstaben eine Zahl zugeordnet. „Wer sagt mir die letzte Reihe?", fragt Micael, als würde er Studenten im Hörsaal einer Textpassage den Autor zugeordnet wissen. Am besten gleich mit zugehörigen Lebensdaten und weiteren Werken. Seine Frau rollt wegen dieser Angewohnheit mit den Augen, antwortet aber trotzdem: „Der Buchstabe V ist ganz unten links, dann folgen W, X, Y und Z." „Exakt!", wird Selma von Micael gelobt. „Die Zahlen neun, zehn, elf, zwölf und dreizehn.", ergänzt er. „Aaaah, ich verstehe!", freut sich jetzt auch

Darius. „Jetzt müssen wir das Geheimnis lösen!" „Was letztendlich keines ist. Das weißt du!", erklärt Micael amüsiert. „Das zweite Dekret des Regus Leaga… Beachte die Tetraktys!", sprudelt es aus Darius heraus. „Wir setzen nun diesen Begriff in das Muster ein und dechiffrieren dieses wahrlich amüsante Geduldsspiel." „Genau!", freuen sich die beiden Männer. Selma und Leonore sind nicht ganz so enthusiastisch. Micael und Darius könnten auch ganz falsch liegen. Dann würden sie noch länger in diesem faulig riechenden Gang stehen und nicht weiter sein als zuvor. Es nützt nichts. Leider fällt ihnen zur Lösung des Rätsels selbst weiter kein konstruktiver Beitrag ein. Wie ein Buch mit sieben Siegeln, bleibt ihnen verborgen, woher die Männer ihre Kombinationsgabe immer wieder hernehmen. „Lesen, Beobachten, Ergründen und Merken!", ist Micaels Leitspruch, den er gern zum Besten gibt. „Dann tipp mal drauf los!", fordert Darius den Professor für Germanistik auf. Er will es sich nicht nehmen lassen, die Ziffernkombination herzuleiten. Denn die zündende Idee kam schon von seinem Freund. Micael stellt sich nun unmittelbar vor die Steinplatte. Alle betrachten noch einmal die schweren Scharniere. Die Tür wird nach außen hin aufgehen, ihnen zugerichtet. Deshalb ist Vorsicht geboten. Micael könnte durch das gewaltige sich öffnende Tor an die Wand dahinter gedrückt werden. Eine tödliche Nische, aus der er nicht mehr herauskommt. Zum anderen wissen sie nicht, was sich dahinter verbirgt. Schauerliches Entsetzten strömt Leonore und Selma heiß empor. Was, wenn ihre Jungen bereits tot sind? Oder… ? „Es wird Zeit!", drängt Micael. „Ich betätige die Tastenfelder. Du sagst die Zahlen an. Also Konzentration!" Darius nickt. Wie gebannt schauen alle auf Micael, der den Arm hebt, um den Anweisungen seines Partners zu folgen. „Tetraktys.", spricht Darius indes noch einmal das Lösungswort heraus. „Eins.", kommt es dann in angespannterer Tonlage aus ihm heraus. Micael betätigt die Taste ganz oben rechts. „Sechszehn." Micael drückt auf das Feld darunter. „Wieder die Eins." Wieder ein Tippen auf das Feld darüber. „Vier." Zweite Taste von links oben. „Sechs." Die erste Zahl der zweiten Reihe. „Fünfundzwanzig!" Genau im Zentrum. „Nochmals die Eins." Micael findet das Feld ohne Umschweife. „Die Zwölf." Unterste Reihe, vorletzte Zahl. „Und die Vierzehn.", schließt Darius seine Anweisungen ab, indem er seine Anspannung mit der Atemluft ausstößt. Micael tippt auf die letzte Ziffer der dritten Reihe. Nichts passiert… Mit zusammengeballten Fäusten stehen die Männer da. Darius reibt die Daumen an seinen Zeigefingern. Die Luft scheint vor Anspannung zerplatzen zu wollen. Aller Fokus ist auf die Tür gerichtet, auf diese Steinplatte, die sich hoffentlich gleich bewegt. Die überreizte Situation entwickelt sich, falls nicht gleich etwas passieren sollte, in Hysterie. Zu früh gefreut! „Dieses narrative Verhalten der Männer!", ärgert sich Selma. „Einfach blödsinnig narrenhaft!" Sie weiß, dass das, was sie gerade denkt, nicht gerechtfertigt ist. Es ist ungerecht. Trotzdem versucht sie eine Schuldzuweisung, die, objektiv betrachtet, nur bei Regus Mal liegen kann. Das weiß sie genau. Entschuldigend blickt sie zu ihrem Mann. Dieser lächelt ihr vorbehaltlos zu. Micael schenkt ihr wie immer die Kraft und die nötige Ausdauer. Sie liebt diesen Mann. Ja, gottlob sogar in dieser ungemein misslichen Lage. Dies um so mehr!

Silas Derys, McKomeron und Lean Migatos hatten sich indes getrennt voneinander auf den Weg gemacht. Ziel war der Saal der Todsünden. Mak konnte die beiden, er zog etwas später aus der Encasa los, recht schnell einholen. Als Gestaltwandler war er in der Lage, sich als Rabe unentdeckt zügig an sie heranzupirschen. „Die Gattung Corvus in der Familie der Corvidae wird euch schon erspähen…", gab Mak belustigt als Hinweis auf die Nachfrage Migatos an, wie dieser sie zwischen den dunklen Festungsmauern ausfindig machen könne. „Der Rabe zählt zu den größten Arten innerhalb der Ordnung der Sperlingsvögel", führte der Botaniker an. Alle um den runden Tisch versammelten Gäste der Encasa wussten, dass jetzt ein Vortrag über diese Flugtiere folgen würde. „Die beiden größten Vertreter der Gattung sind der Erzrabe, Corvus crassirostris, und der Kolkrabe, Corvus corax.", erörterte der Experte in seinem Monolog. „Wundert euch also nicht, wenn euch ein schwarz gefedertes Flugobjekt mit siebzig, vielleicht auch achtzig Zentimetern, also zweieinhalb Fuß Körperlänge, nachstellt." Eine Pause, in der McKomeron auf eventuelle Fragen einzugehen gewillt war. Weil keine Anmerkungen kamen, setzte er fort: „Vier Krächzer kurz hintereinander kraa, kraa, kraa, kraa werden euch auf mich aufmerksam machen. Bei Gefahr werde ich ein Hundegebell imitieren. Raben dieser Spezies haben über dreißig verschiedene Ruftypen verschiedener Tierarten in ihrem Repertoire. Also nicht, dass ihr euch mit einem anderen schwarzen Gefieder aufmacht! Davon gibt es hier sicherlich viele in der Anzahl. Meines werdet ihr daran erkennen, dass es metallisch grün glänzt oder vielleicht auch blauviolett. Mal sehen... Ansonsten werde ich mit meiner Flügelspannweite von viereinhalb Fuß Schatten über euch werfen. Wenn das bei dieser permanenten Dunkelheit überhaupt noch möglich ist…" Lean Migatos kräuselte die Stirn. Zu Witzeleien ist er leider nur im bescheidenen Maß selbst fähig und war in dieser Situation dazu auch nicht aufgelegt. „Schatten legt bereits schon ein anderer in das Tal.", dachte der Professor. Mak referierte ungeachtet dessen weiter: „Der fleischfressende Kolkrabe kann sogar im arktischen Winter an den Felsenklippen Grönlands ausharren. Deshalb wird es mir ein Leichtes sein, auch längere Zeit auf euch zu warten, wenn es die Umstände erfordern sollten. Ich werde euch also mit meiner dunkelbraunen Iris im Blick behalten." Dabei zwinkerte er dem glatzköpfigen Migatos zu. Der Ryane Silas Derys weiß von den vielen Interessen des Hauskaters der Familie von Roderstätt. Er saß indes über allem erhaben dominant ob seiner eigenen Befähigungen auf seinem Stuhl und überließ mondän McKomeron die Bühne. Dennoch findet er es immer wieder erquickend, auf welch unkomplizierte Art und Weise dieser Arzt, Psychologe, Pharmakologe und Wissenschaftler den Rätseln des Lebens auf der Spur ist. Durch ihn offenbart sich auch ihm die Welt immer wieder aus einem neuen Blickwinkel heraus.

Einige Zeit später waren die Drei in einem Nebenzimmer des Saals vorgedrungen, in welchem Regus Mal seine Regieanweisungen verteilt. Der winzige Nachbarraum entpuppt sich als eine verlassene Rumpelkammer, in der Kochutensilien bis hin zu vermoderten Tischen,

Bänken und Regalen teils über den Haufen geworfen daliegen. Dazwischen fürchterlich miefender Unrat nebst Hinterlassenschaften von Ungeziefer. Der Magier Silas und Professor Migatos sind gemeinsam in der Lage, durch quantenmechanische Kinese von Raum zu Raum zu springen. Dies, ohne jedweden Abdruck zu hinterlassen. Sei dieser physisch, kinetisch oder auch digital. Mak in der Gestalt eines Raben konnte eine Lücke im bröckeligen Mauerwerk ausmachen. Um nicht aufzufallen, überflog er zunächst die Festungsanlage wie die anderen pechschwarzen Vögel in weiten kreisenden Bahnen. Unterschiedlichste Gattungen krähten, schrien und kreischten auf die Dächer und in die schmalen Straßen dazwischen hinab. Allein dieses Getöse, verbunden mit den Nebelfetzen, die eine Sicht von mehr als einer Körperlänge nicht gestatteten, ließen das akustische Bild der Burg grauslich erscheinen. Ein riesiger Geier war Mak ständig auf den Fersen gewesen, dass er gezwungen war, verschiedenste Ablenkungsmanöver zu vollziehen. Einigermaßen erschöpft schlängelte sich der Gestaltwandler durch die fehlenden Steine, die er nahe des ausgemachten Treffpunktes erspäht hatte.

Silas, Migatos und McKomeron lauschen nun an der Mauer, an der rückwärtig auf der anderen Seite der alte Zwergengebieter Hümjekon lehnt. Nicht nur der Magier kann das spüren. Er fordert indes höchste Aufmerksamkeit. Ein zu frühes Eingreifen könnte der gesamten Mission schaden. Hümjekon hat sich aufgerichtet. Er ist allein. Regus Mal, Herma Awiks und Svante haben den Saal verlassen. Sie wurden wegen eines merklichen Getöses aus den unterirdischen Gewölbekomplexen kommend aufgescheucht. Samuel Faulty wurde zuvor als Späher in das Moor geschickt. Inwieweit der Liknonianer mit seinem insektenartigen Auge alles im Blick hat, bleibt dem Anführer der Ryanen jedoch verborgen. Als Svante seinem Herrn damals den Ring samt dem Finger abtrennte, wurde er der Fähigkeit entledigt, sich der Kinese zu bedienen. Ein Fehler, den Svante tagtäglich zu büßen hat. Beleidigungen, die bis ins Mark des Kollaborateurs gehen. Dazu die Maske, die er tragen muss, weil sein Gesicht nicht heilen darf. Er sollte den Schlüssel an die jungen Lords weitergeben, aber nicht den Ring selbst, in dem sich die kleine Schließe befand. Ein inszeniertes Schauspiel, bei dem er in den

Augen Regus Mals kläglich versagt hat. Scheitern zieht Enttäuschung nach sich, dann Abweisung. Versagen jedoch auch aus Sicht der anderen Seite. Der Oberkommandant der Streitkräfte und Arzt McKomeron hatte ihn wohlwollend aufgenommen, vorbehaltlos, ohne Kompromisse. Er hatte als Einziger dafür gesorgt, dass sein Leiden gelindert wird. Wozu? Die Folgen für ihn sind sowieso mehr oder minder vorbestimmt. Er gehört weder zu Regus Mal noch zu Hümjekon. Oder?... Zumindest biedert er sich immer noch der dunklen Seite an. Er scharwenzelt um das Böse, er kriecht diesem in den Hintern. Warum?... Fesseln, die er nicht lösen kann! Hümjekon beobachtete das Geschehen im Saal der Todsünden. Dieses fiese hämische Grinsen war kaum auszuhalten. Regus Mal wähnt sich, nein er badet in der Gewissheit, dass sein Spiel zu seinen Gunsten ausgetragen wird. Der Zwerg weiß, dass seine Getreuen alles daransetzen werden, um ihn zu befreien. Wenn sie ihn doch einfach sterben lassen würden! Er ist ein alter Mann. Er will nicht, dass sich wegen ihm irgendeine Spezies in Gefahr begibt. Schon zuvor musste er mit ansehen, wie die jungen Lords gleich alten Müllsäcken in Holzkisten verfrachtet wurden. Voller Mitleid sah er die Verletzungen, die ihnen der Verräter Svante mit grober Gewalt zugefügt hatte. Für was? Für ein bisschen Lob? Zuwendung? Keon und Marlon schienen noch zu leben. Er spürte ihre Lebensenergie und ihren Trotz. „Zum Glück! Es gibt noch Hoffnung!", überströmte ihn ein Gefühl, in dem noch nicht alles verloren ist. Zuvor der nutzlose Tod Adman Reversers. Auch bei diesem Ryanen empfand Hümjekon Mitleid. Er wurde dem grausamen Gebaren eines schizophrenen Geistes geopfert. Nicht einmal Feinde haben solch ein Ende verdient! Hümjekon wurde ebenfalls von dem Krawall unterhalb des Saals aus seiner Benommenheit aufgeschreckt. Er ließ es sich nicht anmerken. Sollten sie doch glauben, dass sie ihn in die gänzliche Schwärze verfrachtet haben. Ja, viele Male wurde er bis zur Bewusstlosigkeit geprügelt. Nur so aus Wollust. Eine der sieben Todsünden. Nicht nur prägnant auf den überdimensionierten Gemälden gezeichnet, sondern verkörpert durch Regus Mal und seine Lakaien. Neid auf das, was sie nicht haben. Habgier, weil sie dieses mit allen Mitteln besitzen müssen. Völlerei, denn sie laben sich an all dem Überfluss, was sie mit brutalen Mitteln gescheffelt haben.

Hochmut, weil sie glauben, zu gewinnen. Trägheit, weil sie zu faul sind, dass Offensichtliche zu sehen. Und Zorn, der wieder aller Vernunft aufkommt, wenn ihnen genommen wird, was ihnen nicht gehört.

Silas und Lean Migatos wechseln ihren verkörperlichten Status in den Thronsaal des Verbrechens hinein. Mak entdeckte einen winzigen Spalt im Mauerwerk. Schnell hat er sich in eine Ameise verwandelt, in deren Körper er ebenso ohne Mühe zu Hümjekon gelangt. Dieser schrickt kurz auf, als plötzlich McKomeron neben ihm hockt und sogleich seinen linken Arm greift, um den Puls zu fühlen. „Schwach.", offeriert der Arzt leise seinen Befund. Er unterschlägt dabei, dass die Frequenz ungemein erhöht ist. Geschickt nimmt er den Kopf des Zwerges in beide Hände und untersucht die Verletzungen. „Einige derbe Prellungen, am Hinterkopf eine unschön blutende Platzwunde.", diktiert er, als wolle er die Diagnose in ein Aufnahmegerät sprechen. „Legen sie sich bitte flach auf den Boden. Ich möchte ihren Bauchraum betasten." Der Zwergengebieter schaut McKomeron verdutzt an, gehorcht aber. Der Arzt legt seine Hände auf den Bauch des Geschändeten und tastet mit leichtem Druck und gestreckten Fingern in den Bauchraum hinein. Erst rechts oben, links, dann unten rechts, links. Mak betastet die Milz, Leber und andere Organe. Immer, wenn er auf bestimmte Stellen Druck ausübt, verzieht Hümjekon, wenn auch nur ganz leicht, sein Gesicht. Geduldig lässt er die Untersuchung über sich ergehen. Patient bedeutet übersetzt der Geduldige, der Leidende. Zutreffend. Der Psychologe merkt, dass sich das alte Zwergenoberhaupt in höchstem Maße unter Kontrolle zwingt. Normalerweise wäre der Bauch in allen Bereichen weich. Mak spürt jedoch Widerstand, zumal das Eindrücken an besagten Stellen extrem weh zu tun scheint. „Das Bauchfell ist entzündet. Einige Organe sind geprellt.", erklärt er weiter. Nun erst sieht er Hümjekon ganz tief in die Augen. Er scannt die Psyche des Zwerges. Die stahlgrünen Augen McKomerons blicken in die tiefgrünen Augen des Alten, die trotz des körperlichen und seelischen Leids, was er erfahren musste, freundlich sein Gegenüber ebenso fixieren. Markant die große Nase, die blutverschmiert das Gesicht dominiert. Die sonst gepflegt welligen weißen bis zu den Schultern reichenden Haare kleben am Kopf und sind schmierig am Ohr und Hals in

Strähnen verteilt. Das ehemals grünlich schimmernde Gewand liegt verdreckt teils unter dem Körper, teils dient es der Bedeckung seines Leibes. Scheinbar hatte der Zwerg keine Möglichkeit mehr, seine Schuhe anzuziehen. Vor Kälte blau gefärbte nackte Füße liegen auf dem eisigen Boden. Der Arzt lächelt sanft, seine Augen strahlen. Hochachtung vor der Würde des Patienten, der vor ihm liegt. Denn die konnten sie ihm nicht nehmen. Die Mundwinkel des Leidenden zucken leicht. Dies die Form seiner Anerkennung. Keine großen Worte. Wozu? Mak verschweigt, dass er aufgrund der massiven Gewalteinwirkung innere Blutungen vermutet. Er hatte nur einen kurzen Moment den Stoff unter dem Gewand zur Seite geschoben. Blutergüsse auf der Brust, Magengegend und an den Seiten. Findet das Blut keinen Abfluss nach außen, sammelt es sich in Körperhöhlen oder im Gewebe. Dies ist leider der Fall. Die ausgewiesene Blässe, die schläfrigen Augen und der schnelle Herzschlag verraten ihm die Diagnose. Diagnose Mord. Denn wenn der Zwerg nicht alsbald notärztlich versorgt wird, kann Mak für nichts mehr garantieren. Hümjekon weiß, wie es um ihn bestellt ist. Er braucht die Träne, die sich in McKomerons rechtem Auge gebildet hat, nicht erst zu sehen. Die Gefühle, die Mak sendet, kann der Alte gewiss selbst interpretieren. „Nimm den Ring!… Für Cedric…", haucht Hümjekon in Maks Gesicht. Dieser hatte bemerkt, dass der Zwerg ihm etwas mitteilen wollte. Deshalb hält er sein Gesicht ganz nah über das faltig bleiche Haupt des Geschundenen. Der Mediziner wartet ab, bis der Patient genug Kraft gesammelt hat. Noch zwei Wörter: „Geht! Rettet…" Hümjekon driftet in eine tiefe Ohnmacht. Besinnungslosigkeit. Koma. Seine Hand, mit der er eben noch die Träne auf Maks Wange weggewischt hatte, fängt der Medikus auf und legt sie in seine Hände. Er drückt zum Abschied noch einmal das schlaffe Leben, um es anderen Mächten zu übergeben. Darin der große verzierte Ring. Wahnwitzig, denn nun trägt McKomeron zwei Ringe mit sich. Der Ring des Regus Mal und der des Zwergengebieters. Welch unmögliche Konstellation. Der Doktor bekommt nur schwach mit, dass ein alter gebückter Zwerg aus dem Dunkel tritt - Rune. Hinter den Metallgittern zwei Löwen, Halvar und Magnus. Die Wächter des Homerius-Kastells, die Grundfeste des Reiches der Tiefen. Zwei Gestalten vor einem Gitterkäfig. Nicht gefangen.

Stets in Freiheit, weil als steinerne Zeitzeugen die Epochen überdauernd. Metapher? Bereit für Erlösung. McKomeron weiß, dass er nichts mehr tun kann. Indem er nur für einen Moment seine Gestalt ändert, drängt er sich aus dem Käfig. Er wird das, was jetzt geschieht, aus respektvollem Abstand verfolgen. Es ist Runes Terrain, die Seele des Zwergengebieters in ein neues Raumgefüge zu geleiten. In die Unendlichkeit. Da, wo sich bereits Xanton und alle vorigen Gebieter Bekulans befinden. Rune, als der Geist, der alles verbindet. Das Ritual auszuführen, oblag ihm schon, als Xanton starb und dabei drei Generationen von Zwergengebietern das dritte Artefakt schufen. Wie stark muss er sein, um nunmehr dem zweiten Staatsmann das ewige Geleit zu geben? Rune legt sanft seine Arme auf die Schultern des Sterbenden. Dann ersucht er den Magier: „Silas, bitte!" Dieser erschrickt, obwohl der Magus die Handlungen intensiv mitverfolgt hatte. Rune hebt unterdessen beide Arme in die Waagerechte. Dann streckt er seine Handinnenflächen aus und blickt Silas direkt an. „Du weißt, was zu tun ist! Du musst mit mir gemeinsam eine Lanze brechen!". Silas nickt. Dieser fokussiert sich augenblicklich vollkommen auf seine Magie. Seine purpurfarbenen Pupillen beginnen zu glühen. Sie manifestieren Lichtreflexe, mit denen er gemeinsam mit Rune eine Kraft aus dem Raum-Zeit-Gefüge erzeugt. Silas Fähigkeit zur dreifachen Kinese, der Pyrokinese, Kyrokinese und Aerokinese bringt dabei die Energie hervor, die nötig ist, um die Lebensader der beiden Zwerge für einen Moment zu vereinen. Noch ein letzter Blick zu Hümjekon. Dieser liegt ausgestreckt am Boden, regungslos, lächelnd. Sein ganzer Überlebenskampf galt diesem gegenwärtigen Zeitmoment. Ein Kriterium der Aufopferung und zugleich von Mut, Neues zuzulassen. Silas Fokus zielt wieder auf Rune. Blickkontakt. Dessen stahlgraue Augen verschmelzen sogleich mit dem Purpur des Magiers. Ganz und gar ist dieser Moment ein Gespür von Esprit, eine geheime Weisheit, die alles verbindet und trägt. Im Wirbel von Feuer, Wasser und Luft, den Elementen des Lebens, entlässt Rune den toten Hümjekon in die Ewigkeit. Ewige Erinnerungen an ihn. Mehr nicht. Ausreichend. Nicht sichtbar, aber im Herzen tragend. Die Sinne aller Lebewesen vollendet im Wesen der Liknonianer. Unendlichkeit in Zweifel und Angst aus dem Ryanenreich kommend. Ein Leben ohne

Skepsis, Misstrauen, gar Skrupellosigkeit und Misstrauen ist zwar hoffnungsvoll, wohl aus der Natur der Sache heraus, ob Optimist oder Pessimist, nicht vorstellbar. Als Realist wohl unmöglich. Freude und Leid, Kommen und Gehen, Geburt und Tod. Dies der Lebenszyklus der Welt. Die lockigen grauen Haare, die Rune bis zu den Schultern reichen, wehen noch einige Zeit nach, als sich die kinetische Energie bereits aufgelöst hat. Wie bunte Kristallscherben verwirbeln die Elemente des alten Zwergenoberhauptes trichterförmig in die Höhe, bis sich der Körper Hümjekons auflöst und sogleich in Gänze von einem Windhauch fortgetragen wird. Heimliche Tränen der Trauer, welche Rune die Wangen hinunterlaufen. Sie spiegeln das Wasser des Wissens wider. Ihm, als Geist der Erkenntnis wird wieder einmal vorgeführt, dass er eine Last zu tragen hat, die schwerer nicht sein könnte. Es ist einfach unmöglich, Handeln hundertprozentig in bestimmte Bahnen zu lenken. Zu seinem Bedauern wird stets aufs Neue ein riesiger Scherbenhaufen das Resultat der Erkenntnis sein. Wahrheit? Oder nur der Schatten des Seins, des Diesseits? Gibt es so etwas überhaupt?… Und immer wieder, mit der Geburt eines jeden Individuums, leuchtet ein Funke der Hoffnung auf. Ein Tropfen der Zuversicht. Um die diesseitige Welt ein Stück besser gestalten zu können! Sein Auftrag, sein Dienst. Wie Atlas, der Titan einer Mythologie beschützt er den Seelenfrieden. Hümjekon, die Personifizierung eines Bruderkampfes von Gut und Böse, wird am Ende erlöst. Cedric kann seinen Dienst am Volk der Zwerge in Bekulan nicht mehr aufschieben.

Migatos konnte nur dastehenden und das Geschehen aus seinem Blickwinkel her beobachten…

Die motorisierte Kolonne kommt zügig vorwärts. Frankenau hatte Liam untersagt, nach unten zu schauen. Deshalb fokussiert er seinen Blick ganz und gar nach vorn, Richtung der dunklen Burgmauern, dem Ziel, welchem sie sukzessive entgegenfahren. Der Weg entpuppt sich länger als zuvor angenommen. Hatte Frankenau vermutet, nicht mehr weit von der sich immerfort emporstrebenden Festungsanlage entfernt zu sein, rückte sie daraufhin stetig wieder auf beträchtlichen Abstand und wurde in ihrer optischen Erscheinung kleiner. Dann schimmerte sie wie ein in dicker Luft schwebendes Bild verschwommen über dem Horizont, welches sich gerade in Auflösung befindet. Die Horizontale scheint schier unendlich lang entfernt zu sein. Der kleine Trupp selbst bewegt sich beharrlich in der Fata Morgana der Küstenstraße auf unbekanntes territoriales Gefilde zu. Liam meint zu schweben, was an sich auch zutrifft. Die Motocross-Maschinen gleiten ohne Reibungswiderstand auf der imaginierten Route. Kein Ruckeln, da es weder Bodenwellen noch andere Hindernisse gibt. Zumindest vorerst. Es dauert eine Weile, bis sie über das Meer hinauskommen, um an den Mooren von Blackstone anzugelangen. Genau an der Grenze dazu läuft das Meer graduell aus. Vor ihnen liegt eine groteske Landschaft, der man auf dem ersten Blick die Unheimlichkeit dessen, was sie verbirgt, nicht ansieht. Bunt blühende Heidegewächse erwecken den Eindruck, als könne man ohne Gefahr in diesen Blumengarten hineinlaufen. Nein! Das Farbspiel ist eine Trugwahrnehmung! Das Gehirn spielt die Vielzahl der Farben nur vor. Weil man die roten, violetten und blauen Farben sehen will! Sie haben sich nur in ihrer Vorstellung dermaßen vielfältig eingeprägt. Denn die Blüten sind in der Realität allesamt schwarz. Die warme Luft des Diamos hat die Oberfläche des Moores und die darüber liegenden Luftschichten erwärmt. Dicker Nebel steigt kontinuierlich nach oben. Der Nebel von Blackstone. Durch den leichten Windzug wird der Dunst in Schwaden behäbig beiseitegedrängt, dass man bald die zahlreichen Pfützen und Schlammlachen, die sich zwischen den Vegetationsinseln breit gemacht haben, sichtet. Gleich darauf verschwinden sie in einer nachkommenden Wolke aufs Neue. Sauergräser und Zwergsträucher wehen mit dem Lufthauch dahin. Säuselnd kitzelt die Brise als unheilverkündender Vorbote an Connors Ohr.

Moosbeeren, Rauschbeeren und Krähenbeeren bieten Nahrung für die Vögel, die von der Festung her auf sie zusteuern. Die dunklen Schatten vollführen ein Spektakel im Kampf um jede einzelne Frucht. Frankenau hatte erklärt, dass durch den hohen Wasserstand und den Mangel an Sauerstoff die Pflanzenproduktion größer ist als ihr Abbau. Es würde also mehr Biomasse entstehen, als abgebaut wird. Pflanzenmaterial sammelt sich nach und nach und entwickelt sich dann zu Torf. Der Pferdefuß, wie ihn der Rektor beschrieb ist, dass neben beschaulichen Sumpfgrashüpfern, Zwergspitzmäusen, Heuschrecken und vielleicht auch Hasen, leider zwiespältige, wenn auch interessante Exemplare die Moorlandschaft prägen werden. Schaurige Untote, die mit Sicherheit keine Fluchtreflexe zeigen. Vor dem Moor machen sie abermals Halt. Connor erkennt in einiger Entfernung eine schlaksige Gestalt zwischen Moorbirken das Gebiet beobachten. Wie auf Patrouille steht dieser zunächst da, lauscht und bewegt dabei seinen Kopf hin und her, um dann die Gehrichtig neu festzulegen. „Da wartet bereits wer auf uns.", kommentiert er trocken seine Beobachtung. Frankenaus Visier flackert kurz, ehe er die Zielperson scharf gestellt hat. Nun auch kann er den weiß gekleideten Liknonianer erkennen, der von Weitem der hellen Borke der Birken derart ähnelt, dass man ihn mit bloßem menschlichen Auge nicht hätte unterscheiden können. Liam beißt sich auf die Unterlippe. Er hatte nicht schon jetzt mit einem veritablen Gegner gerechnet. Zumindest nicht so offensichtlich. Ob dieser die Vorhut eines sogleich startenden Angriffs ist? Zumindest macht der Genosse dort im Dickicht die Szenerie nicht unbedingt beschaulicher. „Was sollen wir tun?", fragt Magnus, der seine Lanze sofort fester packt. Johannas Sozius hatte nicht nur sich selbst in den Seitenwagen manövriert, sondern auch noch eine Pike, sein Wurfspeer. Dieses hätte bei einem Auffahrunfall in der Kolonne mitnichten den Vordermann verfehlen können, weil er die Waffe waagerecht in Fahrtrichtung auf den inneren Rand der Verkleidung nur recht behelfsmäßig verstaut hatte. Magnus war jedoch der Meinung, dass ein Überfall wohl plötzlich kommen würde und nicht mit groß angelegter Ansage. Auch Tito hatte seine Pike so auf dem Vehikel Seijas verankert. Schneller Zugriff bei überraschender Gefahr. Frankenau sah das zwar ein wenig anders, trotzdem war er ebenfalls der Ansicht, dass der Feind sicher „Ex abrupto" zuschlagen werde. Ohne Vorankündigung. Cedric muss wegen der aristokratisch eleganten, jedoch vielleicht auch kalt anmutenden sprachlichen Ausdrucksweise des Schulrektors schmunzeln, die dieser auch außerhalb von Schulinspektionen und bürokratischen Meetings nicht immer ablegen kann. Er weiß, dass es zweckdienlich sein wird, sich als zukünftiges Zwergenoberhaupt gleichermaßen eine sachentsprechende Rhetorik anzueignen. „Alles zu seiner Zeit und passend zum Anlass der Situation.", hatte ihm Hümjekon beigebracht. Der alte Zwergengebieter hatte ihn in den vergangenen Jahren mit Akribie in das Direktorium des Volkes Bekulans eingewiesen. „Keine Herrschaft, sondern Leitung. Keine Disziplinierung, sondern Lehranweisung. Kein Egoismus, sondern ein funktionierender Führungsstab im Sinne des Allgemeinwohls. Dazu Mäßigung affektierter Handlungen und gehobene Sprachkompetenz. Denn nichts erschreckt einen Gast mehr, als dass dieser informell angesprochen und zu klärende Details unkorrekt formuliert werden." Cedric betrachtet den Direx. So nah in Aktion hatte er ihn noch nie erleben dürfen. „Ja", überlegt er, „dieser Mensch hat genau wie Hümjekon Führungsqualitäten." Der Zwerg nimmt sich vor, selbst daran zu arbeiten. Er ist stolz, viele solcher Lehrmeister an seiner Seite zu wissen. Der Hüter der Geschichte hat für diesen Kampf seine eigenen Waffen hergestellt. Er befand, dass seine von Hand geschmiedeten Wurfsterne vorzüglich dazu dienen werden, den Gegner schmerzhaft abzulenken. Er entwarf dreizackige circa sechs Zoll große Metallsterne, die gut in der Hand liegen und effizient zu bedienen sind. Ziel sind empfindliche Regionen wie Gesicht, Hals oder Oberkörper. Der Moment der Ablenkung kann durch solch ein Tubrak genutzt werden, um eigenen Vorteil zu gewinnen. Also entweder ausweichen, um sich zu schützen oder durch den Treffer das Gegenüber körperlich einschränken. Ihm liegt es eigentlich fern, den Gegner zu töten. Aber sollte dies vonnöten sein, würde er seine Wurfaxt verwenden. Diese langstielige Doppelaxt hat er mit dreifacher Verkeilung gearbeitet. Nicht, dass während handgreiflicher Auseinandersetzungen, sozusagen im Face to Face Kontakt die zweischneidige Klinge vom Holz abgängig sein würde. Das wäre ganz und gar nicht günstig. Nicolas von Galemberg erklärte ihm als

Ingenieur, dass die Wurfwaffe unbedingt mit einer genauen Gewichtsverteilung ausbalanciert werden sollte. Sonst ließe sich dieses Geschoss nicht gezielt werfen. So trägt Cedric neben einem beträchtlichen Vorrat an Wurfsternen, die er in einem ledernen Beutel am Gürtel befestigt hat, auch die Chilk, seine Wurfaxt am Mann. Connor hat seine Batua dabei. Frankenau selbst ist Verfechter jedweder Gewaltanwendung. McKomeron und Nicolas mussten sich vehement einmischen, als der Oberinspektor der Illusionisten vorgab, ohne externe Verteidigungswaffen in den Konflikterd einmarschieren zu wollen. „Das ist einfach verrückt!… Dann kannst du gleich mit dem Fallschirm im Saal der Todsünden landen. Regus Mal wird dich, ohne mit der Wimper zu zucken zu Brei zerquetschen. Oder irgendwelches Federvieh wird an der Stoffplane deines Fallschirms knabbern und du stürzt in die Tiefe. Eine gelungene Zwischenmahlzeit für die Hundmenschen!", erklärte McKomeron und lehnte den Vorschlag rigoros ab. Dieser hatte zwar ebenso zunächst die Möglichkeit in Erwägung gezogen, von der Luft her einzugreifen. Legte diese Vorgehensweise nach reiflicher Überlegung jedoch schnell beiseite. Man hätte keine eindeutigen Erkenntnisse über die Luftströmungen oberhalb der Festung und deshalb keine Kontrolle über Flugrichtung und Landung. Zumal wäre man von allen Seiten her destruktiv angreifbar, weil man keine Deckung hat. Deshalb entschied Frankenau letztendlich, sich auf Blendgranaten einzulassen. „Als Illusionist einfach passend.", wie er meinte. „Damit werde ich die Menge schocken!… Die Flashbangs werden mit lautem Knall, an die einhundertachtzig bis zweihundert Dezibel und zudem außerordentlich hellem Licht, etwa acht Millionen Candela explodieren. Personen jedweder Spezies, die sich in der Umgebung des Explosionsbereiches aufhalten, werden kurzzeitig orientierungslos und damit ausgeschaltet. Seh- und Hörwahrnehmung sind augenblicklich stark beeinträchtigt." Frankenau erklärte, dass durch die Explosion keine Splitter entstehen. Somit hätten sie selbst keine unmittelbare Gefahr in ihrer Umgebung zu erwarten. Sie müssten diesbezüglich jedoch alle ihre Helme und Schutzbrillen auflassen. Liam hatte er Ohrstöpsel aufgedrängt, sonst könne er eventuell ein Knalltrauma mit bleibenden Hörschäden davontragen. Aleksandra hatte bei den Erläuterungen im

SuPerb sogleich einen Kommentar auf Lager, weil Liam sowieso jetzt schon manchmal nur das hören würde, was er hören wolle. Damit war wieder einmal der Nährboden für ein Disput unter den beiden und die Bühne für alle Beteiligten hergerichtet. „Die Zündmischung basiert auf Magnesium- und Perchlorate-Basis. McKomeron habe ich angewiesen, noch ein wenig Schwefel dazuzugeben. Erzeugt zusätzlich noch eine duftige Note.", Frankenau grinste bei der letzteren Bemerkung. Liam hatte natürlich unglücklich in die Menge geschaut, als auch Aleksandra ihren Bogen mitsamt dem Köcher hervorzauberte. Jetzt stand er wie ein Dackel da und hatte nichts weiter als sein Messer anzubieten. Frankenau hatte in Vorahnung dessen verschiedene Ideenkonzepte zusammengefügt, um Liam auch ein „Spielzeug mit an die Hand zu geben". Er übergab ihm feierlich einen Koffer. Darin für solche Zwecke im Reich der Tiefen entwickelte Irritationskörper CLA30. Für Liam eigens spezifiziert. Dies adäquate Flashbangs zu der rektoraten Ausführung. Jedoch wiederverwendbar, teilweise recycelbar und mit USB-C Anschluss. Zahlreiche LEDs werden einen Stroboskopblitz mit mehr als neuntausend Lumen erzeugen. „Durch ihren Einsatz können nicht nur die Untoten unerhört irritiert werden!", warnte Frankenau und unterwies den Halbzwerg im Umgang mit diesen Leuchtkörpern. Zumindest würde er sich jedenfalls durch eine zu früh ausgelöste Detonation nicht seine Hände zerfetzten. Denn Frankenaus Ausführung explodiert, wenn man den Sicherungshebel loslässt, bereits nach genau zwei Sekunden. Liam kann die Blitzeffekte an den CLA30 regulieren. Dies entweder in ihrer Verankerung im Koffer, manuell in der Hand liegend vor der unmittelbaren Anwendung oder sogar erst, wenn diese ausgeworfen wurde. „Ferninitiierung ist das Stichwort.", wie Frankenau beschrieb. Diese Sorte von Flashbangs würde man auch wieder orten können, detoniert oder falls nicht in der Auseinandersetzung benötigt, wieder einsetzbar. Zumal sie nicht so schwer sind, gerade wie ein Tennisball. Und eben auch so geformt. Als Gag, der Direx bezeichnete dies als „wirkungsvollen Einfall", können diese Exemplare sich der Umgebung wie ein Chamäleon anpassen. Deshalb nennt Liam diese Wurfgeschosse auch so. „Danke!", freute er sich. Auch weil er demnach schon längere Zeit mit in den Vorbereitungen bedacht wurde. „Kann man also doch nicht auf mich verzichten!… Meine flexiblen Chamäleons werden das Ding schon schmeißen!", resümierte er überschwänglich für sich und spottete dem, der nur in Gedanken seinen Einsatz für überflüssig hielt. Jetzt drängt er den Kopf mitsamt dem Helm und der Brille zwischen seine Knie und öffnet umständlich den Munitionskoffer. Ein kleines Display zeigt ihm an, dass der Inhalt vollständig geladen ist. Der Halbzwerg entnimmt ein Chamäleon und klemmt dieses zunächst zwischen seine Füße. Dann greift er sich noch eine Kugel, auf die er seinen rechten Fuß ungeschickt abstellt. Sodann schließt er den Koffer, der selbst im Inneren des Seitenwagens noch mit einer Haltevorrichtig fest arretiert ist. Dabei gibt er dem zweiten Chamäleon einen kleinen Drall, dass dies daraufhin auf dem Boden des Wagens umherkullert. Liam muss seinen Kopf noch tiefer in den Wagen stecken, weil die Kugel nun unter seinem Sitz ihre Endlage findet. Das erste Chamäleon entkommt nun ebenfalls aus der sporadischen Fußfessel. Der Hintern des Zwerges bildet gleich den höchsten Punkt im Seitenwagen. Aleksandra und Frankenau beobachten das Gewusel. Ihre Blicke treffen sich. Nur das Mädchen macht ein genervtes Gesicht. Dabei presst es die Lippen zusammen und zieht die Stirn in Falten. Der Oberinspektor lächelt verständnisvoll und nickt Sandra zu, als wolle er damit andeuten: „Alles gut! Einer unkoordinierten Anfangsphase kann nur noch Präzision folgen." Der jungen Dame entschwindet ein kleines Lächeln. „Ja", denkt sie, „es kann nur noch besser werden." Endlich hat der Zwerg seine ursprüngliche Sitzposition wieder hergestellt. Je rechts und links hält er seine personifizierten Schockmomente in der holen Hand. Gut griffig, weil sie tatsächlich eine rutschfeste Außenhülle besitzen. Per Sensor, der leicht mit dem Daumen betätigt werden kann, ist die Reaktionszeit am Objekt einstellbar. Dann muss nur noch die Sperre betätigt werden, um den Auslösevorgang tatsächlich zu genehmigen. Die Verifizierung geschieht anhand eines manuellen Klickschalters. Nicht besonders einfallsreich, aber für diesen Gebrauch entsprechend optimal.

Der kleine Trupp schwingt sich nun abermalig auf ihre Zweiräder. „Genug der Beschaulichkeit.", erklärt Connor. Ihm kribbelt es schon in den Fingern. Gleich müssen sie über das Moor gelangen. Er hatte dies ja schon auf dem Hin- wie auch den Rückweg geschafft. Irrlichter zum

Trotz, Glühwürmchen als Hilfe. Jetzt sind sie es, zumindest Frankenau und hoffentlich auch Liam, die die Toten in den Sümpfen den nötigen Respekt abverlangen werden. Auf der imaginierten Fata Morgana bewegen sie sich vorwärts. Das flackernde Abbild der grausigen Festungsmauern voran. Es dauert nicht lange, bis singuläre Schatten abstruser Gestalten an der Fahrtroute emporklettern. Wenn auch die Motocross-Maschinen keine mechanischen Vibrationen auf dem Untergrund erzeugen und die Motorgeräusche selbst nur als ganz leises Surren vernehmbar sind, haben die Bewohner der moorigen Landschaft Witterung aufgenommen. Immer wieder greifen fahle Knochenarme nach der Bereifung. Weißgraue Schädel blicken ihnen mit hohlen Augen entgegen. Dann stützen sie sich mit ihren Fingerknöcheln auf Moospolstern ab und klappen den Unterkiefer nach unten. Fauliger Atem strömt den Fahrern sogleich augenblicklich ins Gesicht. Dieser zwingt sie, ihre Helme neu zu justieren. Gerade diese Gase könnten zur Bewusstlosigkeit führen. Liam zieht geistesgegenwärtig eine Halbmaske mit Schraubfilter aus seiner Umhängetasche. Im selben Moment hat er die Bandschlaufen straff über den Helm gelegt und rückt die Maske passgenau auf Mund und Nase. Nun ist sein ganzes Gesicht vermummt. Mit dem zylinderförmigen Filter, der in Kinnrichtung verläuft, sieht er nun wie ein Alien aus. Das zügige und korrekte Anlegen der Maske hatte er mit Connor unzählige Male geprobt. Zuletzt hatte ihn dieser sogar in einen Raum gesteckt und wenn auch nur ungiftige Dämpfe eingelassen. Liam sollte dann mit sofortigem Befehl die Maske aufsetzen. Letztendlich war der Ryane einigermaßen zufrieden mit Liams Reaktionsvermögen. Und das soll schon etwas heißen. Connors Helm gibt augenblicklich die Zusammensetzung der Moorgase an. Kohlendioxid, Methan, Distickstoffmonoxid, also Lachgas, in Verbindung mit Harnstoff und Phosphat. Letztere beide entstehen bei der Verwesung organischer Stoffe. Da jedoch scheinbar nicht in allen Fällen genügend Sauerstoff für die Verwesung zur Verfügung stand, sind es nicht nur Skelette, die an die Oberfläche drängen. Deren Bewegungen sind wackelig, aber blitzschnell. Die Moorleichen hingegen bewegen sich schlangenartig, weil die Knochen durch die Säuren im Moor sichtlich aufgeweicht sind und sich dadurch biegen lassen. Deshalb vollführen diese entmenschlichten Gestalten Bewegungen, für die nicht einmal Schlangenwesen wie Miss Awiks in der Lage wären. Eine Vielzahl der Mumien bestehen nur noch aus einer festen pergamentartigen Hauthülle. Ein halbes Dutzend dieser Exemplare haben sich an das Cross-Bike Connors geheftet. Sie versuchen vehement, den Ryanen und Cedric abzuwerfen. Connor wedelt diese, als wären sie nur eine kurzzeitige Belästigung gleich einer Mückenplage mit einer Hand einfach weg. Die Papierhaut zerfetzt in tausend Teile. Mit immensem Schwung werden einige Glieder der Mumien auch nach vorn geschleudert. Ein derartiger zerfranster Kopf platziert sich zu Liams Erschrecken genau auf seinem Schoß. Dieser vergisst prompt den nächsten Atemzug. Daraufhin, weil die Maske sowieso das Atmen schwieriger macht, quellen seine Augen zusehends aus den Höhlen. Diese blicken Aleksandra im Todeskampf so flehend an, als wäre der letzte Atemzug schon passiert. Noch einmal die Liebe seines Lebens anschauen. Unverzüglich verpasst Sandra ihrem Freund einen kräftigen Schlag auf den Rücken. Der Zwerg erinnert sich postwendend, dass Luftholen ein notwendiges Erfordernis ist. Frankenau, der die Situation ebenfalls umgehend erfasst hat, greift nach dem Totenkopf und schleudert diesen zur Seite. Skurrilerweise landet das Ding auf einer ausgestreckten Skeletthand. Wie ein Skalp baumelt die Hirnschale auf dem Knochen. Die Trophäe bekommt im Gefecht um die vordere Rangreihe der Untoten abermals Antrieb und wird nun über die Fahrbahn geschleudert. Liam verfolgt die Flugbahn. Die letzten verbliebenen Haarbüschel wedeln nach. Ein Bild, wäre es ein Kinofilm, würde sogar Humor in sich bergen. In der Realität regt es jedoch eher den Brechreiz an. Seija und Johanna fahren nicht ganz unbeeindruckt, jedoch konzentriert weiter. Tito und Magnus hantieren während der Fahrt unaufhörlich mit ihren Lanzen. Damit spießen sie permanent Schädel auf und werfen diese gekonnt in die aufgewühlte Menge. Dann wieder schlagen sie mit der Lanze so zu, dass Arme und Beine vom übrigen Skelett getrennt werden. Manchmal entstehen dadurch derartige Geschosse, dass diese in den Papiermumien wie mit Nadeln gespickt stecken bleiben. Connor schlägt nun auch mit seiner Batua ein. Einarmig balanciert er das Motorrad, auf dem Rücksitz ebenfalls Cedric in Aktion. Zunächst hatte er unzählige seiner Wurfsterne zum Einsatz gebracht. Als diese nicht mehr den gewünschten Effekt zeigten, nahm er die Chilk. Die Wurfaxt wedelt er gekonnt nach hintenherum und kann zu guter Letzt ein Überspringen der Kreaturen verhindern. Die Massen jedoch werden aggressiver. Konstantan recken die Untoten ihre Körper waghalsig aus dem Schlamm. Scheinbar turnt sie dieses ganze Gezeter noch mehr an. Frankenau entscheidet, eine seiner Blendgranaten einzusetzen. Die Lage wird schier unüberschaubar, dass ein Ablenkungsmanöver eingeleitet werden muss. Eine Schockgranate mit Bums. Der Illusionist umschließt bereits eine Granate und den Bügel. Mit dem rechten Daumen löst er den Sicherungssplint und wirft das Tempo der Fahrt ausnutzend die Flashbang in die brodelnde Masse. Eins, zwei. Mit exakt zwei Sekunden Verzögerung explodiert das Metall. Ein ohrenbetäubender Knall gefolgt von dermaßen hellem Licht, welches alles überblendet. In weiser Voraussicht haben die Visiere und auch Liams Brille sofortige Abblendmechanismen, die auf solche visuellen Reize blitzschnell rapide reagieren. Augenblicklich strömt die Menge auseinander. Frankenau wirft sogleich auf die entgegengesetzte Seite eine zweite Granate, dann noch eine dritte voraus. Die Untoten werden auseinandergerissen. Eruptiv bilden sich Krater im Moor da, wo sich zuvor Skelette und Mumien getummelt hatten. Liam betätigt nun auch den Sicherungshebel einer seiner Chamäleons. Zehn Sekunden stellt er ein. Zu seiner Entrüstung kommt er nicht dazu, die Blendkugel selbst fortzuwerfen. Eine mächtige Knochenhand entwendet sie ihm. Mit verzerrter Miene schaut das Skelettgerüst auf die Flashbang, dann zu ihm in Verkleidung eines Außerirdischen und scheint doch tatsächlich zu überlegen, was es damit wohl machen soll. Weil das Geschöpf allerdings nur krasse Tobsucht verspürt, wirft es in seiner wahnsinnigen Raserei den Irritationskörper einfach von sich. Liam kann sich zu seiner eigenen Verwunderung höchstes Erstaunen abringen, wie weit der Übeltäter sogar werfen kann. Er verfolgt gemeinsam mit diesem die Flugbahn. Das Skelett, weil es sicher ist, den Zwerg sogleich aus dem Gefährt gezerrt zu wissen. Der Zwerg, weil er weiß, dass die Stroboskopblitze der CLA30 dieses Skelett und seine Kumpanen relativ gut überraschen werden. Liam zählt bis zehn. Der Knalleffekt selbst ist nicht beachtenswert. Eine Strahlkraft von neuntausend Lumen in unmittelbarem Anschluss danach bewirken jedoch, dass sich die aufgebrachten Toten fluchtartig zurückziehen. Damit hatten sie nicht gerechnet. Solch eine Helligkeit hatten sie sicher noch nie zuvor gesehen. Irritiert quetschen sich die Knochen in den Morast zurück. Ohne Rücksicht auf die Pergamenthüllen der Moorleichen drängeln sie unkoordiniert in alle Richtungen. Die zweite CLA30 detoniert sechzig Sekunden danach. Liam hatte das Chamäleon im hohen Bogen über die kleine Kolonne nach hinten hinausgeworfen. Das war relativ waghalsig. Anderes war ihm jedoch nicht eingefallen. Die Idee war wohl exzellent, die Flugbahn über den Köpfen der Cross-Kolonne eher gefährlich. Eine zweite intensive Strahlung folgt, die große Teile der Sumpflandschaft taghell macht. Sie erscheint sogar intensiver, weil sie sich zusätzlich auf die Vorherige gelegt hat. Zumindest aber bereiten die ultimativ grellen Lichteffekte den Motorrädern eine relativ freie Weiterfahrt. Während des gesamten Gefechts haben Seija und Johanna Sinneswahrnehmungen von der übergroßen Libelle im Moor erhalten. Eigentlich müssten sie tiefen Groll gegen diesen Liknonianer hegen. Dies entspricht jedoch keinesfalls ihren Prinzipien. Handlanger eines Anderen hin oder her. Abtrünnig? „Aus der Bahn geworfen.“, ist wohl eher die Form der Interpretation, welche auch die Fürstin der Sinneswesen bevorzugt. Diese erkannte schon seit längerem Spuren von Einsicht zu seinen Verfehlungen. Erst, wenn dieses tiefe Bewusstsein dazu entstanden ist, will Lamera eingreifen. Letzten Endes befindet sich Samuel Faulty in einer Zwangslage. Weil er einerseits dem Statut der Liknonianer den Eid geschworen und zum anderen die darin enthaltenen Regeln in höchstem Maße missachtet hat. Die Fürstin erkennt Trauer auf der Seele Faultys. Er ist immer noch ein Glied im Volk der Liknonianer. Denn in diese Gemeinschaft wurde er hineingeboren. Faulty spürt keine Angst, denn er fürchtet nicht den Tod. Mehr macht sich Beklommenheit in seinem Geist breit. Stetig das Abbild eines Wahnsinnigen vor Augen zu haben ist ein Gräuel, was die Psyche verändert. Abgrundtiefe Trauer, die sich in ihn ausbreitet. Schwärze, Nichts in der Unendlichkeit eines luftleeren Raums. Einzig und allein Vakuum, in welches sich ein grotesker Einfaltspinsel gestohlen hat und sich in purer Willkür übt. Dieser

234

widerwärtige Hundmensch zerstört mit seinen Psychospielchen jedwede intellektuelle Denkfähigkeit und macht aufrichtiges Gedankengut zunichte. Zerstörung. Zerstörung einzelnen Lebens und was dann? Vernichtung allen Lebens? Ein sinnloser Krieg, ohne ein Warum. Der Anfang für all das ist schon längst vergessen. Der Grund besteht nur darin: Weil der Regus der Ryanen es kann? Einnehmende Irrlichter, die Faulty von seinem Weg lenkten. Lamera versucht, die Mauern in ihm aufzuweichen. Seine Gedanken, oder doch ihre? Ihre Erkenntnis oder doch seine? „Vergebung!", dringt in sein Innerstes. Er lächelt. Aufrichtig befreit…

Der Liknonianer bewegt sich in Richtung der Festung. Dort liegt eine riesige Zugbrücke nach unten gelassen. Auf dieser geht er nun auf ein zweiflügeliges Tor zu. Sogleich öffnet sich erst die gewaltige rechte Seite, dann die linke. Dahinter dunkle Mauern. Wer hatte den Wachen dort befehligt, die gewaltige Holzkonstruktion zu öffnen? Diese haben sich indes beidseitig positioniert. Sozusagen als Begrüßung. Mit guter Absicht oder auch mit Hintergedanken. Das können zumindest Liam und Aleksandra nicht ausmachen. Die Reisenden erkennen Hundmenschen in Uniform, als sie ihre Visiere dahingehend scharf stellen. Als sich diese stetig den Mauern nähern, sieht auch endlich Liam, dass sich im Moor keine riesige Libelle befunden hatte, sondern stelzenhaft ein recht hochgewachsener Liknonianer. Der Zwerg atmet erleichtert auf. Die Entspannung dauert nur einen winzigen Moment, als er registriert, dass die untoten Monster doch wieder aufholen. Dies jedoch mit größerer Geschwindigkeit als zuvor. Ihre Leiber, die sich schier exponentiell in ihrer Anzahl verdoppelt oder sogar verzehnfacht haben, Liam kann dies nicht genau ausmachen, recken sich zusätzlich der Burganlage entgegen. Irgendetwas zieht sie dort plötzlich magnetisch an. Auch Connor und Cedric merken, dass sie nicht mehr das ursächliche Ziel der Verfolgung sind. Die Untoten lassen gar teilweise von ihnen ab und stürmen mit unglaublicher Schnelligkeit irre und doch behände auf das geöffnete Tor zu. Die Hundmenschen am Ende, jetzt kann man ihre Gestalt exakt identifizieren, können gar nicht so schnell reagieren, als dass bereits zig Dutzende von Skeletten in die Anlage gestürmt sind. Frankenau dreht seine Rennmaschine bis zum Anschlag auf. Der

Motor gibt alles. Kurz schlittert er sogar zur Seite, weil er mehreren Moorbewohnern ausweichen muss. Liam wird in seinen Sitz gedrückt. Aleksandra krallt sich in das Leder von Frankenaus Jacke. Die Cross-Bikes von Johanna, Seija und Connor folgen direkt hinterher. Nun ruckelt es doch heftig, als der Direx von der imaginierten Horizontlinie abdriftet, um durch das geöffnete Tor zu gelangen. Mit unerhörter Geschwindigkeit prescht er erst an Faulty vorbei, dann an Großmeister Lorcan. Die drei anderen Zweiräder folgen ohne Abstand. „Respekt und Fürsorge!", sendet der Liknonianer an Johanna und Seija. Die beiden schicken nur ein Wort gemeinsam zurück: „Frieden!" Frieden mit sich selbst und die Zuversicht, dass dieses Unterfangen friedlich gestaltet werden kann. Die Reisegruppe wird heftig durchgeschüttelt. Weil die Beschleunigung so immens ist, schrammt Frankenau mit seinem Lenker an der Mauer im Torbogen. Nur eine Millisekunde lang Kontrollverlust, dann zieht er das Bike wieder in die richtige Richtung, kuppelt und gibt Gas. Bremsen ist scheinbar keine Option. Liam traut seinen Augen nicht, als er an stehenden Hunden vorbeirauscht. Den Kommandanten der Wachmannschaft scheint er überdies irgendwie zu kennen. Ihm fällt nicht ein, woher. Die Cross-Bikes steuern scharf nach links. Straßendreck wirbelt auf. Die Seitenwagen haben allesamt kurzzeitig keinen Bodenkontakt mehr. Liam, Tito und Magnus befinden sich in Schwebe. Mit einem Rum's setzen die Wagen auf und federn zum Glück nach. Gut, dass deren Insassen vergurtet sind. Die Wurfspeere haben Tito und Magnus fest in der Hand. Sogleich befinden sie sich direkt in einem abstrusen Wettrennen. Pferdegespanne rasen wie von Sinnen vor ihnen her. Gefolgt werden sie von weiteren Vierspännern. „Ob die ganze Welt einfach nur wahnsinnig wird?", denkt sich Aleksandra und schaut abwechselnd zu den irre gehetzten Hufgespannen und dann zu Liam. Dieser krallt sich rechts und links an die inneren Griffe des Seitenwagens und sieht insgesamt wahrlich nicht entspannt aus. Wie auch? Sie selbst umfasst jetzt den Bauch des Schulleiters, weil dieser ebenso bemerkenswert noch einmal an Tempo zulegt. Das Schnaufen der Rennpferde, das ungewöhnliche laute heftige Getrappel und die mystische Umgebung, die aufgrund der ungeheuren Hetze mehr nur schemenhaft erkennbar ist, formen die

Situation enorm skurril. Alles verschwimmt in Schlieren. Optik und Akustik. Sogar die fürchterlichen, eigens unterschiedlichen Gerüche vermischen sich zu einem einzigen Gestank. Rückwärtig drängelt sich zügig noch Faulty durch das Tor, ehe Großmeister Lorcan die Burgöffnung durch seine Gefolgsleute verriegeln lässt. Der Trupp frühzeitiger Hundmenschen reagiert auf Kommando. Zwischenzeitlich stürmten allerdings, allein nur in den wenigen Augenblicken, in den die Mauern Zutritt ließen, auch Hunderte der Untoten in die Festung. Diese verteilen sich augenblicklich wie im Fluge. Einige fegen selbst an den Cross-Maschinen vorbei, andere hetzen in Seitenstraßen. Vermutlich ohne markantes Ziel. Jetzt ist es an den Hunden, ihnen nachzujagen. Es benötigt nur eine kurze Ansage, dann fletschen sie ihre Zähne, beginnen zu Knurren und positionieren sich mit gesträubten Nacken in Angriffstellung. Die Untoten selbst haben ebenso Erfahrungen mit aggressiven Verhalten. Sie sind giftig herausfordernd. Sie scheuen sich nicht, nach den Hunden zu beißen und nach ihnen zu schlagen. Mit Befehl des Großmeisters Lorcan werden die Wehrhunde losgelassen. Ihre Pupillen formen sich kleiner. Ihre Lefzen ziehen sie zitternd nach oben. Blanke, gefährliche Zähne werden offensichtlich und sind bereit, zuzubeißen. Mit starrem Blick fokussieren sie ihre Gegner. Zuerst schnappen sie nur und führen Scheinangriffe aus. Dann schlagen sie zu. Mit einem infernalen Bellen stürmen die Soldaten blitzschnell auf allen vier Beinen los. Das sichert ihnen Vorteil. Dank ihrer Motorik bewältigen sie Kurven mit voller Geschwindigkeit. Die Untoten dagegen bremsen, falls sie umsichtig genug sind, vor jeder Biegung ab. Sonst würden sie aus der Bahn geworfen. Das passiert bei den meisten der Kreaturen, so dass sie entweder vor den Mauern zusammenbrechen oder vermehrt einfach mit fehlenden Gliedmaßen weiter fegen. Mit Sicherheit hat Lorcan die Bande gut trainiert. Sportlich ausgebildet verfolgen sie die tobenden Knochen mit sicher vierzig Meilen pro Nivel, wie Frankenau schätzt. Er weiß von dem Großmeister der Ryanen, dass diese Spezialisten bis zu sechzig Meilen am Tag laufen können. Also wird der Wahrscheinlichkeit nach das Wettrennen erst beendet sein, bis alle Untoten eingeholt sind. Obwohl diese Spezies der Ryanen wohl ebenso ungemütlich ihnen gegenüber sein können, wie es die Moorbewohner sind. Wäre da nicht Lorcan, der die Fäden der Befehlsgewalt zusammenhält. Kläffend springt sogar ein Hundmensch über Liam hinweg. Geistesgegenwärtig bücken sich Frankenau und Aleksandra. Dem Zwerg schaudert es. Er konnte sogar den infernalen Mundgeruch des Soldaten riechen. Zumindest bildet er sich das ein, denn eigentlich hat er immer noch seine Halbmaske vor dem Gesicht. Sein Anblick ließ für den Bruchteil eines Momentes den Springer geschockt verweilen. Nebst der Motorradbrille und dem Halbschalenhelm präsentiert er wahrlich eine besondere Form bisher ungesehener Individuen. Frankenau führt die Riege nicht geradewegs auf der Hauptstraße entlang. Viele Male ist die Straße durch die unsägliche nicht tot zu kriegenden Masse versperrt. Dann kreuzen Ryanen den Weg und zu guter Letzt bewegen sich die Droschken jählings auf den gepflasterten Pfaden, als kämen ihre Passagiere zu spät zu einer Verabredung. Liam konnte jedoch noch keinen Fahrgast ausmachen. Selbst die Kutscher fehlten in einigen Fällen. Welch abstruses Paradoxon. Einfach widersinnig absurd. Ein Überbleibsel der disparaten Regentschaft der Ryanenführer, vornweg Regus Leaga bis heute zu Regus Mal. Abweichendes Ideengut divergent inkompatibel mit dem Weltbild derer, die damals wie heute dagegen antreten. Die konträren und schizophrenen Gedanken entladen sich, auch nach hunderten von Epochen in dieser Wirrnis. Nichts ist nachvollziehbar, weil kein Tun noch so abwegig ist. Den Illusionisten, Silas Derys, McKomeron und allen ihren Gefährten muss schon ein mehr als fantastischer Plan einfallen, um in ebenbürtiger Weise und doch andersartig den Machenschaften ein Ende zu setzen. Gleiches mit Gleichem, nur ein bisschen differierend.

Leonore und Selma schrecken zurück, auch weil ihre Männer Darius und Micael sie an den Schultern packen und nach hinten ziehen. Die Illusionisten haben ganze Arbeit geleistet. Keiner weniger als Samuel

238

Faulty war davon überzeugt, dass sie das Rätsel um die Tetraktys lösen würden. Damit öffnet sich sogleich die riesige steinerne Platte, die seit tausenden Jahren die Krypta verschlossen hatte. Über dem Moor rief der Liknonianer ihnen nicht nur das Wort „Mut", sondern auch „Verstand" zu. Er als Sinneswesen wusste ebenso wie die Fürstin Lamera, dass die Vier in der Lage seien, dem Geheimnis auf die Spur zu kommen. Regus Mal hoffte dies eher. Er befand die vier Menschen als „außerordentlich clever und geistreich." Wer sonst als diese Illusionisten könnte auch mit der Vierheit der Gruppe gemeint sein? Er hatte sich in den Höhlen von Falios bereits den Kopf zermartert. Selbst hier in den Hallen der Festung hatte er weiter keine Lösung parat. Deshalb war es sozusagen ein Glücksfall, dass nach der Entführung Hümjekons sich die jungen Lords seiner Meinung nach „unklug und naiv" auf den Weg zu ihm machten. Es brauchte also nur einen einzigen Köder. Denn danach folgten unausweichlich, „weil Eltern eben auch in einigen Fällen zu törichten Handlungen neigen", die Lords von Galemberg und von Roderstätt. „Woher diese Menschen wohl ihre Titel haben?", grübelt Regus Mal. „Sind es Adelige, Grundbesitzer, Feudalherren?" Er selbst würde sich, nachdem er den Thron bestiegen hat, jedenfalls als König bezeichnen oder zum Kaiser krönen lassen. Er wäre politischer Herrscher und zugleich der Dalai Lama der gesamten spirituellen Welt. Die Vorfahren der Illusionisten jedoch haben ihre Lordtitel mit gewissen Ämtern verbunden erhalten. Ein Ururgroßvater von Darius war einst Lord Chancellor, Lordkanzler. Er war Justizminister. Michaels Verwandtschaft hatte den Adelstitel dadurch erhalten, weil eine Ahne Lord Advocate war. Er übte also das Amt des Chef-Justiziars in England aus. Darius stieß während seines Studiums bei Recherchen über die Adelstitel Englands und Schottlands auf den Namen von Roderstätt. Ein gewisser Herr Micael von Roderstätt hatte sich nämlich in denselben Germanistikkurs eingetragen wie er selbst. Beide Familienoberhäupter von damals haben sich vielleicht sogar gekannt. Zumindest wollte Darius von Galemberg diesen anderen jungen Mann kennenlernen. Daraus entstand eine tiefe und langanhaltende Freundschaft. Der Lordbegriff ist also ein Relikt ihrer alten Namensbezeichnungen und wahrlich kein Alleinstellungsmerkmal ihres gesellschaftlichen Anspruchs. Hümjekon nahm die Bezeichnung im Reich der Tiefen wieder auf. Er befand, dass die beiden Eheleute ebenso besondere Ämter begleiten. Deshalb betitelte der Zwergengebieter sie fortan mit dem Zusatz Lord. Was die Illusionisten von Roderstätt und von Galemberg als Symbol der Dankbarkeit des guten Miteinanders des Volkes Bekulan und der Menschen, wenn insgeheim auch etwas widersprüchlich, annahmen.

Angestrengt schauen die Illusionisten, wie sich die Mauer vor ihnen öffnet. Die mächtigen Scharniere, in denen sich die Steinplatte bewegt, hätten zuvor Schmierfett gebrauchen können. So schleift das Eisen aufeinander und bildet tiefe knarzende Töne. Vermutlich haben sie sich sowieso schon verraten. Das Donnergetöse beim Einbrechen des Durchgangs hinter ihnen hat sie sicher verraten. Erst nur einen Spalt breit, dann sukzessive weiter bewegt sich die riesige Tür wie von allein auf. Die Männer hätten ohne diese Mechanik den schweren Stein jedenfalls nicht aufschieben können. Infernalischer Gestank strömt ihnen entgegen. Darius und Micael recken ihre Hälse in den Raum. Zunächst erkennen sie nur schaurige Schwärze, die einfach alles verschluckt. Und doch so ein Gefühl... Lichtblitze, wie von Taschenlampen herrührend, streifen ihr Blickfeld. Dann Stimmen, die unverkennbar denen ihrer Kinder zuzuordnen sind. „Marlon!... Keon!", ruft Micael gehaucht in die Krypta. Noch bevor die Gewölbemauern ihre Pforten in Gänze geöffnet haben, quetscht sich Micael hindurch. Darius, Selma und Leonore folgen. Jetzt flüstert Darius: „Jungs, seid ihr es?" Plötzlich werden sie geblendet. Die Strahlen irritieren dermaßen, dass ihre Augen keine Möglichkeit haben, sich reflexartig an die Dunkelheit zu gewöhnen. „Paps, Mom! Seid ihr es?", fragt eine bekannte Stimme. Keon hatte die Ankömmlinge sofort ausgemacht. Marlon indes hatte schon eine Holzlatte zur Verteidigung in seiner rechten Hand fest umschlungen. Bereit zur Verteidigung. Jetzt erkennt auch er seine Eltern und die seines Freundes. Obwohl Keon nicht ganz behaglich ist, verstärkt er trotzdem das Spotlight seines Chronometers. Die Eltern machen es ihm zunächst nach. „Seid ihr allein?", will Leonore wissen. Keon ist sich nicht sicher, ob er die Wahrheit aussprechen soll. Er vermutet nicht nur, er ist sich vollends sicher, dass in den Sarkophagen keineswegs nur Tote liegen.

240

Tot geglaubt, aber mitnichten vollends dahingeschieden. Irgendwie so ein Zwischending zwischen Leben und Tod. Unvorstellbar, aber er hat so ein mulmiges Gefühl. Er spürt ein Brodeln. Bewegungen in den Särgen. Der Psychokinetiker nimmt zusätzlich dunkle, boshafte Gedanken war. Bald werden sie kommen! Die Mumien werden aus ihren Grabstätten steigen. Micael und Darius haben indes den Raum vollständig ausgeleuchtet. Selma und Leonore rennen in ihrem Übereifer auf ihre Söhne zu und umarmen diese. Beide haben verschiedene unschöne Blessuren am Kopf, Gesicht und Armen. Sie wollen sich nicht vorstellen, was deren Hemden und Hosen noch alles für Kratzer verbergen. Wenn es denn nur solche wären! Die Männer kommen ebenfalls auf Keon und Marlon zu. Dabei schauen sie sich instinktiv bei jedem Schritt zwei, dreimal um. Sie wissen nicht, vermuten mehr, dass dieses Ding hier wesentliche Folgen nach sich ziehen wird. So einfach werden es ihnen Regus Mal und seine Lakaien nicht machen. Die von den Illusionisten herbeigeführte Beleuchtung zeigt noch effizienter die große Anzahl an Grabkammern. Die gesamte Atmosphäre trägt schaurige Gespenstigkeit in sich. Trügerische Ruhe. Alle blicken sich gespannt um. Wer wird den ersten Zug machen? Dann… Eine riesige steinerne Figur mit Flügeln, welche den prächtigsten Sarkophag an dessen Kopfseite bewacht und wie die Menschen dabei jedoch auf ihren vier Beinen auf Bodenhöhe steht, bewegt unerwartet ihre Augen. Gleich beginnen diese rot zu glühen. „Schaut nicht in die Augen!", warnt Micael. Die Gestalt ähnelt einer bissigen Hyäne. Ein wuchtiger Kopf prangt auf einem kräftigen Nacken. Die breite Schnauze ist geöffnet und entblößt das kräftige Gebiss. Die äußeren Schneidezähne sind größer als die schon übergroßen vorderen. Die Eckzähne gestalten sich noch länger. Die Vorderbeine sind länger und stärker als die Hinterbeine gebaut. Deswegen ist der Rücken, an dem das Flügelpaar erst noch angelegt ist, schräg nach hinten abfallend. Schon kann man erahnen, wie gewaltig die Schwingen beim Ausstrecken der Federn sein werden. Die Kopf-Rumpf-Länge mag an die acht Fuß sein. Viel zu groß, um gegen diese Kreaturen anzukommen. Die Augen der Hyäne sind mit einem leuchtenden Teppich ausgelegt. Eine reflektierende Schicht, die nachtaktive Tiere besitzen. Das einfallende Licht der Chronometer hat deren

Netzhaut passiert, wurde an diesem Tapetum lucidum reflektiert und passiert die Netzhaut dann ein zweites Mal. Die visuelle Wahrnehmung wird erhöht. Die Augen reflektieren das, was die Lords mit ihren Spotlights erzeugen. Leonore und Selma können einen angsterfüllten Aufschrei nicht unterdrücken. Der Anblick ist zu schaurig. Unterdessen erwacht scheinbar das Pendant am Fußende des Grabsteins. Die zweite Gestalt blickt interessiert nach links und rechts. Beide gemeinsam Rivalen zu den steinernen Löwen im Homerius-Kastell! Als auch die zweite Kreatur die Menschen erblickt, beginnen auch ihre Augen zu brennen. Sie funkeln die Eindringlinge bösartig gewaltbereit an. Die aus den Augen der Wächter-Figuren tretenden Strahlen bohren sich regelrecht in die Luft. Sie wollen wohl auch all die anderen hier Ruhenden aufwecken. Die dicke, seit tausenden Jahren abgestandene und nicht wesentlich additiv mit Sauerstoff ergänzte Luft wird dabei wie zähflüssiges Plasma zerschnitten. Ein ungutes Schleifen, Stein auf Stein. Die Illusionisten erahnen, was jetzt passieren wird. Schlussfolgernd müssen sie schnellstmöglich hier raus! Darius wirft Vitalid-Staub in die Luft. Dieser verteilt sich augenblicklich so fein, als wäre der Raum wie eine Schüttelkugel durchgerüttelt worden. Als würden sich sämtliche Atome neu formieren. Der vermeintliche Schnee verteilt sich bis in die letzten Nischen. Die roten Strahlen der steinernen Engelsfiguren werden sogleich in ihrer geradlinigen Ausbreitung gehindert. Die Luft wird in unendliche Glasscherben gebrochen. Alle Bilder, die sich darin befinden, werden zerschnitten und wieder neu zusammengesetzt. Das Grabmal indes öffnet stetig weiter seine Abdeckung. Die Wucht des Aufschlags, als der Deckel des Sarkophags aus seiner Fassung gerissen wird und zu Boden knallt ist dermaßen laut, dass sein Schall an den Illusionisten wie ein gewaltiges Donnerrollen vorbeizieht. Dieses wird mit Sicherheit auch in den tiefen Gängen der Festung weitere Bewohner aufwecken. Der Aufprall derweil muss einen Mechanismus in Gang gesetzt haben. Denn jetzt öffnet sich der Boden unter den Füßen der Lords. Hastig springen sie zur Seite. Ein tiefer Spalt reißt mittig in der Krypta auf. Vermutlich beginnt sich die gesamte Festungsanlage zu bewegen? Nach oben in die Höhe? Die Lords fassen es nicht. Ist dies der Neubeginn der dunklen Herrschaft? „Wir müssen uns

konzentrieren!", ruft Darius. „Behalten wir die Fassung! Auf drei!"
Darius zählt rückwärts herunter. Marlon und Keon können sich nicht
vorstellen, was die Illusionisten planen. „Drei, zwei, eins!", hören sie
Marlons Dad rufen. Im selben Moment sortieren sich die unzählig imaginierten Glasscherben zu weiteren Ehepaaren von Roderstätt und von
Galemberg. Dann nochmals. Was für ein Schauspiel! Diese laufen nun
durch den Schütteleffekt quer durch die Krypta. Die Steinhyänen sind
sich jetzt nicht mehr sicher, auf wen sie sich fokussieren sollen. Deshalb
blicken sie auf die Gestalt, die sich aus dem Sarkophag erhebt. Regus
Leaga. Zunächst sehen Marlon und Keon nur seinen Kopf. Der einstige
Regus schlägt die Augen auf. Diese liegen gefährlich weit in ihren Höhlen und sehen zunächst leblos aus. Regenbogenhaut und Pupille sind
einheitlich hellgrau. Beide verlaufen ohne Kontrast ineinander und zudem in eine dunkelgraue Lederhaut, die normalerweise weiß wäre.
Nun bewegt sich der Kopf und sucht scheinbar diejenigen, die ihn aus
dem Schlaf gerissen haben. Ob das etwas Gutes ist oder weniger, können die Lords derzeit nicht beurteilen. Sie tippen auf das Worst Case.
Die fahle Haut im Gesicht und am Hals sieht erstaunlich elastisch aus.
Farblose Flüssigkeit tropft vom strähnigen Haaransatz über die hohlen
Wangen und die nicht mehr in Gänze vorhandene Nase. Die Nasenspitze fehlt und verleiht der Erscheinung ein absonderliches Aussehen.
Als die Mumie ihre Hände auf die Seitenwände der Steinkiste legt,
tropft es aus diesen herab, als hätte der Regus gerade mitsamt Klamotten ein Vollbad genommen. Scheinbar hat man seinen Körper nicht wie
üblich mumifiziert, also zunächst die Organe entnommen, den Körper
getrocknet und mit Harz einbalsamiert. Auch fehlen die Bandagen, die
doch eine herkömmliche Mumie, wie sie sich die jungen Lords immer
vorgestellt haben, ausmachen würde. Der Körper des Regus Leaga
wurde in eine konservierende Flüssigkeit gelegt und dann luftdicht be-
stattet. Deswegen ist sein Sarkophag auch wesentlich größer als die der
übrigen. Er lag in zugleich drei luftdichten Sarkophagen, dass Luftein-
schlüsse vollständig ausgeschlossen waren. Als würde der Ryane sein
Bad beenden wollen, stemmt er sich seitwärts hoch. Flüssigkeit
schwappt im Wellengang über die Seitenwände. Tropfnass steigt eine
imposante Gestalt aus der vermeintlichen Wanne. Ein tiefer Atemzug,

der die Lunge füllt. Die inneren Organe hat man ihm nicht entfernt. Regus Leaga steht, zwar nicht ganz so groß und wegen der langen Zeit der Abstinenz jeglicher Nahrungszunahme mit weniger Muskelmasse als sein Nachfolger Regus Mal da. Der Körper erscheint jedoch keinesfalls abgemagert oder gänzlich nur aus Haut und Knochen zu bestehen. Das kann man unter dem tropfnassen Outfit recht gut vermuten. Zudem können die Zuschauer beim Entsteigen aus der jahrhundertelangen Behausung einen kurzen Blick auf den nackten Brustbereich des Burschen erhaschen. Bekleidet ist der altertümliche Ryane mit einer bis zu den Knöcheln reichenden schwarzen Hose. Vorn und seitlich am Außenbein entlang durch Riemen mit Schnallen verschnürt. Die Hose selbst scheint aus Leder zu sein. Um die Hüfte hält ein breiter Gürtel mit zahlreichen Nieten das Kleidungsstück auf richtiger Höhe. Oben auf dem behaarten Oberkörper trägt der Hundmensch einen schwarzen Mantel aus dichtgewebtem Stoff. Marlon und Keon haben solch einen ähnlichen Mantel schon einmal auf einem mittelalterlichen Gothic-Festival bestaunt. Der Typ damals beschrieb seine Maskerade als Pest-Arzt. Keon schaudert es bei der Vorstellung. Denn nichts Gutes wird dieser Tote oder Halbtote bringen. Die ultimative Pest. Der Stehkragen des vermeintlichen Arztmantels verdeckt den sicher faltigen mit Fell besetzten Hals. Die langen Ärmel reichen dreieckig bis über die Handrücken, so dass diese fast vollständig verdeckt sind. Nur zaghaft blitzt ein breiter goldener Ring hervor. Das Zeichen der Herrschaft über sein Volk der Ryanen - der Ur-Ryanen. An den Ärmeln am Unterarm wieder rundherum je drei Lederriemen. Der Revers, also der umgeschlagene untere Teil des Fassons, der zusammen mit dem oberen Teil, dem Kragen, dem gesamten Mantel zusätzlich ein außergewöhnliches Angesicht verleiht, ist aus goldfarbigem Leder gearbeitet. Im Revers ein Knopfloch, um sich vielleicht bei Aktivitäten außerhalb der Mauern bis zum Hals geschützt zu wissen. Für unkompliziertes Gehen ist im unteren Rückenbereich mittig ein langer Gehschlitz eingearbeitet. Trotz der vielen Epochen, in denen der Regus im Sarkophag sein Dasein fristete, kann man immer noch das prächtig verarbeitete Material erkennen. Die Schneider müssen bereits damals enormes handwerkliches Geschick gehabt haben. Alles für den großen Aufritt. Und dieser soll großartig werden. Nur für welche hier anwesende Partei? Trotz durch Tod und Verwesung gezeichnet und einer Fratze schlimmer als Lepra, steht der alte Herrscher in seinem nachtdunkeln Mantel durchaus selbstbewusst da. Unbeeindruckt von der langen Zeit, die ihn in den Sarkophag gedrängt hatte. Wohl keine Zwangslage, eher eine Warteschleife für den fulminanten Moment. Ein Egozentriker, der sich tief verkrochen hat, um nun den grandiosen entmenschlichten Tod heraufzubeschwören. Der Mann bildet ein groteskes Abbild von Selbstsucht ab. Der bis zur Wade reichende Mantel lässt die Schuhe erkennen. Irgendwie erscheinen diese recht ungewöhnlich in ihrer Formgebung. Als würde der Regus nicht auf seinen Fersen stehen, mehr auf Zehenspitzen, weil die schwarzen sicher auch aus Leder gearbeiteten Treter irgendwie zu kurz für den großen Körper darauf sind. Keon und Marlon werden ruckartig nach hinten gezerrt. Sie waren vom Schauspiel, welches sich ihnen gerade bot, dermaßen perplex, dass sie vergaßen, sich in Deckung zu bringen. Darius und Micael greifen sie gleichzeitig. „Der wird euch zur Begrüßung keine nette Umarmung anbieten!", faucht Micael die beiden an. Er war selbst von der bizarren Vorstellung überwältigt. Mehr aber, weil die Jungen einfach so dastanden und sich die Auferstehung von ganz nah ansahen. „Die Spiegelungen werden nicht lange halten!", erklärt Darius. „Wir müssen hier raus! … Denn ich befürchte, dass seine Kumpanen nun ebenfalls ausgeschlafen haben." Die Illusionisten sind keine Magier im herkömmlichen Sinne. Ihre Fähigkeiten bestehen darin, Sinnestäuschungen herzustellen. Fehlinterpretationen realer Sinneseindrücke. Es wird also etwas Vorhandenes wahrgenommen, aber nicht als das, was es eigentlich ist. Sie sind kurz und gut in der Lage, schnell und präzise optische Täuschungen, aber auch Illusionen entstehen zu lassen, die mit der Realität nicht übereinstimmen. Außer, dass sich das Loch im Boden immer weiter ausdehnt, hat der Mechanismus noch etwas anderes ausgelöst. Nach und nach klappen Treppenstufen wie in einer Wendeltreppe sich windend nach oben, als würde ein plötzlich herbeigerufener Baumeister Steinquader nach und nach übereinander packen. Klack, klack, klack… Alle Augen sind für einen kurzen Moment auf die Anordnung und den Bau der Stufen gerichtet. Immer höher wird die Konstruktion, dass bald der letzte Stein an der

Decke anschlägt. Die Biegung stellt nun etwa eine Dreiviertel-Drehung dar. So wird die Steigung insgesamt flacher. Ein Übergang in das darüberliegende Stockwerk wird gut möglich. Der letzte aufgestellte, in der Luft schwebende Block bildet wohl das Signal, in dessen Ergebnis sich eine breite rechteckige Öffnung abzeichnen soll. Nach und nach ritzt der Rand auf, als würde ein Schneidbrenner einen Tresor aufbrechen wollen. Zündelnde Feuerblitze lassen erkennen, wie weit der Vorgang vorangeschritten ist. Die Jungen haben sich indes dieselbe Frage gestellt. „Was ist, wenn die Lichtblitze verlöschen und die Luke aufbricht?" Im selben Moment hat sich das Schneidwerkzeug unbekannter Art final durch den dicken Stein gearbeitet. Knack. Ein Knacksen, als wenn ein letztes Stück noch Gegenwehr ausgeübt hätte und letztendlich doch verliert. Die Luke ist schwer. Das ausgefräste mächtige Deckenstück stürzt zum Entsetzen Selmas und Leonores augenblicklich in die Etage darunter. In diejenige, wo sie sich befinden. Nur etwa zehn Fuß von den realen Lords entfernt rauscht die Platte neben ihnen vorbei und schlägt mit einem heftigen Krachen auf den Boden. Die Menschen springen erschrocken weiter aus der Gefahrenzone. Eine gewaltige Staublawine folgt unmittelbar nach dem Aufschlag. Das ausgesägte tonnenschwere Deckenstück liegt wie ein riesiger Grabstein da. Unter ihr hat es alles zermalmt. Fetzen von Holz und Metall stoben auseinander. Uralter Dreck wird hoch aufgewirbelt. Dieser hüllt die Lords vollständig ein und nimmt ihnen sofort den Atem. Jegliche Sicht ist für mehrere Augenblicke unmöglich. Luftholen einbegriffen. Steine prasseln noch nach, als sich der dichte Nebel nur allmählich setzt, beziehungsweise nach außen in den Gang zur Krypta zieht. Keon und Marlon können sich ein kräftiges Husten nicht verkneifen. Sie glauben, in der Gesteinswolke fast ersticken zu müssen. Angestrengt schauen sie nach oben, dort, wo sich ein Loch in der Decke aufgemacht hat. Die letzte Stufe der Treppe endet genau dort. Die Lücke lässt die Sicht auf den Raum darüber frei. Ganz trübe erkennen sie Gestalten, die sich darüber beugen. Keon und Marlon sind dabei nur kurz abgelenkt. Ihr Gesichtsfeld entzieht sich einer exakten Verifizierung dessen, was sie zu erkennen vermuten. Ihre Blicke richten sie nun wieder in die Krypta hinein. Verborgene dunkle Ecken und Nischen, die man von ihrer

Position aus alle gar nicht ausmachen kann. Erschrocken blicken sie dorthin, wo der Smog sich langsam aufzulösen beginnt. Dieser gibt nach und nach entsetzliche Kreaturen frei, die die Lords niemals zuvor gesehen haben. Mumien steigen wie in Trance aus ihren Grabmälern. Behutsam, wie in Zeitlupe. Allem Anschein nach müssen sie sich erst wieder an das Stehen und dem aufrechten Gang gewöhnen. Ihre Körper sind noch steif vom langen Liegen. Einige schütteln sich, als wollten sie ihre Glieder und Knochen an die richtige Position bringen. Andere stehen zunächst merklich überrascht da, als könnten sie nicht glauben, dass sich ihre Sarkophage geöffnet haben. Lange verharren sie nicht in diesem Zustand. Sie registrieren, dass ihr Urvater Regus Leaga ebenfalls aus seiner Totenlade entstiegen ist. Dieser steht souverän gewaltbereit und angsteinflößend da. An seiner Seite links und rechts die zwei Hyänen. Ein schauerlicher Anblick. Die Teenager meinen, sich in einem grausigen Thriller zu befinden. Bedrohlich fixieren die Hyänen ihre vermeintliche Beute. Bereit, diese in tausend Stücke zu reißen, sie zu zerfleischen. Hyänen können bis zu sechs Meilen riechen, wo es Nahrung für sie gibt. Aas und Lebendiges. Deshalb schnuppern sie mit ihren Nasen und können zur Verblüffung der Illusionisten auch bald die realen von den imaginierten Figuren trennen. Garstig und für die Jungen ekelhaft missgestaltet tun sich ihre Mäuler auf. „Wollen uns diese Mistviecher auslachen?", sendet Marlon seinem Freund. Dieser hat, bereit für die kommende Auseinandersetzung, Kampfposition eingenommen. Ihm ist die Lage, in der sich befinden, nicht ganz geheuer. Die Tiere, die sich Regus Leaga zur Seite hat stellen lassen, sehen mehr als heimtückisch aus. Jetzt bewegt sich eine der beiden steinernen Figuren sogar nach vorn. Anders als Hunde und Löwen sind Hyänen Passgänger. Deshalb bewegt die aggressive Hyäne die Beine an der rechten Körperseite gleichzeitig, dann links. Jeder Fuß trägt vier Zehen. Die ausgefahrenen Krallen schleifen auf dem Steinuntergrund. Im offenen Flachland sicher das Pendant zu Spikes bei Sportschuhen. Hier in den Räumen der Festung hoffentlich hinderlich. Das hundeähnliche Raubtier reckt jetzt buckelig seinen großen Kopf nach vorn. Ein kräftiges Gebiss wird sichtbar. „Mit diesen Beißerchen kann das Ding definitiv die Knochen eines Nilpferdes knacken.", kommentiert Marlon flüsternd.

„Ich denke fast, dass das Schnuckelchen seine primären Fressanrechte vor allen anderen kundtun möchte.", entgegnet Keon leise, wobei er seinen Mund ganz schief macht. „Die miefen auch noch aus dem Hals. Einfach widerwärtig.", kontert Marlon. „Dagegen sollte man unbedingt etwas unternehmen.", frotzelt Keon zurück. Beide Teenager machen sich mit diesen Witzeleien Mut. Sie müssen sich von der prägnanten Gefährlichkeit der Situation trennen. Sonst könnten sie der Gefahr entgegensteuern, dass ihre Furcht lähmend wirkt. Das funktioniert auch ganz gut, bis… Bis die zweite Bestie auf sie zuschreitet. Leichten Fußes umrundet sie theatralisch den Erdspalt und stellt nun ebenfalls ihren Besitzanspruch klar. Natürlich will sich die Hyäne nicht nur mit den übergebliebenen Happen begnügen. Das wird ihr nicht reichen. Deshalb fletscht nun auch dieses Vieh seine Zähne und öffnet sogleich das Maul, um dieses gleichermaßen zu einem grässlichen Grinsen zu formen. Wahrscheinlich freut es sich auf das bevorstehende Katz-und-Maus-Spiel. Abwechselnde Aktionen und Reaktionen zweier Parteien, von denen dieser Bluthund meint, stärker zu sein. Abgrundtiefes Entsetzen erwächst in Marlon und Keon, als nun auch die Mumien in ihre Richtung traben. Ihren Eltern geht es nicht anders. Mehr ist es ein fürchterlich anzuhörendes Schleifen und Schurren. Als ob die Lederhäute ihre Füße nicht gut heben könnten. Schritt für Schritt kommen sie näher. Mal wankend von einem Bein auf das andere, weil die Bandagen das Laufen behindern. Andere mehr tippelnd, weil sich die Leinenbinden am Hals gelöst haben und deshalb der Kopf vom restlichen Körper getrennt wurde. Kopf, Arme und Beine wurden nämlich zunächst für die Mumifizierung vom Rumpf abgeschnitten. Erst nach Trocknung aller Körperteile mittels Natronsalz und nachfolgender Einbalsamierung wurden die einzelnen Glieder wieder zusammengefügt, indem man den Körper mit Leinenbinden umwickelte. Die einst lebenden Körper wurden für die Ewigkeit konserviert, damit sie eines Tages wieder im Geschehen mitwirken können. Welch meisterhafte Idee! Eine Armeespitze, die gewaltiger nicht sein könnte. Jeder der hier in der Krypta aufgebahrten Ryanen ist Nachfolger des Regus Leaga. Inbegriffen die Weitergabe von Magie durch Seelenwanderung der Urahnen. Jedoch keine genetische Übereinstimmung. Jeder Regus war individuell. Es gab Herrscher, die mordlüstern Territorialansprüche an benachbarte Gebiete stellten. Ohne Kompromiss, ohne ein Funken von Mäßigung. Eiskalte Wut entbrannte, wenn ihnen nicht zuteil wurde, was sie für sich beanspruchten. Leider regierten nur wenige dieser Ryanen zumindest in Ansätzen gerecht und ließen Verhandlungen, sogar partnerschaftliche Beziehungen zu. Dies jedoch mehr oder weniger mit der übereinstimmend fatalen Absicht, die Weltenordnung neu zu sortieren. Regus Leaga formulierte, weil es ihm zu seinen Lebzeiten nicht gelang, die alleinige Herrschaft an sich zu reißen, ein Dekret. Mit diesem würde sich dann sogar irgendwann eine geballte Masse gleicher Gesinnung zusammentun. Dem Endziel folgend. Durch die Seelenwanderung wurde diese Richtung als eine Art Bestimmung an den jeweiligen Nachfolger weitergegeben. Und derjenige Regus, in dessen Regentschaft die Lösung des Rätsels glückt, wird nicht nur Lob und Anerkennung zuteil. Er wird mit die Doppelspitze der Ryanen bilden, welche die gesamte Welt regieren wird. Und nun ist es passiert. Das magische Konstrukt der Ryanenführer konnte entknotet werden. Mit einer List hat Regus Mal veritable Gegenspieler auserwählt. Ja, und tatsächlich sind sie dem Geheimnis der Tetraktys auf die Spur gekommen. Denn der Bestimmung nach sollte nur ein wahrhaft großer Kontrahent mit auf die Bühne treten. Eine absonderliche Idee und ein absurder Antrieb zugleich. Ein böses Spiel mit der Welt und mit allen, die sich in ihr befinden. Langeweile? Exzentrischer Überdruss vom eigenen Dasein? Welch Farce! Eine Komödie, ein Possenspiel. Regus Leaga muss größenwahnsinnig gewesen sein. Er befand seinen Geist als den großartigsten. Warum sich mit Tölpeln abgeben, wenn man die Intelligenz von Völkern auslöschen kann? In seinem Größenwahn gefiel ihm, sich mit solch schlauen Gegnern anzulegen. Die Vorhut der Gesellschaft. Begabt, wissbegierig. Deshalb die Formulierung: „Halte den Geist lebendig!" Im schizophren Wesen von seinem eigenen genialen Ego fasziniert, erhob er den Anspruch, dass sich sogar vier Personen gegen ihn stellen könnten. In der eitlen Überzeugung, er allein wäre intelligenter als diese scharfsinnigen Personen zusammen. Und zu ihrer Schmach wird er nicht nur diese vernichten. Die Welt wird ihm angsterfüllt zu Füßen liegen. Monochrome Raffinesse gegen polychrome Klugheit. Er legt sich sogar mit den Königen der Hölle an. Luzifer, Leviathan, Belial und Satan. Vermessener Hochmut? In vielen Epochen und zu Lebzeiten zahlreicher Ryanenführer gab es wohl auch einfallsreiche Individuen, die dem Geheimnis der Tetraktys nahegekommen sind. Es musste wohl erst ein jahrelang eingespieltes cleveres Team daherkommen, welches letztendlich nicht gegeneinander, sondern miteinander agiert. Dies als Form begabten und lebendigen Geistes, der Neues zulässt und alteingefahrene Strukturen immer wieder in Frage stellt. Die Illusionisten waren genau die Richtigen. Ihr Ziel war zudem ehrwürdig. Denn sie wollten vordergründig ihre Kinder retten. Ja und gerade diese Charaktereigenschaft ist Regus Mal ein Dorn im Auge. Er kennt keine Selbstaufopferung, keine Teamarbeit. Solch soziologischen Unsinn lehnt er rigoros ab. Das ist ihm zuwider. Eine neue Epoche wird beginnen. Die Zeit wird neu gezählt. Es wird nach seiner Denkart eine Diarchie erwachsen, eine gleichberechtigte Doppelherrschaft zweier mächtiger Ryanen. Keine Politik, sondern Diktatur. Eine Autokratie, weil Selbstherrschaft durch sich selbst. Despotismus, weil zugleich die totalitäre Herrschaft von Tyrannen angestrebt wird. Tod und Verderben für alle, die sich gegen sie stellen!

Eine übermächtige Zahl von Ryanen drängt sich unvermittelt vor das winzige Grüppchen von Menschen. Mehr sind es die sterblichen Überreste ihrer Mumifizierung, die auf sie zusteuern. Grimassen recken sich ihnen entgegen. Auch kopflose Gestalten. Bei manchen fehlen Arme, andere hinken auf einem Bein. Doch allen merkt man die aufgeflammte Energie an, mit denen sie das Gegenüber vernichten wollen. Wellen ursprünglicher Magie, schwarz und bösartig. Zynisch verziehen sie ihre Gesichter oder das, was man noch als Antlitz erkennen kann. Mit aggressiver Mimik warten sie auf den Paukenschlag. Wie lachhaft einfältig doch diese humanoide Spezies ist! Wo bleiben die passableren Gegner?… Die Augenhöhlen Regus Leagas flammen jetzt auf. Als ob er einen Moment gebraucht hatte, um seine Kräfte vollständig zu bündeln. Er steht da, gegenwärtig und tatsächlich lebendig! Nichts unterscheidet ihn von dem, was er einst war. Gierig und zugleich gehässig blickt er auf die Menschen. „Das wird übel!", flüstert Marlon. Die Illusionisten beobachten indes, dass sich ihre Double fast aufgelöst haben. Noch ein derartiges Täuschungsmanöver wird nicht gelingen. Sie müssen sich schleunigst etwas anderes überlegen! Unvorhergesehen kommen plötzlich weitere ungute Exemplare in die Krypta. Regus Mal mit seinen Schergen. Damit vergrößern sie die Anzahl der Personen, die den Lords nicht gerade gesonnen gegenüberstehen. Mit vor Schreck geweiteten Augen blicken Leonore und Selma zu den drei Ryanen, die zunächst kurz vor dem Eingang der Krypta Halt machen. „Wo kommen denn diese Typen so schnell her?", fragt Keon flüsternd, ohne eine Antwort zu erwarten. „Die fehlen uns gerade noch...", ergänzt Marlon. Wahrscheinlich ist es fast einerlei, ob die Neuankömmlinge den Reigen noch ein wenig vergrößern oder nicht. Micael und Darius hatten bereits zuvor die Ausgangslage als „relativ misslich" bewertet. Natürlich gibt es in den Katakomben Wege, die den Lords unbekannt sind. Woher auch sollen sie den Verlauf sämtlicher unterirdischer Gänge und Abzweigungen kennen? Das wäre schier unmöglich gewesen. Deshalb erscheint es logisch, dass die Ryanen auch so schlagartig hinzukommen konnten. Sie kennen die Wege. Der Steinschlag in einem der Gänge war wahrlich nicht zu überhören und schallte sicherlich gut bis hinauf zur Oberfläche. Wo die Ryanen in den dunklen Gefilden der Festungsanlage zuvor noch eilig unterwegs waren, nähern sich Herma Awiks, Regus Mal und Svante jetzt gedämpften Schrittes. Staunend betrachten sie die riesige offenstehende Steinplatte, die seit hunderten von Jahren fest verschlossen war. Keinem war es bisher gelungen, das Rätsel zu lösen. Nun ist es geschafft! Regus Mal blickt in den Raum hinein und fixiert hämisch die Menschen. Sie waren seinem Zwecke dienlich. Zu seiner Belustigung schauen sie gleichwohl sogar noch kampfesmutig aus. Hohn und Spott sendet Regus Mals Gesichtsausdruck zurück. Nun erst nimmt er Leaga wahr. Sein großer Gebieter. Verlegen, weil er diesen nicht sofort mit ultimativer Aufmerksamkeit bedachte, verzieht er seinen Mund zu einer abstrusen Grimasse. Tausend Gedanken pulsieren in Regus Mal. Aufregung macht sich in ihm breit. Jetzt endlich wird seine Begierde Realität werden! Die schier unendliche Gier wird zu Besitz. Es bewahrheitet sich das, was die Tetraktys beschworen hat. Macht! Sein Urahne steht währenddessen über allem erhaben da und blickt nun auf seinen vermeintlichen Nachfahren der Stammeslinie. Ruhig. Forschend. Macht sich da Enttäuschung breit? Nur ein kleines bisschen? Keon ist gerade so. Psychokinetisch erkennt er, wenn auch nur ganz unterschwellig, derartige Formen der Geistesregung. Der exorbitante Körper Regus Mals vollführt jetzt sogar eine Verbeugung. Schmach gegenüber den Illusionisten als auch seiner Schergen. Er ist doch wohl bisher derjenige gewesen, dem man ohne Kompromisse dienen sollte! „Ahnt der Typ, dass er vielleicht selbst nicht vollständig nach dem Geschmack des großen Regus Leaga ist?“, geht es Keon durch den Kopf. Schadenfreude entfaltet sich in seinen Gedanken. Keon kann nicht sagen, ob sich das gut oder unpassend anfühlt. Irgendwie vertrackt. Regus Leaga ist zwar kleiner, sein Körper ist auch schmaler als der seines Nachkommen. Nicht dermaßen so muskulös wie der des Regus Mal. Trotzdem strahlt Leaga erheblich mehr Autorität aus. Intensiv und allumfassend. Seine gesamte Erscheinung fordert Untergebenheit. Seine markant geschnitten eckigen Gesichtszüge verdeutlichen, dass er Widerwillen und Trotz keinen Raum beimisst. Eingekerbte Überzeugung, dass er der wahre einzige Herrscher ist?

Die Illusionisten sehen sich in eine fast aussichtslose Situation verfrachtet. Die Schlange Herma Awiks zischt ihnen hässlich entgegen. Gleich wird sie zubeißen und das Blut des Gepeinigten mit ihrem Gift vermengen. Hinterhältig boshafte Vorfreude auf diesen Gewaltakt. Sie grinst offensiv. „Svante sollte sich hier eigentlich ganz wohl fühlen.“, schickt Marlon gedanklich an seinen Freund. Er kann immer noch nicht fassen, dass er diesem Ryanen vertraut hatte. Keon hätte doch wenigstens mitbekommen müssen, dass dieser nichts Gutes im Schilde führt. Dies muss er unbedingt, wenn die ganze Sache hier hoffentlich bald vorbei ist, klären. Kann voreingenommene Gunst trügerisch sein? Unter den unzähligen Mumien, darunter einige halb verstümmelt, fällt Svante eigentlich gar nicht mehr so doll auf. Sein geschundenes, mit fleischigen Ausbuchtungen übersätes grotesk verformtes Gesicht reiht sich in die makabren Bilder ohne Übergang ein. Eine Visage von vielen. Die jungen Lords können kein Mitleid mehr spüren. Trotz der Repressalien, denen er wohl lebenslang noch ausgesetzt sein wird. Die jungen Lords strafen ihn mit einem ungeheuer enttäuschten Blick, der ihm hoffentlich bis ins Mark geht. Svante weicht den Blicken aus. Er konzentriert sich stattdessen auf die nachtdunkle Mantelgestalt, den er linker Hand interessiert von oben bis unten betrachten kann. „Welch eine Erscheinung!", denkt er. Diese ist ihm nicht ganz geheuer. Sie strahlt voll und ganz Übernatürliches aus. Svante fällt nichts Gescheiteres ein, als sich ebenso zu verbeugen. Die Blicke des schwarzen Geistes drängen ihn regelrecht zu dieser Ehrerbietung. Herma Awiks ist nicht ganz so erstarrt wie die beiden Männer beidseitig von ihr. Keine Verneigung, kein Knicks. Im ganzen Wesen keine Kratzfüßigkeit. Stattdessen dreht die schwarze Mamba frivol ihren dünnen, sargförmigen Kopf Richtung der lebenden Mumie. Doppeldeutig lächelt sie ihn an und schürzt ihre Lippen zu einem heißen Hauch eines Kusses. „Widerlich!", reagiert Leonore ganz leise. Arrogant verharrt Regus Leagas Blick am Busen der Dame. Man kann nicht deuten, ob dieser gewillt ist, sich mit dieser Ryanin einzulassen oder ob er diese als billigen Abschaum betrachtet. Womöglich lässt er die Entscheidung für sich noch offen. Regus Mal hat das anzügliche Verhalten seiner liebreizenden Heeresführerin mitbekommen. Er lächelt diese Theatervorstellung impertinent ab. Wahrscheinlich ist es ihm sowieso einerlei, ob Herma Awiks an seiner Seite bleibt oder nicht. Zu guter Letzt wird es vielleicht sogar günstig sein, sie schnellstmöglich abzustoßen. Man teilt an der Spitze nicht gern. Keon und Marlon formulieren in ihren Gedanken die Ansicht, dass Miss Awiks mit Muss auch dazu befähigt wäre, in besagtem Thriller die Hauptfigur zu spielen. Flaumbesetzte aalartige Auswüchse, die nur ihr Gesicht freilassen und sonst aus dem gesamten Kopf wachsen, drehen und winden sich während ihrer anrüchigen Anmache. Gleichzeitig strahlt sie unverschämte Aggressivität aus. Ätzend, giftig und garstig zugleich. Die etwa eineinhalb Dutzend schlangenartigen Gebilde haben scheinbar ein eigenständiges Wesen. Sie bewegen sich fortlaufend um eine grässliche Visage. Jedes einzelnes Schlangenhaar bildet für sich mittels Vibrationen Laute. Rasseln aus gekielten, überlappenden Hornringen an den Körpern erzeugen ein ständiges Geklapper. Normwidrig, skurril und polarisierend. Gleichermaßen unter dem Hintergrund, dass man sich in einer uralten dunklen Krypta in der Gesellschaft einer Unmenge von Mumien aufhält, gruselig und bedrohlich. In regelmäßigen Abständen streifen die vielen kleinen Schlangen während des Züngelns um das Haupt der vermeintlichen Nymphe die Duftstoffe von ihrem Gaumen ab und machen sich so ein Geruchsbild ihrer Umgebung. „Vermutlich turnt sie der bestialische Geruch hier auch noch an!… Igittt!", flüstert Selma angeekelt. Die Dame selbst hat ebenso eine gespaltene Zunge, mit der sie just zusätzlich züngelt. „Jetzt beschnuppert sie auch noch ihren neuen pikanten Lover.", amüsiert sich Selma. „Doppelzüngig und doppeldeutig.", resümiert Leonore. Beide Frauen schütteln sich bei dieser Vorstellung. Ungeachtet dessen sollten sie auf der Hut sein und sich nicht durch diese wahrlich nebensächliche Szene ablenken lassen. Der alte Regus wird solche Unachtsamkeit schamlos ausnutzen. Nichtsdestotrotz hat das Erscheinen dieser drei Personen irgendwie die gesamte Lage ein wenig entzerrt. Sie haben den zügigen Angriff der Mumien unterbrochen und dadurch den Illusionisten eine kleine Atempause verschafft. Doch nun richten sich die gefährlichen Augen der Hyänen auch wieder auf die Menschengruppe. Zumindest teilweise. Die Figuren sind noch nicht ganz bereit, die drei Ryanen mit in die ihrige Gefolgschaft aufzunehmen. Sie riechen einfach zu neu. Das macht sie stutzig. Bisher haben sie ja nur die Ausdünstungen der Toten und der modrigen Mauern aufgenommen. Unzählige Jahre war dieser Duft ihr Ort, an dem sie in Stein gemeißelt dastanden und auf den Akt ihrer Belebung ausharrten. Dies als Belohnung für hunderte von Jahren beständigem Warten und Bewachen ihres Herrn. Plötzlich schrecken die zwei Bestien auf. Sie vernehmen noch weitere Gerüche. Sie wittern Gefahr. Ihr sensibler Geruchssinn lässt sie sogleich nach oben blicken. Dorthin, wo die letzte zuvor ausgefahrene Trittstufe den Boden der Decke berührt. Die Lords können erst einen Augenblick später aufgrund der Dunkelheit in der Krypta visuell erfassen, dass sich von oben her Gestalten nach unten bewegen. Den Silhouetten folgend, beobachten sie, wie diese Schritt für Schritt in die Tiefe steigen. An vorderster Front ein riesiger Löwe aus Stein. Galant sich auf den Stufen vorwärts bewegend. Danach nur wenig kleiner ein zweiter prächtiger Löwe. Die Treppe bebt unter dem Gewicht der steinernen Riesenkatzen. Geschmeidig nehmen sie immer nur jeden zweiten Tritt. Der Beinabstand würde auch nichts anderes zulassen. „Halvar und Janus!", raunt es in der kleinen Menschenmenge. Diese empfindet gleichermaßen Freude und Dankbarkeit, dass ihnen unverhofft Hilfe zuteilwird. Genau im richtigen Moment! Hoffnung keimt auf, dass sie ihr Ende vielleicht doch nicht in diesen modrigen Mauern finden. Die erwachte Hoffnung entwickelt sich in Zuversicht, als nun auch noch weitere, den Illusionisten wohl bekannte Freunde die Stufenleiter heruntersteigen. Keon und Marlon jedenfalls empfinden den Auftritt des Ryanen Silas Derys als gewaltig und vollkommen evident. Keines Beweises bedürfend, wer eigentlich der wahre führende Kopf des gesamten Gezeters ist, schreitet dieser souverän und selbstbewusst die Stufen hinab. Im Showbusiness würde man dies als gelungenen glamourösen Auftritt bezeichnen. Augenfällig ist zugleich die Regung der Regenten Leaga und Mal. Sie spüren, dass dort ein veritabler Gegner auf sie zukommt, der ihnen die Sache nicht leicht machen wird. Offenkundig spüren das auch die Mumien, die sämtlich sich einen Schritt zurückbewegen. Die Jungen könnten vor Freude im Dreieck springen. Das müssen sie sich jedoch unbedingt verkneifen. Denn nur einige Fuß vor ihnen wächst der Riss im Boden tiefer. Oder die Festung bewegt sich in die Höhe! Irgendetwas Ungutes ist jedenfalls parallel im Gange. Da! Der Umriss einer weiteren Gestalt!… Gleich tritt wie aus einem Nebel eine düstere Erscheinung hervor. Oben, wo Halvar, Janus und Silas herkamen, ist es heller. Deshalb kann man die Neuzugänge, welche in die Krypta treten, auch relativ gut ausmachen. Eine gar zu prominente Fratze zeichnet sich ab. Diese trägt auch noch denselben Mantel, wie die lebende Mumie Regus Leaga. Nein, es ist Regus Leaga! Zumindest das äquivalente Abbild dessen. Sein Zwilling? Ein noch nicht in den Annalen der Geschichte erwähnter Bruder? Keon indes merkt sogleich, wer sich hinter dieser Fassade verbirgt… Der Gestaltwandler McKomeron! Kein anderer könnte den alten Regus dermaßen identisch verkörpern. Die Haltung, das siegesgewisse Auftreten, die pomadige Attitüde. Eine absolut überhebliche Show, dennoch authentisch. Ein passables Gegenstück in einem großartigen Schauspiel. Herablassend schaut Leaga in spe auf die ihm untergebene Menge. Das passt wortwörtlich, weil er oben auf den Stufen triumphiert und alle anderen sich zu seinen Füßen stehend befinden.

Süffisant richtet der Doppelgänger stählerne Blicke zu seinem direkten Kontrahenten. Die Lords verfolgen die Protagonisten. Sie blicken mal links, mal rechts, um ja nicht die kleinste Szene zu verpassen. „Mak!", wispert Keon nur ganz leise. Hätte man einen Spannungsmesser an die Lords geheftet, würde man in diesem Moment blitzartig einen radikalen Abfall der Anzeige feststellen können. Die Lords sind unfassbar erleichtert. Ihre Anspannung, gar Panik löst sich. Weil, einen zweiten Regus Leaga hätten sie wahrlich nicht bezwingen können. Obschon der eigentliche Übeltäter fraglos ein dicker Brocken ist, den es zu bewegen gilt. Für den Bruchteil einer Sekunde rann ein eiskalter Schauer über Leonores Rücken, weil sie sogar vermutete, dass Silas nun ebenfalls gemeinsame Sache mit dem Regus macht. Aber woher kommen Silas und Mak just in diesem Moment? Woher wussten scheinbar alle ihre Freunde, dass sie sich in den Katakomben aufhalten? Und dann erscheinen diese sogar noch im perfektesten Zeitfenster! Die Antworten dazu werden womöglich in den Sternen zu finden sein. Wichtig ist, dass Verstärkung für die Seite, auf denen die Menschen stehen, eingetroffen ist. „Endlich kriegt der stickende Hund Gesellschaft! Sein eigenes fieses Ego.", flüstert Keon weiter. Unverzüglich erhält er von der sich dem schaurigen Geschehen im Untergewölbe der Festung nähernden Analogie eine mentale Frage zugesandt: „Alles gut?" Keon nickt mehrmals. Erst einen Augenblick später sendet er ein langgezogenes „Jaaaaaa!" zurück, als ihm bewusstwird, dass Mak die seine Zustimmung ja so gar nicht erkennen kann. „Jetzt bist du dran!", fordert ihn postwendend die formidable Figur in der Doppelbesetzung der Rolle des Regus Leaga auf. Keon vermutet, was sich der Hauskater der Familie von Roderstätt ausgedacht hat. Nein, er weiß es! Blendmanöver! Die ganze grässliche Bande in die Irre führen! Derweil erkennt der junge Psychokinetiker konfuse Furcht und hochkochende Tobsucht, welche sich im Raum breit machen. Die Mundwinkel von Regus Mal beginnen zu zucken. Die Augen des Regus Leaga wollen einen Großbrand herbeirufen. Keon schlüpft zügig zwischen Micael und Darius. Sogleich fokussiert er sich für eine Verwandlung... In einen Ryanen... In einen ganz bestimmten dieser Spezies! Die sowieso schummrige Atmosphäre verwischt vorteilhaft den Blick auf ihn. Der zweite

Gestaltwandler im Raum ist versiert. Deshalb erfolgt die Verformung exakt. Der Vorgang selbst geht ohne Verzögerung vonstatten. Folgend steht ohne Übergang das Äquivalent Regus Mals mitten in der Krypta. Entgeistert blickt Miss Awiks zu ihrem Herrn, der sich doch eigentlich neben ihr befindet. Mehrere der Schlangen auf ihrem Kopf hören auf, sich stetig um ihr Gesicht zu winden. Stattdessen recken sie ihre Köpfe kurzzeitig steif in die Höhe. Als wollte jede einzelne genau mitbekommen, was da gerade passiert ist. Einem Moment der Starre folgt abrupt ein dionysisches Aufbäumen der Schlangenköpfe. Die Medusa persönlich faucht die anderen an. In der griechischen Mythologie die Tochter der Meeresgottheiten Phorkys und Keto. Sie, die als einzige der drei Schwestern Medusa, Stheno und Euryale eine sterbliche Natur besitzt. Drei Gorgonenschwestern. Medusa war ursprünglich eine betörende Schönheit. Auch Herma Awiks war einst mit einem liebreizenden Antlitz beschenkt. Viele junge Männer drängten sich förmlich um sie. Als aber Regus Mal in ihr Leben trat, änderte sich alles. Sie war besessen von ihm. Herma hätte tausend andere Männer haben können. Allen diesen gab sie den Laufpass. Sie allein wollte nur den einen Ryanen. In seiner Nähe war sie regelrecht gefangen, auch wenn sie sich dagegen zur Wehr hätte setzen wollen. Ihr Gemüt änderte sich allmählich. Nach und nach. Als sie dann zweckdienlich von ihrem Angehimmelten zur Heeresführerin der Ryanen ernannt wurde, entspannte sich keineswegs ihr Auftreten. Ihr immer dunkler werdender Charakter formte ihre Gesichtszüge. Hart und böse. Die größte Schmach erlitt sie dann in den Höhlen von Falios. Wie die griechische Medusa war sie über ihr Schicksal dermaßen erzürnt, dass sie sich in ein Ungeheuer mit Schlangenhaaren verwandelte. Zwar keine glühenden Augen und auch kein Schuppenpanzer. Auch lässt ihr Anblick keinen zu Stein erstarren. Ihr Mund und was sich darin befindet sind ihre Waffen. Auch jetzt in dieser bedrängten und konfusen Lage. Wie wild züngelt sie mit ihrer Zunge. Ekstatisch streckt die Schlange ihren Oberkörper nach vorn und öffnet das Maul. Direkt vor dem Zustoßen zischt sie noch einmal. Schnell und unerwartet attackiert sie blitzschnell den Nächstbesten, den sie vor sich hat. Außer Rand und Band beißt Herma Awiks mehrmals zu. Es erwischt... Svante. Dieser hatte sich zu seinem Leidwesen

selbst nur einen Augenblick zuvor einen Schritt nach vorn bewegt, weil
er von der plötzlichen Dualität seines Regus ebenso völlig überrascht
war. Perplex wendet er sich ruckartig der Schlange zu. Totales Entsetzen dringt aus seinen herausquellenden Augen. Verstörte Blicke.
Schmerzen. Das Gift der Mamba ist neurotoxisch, es greift die Nerven
an. Wahnsinnig blickt er in ein Irgendwo. Dieses Gift wirkt anscheinend sofort, ohne Verzögerung. Gleich schaut er fassungslos zu Regus
Mal neben ihm. Parallel greift er nach der Bisswunde am Hals. Als
wolle er verhindern, dass das Toxin in die Blutbahn gelangt, drückt er
seine linke Handfläche sichtlich fest auf die nur kleine Läsion. Er merkt,
wie die Stelle unter seiner Hand anschwillt. Brennende Schmerzen
wachsen hinauf in seinen Kopf. Der Cocktail von Giftstoffen tut ganze
Arbeit. Fassungslos, was mit ihm passiert, hofft er auf eine Reaktion
seines Herrn. Eine Antwort, die ihm Linderung verschafft. Augenblickliche Abwehr eines unausweichlichen Todes. Regus Mal schenkt dem
tödlichen Akt jedoch keine große Aufmerksamkeit. Abschätzig verliert
dieser nur einen kurzen Seitenblick. Verächtlich wendet sich dieser sogleich dem für ihn wichtigeren Geschehen zu. Hilfe darf Svante also
nicht erwarten. Die einzig letzte ihm zugewandte Miene, sie war peini-
gend, beißend, sarkastisch… Der Lohn für sein Gehorsam. Bis zum
Tod. Für welchen Zweck? Dafür, dass er wie der alte aufgewühlte
Dreck der Katakomben zu Boden geht? Ganz und gar ein Störenfried,
weil er nutzlos dann im Wege liegt? Nur alter Schmutz, auf den man,
weil er lästig geworden ist, mit Füßen tritt. Weder Mitleid noch gefühl-
volle Worte des Lobes und der Anerkennung kommen ihm zuteil. Svante spürt noch, wie sein Herz aufhört zu schlagen. Er röchelt nach Leben. Keine Luft! Zusätzlich fasst er deshalb mit der zweiten Hand um
seinen Hals. Als würde ihm dieser Griff Erleichterung verschaffen.
Marlon sieht, dass dessen Rechte relativ in Mitleidenschaft gezogen
aussieht. Hat er doch richtig in Erinnerung: Der üble Kerl hat während
des hinterlistigen Überfalls auf ihn und Keon seine eigene Pranke selbst
kaputt gehauen hat. Schadenfreude? Diesbezüglich mit Sicherheit, ja!
Die zupackende Hand indes kann nicht verhindern, was unausweichlich geschieht. Der Tod schnürt Svante sukzessive die Kehle zu. Ohnmacht drängt sich auf. Der Körper des Ryanen sackt dumpf auf die

Knie, wo nun auch die andere, bisher noch unversehrte Kniescheibe, am Boden zerscheppert. Atemstillstand. Seitlich gleitet der Oberkörper Svantes am Bein Regus Mals hinab. Bei diesem ist immer noch keine mentale Regung auszumachen. Stattdessen geht er nur etwas beiseite, weil sich der lästige tote Schädel an seiner Wade angelehnt hat. Welch bizarrer Anblick! Noch ein Aufschlag, dann liegt der Gepeinigte gekrümmt auf dem blanken Stein. Zu Füßen seines Herrn.

Regus Mal selbst steht, wie zu einer Salzsäule erstarrt da und kann es kaum fassen, was er dort im Gegenüber erblickt. Hingegen ist ihm völlig einerlei, was gerade in seiner unmittelbaren Umgebung geschieht. In Anbetracht dessen, was sich seinem Gesichtsfeld darbietet, erachtet er dies gar als absolute Nebensächlichkeit. Ausnahmslos irrelevant und marginal. Vielleicht nur eine Randnotiz im Ganzen. Er ist nämlich völlig baff. Sprachlos, weil er sich gelinkt sieht. Ausgetrickst vor aller Augen. Er, der Anführer! Ein makabres Spiel, in dem er aufpassen sollte. Zumal er für sich einräumen muss, dass er gewissermaßen nicht alle Einzelheiten im Voraus bedacht hatte. Und wieder sind es die Jungen, die ihn in die Enge treiben. „Daaaas lasse ich nicht mit mir machen! Niiiicht das Menschenpack!", grölt er verärgert und über alle Maßen hinaus wütend in den Raum. Sein Gesicht dehnt sich dabei zu einer grimmigen aggressiven Fresse. Von den übrigen Bösewichten registriert indes eigentlich nur Herma den Sinn der ausgeschrienen Empörung. Das Original des Leaga blickt relativ desorientiert drein. Wer ist nun der echte Regus Mal? Ähnlich geht es den Mumien. Diese wissen mittlerweile überhaupt nicht mehr, mit wem sie es zu tun haben. Da ihre Sinne, diesbezüglich insbesondere ihr Geruchssinn, durch die lange Liegezeit verfälscht, sogar verloren gegangen sind, sind sie schwerlich in der Lage, Sein und Schein auseinander zu sortieren. So verharren sie zunächst auf ihren Posten und behalten das Geschehen aus einer gewissen Distanz im Auge. Sie liegen sozusagen auf Lauerstellung. Der kleinste Funke wird das Fass zum Überlaufen bringen. Der Spannungsbogen ist wahrlich bald ausgereizt. Indessen stolzieren die Löwen Halvar und Janus sowie Silas und McKomeron wie auf einem Catwalk auf dem geschlängelten Bühnenpodest die Stufen gen Boden zur Krypta hinab. Als würden die Männer die neueste Kollektion von Herrenmänteln präsentieren. Die Löwen punkten durch Reduzierung ihrer Accessoires. Keon und Marlon hätten sich dem Amüsement entsprechend gekrümmt, wenn die Situation nicht zu ernst gewesen wäre. Schultern und Füße drehen die Models seitlich, während ihr Kopf immer noch nach vorne zeigt und sie über ihre Schultern blicken. Das erstaunte Publikum reglos vor Faszination der neuesten Modelle. Bei den Dressmans kein Anzeichen von Ängstlichkeit. Keine Spur jedwedes Zweifels, dass dieser Plan nicht funktionieren könnte. Keon erkennt Silas Aura intensiv purpurfarben. Die des Double-Leaga tatsächlich intensiv schwarz. Wie ist Mak in der Lage, sogar die spezifische Aura des Leaga zu imitieren? Wahrlich nur meisterhafte Gestaltwandler sind dazu fähig, die Grundstimmung selbst einer Seele anzunehmen. Silas Augen glänzen ähnlich einer Raubkatze kurz vor dem Angriff. Fokussiert und konzentriert auf die überwiegend tote Masse in den Katakomben. Der Fake-Leaga schreitet unverzüglich weiter auf Keon zu. Dessen imposante Gestalt wirkt sogar noch überzeugender als die des Tatsächlichen. Kaum sichtbar, als würde der Regus seinem Untertan nur nebensächlich an der Hand berühren, steckt Mak ihm den Ring Regus Mals zu. Postwendend streift Keon den Reif in einer fließenden Bewegung über seinen Finger. Auf diesen phänomenalen Augenblick hatten beide gewartet. Der Ring, den Svante von Regus Mal erhielt und der ihn dann weiter an Keon reichte. Ein Faustpfand. Das Corpus Delicti. Der Körper des Verbrechens. Äußeres Merkmal, in dem eine Straftat zum Ausdruck kommt. Das Beweisstück, durch welches der Delinquent einer Tat überführt wird. Das Objekt, welches juristisch eindeutig zur Überführung dieses Täters dient. Denn dem echten Regus Mal fehlt sein Zeugnis. Das Indiz dafür, dass er der Rechtmäßige ist. Allein die Tatsache, dass diese beiden Regenten sozusagen augenfällig die Traute haben, sich zwischen die doch wahrlich anderen Spezies zu gesellen, lässt sie dies in den Augen der Mumien vereinen. Eine mächtige Stärke muss in ihnen ausgeprägt sein, weil sie sich scheinbar ohne jedwede Zurückhaltung in eine Horde von Andersartigen begeben. Die Hyänen lassen sich noch nicht ganz überzeugen, wenngleich sie doch einigermaßen irritiert sind. Ihre ausgesprochen hervorragende Riechwahrnehmung ist konträr dem, was sie sehen. Argwöhnisch betrachten sie mal den einen, dann den anderen Regus. „Ich bin der wahrhaftige Regus!", brüllt Mal die Menschengruppe außer sich vor Wut an. Die Mumien horchen verblüfft auf. Sofort recken sie ihre Hälse, soweit vorhanden, in die Richtung, woher der ohrenbetäubende, fasst schrille Aufschrei kam. Was maßt sich dieser Regus eigentlich an? Er ist nur einer von vielen in diesen Katakomben. Und dies auch nur der geschichtlich Jüngste! Hat dieser Streithals und Möchtegern-Befehlshaber überhaupt etwas zur Disposition beizutragen? Ist er womöglich sogar der Falsche? Oder gibt es zwei davon? Er jedenfalls hat keinen Ring! Stattdessen fehlt ihm der Finger, an dem er stecken sollte. Das Zeichen ihresgleichen. Welch fatales Dilemma. Für ihn! Gleich geht Regus Mal auf Leaga zu und baut sich vor diesen mit seinem opulenten Körper auf. Gut, gewaltige Muskeln hat er. Letztendlich könnte die gesamte Physiognomie vermuten lassen, dass ein höchst spezifisches Konstruktum an Körperkraft den absoluten Sieg jetzt schon manifestiert. Von diesem Trugbild lässt sich Leaga nicht einlullen. Regus Mal spürt die Skepsis, mit der er selbst so gar nichts anfangen kann. Bisher wurde ihm ausnahmslos Ehre zuteil. Wenn nicht, hat man dies Demjenigen eingeprügelt. Einigermaßen konsterniert verneigt sich der Anführer der Ryanen vor der prähistorischen Mumie ein weiteres Mal. Fast flehend wartet er die Reaktion des Auferstandenen ab. „Mein Stammbaum ist dein Stammbaum!", haucht Regus Mal und blickt sein Gegenüber erwartungsvoll an. „Die Humanoiden sind die Teufel! Siehst du nicht, dass ihre Bilder gefälscht sind?" In einem Anfall von Jähzorn stößt Regus Leaga seinen Nachkommen einige Fuß weit nach vorn. „Dann kämpfe und krümme deine missliche Gestalt nicht zu einem Untertan! Wer der wahre Held ist, werde ich am Ende sehen! Im Moment erblicke ich einzig und allein einen unterwürfigen Schwächling! Beweiseeee diiiich! Nicht meeeehr als das!...", fordert die Mumie in einem schauerlich dumpfen langgezogenen Tonfall. „Pack diese Mennnnnschen, wenn du kaaaanst!", hetzt er weiter. Die Mumien betrachten den Fall im Licht der neuen Informationen. Alle Aufmerksamkeit ist auf die Ryanen gerichtet, welche im Beisein der Hyänen ihre jeweiligen Machtansprüche verdeutlichen wollen. Die dunkle Dimension gegen die Mächte des Lichts. Denn die Lords haben teilweise immer noch das

Lightning ihrer Chronographen eingeschaltet. Malum und Leaga, in ihrer begrifflichen Übersetzung Namen für das Böse. Nun wiegeln sie gemeinsam die Masse auf. Sie agitieren diese, sich auf die Menschen zu stürzen. „Faaaasst sie!", hallt die Stimme Leagas in das Gewölbe. An den alten glitschigen Mauern reflektieren diese zwei Worte mehrmals zurück, so dass im Resultat ein Schallgewirr dumpf in jede noch so kleine Ecke eindringt. Leider ist für alle Anwesenden nicht ganz eindeutig, wem der Angriff gelten soll. Die Mumien, die erst jetzt aus ihrem Sarkophag entstiegen sind, nehmen zwar einen eindringlichen Befehlston wahr. Nur wo ist das exakte Ziel abgesteckt? Marlon, der wie seine Gefährten das Gezeter intensivst beäugt hat, beißt sich auf die Unterlippe. „Oje!", flüstert er. „Jetzt wird es brenzlig. Ich glaub nicht, dass es reicht, wenn ich denen da die Pest an den Hals wünsche.", resümiert er leise zu seinem Vater gerichtet. Darius Blicke genügen ihm als Antwort. Ein betörendes infernales Geschrei der mumifizierten Nachfahren Regus Leagas erwächst aus dem Ausruf Regus Mals: „Ich mache euch feeertig! Schnappt sie euch!" Er wendet sich auf der Stelle und zieht aus einer Lasche am Rücken seine riesige Batua hervor. Extrem gefährlich winkt er damit zunächst horizontal kreisend in der Luft. Dann sucht er das für ihn womöglich leichteste Opfer aus. Welch ein Feigling. Er kommt jedoch gar nicht recht zu einer Entscheidung, weil McKomeron sich mit einem dynamischen Sprung auf ihn zubewegt. Gleich verpasst dieser ihm einen schmerzhaften Seitenhieb. Ein kleines Rinnsal Blut entweicht sofort aus einer Schnittwunde am Oberarm. Eine kopflos wankende Mumie hatte zuvor ihr Schwert sozusagen griffbereit in seiner Nähe verloren. Geistesgegenwärtig nahm Mak das Metall an sich. Zu seiner Verwunderung liegt dieses ausgezeichnet in der Hand. Genau das richtige Maß an Länge und Gewicht. So schwingt er das Kampfinstrument gleich auch auf die andere Seite und verpasst dem Regus einen weiteren Hieb. Eine diabolische Exklamation folgt. Ein höllischer Aufschrei, als wären sie tatsächlich an diesen Ort verfrachtet. Teuflisch mörderische Blicke treffen McKomeron. Das Plagiat des Leaga formt eine höhnische Miene. Noch ein vortrefflicher Hieb an den Hals. Nur so, dass Regus Mal gereizt wird. Eine minimale Schnittwunde. Dieser rastet tatsächlich völlig aus. Wie in Ekstase stürmt er auf den vermeintlichen Leaga zu. Mit voller Energie nimmt er Schwung und reißt seine Batua mit durch die Luft. Die eiserne Kloppe donnert in einem kolossalen Aufschlag genau neben Marlon ein. Dieser hat die Lage überblickt und positioniert sich in die unmittelbare Nähe Maks. Dass der Kater gar keine Assistenz benötigt, wird ihm klar, als die Leaga-Kopie sogleich einen erstaunlich eleganten Sprung in Richtung Herma Awiks vollführt und diese parallel attackiert. Diese hatte sich nämlich derweil aufgemacht, um Leonore und Selma anzugreifen. Enorm schnell packt er die Schlange und wirft diese in hohem Bogen in die brodelnde Masse von jetzt ebenso angriffslustigen Mumien. Unsäglich mörderische Blicke folgen, als diese wohl relativ gut durch die Toten im Fallen abgedämpft, wieder auf ihren Beinen steht. Wenn Blicke töten könnten... Sie würde diesen Leaga auf der Stelle exekutieren. Mit immenser Gewalt schlägt sie um sich, ohne zu bedenken, dass diese Mumien vielleicht auf ihrer Seite stehen könnten. Abominabel verzieht sie ihr grässliches Gesicht. Die einzelnen Schlangenhaare winden sich gefährlich in Richtung des Übeltäters. Wie ihr tierisches Pendant schlängelt sich die Schlange flugs aus dem Chaos der Mumien. Dabei bewegt sie ihren Körper in wellenförmigen Bewegungen durch unerhörten Druck nach vorne. Der Druck wird durch Reibung am Boden und der Mumien aufgebaut, die ihr im Wege stehen und bis dato eigentlich ebenso vorwärts drängten. Einige stürzen zu Boden. Unerheblich. Derweil hat sich Regus Mal auf Marlon eingeschossen. Zu seinem Glück bekommt der junge Lord eine Eisenstange hinter sich zu fassen, mit der er den nächsten monströsen Schlag der Batua abwehren kann. Die Wucht ist dermaßen groß, dass ihm das Eisen aus der Hand gestoßen wird und mit einem Klirren irgendwo hinter ihm zu Boden schleudert. Silas reicht ihm unvermittelt im Nu eine neuen Eisenstab. Zu seiner Verblüffung glüht dieser. Dem Ferrokinetiker macht das nichts aus. Silas sowieso nicht. Etwa siebenhundert Grad Celsius wenden sich nun augenblicklich gegen den boshaften Angreifer. Ein mächtiger Schlag gegen diesen. Wegen der beträchtlichen Glühtemperatur ist das Metall verformbar. Wie um eine lebende Form biegt sich der Stab um den Körper des Regus. Im Handumdrehen wird er wie in einem Zangengriff festgehalten. Mit einem erneuten Wutausbruch reißt durch diesen

Gewaltakt die Schlinge wieder auf. Den heißglühenden Ring katapultiert er auf der Stelle in Richtung der Illusionisten. Geistesgegenwärtig stürmen diese auf schnellstem Weg aus der Gefahrenzone. Micael vornweg. Ihr Ziel ist die Treppe nach oben. Dort werden sie hoffentlich erst einmal aus dem fürchterlichen Tohuwabohu entkommen. Die Eltern Marlons und Keons sind auf halber Höhe, als an ihnen ein glänzendes Schwert vorbeisaust. Leonore reißt Selma mit an die Flanke einer Stufe, sonst hätte das Ding sie ohne Weiteres in zwei Teile zerschnitten. Sie haben keine Zeit, sich dem Zielort der Flugbahn zu widmen, weil es ihnen unzählige Mumien gleichtun. Wer jetzt denken würde, dass die Toten unten in der Krypta in ihrer Zahl abnehmen würden, täuscht sich. Der Spalt am Boden hat scheinbar vergessene Gänge freigelegt, in denen nun die Moorleichen emporsteigen. Marlon verdreht die Augen. Zugleich beobachtet er aus den Augenwinkeln heraus dasjenige Glänzende, was mit rasanter Geschwindigkeit neben der Batua Regus Mals ebenfalls auf ihn zusteuert. Sofort erkennt er sein Schwert. Das Schwert mit dem Doppeladler an der Klinge. Freude keimt in ihm auf und entwickelt sich zu kraftvoller Energie. Die Flugbahn wird jedoch zu seinem Entsetzen durch die aufgebrachte Menge abgelenkt und landet ungünstig genau vor den Füßen Regus Mals. Die Spitze im Steinboden befindlich pendelt der Stahl hin und her. Der Regus hat die Situation erfasst und hält im Schwung seiner Batua inne. Hämisches Grinsen. Dann fasst er am Griff und will das Schwert mit einem Zug aus dem Stein ziehen. Stattdessen er sich das Schwert zu Eigen machen kann, wird er zu seinem Erstaunen einen gewaltigen Schritt zurückgeworfen. Dieses Ding lässt sich nicht so einfach herausziehen! Verwirrte Blicke, die Marlon innerlich trotz der prekären Situation schmunzeln lassen. Es bedarf wohl einem erneuten Versuch. Der Regus presst sich mit seiner gesamten Körperfülle vorwärts und beugt sich über das Schwert. Zuvor bockst er Marlon brutal beiseite, um seine Pool-Position klarzustellen. Alle Kräfte gebündelt, die Muskeln angespannt, nimmt er den zweiten Anlauf, das Kampfwerkzeug an sich zu bringen. Wieder fällt er nach hinten, weil er am Griff einfach abrutscht. Die Gegenkraft ist zu stark. Indes nutzt der Teenager seinen Vorteil und schießt blitzschnell auf die Verankerung im Boden zu. Zu seiner eigenen Überraschung kann er sein Schwert geschmeidig aus dem Fels ziehen. Als wäre der Grund nur aus Butter. Der Regus sieht auf Marlons Errungenschaft, dann entgeistert auf den Teenager. Er registriert, nein er ist fassungslos, dass dieser Mensch vielleicht sogar stärker sein könnte als er selbst. Die Katastrophe für seinen egomanischen Charakter. Regus Leaga, Herma Awiks und die erste Front der Mumien schauen das Drama wie in Zeitlupe. Als wäre die Zeit für den Bruchteil einer Sekunde stehengeblieben. Schockstarre und Bewunderung zugleich für den Helden. König Artus? Einige der Mumien, die aus dem Bodenriss empordrängen, verharren in ihren Bewegungen. Sie schauen zu Marlon, dann zu dem Schwert, welches er mit beiden Händen fest im Griff hat. Von Silas heimst er fulminante Bewunderung ein. Dieser befindet sich in einem titanischen Augengefecht mit Regus Leaga. Beide hatten sich zunächst nur beobachtet. Wie Tiger, die ihre Beute entdeckt haben, schleichen sie sukzessive aufeinander zu. Sie warten auf den perfekten Moment für einen Angriff. Mit einem kräftigen Satz ist Silas plötzlich bei Leaga. Dieser ist noch etwas träge. Deswegen registriert er zu spät, dass ihn eine unsichtbare Energiewelle, die gezielt auf ihn gerichtet war, zu Boden wirft. Silas vollführt einen mindestens zehn Fuß hohen Sprung. Im Hochpunkt des Parabelflugs bleibt der Magier kurz stehen, als wolle er die gesamte Szenerie abchecken. Ein kurzer Sprint und Silas ist wieder in Deckung. Jetzt erst regt sich auch Leaga. Dunkelschwarze Magie erwächst aus Zorn und verletztem Ehrgefühl. Noch etwas unbeholfen richtet er sich wieder auf und schickt nun als Antwort einen Orkan gehässiger Gefühle zurück. Dieser zerschellt kurz vor seinem Widersacher in Millionen von Teilen. Silas hat den Angriff kurzum blockiert. Wie mit einem Schild wehrt er die unglaublich bösartigen Emotionen ab. Wäre so ein Anschlag auf die Illusionisten passiert, hätte ihre Seele für immer Schaden erlitten. Leaga reicht augenblicklich noch eine weitere immens starke Druckwelle nach. Die Strömungen werden allerdings durch die allgemeine Gemengelage in der Krypta abgefälscht. Einige Mumien werden von solch einer Energie getroffen, dass sie posthum nochmals den Tod erleiden. Silas derweil duckt sich ab und richtet sich auf den Gegenschlag ein. Er konzentriert sich nun auf ganz andere Gefühle. Gut und liebenswürdig.

Damit hat Leaga nicht gerechnet. Bisher hatte dieser immer nur Boshaftigkeit abgewehrt wie auch ausgeteilt. Dies ist ihm bekannt. Dass aber auch gutherzige Emotionen, wenn sie unvorbereitet in den Geist eindringen, Schaden anrichten können, ist ihm neu. Ein monströser Wall permanenten Glücks drängt in seinen Kopf. Dieser lässt Leaga regelrecht nach hinten stoßen. Er prallt gegen einen Pfosten. Leaga taumelt, sammelt sich sogleich wieder. Er schüttelt nur leicht den Kopf. Die Antwort erfolgt postwendend in einem markerschütternden Gewaltexzess. Ein Heer barbarischer Sinneseindrücke genährt durch kaltblütige Morde unendlicher Zeiten treffen ungefiltert auf Silas. Grausame Gefühle, schonungslos, weil aufs Äußerste aggressiv. Silas steuert eisern dagegen. Der Geist ist Ausdruck eines Körpers und teilt mit ihm das Sein. Umgekehrt sind aber auch Gefühlswahrnehmungen zur Erkenntnis des eigenen Körpers und seiner sinnlichen Vermittlung angewiesen. Sämtliche geistige Zustände werden ausnahmslos durch aktiven Intellekt und gleichzeitiger Verarbeitung von Reizen abstrahiert. Silas purpurfarbene Aura symbolisiert intellektuelle Opulenz und charakterstarke Extravaganz. Faszination, weil Verstand im Allgemeinen und geistige Stärke eines einzelnen Individuums. Das Blau im Farbton seiner Aura wirkt zähmend auf den wilden Charakter von dem Rot seines Spirit's. Blau steht für klare Besonnenheit, Objektivität, Neutralität und Klarheit. Überlegte Ruhe, im Großen Frieden durch Distanz. Das flößt Vertrauen ein und vermittelt ein Gefühl der Sicherheit. Magie, nicht schwarz wie die des Regus Leaga und Regus Mal, sondern ehrenhaft und trotzdem allumfassend furchteinflößend gegenüber Derjenigen, die sich dem entgegenstellen. Silas ist in seinem Element. Noch nie musste er dermaßen all seine Kräfte einsetzen. Ja, er kämpft nicht nur gegen einen Regus. Mit Leaga als Antagonist wendet er sich gegen all seine Nachfahren. Die monströsen Stromstöße der beiden Kontrahenten erlangen indes eine solche Heftigkeit, dass gewaltige Löcher in die Mauern getrieben werden. Sarkophage zerschmettern, Pfosten, die die Gewölberäume stützen sollen, brechen wie Streichhölzer. Ein riesiges Deckenstück kracht neben Keon nieder. Er war völlig damit beschäftigt, die mit Leinenbinden überzogenen Kreaturen von Marlon und sich fernzuhalten. Die Masse ist außer Rand und Band. Dies im wahrsten

Sinne des Wortes. Denn bei einigen der Mumien lösen sich die Binden und verlieren aufgrund dessen noch im Voranschreiten ihre Gliedmaßen. Die Kopie Regus Mals punktet dadurch, dass er den Ring des Originals trägt. Viele der Mumien sind sich nämlich immer noch nicht ganz sicher, wen von den beiden sie überhaupt zur Seite stehen sollen und wer bekämpft werden soll. Deshalb stoben immer wieder kopf- und armlose Gestalten an Keon vorbei, um sich an den für sie falschen Regus Mal auszulassen. Zudem ist der echte Regus nun zugänglich für Kinese. Er kann nur noch wenige, einzelne Einflüsse abwehren. Seine Magie selbst ist zu gering, als dass er ohne dem Ring große Dinge ausrichten könnte. Ohne Rücksicht auf Verluste hämmert dieser deshalb noch mehr in die allgemeine Menge. Rasend vor Wut. Wie eine lebende Baggerschaufel macht er sich aus der Masse frei. Sein Ziel ist die Treppe, dort, wo die Illusionisten verschwunden sind. Der Saal der Todsünden. Zu seinem Glück rauscht die durch die gnadenlose Auseinandersetzung Leagas und Silas herunterstürzende Steinplatte ebenso nur einen Fuß entfernt von ihm nieder. Der jetzt schon fulminante Kampf bekommt eine neue Dynamik, als die beiden Hyänen in das aufgebrachte Pulk einbrechen. Rotglühende Augen haben sich auf Halvar und Janus eingeschossen. In ihrem Fokus stürmt Regus Mal zu den Stufen. Eins, zwei, drei Moorleichen werden dabei wieder zurück in den Bodenspalt gestoßen. Mit erbarmungsloser Gewalt rammt er seine Batua Richtung Marlons Brustgegend. Dieser kann gerade noch ausweichen. Prompt bekommt der gewalttätige Angreifer die Antwort. Mit einem sauberen Schnitt haut der Ferrokinetiker den vorderen Teil der Batua ab. Exekution. Hinrichtung? Nein, ausnahmslos gemeint als die Durchsetzung von dem Recht, sich einem Wahnsinnigen gegenüber verteidigen zu dürfen. Schwankend fällt er wegen seinem schwunghaften Ansturm genau in die Front, in der sich die steinernen Wesen gegenüberstehen. Noch keine Kollision der Konfliktparteien. Zunächst beobachten, abtasten. In diesem nicht nur mentalen Abstand rast Regus Mal hindurch. Nur noch ein schmaler Zwischenraum. Reserviertheit oder die letzte Periode einer finalen Lauerstellung bis zum Übergriff? Regus Mal schafft es nur im letzten Moment, dass er aus dem gleich überschäumenden Krisenherd entkommen kann. Marlon meidet diesen Risikobereich und stürmt um die Löwen herum. Dem fiesen Regus Mal hinterher. Seine Eltern sind dort oben. Er könnte es nicht ertragen, wenn ihnen etwas passieren würde. Wer weiß nämlich, welch gefährliches Terrain sich zwischenzeitlich bereits oberhalb dieses Kriegsschauplatzes aufgetan hat. Die Hölle? Die Hyänen formen ihre Mäuler zu einem abscheulichen Grinsen. Dann springen sie energisch drauflos. Hundähnlich, aber nicht mit Wildhunden verwandt. Sie sind Schleichkatzen. Mit ihren langen Vorderbeinen landet eine der Hyänen direkt vor Janus. Ein kräftiger Kiefer beißt sich unmittelbar in dessen Hinterbein. Der Löwe knickt schmerzverzerrt kurz ein. Auf Anhieb erfolgt die heftige Antwort seines Partners. Halvar steht direkt neben ihm und hat den miesen Anschlag verfolgt. Welch niederträchtige Aktion! Mit seiner breiten Vorderpranke verpasst er dem Attackierenden einen harten Schlag auf den Schädel. Das Tier heult vor Schmerzen auf. Der Kraftakt befördert das Tier augenblicklich mehrere Fuß zurück durch die tobende Menge. Mit voller Wucht prallt die Hyäne gegen Teile der heruntergestürzten Deckenkonstruktion. Dort bleibt sie für einen Augenblick benommen liegen. Parallel dazu beißt sich die zweite Hyäne nun am Hinterleib des kleineren Löwen fest. Scheinbar hatten sich die Buckeltiere beide gleichzeitig auf Janus konzentriert. Halvar packt kurzum auch diesen fiesen Angreifer. Er zieht dabei die vier Krallen seiner rechten Pranke aus. So hat er die Hyäne fest im Griff. Diese kann gar nicht so tief beißen, wie sie es vorhatte, als dass das übergriffige Tier zügig vom König der Savanne weggezerrt wird. Die Hyäne muss wohl oder übel loslassen. Reaktionsschnell wedelt der Löwe das bisswütige Tier in hohem Bogen in die Luft. Dann schleudert er einmal, zweimal die Hyäne auf den Boden, als wolle er eine Fußmatte ausklopfen. Die buckelige Schleichkatze schlägt hart auf dem Stein auf und findet sich kurzerhand wie betäubt dort liegend wieder. Nur, weil im Getümmel eine Moorleiche dazwischen schlittert, kann das elende Viech gerade noch einem kraftvollen Schlag Halvars ausweichen. Indes schleicht sich blitzartig die erste Hyäne wieder heran. Der kurze Schwanz wedelt. Den bezüglich zum hinteren Körper stark entwickelten vorderen Körperteil reckt sie nun seinem Kontrahenten missgelaunt entgegen. Mit kraftvollem Sprung katapultiert sich die Bestie in

Richtung der Wächter des Kastells. Während der Flugphase neigt sie ihren Kopf seitlich in schützende Position. Der ausgeprägte Halsmuskel der Hyäne trifft mit vehementer Wucht auf die Flanke Halvars und stößt den Löwen zurück. Außerordentlich aggressiv beißt das garstige Tier zu und erwischt ein Stück der Schulter. Nun ist es mit der Geduld des Löwen vorbei. Bisher hatten sie sich noch zurückgenommen. Eigentlich waren sie nicht auf ein Gefecht zwischen ihnen aus. Denn dieser Krieg ist wahrlich einzig und allein auf die Ryanen und ihren übereifrigen Machtansprüchen gegründet. Wieso sollen alle Lebewesen einbezogen werden? Zwar sind Hyänen wie auch Löwen Raubtiere. Aber müssen sie für abstruse Ziele ausgenutzt und gegeneinander ausgespielt werden? Der König der Tiere beißt in die Kehle des extrem gewaltbereiten Angreifers. Er sieht sich gezwungen, sich aktiv zu verteidigen. Wünschenswerte Rationalität der Angreifer ist in diesem Moment wohl fehl am Platz. Vernunftgeleitete Reaktionen sind nicht möglich. Die aufgehetzten Tiere attackieren ohne Vernunft und Verstand. Scheinbare Rechtfertigung gibt ihnen Regus Leaga und seine diesbezüglich fehlinterpretierten Vorstellungen von Gesellschaft und der Welt. Die Reaktion Halvars ist immens. Fast eine Tonne Beißkraft drängt sich in den Stein. Die Hyäne schaut den Löwen überrascht, mehr fassungslos an. Diese Aktion kam für sie wie aus dem Nichts. Dann beginnt sie zu taumeln, weil der markante Biss die Sauerstoffversorgung des Gehirns unterbrochen hat. Die Hyäne tritt den Rückzug an. Ein Versteck hinter einem der zertrümmerten Überreste einer der Sarkophage bietet einen Ort zum Verschnaufen. Trotzdem schmerzt auch die Schulter des Löwen. Die Hyäne hatte ebenso, wenn nicht gar heftiger zugebissen. Die mächtige in Stein gemeißelte und doch lebendige Katze wedelt ihre Benommenheit weg. Die Mähne umwallt Kopf und Hals und lässt Halvar in ihrem Hin- und Herschwingen noch größer und eindrucksvoller erscheinen. Der Löwe blickt sich nun um. Im Nebel von aufgewühltem Schmutz, dem stetig von der Decke in die Krypta herunterfallenden Bruchstücken und makabren Fetzen von Mumien, die immer wieder durch die Luft gewirbelt werden, sichtet er den ersten steinernen Angreifer bereits auf den Stufen. Sichtlich torklig aber fest entschlossen, rennt dieser hinter Marlon her. Vermutlich hat er für sich entschieden, sich auf einfachere Gegner zu konzentrieren. Halvar ist trotz seiner Größe wendig. Gleich dreht er auf der Stelle, auch wenn seine Wunden noch schmerzen. Es wird kurz dauern, bis sich der Stein selbst wieder geformt hat. Das ist der Vorteil der Löwen. Die Wächter des Kastells sind unkaputtbar. Wohl zerstörbar, auch schlagbar. Ihre Körper werden demgegenüber immer wieder magisch aufgebaut. Sie bestehen seit der Existenz des Reiches der Tiefen und stehen sinnbildlich für die Macht des rational Guten. Geformt durch Magie, die sich ergibt, wenn liberale und aufgeklärt tolerante Individuen es als essenziell notwendig erachten, diese Form von Lebensansicht und deshalb dem daraus erwachsenen gesellschaftlichem Anspruch einer repressionsfreien Welt verankert zum Ausdruck zu bringen. Schon ist Halvar mittels drei gewaltiger Sprünge ebenso an der Treppe angekommen. Silas, Mak und Keon werden die Masse hier unten gut kontrollieren können. Wichtig ist, die Menschen zu beschützen. Damit meint er diejenigen, die sich nicht ohne Weiteres in andere Gestalten verwandeln können. Halvar hechtet hinter Marlon die Steinstufen hinauf. Aus seinen Augenwinkeln sieht er, dass auch die zweite Hyäne wieder aus ihrer kurzen Bewusstlosigkeit erwacht ist. Rammdösig blickt diese in das Tohuwabohu, welches sich zwischen den unteren Gewölbemauern abspielt. Ihre hinterlistige Miene hat das Tier wahrlich nicht verloren. Mit abscheulichen Blicken schaut das Mistviech hinter seinem Kumpan her. Dann rappelt es sich relativ geschmeidig auf und rast wie ein Windhund hinterher. Janus folgt dem steinernen Tier auf den Fuß. Lange wird es sowieso nicht mehr dauern, bis der Treppengang zusammenstürzt. Die energetisch bis zum Anschlag aufgeladenen Aktionen und Reaktionen von Silas und Leaga lassen jedes Mal das Gemäuer erschüttern. Die Fugen zwischen den Steinquadern, mit denen die Krypta baulich erschaffen wurde, werden sukzessive breiter. An manchen Stellen ruckeln riesige Elemente aus der Wand. Sie lassen dunkle Löcher in ein Nichts zutage treten. Es wird nur noch eine Frage der Zeit sein, bis die architektonische Konstruktion in sich zusammenstürzt. Ein Statiker würde jedenfalls schon jetzt den Aufenthalt hier unten vehement verbieten. Das besagt jedoch nicht, dass sich trotzdem weiter unzählige Personen jedweder Manier und Gattung in diesem schummrigen Dunkel geiler Mordlust tummeln. Gleichwohl auch die Mumien die brenzlige Lage einigermaßen reflektierend überschauen. Deshalb stürmen erst ein Dutzend, dann immer mehr die Treppe hinauf. Wie lange die Stufenleiter noch hält, ist ungewiss. Wie angeschossen wühlt der Mopp in die vermeintliche Freiheit. Freiheit wovon? Ist der Tod am Ende nicht schon die Übergabe der Seele in eine unbegrenzte Freiheit? Oder suchen die Moorleichen immer noch, weil ihnen diese abrupt genommen wurde? Eigenverantwortlichkeit, Eigenständigkeit, Freiheitlichkeit. Hatten sie überhaupt von dem? Fehlte letztendlich Unabhängigkeit sowie der Rechtsanspruch gegenüber Regus Leaga und seinen Nachfahren, selbstbestimmtes Freisein fühlen zu dürfen? Im Wahn all dieser Gefühlsausbrüche, falls die Mumien überhaupt zu dermaßen Regungen fähig sind, bricht der Pulk in den oberen Saal der Todsünden ein. Unten in den Katakomben entsteht fast ein Vakuum. Wären da nicht die unerhörten Kontrahenten Silas, McKomeron sowie Keon gegen Regus Leaga und Miss Awiks. Vakuum als luftleerer Raum, denn diese wird zunehmend dünner. Vakuum als das Ende, völlige Leere? Auflösung?

Die Illusionisten Selma, Leonore, Micael und Darius hetzen die Stufe hinauf. Fast stürzen sie auf den Boden der riesigen Halle, die sich genau eine Etage höher oberhalb der Krypta befindet. Sie stolpern mehrmals. Denn eine gewaltige Erschütterung schüttelt wie im Fieberkrampf kurzzeitig alles durch. Lebende, Tote, Untote, die Krypta. Die gesamte Festungsanlage bebt. Die Mauern rappeln, als würde man sie durch Schlaglöcher transportieren. Deshalb missmutig gelaunt, werfen sie von der Decke her brachial gewaltige Stücke herab. Einige der eben noch rettenden Stufen verlieren den Halt in ihrer Fassung. Sie rumsen donnernd dem Erdkern entgegen. Eine gewaltige Wolke von Dreck und alten Staub zieht daraufhin zusätzlich hinter den Illusionisten hoch in den Saal hinein. Als müsse die nun folgende Bühnenszene extravagant mystisch mit Rauch gefüllt werden. Mauerstücke der Halle prasseln wie Regen von den Wänden herab. Bald wird das Gebälk in sich zusammenbrechen. Die Detonation zuvor war dermaßen laut, dass zumindest diejenigen, bei denen noch Blut durch die Adern fließt, glauben, taub zu werden. War dies der Urknall oder sogar das Aufbrechen mehrerer Weltendimensionen? Man kann es nur erahnen. Lautlose Stille folgt. Irrwitzig und doch beängstigend. Ruhe vor dem Sturm? All diejenigen, die sich nicht unmittelbar in der Krypta befanden, können nur erahnen, wie folgenreich der Kampf zwischen Silas und Leaga war. Denn die alten Mauern stürzen in der Tat zeitgleich mit dem Urahn gemeinsam ein. Ein synchroner Chor grausamen Lebensstils, perfider Unterdrückung und fanatischer Expertise. Ein gefährlicher Zeitgeist entschwindet in Schutt und Asche. Ausgeburt des Bösen und leider Nährboden für noch exzessiv Böseres. Der Vorhang für den wahrlich nur kurzzeitig aufgetretenen Protagonisten indes fällt. Das Spiel ist so schnell vorbei, wie es begonnen hat.

Galembergs und Roderstätts indes raffen sich schnell wieder auf. Sie blicken sich um und versuchen, soweit dies innerhalb des undurchsichtigen, milchig trüben Nebels überhaupt möglich ist, die Lage zügig zu überschauen. Mehrmals müssen sie dabei pudernden Ruß aus ihren Gesichtern wischen. Fasziniert und irritiert zugleich bleiben ihre Blicke an übergroßen Kunstobjekten heften. Irrerweise sind deren Haltemauern noch standhaft. Die Mauern knacken und bewegen sich, als wären sie ein lebendiges Knochengerüst. Als würde sich dieses Konstrukt nach einem langen Schlaf oder sogar komatösen Zustand in der Aufwachphase befinden. Auf dieses steinerne Skelett des Saals fokussiert, beschauen sie sich die prunkvoll gerahmten Bilder nun genauer. Kupferstiche in Reliefform. Der Inhalt der bildlich festgehaltenen Szenen erinnert stark an Hieronymus Bosch und seiner Darstellung der sieben Todsünden. Rastlos fantasievolle Einzelwerke, die womöglich ebenso Geiz, Trägheit, Unmäßigkeit, Neid, Zorn, Stolz und Wollust versinnbildlichen sollen. Der Künstler, welcher diese Graphiken schuf, war entweder ein Vorläufer dieses Hieronymus oder er hatte bereits in seiner prähistorischen Zeit ausgezeichnet verstanden, Allegorien und fantastische Elemente, die das Zusammenleben von Individuen herausfordern, exzentrisch und doch realistisch darzustellen. Chaos, was Menschen, Zwerge, Ryanen und Liknonianer verbreiten, wenn sie gar nur zu sehr auf sich selbst fixiert sind. Willkür, weil es gerade Diejenigen trifft, die unmittelbar chancenlos sind, die Strukturen auch nur ein bisschen zum Positiven zu ändern. Grauslich deformiert, weil das Leben sich ihnen ja so darbietet. In hässlichen Posen, halb nackt dargestellt, mittellos und zugleich rechtlos. Dazwischen Tiere, nur zu erahnen, welcher Gattung sie angehören. Köpfe von Ratten auf Federtieren. Körper wie von Löwen, die mit grässlich geöffneten Fischmäulern die Zuschauer erschauern lassen. Dazwischen Unrat, Stümpfe von Gliedmaßen, schreiende Kinder und verstümmelte Alte. Dennoch irgendwie die Versinnbildlichung eines Aufbruchs. Die Bilder stellen kein Stillleben dar. Alles ist in Bewegung. Forderung nach sittlicher wie auch gesellschaftlicher Erneuerung? Oder sukzessive Hinführung des Betrachters auf den Zustand des achten Bildes? Der Künstler hat das Schlussblatt noch größer dimensioniert gearbeitet. Dieses zeigt Regus Leaga! in einer Pose, die die Zukunft wahrlich in ein Dunkel zwängt. Der Hundmensch im Zentrum, wie er als Chef von Dämonen agiert. Der große Herrscher der Hölle. Überzeugend markant, wie ihn die Illusionisten gerade noch in der Krypta mit seinem schwarzen Pest-Mantel grauslich erblicken mussten. Er steht über einem Heer von Untoten sowie grässlichen Dämonen. Er selbst verwandelt Menschen, Zwerge, Liknonianer, selbst Ryanen nach Belieben in andere Formen. Dabei reißt er aus den Leibern Gliedmaßen heraus, um sie an anderen Rümpfen wieder anzusetzen. Vor ihm gebeugt die Könige der Hölle: Leviathan, Belial, Satan und Luzifer. Sogar über diese Höllengestalten hat er sich erhoben. Leviathan ist in Begriff, durch eine riesige Wasserwoge verschlungen zu werden. Belial scheint in einer Erdhöhle zu ersticken. Satan brennt in einem Feuerhaufen. Und Luzifer wird trotz markanter Gegenwehr in der Luft davongetragen. Selbst über den Tod setzt er sich hinaus, weil er sogar die Todsünden auslacht: Leviathan der Neid, Belial die Wollust, Satan der Zorn und schlussendlich auch Luzifer, der den Hochmut verkörpert. Den Illusionisten entzieht sich eine vollständig plausible Interpretation. Zumal sie keine Zeit haben, sich den

Kunstwerken genauer zu widmen. Eins steht jedoch fest. Wer die Todsünden als Basis des achten Werkes betrachten will, hat wahrlich etwas Großes vor. Und das wird die Welt aus den Fugen heben. Das Publikum indes ist genug unterhalten. Leonore und Selma staunen nur, welche abstrusen Vorstellungen von Zukunft im Hirn des Regus geschaltet sind. „Wer zu hoch hinaus will, kann tief fallen.", interpretiert Leonore kurzum die Kunstobjekte. Mehr ist ihrer Meinung nach nicht hinzuzufügen. Die Männer und Selma nicken das Resümee ab. Ein weiteres Beben kündigt sich an. Die Gefechte in den Katakomben gehen wohl intensiv weiter. Der Boden vibriert unter ihren Füßen. Als würden sich Kontinentalplatten verschieben, bewegen sich die Kacheln mit unerschütterlicher Gewalt gegen- und aufeinander zu. Es rumst, es donnert und scheppert. Dort, wo sich die Kontinentalränder aufeinander zubewegen, schieben sie Gebirge auf. An anderen Stellen entstehen Löcher und Gräben, weil ein Teil des Bodens im Saal eine oder sogar mehrere Ebenen weit hinunterstürzt. Die Menschen können gerade noch sehen, dass an einer Stelle wohl eine Art Gefängnis aufgebaut war. Welch psychotische Gestalt stellt sich einen Gitterkäfig in einen opulenten Saal? Wahrlich nur ein Subjekt, welches sich durch den Anblick der bildlichen Grausamkeiten bereits schon inspiriert hat. Die Gitterstäbe klirren, als sie gegeneinanderprallen. Leonore und Selma hoffen, dass ihre Jungen nicht gerade genau darunter stehen. Ihre mütterlichen Gefühle beben nun ebenso. Sie kommen gar nicht dazu, an solchen Überlegungen weiter festzuhalten. Schlagartig hat Regus Mal aufgeschlossen. War der nicht gerade noch an dem Scharmützel ein Stockwerk tiefer beteiligt? Steht er seinem Herrn Leaga etwa nicht bei? Stattdessen flieht er aus der direkten Auseinandersetzung, um wohl seine eigenen Schäfchen ins Trockene zu bringen. Eher wohl auch nur sich selbst, denn Herma Awiks kommt nicht nach. „Dieser Halunke hat wohl Schiss bekommen!", erklärt Darius. Dabei schiebt er die anderen drei Illusionisten vor sich her. Er kann sich erahnen, dass sich der Regus nun auf sie stürzen wird. Ihm ist offensichtlich einerlei, was unten in der Krypta passiert. Sollen sich doch all die anderen die Köpfe einschlagen. Umso weniger hat er später damit zu tun, seine Alleinherrschaft durchzusetzen. „Halunke!", echauffiert sich Leonore, dabei, die Bühne schnellstmöglich zu verlassen. Durch die explosiven Krawalle ist ein großer Teil der riesigen Fensterscheiben, die den Saal der Todsünden mit Licht durchfluten, zerschellt. Ein Großteil der Scherben liegt auf dem Boden verteilt umher. Durch weitere Detonationen aus dem Untergrund brechen auch noch die letzten Glasstücke aus ihrer bereits gelockerten Fassung. Ein Sturz, ein falscher Schritt könnte dazu führen, dass man sich an den scharfen Kanten schneidet. Der Weg durch die Tür, durch die sie hätten entkommen können, ist durch den zerschmetterten Boden davor abgeschnitten. Deshalb bleibt ihnen nichts Weiteres übrig, als den Weg nach draußen durch die Fenster anzusteuern. Was sich außen davor befindet und wie tief es auf die Ebene davor geht, können sie leider nicht erkennen. Dazu müssten sie schon einen Blick aus dem Fenster werfen. Vorsichtig und doch zügig, denn nun ist wirklich Eile geboten, laufen sie auf die Fensterrahmen zu. „Der Mistkerl ist uns auf den Fersen! Los jetzt!", drängt Darius weiter. Micael jedoch schaut indes noch einmal zurück. Er beobachtet, wie ihr vermeintlicher Verfolger im konsequenten Laufschritt plötzlich innehält. „Wieso steht der Ganove so blöd da und betrachtet das letzte Bild so komisch?", gibt der Lord fragend in die kleine Gruppe, die bereits dabei war, das Draußen abzuchecken. Nun auch blicken diese über ihre Schultern. Was mag der Kerl wohl gerade Wichtiges sichten? Oder hat ihn etwas gebissen? Doch nicht das Gift seiner warmherzigen Nymphe, was ihn lähmt? Regus Mal rührt sich nicht. Angewurzelt verweilt er vor dem Höllenbild. Wie vom Donner getroffen stiert er den Rahmen an. Sein Blick in Erz gegossen. Starr dann auf das Zentrum gerichtet. „Was hat der Schurke gerade entdeckt?", flüstert Selma. „Vielleicht ist er vom Outfit Regus Leagas fasziniert?", frotzelt Leonore. „Der Mantel ist im Schnitt gar nicht mal so schlecht. Wäre was für meinen Kollegen Gustav. Der geht in der Gothic-Szene richtig auf." „Ich finde das, was diese Leute da tragen auch total ästhetisch. Irgendwie sogar elitär, diese ganzen modischen Klamotten. Ist zumindest mein Assessment." „Oh, so gebildet?", witzelt Leonore. „Aufgepasst!", fordert Micael. „Der Mann hat entweder Schiss in der Hose oder nicht mehr alle Sinne beieinander!" „Beides, vermute ich.", gibt Darius an, der die regungslose Gestalt von oben bis unten betrachtet. Er jedenfalls kann sich nichts weiter vorstellen, als dass der Typ dahinten gleich wieder in Rage gerät. Genau das passiert auch. Regus Mal stemmt sich jedoch nicht gegen sie, sondern gegen den alten Schinken. Nun donnert er auch noch zusätzlich seinen opulenten Schädel gegen das Kupferbild, als wolle er kopfüber hineinsteigen. Würde man zulassen, dass Regus Mal seinen derzeitigen Geisteszustand erklärt, könnte man zugegebenermaßen verstehen, warum sich dieser in einer derartigen Gemütsverfassung befindet. Er kapiert nicht, wie das passieren konnte. Alles war bis ins Detail genau geplant. Und jetzt sieht er seinen Urahn auf dem Thron sitzen. Seinem Thron! Nur er allein ist doch das Zentrum des Universums! Er, die allumfassende Macht des Hier und Jetzt, von Vergangenheit als auch von Zukunft. Mittelpunkt der Welt, erlesene Essenz von Leben und Tod. Nur er ist doch befugt, die Könige der Hölle zu delegieren, sie sogar zu beherrschen. Weil er allein der Höllenfürst ist! Nicht Leaga. Keiner! Nur er! Der Trottel war doch nur Mittel zum Zweck! Silas derweil sah das aus einer anderen Perspektive heraus. Und nicht nur er! Der Magier Silas hat es mit gewaltigen Gegnern gleichzeitig aufgenommen. Und er hat gesiegt! Regus Leaga derweil war fassungslos. Ein letzter vernichtender Blick. Dann löste er sich vor Silas, McKomeron sowie Keon und all den anderen, die sich noch in der Krypta befanden und dieser Szene Beachtung schenkten, auf. Regus Mal derweil hatte dieses Glanzstück gar nicht mitbekommen. In seiner Wut und seinem verzerrten Hassbild rannte er hinter den Illusionisten hinterher. Dabei verpasster er, der Hauptszene beizuwohnen. Im unerbittlichen Kampf der Dimensionen, die die alte Krypta bis ins Mark erschüttern lässt, verfrachtete Silas den ungebetenen Gast in ein wahrlich tief angesetztes Raum-Zeit-Gefüge. Mit überwältigender Energie, gebündelt aus den ureigensten Wurzelkräften ewiger Materie, stieß er den alten Regus Leaga, nun sogar bildlich nachweislich, in die Szene, die Regus Mal doch als die seine betrachtete. Hoffentlich für immer!

„Ich glaube, da wird einer schwammig im Gehirn… Kommt! Das ist unsere Chance!", gibt Micael zu verstehen. Ein Blick nach unten hat ihm gezeigt, dass es nicht unmöglich ist, mehr oder weniger unbeschadet aus diesem Höllenraum zu entkommen. Als er seinen Arm durch die Fensteröffnung schiebt, indem er sich mit der linken Hand am

Rahmen festhält, erhält er eine Nachricht auf seinen Chronometer gesendet. Nicolas und Liane! Schnell überfliegt er die wenigen Zeilen.
„Empfang war gestört. Stopp. Hole euch mit der Kutsche da raus!
Stopp." Tatsächlich rast eine offene Droschke herbei und bremst unmit-
telbar vor dem Fenster, wo sich zuerst Micael und dann auch die anderen Illusionisten hinunterbeugen. Straßendreck wirbelt bis zu den
Lords hinauf. Geschwind stoben sie durch die Öffnung, darauf bedacht, sich nicht an messerscharfen Glaskanten zu schneiden. Zu ihrem
Glück finden sie zunächst Fuß auf einem wohl einst um das gesamte
Gebäude ringsherum gebauten Mauervorsprung. In situ ducken sie
sich ab, als sie vom Inneren eine ihnen bekannte Stimme wahrnehmen.
Dann Regus Mal. Kann das sein? Die Neugier überwiegt, als dass sie
schnellstmöglich in den zwischen Schutt und Geröll wartenden Vier-
spanner springen. Dieser muss warten. Nur einen Augenblick. Sie müssen bestätigt wissen, ob die lautere der beiden Ansagen nicht weniger
als von Lean Migatos selbst kommt! Zum Glück wiehert Nicolas beziehungsweise im eigentlichen Sinne das Hologramm eines abstrusen
Gauls nicht auch noch. Nur ein leises Scharren mit den Hufen, was
wohl so viel wie „Bereit! Alles klar." bedeuten soll. Vom Inneren des
Saals könnte man einstweilen ein skurriles Bild von vier Haarschöpfen
sehen, würde man mit Bedacht nach draußen schauen. Gleichwohl haben die beiden Protagonisten gar etwas anderes zu tun, als derzeit eine
Ausschau in die Gegend zu veranstalten. Die Zuschauer trauen sich zunächst erst nacheinander, dann sogar synchron, das Schauspiel im Inneren live und hautnah zu verfolgen. Ihr Interesse ist geweckt. Warum
traut sich ein mehr oder weniger zurückhaltender Professor, sich mit
dem größten Schweinehund der Gegenwart anzulegen? Hatten sie ihn
womöglich falsch eingeschätzt? Oder wollte er nur, wie die Lords ihn
erlebt haben, im Hintergrund agieren, um erst im rechten Moment einzugreifen? Zumindest sind sie sich jetzt sicher, wer Marlons Schwert so
haarscharf bei den Treppenstufen an ihnen vorbeigeworfen haben
muss. So ein dermaßen heftiger Schwung hätte nicht entstehen können,
wenn das Ding bloß einfach von der Decke gefallen wäre. „Du?", fragt
eine hohle Stimme, deren zugehöriger Körper immer noch vor dem
abstrusen Bild kauert. „Ja!", antwortet Migatos völlig entspannt. Selma,

Leonore, Micael, auch nicht Darius hatten bemerkt, dass hinter dem riesigen mit Balken überlagert umgestürzten Holztisch eine Person in einem Versteck ausharrt. Vermutlich hat der Professor genau auf diesen Moment gewartet... Allein mit dem Regus zu sein. Sein ehemaliger Befehlsgeber. Er hatte sich aus bloßem Egoismus in eine vertrackte Abhängigkeit zu diesem Typen bringen lassen. Selbst die jungen Lords waren von seinem Verhalten in einem der Lehrräume des Kastells nicht überschwänglich angetan. Alles Absicht? Jetzt tritt der Ausbilder für Nahkampf anders auf. Aber was für ein Nahkampf? In den letzten Jahren hatte er sich einen im wahrsten Sinne des Wortes anderweitigen professionellen Ruf aufgebaut. Das gelang ihm, weil er gemeinsam mit McKomeron die Universität des Homerius-Kastells zu einer angesehenen intellektuellen Schmiede etablierte. Zudem verbindet ihn mit Silas Derys ein besonderes Verhältnis, was keiner so richtig deuten kann. Freundschaft oder mehr? Fulminante Fähigkeiten, die es gilt, zu sortieren? Nur der Ryane kennt wohl das wahre Gesicht dieses Professors. Zudem wussten Xanton und Hümjekon davon. Und nun ist der Augenblick gekommen, dass dessen Fähigkeiten ins knisternde Feuer gelegt werden. Was für ein zu erwartender Knalleffekt! Der Magier Silas hat ein breites Arsenal magischer Fähigkeiten in petto. Allen ist bekannt, dass er diese nicht zur Schau stellt. Er hält sie bewusst zurück, um sie dann überraschend, dem Erfordernis angepasst, präsentieren zu können. Jetzt erst kommt Selma die Frage in den Sinn, woher die magischen Gegenstände, wenn man diese so nennen will, in diesen begehbaren Schrank kamen. Wundersame Dinge, die treffsicher auf jeden, der sich aufmacht, danach zu suchen, findet. Waffen, Rüstungen, Ringe. Magische Dinge, die intelligent sind! Denn Marlons Schwert ist nur für ihn brauchbar, Pfeil und Bogen Aleksandras nur für sie selbst ausnahmslos treffsicher. Das Amulett Keons schon weitergedacht, als die notwendige Hälfte zum Erfolg. Migatos verfügt über eine arkane Kraft. Das gibt es tatsächlich. Auch Menschen können mit absonderlichen Fähigkeiten ausgestattet sein. Für Migatos trifft das in besonderem Maße zu. Manchmal ruhen diese, in anderen Fällen werden sie versteckt gehalten. Bewusst oder unbewusst. Mit seiner Kompetenz erzeugt er übernatürliche Effekte. Weil alles seiner Ansicht nach in mystischen Gesetzen verwurzelt ist. Und es funktioniert! Magische Energie, die allein die Atmosphäre bietet und produziert. Spektakulär und dann doch wieder ganz simpel. Migatos und Silas selbst befanden die Zeit noch nicht angemessen, vielleicht sogar einen Lehrstuhl dafür auszuschreiben. Das Studium der hohen Magie. Damit die Weitergabe von Lehren und Techniken in der Beschwörung von Geistern, Herstellung magischer Werkzeuge und Amulette sowie die Erforschung astrologischer Einflüsse. Solange Mächte existieren, die diese Studieninhalte zum Selbstzweck für sich in Anspruch nehmen würden, sollte solch eine Sektion keinen Grund finden, eingerichtet zu werden. Aber wer weiß. Migatos Stimme füllt noch einmal den Raum. „Es ist genug!", fasst er das Handeln Regus Mals höchst niederschwellig formuliert zusammen. Leonore und Selma hätten noch ganz andere Formulierungen parat gehabt. Aber scheinbar will der Professor den Regus nicht noch mehr in Rage bringen. Er spürt ebenfalls das aufgebrachte Gemüt. Einen egozentrischen Wutanfall des Ryanenführers will er nicht heraufbeschwören. Noch nicht! … Obwohl dergleichen wohlweislich bereits in der Luft schwebt. „Der Moment ist gekommen, dass du gehst!", gibt Migatos nun weiter zu verstehen. Jetzt dreht sich der Regus um. Bisher hatte er seine ganze Aufmerksamkeit der im Bild dargestellten Szene gewidmet. Das Blatt wendet sich. Er dreht sich in Gänze zum Professor, der nunmehr aus seinem Versteck heraustritt. Dieser traut sich sogar, einige Schritte auf den Regus zuzugehen. Erhobenen Hauptes. Ohne Scheu. Um nicht zu sagen, scheint er ob der gegenwärtigen Lage überlegen zu sein. Kann das sein? Was hat er vor? Überdies hat er keinerlei Verteidigungswaffe bei sich, um wenigsten dem vermutlich gleich beginnenden Zorn entgegenzuwirken. Migatos steht erhaben vor dem monströsen Körper. Dieser pumpt sichtlich hörbar stoßweise Luft ein und aus. Die gewaltigen Muskeln spannen sich. Beide Kontrahenten beobachten ihre Reaktionen auf das Gegenüber. Der Ryane formt seine Augen zu kleinen Sehschlitzen, als könne er nicht genau erkennen, ob der Mann da tatsächlich Migatos ist. Vielleicht meint er, sich zu irren. Aber nein. Er ist es wahrhaftig und maßt sich an, sich gegen den Regus zu stellen. „Was willst du?", entgegnet Regus Mal. Seine Stimme ist jedoch nicht so fest, wie er sie hat formen wollen. Sie hört sich flatterhaft und unsicher an. Weiß er, was nun folgt? „Gib auf!", bleibt Migatos bei der schon zuvor ausgesprochenen Forderung. Was da der Professor geradezu abverlangt, ist sogar in den Augen der Illusionisten höchst mutig in seiner Formulierung. „Du kannst mich nicht töten!", spöttelt Regus Mal. „Du bist zu feige dazu. Sonst hättest du das wahrlich ohnedies früher getan." „Warum sollte ich? Lediglich deine hässlichen Tobsuchtsanfälle waren kein Grund dafür." Der Regus überdenkt das Gesagte. Irgendwie fühlt er sich von diesem glatzköpfigen Magister in die Enge getrieben. Der Halbbruder Lameras. Die Fürstin der Liknonianer und er haben eine gemeinsame Mutter. Sein Vater war Mensch. Äußerlich hat er anscheinend nach sämtlich alles nur humanoide Merkmale. Aber das innere Wesen verbirgt nicht minder Strukturen der Sinneswesen. Die Kombination beider brachte hervor, was Migatos genau in diesem Augenblick zu tun befähigt ist. Sittliche Antwort auf die unhaltbaren Machenschaften des Regus. Der hochgewachsene, fast schlaksige und in die Jahre gekommene Mann genießt seinen Auftritt. „Nötigung war dein Angebot, was ich zu meiner Schande nicht ablehnen konnte.", setzt Migatos fort. „Ständige willkürliche Bedrängnis ist anmaßend, weil egal welcher Spezies man angehört, lebenslang nicht auszuhalten ist. Es führt zu einer Zwangslage, in der sich der Bedrängte irgendwann wehren muss… Und dieser Moment ist jetzt!" Regus Mal weiß nicht, wie er auf diese Drohung reagieren soll. Lachen oder doch wie immer mit seinen Muskeln spielen? Er kommt jedoch erst gar nicht zu einer endgültigen Entscheidung, als dass Migatos die Druckwelle, welche eben durch die Gefechte in der Krypta nach oben ausbricht, in sich bündelt. Seine langen Arme zu beiden Seiten ausgestreckt empfängt er die Strömung. Den kräftigen Windstoß kann man deutlich ersehen, weil sein beigefarbenes Hemd, welches bis zu den Knien reicht, wie ein Segeltuch im Sturm windabwärts geweht wird. Die Hose, die er an den Waden verschnürt hat, flattert heftig. Da der windgepeitschte Matrose keine Haare hat, gleitet die Druckwelle uniform an seinem Kopf vorbei. Nun legt dieser konträr dem kommenden Ereignis eine sogar freundliche, fast warmherzige Miene auf. Mitleid mit dem Ryanen? Die Spannung wird unerträglich. Selma und Leonore müssen sich zwingen, keine lauten Bemerkungen zu formulieren. Ihre Handinnenflächen

sind schwitzig. Sie sollten aufpassen, dass sie nicht während diesem
Thriller den Sichtkontakt zur Leinwand verlieren. Nur weil sie abrut-
schen. Zur ihrer völligen Verblüffung beginnt sich die Szenerie in dem
Kupferstich zu verändern. Die Könige der Hölle Leviathan, Belial, Satan und Luzifer gehen zur Seite und machen Platz für einen Neuankömmling. Die brachialen Naturgewalten der bildlichen Darstellung
lassen indes nach, durch die die Höllengestalten verächtlich gequält
werden. Stattdessen zieht die Sturmböe, welche Migatos mystisch umkreist, hinein. Er im Auge eines Tornados. Der Zyklon erfasst Regus
Mal. Dieser wehrt sich kaum. Zu geschockt ist er von dem, was sich in
dem Bild abspielt. Er hatte sich nämlich wieder dem Kunstobjekt zuge-
wandt, weil er dort nun die Stimme Migatos und dann sogar die sonore
Kopfstimme des Silas Dagerath zu hören glaubte! Oder doch Derys?
Ein weiterer Akteur betritt die Bühne. Silas selbst. Weder Statistenrolle
noch Komparse. Er ist der Hauptdarsteller! Schauspieler heißt übersetzt Heuchler oder auch Täuscher. Den Part des Heuchlers hat Regus
Mal übernommen. Nicht nur in der derzeitigen Situation. Den zweifelsfrei gerissenen Täuscher übernimmt der Ryane Silas. Dieser hatte sich
nicht durch den ganzen Pulk von der Krypta hinauf in den Saal durch-
kämpfen müssen. Er ist Magier! Raum- und Zeit sind anders gestrickt.
Im weißen Nebel eingehüllt, sieht dieser majestätisch aus. Jetzt dringt
sein tiefer Bass in den Raum. Regus Mal versteht nicht. Er ist fassungslos. Er ist vollends überfordert! „Luzifer!", hört man lediglich nur von
Silas sagen. Deutlich, eindringlich. Als die Darstellung des Luzifers im
Bild den Kopf neigt und sich tatsächlich zu Silas umdreht, können die
Lords das Spektakel kaum noch ertragen. Was tut sich da gerade? Ist
dieses Bild vielleicht ein Abbild des Seins, ein Spiegel der Realität? Die
Welt zwischen Krücken, Krankheit und abstoßend hässlichen Figuren
festgehalten und am abstrusesten Ort aller Zeiten aufgehängt? Das Dasein selbst manchmal nur ein Traum, ein Rausch? Im Guten wie im Bösen. Die Welt des Unbewussten, die in Träumen chaotisch erscheint.
Das Schlüsselbild unseres Lebens? Alle Gefühle, die oft schwer zu entwirren sind, in einen einzigen Raum gedrängt? Der intellektuelle Geist
hebt sich von der Erde in die Höhe ab. Der, der Wahrheit findet, weil
er sie sucht. Die bildnerische Lösung der Quantentheorie, um der

Schwerkraft Herr zu werden. Schwebenden Raum für Phantasie schaffend. Zeitgeist, der überschäumender nicht sein kann. Er regt dazu an, im Bewusstsein aller Individuen freien Platz zu schaffen, um das Sein immer wieder neu zu überdenken. Mystische Manifestation der Quantenphysik verkörpert durch Silas und Migatos, morphologische Veränderungen wie McKomeron und Keon es zeigen, rational logische Strukturen der KI durch Nicolas, Liane und ihren jungen Helfern entdeckt. Letzten Endes kraftvolle Selbstregulierung vereint in Marlon, den Illusionisten und all den anderen. In einem gewaltigen Sog wird Regus Mal in das Bild hinein befördert. Kopfüber, als würde er von einer unsichtbaren Energie, von tausenden Händen gleichzeitig hineingezogen. Das passiert so rasch, dass die überwältigten Zuschauer auf den Außenplätzen gar nicht so schnell fassen können, dass dort, wo sich eben noch der perplexe Regus aufgehalten hatte, eine leere Stelle ist. Luzifer, der den Hochmut verkörpert, legt zur Begrüßung für den überrumpelten Regus Mal eine besonders süffisante Miene auf. Abschätzig arrogant und herablassend. Genau dem Gast entsprechend. Das Sein besteht in bestimmten Mischungsverhältnissen aus Erde, Wasser, Luft und Feuer. Silas beherrscht unter anderem die Pyrokinese und Aerokinese. Einflussnahme auf Feuer und Luft. Mit Anwendung der Kyrokinese bringt er Wasser zum Gefrieren. Deshalb erstickt das Feuer, in dem Satan brennt. Leviathan wird nicht mehr durch eine riesige Wasserwoge verschlungen. Belial bekommt Luft zum Atmen. Alle sie verkörpern auch die Todsünden. Luzifer der Rebell und Lichtträger zugleich. Nicht verbannt, weil er allgegenwärtig das Böse vertreibt. Hoffnung, weil Verzeihung. Luzifer zwinkert Silas und Migatos zu. Sie haben hunderte von Jahren darauf gewartet, Leaga und dann denjenigen, der alle Ryanenführer gleichzeitig herausgefordert hat, Regus Mal, in die Hölle zu verfrachten. Da, wo sie hingehören. Lean und Silas vereinigen sich gedanklich. Mittels quantenmechanischer Kinese verschließen sie, hoffentlich für immer, den Zugang in die ihre Welt. Dort, wo es zwar Unrecht und wahrlich auch reichlich Leid gibt. Aber da, wo trotz allem hoffnungsvoll auf das Morgen geschaut werden darf. Weil Individuen tagtäglich mutig dafür kämpfen und sie ihre Illusion von Frieden lebendig werden lassen. Vier Pferde mit goldenem Zaumzeug stürmen unvermittelt aus dem Bild. Apokalyptische Reiter? Einer Einbildung folgend, Körper darauf sitzend zu sehen, verfolgen die Zuschauer die Hengste. Diese preschen durch den Raum und galoppieren durch die Maueröffnungen nach draußen. Da, wo es gilt, der Anarchie gegenüberzutreten? Oder da, wo das Chaos Überhand gewinnt?

Marlon hatte sich in der Zwischenzeit hinter einem gewaltigen Pfeiler des Saals der Todsünden versteckt. Regus Mal verhielt sich seiner Meinung nach nämlich total komisch. Er stockte völlig abrupt in seinem bissig wütenden Elan. Aus heiterem Himmel, für Marlon nicht gleich nachvollziehbar, schien er gar nicht mehr die Absicht zu haben, hinter seinen und Keons Eltern herzujagen. Er selbst war wegen des dicken Nebels, der die Luft fast undurchsichtig machte, nicht entdeckt worden. Wie die Illusionisten zuvor stolperte er aus der Krypta heraus über die letzte Stufe. Geistesgegenwärtig fand er Schutz hinter einem breiten Pfeiler, welcher wohl ehemals die gewaltige Deckenkonstruktion helfend stützte. Eine riesige Halle empfing ihn. Zumindest erahnte er deren Ausmaße, als sich die Schwebeteile Richtung Boden senkten. Dort verschanzte er sich zunächst. So konnte er alles mitverfolgen. Eine umfängliche Aufmerksamkeit auf die Hauptszene war ihm jedoch nicht möglich, weil auch die Wächter Halvar und Janus wie auch die grässlichen Hyänen aus der Krypta geschnellt waren. Deshalb musste er diese ebenso im Blick behalten. Zu seiner Überraschung verharrten die Tiere ebenfalls in ihrem Vorwärtsdrängen. In Lauerstellung hinter weiteren, wohl reichlich vorhandenen Säulen, beobachteten sie das Geschehen um Regus Mal. Die Stimmen der Männer hallten blechern durch den überaus hohen Saal in Marlons Ohr. Ja, das war wirklich ein eindrucksvoller Film, der da gedreht wurde. Und er mittendrin. Als dann noch Silas dazu steuerte und sich in das Geschehen aktiv einschaltete, war ihm, als würde die Luft vor Anspannung bald zerreißen. Jetzt aber, weil Regus Mal in diesem absonderlichen Bild nur noch ein diffuses Abbild seines Selbst ist und, wenn Marlon dies so richtig versteht, auch die Mumie Leagas dort gefangen ist, Silas sei Dank, kommt Stimmung bei den Zuschauern auf. Die Hyänen indes hecheln, nachdem sie Witterung aufgenommen haben. Ziel sind „Oh mein Gott…!", schießt die Erkenntnis in Marlons Gehirn, „meine Eltern!", die waghalsig wie auch immer an der Außenwand der riesigen Halle heften. Augenblicklich sind die fiesen Vertreter schon vor die Fensteröffnungen gefegt und preschen ohne Zurückhaltung auf die Illusionisten zu. Geistesgegenwärtig ducken sich diese parallel ab. Die Aasgeier setzten die Hinterbeine schwungvoll auf und springen im hohen Bogen über ihre Beute hinweg. Marlon bleibt das Herz für einen Moment lang stehen. Kurzum stürmt er hinter den Windhunden hinterher, ohne weiter auf Silas und Migatos zu achten. Die Löwen tuen es ihm gleich. An einem der Fensterbretter machen die drei jedoch ruckartig halt. Es wäre nach Marlons abrupt aufkommender Einsicht töricht, ohne Vorausschau aus dem offenen Durchbruch zu springen. Wer weiß, was oder wer sich dort draußen befindet. Zumal konnte er bisher kaum ausmachen, wie tief es hinabgeht. Der Teenager, Halvar und Janus können gerade noch beobachten, wie sich die vier Illusionisten schnell davon machen. Sie sind wahrlich gut vorbereitet. Eine Kutsche mit vier Pferden rast tollkühn davon. Da das Verdeck fehlt, können sie die Eltern der jungen Lords ganz gut erspähen. Marlon fällt ein Stein vom Herzen. „Die haben es ja drauf!", ruft er ihnen begeistert nach. Die Hochstimmung wird sogleich gedämpft, weil ihnen die Hyänen unvermittelt nachsetzen. Die steinernen Tiere landen zu Marlons Leidwesen tatsächlich relativ glimpflich am Fuß des Gebäudes. „Diese fiesen Schabracken haben bestimmt vierzig Meilen pro Nivel drauf!", resümiert der Teenager, weil er beobachten muss, dass die bissigen Tiere dem Vierspänner fast schon auf den Fersen sind. Sie kommen sukzessive immer näher. Gleich kann er gerade noch den Gaul erkennen, der Keon seiner Ansicht nach fasst zu Brei getrampelt hätte. „Dieses Huftier nun auch noch!", schimpft er lautstark. Als könne irgendwer dort auf der Piste sein Gezeter wahrnehmen. Migatos schaltet sich nun ein. „Die kommen schon klar!", erklärt er, als hätten sich die Illusionisten gerade zu einem Kurzurlaub ohne Aufsicht ihrer Kinder davongestohlen. „Wenn Nicolas dabei ist, hat er sie und auch Liane, File und Katura auf dem Schirm." „Ist nicht wahr!", echauffiert sich Marlon. „Der Gaul ist das Werk von Nicolas? Das glaub ich jetzt nicht! Da muss ich wohl mal ein ernstes Wörtchen mit meinem Onkel reden!" Der Professor grinst. Das erste Mal, dass Marlon diesen Lehrer entspannt lächeln sieht. „Verrückte Zeiten.", denkt er sich und blickt dann fragend zu Silas. „Wie hat der wohl Regus Leaga ans Bein gekriegt?" Die Antwort bleibt wohl für immer ein Geheimnis. „Eigentlich ist sie für den Moment auch nicht vordergründig zu betrachten.", überlegt Marlon weiter. „Hauptsache, der wahrlich über die viele Jahrhunderte gut erhaltene Regus ist nun wirklich in das Jenseits befördert worden." Silas Derys indes steht wie die Festung selbst da. Unerschütterlich, souverän majestätisch. Seine Augen leuchten purpurfarben. Göttergleich herausragend. Marlon kommt ein Gedanke in den Sinn. Nur so ein Spleen, mehr eine unbeschreibliche Ahnung. „Was, wenn dieser Typ, dieser Blackman der rechtmäßige Anführer der Ryanen wäre? Schlussendlich hat er im einzigartigsten Moment Regus Leaga und Regus Mal bravourös in die Hölle geschickt! Ist er derjenige, auf den sich alles abzielt? Der Erbe, der erst allen beweisen muss, was er drauf hat?" Die Augen des Magiers beginnen raubkatzenähnlich zu funkeln. Seine Gesichtszüge formen kleine, nur ganz zarte Falten. Ein vielsagendes oder ein zustimmendes Grinsen? Unvermittelt poltern Leaga und Regus Mal die brüchigen Stufen hinauf. Marlons Gedankengänge werden augenblicklich unterbrochen. Für den ersten Moment ist er selbst schockiert, die beiden doch wieder in realer Gestalt zu erblicken. Gleich fällt ihm zu seiner Erleichterung ein, dass dies ja nur deren Kopien sind. Keon als Regus Mal, Mak als Regus Leaga. Zügig betrachtet Marlon die Gestaltwandler von oben bis unten. Etwas mitgenommen sehen sie schon aus. Aber nicht entkräftet. Diese machen sich schnell einen Überblick vom Personenkreis, der sich noch im Raum befindet. Ein Blick hinaus zeigt ihnen, wer bereits das Weite gesucht hat. Eine bedeutungsvolle Miene, dann ein tiefgehender Augenausdruck, als sie sich von dem Bild abwenden, wo sie die Anführer der Ryanen erkannt haben. Mehrmals schauen sie zu Silas, dann zu Migatos, nun zu den steinernen Wächtern und zu guter Letzt zu Marlon. Dann nochmals kreuz und quer. Das, was sie sehen, freut sie … zunächst. Im selben Moment setzt nämlich eine Bande von Mumien auf dem Parkett auf. Dazwischen die Schlange Herma Awiks. Perplex hält sie in ihren Bewegungen inne, als sie ebenfalls die kleine Versammlung anfindet. Listige Augen bleiben an Marlon und dann auch an Lean Migatos hängen. Scheinbar hat sie zwischenzeitlich die grausige Menge der Mumien um sich geschart und meint, ihren Kopf spielen zu müssen. Nun, viele Köpfe hat sie tatsächlich. Wutentbrannt winden sich ihre Schlangenhaare um ihre Visage und recken ihre Hälse gegen jeden von ihnen. Silas und McKomeron entdeckt sie nicht, weil diese hinter einer der Säulen nur für einen Augenblick aus ihrem Gesichtsfeld entschwunden sind. Da Regus Mal „der Zweite" nun losschießt, meint sie, die Verfolgung aufnehmen zu müssen. Ihren Herrn muss sie dienen. Dieser hechtet mit einem gewaltigen Sprung durch eines der Fenster. Dass Keon in einer gänzlich anderen Intension einem Stuntman gleich in Aktion ist, nimmt sie in ihrer Erregung gar nicht wahr. Sie rennt wie wahnsinnig davon. Durch die anderen Fensteröffnungen folgt ihr eine Schar Mumien. Hätte sie einen Moment ihre doch vorzüglichen Riechwerkzeuge in Anspruch genommen, hätte sie bemerken können, dass Regus Mal nicht real anwesend ist. Dieser sitzt fest. Dazu verurteilt, zuzusehen, wie sein Werk vernichtet wird. Abgeurteilt, Regus Leaga zu dienen, in einer Welt, die das Chaos aufgesucht hat. Doch es kommt noch schlimmer. Die Könige der Unterwelt haben etwas ganz Besonderes vor. Die Strafe wird monumental sein, wenn man sich mit ihnen anlegt. Als der Hauptpulk der aufgebrachten altertümlichen Menge an ihnen vorbeigeschmettert ist, erklärt Lean Migatos in ruhiger Manier eines Dozenten: „Verschiedene Hypothesen besagen, dass das Schattenreich die Form von zehn zentral angeordneten Kreisen der Qual besitzt. Es ist der Verbannungsort derjenigen, die geistige Werte zurückgewiesen haben, indem sie grauenvollen Begierden oder Gewalt nachgaben. Sie förderten damit Betrug sowie Bosheit." McKomeron ergänzt: „Die vollkommene Zahl zehn. Die Macht der Zahlen, so wie sie Leaga definierte. Dabei übersah er, dass eine Macht, die gegen Vernunft existiert, das Erbe allen Seins zunichte macht… Ende der Seelenwanderung und damit hoffentlich ein Ende mit solchen Herrschern." „Irgendwie komisch.", denkt Marlon. „Das von einem Typen erklärt, der wie Regus Leaga aussieht, aber doch nicht ist." Nicht nur der Auftritt McKomerons ist höchst absonderlich, sondern die gesamte Lage. Da stehen hier großartige Kämpfer und zwei steinerne Löwen und bereden das Ende. Es bleibt zu hoffen, dass Fortuna auf ihrer Seite bleibt. Denn ganz haben sie die Lage noch nicht im Griff. Der fulminante Triumph steht noch aus. Die Hyänen jagen immer noch hinter den Illusionisten hinterher. Die Mumien sind aus dem Häuschen. Herma Awiks stellt in ihrer Hysterie eine unberechenbare Gefahr dar. Und sein Freund Keon muss sich mit all diesen abplagen. Nicht zu vergessen auch die vier Rennpferde, die beim Übertritt Regus Mals und Leagas in die andere Welt dort herausgeschossen kamen. Diese jagen ebenso zunächst hinter dem Vierspänner her. Als Silas, Lean Migatos, McKomeron und Marlon gemeinsam an der sichtlich zerbröckelten Außenmauer stehen, sichten sie einen ihnen bekannten Trupp von Motocross-Maschinen. Marlon kann nicht anders als laut loszuprusten, als er Liam in einem der Seitenwagen erkennt. Würde er nicht Augen wie ein Luchs haben, hätte er den Halbzwerg in seiner Montur gar nicht erkannt. Dieser bietet mit seinem Halbschalenhelm, der übergroß dimensionierten Brille und der Gasmaske ein bemerkenswert kurioses Bild. Liam ist ganz und gar damit beschäftigt, immer wieder Mumien, die anscheinend eine kostenlose Mitfahrgelegenheit entdeckt haben, aus seinem Seitenwagen zu befördern. Ununterbrochen sticht er mit einem Messer zu, als würde er prüfen wollen, ob der Braten durch ist. Flink schickt er die geteilten Subjekte auf die Rennpiste zurück, wo sie von nachjagenden Pferdegespannen und weiteren Mumien entweder weiter geteilt oder sogar jäh zertrampelt werden. Das Ganze erscheint wie ein irrer Traum, aus dessen verwirrten Labyrinth man kaum zu entkommen vermag. Es ähnelt einer rotierend logarithmischen Schleife, in der kein Ende in Sicht ist. Mak erkennt das gesamte Ausmaß des Straßenverlaufs. Dadurch, dass die Festung immer noch in Begriff ist, sich scheinbar aus dem Moor herauszuheben, wird die Straßenlage durch den entstandenen vorteilhaften Ausblick gut sichtbar. „Die Spirale eines Schneckenhauses kann mathematisch elegant durch Logarithmen beschrieben werden. Vornehmlich dekadische Logarithmen, also mit der Basis zehn. Unsere Sinneseindrücke verstärken sich sogar in Abhängigkeit bestimmter Parameter entsprechend dem Verlauf einer Logarithmusfunktion. Dies geschieht zum Beispiel bei Lautstärke, Stress oder Angstzuständen." „Was redet der Kater da eigentlich? Vergleicht er diese Situation etwa mit einem Schneckenhaus und wir sind diejenigen, die aus diesem Ding nur mittels einer mathematischen Gleichung herausfinden können?…", fragt sich Marlon. Aber ehrlich gesagt ist er dankbar für solche Ausschweifungen. McKomeron wäre nicht er selbst, wenn er nicht zu jeder passenden Situation eine Erklärung oder zumindest ein Lehrprinzip parat hätte. Der Teenager gerät in Anspannung, als er Johanna und Seija auf ihren Motorrädern entdeckt. Ja, er empfindet immer noch eine besondere Zuneigung zu der Liknonianerin Johanna. Er weiß, dass Keons Gefühle zu Seija auch nie ganz verloren gegangen sind. „Es wird Zeit, sich wie Erwachsene auszusprechen!", spornt er sich an. „Es kann ja nicht sein, dass man sich wie unreife Teenager aus dem Weg geht! Nur weil man nicht die Traute hat, das zu äußern, was man tief im Herzen empfindet." Marlon nickt in das Panorama, als würde er dem Optimismus, den er eben gedanklich gebündelt hat, zustimmen wollen. McKomeron und Silas verstehen. Keiner von beiden hätte gewagt zu bemerken, dass sie die Gefühle des jungen Mannes wohl recht gut erkennen und interpretieren können. Anstand und respektvoller Umgang mit den eigenen Fähigkeiten. Das ist ihre Devise und sollte mitnichten verletzt werden.

Der grau verschleierte Himmel, der über der gesamten Burganlage wie eine Glocke schwer lastend dem konfusen Durcheinander den passenden malerischen Hintergrund bietet, schickt nun winzige Schneeflocken Richtung Boden. Wind kommt auf und trägt die verwirbelte Erde mit fort. Die Temperatur hat sich innerhalb kurzer Zeit vermindert. Ergebnis der von Mak erörterten logarithmischen Theorie? Marlon fröstelt jedenfalls. Zum anderen ist ihm, als würde er Personen und Häuser noch klarer wahrnehmen. Connor winkt ihm von seinem Bike zu. Zumindest hebt er seinen Zeigefinger zum Gruß nach oben, als auch er mit voller Pulle in die Kurve geht. Als wäre er in einem Motocross-Rennen reißt er den Lenker herum, als ein Hindernis sich plötzlich vor ihm aufgebaut hat. Reaktionsschnell dreht er gleich wieder auf, schaltet mehrmals und ist augenblicklich wieder im richtigen Drehmoment. Mit brachialer Gewalt stürmen die Mumien unter Führung einer Ryanin in den motorisierten Lauf. Die Mumien aus den Gräbern haben sogar in den Kutschen Platz genommen. Kutscher selbst sind die Moorleichen. Nebelschwaden liegen in Fetzen in der Arena und verhindern einige Male die Sicht auf das Geschehen. Ganz weit entfernt erkennt Marlon die Droschke, in der seine Eltern weggerauscht sind. Er sieht noch, dass sie aussteigen und in einem niedrigen Haus aus seinem Sichtfeld gelangen. Herma Awiks hat zu den Hyänen aufgeholt, die sich planlos um sich selbst drehen. Scheinbar haben sie ihre Fährte verloren und suchen eine neue Spur. Der Ferrokinetiker sieht Frankenau nun aus einer Seitenstraße schießen. Aleksandra auf dem Soziussitz. Liam im selben Gefährt den Gefahren ausweichend gebückt. Gleich wirft er Irgendetwas fast neben sich. Sein Wurfkreis ist durch seine Schutz-Montur und die Nussschale, in der sich der beleibte Zwerg befindet, relativ eingeschränkt. Ein grelles Licht folgt einer sagenhaft lauten Explosion. „Da hat der Findige doch ein ziemlich böses Etwas bei der Hand!“, ruft Marlon begeistert heraus. Er muss jetzt fast schreien, weil die Statik des Gebäudes wohl nachgibt. Mauern brechen in sich zusammen. Die Decke des Saals knackst an ihren Bruchkanten. Der Boden ist nur noch eine Gitterstruktur, durch die man in die Krypta nach unten blicken kann. Dann sogar noch tiefer, wo jetzt Wasser und Morast einströmen. McKomeron schubst den Teenager an, um ihn anzuweisen, ihm nach draußen zu folgen. Aus den Augenwinkeln sieht Marlon, dass eine wulstige Gestalt aus dem Wasser hervordringt. Dann gleich noch eine. Zwei Kraken, die alle Hände, besser alle ihre Arme, voll zu tun haben, unverzüglich aus der Gefahrenzone zu schlüpfen. Oder doch nicht. Irreal, weil von dem Flashbang leicht geblendet, haben die beiden vermutlich gerade die Seelenruhe gepachtet. Unbeeindruckt von den Moorleichen, die ebenfalls noch durch die Kanäle gequetscht werden, machen sie sich zunächst ein Bild von dem Desaster. Ein überdimensionierter Kupferstich rast sogleich mit voller Wucht genau vor ihnen auf den matschigen Boden. „Meine Güüüüte!“, hört Marlon die Mollusca Constanze noch rufen. „Der Schinken hätte mich doch gleich gezweiteilt!“, echauffiert sich die exzentrische Dame. Ein blaugeringelter Oktopus leistet Hilfe adäquat einem Schwimmreifen und schlingt dabei gleich vier Arme um seine zu rettende Liebste. Verbunden mit diesem bizarren Eindruck rettet sich Marlon durch mehrere beherzte Sprünge aus dem einstürzenden Festsaal. Silas und Lean Migatos folgen. Dann Regus Leagas Kopie, fast episch, wenn es eine Zeitrafferaufnahme davon geben würde, gemeinsam mit den steinernen Löwen.

Der neue Straßenbelag lässt die rasende Veranstaltung schnell zu einer Rutschpartie werden. Offenbar haben einige der Mumien noch nie Schnee gesehen. Beeindruckt von diesem Naturschauspiel bleiben sie ohne Vorankündigung stehen. Peng! Rums... Schädel fliegen im hohen Bogen davon und setzten sich skurril auf alles, wo sie wieder landen. Halvar und Janus nehmen augenblicklich die Verfolgung der Hyänen auf. Die Schabrackentiere sind von ihrem Fell her kaum gemustert oder gestreift. Ihr Vorteil, weil sie im Grau der Szenerie gut untertauchen können. Blitzartig stürmen sie derart skrupellos aus ihrem Versteck, dass die Wächter des Homerius-Kastells sogar kurzzeitig den Rückzug antreten müssen. Die listigen Vertreter walzen alles nieder, was sich ihnen in den Weg stellt. Droschken werden jählings überlaufen, als sie nun hinter Halvar und Janus hinterher sprinten. Im Sprung erfolgt gleichzeitig eine unverhoffte Detonation. Marlon sieht eine Blendgranate aus einem gestreckten Arm katapultiert zwischen die Hyänen aufschlagen. Beide tollwütigen Viecher klatschen in der Explosion rechts und links zu Boden, wo sie einige Zeit benommen liegen bleiben. Nach dieser kurzen Phase der Wiederherstellung ihrer hitzigen Gemütslage recken sie ihre muskulösen Hälse auf und lachen hämisch zur Quelle der fulminanten Lichtanimation. Frankenau ist nun das neue Ziel, auf den sich die Blutsauger stürzen. In einer sichtlich leichten Sprungübung hat ein Mistvieh die Krallen am Seitenwagen. Liam schreit in größter Panik auf. Aleksandra blickt ebenfalls erschrocken zu der Bestie, gerät aber nicht außer Fassung. Sie schimpft eher lauthals mit dem Tier, weil es sich einbildet, den Zwerg mir nichts dir nichts anzugreifen. Ein ruckartig harter Schlag mit dem Köcher, den sie um sich geschwungen hatte, lässt den Angreifen johlen. Noch ein immens kräftiger Hieb auf dessen Ohr. Das Tier kreischt auf, reißt dabei das Maul unheimlich weit auf und will im Schmerz die vermeintliche Beute in den Schädel beißen. Völlig verblüfft prallt der klaffende Kiefer von Liams Schutzhelm ab. Zum Glück hatte dieser in Windeseile seinen Kopf zur Seite geduckt, dass die Schnauze des Untiers mehr oder weniger am Metall abrutscht. Liam steckt der Hyäne blitzschnell eine CLA 30 in die geöffnete Fresse. Perplex, weil das explosive Chamäleon exakt in die vorderen Schneidezähne fest arretiert, lässt die aufgebrachte Kreatur los.

Dabei schmeißt sie ihren Kopf immer wieder hin und her, um das Ding aus ihrem Biss zu befreien. Das funktioniert nicht. Frankenau gibt Gas. Das Hinterrad dreht durch, dann beschleunigt er dermaßen, dass er sich und seine Mitfahrer in Null Komma nichts hinter einer Mauer in Deckung bringen kann. Die kleinere Ausführung einer Blendgranate zerbirst in der Schnauze der Hyäne. Das tut ihr nicht weh, trotzdem ist sie aber vorerst, wenn auch nur für einen Moment, außer Gefecht gesetzt. Das Tier schüttelt sich. Dabei bemerkt es, dass seine Mundhöhle an einigen Stellen leicht vergrößert wurde. Um so besser. Dann kann es die Bestie eben noch mit größeren Gegnern aufnehmen und ihre Beißkraft zur Schau stellen. Die Hyäne spuckt die überflüssigen Steinsplitter einfach aus. Herma Awiks indes war zu nah am Geschehen. Die Blendattacke funktionierte einwandfrei. Schockiert ob der schlagkräftigen Lumen-Technologie und der gleichzeitig auftretenden Druckwelle wird sie unvermittelt in die vordere Bande ihrer Anhängerschaft befördert. Diese blicken die Schlange irritiert an, als wüssten sie im Moment nicht, warum sich die Ryanin vor ihnen auf die Erde schmeißt. Gleich reißt sie sich an einigen der Gestalten hochzerrend wieder in die Senkrechte. Sie erblickt Regus Mal und fühlt sich durch dessen Anwesenheit neu angeheizt. Lasziv lässt sie ausschweifende Blicke auf ihren Regus fallen. Als sei der eben dargebotene Auftritt eine geplante Anmache gewesen. Keon kann mit dieser anzüglichen Attitüde zwar immer noch nicht ganz gut umgehen, doch lässt ihn dieses ekelhafte Ansinnen mehr kalt als vor vielen Jahren, wo er schon einmal von dieser Frau angebaggert wurde. Er lächelt tapfer, die Lippen zusammengepresst und schickt dann sogar ein doppeldeutiges Lächeln zurück. Das Aas muss unbedingt weiter im Glauben genährt werden, dass der echte Regus Mal noch im Geschehen mitwirkt. Mit Sicherheit war es sogar ihre eigene intrigante Idee, Regus Leaga und alle anderen mumifizierten Vorfahren aus dem Spiel zu jagen. Nur sie und er sollten die Welt regieren. Leaga nur als Mittel zum Zweck? Dummdreist, wenngleich irre gefährlich. Zumindest für Regus Leaga, der in der gesamten Auseinandersetzung dann doch nur eine Statistenrolle zuerkannt bekam. Oder? Das bleibt offen… Die gesamte Gemengelage erscheint widersinnig absurd. Ein Überbleibsel der widerwärtigen Regentschaft der Ryanenführer.

Manifestiert entzündliches Ideengut. Eiter der Gesellschaft, der sich unkontrolliert ausbreitet, wenn ihm nicht Einhalt geboten wird. Zu Keons Glück kommt ein Zweispänner ohne Kutscher ganz nah an ihn herangefahren. Das fahrerlose Gefährt ist ihm im Augenblick angenehmer, als die Nähe zu dieser Schlangendame. Ein Biss und ihr tödliches Gift würde ihn in andere, sicher unangenehmere Gefilde befördern. Deshalb springt er schnell auf das feurige Gespann, vorn auf den Kutschbock, und macht sich von dannen. „Hüa! Los!", ruft der vermeintliche Regus Mal in Richtung der Zugtiere. „Vorwärts!" Der Rufer schnalzt dabei noch mit der Zunge. „Los gehts!" Keon nimmt für das Anfahren die Leinen kurz. Die zwei Pferde sollten zunächst auf ihn aufmerksam werden. Er will nicht riskieren, dass er noch umfällt und sich vor Herma Awiks blamiert. Das wäre fatal. Gleich gibt er mit den Leinen wieder nach. Das Zeichen zum Start. Vier Wagenräder pressen sich auf den schmierigen Untergrund. Dann brettert der Wagen los. Die Beschleunigung ist immens. Der Schnee und die teils unbefestigten Wege bilden mitsamt der Trampelpfade der Mumien eine schlammige und enge Kanalführung. Die Holzräder rutschen leicht zur Seite, ehe sie Grip finden. Ziel ist eigentlich dort, wo sich die Illusionisten befinden. Doch das muss erst noch verschoben werden, weil er Herma Awiks nicht geradewegs zu ihnen führen will. Es beginnt noch mehr zu schneien. Der weiße Puder legt sich auf die Häuserruinen. Eigentlich schön, wenn das Ambiente stimmen würde. Das Pferdegespann wird durch Keon angemahnt, schnellstmöglich links in eine schmale Gasse einzuscheren. Es ist nur ein beengter Sund, durch den sie einscheren. Durch die Fliehkraft wird die Droschke auf die beiden äußeren Räder katapultiert. Der Fahrgast darin wird mit gewaltiger Kraft ebenso nach außen gepresst, dass dieser in der Kabine an das Fenster geschleudert wird. Marlons Gesicht wird nur für einen winzigen Augenblick hinter der Scheibe sichtbar. Die Schlangendame erkennt jedoch noch den Passagier. Sie ist entzückt. Schon weidet sie sich an der Vorstellung der Qualen, die dem Insassen alsbald „zugute" kommen werden. Jubelnder Spott, der sie zur Extase treibt. Regus Mal wird diesem Tunichtgut von Menschen ein für alle Mal den Garaus machen. Hämisches Grinsen. Dann schnalzt sie mit ihrer gespaltenen Zunge hinterher. Ihr Regus hatte sich auch schnalzend von ihr verabschiedet. Mit voller Wucht schlägt das Vehikel in der Drehung zur Seite aus und rammt eine niedrige Mauer. Die Räder schleifen mit brachialer Gewalt daran entlang. Einzelne Speichen des hinteren Wagenrades zerbersten. Trotzdem hält die Radkonstruktion. Marlon hatte sich in das nächstbeste Gefährt gesetzt, um seinem Freund zu Hilfe zu eilen. Die zwei Zugpferde hatten anscheinend gewusst, wohin sie galoppieren sollten. Andererseits wollte der junge Lord erst einmal nur näher an das Geschehen herankommen. Denn die vielen Mumien hätten ihm den Weg wohlweislich nicht ganz so einfach gemacht. Jetzt sitzt Marlon in der Kutsche, die sein Freund lenkt und braust wie verrückt durch viel zu enge Gassen. Er ist erleichtert, den bravourösen Gestaltwandler recht originell abgepasst zu haben. Das Lenken eines Fuhrwerkes sollte dieser aber noch üben. Mehrere Male wäre Marlon fast vom Sitz geschleudert, wenn er sich dort nicht mit aller Kraft in den Stoff gekrallt hätte. Mental versucht er, sich bei Keon bemerkbar zu machen. Dies funktioniert nach einigen Versuchen dann auch. Zudem hämmert er mehrmals dort an die Bretter der Kabine, wo sich die Rückenlehne des Kutschbocks befindet. Bald ruft er, nein er protestiert förmlich, weil er sich und seinen Schulkameraden aus dem Radius vermutet, wo Awiks seine Stimme vernehmen könnte: „Könnte der Herr auf dem Logenplatz mal kurzzeitig innehalten? Hier hinten ist die Fahrt zumindest nicht sehr angenehm." Erst jetzt wird Keon so richtig klar, dass er wie angestochen durch die Straßen gefahren ist, ohne sich vermehrt Gedanken darüber zu machen, wer wohl in der Kiste mitfährt. Nun nimmt er deutlich wahr, dass es Marlon ist, den er recht ungehobelt chauffiert hatte. Dieser will gerade schon die Tür einen Spalt öffnen, als eine aufgebrachte Horde von Ryanen in Begriff ist, die Korvette auf vier Rädern zu kapern. Der Fuhrmann reagiert sofort und gibt den schnaufenden Renneseln die unmissverständliche Anweisung, das Feld zu räumen. Ein kurzer Peitschenhieb reicht, damit das Gespann eine fulminante Beschleunigung darbietet. Schlamm stobt nach hinten und lässt die verdutzten altertümlichen Ryanen verblüfft zurück. Diese jedoch sind trotz anfänglicher Verwirrung schnell wieder bei der Hecke. Scheinbar hatten sie allesamt die Vereinbarung getroffen, das Gefährt zu entern.

Sie riechen ihre Beute und haben Witterung aufgenommen. Insbesondere der Mensch verteilt ganz andere Geruchspartikel, als ihnen bekannt ist. Auch der Ryane vorn auf dem Sitz ist anders, als sie es gewöhnt sind. Das macht neugierig, weil Neues bei ihnen eine Abwehrhaltung impliziert. Gefahr in Vollzug! Deshalb preschen die Hundmenschen nun auf allen Vieren hinter den jungen Lords her. So sind sie schneller. Der Zweispänner gibt alles. Material wie auch die Pferde sind am Limit. Die Gäule schniefen dermaßen angestrengt, dass ihre ausgeatmete Luft dem ausgestoßenen Dampf einer Lokomotive ähnelt. Marlon erschreckt sich fürchterlich, als eine scharfe Kralle die Fensterscheibe wie ein Glasschneider aufschlitzt. Sogleich erscheint eine fiese Fresse. Die Augen des zotteligen Viechs blitzen auf, als es den jungen Mann nun endlich in realer Statur sichtet. Die Schnauze öffnet sich. Neben gelben Zähnen sieht Marlon zu seinem Erschauern Speichel herauslaufen. Dies wahrlich in immensen Mengen, als wolle das Ding eine ganze Seekuh vertilgen. „Da hat wohl einer ein ganz großes Appetitchen!… Einfach ekelig!", schlussfolgert der Ferrokinetiker trotzdem noch relativ entspannt. Noch ein Schnitt und das Glas bricht heraus. Marlon rutscht reaktionsschnell zurück. Flugs drängt sich eine hässlich geformte Vorderklaue durch die Öffnung. Dem aufgebrachten Eindringling ist anscheinend egal, dass das Fell durch die scharfen Bruchkanten aufgeritzt wird und diese sich sogar in tiefere Hautschichten bohren. Als wäre der Angreifer total ausgehungert, schickt sich dieser vehement an, die Tür mit brachialer Gewalt in Gänze aufzureißen. Nur drei mächtige Schläge gegen das Holz und die Holzbarriere bricht. Im Nu greift die zweite fellbesetzte Vorderpfote in die Fahrgastzelle. Ruckartig reißt Marlon eine Eisenverstrebung unter seinem Sitz hervor. Aufgrund der zuvor rasanten Fahrt und der dadurch notwendigen zweckdienlichen Suche nach brauchbaren Haltegriffen, hatte der Teenager schlanke Eisenrohre unter der Sitzbank und beidseitig davon ausgemacht. Augenblicklich glüht die Stange, weil der Ferrokinetiker postwendend eine größere Energiemenge in das Werkzeug geschickt hatte. Der keifende Angreifer blickt überrascht auf das glimmende Metall. Im Wahn des Eifers greift der Ryane danach. „Sein Besitz!", denkt er sich wahrscheinlich. Diese Affektreaktion bereut das Tier postwendend. Der leuchtende Stab brennt sich unschön in die Innenflächen der Hände ein, falls man diese ungepflegten Krallen so bezeichnen kann. „Nimm das!", schickt Marlon augenblicklich nach, indem er dem vor Schmerzen aufheulenden Gegner seine Schockwaffe entreißt, diese wie ein Ninja hin und her wedelt und dann unvermittelt mit der Spitze auf die Oberarme drischt. Je nur ein Hieb, dann lässt der Hund von seiner Attacke ab. Mit beiden Vordergliedmaßen in der Tür hängend schwenkt diese einige Male hin und her, bis sie wegen des daran befindlichen Gewichts aus den Angeln reißt. Die Offensive der anderen Ryanen indes nimmt wie der Zweispänner noch mehr Fahrt auf. Die linke Tür hat sich bald ebenso verabschiedet. Marlon konnte den dort befindlichen übergriffigen Genossen mit seinem Schwert eins auswischen. Der Stürzende nimmt zwar einige seiner Kollegen mit in die Waagerechte, doch „irgendwo muss da ein Nest sein!", denkt sich der Verteidiger. Unaufhörlich schlägt er rechtsseitig mit der glühenden Eisenstange den Einbrecher in die Flucht. Synchron agiert er links mit dem Schwert. Gekonnte Hiebe sorgen dafür, dass Marlon selbst noch nicht aus der dahin jagenden Kiste befördert wurde. Die Nachbildung Regus Mals ist größer und muskulöser als die altertümlichen Ryanen. Zumal hat sich dieser vor einigen Jahren eine Verjüngungskur gegönnt. In den Muskeln steckt die Kraft Bekulans. Im Kopf zum Glück die Denkweise Keons. Dieser schlägt nicht, wie Regus Mal selbst dies stets tat, affektiert und unkontrolliert zu. Der Abiturient reagiert vorausschauend. Ein Handeln, wie es ihm McKomeron gelehrt hat. Möglichkeiten der Gegenwehr vereiteln und systematisch untergraben. Mehr sogar den Rivalen beschäftigungsorientiert überraschen und austricksen. Das Management eines erfolgreichen Teams erfordert zudem ein Miteinander und kein Gegensteuern. Deswegen beobachtet Keon aus den Augenwinkeln heraus und ebenso auch mittels die ihm zugesandten Gefühlsregungen seines Freundes, welche Art von Gegenvorstoß die Kontrahenten wohl dazu bewegen könnten, von ihnen abzulassen. Die beiden haben nicht vor, diese, zwar üblen Vertreter, auszulöschen. Das ist nicht ihr Ziel. Sie werden im Augenblick zur Verteidigung gezwungen. Sie oder diese aggressive Meute. Ist dies gerade der Kampf der Menschheit gegen eine übellaunige Macht? Vielleicht… Die jungen

Leute indes sind weit von derartigen Gedanken entfernt. Ihre temporeiche Schlittenfahrt, denn der Schnee hat bereits auf dem gesamten Boden eine feine Puderschicht hinterlassen, wird bald zu Ende sein. Die Pferde sind ausgepowert. Keon beobachtet die Zugtiere. Die brodelnde Masse wütet hinterher. Gleich hat sich sogar einer dieser üblen Vertreter neben ihn gesetzt. Wenn dieser Alt-Ryane Respekt gezeigt und Keon die Fahrt nicht permanent erschwert hätte, würde er dies sogar akzeptieren. Stattdessen kläfft das Vieh und beißt sich durch die Luft immer mehr an seinen Hals heran. Zunächst versucht der Gestaltwandler, mit seinen Ellenbogen die lästigen Kollegen vom Kutschbock zu treiben. Leider ist dieser gar zu anhänglich, dass er sich regelrecht an seinen Ärmeln festbeißen. Deshalb kann er ihn nicht so einfach abschütteln. Tritte und kräftige Seitenhiebe sind ebenso zwecklos. Zudem muss er die Zügel kontrollieren, sonst gehen die Gäule noch durch und rennen in ihrem Schwung gegen eine Mauer. Das will er nicht riskieren. Ein zweiter grässlicher Kadaver platziert sich nun an die andere Seite. Nun wird er in die Zange genommen. Spitze, wenn auch faulige Zähne grabschen verbiestert hartnäckig nach seinem Nacken und Gesicht. Keon wird aus der Reserve gelockt. Er muss jetzt reagieren, sonst haben sich die zwei Partner gleich an ihm festgebissen. Und das an Stellen, die wahrlich gut schmerzen würden. Er denkt nach. Was soll er tun? „Du bist Gestaltwandler!", schnellt die Antwort Marlons in seine Gehirnwindungen. Mit schweißnassen Händen treibt Keon die zwei PS noch einmal zur Höchstform. Nur eine kurze Phase des Stockens. Dann passiert die Verwandlung in einen … Kranich! Keon hatte nur an Glück und Wachsamkeit gedacht. Fast ganz von allein entstand aus diesen Überlegungen die Idee und damit unverzüglich der Vollzug zu dieser Verwandlung. Vogel des Glücks und der Klugheit. Abrupt schwingt sich der Kranich in die Höhe. Er misst an die dreieinhalb Fuß Länge. Das blaugraue Gefieder passt sich zur durch den Schnee gefärbten Umgebung ausgezeichnet an. Keon befindet sich noch in Aufregung. Deshalb führt er zur Ablenkung, wie es die echten Kraniche in adäquater Situation tun würden, einen Tanz auf. Er reckt den Kopf und seinen Schnabel hoch in die Luft und dreht sich mehrmals um die eigene Achse. In Windeseile schlüpft er aus den Fängen der nachbarschaftlichen Krallen und erhebt sich sogleich majestätisch in die Höhe. Dies geschieht so schnell und unverhofft, dass die Hunde völlig perplex von Marlon und der Kutsche lassen. Der Kurzstreckenzieher dreht nun mehrmals in der Luft dicht über den Köpfen der Angreifer seine Bahnen. Die Ryanen sind von diesem Flugobjekt völlig fasziniert, welches sodann in einiger Entfernung zu ihnen auf dem Boden landet. Die langen, schwarz zulaufenden Schirmfedern heben sich gut ab. Dadurch entgeht den Beobachtern auch nicht das Ziel ihrer Ausschau. Kopf und Hals sind schwarz-weiß. Als hätte sich der Kranich ob solch einer Wetterlage extra gekleidet, trägt dieser sogar eine unbefiederte rote Kappe. Warnsignal und Erkennungsmerkmal zugleich. Die erstaunten Ryanen stehen aus dem Konzept gekommen entgeistert blickend da, als Keon nun auch noch einen trompetenden Ruf von sich gibt. Wie eine Fanfare. Die Hunde horchen auf und spitzen ihre Ohren. Was will dieses Federtier von ihnen? Welche Intension hat dieses obskure Flöten? Marlon entgeht dieser Auftritt nicht. Er grinst in sich hinein, weil der Tanz, den Keon dort im Schnee vollführt, wirklich filmreif ist. Einfach unglaublich. Blitzschnell nutzt er die Phase der Ablenkung und bewegt sich waghalsig, dabei extrem geschmeidig auf den Logenplatz. In Nullkommanichts hat der junge Lord die Zügel fest im Griff und geleitet das Gespann gekonnt in eine Nebengasse. Als hätte er nie etwas anderes gemacht, als einen Pferdewagen zu lenken. Indem die Tiere dort auf dem dunklen Weg auslaufen, springt er schon aus der rollenden Karre. Die Gäule bedanken sich für die redlich verdiente Pause mit einem leisen Wiehern. Marlon findet sich zu seiner Überraschung in der Seitenstraße wieder, wo seine Eltern und die seines Freundes Unterschlupf gefunden haben. Fügung oder Zufall? Egal. Nun ist er es, der die zwei ausgetretenen Stufen sacht in Angriff nimmt und zunächst vor der niedrigen Holztür stehen bleibt. Er braucht sich gar nicht erst die Mühe zu machen und zu lauschen. Denn augenblicklich wird die Tür aufgerissen und er wird am Arm gepackt. Er ist zwar auch immens reaktionsschnell, aber das hier verlief für seine Verhältnisse ebenso überraschend. Er findet sich vor seinem Vater Darius wieder. Neben ihm Micael. Am Tisch sitzend seine Mutter Leonore und Selma. Auf dem Tisch eine gemütliche Teerunde. Zumindest könnte man dem Anschein nach solch eine Vermutung äußern. Die Illusionisten sind höchst erfreut, den jungen Lord wohlbehalten bei sich zu finden. Unvermittelt platzt auch Großmeister Lorcan in den Raum. Einigermaßen aufgelöst beginnt er seinen Rapport: „Die alte Rasselbande hat irgendwie Lunte gerochen. Ich konnte die Verkleidung nicht mehr aufrecht halten!" Er setzt sich auf einen der Stühle. Nur eine kurze Verschnaufpause, dann muss er wieder los. Selma bietet ihm zügig eine Tasse Tee an. Sie hat wohl bemerkt, dass der Ryane ein wenig erschöpft aussieht. Kein Wunder. Er musste die ganze Zeit die galligen Gesellen unter Kontrolle halten und gleichzeitig auch die Mumien auf Abstand bringen. Lorcan setzt sich und nimmt das Angebot einer kleinen Verschnaufpause dankend an. Jetzt erst erblickt er auch Marlon. „Tut mir leid, dass die Viecher dann auf euch losgegangen sind.", entschuldigt er sich. „Alles bestes!", erwidert der Teenager, der in seinem Auftreten und seiner Stimmlage wahrlich kein Junge mehr ist. „Wir hatten alles im Griff!", erklärt er augenzwinkernd und denkt gleich wieder an den Kranich Keon. Als ob der Ryane Gedanken lesen könnte, bezeugt er den Eltern, dass die Verwandlung des jungen Lords in einen Kranich vortrefflich war. Selma und Micael hören jetzt besonders auf, weil sie sich im Moment ihren Jungen nicht als Vogel vorstellen können. Sie wissen, dass dies wohl das erste Mal war, dass sich Keon in ein Flugtier verwandelt hat und dann geflogen ist. McKomeron hatte ihnen früher einmal erklärt, dass sogar er anfängliche Schwierigkeiten zeigte, mit der Schwerkraft und dem Auftrieb klarzukommen. Dass Keon dies selbst in einer Bedrängnislage gelang, ist bemerkenswert. Marlon erspart ihnen den Trompetenton, obwohl er sich gut vorstellen kann, dass dies Lorcan in einer ungezwungenen Situation natürlich auch zum Besten geben wird. Die Illusionisten hatten gerade Kontakt mit Nicolas, Liane, File und Katura aufgenommen. Ihre Chronometer haben sie auf Empfang geschaltet. Eine Hologramm-Darstellung war nicht vonnöten. Zumal der abartige Gaul sowieso noch im Rennen ist. Marlon kann nicht anders, als seinem Onkel zumindest eine winzige Bemerkung bezüglich dieser Animation zukommen zu lassen: „Nicolas, du hättest dich aber auch anders bemerkbar machen können, als deine hässlich gelben Beißerchen aufblitzen zu lassen!… Und dann hast du noch Keon fast umgerannt!" Liane antwortet anstelle des Angesprochenen: „Das habe ich diesem Herrn neben mir auch schon gesagt!... Aber er fand das total witzig!" Im Hintergrund hört man Nicolas lachen. Auch File und Katura sind wohl von diesem Hologramm wenig abgeneigt. Beide sind für solche spaßigen und zugleich bizarren Geschichten ebenso empfänglich. „Ein Gehirn wie ein Großcomputer, aber Verstand wie ein Kindergartenkind!", bemerkt Marlon. Er weiß, dass Nicolas seine Äußerung nicht krumm nimmt. Natürlich war das ein gelungener Gag, welcher nur aus dem fantastischen Hirn dieses Franzosen entspringen konnte. Vielmehr liebt er dessen ungezwungene Art auf das Leben zu blicken. Forschend, zweifelsohne adrett, aber stets mit Humor. Darius schaltet sich in das Gespräch ein. Ihm geht schon länger eine Frage durch den Kopf: „Lorcan, wie konntest du dich dermaßen unglaublich echt in die Rolle des Befehligten der Alt-Ryanen verwandeln?" Nun ist es an dem Großmeister, der grinst. „Gelungen, oder?" „Ja, voll!", erklärt Micael, dem die Frage ebenso aufgekommen war. „Das war auch das Werk unserer IT-Spezialisten... Leider eben hier mitten im Moor nicht ganz ohne Risiko zuverlässig." File Greindur nimmt das Wort auf: „Das Underdog ist an einigen Stellen wirklich noch ausbaufähig. Ich konnte zwar mehrere Booster dazwischen koppeln, aber irgendwann wird innerhalb der Verstärkung von Wirkungskreisen eine Zahl zwischen Null und Eins potenziert. Das Ergebnis wird exponentiell geringer... Ist eben noch eine Schwachstelle." Die Illusionisten blicken sich gegenseitig im Unverständnis an. „Wie jetzt...?", hakt Darius noch einmal nach. Die Erläuterung kommt prompt und präzise: „Künstliche Intelligenz...Blitzschnelle Illusion und Ablenkung durch multispektrale Analyse der Person und der sofortigen Darstellung eines gewünschten Abbildes auf der Realität haftend... Zehn hoch vierundzwanzig Umrechnungen in der Sekunde. Das sind eine Quadrillion Berechnungen." Der hünenhafte Ryane freut sich, dass er die Illusionisten tatsächlich auch einmal völlig verblüfft sieht. Lorcan sitzt in seiner üblichen Kampfausrüstung gekleidet da. Ein riesiger, vollends tätowierter muskulöser Oberkörper strotzt nur so vor Energie. Dieser wird nur von einer bis zu den Knien reichenden, mit blumigen Mustern bestickten Weste bedeckt. Was für ein Kontrast! Seine Beine stecken in einer schwarzen Hose, welche bis zu den Waden reicht, so dass die reichliche Behaarung noch gut sichtbar ist. Eine übergroße silberglänzende Gürtelschnalle mit ineinander verwobenen Symbolen, verdeutlicht die Stellung, die ihn als Großmeister der Ryanen in Bekulan ausweist. Und jetzt freut er sich wie ein Kind… Die Täuschung ist gelungen. Marlon hat sich derweil ebenfalls wie auch Darius und Micael an den Tisch gesetzt. Nicolas nimmt abrupt ein anderes Thema auf. Er gibt die Positionen von Silas, McKomeron, Keon und Migatos durch. Zudem haben er und Liane die Motocross-Fahrer auf dem Schirm. Als Marlon berichtet, dass nun auch noch die Mollusca Constanze und ihr Krakenfreund Zarco Bassit im wahrsten Sinne des Wortes aufgetaucht sind, können Selma und Liane nicht anders, als die Augen zu verdrehen. Sie schätzen das, was Constanze, besonders damals im Kampf gegen die Trimendiperigos geleistet hat. Ihre aufgeblasene Art, zumal an diesem sowieso schon chaotischen Ort, entzerrt jedoch nicht gleich die Lage. Auf der anderen Seite sind die beiden Frauen fasziniert, wie sich diese Dame in allen erdenklichen Lebenslagen ungemein elegant durchsetzt und wahrlich die Contenance bewahrt. „Die Zeit läuft!", mahnt Micael. „Die grässlichen Racker auf den Rennpisten wurden vermutlich nur für eine Verschnaufpause aus der Bahn geworfen." „Stimmt!", gibt Nicolas zu verstehen. „Ihre Zielrichtung ist scheinbar nicht mehr ganz so verworren. Irgendwie gewinnen sie zunehmend an Struktur. Damit werden ihre Angriffe mehr und mehr gezielter." „Die haarigen Bastarde bilden vermehrt Rudel!", beschreibt Liane ihre Beobachtungen. „Die sehen durch die Okolyth-Linsen meiner Meinung nach relativ unentspannt aus.", erklärt sie dann weiter. „Würde ich es nicht besser wissen, haben sich einige von ihnen zu einer Art garstigen Werwolf verwandelt. Zumindest wirken sie so auf mich…" „Ich denke, das dürften die vermeintlichen Anführer unter ihnen sein.", hakt Katura in die Beschreibung der Gegner mit ein. Selma und Leonore schaudert es bei der Vorstellung. „Wie kann das sein?", fragen sie in die Runde, ohne eine Antwort zu erwarten. Denn diese hat ihrer Ansicht nach sowieso keiner parat. „Die Schergen des Leaga formieren sich.", gibt Greindur seine Überlegungen zum Besten. „Recht unerfreuliche Gäste." Katura wirft ein: „Du erklärst das so, als würde eine Geburtstagsdelegation zu

Besuch kommen." Der junge Student kontert: „Was soll ich sagen? Vielleicht hofft dieses grässliche Bündel tatsächlich noch auf einen leckeren Kuchen oder ein Gastgeschenk? Wer weiß?" Katura antwortet nichts darauf. Nicolas resümiert: „Dann gilt es also, die ungebetenen Besucher darauf hinzuweisen, dass sie keine Einladung zur Feier bekommen haben. Keine Offerte, keine Party!" „Ach!" schiebt der Wahlfranzose noch an. „…Und ich habe da eventuell schon einen Plan dafür... Dazu brauche ich euch. Selma, Leonore, Darius und Micael... Und Frankenau. Wenn das funktionieren würde, könnten wir die brodelnden Ungetüme relativ galant fortschicken..." Die Stimmlage des Ingenieurs weist darauf hin, dass er weitere Gedanken zumindest jetzt noch nicht vollständig darlegen will. Er hofft auf unkonventionelle Konterreaktionen der übrigen Helfer, die sonst so nicht passieren würden. Alle könnten sich zu sehr an den Plan halten. Und was, wenn dieser dann nämlich nicht bis zum Schluss durchhalten würde? „Passt aber auf euch auf! Ich denke, diese unschönen Biester könnten grantig werden, wenn sie nicht bekommen, was sie wollen.", formuliert Nicolas nun wirklich die Endfassung seiner Sprachnachricht. Kurz darauf machen sich Marlon und Lorcan wieder auf. Die beiden wollen Keon und den anderen zu Hilfe eilen. Nicolas hat McKomeron als auch Keon den derzeitigen allgemeinen Status gesendet. Er selbst konnte allerdings keine logischen Strukturen dahingehend erkennen, was es mit den Reitern auf sich hat, die, wie ihm Marlon beschrieb, aus dem Kupferstich entwichen sind. Großmeister Lorcan dehnt sich. Er strafft seinen Körper, gefasst auf eine augenblickliche Verteidigung und fokussiert sich auf Abwehr.


Liam hat mächtig zu tun, den Mumien, die der uralten Festungsanlage sukzessive entspringen, Paroli zu bieten. Er kann sich daran erinnern, dass Frankenau irgendwann einmal von Schildbürgern erzählt hatte. Nur weiß er nicht mehr ganz genau, worum es ging. Zumindest kann er sich noch daran erinnern, dass diese besagten Schildbürger in einem fiktiven Dorf namens Schilda oder in einer Stadt Laleburg wohnten. Er hat es vergessen. Egal. Auch weiß er ganz und gar nicht mehr, ob die Begebenheiten wahrheitsgemäß waren, die der Lehrer Frankenau beschrieb, beziehungsweise dieser oder ein anderer sich die Geschichten nur ausgedacht hatte. Er jedenfalls war von den Ereignissen, die Frankenau bilderreich zu erzählen wusste, total angetan. Deswegen kommt ihm jetzt in den Sinn, dass dieser Ort vielleicht ein ähnlicher Ort sein könnte, wie in den Erzählungen beschrieben wurde. Liams Fantasie geht wieder einmal mehr durch. Er hat bereits für sich entschlossen, diese Festung, die im Zentrum einer vermutlich eigentlich sogar einst recht großen Stadt gelegen sein musste, Maleagaburg zu taufen. Regus Mal und Regus Leaga als ehemalige fiese Herrscher und deshalb auch Namensgeber. Hauptakteure sind jedoch die klugen Bürger. Er sieht sich in der Rolle eines solchen Bewohners, weil er gern ebenso clever sein würde. Zumindest ist er es gemeinsam mit Aleksandra und natürlich dem Rektor Frankenau. Das weiß er mit Bestimmtheit. Und das macht ihn stolz. Äußerst wendig schickt er seine Blendgranaten in die aufgebrachte Menge. Der Schulleiter indes grölt gerade laut: „Diesen Möchtegern-Potentaten werden wir gleich mal zeigen, wo die Harke steckt!" Liam wird noch im Wurf in seinen Beifahrersitz gepresst, als Frankenau Gas gibt, dann abrupt wendet, um nun frontal in das aufgewiegelte Pulk zu preschen. Dies, weil die Hyänen es auf das Dreiergespann abgesehen haben. Gefolgt von Janus. Halvar sichtet die Drei frontal. Der Löwe setzt augenblicklich zu einem erstaunlich schwungvollen Sprung an und katapultiert mit seinem Körper zumindest schon einmal einen der Verfolger zur Seite. Stein schlägt auf Stein. Gleichwohl halten dies ihre Körper aus. Janus bekommt die andere Bestie zu fassen. Diese hatte sich bereits unglaublich nahe dem Motocross-Vehikel genähert. Der Seitenwagen schlenkert leicht aus, als die Schnauze des Ungetüms das Blech berührt. Bei der Geschwindigkeit, die sie haben, wäre es ein Leichtes, in einer Kurve oder jedweder anderer Krafteinwirkungen zur Seite zu kippen. Der geübte Fahrer kann hingegen mit einem bühnenreifen Manöver die Maschine auf Spur halten. Die mumifizierten Leute sind Liams Meinung nach sogar ein kleines bisschen fasziniert von dem, was ihnen derzeit geboten wird. Rennmaschinen auf zwei Rädern und Bikes mit Seitenwagen. Dazu noch Beschleunigungen, bei denen ihnen vermutlich nur vom Zuschauen übel wird. Jedenfalls blicken sie nicht schlecht, als Johanna und Seija aufdrehen und ebenfalls durch die Masse schießen. Magnus und Tito dabei in rasanter Aktion. Mit ihren Wurfspeeren treffen sie die sowieso leblosen Körper. Es gelingt ihnen bald, die Pike so einzusetzen, dass die Mumien bereits auseinanderstoben, wenn sie die Lanzen nur in Sichtweite haben. Connor rast ebenso mit seinem Bike auf der vermeintlichen Rennstrecke. Cedric auf dem Rücksitz. Dessen Wurfsterne treffen jedes Mal exakt, die Wurfaxt schnellt zielsicher durch die Luft. Der junge Ryane wendet dann unverzüglich und braust an den getroffenen Mumien vorbei, wo sie Tubrak und Chilk wie in einer Artisten-Show geschmeidig wieder aufnehmen. Dann schmettern sie erneut auf die Rennpiste, um dort einen weiteren Angriff der Verteidigung zu starten. Schnee staubt in die Höhe und knirscht da, wo die Reifen mit ihrem tiefen Profil greifen. Der schiefergraue Himmel hatte scheinbar nur darauf gewartet, während dieser Auseinandersetzungen seinen Ballast abzuwerfen. Als Connor in einer Seitengasse rechts und links von einer erbärmlichen Häuserfront umrahmt einbiegt, sieht er in einem gedrungenen Haus den Teufel persönlich stehen. Strahlend gelbe Augen blitzen ihm entgegen. Auch Cedric kann sich dem Anblick nicht verwehren. Als sie weiterfahren, sichten sie hinter einer eingestürzten Mauer ein weiteres solches Augenpaar. Dann noch eins, schließlich noch ein viertes. Ob tierische Gestalt oder eine andere Lebensform können sie von ihrem Standort her nicht ersehen. Zumal sie sich mit solch immensem Speed an den unheimlichen Leuchtpunkten vorbei bewegen, dass sie selbst nicht sagen könnten, ob das, was sie gerade erblickt hatten, nicht nur eine Sinnestäuschung gewesen war. Auf die Lösung einer dazu formulierten Frage brauchen sie nicht zu warten. Vier Pferde mit goldglänzendem Zaumzeug biegen aus der Häuserfront und stürmen unvermittelt hinter ihnen her. Die Hengste preschen über und sogar durch weitere zerbröckelte Häuserwände hindurch. Das macht ihnen überhaupt nichts aus. Mit reißender Geschwindigkeit galoppieren sie hinter Connor und Cedric hinterher. Der Zwerg sowohl auch der Ryane könnten explizit nicht genau beurteilen, ob die Pferde Reiter tragen oder nicht. Der Einbildung folgend, erkennen sie menschenähnliche Gestalten. Alles erscheint wie in einem fürchterlichen Traum, in welchem sämtliche Sinne getäuscht werden und skurrile Erscheinungen ständig durch den Film laufen. Frankenau biegt ebenfalls in diese Seitenstraße ein. Er hatte beobachtet, wie Connor hier hineinschoss. Das Gefährt gerät in gefährliche Seitenlage, als der Schulleiter genau in der Kurve noch einmal Gas gibt. Der Seitenwagen verliert aufgrund der immensen Fliehkräfte den Bodenkontakt. Liam schwebt und wäre er in seinem Korb nicht dermaßen fest arretiert, würde er sich sicherlich bald aus der Nussschale katapultiert finden. Aleksandra fasst beherzt zu und drückt ihn zusätzlich in das Sitzpolster. „Oh mein Goooott!", ruft Liam in den eiskalten Fahrtwind hinein. Zumindest will er das. Er wird eines Besseren belehrt, weil seine Halbmaske am Gesicht festgesaugt immer noch da Platz findet, wo er sie auf dem Moor aufgesetzt hatte. Deshalb schnappt er stattdessen mehrmals nur nach Luft. Durch den Filter wird diese ein wenig in ihrer Kälteempfindung abgedämpft. Zum Glück hat er seine überdimensionierte Motorradbrille und seinen Halbschalenhelm aufgesetzt. Alles, das gesamte Equipment passt eigentlich ausgezeichnet zu den derzeitigen kleinklimatischen Verhältnissen. Wie ein Rennrodler bückt er sich in den Schlitten hinein, während sein Steuermann lenkt und schaltet. Aleksandra als Soziusfahrerin delegiert ihren Vordermann mehrmals in eine andere Fahrtrichtung. Sie braucht für ihre Pfeile einen gewissen Abstand, damit diese ihr Ziel nicht verfehlen. Frankenau selbst würde sich zwar nicht hundertprozentig festlegen wollen, würde jedoch den Tatbestand nicht abstreiten wollen, dass die apokalyptischen Reiter vor ihm das finale Ende bezeugen werden. Wo sie herkommen, weiß er nicht. Vermutlich von einem „Irgendwo" aus dieser dunklen Festungsanlage entsprungen. Aus unbekannten alten Zeiten und verknüpft mit wahnwitzigen Geschehnissen, die die Welt jeden Tag aufs Neue vor Herausforderungen stellen. Die rasante Exkursion steuert wieder auf die Hauptstraße zu. Ganz vornweg Connor und Cedric. Dann die vier Reiter, die mal mehr, mal weniger in Erscheinung treten. Zum Schluss der Seitenwagen mit Frankenau. Die Reiter sind manchmal transparent. Aus einem anderen

Blickwinkel sieht man nur die äußere Formlinie. Ein anderes Mal sogar, bei vermutlich dazu notwendigem exakten Lichteinfallswinkel, die reale Gestalt eines Ritters. Die Stahlfiguren sitzen über jeden Zweifel erhaben fest in ihren Satteln. Der Rücken gerade angespannt, die Arme führen locker die Zügel. Als wäre dies nur ein sonntäglicher Ausritt. Ihr Plattenharnisch leuchtet jedes Mal wie ein Spiegel auf, wenn Liam seine Blendgranaten in die mumifizierte Menge wirft. Sie glänzt, wenn die Hengste ihre leuchtverstärkten Augen darauf richten. Diese wirken wie zarte gelbliche Leuchtkegel und zeigen, wenn auch recht schwach, den Weg an, wohin ihn der Ritter antreibt. Liam ist ganz aus dem Häuschen, als sie von zwei Reitern vorbeigelassen werden. Als wären die beiden Ritter die Eskorte Frankenaus. Im Vorbeiziehen kann der Halbzwerg den stählernen Brustpanzer, die Beinschienen sowie die Stahlstiefel genauer betrachten. Wieder am Aufsetzer hinaufschauend verdeckt der Helm das Gesicht des Reiters. Panzerhandschuhe halten die Zügel. „Wenn dieses Outfit nicht vollen Kampfeinsatz zeigt, dann soll mich der Huf eines der Pferde treffen! Und dann noch sowas von völlig entspannt!", denkt sich Liam und blickt überwältigt mal links mal rechts. Er schaut an sich hinunter. Zumindest hat er eine coole Lederjacke an und wenigstens einigermaßen festes Schuhwerk. Seine eigene Kopf- und Gesichtsbedeckung ist seiner Meinung nach sogar funktionssicherer. Und, das wird wohl jeder behaupten, genauso grandios glänzend. „Vielleicht sind deren und sein Helm sogar vom selben Schmied gearbeitet? Das wäre der ultimative Wahnsinn!", grübelt er kurz. Unvermittelt hebt er, nur so aus einem Affekt heraus, weil er in den Rittern Gleichgesinnte, zumindest ihm bezüglich sieht, den rechten Daumen hoch. Zu seiner Überraschung tun es ihm die beiden stählernen Gesellen nach. Etwas ungelenk, aber trotzdem kann Liam den nach oben gerichteten Finger erkennen. „Krass!", freut er sich in seine Gesichtsmaske hinein, wobei er tatsächlich nur den Mund leicht öffnet. In einiger Entfernung, ganz im Zentrum der Burganlage, sehen die Fahrer mächtig viel Schnee nach oben katapultiert. Als würde dort eine riesige Schneeballschlacht vonstatten gehen. Als die Rennfahrer sich dem Getümmel weiter nähern, erblicken sie eine ihnen wohl bekannte Gestalt. Zwischen einer unüberschaubaren Gemengelage sehen sie die

Mollusca hantieren. Sie verschafft sich und ihrem Partner gerade mit allen ihren acht Fangarmen freien Raum. „Constanze!", freut sich Liam überschwänglich. Fast wäre er aus dem fahrenden Gefährt geschleudert worden, weil er unkonzentriert mehr auf die Aktivitäten weit vor ihnen, als in seiner nächsten Umgebung geachtet hatte. Aleksandra war es, die einer ätzenden plötzlich angreifenden Bestie geschickt eins mit dem Köcher auswischt. Liam erschrickt mehr wegen der Abwehrreaktion als über die zuvor auf ihn gerichtete Attacke. Das Tier wird durch Sandras Reaktion zu der rechten Eskorte getrieben. Es strauchelt leicht. Der Reiterkollege dort verpasst dem tierischen Angreifer mit seiner Lanze sogleich einen weiteren mächtigen Hieb. Das Tier fliegt in hohem Bogen nun wieder zurück zum Cross-Bike. Hier wird der Flugbahn des elenden Biestes noch einmal eine neue Richtung gegeben, weil es von Frankenaus Ausweichmanöver zusätzlich abgelenkt wird. Jetzt nochmals Richtung Ritter. Dieser wehrt das Flugobjekt locker mit seinem Schild ab. Liam vernimmt noch ein Knacken irgendwelcher Knochen. Dann rutscht es verdattert an der Flanke des Huftieres zu Boden. Das Untier bleibt benommen zurück und blickt ungemein boshaft hinter der sich davon machenden Kolonne her, als Liam immer noch dabei ist, der Flugbahn des irren Dings nachzuschauen. Ihm schaudert es. „Was war das denn für ein elender Kadaver?", sinniert er und hofft, dieser Kreatur nicht irgendwann einmal allein begegnen zu müssen. Connor rast weiter. Cedric hat alle Hände voll zu tun, seine Tubraks und Chilks zu händeln. Der Fahrer vor ihm fährt teilweise nur mit einer Hand am Lenker, manchmal freihändig. Der Hüter der Geschichte hat jedoch keine Zeit, sich darüber Gedanken zu machen. Connor reißt das Bike herum, als plötzlich eine der Hyänen vor seinem Vorderrad unvorhersehbar auftaucht. Der Untergrund ist durch die Massen, die sich hier bewegen, schlammig. Deshalb gerät die Cross-Maschine in gefährliche Seitenlage. Es dauert nur den Bruchteil eines Augenblicks, dann erfahren die beiden ungewollten Seitenkontakt mit dem morastigen Boden. Wie in einer Rutschpartie gleiten sie vornweg. Das Tempo immer noch rasant hoch. Der Ryane reißt das Bike unverzüglich wieder in die Senkrechte. Der Zwerg indes findet nicht genügend Halt. Er löst sich von seinen Haltegriffen, die schmierig keinen Grip mehr bieten. Die Hyäne

306

ist schnell, zu schnell. Augenblicklich hat sie Cedric am Bein zu fassen bekommen. Dieser wehrt sich vehement. Das Viech lässt nicht locker. Stattdessen krallt es sich mit seinen Eckzähnen tiefer in die Wade und zerrt den Gepeinigten mit vollem Karacho fort. Connor reagiert zügig. Aber er kommt den angriffslustigen Gewalttäter nicht gleich zu fassen. Immer wieder drehen seine Räder durch. Keon jedoch war gerade im Landeanflug, um im Trubel zwischen Herma Awiks und Zarco Bassit Hilfe anzubieten. Der Kranich reagiert indes offensiv. Die Hyäne begreift. Sie entscheidet, sich noch temporeicher mit ihrer Beute wegzustehlen. Parallel dazu hatte Halvar den gemeinen Angriff beobachtet. Der Löwe brettert mit Wucht durch die Mumien, die ihm im Weg stehen. Auch vor den altertümlichen Hundmenschen stoppt er nicht. Sie purzeln im bombastischen Ansturm wie Dominosteine dahin. Der Kranich und der Löwe kommen gleichzeitig am Tatort an. Als wäre dieses Manöver schon tausendmal geprobt, packt Keon den Zwerg nur einen Wimpernschlag später in die Höhe, nachdem der König der Savanne den perfiden steinernen Kameraden mit brachialer Gewalt aus der Bahn gestoßen hat. Der Aufprall scheppert dermaßen, als würde eine Abrissbirne auf blanken Stein donnern. Die Hyäne wird durch den immensen Schwung weit fortgetragen und landet genau vor den Füßen ihres Partners. Keon zerrt Cedric postwendend von der Piste. Mehr schleifend als fliegend geleitet der Kranich den Verwundeten in den Schutz des heruntergekommenen Seitenflügels einer ehemaligen Baracke. Er hatte beobachtet, dass sich dort Lorcan auf Lauerstellung befindet. Neben ihm sein Schulfreund Marlon. „Jetzt sind wohl alle wieder gemeinsam in Aktion!", denkt er sich. „Fast so wie damals, als sie gegen die Trimendiperigos, diese dreiköpfigen Untiere gekämpft haben… Nur fehlen jetzt noch seine Eltern." Gleichwohl ist Keon fest davon überzeugt, dass diese bestimmt noch ein besonderes Highlight präsentieren werden. Irgendwie hat er das so im Gefühl. Auf seinem Chronometer kann er den Aufenthaltsort der Illusionisten orten. Nicolas und Liane behalten zu aller Erleichterung den Überblick, so dass sie immerfort sämtliche Entwicklungen weiterleiten können. Der Gestaltwandler legt den verwundeten Cedric am Boden ab. Er zwinkert gerade noch Marlon zu, als er sich wieder in die Höhe begibt. Er will gerade noch einmal nachsehen, wie es den Cross-Bikern geht. Nicht, dass die Hyänen noch einmal dermaßen folgenreich angreifen. Indes hat McKomeron von Liane Sabioni den neuesten Status zugesandt bekommen. Deswegen flitzt er schnellen Schrittes durch die aufgeheizte Schar von Mumien sowie Hunden auf vier Beinen. Er, als Regus Leaga, gelangt sogar relativ unbescholten durch die rammelnde Masse. Einige der Mumien verneigen sich, andere bleiben unvermittelt stehen und bereiten dem Regus eine schmale Gasse. Hinter einer Mauer verschwindet Mak dermaßen schnell, dass einige der ihn nachschauenden Gesellen verblüfft innehalten. Der Oberkommandant der Streitkräfte aller unterirdischen Völker muss schnellstmöglich in die Rolle des Arztes schlüpfen. Zumindest innerlich. Nach außen bleibt er inkognito. Nicolas hatte seine Nachricht dringend formuliert. Noch einmal durch einen vermoderten Kellerraum, danach entlang zerbröckelter Backsteinwände. Dann findet er Marlon, Lorcan und den verletzten Cedric. Lorcan hat dem Zwerg bereits das Hosenbein von unten her aufgerissen. Die Wunde sieht schon von Weitem ungut aus. Aber der Zwerg ist zäh. Mak weiß das. Mit wenigen großen Schritten hat er sich dem provisorischen Krankenlager genähert. Erst beugt er sich über den Zwerg, um seine Vitalfunktionen zu prüfen. „Hey!", begrüßt er Cedric. Dieser lehnt an einer zwei Fuß hohen Restmauer und ist sichtlich damit beschäftigt, den Schmerz zu unterdrücken. Schweißtropfen laufen an seinen Schläfen hinab. Seine Augen flattern, als würde der Patient geradewegs ohnmächtig werden. Der Arzt weiß, dass solch ein Biss arg weh tut. Ein kurzer Blick auf die Wade zeigt ihm, dass nicht unerheblich Gewebe verletzt wurde. Jetzt kniet sich McKomeron vor den Verletzten. „Zum Glück nicht das Gesicht und der Nacken!", denkt er sich. Das ist wohl nur ein geringer Trost für Cedric, trotzdem für Mak die unausgesprochene Erleichterung, dass der Zwerg doch noch relativ glimpflich davongekommen ist. Auch wenn die Wunde stark blutet und im ersten Betrachtungsmoment geschlussfolgert werden muss, dass eine üble Narbe nicht auszuschließen ist. Das wäre Cedric wahrscheinlich egal. Sicher ist er mehr aus der Fassung, weil gerade er von so einem üblen Vertreter attackiert wurde. Er ist eben immer noch von dem bösartigen Überfall im Kastell geschwächt. Mak hat für ein ausführliches

Anamnesegespräch keine Zeit. Das wäre in seiner Praxis die gängige Variante zu Beginn jedweder Untersuchungen. Stattdessen begutachtet er die Wunde ganz genau. Er schaut, wie viel Gewebe verletzt wurde und betastet dann den restlichen Körper, um eventuelle Frakturen auszuschließen. „Der Junge hat Glück im Unglück gehabt!", denkt er sich. Dabei lächelt er dem Liegenden sanft zu. Optimismus und gleichzeitige Anteilnahme sind in diesen Fällen vornehmlich zu verbreiten. „Wird schon!", erklärt er. „Ich mach dir die Wunde gut sauber. Das muss sein, weil sie sich sonst entzünden kann… Also sei auf einen kleinen zusätzlichen Schmerz gefasst." Mak fotografiert mit seinem Chronometer noch schnell die Verletzung. Damit kann er später eventuelle weitere Behandlungsschritte festlegen. Gleich prüft er erst noch die Beweglichkeit der betroffenen Extremität. Cedric muss sich zusammenreißen, nicht laut aufzuschreien. Eine kleine Kontrolle der Reflexe, dann einige winzige Kniffe, um den Fühlsinn der Haut, also taktile Reize abzuchecken. So schließt der Arzt professionell und routiniert eventuelle Schäden an Muskeln, Sehnen und Nerven aus. Gleich hat er aus den Tiefen seines Mantels ein kleines Flakon hergeholt, in der er für alle Fälle stets eine einprozentige Organojodlösung dabei hat. Mit dieser Tinktur säubert der Mediziner die Wunde. Da die Wunde doch relativ großflächig ist, entscheidet sich McKomeron für eine diesbezüglich sekundäre Versorgung. Die Biss-Wunde soll zunächst offen bleiben, um sie noch mehrmals säubern zu können. In ein paar Tagen wird er Cedrics Bein endgültig mit einer Naht verschließen. Er kann sich nämlich gut vorstellen, dass die Läsion infiziert wurde. Kein Wunder bei diesem Gewimmel an unterschiedlichsten Infektionsherden. Sicher enthält der Speichel des aggressiven Tieres eine reichliche Menge an Bakterien. Der Arzt legt anschließend eine provisorische und sterile Mullkompresse auf die verletzte Wade. Zum Abschluss weitere beruhigende Worte, die Cedric zeigen, dass der Heilungsprozess auch später nicht gefährdet sein würde. Der Hüter der Geschichte und zugleich Zwergenoberhaupt Bekulans spürt, dass ihm McKomeron noch etwas anderes mitteilen möchte. Gewiss merkt er dies, wenn auch die brennende Wunde die Klarheit seiner Gedanken ein wenig trübt. Der Zwerg schaut in das Gesicht des Psychologen. Dann betrachtet er dessen Augen, die trotz der abgeklärten Professionalität genau hier eine tiefe Traurigkeit erkennen lassen. Cedric greift nach Maks Unterarm. „Ich weiß!", erklärt er leise. „Ich habe es gefühlt. Wir haben ein Gespür dafür, wenn es passiert… Das ist so, als ob einem abrupt, mehr ruckartig, eine Gliedmaße, ein Stück von sich selbst abgerissen wird. Man will es festhalten, es tut wahnsinnig weh. Aber es entgleitet einem." Stille, trotz tosendem Rauschen von Gebrüll, Gebell, Wiehern und Krachen. Genau in solch einer scheinbar unendlichen Lautlosigkeit befindet sich nun Hümjekon. Dort, wo bereits Frieden ist. Und der alte Zwerg weiß genau, dass er sich auf die neue, junge Generation verlassen kann. Die Stütze ist nicht mehr da. Aber die benötigt Cedric nicht mehr. Er ist bereit. Schon lange. Weil Hümjekon ihn dazu befähigt hat! Und weil er selbst sich darauf eingerichtet hat. „Es muss so kommen!", stimmt er selbst in die seine Zukunft ein, als dass er dies McKomeron vermitteln möchte. „Ja.", kommt die einzige ausgesprochene Antwort. Die Mundwinkel des Arztes zucken leicht, als er sich, immer noch sein Augenmerk auf den Patienten liegend, aufrichtet. Der Zwerg lächelt, obzwar ein wenig verzerrt zurück. Cedric kommt ein Gedanke: „Was, wenn der echte Regus Leaga auch so empfunden hätte?… Wäre alles im Reich der Tiefen anders geworden? Wieso liegt das Schicksal einer Vielzahl von Individuen jeweils immer nur in einer Handvoll Auserwählter?" Mak kann die Gedanken Cedrics mitverfolgen. Er versucht sich in einer Antwort: „Schicksal ist Vorherbestimmung, aber keine strikte Fügung! Das Schicksal kann zu jeder Zeit ein schreckliches Los sein. Jedoch ist es deterministisch beeinflussbar durch zum Beispiel kluge und gute Leute wie dich! Imperator oder gerechter Anführer. Dein Schicksal hast du selbst in der Hand. Im Großen wie im Kleinen!" In einer Halluzination, wohl aufgrund der brennenden Schmerzen geschuldet, sieht Cedric Hümjekon ganz schwach, wie in einem Nebel dastehen. Der alte Zwerg hebt zum Abschied seine rechte Hand zum Gruß, kehrt sich dann um und geht in die Weite hinaus. Ein Äon, ein Zeitalter, was einer Milliarde Jahre entspricht und den Grenzwertbegriff der Unendlichkeit nahe legt. Vielleicht auch logarithmische Zeitskalen, definierbar, aber doch unergründlich. Mak greift in eine andere der vielen Innentaschen. Hier fasst er nach dem Siegelring Bekulans. Er legt ihn in seine Faust und streckt diese nun Cedric entgegen. Dann öffnet er diese so, dass der Ring Hümjekons auf seiner ausgestreckten Handfläche zutage tritt. „Der ist wohl für dich!", erklärt McKomeron. Cedric reckt sich danach, nur ganz leicht. Dann streift er den Ring über seinen rechten Mittelfinger und besieht sich den glänzenden Fingerreif. Das Siegel dafür, dass er der rechtmäßige Nachfolger ist. Er allein… Und er wird helfen, die Sache zum Guten zu wenden. Marlon und Großmeister Lorcan haben zwischenzeitlich nur dagestanden und mitverfolgt, wie McKomeron in seinem Element war. Beide vertrauen dem Mediziner vollends. Er, der mit höchstem Sachverstand agiert, weil er einen überwältigenden Fundus an Wissen besitzt. Besonders Marlon ist immer wieder erstaunt, mit welcher Materie man sich nebenberuflich alles zusätzlich beschäftigen kann. Mak betrachtet seine Studien eher als Weiterbildung. Er ist der Ansicht, dass es eine Lebensaufgabe sein muss, sich jeden Tag aufs Neue Wissen anzueignen. Derzeit beweist er jedenfalls ein beeindruckendes Schauspieltalent, weil dieser vollends in der Rolle des Regus Leaga aufgeht. Die Mimik und Gestik sind eins zu eins kopiert. Das heißt schon was, weil McKomeron diese Attitüde ja auch nur kurzzeitig in den Katakomben verinnerlichen konnte. Unvermittelt setzt Keon in Gestalt des Kranichs auf. Er wandelt sich unverzüglich in den jungen Lord, so, wie ihn sein Schulfreund schon immer kennt. Der Regent ist indes wieder dabei, aufzubrechen. Schnell noch greift er abermals in seine Hosentasche. Daraus entnimmt er eine kleine Sprayflasche. Er zwinkert in die Runde. „Ich nehme vielleicht mal einen Sprühstoß davon!", gibt die Ryanen-Kopie zu verstehen. „Ich rieche nach Mensch. Nichts für ungut, aber das fällt wohl auf. Duschen war hier in der Festung wohl ein Mangelzustand. Im Sarkophag hatte Regus Leaga sicherlich kein Aftershave oder Deodorant zur Hand." Mak grinst. Auch Cedric verzieht zu seiner Belustigung ein nicht mehr ganz so angestrengtes Gesicht. „Und dieser Fuseldunst macht dich zu einem Stinktier?", fragt Cedric. Der junge Zwergengebieter amüsiert sich köstlich. Das geschundene Bein tut schon gar nicht mehr so sehr weh. Er sieht auf die kleine Aerosoldose und betrachtet dann McKomeron. Keon und Marlon rümpfen ihre Nasen. „Der Geruch wird in den nächsten Tagen wieder verblassen.", erklärt der Arzt wie nebenbei. Mak sprüht jetzt eine kleine Menge von der Mixtur auf seine Brust. Zur Überraschung riecht das Zeug zunächst mehr fruchtig. „Skunks, also die besagten Stinktiere, sind zwar Raubtiere, sehen aber wie kuschelige Katzen oder sogar manchmal wie Eichhörnchen aus…" Mak grient bis über beide Ohren. Seine Gesichtszüge strahlen keck, wie sie es in Gestalt des Hauskaters bei Familie von Roderstätt getan haben. „Dieses neckische Grinsen!", denkt Keon und fühlt sich für einen Moment in die unbeschwerten Zeiten nach München zurückversetzt. Gleich reagieren die Aerosole mit der Haut des Oberkommandanten. Unangenehmer, fast tränenreizender Gestank macht sich in dem Versteck breit. „So werden mich meine mumifizierten Anhänger lieben!" Marlon hebt eine seiner Augenbrauen. „Wenn du meinst.", reagiert der Teenager. Keon findet, dass diese Miefnote recht gut getroffen ist. Modrig, stinkig und ekelig abgestanden. Die Mikromenge reichte tatsächlich aus, um Mak in einen penetranten Vertreter uralter Spezies zu verwandeln. Er schickt sich an, in das pulsierende Geschehen tatkräftig einzugreifen und mitzumischen. Erhobenen Hauptes stellt er in der Tat die Verkörperung des Herrschers über die Ryanen dar. Er weiß genau, dass jedoch die von diesen Machthabern angestrebte Dynastie etwas anderes als dem Gemeinwohl förderliches Regieren darstellte.

Marlon und Keon sind ebenso zügig darauf bedacht, insbesondere zu den Bike-Fahrern vorzustoßen. Nicolas sendet ihnen die Position. Sie sind ganz in ihrer Nähe. Ohne Umschweife verabschieden sie sich von Cedric, der durch Lorcan weiterhin Beistand erfahren soll. Nicht nur McKomeron hatte entschieden, dass es wohl besser sei, eine kleine Schonfrist zu gewähren. Der Zwerg war von dieser Entscheidung zwar erst redlich abgeneigt, als er aber mit dem verletzten Bein auftreten wollte, besann er sich augenblicklich eines Besseren. Nur einen Moment später kommt kein anderer als der Hologramm-Gaul als Einspänner im vollen Galopp angebraust. Mit Hilfe des Ryanen sitzt der Zwergengebieter unverzüglich, eigentlich liegt er mehr, auf der Sitzbank der Kutsche. Im Eiltempo galoppiert das Gefährt davon, kaum dass Lorcan die Tür von innen geschlossen hatte. Ziel ist das niedrige Backsteinhaus, in dem die Illusionisten auf ihren Auftritt verharren.

Unterdessen heben sich die Mauern der Festung weiter empor. Dies ein symbolträchtiges Zeichen dafür, dass das Finale noch aussteht. Riesige dunkle Schatten legen sich auf die sowieso schon grauen Schleier der Straßen und Wege. Der Schnee selbst kann nur in einigen Fällen Einfluss auf die Sichtverhältnisse nehmen. Dort, wo er neu zu Boden fällt, ist er hell. Man könnte meinen, dass er sogar glänzt. Anderenorts, weil dieser durch den unbefestigten Untergrund mit dem Schlamm am Boden konkurriert, geht das Weiß schnell in einen rauchfarbenen Farbton über. Die sukzessive aufsteigenden Mauern würden auch einen wohl unaufmerksamen Betrachter erahnen lassen, dass die Burg einst ein über alle Maßen imposantes Bauwerk gewesen sein musste. Das gesamte Antlitz der Türme wirkt dadurch, dass die Wallanlage stetig an Höhe gewinnt, mehr und mehr einschüchternd dominant. Die Silhouette gleicht zunehmend einem fürchterlich dreinschauenden Vogel. Die exakte Konturlinie des Mauerwerks wie auch der fade Schattenriss am Boden ist im Kontrast zum Schnee tatsächlich identisch einem riesigen Federtier mit Schnabel. Bizarr und fürchterlich beängstigend. Jedoch einzigartig. Die Burganlage wurde auf einer gigantischen Felsformation gebaut, auf dessen Haupt ein aus Stein gehauenes Untier Platz fand. Der Architekt hatte sich im Auftrag des Bauherrn für eine besonders extravagante Bauweise entschieden. Aber irgendetwas ist absonderlich an diesem Design. Und das sichten nun auch die jungen Lords. Nicht die Festung selbst hebt sich. Dies war ein Trugschluss! Das Tier gerät in Bewegung! Nun sind es die Mumien, die jetzt unbeweglich starr vor Erstaunen, fast nur mechanisch ihre Bewegungen ausführen. Die Architektur, die die Zeiten statuenhaft unbeweglich überdauerte, kommt indes in Gang. Sie gebärdet sich zu einem Koloss. Auch die Cross-Fahrer nebst Frankenau, selbst McKomeron und Migatos sind bezüglich dem, was sich dort oben auf den Zinnen der oberen Mauern abschält, überrascht. Nur Silas weiß, was geschieht. Erst nur ein gigantischer Flügel, der sich ausstreckt und dabei seine riesige Dimension aufzeigt. Dann erhebt sich das zweite kolossale Pendant. Anfangs noch schwerfällig, dann effizienter in seinen Bewegungen. Die dunkle Ombrage ist kein Zwielicht mehr, sondern pure Realität. Steine, sogar gewaltige Steinquader fallen in die aufgebrachte Menge, als sich das absonderliche Ding von den Festungsmauern abstößt, um in die Lüfte zu steigen. Marlon schätzt die Flügelspannweite auf fünfzig Fuß. Gut, er könnte sich auch täuschen. Vielleicht sogar mehr. Verwitterte Steine, die im Laufe der Zeit Schutthalden auf verschiedenen Körperregionen des beträchtlichen Aeroplans bildeten, rutschen von dem riesigen gefiederten Freund herunter, als sich die Flügel vollends in Bewegung setzen. Der seltsame Patron reckt seinen Schnabel weit nach vorn. Allein darin könnte sich eine kleine Mannschaft von Zwergen verstecken. Scheinbar will dieser sonderbare Zeitgenosse zunächst erst seine ungewohnte Freiheit genießen. Deshalb lässt er sich in konzentrischen Kreisen in die Höhe treiben. Den mächtigen Kopf nach unten geneigt, um seine Beute im Blick zu behalten. Auf wen hat es der Vogel zuerst abgesehen? Die jungen Lords können nur spekulieren. Das mag in gegebener Situation ungelegen sein. Denn einige der altertümlichen Hundmenschen haben wohl ihre eigenen Schmachtfetzen wiederentdeckt. Mit enorm gewalttätiger Energie rudern sie mit ihren Vorderfüßen. Nur so zum Warmwerden und Angeben. Dabei lassen sie ihre zukünftigen Opfer nicht aus den Augen. Ihre Aggressivität putscht sich dermaßen hoch, weil sie ihre Beute nun endgültig zur Strecke bringen wollen, ehe das Monstrum der Lüfte alles für sich beanspruchen wird. Ein Heulen der vorderen Tiere, dann ein garstig markerschütterndes Bellen von mehreren Dutzend Bestien dahinter. Die tobende Front bewegt sich direkt auf die Teenager zu. Johanna und Seija sind es, die mit wachem Verstand ihre Sinne auf den Boden gerichtet haben. Viele andere sind von dem massig voluminösen Piepmatz einigermaßen abgelenkt. Gut, das Flugobjekt ist wahrlich ein dominant raumübergreifendes Großtier. Dass sich die Hundmenschen jedoch dermaßen spitzfindig verhalten, hätte man nicht gleich erwartet. Die Liknonianerinnen spüren, dass ihre beiden Freunde in dieser prekären Situation vermutlich für Hilfe nicht abgeneigt wären. Deshalb drehen sie ihre Motoren auf. Zunächst fixieren sie ihre Gegner. Magnus und Tito im Seitenwagen ebenso in Lauerstellung. Noch einmal, als wäre dies das finale Rennen einer Motocross-Weltmeisterschaft ruckeln die jungen Liknonianerinnen ihre Körper in die richtige Sitzposition. Nun noch die exakte Haltung von Kopf und Ellenbogen. Die Beine machen die Arbeit! Beide Rennfahrerinnen richten ihre Blicke nach vorne. Schalten nicht vergessen! Nicht verkrampfen. Im Nu startet das Rennen. Wer von beiden Parteien wird eher bei den Teenagern sein? Die Punkte in diesem brutalen Rennen müssen unbedingt sie holen, um sich als Gesamtsieger des Rennens krönen zu können. Während der Startphase bewegt sich ihre Herzfrequenz dem Maximum entgegen. Die Liknonianerinnen könnten es nicht ertragen, wenn ihren Freunden etwas zustoßen würde. Die Beschleunigung geschieht dermaßen großartig, dass Hoffnung in ihnen keimt, die jungen Männer aus der vertrackten Lage zu manövrieren. In effecto gelingt es ihnen, vor der unfassbar perfiden Meute zu den Menschen aufzuschließen. Schnell runterschalten, dann wieder Gas geben. Keon schwingt sich gekonnt auf den Sozius Seijas Maschine. Marlon spurtet Richtung Rücksitz von Johannas Zweirad. Sportlich-elegant landet dieser auf dem weichen Polster. Ohne intensiv darüber nachzudenken, umschlingt er die Hüfte seiner Liebe. Nur ganz kurz lehnt er sich sogar an ihren Rücken und genießt den Augenblick der Berührung. Als Johanna in einem Manöver ausweichend auf der Buckelpiste linksseitig ausschert, wird er aus seinem Wunschdenken entrissen. Er hatte die Augen geschlossen und einfach nur diesen einen Moment genossen. „Wann schon ist eine Situation in Gänze perfekt?", stellt er sich selbst die Frage und beantwortet diese im Geist: „Immer dann, wenn man der festen Überzeugung ist, dass es eben gerade so ist!" Johanna nimmt als Liknonianerin die Gedanken des jungen Mannes auf, der sich gerade, wenn auch nur kurz, geborgen an ihren Rücken gelehnt hatte. Ihr Herz schlägt nun tatsächlich mit maximaler Frequenz. Ja, sie mag nicht nur diesen Menschen. Sie liebt ihn von ganzem Herzen! Nichts anderes will das pulsierende Ding in ihrer Brust ausdrücken. Die schäumende Rasselbande bleibt zur Freude der Teenager verdattert stehen. Magnus und Tito bedenken sie in der rasanten Fahrt mit ausreichend kräftigen Hieben. Statt einer ausgiebigen Mahlzeit erfahren sie Konterstiche, die sie erschreckend zurückweichen lassen.

Wieder auf dem Hauptfeld der Auseinandersetzungen angekommen, da, wo Constanze und Zarco Bassit, natürlich, wie könnte es anders sein, sich im Zentrum aller Gefechte mit der tollwütigen Schlange beschäftigen, treffen die Renn-Bikes auf Connor. Von seinem Beifahrer leidlich entledigt, hat er vor Wut einer der Hyänen die Schnauze mit seiner Batua bearbeitet. „Die steinernen Scheusale sind also doch nicht unbesiegbar!", freut er sich. Restlos in Rage war er, als die zweite Hyäne meinte, sich nun auch noch mit ihm anlegen zu müssen. Seine Freunde sichten ihn gerade in diesem Moment. Brachiale Wucht zerscheppert einen Teil des Hinterbeins der Schabracke. Mentale Auflösung des verletzten Tieres folgt, weil es keifend den Rückzug antritt. Via GEMMA-App, welche sich mit der MOT-App stetig synchronisiert, hat Frankenau den Aufenthaltsort der Illusionisten erfahren. Nicolas und Liane hatten ihm zudem eine Mitteilung auf seinen Chronometer gesendet: *„Lagebesprechung auf Position Null-Zehn. Stopp. Dringlich. Stopp."* Der Rektor sendet daraufhin eine Anweisung an Connor: *„Werde an anderer Stelle benötigt. Stopp. Tausch unserer Cross-Bikes erforderlich. Stopp."* Die Cross-Fahrer hatten sich während der Geschehnisse in der Festungsanlage gut auf dem Schirm. Ihre Visiere mit den eingebauten Features, verfügen mit der aktuellen Softwareversion über viele Neuerungen. Deshalb sind sie stets über die aktuelle Position der Fahrer informiert. Connor erhält augenblicklich die Nachricht und zielt auf das Dreiergespann zu. Etwas abseits von der ultimativ aktiven Zone wechseln der Ryane und der Oberinspektor der Illusionisten ihre Rennesel. Das geschieht dermaßen zügig, dass Liam nur staunen kann. Connor nickt Aleksandra leicht zur Begrüßung zu und greift flugs nach dem Lenker Frankenaus Maschine. Der Schulleiter schwingt sich ebenso geschwind auf Connors zweirädrigen Boliden, schert mit dem Hinterrad in einer Kehrtwende aus und entfernt sich rapide vom lokalen Treffpunkt. Liam freut sich, nun auch einmal mit Connor die Fahrt weiter antreten zu dürfen. Deshalb klopft er ihm zur Begrüßung auf den Rücken. Er trifft eher nur die linke Seite seines Hinterteils, weil seine Arme entgegen seiner Vorstellung doch nicht bis an die Schulter des Ryanen reichen. Connor nimmt es dem Halbzwerg nicht krumm. Er wendet sich ihm zu und zwinkert mit nur einem Auge. Liam ist fasziniert, weil dieser dies perfekt kann, ohne das andere Auge nur ein bisschen mitbewegen zu müssen. Gleich rauschen auch sie davon, dorthin, wo Constanze und Zarco mit der Schlangendame kämpfen.

Herma Awiks Haare haben sich innerhalb des Gefechts dazu entschieden, jedem einzelnen Fangarm der Mollusca Paroli zu bieten. Einer der schlangenähnlichen Kopfauswüchse hat sich dermaßen heftig in einen ihrer Arme verbissen, dass der gesamte Körper der Ryanin mitgerissen wird, als Constanze ihren geschundenen Arm temporeich nach hinten wedelt. Blaues Blut schießt hinterher. Das Biest krallt sich in situ mit ihren spitzen Fingernägeln in einen zweiten Krakenarm. Wenn Awiks vorausschauen würde, dass Kraken über eine außerordentliche Intelligenz verfügen, hätte sie womöglich von einem Angriff abgesehen. Zudem sind diese Tintenfischvertreter äußerst hartnäckig und können sich deshalb ebenso an Gegnern festbeißen. Dies auf wahrlich effektvolle Weise. Constanze wechselt behände ihre Farbe. Sie passt sich dem Weiß-grau der Umgebung an. Dies sogar in der Struktur. So ist sie kaum noch sichtbar, als ein weiteres Schlangenhaar nach ihr giftet. Das penetrante Raubtier will nicht lockerlassen. Deshalb muss Constanze in neuen Mustern agieren. Ruckartig lässt sie Wasser aus einer siphonähnlichen Öffnung ihres prallen Körpers schießen. Die reißende Fontäne tritt aus einem muskulösen Schlauch. Durch diesen Überraschungseffekt löst die Wanze augenblicklich ihre Verzahnung. Die Ryanin wird zurück katapultiert. Sie landet für sie ungünstig in den Fangarmen des blaugeringelten Octopus. Zarco Bassit nimmt es ihr reichlich übel, dass sich dieses boshafte Untier an seiner Liebsten gefesselt hatte. „Was bildet sich dieses impertinente Ding nur ein?", ruft er laut aus, als er Awiks in die Zange nimmt. „Lange, bevor das Leben an Land über mickrige Reptilien aus der Zeit vor den Dinosauriern hinausging, hatten meine Verwandten bereits unsere Form und Gestalt für die kommenden Millionen von Jahren festgelegt!" Zarco drückt dem boshaften Unikum die Luft halb ab. Miss Awiks röchelt. In der festen Schlinge vermag sie nicht ihre Giftzähne einzusetzen. Der Griff ist zu fest. Der Krakenmann echauffiert sich weiter: „Wenn du meinst, ich wäre nur ein abgeflachter Kuhfladen, auf den man mal so eben einfach drauftritt oder etwa ein kugelförmiger Sack, dann hast du dich arg getäuscht!" Sichtlich auf Höchstform gelaufen, gibt Zarco eine Wolke schwarzer Tinte ab. In diesem Nebel, vermischt mit dem Schneegestöber, wird er unsichtbar. Die Schlange verliert derweil für einen Augenblick ihren sonst so ausgefeilt guten Geruchssinn. Die Tintenfischtinte schadet dem Feind wie vorausgedacht. Die Tinte enthält einen Stoff namens Tyrosinase. Wenn dieser in die Augen des Gegners gesprüht wird, verursacht die Verbindung starke Reizung. Geruchs- und Geschmackssinn können letztendlich verstümmelt werden. Deshalb muss Zarco zunächst aus der kontaminierten Zone hechten. Sein Abwehrmittel ist sogar dermaßen stark, dass er überdies selbst darin sterben könnte. Kraken besitzen drei Herzen. Zwei arbeiten, um das Blut durch den Atemtrakt zu befördern. Das dritte Herz hält den Kreislauf für die anderen Organe aufrecht. Das Organherz hört auf zu schlagen, wenn die Krake schwimmt. Aus diesem Grund ist Zarco jetzt geradezu noch fitter. Er kriecht nämlich behände über den Boden und kann sich auf nicht weniger als drei schlagkräftige Muskeln verlassen. Die Schlange erscheint derweil etwas erschöpft. Taumelnd bewegt sie sich nochmals in Richtung Constanze. Diese verpasst der angeschlagenen Dame eine gewaltige Ohrfeige. „Nehmen sie das, sie unverschämte Miss Sonstewas!", belegt die Mollusca ihre physische Attacke mit Worten. Blut spritzt durch den Nebel. Das blaue Blut der Krakendame vermischt sich mit dem der Ryanin. Kupferbestandteile, im engeren Sinne das Hämocyanin, ist bei der Mollusca dafür verantwortlich, dass ihr Blut blau gefärbt ist. Diese Kupferbasis ist derzeit höchst effizient, weil der Sauerstofftransport sogar zügiger verläuft, als Hämoglobin, welches für die Rotfärbung, von zum Beispiel menschlichem Blut, verantwortlich ist. Die Blaufärbung des Ryanenblutes indes ist nicht durch eine andersartige Basis zu erklären. Hier entsteht die Färbung durch kleinste Blutbestandteile, dem Tarxin. Diese sind oberhalb der Erde nicht nachweisbar. Constanze ist vollends in ihrem Element. Miss Awiks beginnt zu toben. Ihre Zunge züngelt unentwegt in alle Richtungen. Die Schlangenhaare tuen es ihr gleich. So klappert und züngelt eine ganze Schar galliger und vor allem toxischer Reptilien. Das zänkische Weib bläht sich wie eine Furie auf, weil es sich ihrer Ehre entrissen sieht. Zudem wird sie mehr und mehr in die Enge getrieben. Constanze verfrachtet die aufgebrachte Dame ohne größere Beachtung der Contenance in hohem Bogen wieder zu ihrem Krakenfreund. Zarco Bassit hat derweil eine intensive Färbung angenommen. Leuchtend blaue Ringe, sitzen auf einem gelblichen Körper. Das Gelb ist eher ein Giftgelb. Diese Art von Tintenfisch besitzt ein starkes Toxin. Ein Biss genügt, um den Angreifer auszuschalten. Dabei handelt es sich um ein Nervengift. Die Mamba selbst hat auch Gift in ihrem Repertoire. Die Mischung enthält ebenfalls hochwirksame Neurotoxine. Deshalb müssen Constanze und Zarco auf der Hut sein. Die giftige Dame nähert sich mittels Constanzes herbeigeführten Schwung unausweichlich dem blaugeringelten Octopus. Durch den Nebel kann diese die Entfernung schlecht abschätzen. Desorientiert wankt sie an Zarco heran. Die Schlangenköpfe um das verzerrte Face der Ryanin riechen die Gefahr. Sie selbst ist hingegen durch ihre blanke Wut narkotisch benebelt. Wie wild keifen ein Dutzend Auswüchse, als diese die Krake mit ihren unverkennbaren Warnsignalen ganz nah vor sich sichten. Doch da ist es schon zu spät. Miss Awiks ist nicht in der Lage, dem Biss auszuweichen. Mehr präsentiert sie noch in ihrem überschwänglichen, eher kontraproduktiven Eifer die Stelle, an dem Zarco zubeißt. Er erwischt den Oberarm. Sie selbst will kontern. Mambas neigen dazu, nach einem Biss wiederholt zuzubeißen. Deshalb öffnet sie mehrmals ihre schwarze Mundhöhle. Jedes Mal beißt sie nur ins Leere. Denn Zarco kann zum Glück mehr als einmal ausweichen. Das Maculotoxin wirkt schnell. Innerhalb weniger Atemzüge bemerkt die Schlange, dass ihr das Atmen zunehmend schwerer fällt. Langsame Lähmung der Brustmuskulatur und des Zwerchfells. Folge könnte Atemstillstand und Herzkammerflimmern sein. Zarco weiß, dass dann nur noch Beatmung durchgeführt bis zum Nachlassen der Wirkung des Giftes helfen kann. „Ich hatte dich gewarnt!", bemerkt Constanzes Freund in dem Moment, als Herma Awiks zu Boden gleitet. „Wenn du meine ringförmige Musterung nicht als Warnung, sondern als Angriff interpretierst, kann ich es einfach nicht ändern!"

Liam ist baff von dem, was er gerade zu Gesicht bekommen hat. „Welch ein fantastisches Schauspiel!", resümiert er. Gut, er ist in seinem Seitenwagen fast hermetisch abgeschirmt. Connor und Aleksandra geben ihm bereits durch ihre körperliche Anwesenheit Schutz.

Zudem würden sie jedwede Übergriffigkeit auf den in der Blechdose eingepferchten Zwerg vehement maßregeln. Dies nicht nur rhetorisch, sondern physisch kämpferisch. Das weiß Liam. Er kann sich auf seine Freunde verlassen. Nicht umsonst war er ohne weitere große Überlegungen bei der Hecke, als es hieß, dass sie diesen verwunschenen Ort aufsuchen würden. Er dreht seinen Kopf hoch zu seiner Sandra und lächelt dieser mit funkelnden Augen zu. Aleksandra versteht dieses Grinsen nicht gleich. Ungeachtet dessen lächelt sie zurück. Dies, weil sie Liam nur zu gern wieder in die Arme nehmen würde. Irgendwie wirkt er von diesem ganzen Tohuwabohu mitgenommen. Das spürt sie auch. Ohnegleichen würde dies der Halbzwerg natürlich auf keinen Fall selbst zugeben. Denn sie weiß, dass er seine Freunde niemals im Stich lassen würde. Auch, weil er dem Charakter nach selbst Gewirr im Getriebe hat. Zumindest ist Sandra dieser Meinung. Dies zeigt sich nicht weniger als im explosiven Zustand der Küche des SuPerb. Aber gerade diese scheinbare Planlosigkeit liebt sie an ihm. Er, der nie in Gänze vorhersehbare Reaktionen zeigt und alle um ihn herum immer wieder aufs Neue überrascht. Positiv und effektvoll. Als Sandra ihren Fokus nun wieder auf das, was sich direkt hinter Liam abspielt, scharf stellt, läuft ihr der Schrecken kalt den Rücken hinunter. Ohne Vorankündigung schießt das wahnwitzig irre große Flugding fast senkrecht nach unten. Liam schreckt fürchterlich zusammen, als ihn fast einer der Flügel streift. Das war sicher erst ein Manöver zum Warmwerden! Der Riesenvogel brettert aerodynamisch die Flügel an den Körper gelegt nicht nur an Connor, Aleksandra und Liam vorbei, sondern dann fast elegant durch Seija und Johanna hindurch. Diese stehen nur einige Fuß weit mit ihren Cross-Rädern voneinander entfernt. Da immer noch verschiedene Mumien Gefallen am Transport mittels Kutschen haben, können sie kaum bemerken, dass gerade sie das Interesse des Wesens geweckt haben. Mit Leichtigkeit schubst das Tier mit seinem Schnabel die hölzernen Rennkisten im Flug aus der Bahn. Gleich straucheln sie herum und überschlagen sich mehrmals. Die temporeiche Fahrt wird jäh unterbrochen. Räder, die aus den Achsen der Karosserien brechen, erhalten durch die Trägheit zusätzlich Drall. Sie werden im hohen Bogen wie ein Frisbee in andere Mumienansammlungen katapultiert.

Andere drehen sich auf dem Boden weiter, wo sie mit nachlassender Geschwindigkeit ins Schlenkern kommen und dann zur Seite kippen. Die steinernen Hyänen brüllen auf, als das Flugobjekt ganz nah an sie herangeflogen kommt. Lean Migatos hatte gerade noch damit zu tun, sich diese vom Leibe zu halten. Der glückliche Umstand, dass Halvar und Janus seine Verteidigung übernahmen, rettete wohl des Professors Leben. Sein linker Arm scheint übel in Mitleidenschaft gezogen worden zu sein. Nichtsdestotrotz bleibt er dort, wo er seiner Ansicht nach noch gebraucht wird. Plötzlich ändern sich die Aktionen des gigantischen Vogels. Er hat Silas im Visier. Der Ryane steht zwischen den Reitern! Diese präsentieren sich im Licht der unverkennbaren Aura Silas Derys als Manifest der unzerstörbaren Begleiter des Blackman. Freund oder Feind? Dies ist allerdings nicht eindeutig auszumachen. Die aufgewühlte Masse hält in ihren Bewegungen inne. Denn dort, wo die glänzenden Rüstungen zu sichten sind, wird scheinbar etwas ganz Besonders gezeigt. Die Luft droht vor Spannung in jedem Moment zu zerbersten. Das kolossale Flugobjekt schwingt seine Schwingen und steuert genau auf die in einiger Entfernung Platzierten zu. Wind stobt Schnee auf. Silas Mantel wedelt wie eine Fahne nach, als der Vogel über die vier Ritter düst. Der Ryane indes steht unverändert souverän da. Keine Scheu vor dem Urtier, eher sogar in Erwartung seines Kommens. Der zügige Anflug war kein aggressiver Ansturm für einen Angriff. Ein schwarzer, edler Hengst kommt ohne Reiter angaloppiert. Das Zaumzeug königlich prachtvoll gestaltet. Vor Silas bleibt das Pferd stehen und schwenkt den Kopf mehrmals hin und her. Mit einem unkomplizierten Schwung hechtet Silas auf den Rücken des Prachtexemplars. Silas Miene bleibt unverändert. Erhaben und zugleich wissend um das, was folgt. Wieder überfliegt der Phönix die Ritter. Sind dies tatsächlich apokalyptische Reiter? Die Zuschauer derweil sind nun völlig verstummt. Das Geschehen ist zu einzigartig, als dass man diesen Moment verpassen wollte. „Fünf apokalyptische Reiter!", beurteilt Keon das, was sich dort abspielt. „Ich wusste es!", spricht Marlon in sein interaktives Headset. „Was wusstest du?", erkundigt sich sein Freund. „Na, dass Silas anders ist! Irgendwie auserwählt… erlesen… Er ist…, er ist der eigentliche Meister der Ryanen. Nicht etwa Regus Leaga, auch nicht Regus Mal!" Keon freut sich. Endlich hat es Marlon auch kapiert. Er selbst erkannte es eher, spürte es derweil schon viel früher. Diese purpurfarbene Aura! Nur königliche und wahre Anführer können diese spezielle Farbe ihr Eigen nennen. Und nicht nur das. Diese Präsens, wenn Silas auftritt. Diese Verkörperung von Herrschaftlichkeit, Korrektheit und zugleich aristokratische Zurückhaltung! „Blackman! Luzifer!", haucht Marlon überwältigt sein Bekenntnis zu diesem Mann in sein Headset. Keon nickt und sendet seinem Schulkameraden die Zustimmung, dass er dies ebenfalls empfindet. Silas, der im Dunkeln agiert, verdeckt regelt, disponiert und verwirft. Und doch derjenige, der Licht in das Dunkel bringt. Ohnegleichen sind auch Johanna und Seija vom Auftritt des neuen, wahren Regus fasziniert. Obwohl sie schon viel früher davon ahnten, sogar wussten. Die Fürstin Lamera hatte Zeichen gesendet, die diesbezüglich unmissverständlich waren. Um Silas bildet sich eine purpurne Aura, die nun tatsächlich alle Beteiligten innerhalb der Festungsmauern sehen können. Nicht nur Keon. Der neue Regus strahlt wie der Morgenstern. Er, der immer wieder einen neuen Tag hervorbringt. Gefüllt mit dem, was das Böse eines Tages hoffentlich vollends verdrängen wird. Die Purpurfarbe, rotblaue Farbtöne auf der Purpurlinie. Entstanden durch additive Mischung der Farben Rot und Blau. Mischfarbe. Rotes oder blaues Blut, egal. Die Mischung macht das Leben aus, die Verschiedenheit aller Koexistenzen. Ein wahrhaft gelingendes Zusammenleben von Organismen sowie aller Arten innerhalb eines Lebensraums. Ohne gegenseitige Verdrängung - ohne Konkurrenzausschluss. Desto mehr wechselseitige Beziehungen, die durch Interaktionen zu gelingenden Fortschritt führen.

Der schiefergraue Himmel reißt plötzlich auf. Weit am Horizont erscheint eine Chimäre. Regus Leaga? Sie hebt den Arm. Gerade so, als wäre dies derjenige Verantwortliche, der bei einem Rennen den Startschuss gibt. Kann das sein? Heiß strömt die Erkenntnis in die jungen Lords. „Mak!", formulieren sie beide, dass auch Liam, Sandra und Connor verstehen, welches Gedankengerüst sich die Teenager gerade zusammenbauen. Eine Fiktion? Trugbild oder sogar Wahnvorstellung? „Mitnichten!", gibt Nicolas zu verstehen, ohne die Frage formuliert gehört zu haben. Marlons Onkel weiß genau, was gerade in den Köpfen der beiden jungen Männer passiert. Es rattert, Synapsen kontaktieren lahmgelegte Gehirnzellen. „Elementar!", gibt der Ingenieur fast wie nebenbei an. Als wäre dies nur die einzig alleinige Lösung einer Mathematikaufgabe. Das Resultat einer Gleichung, nein eines ganzen Gleichungssystems mit vielen zahlreichen Unbekannten. „Nichts für ungut.", erklärt Liane weiter. Die CAM-App als auch GEMMA-App funktionieren ohne Zweifel einwandfrei. „Eure Eltern und Frankenau. Sie sind ebenfalls dabei, das Kapitel zu beenden. Unfassbar!..." Die Jungen können kaum glauben, was sich am Himmel über der Schlammschlacht nach und nach abzeichnet. Ein bildliches Konstrukt, weil Oben und Unten, Vorder- und Hintergrund, Innen und Außen nicht klar zuzuordnen sind. Die Illumination eines perspektivischen Paradoxons. Genial und unbeschreiblich! Nun passiert noch etwas. Regus Leaga verblasst langsam. Eine Frauengestalt nimmt an seiner Stelle klare Konturen an. Marlon und Keon kennen diese Skulptur. Tausendmal sind sie im Treppenhaus der Schule an ihr vorbeigelaufen. Schön, attraktiv, wenngleich zierlich. Umhüllt mit einem wallenden Gewand. Ihr linker Arm umschließt ein dickes Buch. Die rechte Hand nun so nach vorn gerichtet, als würde sie die Mumien zum Einlass bitten. Logos! Zumindest gaben ihr Marlon und Keon diesen Namen. Aufmunternd und zuversichtlich schaut sie von ganz weit her aus einer neuen Welt heraus. Die Illusionisten schaffen ein Phantasma, in welchem ein Phantom die Motivation bildet. Die neue Königin? Vielleicht. Auf alle Fälle anders als alle Anführer zuvor. „Die Welt hier im Reich der Tiefen ist immer wieder für eine Überraschung gut, einfach unergründlich! Und die vielen skurrilen Verknüpfungen sind nur ein Indiz dafür, dass letztendlich alles miteinander verbunden ist. Auch das, was oberhalb der Erde passiert.", denkt sich Keon. „Nun ja. Er selbst ist mit dem Komodowaran damals und dem Kranich im derzeitigen Geschehen auch ganz gut fantasiereich gewesen. Eben nicht von schlechten Eltern.", grinst der Teenager in sich hinein. Die Parallelwelt dehnt sich indes weiter aus. Häuserzeilen, Hinterhöfe, ganze Landschaften entstehen so, wie sie wohl vor tausenden von Jahren ausgesehen gemocht haben. Diese geschichtsträchtige Umgebung als ein über jeden Zweifel entwickeltes Motiv einzutreten. Eine Mumie traut sich tatsächlich. Sie wackelt auf einen Steinhaufen hinauf und betritt vorsichtig, gar ängstlich die Spiegelung. Ihr passiert nichts. Sie geht weiter. Langsam, bedächtig, unsicher. Es ist eine Moorleiche. Sie wagt sich vor. Immer weiter entfernt sie sich von der Realität. Hinein in eine Parallelwelt. Und da! Wie ist das möglich? Sie nimmt eine körperhafte Gestalt an! Sie riskierte und gewinnt! Denn gegenständlich greifbar, weil dort in der absonderlichen Welt scheinbar existent. Liam beißt sich auf die Unterlippe. Er sitzt erstarrt auf einem der Zuschauerränge und traut sich kaum, sich zu bewegen. Die Halbmaske beginnt zu seinem Leidwesen unglaublich zu jucken. Da muss er wohl oder übel durch. Silas breitet nun die Arme aus. Alte Mythen werden wahr. Die Mächte der Finsternis sortieren sich und treten den Rückzug an. Ganz schwach, dann vernehmen die wackeren Helden aller kampferprobter Seiten sukzessive lauter werdend ein episch keltisches Chillout. Flöten, Violinen, Schlagzeug und Klavier füllen den Raum. Hätte einer von den jungen Freunden so etwas zuvor ersonnen, gar laut ausgesprochen, hätte man ihn sicher als Einfallspinsel bezeichnet. Im Schneegestöber stürmen weitere Mumien heran. Zaghaft, dann stoßen sie rasant in die Weite hinein. Aleksandras Onkel Rico tritt aus der Menge. Er macht sich als Ranger daran, die altertümlichen Ryanen sowie die tollkühnen Pferde, die wahrlich eine Verschnaufpause verdient haben, relativ manierlich in die Paradoxie zu geleiten. Die beiden Hyänen indes grölen in die weitschweifige Atmosphäre. Sie folgen den Untoten. „Hohle Töpfe klingen am lautesten.", resümiert Liam ganz in Gedanken. Natürlich bekommen all die anderen, die sich im selben Chat befinden, den Kommentar des Zwerges mit. „Ich hätte es nicht besser formulieren können.", gibt File an. Die IT-Spezialisten haben gut zu tun, das Bild aufrecht zu halten. Denn nicht nur die Illusionisten, sondern auch die KI-Berechnungen unter Anleitung der Studenten sind für dieses großartige Finale nötig. Wenn man diesem konstruierten Bild einen Titel geben wollte, wohl: „Die Auflösung des chaotischen Fanatismus für die Beständigkeit einer neuen Zeit." Hoffnung und Zukunftsmusik, die im Jetzt und Hier beginnt. Die vier Ritter auf ihren Pferden treten vor Silas. Sie formieren sich zu einer Reihe, wie eine Quadriga. Nur nicht an einen Wagen gebunden, sondern frei. „Die Ritter der Tafelrunde.", bemerkt Keon.

Marlon ist von diesem Gedanken fasziniert. Ihm gefällt diese Vorstellung. Er findet, dass das Wort „apokalyptisch" zu sehr negativ belastet sei. Zumal die Sache mit seinem Schwert in der Krypta wahrlich mehr einem König Artus und der Tafelrunde zuzuordnen wäre. Die musikalische Umrahmung stimmt ja bereits. Fehlt noch die Tafelrunde. Aber daran sollte es wohl nicht scheitern. Er denkt an den großen Tisch in Runes Encasa im Tal des Seelenfriedens. Zugleich an die gemütliche Baude, das SuPerb. In seiner Vorstellung, Liam und alle seine Freunde dabei, ein opulentes Menü in sich hineinstopfend. Der Ferrokinetiker schaut zu Connor, Aleksandra und Liam hinüber. Er sinniert, dass wohl sein Onkel Nicolas nicht ganz unschuldig daran ist, weil er irgendwie selbst ein Gourmand geworden ist. Feinschmecker, manchmal wie Keon behauptet, eher ein Vielfraß. „Gutes Essen, Geselligkeit und ein exquisites Getränk. Was kann schon dagegensprechen?" Marlon wird aus seinen Gedanken gerissen. Der Riesenvogel saust unglaublich nah über ihren Köpfen hinweg. Die Schwingen weit ausgebreitet, fast wie ein großes fliegendes Dach. Nur wenige Fuß vor Silas entfernt landet das Flugobjekt, gleichwohl es für seine Größe außerordentlich sanft am Boden aufkommt. Stählerne Augen betrachten den Ryanen, taxieren ihn gar. Dann neigt das Riesentier seinen Kopf, dass der gewaltige Schnabel den Boden berührt. Ehrerbietung für den wahren Regus. Es brauchte Jahrhunderte, bis unbestritten nun der legitime Mann an der Spitze steht und für den es lohnte, aufzubrechen. Mit der Gewissheit, dass sich von nun an Recht und Ordnung einstellen werden. Der Vogel, als unablässiger Schutzpatron, weil er vonnöten war. Dauernd, beständig, konstant. Nun nicht mehr. Die Welt offenbart sich aus einem neuen Blickwinkel heraus. Und dies zeigt sich unmittelbar, weil der Koloss seinen Kopf nach hinten dreht. Er schaut direkt, zugleich unverfangen in Richtung der jungen Lords. Die azurblaue Aura Keons und die rote Aura Marlons verbinden sich zu einem Weiß. Der neue Morgen kann beginnen. Ganz weit im Dunst über dem Moor stehen die Fürstin Lamera und Samuel Faulty aus demselben Volk der Liknonianer. Als Sinneswesen knüpfen sie gemeinsam das geistige Band der von nun an fürsorglichen Vereinigung jedweder Lebensformen, das Magnata aller Zivilisationen. „Das glaub ich jetzt nicht!", denkt Liam, als er das

Spektakel beobachtet. Stolz auf die beiden jungen Männer und freudig zugleich, klatscht er laut schallend in die Hände. Sandra kann nicht umhin, ihre Augen zu verdrehen. Der Vogel will indes wissen, wer im Publikum völlig allein plötzlich einen akustischen Zuruf in die Szene wirft. Stahlblaue Augen erfassen den Halbzwerg. Liam bleibt vor Schreck das Herz stehen. „Oh mein Goooott!", denkt er und ist vor lauter Angst nicht in der Lage, sich zu rühren. „Ich Idiot!", schimpft er mit sich selbst. Zu seiner völligen Verblüffung reagiert das Monstrum entgegen seiner Annahme. Das Tier nickt ihm zu! Zumindest schwenkt es seinen Schnabel hoch und runter! Und… Es stürzt sich nicht auf ihn! „Wahnsinn! Ich werde nicht gefressen!", ruft Liam in sich hinein. Die Halbmaske lähmt derweil hörbare rhetorische Laute. „Das Ding hat mit mir gesprochen! Nur mit mir allein!…" Stolz streckt er seinen Rücken durch, als hätte ihn gerade ein Lehrer vor der versammelten Klasse belobigt. Der imposante Adler steigt daraufhin in die Höhe und tritt seine letzte Reise an.

Bereits als Marlon und Keon ihre erste Begegnung mit dem Reich der Tiefen hatten, kamen sie zu der Erkenntnis, dass ihr „Blackman" in seiner Person einzigartig ist. Sie waren von dessen Aura, die zwar nur Keon sehen konnte, regelrecht fasziniert. Marlon wusste auch ohne derartige optische Sichtweise, dass dieser Mann Eigenschaften hat, die ihn zu einem aussertypischen Charakter macht. Der Kinetiker Silas Derys, der die Pyrokinese beherrscht, bei der er Feuer durch Gedanken entzünden kann. Ebenso die Kyrokinese, mittels derer er ohne Probleme Wasser gefrieren lässt. Zudem ist er Meister der Aerokinese. Er ist in der Lage, beliebig Einfluss auf Luftdruckverhältnisse und damit erzeugte Winde auszuüben. Gemeinsam mit Lean Migatos weiß er seine kinetischen Fähigkeiten zu bündeln. Durch parallel ausgeführte Gedankenströme sind sie dazu befähigt, quantenmechanischen Einfluss auf ihre Umgebung zu nehmen. Quantenphysik erklärt die Naturgesetze im atomaren und subatomaren Raumgefüge. Damit kann sie anschließend Eigenschaften von großen Systemen voraussagen. Ohne dies gäbe es weder gebündeltes Licht noch Computer. Fundament der digitalen Zukunft. Nicolas und Liane, auch File und Katura, nicht zuletzt McKomeron setzen sich begeistert mit dieser Materie auseinander.

Zündstoff für das Morgen. Die Quantentheorie geht von dem Grundsatz aus, dass ein Teilchen das ist, was es sein soll. Hingegen kann nicht angenommen werden, dass es bestimmte Eigenschaften exakt so hat, wie man vielleicht von vornherein vermutet. Nun kann man dementsprechend nachvollziehbar formulieren, dass die Welt und alles, was sich darin tut, vorhersehbar unvorhersehbar ist. Alles kann passieren, das Ziel ist stets offen. Das birgt Optimismus in sich. Weil es jedem möglich ist, das Ende frei zu gestalten. Die Quantenphysik erklärt des Weiteren, dass es Materie gibt, die sich gleichzeitig wie ein Teilchen, dann aber auch wie eine Welle verhält. Das Licht beispielsweise ist ein solches Phänomen. Lichtteilchen, sogenannte Photonen, können sich an zwei Stellen gleichermaßen aufhalten. Im Großen gedacht können also auch einzelne Welten ein autonomes Quantenobjekt bilden. Quantenmechanische Einheiten, ohne klassische Entsprechungen. Die hier angewandte Quantenphysik geht sogar soweit, dass diese Photonen und zusätzlich weitere zahlreiche Teilchen das Bewusstsein beeinflussen. Die Computerasse suggerierten zunächst gemeinsam mit den Illusionisten eine Parallelwelt. Mak darin als Regus Leaga in Doppelgestalt. Silas Derys und Lean Migatos bringen nun dieses neue Spektrum zur Perfektion. Beide Kinetiker steuern das reale Sein in dieser Parallelwelt, weil sie letztendlich mittels ihrem Bewusstsein Einfluss auf Materie nehmen. Die Moorleichen regenerieren sich in diesem Paralleluniversum. Hoffentlich bald dazu befähigt, einen Neubeginn zu starten. Vereinte Kräfte, indem Energien zusammengefügt werden. Bestenfalls entsteht durch diese Kohärenz, welche Silas und Migatos erzeugen, eine Dynamik, die nachfolgende Generationen nur staunen lässt. Bald schließt sich der Zugang. Indes beginnt die gesamte Festungsanlage mit brachialer Gewalt einzustürzen. Vehement senkt sich die Stadt, die doch gerade noch den Anschein erweckte, sich zu erheben. Zahlreiche Mumien aus der Krypta erwägen ebenso, in die andere Welt zu gelangen, in der Hoffnung, verkörperlicht zu werden. Dies tritt jedoch zu ihrem Entsetzen nicht ein. Die Ahnen der Regentschaft der Ryanen sind nicht auserwählt. Ihr Schicksal wird es sein, nur in den Annalen der Geschichte aufgelistet zu sein. Gegenwärtige Präsenz ist nicht erwünscht. Ihr Wirken wird als eine Epoche beschrieben werden, die zukünftige Generationen wohlweislich begraben wissen. Schlussendlich treten die vier Reiter in das Raumgefüge ein. Stolz und erhaben sitzen sie auf ihren Pferden. Kurz drücken sie ihre Schenkel an die Flanken der Rosse. Diese schnalzen und wiehern wie zum Abschied. Dann traben sie mit der Gewissheit in die Hemisphäre, dass diese neue Welt eine andere Ordnung haben wird. Vielleicht mit den sieben Lebenswahrheiten, die die Todsünden ersetzen: Gerechtigkeit, Fürsorge, Frieden, Vergebung, Mut, Vertrauen und Geduld. Charaktereigenschaften, die eine Gesellschaft immer wieder aufs Neue selbst regenerieren, weil sie Nährboden für Hoffnung, Zuversicht und Innovation bilden. Die Nachhut bildet der Riesenvogel. Elegant schwingt der Adler die Flügel und tritt als letzter in das Kontinuum ein. Die Schwingen des Aeroplans sind fast so groß, dass sie ein Schutzschild für die dortigen Bewohner formen könnten. Die Musik verstummt, als sich das Tor zu Gänze in Luft auflöst. Mehr jedoch werden die Töne durch das fürchterliche Krachen und Aufschlagen der Steine am Boden übertönt. Das Ineinanderstürzen der Mauern und Balken, das Scheppern von Ziegeln auf anderen gebrannten Ton legt sich dermaßen radikal über die Szenerie, dass Marlon und Keon zutun haben, ihre beiderseitigen Aktionen zu koordinieren. Es bedarf keiner Blendgranaten mehr. Diese würden im tosenden Einstürzen sowieso nicht mehr unterscheidbar sein. Ein tiefer Krater öffnet sich. Im Durchmesser potenziert größer, als die doch eigentlich mickrige Öffnung in der Krypta. Schlamm drängt nach oben und weitet sich wie glutflüssige Lava mit immenser Geschwindigkeit aus. Die Atmosphäre gleicht einem Vulkanausbruch, nur dass die Gefahr vom morastigen Boden her sukzessive und unaufhaltbar alles Leben zerstört, was sich in den Weg stellt. Die Cross-Fahrer reagieren zunächst erst situativ. Sodann weisen ihnen Nicolas und Liane den Weg. Ziel ist, dem Untergang der Burg voraus zu sein. Auf einer schmalen Straße über dem Moor sollen sie dem Trümmerfeld entrinnen. Connor hat Aleksandra und Liam dabei, Johanna fährt Magnus und Marlon sicher über den schlammigen Untergrund. Seija hat Tito und Keon geladen. Constanze und Zarco haben mit dem Nass weniger Probleme. Sie finden mit Sicherheit einen eleganten Weg aus dem brodelnden Kessel hinaus. Samuel Faulty war es, der das Tor zur

Burganlage öffnet, um den motorisierten Trupp herauszulassen. Frankenau schießt mit dem verletzten Cedric an Rico heran. Diesem war wirklich schon etwas mulmig zumute, als er dem sich öffnenden Trichter immer näher kam. Der Rücksitz von Connors Cross-Maschine ist groß genug, dass sogar zwei Hintermänner nebst Frankenau Platz haben. Die Illusionisten Galemberg und Roderstätt hatten sich bereits früher aus der Gefahrenzone zurückgezogen. Es bedarf keinem Zweifel, dass auch Lean Migatos, Lorcan, Silas Derys und natürlich McKomeron das rettende Ufer erreichen werden. Lorcan ist mit der Gegend vertraut und in der Lage, eigenständig aus dem Moor zu gelangen. Er ist durch und durch ausgebildeter Soldat. Silas zieht Migatos auf sein Pferd. Der stattliche Hengst ist, wie konnte es anders sein, logischerweise ein von Nicolas produziertes Hologramm. Er ist einfach vortrefflich gelungen. Der Gaul, mit denen es Marlon und Keon zu tun hatten, wäre wohlweislich unangebracht gewesen. Es bedurfte einer ausgeglichenen Würde, einer aufrechten Haltung und einer feierlichen Überlegenheit in den Bewegungen. Hufgescharre und Goldzähne wären echt peinlich gewesen. Der alte Kläpper hätte zu guter Letzt noch das Bild verzerrt. Der Aztud-Diminur, der Alleskönner, funktioniert perfekt. Mitnichten kein Unterschied zwischen Sein und Schein. Mak fliegt als Vogel aus der Burganlage heraus. Als Gestaltwandler weiß er, sich als Rabe relativ unkompliziert zu bewegen. Noch einmal umfliegt er die alten dunklen Festungsmauern. Gleich werden nur noch die Turmspitzen zu sehen sein. Der Sperlingsvogel lenkt seinen Blick auf Herma Awiks. Sie ist tatsächlich von ihrer Bewusstlosigkeit erwacht. Mitleid…vielleicht. Aber nur, weil sie bis zum Schluss nicht erkennen wollte, dass ihr widerwärtiges Handeln unausweichlich diese einzige Konsequenz mit sich bringen wird. Ob sie sich retten kann? Wer weiß? Das schwarz gefiederte Flugobjekt überfliegt mit zweieinhalb Fuß Körperlänge die immer tiefer hinabsinkende Gestalt, bis sie im Strudel folgend nicht mehr zu sehen ist. Soll sie doch dahin transportiert werden, wo sich Regus Mal und sein Urahn Regus Leaga aufhalten. Dennoch kommt Mak nicht umhin, wenn auch nur einen kleinen Gedankensprung dahin zu wagen, ob es möglich wäre, aus der Gefangenschaft des Moores entkommen zu können. Schnell wirft er diese absurde Idee beiseite, wenngleich sie sich in seinem Inneren fest einprägt. Der Gestaltwandler weiß, dass er den Ring des Regus Mal immer noch bei sich trägt. Er wird ihn behalten. Wer weiß, wozu…?

Mit vier Krächzern kurz hintereinander kraa, kraa, kraa, kraa macht er sich den jungen Lords und ihren Freunden aufmerksam. Er hat als Rabe der ihm derzeit innewohnenden Spezies allerlei Ruftypen verschiedener Tierarten im Repertoire. Mittels unverwechselbaren Pfeifens weiß bald jeder im Trupp, dass sie Begleitung und Schutz von oben erfahren. Sein schwarzes Gefieder glänzt metallisch grün, dann wieder mit dem Lichtschein der aufgehenden Sonne, in den sie sich hinein bewegen, blauviolett. Mit seiner Flügelspannweite von viereinhalb Fuß wirft er zusätzlich Schatten über Liam, der wohl tatsächlich eingeschlummert zu sein scheint. Man kann es ihm nicht verdenken. Ruhe haben wohl alle verdient.

Überraschend schnell verläuft der Rückweg. Alles, was passiert ist, wirkt im Licht des Morgens verändert. Als hätten sie nur einen irren Traum geträumt. Erst, als sie sich gegenseitig in die erschöpften Gesichter blicken und die unvermeidbaren Blessuren und Spuren am Körper und ihren Bikes sichten, wird ihnen zunehmend bewusst, dass sie gerade haarscharf einer Katastrophe entgangen sind. Sie sind im Tal des Seelenfriedens angelangt. Eigentlich hat sich wohl das Moor stetig weiter zurückgezogen. Bis nur noch jähe Erinnerungen an der Stelle bleiben, wo der Schlamm wie Zungen an dem Hier und Jetzt haften bleibt. Es bedarf keiner Applikation ihrer Chronometer mehr, um in das Tal zu gelangen. Vorsehung? Vielleicht! Schicksal? In der Tat! Unendlich weit zurück erscheint ihnen die Zeit, als die jungen Lords zum ersten Mal vor der Encasa standen. Dort, wo der alte Zwerg Rune sein Zuhause hat. Die Welt, von dort aus einem andersartigen Blickwinkel heraus betrachtet. Das Tal wächst wieder zu der blühenden Insel einer Zwischenwelt. Marlons und Keons Eltern indessen sehen die reale Encasa, in dieser Landschaft eingebettet, zum ersten Mal. Vor und hinter ihnen erscheint sie wie eine riesige Schüssel, deren Ränder Berggipfel bilden. Bis fast ganz zur Spitze dieser Giganten wachsen Bäume, die in unzähligen Farbschattierungen das Blütenmeer in der Talsenke auslaufen lassen. Der Künstler hatte wohl noch viel zu viel Farbe an seinem

Pinsel, dass er diese nicht verschwenderisch an einem Tuch abwischen wollte. Die Tür zu der kleinen Behausung des alten Zwerges steht einladend offen, wohl auch, damit die unbändigen Düfte, die die Blüten der Gräser, Büsche und Bäume hervorbringen eben auch in dieses kleine Haus dringen können. Die Illusionisten, dann auch die Teenager, zum Schluss McKomeron müssen nur wenige Augenblicke in Richtung der Encasa laufen, als um die Ecke zwei gigantische Löwen geschritten kommen. Sie dienen nicht nur dem Homerius-Kastell als dauernde Wächter. Hier im Tal sind sie lebendige Tiere, stolz und prächtig in ihrer Erscheinung und voller Eleganz in ihren Bewegungen. Bei genauerer Betrachtung meint man, sie würden selbst die Zeit in sich tragen. Es ist für Keon und Marlon selbstverständlich, dass sich diese lebendigen Gestalten auch hier im Tal aufhalten. Ihren Eltern erscheint noch vieles surreal. Aber das wird sich legen. Die beiden Freunde sind sich da ganz sicher. Denn auch sie waren zuvorderst überwältigt, dass ihnen, genau wie bei Darius, Micael, Selma und Leonore jetzt, die Sprache fehlt. Der größere der beiden Löwen, Halvar kommt als erster auf die Illusionisten zu. Dieser wartet, bis Janus aufgeschlossen hat, um zunächst die vier Menschen, dann alle anderen zu begrüßen. „Die Zeit vergeht oder auch nicht. Manche Dinge ändern sich, andere bleiben starr. Euch ist es geglückt, nicht nur an diesen Ort zu gelangen, sondern diesen zu bewahren. Die Schöpfer dieser einzigartigen Stätte, wer auch immer diese waren, haben einen Raum geschaffen, der die Seelen aller Lebewesen gleichermaßen berührt. Seid stets willkommen im Tal der Ruhe und des Seelenfriedens!" Die Illusionisten blicken sich zunächst gegenseitig an. Dann beobachten sie die beiden riesigen Gestalten, deren kupferglänzende Mähnen im Wind wehen. Keon muss bei diesem Anblick schmunzeln. Damals war ihr Ankommen für sie genau so eindrucksvoll. Er erinnert sich daran, dass er an einen Werbespot für Haar-Shampoo denken musste, bei dem die beiden Löwen ihr verstrubbeltes Haar präsentieren. Marlon schaut seinen Freund etwas verstört an und zieht dabei, so wie er es immer tut, wenn er die bestehende Situation nicht ganz nachvollziehen kann, eine Augenbraue hoch. Er wird später fragen, warum sein Partner gerade in dieser Situation seinen Mund ziemlich schräg zu einem Grinsen verzog. Kaum einen Moment später steht

Rune im Eingang der Encasa und beobachtet mit ausgeprägter Gelassenheit all das, was sich vor der Behausung abspielt. Er wird alle zu einer Tasse Tee an seinen runden Tisch bitten. Liam riecht bereits den Duft von Hibiskus, von gebrannten Mandeln und reichlich Gebäck, als er endlich seine Halbmaske vom Gesicht zerrt. Nicht weniger umständlich hatte er sich von der Brille und dem Halbschalenhelm entledigt, was er irgendwie alles gleichzeitig loswerden wollte. Marlon und Keon beobachten grinsend das konfuse Gerangel mit der Schutzausrüstung. „Der Zwerg jedenfalls wird noch längere Zeit die Saugabdrücke in seinem Face abgezeichnet ertragen müssen.", denken die Teenager synchron. Liam indes erklärt, dass sich das Filter-Ding seiner Meinung nach irgendwie verselbstständigt an der Haut festgesogen haben muss. Aleksandra ist da anderer Meinung. Aber das will sie mit ihrem Freund vor aller Augen nicht weiter ausdiskutieren. Der derzeitige Moment ist ihr zu kostbar. Die jungen Leute hören Frankenau reden. Ebenso vermuten sie bereits schon Silas in der Encasa sitzen. Dunkel, mystisch. Aber das kennen sie von ihm. Einfach cool! Sie freuen sich auf ihren Direx, der sich sicher wieder wie einen bunten Papagei präsentiert. Seine Krawatte um den Hals gebunden, die es mit der Strahlkraft von mehreren Halogenlampen anlegen könnte. Silas, seiner Beschreibung eines Luzifers gerecht werdend, die farbintensive Aufmachung des Schulleiters betrachtend, wobei er seine purpurfarbenen Augen raubkatzenähnlich funkeln lässt. In der Tat finden die jungen Leute nicht nur Silas und Frankenau vor. Lean Migatos hat neben dem Ryanen Platz genommen. Gegenüber Rico. Er hat bereits die beiden Löwen untersucht, verarztet und zudem gewiss mit einigen Leckereien verwöhnt. Die Hyänen waren keineswegs pingelig gewesen, als diese die steinernen Wächter mehrere Male arg angriffen und sich fest in ihnen verbissen. McKomeron kümmert sich gleich um Cedrics verletztes Bein. Dieser findet etwas abseits eine Sitzgelegenheit, wo er seinen Fuß auf einem Hocker schonend ablegen kann. Nicolas nebst seiner Frau Liane sind ebenso an Bord. Dieser lobt unterdessen den guten Wein, den Rune zur Verköstigung anbietet. Mak versprach nämlich, dass, wenn alles gut ausgehen sollte, der erste Jahrgang des Homerius-Kastells als echter Weingenuss die Gaumen aller streicheln würde.

Unfassbar, aber scheinbar sind die ganzen unglaublichen Geschehnisse nur noch Geschichte. Marlons Onkel verdeutlicht sogleich in einem Monolog, dass Wein zu allen Zeiten, von der Antike bis zur Gegenwart, in einem eigenen Literaturgenre besungen wurde. „Zum Glück stimmt er kein Trinklied an!", denkt sich sein Neffe Marlon. „Das wäre ihm wirklich peinlich…" Aber was Erwachsene machen und die Jugend un- cool findet, sogar grauselig, steht auf einem anderen Blatt Papier ge- schrieben. Gleichwohl kommen alle Anwesenden in den Genuss, die Geschichte eines griechischen Heldenepos erzählt zu bekommen, in welchem Odysseus auf seiner beschwerlichen Reise von Troja in die Höhle eines einäugigen Zyklopen gerät. File und Katura hören von der Base ihrer Zentrale mit. „Die Lage erscheint zunächst aussichtslos. Doch Odysseus bietet dem Riesen Wein an, den er selbst erbeutet hatte." Nicolas zwinkert dem neuen Weingärtner Mak zu. „Dazu haben wir kompetente Winzer an unserer Seite!… Jedenfalls wird der Zyklop arg betrunken und fällt in einen tiefen Schlaf. Die Mannschaft kann sich retten…" McKomeron nimmt den Gedanken auf: „Ja, mir scheint, dass wir ebenso an einer solchen Odyssee beteiligt waren. In ihr gefangen, deswegen aufgefordert zu kämpfen! Und dank vieler mutiger und ein- fallsreicher Gefährten…, nein Freunde, konnten wir uns in Sicherheit bringen. Wir haben zweifelsohne, und das betone ich, die Welt, wenn auch womöglich nur zu einem geringen Teil, von schändlichem Übel und hässlich unangenehmen Vertretern befreit… Zum Wohl!"

# Epilog

Natürlich ließen es sich Marlon und Keon nicht nehmen, die nächste Tour auf ihren eigenen Cross-Bikes zu unternehmen. Sie fanden die Maschinen unversehrt da, wo sie diese abgestellt hatten. Johanna und Seija je auf dem Sozius ihrer Jugendliebe. Selbstredend, dass Frankenau vor Marlons und Keons Eltern den kleinen Tross anführte. Die Mandelbäume standen derweil in voller Blüte. Ihr betörender Duft drang sogar bis in ihre Helme hinein.

Die vier Illusionisten spürten die intensive Energie, die das Tal des Seelenfriedens für seine auserwählten Besucher bereithält. Atempause für den Geist, Mut zum Loslassen übler Gedanken. Deshalb muskelentspannend und erholsam. Geborgen in sich selbst, mehr noch, perfekt. Sie fassten den durch mentalen Zuspruch verstärkten Entschluss, diesen Ort der Ruhe von nun an regelmäßig aufzusuchen. Das, wie der Psychologe Mak erklärte, um Achtsamkeit für sich selbst wertzuschätzen und Kraft für den Alltag zu schöpfen. Eine Welt, die sich mehr und mehr in steter Veränderung jeden Tag aufs Neue erfindet, fordert um so dringlicher eine persönliche Schutzzone. Zunächst geht es nämlich um eigene Seelenmassage, dann um Selbstfindung seines Ichs, um anschließend befähigt zu sein, den Blick auf seine Umwelt öffnen zu können.

Wochen später wurde immer noch ausgiebig von den Ereignissen gesprochen, die sich in den Mooren von Blackstone zugetragen hatten. In summa war man sich einig, dass jeder einzelne Mitstreiter wie ein Puzzleteil unentbehrlich für das Gelingen des Gesamtbildes war. Ausnahmslos alle Charaktere waren notwendig, um ein gutes Ende herbeizuführen. Illusion und Magie setzen da an, wo der Verstand Erklärungen und Lösungen sucht. Künstliche Intelligenz kann vervollständigen. Sie verbindet das natürliche Sein mit dem Wollen und ihren schlussfolgernden Wünschen, damit Existenz wahrhaftig wird. Gemeinsames Handeln kann dabei Energien freisetzen, die sogar bis über die Horizontlinie hinaus ihre Tatkraft erzwingen.

Fest steht auch, dass der Schauplatz mit all seinen Zeitgeistern der außergewöhnlichste Ort war, den man je zuvor betreten hatte. Und die beiden Kraken Constanze und Zarco Bassit fanden zum Glück ebenfalls einen vortrefflichen Weg aus diesem Chaos heraus. Obgleich die Mollusca ihrer Meinung nach viele Tage redlich zu tun hatte, ihr Äußeres wieder ansehnlich herzurichten. Mehrere Saugnäpfe wurden im Kampf mit der unsäglichen Herma Awiks in Mitleidenschaft gezogen. Dies bedurfte Maniküre und Pediküre… Zudem viele zartfühlende Streicheleinheiten ausgeführt durch ihren Lover Zarco Bassit.

Liam und Aleksandra kredenzten in einer überwältigenden und ausgelassenen Feier meisterhaft hergerichtete lukullische Spezialitäten. Cedric spielte dabei ad interim auf seiner E-Gitarre. Constanze ließ es sich nicht nehmen, das Solo als Duett additiv zu ergänzen. Ja, und tatsächlich war es für sie eine bloße Fingerübung, die richtigen Tasten des Pianos zu treffen, welches Sandra und Liam als neue Errungenschaft für das SuPerb erworben hatten. Zarco Bassit schlug in höflich distanzierter Manier den Takt dazu.

In der Romanreihe >Reich der Tiefen< bereits erschienen:
<<Mandelholz>> von Rebecca Cornway.

Eigentlich hatten Marlon und Keon gedacht, sie wären zwei ganz normale vierzehnjährige Jungen. Am Silvesterabend, bei dem sie wieder einmal gemeinsam mit ihren Familien das neue Jahr begrüßen wollen, führt sie ihr Kater in eine unbekannte Welt unter die Erde.

Hier droht Krieg und Verderben auf die gesamte Welt überzugreifen. Gewalttätige Hundmenschen drängen an die Macht, an deren Spitze der Ryanenführer Regus Mal mit seinen perfiden Mitläufern steht. Das Ende von Zeit und Raum?

Die Jungen erfahren bald, dass sie besondere Fähigkeiten haben. Marlon zeigt sich als Ferrokinetiker, der glühendes Eisen verformen kann. Keon ist tatsächlich Gestaltwandler wie sein Kater Mak, der eigentlich Arzt, Psychologe und Kommandant einer auserwählten Armee ist. Sogar ihre Eltern finden sie im Tal der Tiefen als Illusionisten wieder.

Und so erfahren die zwei eine spannende, aber auch gefährliche Zeit. Da ist es gut, dass sie viele neue Freunde mit besonderen Charakteren kennenlernen. Fantastische Gestalten wie auch künstliche Intelligenz werden dabei zu verlässlichen Partnern, an einem Ort, der von Magie und Illusion durchdrungen ist.

Der Roman <<Mandelholz>> ist der erste Band der Reihe >Reich der Tiefen<.

ISBN  978-3-7693-1822-7
562 Seiten, € 21,99 (D)